Pierre Ambroise François Choderlos de Laclos, geboren am 19. 10. 1741 in Amiens, starb am 5. 11. 1803 in Tarent. Er war Offizier, verlor aber sein Offizierspatent wegen einer Kritik am Vauban'schen Festungssystem: ›Lettre à Messieurs de l'Académie Française sur L'Eloge de M. le Maréchal de Vauban‹ (1786). Er war zeitweise Sekretär des Duc d'Orléans. In der Französischen Revolution war er Jakobiner und arbeitete Robespierres Reden aus. Unter Napoleon wurde er Artillerieoffizier, zuletzt Generalinspektor der französischen Südarmee. Berühmt wurde er durch den frivolen Briefroman ›Les liaisons dangereuses‹. Verführung heißt das Thema dieses Romans, der die Sitten und die Verderbtheit der guten Gesellschaft vor dem Ausbruch der Französischen Revolution schildert. Der Vicomte de Valmont und die Marquise de Merteuil, die Hauptakteure, zählen zu den abgefeimtesten Charakteren der Weltliteratur.

»Sie greifen eine Frau an, um zu sehen, welche Stadien die gehetzte Seele durchlaufen wird, ehe sie erliegt. Sie schlürfen Gefühlsnuancen. Tischgenossen wetten für und gegen die Tugend einer Abwesenden, und wer sie zu Fall bringt, hat eine Geistestat hinter sich und einen glücklichen Feldzug. Der Klatsch ist unendlich bereichert und veredelt. Die Liebe ist das herrschende Gesellschaftsspiel, unglaublich prickelnd, weil es immer im Begriff steht, ernst zu werden und den Kopf zu kosten.« *Heinrich Mann* insel taschenbuch 12

Choderlos de Laclos

Schlimme Liebschaften

C. Monet del. Patas sculp.

CHODERLOS DE LACLOS

Schlimme Liebschaften

MIT VIERZEHN KUPFERSTICHEN

ÜBERTRAGEN UND EINGELEITET

VON HEINRICH MANN

INSEL VERLAG

Die 14 Kupfer nach Vorlagen von
Monnet, Fragonard fils und Mlle. Le Barbier
sind der Londoner Ausgabe von 1796
entnommen.

insel taschenbuch 12
Erste Auflage 1972

Vertrieb durch den Suhrkamp Taschenbuch Verlag
Umschlag nach Entwürfen von Willy Fleckhaus
Druck: Nomos Verlagsgesellschaft, Baden-Baden
Printed in Germany

7 8 – 89

Schlimme Liebschaften

Einleitung

Ein ganz junges Mädchen, frisch aus dem Kloster in die Welt versetzt, wird von zwei eleganten Verbrechern mit Rat und Tat, ohne daß sie ahnt, was mit ihr geschieht, bis zu den niedrigsten Verrichtungen der Dirne gebracht. Es entsteht ein Ungeheuer aus Lasterhaftigkeit und Naivität. Eine seit kurzem glücklich verheiratete, fromme Frau wird von demselben Verbrecherpaar, durch langsame Qualen geriebener Verführung hindurch, in Schande und Tod getrieben. Der Mann, der, geleitet von seiner Helfershelferin, dies vollbringt, beginnt beide Unternehmungen ohne eine Spur von Gefühlsdrang und nicht einmal aus Sinnlichkeit. Bei dem kleinen Mädchen kommt ihm niemals Liebe. Im Fall der jungen Frau entsteht sie unter dem Stachel langen Widerstandes; er unterdrückt sie, in der Besorgnis um seine Überlegenheit, aus Furcht vor dem Hohngelächter der Genossin; und wirft sich mit verdoppelter Wut auf die Zerstörung des liebenden Opfers. Liebe darf nur Mittel zur Herrschaft über Menschen, zum gesellschaftlichen Erfolg sein. Eine Frau verführen ist erst halbe Arbeit; die andere Hälfte: sie verderben. Die beiden Schlimmen sind nur die Gelungensten eines Typus. Ein Offizier hat drei Frauen auf einmal unmöglich gemacht; die Marquise von Merteuil ist noch geschickter und besiegt ihn. ›Ich will ihn haben und werde ihn haben; er will es sagen und wird es nicht sagen.‹ Es geschieht, wie sie will. Der Ehrgeiz vieler Frauen ringsum richtet sich auf dasselbe; nur sind sie nicht so begabt. Die Männer sind sämtlich weniger glänzend als der Vicomte von Valmont; weil aber ihr Sieg in Leichterem besteht als der Sieg der Frauen, brechen dennoch unter den Tritten manches Helden die weiblichen Existenzen zusammen ... So ist, in dem Roman von den Liaisons dangereuses, die gute Gesellschaft unmittelbar vor der Französischen Revolution.

Die Grundlage von alledem ist ein durch nichts unterbrochener Müßiggang. Nicht einmal Vorzimmerintrigen in Versailles unterbrechen ihn; dieser Teil des Adels lebt ohne Ehrgeiz, erst recht ohne geistige Interessen und vollends ohne Selbstzucht. Dennoch arbeitet der Geist der Zeit noch in den leichtesten Köpfen: der Geist des Jahrhunderts der Vernunft, analytisch und dem Gefühl feindlich; und das einzige, was sie kümmert, die Liebe, sie betreiben sie, als erfänden sie Musterbeispiele für eine Physiologie de l'amour. Sie sind Psychologen in Aktion. Sie greifen eine Frau an, um zu sehen, welche Stadien die gehetzte Seele durchlaufen wird, ehe sie erliegt. Sie schlürfen Gefühlsnuancen. Tischgenossen wetten für und gegen die Tugend einer Abwesenden, und wer sie zu Fall bringt, hat eine Geistestat hinter sich und einen glücklichen Feldzug. Der Klatsch ist unendlich bereichert und veredelt. Die Liebe ist das herrschende Gesellschaftsspiel, unglaublich prickelnd, weil es immer im Begriff steht, ernst zu werden und den Kopf zu kosten.
Denn es wäre verhängnisvoll für eine kürzlich Eingetroffene, für einen Neuling, wenn sie sich durch Ton und Schein in die Irre führen ließen. Oft werden die erstaunlichsten Geschichten erzählt, als sei's nur ein Spaß. Der und jener gibt einem Kreis von Damen geistreich die Manier zum besten, in der die Gräfin Soundso sich ihm gewährt hat. In einer Schloßgesellschaft verabredet sich ein Paar für die kommende Nacht und zieht einen gemeinsamen Freund hinzu, der ihnen das Vergnügen ermöglichen soll. Lauter Geheimnisse Polichinelles: nur hüte man sich vor dem Augenblick, wo irgend etwas nötigt, die Fiktion des Nichtwissens fahren zu lassen. Dann schlägt unvermittelt der Spaß in düstere Wirklichkeit um, die Skepsis in spanische Ehrliebe. Keine Frau darf bei der Einschiffung vergessen, daß an Cytheres anderem Ende ein großes Kloster starrt, zu lebenslänglicher Einsperrung; kein Mann, daß in einem Haus, wo er erwischt wird, ein Haufe riesiger Lakaien ihn einfach totschlagen kann. Die persönliche Sicherheit ist erst un-

vollkommen verbürgt und endet beim Selbstschutz des anderen. Die nächtlich einander Genießenden werden noch aufgestört zu angstvollem Durchshaushorchen und zu einem Ruck nach dem Degen. Und auch das schärft, wenn es einem Kulturmenschen geschieht, das Denken, macht umsichtiger und klarer. Man hat es so nötig, den inneren Gängen aller Beteiligten genau nachzutasten. Der erste Anlaß, aus dem man Psychologe ward, war der Müßiggang: aber der Zwang, durch den man es bleibt, ist die Gefahr.

Die notgedrungen erworbenen Eigenschaften vervollkommnet man bewußt; man verachtet das Gefühl, das man durch Vernünftelei zersetzt, unter Ausschweifungen erstickt hat; schämt sich sogar des Glückes, das einem unberechnet zufällt. Man kommt durch den Mißbrauch der Analyse endlich zu ganz gefälschten Begriffen, glaubt, daß Wonnen gewollt und herbeigeführt werden müsssen, und sagt: ›Ich empfand eine unfreiwillige, aber köstliche Regung.‹ Das Gehirn arbeitet so einseitig, daß man vor gewissen Erscheinungen aus Feinheit zum Dummkopf wird. In dem Augenblick, da jemandem wirkliche Liebe zugefallen ist, ruft er aus: ›Man muß darauf verzichten, die Frauen kennen zu wollen!‹ Denn diese ist geflohen; und das kann nur eine neue List, ein weiteres Mittel, um weh zu tun, sein. Wandelt einen eine echte Empfindung an, so beeilt man sich, sie dadurch zu rechtfertigen, daß man sie ausnutzt. Man hat Nerven und kann im Laufe einer kaltblütig eingeleiteten Verführungsszene in ehrliche Tränen ausbrechen. Einem Valmont aber fällt, noch während sie rinnen, ein, welche Wendung sie der Szene geben können, und er spielt in dieser Richtung weiter. Auch ihm kann geschehen, daß er sich verliebt und eine Frau glücklich machen möchte: aber doch nicht um ihretwillen. Sondern ›das Experiment, das ich mit ihr anstellen will, erfordert, daß ich sie glücklich, vollkommen glücklich mache‹. Das Experiment soll herausbringen, was aus einer schüchternen und leidenschaftlichen, sehr frommen und bis dahin streng tugendhaften Frau, die sich ihm endlich hingab, wohl wird, wenn man sie auf dem Gipfel des Glückes plötzlich mit einem Fußtritt entläßt.

Man ist vorurteilslos genug, um seine Experimente auch auf die Tugend auszudehnen, wenn man am Wege des Lasters einmal auf eine stößt. Valmont vollbringt, böser Zwecke wegen, eine gute Tat, spürt Vergnügen und ruft mit Genugtuung: ›Ich bin versucht, zu glauben, daß, was man die tugendhaften Leute nennt, nicht so verdienstvoll ist, wie man uns gern vorredet.‹ Er benimmt sich manchmal hochanständig. Das kommt dann daher, daß die Unanständigkeit zu leicht, also seiner nicht würdig gewesen wäre. Eine Dame, mit der er die Nacht verbracht hat, scheint, dank einem unvorhergesehenen Zwischenfall, verloren. ›Man muß zugeben, es hätte Spaß gemacht, sie in der Lage drinzulassen; aber konnte ich dulden, daß eine Frau um mich und nicht durch mich ins Unglück käme? Und sollte ich mich, wie der Durchschnitt der Männer, von den Umständen meistern lassen?‹ Die Schwierigkeit einer Sache ist immer das Ausschlaggebende. Valmont hat die tugendhafte Präsidentin früher lächerlich gefunden, schlecht angezogen, putenhaft; eines Tages aber fällt ihm auf, daß niemand sich mehr um sie kümmert; ihre Tugend, die ›schon zwei Jahre des Triumphes‹ hinter sich hat, gilt als unumstößlich; also muß Valmont sie umwerfen. Aber nicht durch Überrumpelung. Nicht auf ›den albernen Vorteil, eine Frau mehr gehabt zu haben‹, kommt es an; sondern auf ›den Zauber langer Kämpfe und einer schwierigen Niederlage‹. Sie soll kämpfen, diese Frau, für die die Hölle noch etwas Wirkliches ist. Er will ihre Qualen schmecken, den Duft ihrer Angst einatmen. Was ein Mensch dem anderen zufügen kann, erfährt man im Laufe dieser Inquisition eines Psychologen, wie man es bei der der Mönche erfährt. Er nimmt sie nie, so oft er's könnte; er hat Zeit, bis sie, sich klar bewußt, daß sie ihr ewiges Verdammungsurteil fällt, ihn in ihre Arme zieht. Über Gott siegen: das ist hier der Kitzel, dem zuliebe man sich monatelang einen fälligen Genuß versagt.

In alledem ist ein kindlich grausamer Spieltrieb; aber auch ein sehr aparter Stolz. Alles seinem frei schaltenden Willen zu verdanken, nichts Sinnesausbrüchen, nichts dem Gefühl. Durch das Gefühl gewährt man anderen Macht über sich. Wer die Freiheit liebt und die Macht, hütet sich vor der Erniedrigung, ›denken zu müssen, daß ich gewissermaßen von eben der Sklavin abhängen könnte, die ich mir unterworfen habe, und daß die Fähigkeit, mir vollkräftige Genüsse zu verschaffen, der oder der Frau vorbehalten sein sollte, unter Ausschluß jeder anderen‹. Nur in kein anderes Wesen aufgehen, keinem Übergriffe gestatten! Im Gefängnis dieser Gesellschaft des achtzehnten Jahrhunderts, der wachsamsten, kleinlichsten, die je da war, wenigstens innerlich ganz kettenlos auftrumpfen! Unter den Worten eines Roués, der sich gegen die Liebe sträubt, wird, dumpf dröhnend, der Aufstand der Persönlichkeit gegen die Gesellschaft vernehmlich. Dies Geschlecht wird die Revolution vollbringen, in der ›Gleichheit‹ nicht viel mehr als Redensart, aber ›Freiheit‹ wildester Ernst sein wird: Befreiung des Individuums... Nun ist es befreit; und der erste und größte der neuen Menschen, Chateaubriand, hat sein einsames Empfinden und seine stolze Langeweile über Steppen, durch Urwälder und die Ränder von Ozeanen entlang getragen. Wenn jetzt Valmont zurückkehrte? Da ist er, in Mussets ›Confession d'un enfant du siècle‹: beträchtlich ermattet und vom Gewissen angekränkelt, aber mit derselben Neugier des durch Ausschweifungen Ernüchterten und wieder verliebt in eine, die sich ihm opfert. Und was entdeckt er nun auf dem Grunde dieser Liebe? Musset entdeckt: ›Während deine Lippen die seinen berührten, während deine Arme seinen Hals umschlangen, während die Engel der ewigen Liebe euch, wie ein einziges Wesen, mit den Banden des Blutes und der Lust umwanden, waret ihr einander ferner als zwei Verbannte an den beiden Enden der Erde, getrennt durch die ganze Welt.‹ Wie viele Liebende werden fortan dies wiederholen, wie viele Dichter! Als der Roman auf seine Höhe gelangt, deckt der Überdruß am Wissen um die eigene Einsamkeit den schwarzen Schleier über alle Schöpfungen Flauberts. Als der Roman sich reif zu Ende neigt, ist unverbrüchliche Einsamkeit die Tragik jeder Seele, die Maupassant beschreibt, – Einsamkeit, gegen die man sich den Kopf einrennt, Einsamkeit, die man weltmännisch verachtungsvoll weiterträgt. Jedes hochstehende Gefühl ist mit diesem Mal gezeichnet, während des ganzen neunzehnten Jahrhunderts.

Dem achtzehnten ist es unbekannt. Der Liebhaber von damals nimmt sein Alleinsein leicht. Er macht sich ein Verdienst aus den egoistischen Ekstasen, zu denen das andere Wesen ihm nur Vorwand ist und in denen unvergessen bleibt, daß, was man im Augenblick umarmt, im nächsten ein Mittel sein wird, die Aufmerksamkeit eines Salons auf sich zu ziehen, ein Gerät, sich hinaufzuhissen, ein Weg zum Ruhm, ein Unterdrückter, ein Feind. Unabhängig und ganz frei von Gemüt; leicht beweglich und immer in der Spannung vor dem Kampf; tapfer und überaus unbedenklich; ohne alle Sehnsucht; ein elegantes, gelassen auf sich selbst beschränktes Raubtier: so ist Valmont der jüngere Bruder des Pippo Spano und der Rokokomensch ein Nachzügler der Renaissance. Gewiß: er hat weniger Kraft und viel mehr Eitelkeit. Die Empfindungsform, wie der Kunststil, ist in den dreihundert Jahren, die vergingen, dünner und verschnörkelter geworden; doch ist die Grundlinie dieselbe und der Weg, den diese Kultur nahm, von keiner gewaltsamen Hand noch aufgerissen und abgebrochen. Ein Salon in der Mitte des achtzehnten Jahrhunderts ist eine verkommene Republik des fünfzehnten, in Denkweise und herrschenden Trieben, in der Zähigkeit einer zum Kleinlichen entarteten Rachsucht, in manchem aus seidenem Geknister jäh hervorbrechenden grassen Wort, in hundert mit Spitzen besetzten Roheiten des Gefühles und skrupellosen Handlungen. Aus einer Liebesaffäre einen Hinterhalt zu machen ist die wenigst gewaltsame, das Durchstöbern eines fremden Schreibtisches längst nicht die unzarteste. ›Ich bedaure, daß ich nicht stehlen gelernt habe; aber unsere Eltern denken an nichts.‹ Am anderen Ende der Skala liegt dieser Ton: ›Habe ich erst diesen Triumph erreicht, dann will ich meinen Rivalen zurufen: seht mein Werk und suchet ein zweites, das ihm gleicht, im Jahrhundert!‹ Ein Römer konnte so sprechen, wenn er einen halben Weltteil erobert hatte; ein Kondottiere nach der blutigen Einnahme einer jahrelang listig belauerten Landstadt. Der Cäsar des achtzehnten Jahrhunderts verkündet es bei der bevorstehenden Niederlage einer Frau.

Wie bös diese Zeiten waren! Welches niemals aussetzende Bewußtsein der Feindschaft von Mensch zu Mensch, welche Gefeitheit gegen jeden Anflug von Wohlwollen muß damals einem eigen gewesen sein, damit er kalten Blutes eine Unglückliche aus einem mörderischen Affekt in den anderen hetzen, dem Instrument dieser Seele Melodien der Qual entlocken konnte – zu seinem Ruhm! Welcher Spätere konnte das fassen? Als einmal die alte Gesellschaft gesprengt war? Denn nur sie, mit ihrem unbablässigen Aneinanderreiben der Eitelkeiten, war imstande, solche Gehirne zu bilden. Böse wird der Mensch erst, wenn er unter seinesgleichen ist und aufs Handeln ausgeht. In seinem Zimmer ist er's nicht und nicht im Walde. Der einsam Betrachtende neigt zur Güte; und gutmütig und naiv kommen nun die romantischen Jahrzehnte, naiv und gutmütig bis in ihre Libertins. Der Wunsch nach Frieden zwischen den Geschlechtern wird sehr groß; das Bewußtsein von ihrem Kriegszustand geht fast verloren; er muß künftig wiederentdeckt werden, wie eine neue Wahrheit. Wie dazu Valmont die Schultern gehoben hätte! Aber die Marquise von Merteuil hätte in ihrem geschulten Gesicht keine Mine verzogen.

Denn die Marquise äußert grundsätzlich nie, was sie gerade denkt; und sie hat dafür gesorgt, daß man es nicht errät. Gleich bei ihrem Eintritt in die Welt hat sie sich in Arbeit genommen, jede unwillkürliche Freude unterdrückt, sich Schmerzen beigebracht, um sie unter Heiterkeit verbergen zu lernen; ließ in der Hochzeitsnacht sich kein Vergnügen anmerken, damit ihr Gatte sie für unempfindlich halte und Vertrauen fasse. Unter ihren Liebhabern ist keiner, der sich nicht für den einzigen hielte; denn keiner seiner Vorgänger oder Nebenmänner durfte etwas ausplaudern: von jedem kennt sie ein gefährliches Geheimnis, selbst von Valmont. Sie ist sich bewußt, Valmonts Leistungen tausendmal zu überbieten. Er mag viele Frauen ins Unglück gebracht haben; wenn er aber unterlag? Dann war's eben ein Erfolg weniger; sie aber, sie wagt. Wie viel mehr Schlauheit hat sie nötig! ›Glauben Sie mir, Vicomte, man erwirbt selten Eigenschaften, die man entbehren kann.‹ Auf den Ehrgeiz, ihre Liebhaber im Zaum zu halten und der Gesellschaft zum Trotz zu leben, verwendet sie den Willen einer Katharina. Sie ist in Wahrheit auf der Höhe des Jahrhunderts. Valmont vergleicht sich umsonst mit Turenne und Friedrich; er prahlt zu viel; auch ist der Stoff, in dem er arbeitet, zu unmännlich, wie er ein einziges Mal selbst zu fühlen scheint. Er kann in diesem weiblichen Zeitalter immer nur die zweite Rolle spielen. Die Merteuil erst, das weibliche Genie, erhebt die Liebesintrige zur hohen Philosophie und zum großangelegten Spiel um die Macht. ›Unser Programm heißt: erobern.‹ ›Ich stieg in mein eigenes Herz, und dort studierte ich die Herzen der anderen.‹ Valmont weiß nur, was ihn angeht, was die Praxis des Verführers ihn gelehrt hat. Er hat, zum Beispiel, grundfalsche Meinungen über alte Frauen. Er ahnt nicht einmal, was seine ehemalige Geliebte, die Merteuil, in Wirklichkeit für ihn fühlt, seit sie sich in Güte getrennt haben; er wähnt, eine Frau verzeihe dies. Nur sie sieht klar in allen und ist gerüstet, jeden zu treffen. Sie gelangt, ›libertine‹ in jedem Sinn, im Lauf ihrer lasterhaften Überlegungen zu den vorgeschrittensten Maximen. Sie ist Ästhetin; bereitet sich durch wechselnde Lektüren auf die Stimmungen vor, die die

Liebesnacht ihr bringen soll; wird bei erotischen Seltsamkeiten landen. Sie hat einen Künstlerhaß auf die Plattheit und auf jene Frauen, die leichtsinnig aus Dummheit und nichts weiter sind als Amüsiermaschinen. Um nur ja nicht im Gewöhnlichen stecken zu bleiben, geht sie, als Beraterin der Jugend, bis an die Grenzen der offenen Gemeinheit. Diese weise Korrumpierung eines vertrauenden kleinen Geschöpfes! Und der bewußte Todesstreich gegen seine Geliebte, zu dem sie Valmonts eitle Hand lenkt! Sie hält sich als Bundesgenossin zu dem Feinde ihres eigenen Geschlechts. Erst sie bezeichnet wahrhaftig in der Menschheit die Stelle, wohin nichts Menschliches mehr dringt. Die Frau der Renaissance bleibt weit zurück. Das Leben der Katharina Sforza müßte ganz aus dem einen Moment auf Imolas Festungswall bestehen: ›Mein Kind? Tötet es nur! Ich mache mehr!‹ Und auch dann noch wäre sie keine Merteuil. Diese Frau ist unberührbar; das letzte Laster ist unberührbar gleich der äußersten Reinheit. Es gäbe nichts, woran sie zugrunde gehen könnte; nur ihr eigener Stolz bringt sie um. Und als dann alles am Licht ist und sie in einem Theaterfoyer ausgejohlt wird von eben der Gesellschaft, die sie gängelte, von den heuchlerischen Halbschurken, denen nur Mut und Genie fehlte, um zu werden, was sie ist: da wird ihre Größe frei. Sie triumphiert noch im Untergehen; niemand kann glauben, daß sie sich getroffen fühlt, und man muß immer lauter werden, und man erschrickt fast: rührt sich doch nichts in ihren Mienen!

Wo blieb sie, seit sie verschwand? Sie ist bis zur Stunde nie wiedergekehrt, nicht einmal mit verwässertem Blut, wie Valmont wiederkehrte. Im Werk des nächsten Bildners einer Gesellschaft, bei Balzac, ist die gefährlichste Frau keine Marquise; es ist eine kleinbürgerliche Kokotte. Und diese Marneffe tut nichts blendend Verruchtes, läßt nur zu, daß sich ein armer Alter an ihr zugrunde richtet. Sie hilft nur ein bißchen nach. Wenig Initiative der Sinne, gar keine des Geistes. Statt aller Philosophie ein paar Dirnenzynismen.

Welch tiefer Fall, nachdem noch soeben auf dem Gipfel der Kultur die heftigste Bosheit geherrscht hatte! Nie war das Böse heftiger als in der Merteuil; und da für die Kunst Intensität alles ist, kann man zu dem Glauben kommen, die Merteuil sei eine der großen Gestalten der Weltliteratur.

Ihr Dichter war ein Soldat der Revolution. Er war es als General bei der Rheinarmee und der in Italien; und er war's in seinem Buch. Es erschien 1782, noch drei Jahre vor ›Figaros Hochzeit‹, und es ist als Parteischrift gemeint. Valmont und die Merteuil bedeuten die Verkommenheit des Adels; als dritte Hauptfigur vertritt die von den beiden Verbrechern zu Tode gequälte Präsidentin Tugend und Frömmigkeit des Bürgertums. Ohne Willen Laclos' schillert aber sie erst recht von Zersetzung. Unendliche Sinnlichkeit blinkt in ihren tränenden Augenaufschlägen. Sie ist eine Zeitgenossin der Sünderinnen des Greuze und eine späte Verwandte der Magdalenen von Carlo Dolci. Sie ist, diese kleine Bürgergans, der ihres Mannes richterlicher Adel Zutritt in die Welt verschafft hat, ganz weg in den schlimmen, schneidigen Valmont; und damit bei dem Kitzel, den sie sich nicht länger versagen kann, auch der Himmel nicht zu kurz komme, nimmt sie sich vor, den Ausgestoßenen zu erlösen, für ihn das Martyrium zu erleiden. Laclos hat das gegeben, wie es ist, und es steht jedem frei, es widerlich zu finden; er selbst aber hat es schön gefunden, daran ist kein Zweifel. Choderlos de Laclos liebt Frau von Tourvel. Hat er sie immer geliebt?

Als junger Offizier, schmal und düster, hat er die ersten Blicke auf die glänzendste Gesellschaft Europas geworfen, die ein Mensch mit Künstlerinstinkten schwerlich ansehen konnte, ohne sie insgeheim an sich zu reißen, sie in seinen Träumen zu verschlingen. Er wird das alles begehrt haben, alle Eleganz, allen Ruhm der Roués, alle Frauen. Die Merteuil war die Krone von allem: er wollte sie haben. Sicher ist, daß niemand eine Frau so in Worte einfängt, er hätte sie denn geliebt. Es wird ihm in der Phantasie ergangen sein wie Valmont in der Wirklichkeit; er wird, sich hindurchträumend durch Verfeinerungen, von der Merteuil zu der Tourvel gelangt sein. War er doch Valmont! Wie hätte er sich später seiner so gut entsonnen, wenn er ihn damals nicht in sich gehabt hätte? Einige Jahre vielleicht; während deren er vergebliche Anläufe gemacht haben wird, zu sein, als was er sich fühlt. Es halten ihn ab: Armut, Schüchternheit dessen, den nicht die Tat emporbringen soll, und Instinkt eines künftigen Berufes. Dann entscheidet die Zeitbewegung; seine enttäuschte Begierde richtet sich feindselig gegen die Klasse, in der er so gerne triumphiert hätte. Jetzt erst hat er den Standpunkt zu ihrer Schilderung. Er fühlt: ich habe, ohne daran zu denken, erlebt, was die Zeit wollte, daß man erlebe. Und was in dieses Buch fließt, ist alles, was mir beschieden war, bin ich ganz. Es heißt vorsichtig damit umgehen. Dies kehrt nicht wieder; mein ganzes Leben sieht auf diesen Moment; und meine Zeit. So trägt er sein einziges Buch lange aus, es kommt vollreif zutage, die Briefe, in denen er es komponiert, werden ohne Schwanken hingeschrieben, ohne ein Durchstreichen. Es ist das Werk eines Vierzigjährigen, ein Werk von der Lebenshöhe, und ein Meisterwerk. Es wäre unmöglich, feinere Intrigen ganz und gar aus seelischen Tatsachen abzuleiten, eine energische Katastophe moralisch besser zu füllen. Der emphatische Briefstil der ›Neuen Héloise‹ liegt weitab; hier ist die bildlose Schärfe von ›Candide‹ und dem ›Essai sur les Mœurs‹. Rapide Handlung, schneidende Reflexion. (Nur die kämpfende Tugend der Präsidentin hemmt ein wenig.) Zusammenführen aller Fäden, an denen zum Schluß lauter Leichen hängen, in der Hand der Ältesten, Überlebenden. Das Buch ist geschickt und tief, unangreifbar in der äußeren Mache und im Spiel der inneren Federn.

Es ist abgestreift; nun hieße es, weiterwachsen. Eins, was in Valmont war, darf der Mann der Revolution fortbilden: seinen Persönlichkeitsstolz. Valmont konnte die Gesellschaft noch nicht entbehren; der Schüler Rousseaus glaubt, es zu

können. Ein Jahr nach den ›Liaisons‹ schreibt er über die Erziehung der Frauen; und seine Erziehungsmethode beschränkt sich darauf, daß er ihnen das ›Naturweib‹ vorführt. Zwar hat den ›Naturmenschen‹ niemand je gesehen, Rousseau erfand ihn von Kopf bis Fuß; aber es gibt ein unerforschtes Afrika, wo er stecken konnte. Für alle ist sein Vorhandensein eine wahre Herzensangelegenheit. Er ist dem achtzehnten Jahrhundert so viel, wie dem neunzehnten der Pithekanthropos werden wird. Laclos ist ihm ganz ergeben. Die sündenschöne Bürgerdame liegt hinter ihm; jetzt ergeht er sich in verliebten Schilderungen des sonnenbraunen Naturmädchens, das, von unbekannter Glut verzehrt, in betauter Sonnenaufgangslandschaft sich wirren Blickes auf den ersten Mann stürzt. Besorgt um ihren Ruf, kommt er dem Verdacht zuvor, sie möchte nicht recht sauber sein; und das wirkt rührend bei dem Schöpfer der abgefeimtesten Romanfiguren, die je da waren. Gegen Buffon und Voltaire, die dem Naturmenschen nicht hold sind, verteidigt er das Verlassen von Frau und Kind – was abstoßen könnte, wenn es nicht von einem Träumer und von einem zum besten Familienvater Bestimmten käme.
Er bleibt Träumer. Den Beweis dafür, daß die ›Liaisons dangereuses‹ nicht, wie man zu finden scheint, ein Kunststück kalter Beobachtung sind: Laclos' ganzes folgendes Leben erbringt ihn. Es ist köstlich ungeschickt. Noch 1789 nimmt er vom Herzog von Orléans ein Amt an. Nach der Flucht nach Varennes greift er, um seinem Herrn auf den Thron zu helfen, in einer Volksversammlung zu Gewaltmitteln, übertrieben, nach Art des Schüchternen, der sich in Handlung stürzt. Seine Phantasie und seine Zaghaftigkeit zeigen ihm die Tatmenschen noch viel unbedenklicher, als sie sind. Er will mittun, sie überbieten; und fällt ab. Die Revolution bereitet ihm als einzelnen nur Enttäuschungen; er aber hängt an der großen, geliebten Abstraktion; will niemals glauben, daß außer einem kleinen Haufen Unverbesserlicher jemand ihr entgegen sein könne. Geblendet

vom Starren in die weite Morgenröte, verliert sein Blick die Tatsachen. Er sieht nichts voraus und legt die Sache der Freiheit in die Hände Bonapartes. ›Möge nur er leben!‹ Seine Leiden kommen ihm nicht von ihr, von der Revolution, sie kommen von Menschen; und in dem Kerker, in den sie ihn, als ›homme de génie‹, geworfen hat, begeht er ihre Feste, erfindet er Geschosse, die sie ausbreiten sollen, lehrt er seine Kinder, solange man ihm das Schreiben erlaubt, ihren Geist. ›Die Tugenden sind auf der Tagesordnung.‹ Mit der ruhigen Größe, die den Menschen jener Tage als Preis ihrer Gläubigkeit zuteil ward, trifft er Bestimmungen, ›für den Fall einer Krankheit oder eines anderen Unglücksfalles‹. Der andere Unglücksfall ist die Guillotine.

Er entgeht ihr und wird zur Armee geschickt. Es ist Waffenstillstand, auch sind mehr als genug Generale vorhanden, und es hieße, sich durch Ränke hinaufbringen. Laclos bleibt resigniert unten, trennt sich in seinem Bewußtsein immer von ›denen dort oben‹. Er behält im Alter die Neigung des sanften Dichters, die die Neigung ganz junger Menschen ist: die Leute danach zu beurteilen, wie sie ihn behandeln. Sobald man ihn verwendet, leistet er mit seiner Artillerie die tüchtigsten Dienste. Aber er ist ohne Ehrgeiz, sehr unentschlossen, hat einen etwas pedantischen Gerechtigkeitssinn, fremd den ungesetzlichen Kühnheiten, denen jetzt die Welt gehört, und sieht den Ruhm so fern, daß er's vermessen fände, die Hand nach ihm auszustrecken. Auch weiß er nichts von seiner Vergötterung, die jetzt aufkommt; er hat den menschlicheren Glauben seines Jahrhunderts: ›Das Ziel ist Glück, und Ruhm nur ein Mittel.‹ Der Republik dienen: was kann ihr Bürger noch mehr wollen? Den Seinen anständigen Unterhalt erwerben. Denn er lebt jede Stunde seiner Kriegszüge mit den Seinen, wie er einst im Gefängnis in Gedanken mit ihnen seine Mahlzeiten teilte. In seiner Frau liebt er die Erinnerung an die Tourvel, bedauert, ein Wort von ihr nicht mehr der Präsidentin in den Mund legen zu können, erklärt seine Frau für seine Nachwelt, sein Pantheon, worin sein Gedächtnis ruhen wird. Trost des Enttäuschten; ständiges Zurücksinnen an die einzige Leistung, die ihm vergönnt war. Was er heute tut, er weiß es, ist subaltern; drum erträgt er gefaßt die Zeiten zwischen zwei Briefen seiner Lieben, und seine Erholung ist, wenn er, der als Eroberer in eine italienische Stadt eingezogen ist, hinter den stillen Mauern eines Bischofpalastes mit einem feinen Prister plaudern darf, der sein Buch gelesen hat.

Und so, mag er selbst seine Rolle auch bescheidener veranschlagen, hat er teil am Sinn dieser Tage: den Verfasser eines gesellschaftskritischen Romans tragen Bajonette durch unterworfene Länder. Der Soldat ist vom Herkommen abgewichen, er fristet nicht mehr das Bestehende, steht nicht länger der Tatwerdung von Ideen entgegen; er selbst tränkt sie, auf großen Siegeszügen, Europa ein. Er war Scherge und ist nun Kulturbringer; der literarische Offizier, in dessen Briefen die Namen Voltaire und Rousseau so oft vorkommen wie die von Kriegsmännern, ist der siegende Typus; und in dem, der noch auf Sankt Helena von den Dichtern wie von seinesgleichen sprechen wird, bereitet das Genie selbst sich vor, den Thron zu besteigen.

Laclos, schon alt, erfaßt wenig von dem um ihn her. Die Jetzigen ergreifen lärmend Besitz von der Außenwelt. Diese Stürme haben Chateaubriand über das Meer geworfen, werden den Knaben Victor Hugo nach Spanien wehen und die Romantik, die Kunst der sichtbaren Dinge, entfachen. Er aber, der Artillerist und Erfinder, zieht den Feldstechern die Augen der Seele vor. Für seine Fahrt durch die Schweiz findet er in drei Zeilen Platz und hält Genua keines Besuches wert. Schon als Valmont hatte er gesagt: ›So sind Sie denn auf dem Lande, das langweilig ist wie das Gefühl und traurig wie die Treue.‹ Die schwierig zusammengesetzten Menschen, in einem Salon wohlverwahrt, die zu durchschauen und reinlich zu bestimmen ihm gegeben war, sie sind nicht mehr. Ein Übriggebliebener, der sich den Zopf aufgelöst hat und von seiner Träumerbegeisterung in

lauter Neues, vor Rauheit Unentwirrbares verschlagen ist, läßt er aus seinem weichen, runden und roten Rokokogesicht seine melancholisch brennenden Beobachterblicke unbeschäftigt ausgehen über gleichgültiges Land. Könnte er wenigstens seine geliebten hohlen Kugeln bei einer ordentlichen Belagerung probieren! Lieber noch schriebe er den längst in ihm keimenden Roman, dessen Thema lautet: ›Das Glück lebt nur in der Familie.‹ Einer sinnt darüber, während er seine langen Glieder mühsam im Reiten übt; und hinter ihm ist immer, mit Karossen, Livreen und aufgedonnertem Stab, der opernhafte Pomp eines Generals der ›Armée d'Italie‹.
Dann stirbt er, in Tarent, einem Ort des Fiebers, wo er nicht einmal nützen konnte; stirbt ausgeschieden und geopfert und richtet ›in dem Augenblick, da für mich alles enden soll‹, eine Bitte an den Ersten Konsul: um Hilfe für die unglücklichen Seinen. Denn er hinterläßt nichts als seine prunkvoll bestickte Generalsuniform. Und die ›Liaisons dangereuses‹.
Die ersten Leser des Buches konnten (wie gewöhnlich) nicht ertragen, ihre Gesten, die ihnen, über die Wirklichkeit verstreut, niemals Ekel einflößten, im Kunstwerk zusammengebunden, ihre Seelenverfassung darin anschaulich kommentiert zu sehen. Marie Antoinette, die Keusche, verbot, daß auf das Exemplar, das sie einbinden ließ, der Titel gedruckt werde. Der Ruf der Unsittlichkeit, den die Rache der Zeitgenossen dem Roman bereitete, hat fortgewirkt. Die moralische Absicht darin ist zwar eher zu deutlich. Glücklich wird man nur durch Liebe. Nicht durch Stolz; nicht durch Spielen mit anderer Schicksalen; nicht durch Verstand: nur durch gütige Liebe. Wer liebt, merkt es und ruft den übrigen die neue Wahrheit zu. Wer nicht empfindet, hegt Neid auf alle, die es können. ›Ich bin empört,‹ sagt Valmont, der glänzende Verführer, ›wenn ich denke, daß dieser Mensch, ohne zu überlegen, ohne sich die geringste Mühe zu geben, einfach dadurch, daß er ganz dumm dem Trieb seines Herzens folgt, eine Seligkeit findet, die ich

nicht erreichen kann.‹ Das geht bis zur Fälschung. Gegen Ende des Buches wandelt die Merteuil eine Reuestimmung an, und sie wünscht, von einem naiven Jungen so geliebt zu werden, ›wie wenn ich seiner würdig wäre‹. Aber der Optimismus der meisten, der Schwäche ist, steht einem solchen Buch entgegen; und die Zeit, die es ertragen soll, braucht einen wagehalsigen Geist. Die zunächst Kommenden waren am wenigsten geeignet. So hat sich Charles Nodier albern und Michelet sich unverständig geäußert. Sainte-Beuve, den Analytiker von ›Volupté‹, hätten die ›Liaisons dangereuses‹ nicht weniger anziehen müssen als Sainte-Beuve, den neugierigen Kritiker; aber beide schweigen. In der Präsidentin Tourvel hätte George Sand leicht ihre eigene Rechtfertigung der Liebe als Diakonissinnenpflicht wiederzuerkennen vermocht; doch erklärt sie, der Seele gesünder als die ›Liaisons dangereuses‹ finde sie den ›Pfarrer von Wakefield‹. Ihrem Feind Baudelaire dagegen, dem ›Satanisten‹, der sich als verkannten Moralisten fühlte, war Laclos' Roman sympathisch. Und die Goncourt scheuen sich nicht, den Verfasser in die vorderste Reihe der klugen Reformatoren zu stellen.

Nicht das macht dem heutigen Geschlecht seiner Liebhaber sein Buch wert. Bei den ›Liaisons dangereuses‹ verweilt, als bei einem frühen Bilde des eigenen Wesens, jeder, der sein Erlebtes gern ins Schlimme steigert, sich aus der Hoffnungslosigkeit seines Wissens um Seelen einen Trost macht und einen Rausch aus seinem Herrschergefühl vor Abgründen, die er ermißt. Laclos würde stutzen beim Anblick seiner Freunde. Er wollte versittlichen: und sie sind Immoralisten. Er dachte, zu der sanften Tourvel zu führen: und sie bewundern die ruchlose Merteuil. Aber er, der ehemals lachend den Lästerungen getrotzt hat, würde heute wohl mit Lächeln den Ruhm hinnehmen, der selten mehr ist als ein weitverbreiteter Irrtum über unsere Person.

Heinrich Mann

ERSTER TEIL

Erster Brief

Cécile Volanges an Sophie Carnay, bei den Ursulinerinnen in . . .

Du siehst, beste Freundin, ich halte Wort, und Hauben und Flitter nehmen mir nicht die ganze Zeit; ich behalte immer noch was für Dich. Und ich hab doch allein heute mehr Putz gesehn als in den vier Jahren, die wir zusammen waren; und die stolze Tanville[1] wird sich, glaub ich, bei meinem ersten Besuch, wo ich sie ganz sicher rufen laß, mehr ärgern, als wir uns, ihrer Meinung nach, all die Male geärgert haben, wo sie in großem Staat bei uns angekommen ist. Mama hat mich bei allem um meine Meinung gefragt; sie behandelt mich längst nicht mehr so sehr als früher wie ein Schulmädchen. Ich habe meine eigene Kammerzofe, ferner ein Schlafzimmer und ein Kabinett, womit ich anfange, was ich mag, und ich schreibe Dir an einem wunderhübschen Sekretär, wovon ich den Schlüssel gekriegt habe und wo ich alles wegschließen kann, was ich will. Mama hat gesagt, ich soll sie alle Tage beim Aufstehn zu sehen kriegen, und es sei früh genug, wenn ich zum Mittagessen frisiert sei, weil wir doch immer allein wären und sie mir dann jeden Tag sagen würde, zu welcher Stunde ich nachmittags zu ihr kommen soll. Die übrige Zeit kann ich tun, was ich mag, ich habe auch eine Harfe zum Spielen und was zum Zeichnen und Bücher grade wie im Kloster, bloß daß Mutter Perpetua nicht dabeisteht und mich ausschilt und daß es bloß an mir liegt, wenn ich gar nichts tun will; aber da ich doch nicht mit meiner Sophie schwatzen und lachen kann, beschäftige ich mich lieber.

Es ist noch nicht fünf Uhr; zu Mama soll ich erst wieder um sieben: das ist eine Menge Zeit, wenn ich Dir doch was zu sagen hätte! Aber es ist mit mir noch über nichts geredet worden; und wären nicht die Zurüstungen, die ich mit ansehe, und die vielen Arbeiter, die alle meinetwegen kommen,

1. Pensionärin im selben Kloster

ich würde glauben, es ist kein Gedanke daran, mich zu verheiraten, und es ist auch wieder nur ein Geschwätz der guten Josephine[1]. Indessen Mama hat mir so oft gesagt, ein Fräulein müsse im Kloster bleiben, bis sie sich verheirate, – da sie mich nun herausnimmt, muß Josephine wohl recht haben.

Eben hält ein Wagen vor der Tür, und Mama läßt mir sagen, ich soll sofort hinüberkommen. Wenn das der Herr wäre! Ich bin nicht angezogen, die Hand zittert mir, und ich habe Herzklopfen. Ich habe die Kammerzofe gefragt, ob sie wüßte, wer bei meiner Mutter sei. »Na, Herr C** doch«, sagte sie und lachte. Oh! ich glaube, er ist's. Ich komme ganz sicher wieder und erzähle Dir, was passiert ist. Hier hast Du wenigstens seinen Namen. Ich kann ihn nicht warten lassen. Leb wohl, gleich bin ich wieder da.

Wie wirst Du Deine arme Cécile auslachen! Oh, ich habe mich furchtbar geschämt! Aber Du wärst auch drauf reingefallen. Wie ich bei Mama ins Zimmer kam, hab ich einen Herrn in Schwarz bei ihr stehen gesehn. Ich hab ihn, so gut ich konnte, begrüßt, und dann konnte ich nicht mehr vom Fleck. Du kannst Dir denken, wie ich ihn mir angesehn habe! »Gnädige Frau,« hat er zu meiner Mutter gesagt und mich dabei gegrüßt, »das ist mal eine reizende junge Dame, und ich fühle mehr als je, wie wertvoll Ihre Güte ist.« Wie er sich so bestimmt ausdrückte, hab ich dermaßen zu zittern angefangen, daß ich mich nicht aufrecht halten konnte; hab einen Sessel erwischt und mich draufgesetzt, gehörig rot und aus der Fassung. Kaum war ich drauf, da liegt der Mann vor mir auf den Knien. Da hat Deine arme Cécile den Kopf verloren; ich war, wie Mama gesagt hat, ganz verstört. Ich bin aufgesprungen und hab einen durchdringenden Schrei ausgestoßen ... na so, wie den Tag, als es donnerte. Mama hat laut losgelacht und gesagt: »Was hast du denn? Setz dich doch und gib dem Herrn deinen Fuß.« Tatsächlich, liebe Freundin, der Herr war ein Schuster. Ich kann Dir nicht wiedergeben, wie sehr ich mich geschämt habe; glücklicher-

1. Pförtnerin des Klosters

weise war bloß Mama dabei. Ich glaube, wenn ich erst verheiratet bin, bei *dem* Schuster bestell ich nichts mehr.
Du mußt zugeben, wir sind so klug wie zuvor! Leb wohl. Es ist fast sechs Uhr, und meine Kammerzofe sagt, ich muß mich anziehn. Leb wohl, liebe Sophie; ich hab Dich so lieb, als wär ich noch im Kloster.
Nachschrift: Ich weiß nicht, durch wen ich meinen Brief schicken soll, drum warte ich, bis Josephine kommt.

Paris, am 3. August 17**

Zweiter Brief
Die Marquise von Merteuil an den Vicomte von Valmont, auf Schloß ...

Kehren Sie zurück, lieber Vicomte, kehren Sie zurück! Was haben Sie denn überhaupt noch zu tun bei einer alten Tante, deren Vermögen Ihnen schon vermacht ist? Reisen Sie unverzüglich; ich brauche Sie. Es ist mir ein hervorragender Gedanke gekommen, und mit der Ausführung will ich Sie betrauen. Diese paar Worte sollten Ihnen genügen; und in der Erkenntnis, daß meine Wahl Sie allzusehr ehrt, sollten Sie sich beeilen, herzukommen und auf den Knien meine Befehle entgegenzunehmen. Aber Sie mißbrauchen meine Freundlichkeiten, selbst noch seit Sie keinen Gebrauch mehr davon machen; ich stehe vor der Wahl, Sie ewig zu hassen oder übermäßige Milde walten zu lassen, und Ihr Glück will, daß die Milde die Oberhand behält. Also will ich so gut sein und Sie von meinen Plänen in Kenntnis setzen; aber schwören Sie mir, daß Sie als treuer Ritter kein Abenteuer bestehen werden, ehe Sie nicht dieses zu Ende geführt haben. Es ist wert eines Helden: Sie sollen der Liebe dienen und der Rache; kurz, es soll ein gemeiner Streich mehr für Ihre Denkwürdigkeiten werden – jawohl, für ihre Denkwürdigkeiten, denn ich will, daß sie eines Tages gedruckt werden, und übernehme es, sie zu schreiben. Aber lassen wir das, und kommen wir auf das, was mich beschäftigt.

Frau von Volanges läßt ihre Tochter heiraten: es ist noch Geheimnis, aber sie hat es mir gestern mitgeteilt. Und wen glauben Sie, hat sie sich zum Schwiegersohn ausgesucht? Den Grafen Gercourt. Wer mir gesagt hätte, daß ich Gercourts Cousine werden würde! Ich bin in Wut darüber ... Nun also! Ahnt Ihnen noch nichts? Oh, wie schwer von Begriff! Haben Sie ihm das Abenteuer mit der Intendantin denn verziehen? Na und ich, ich habe mich doch noch mehr über ihn zu beklagen, Sie Ungeheuer.[1] Aber ich werde schon wieder friedlich, und die Hoffnung auf Rache heitert meine Seele wieder auf.

Sie haben sich, gerade wie ich, hundertmal über die Wichtigkeit geärgert, womit Gercourt die Frage seiner künftigen Frau behandelt, und über die dumme Einbildung, die ihn glauben läßt, er werde das unvermeidliche Geschick vermeiden. Sie wissen, wie lächerlich voreingenommen er für die Klostererziehung ist, und kennen sein noch lächerlicheres Vorurteil zugunsten der Zurückhaltung der Blonden. Ich würde tatsächlich wetten, daß er, trotz den sechzigtausend Francs Rente der kleinen Volanges, sich nie auf diese Heirat eingelassen hätte, wenn sie dunkel oder nicht im Kloster gewesen wäre. Drum wollen wir ihm zeigen, daß er ein Dummkopf ist und sonst nichts. Eines Tages ist er's ganz sicher, das macht mir keine Sorge: das Komische wäre, wenn er damit gleich anfinge. Wie wir uns den nächsten Tag freuen werden, wenn wir ihn prahlen hören! – denn prahlen wird er; und wenn Sie das kleine Mädchen dann erst einmal ausgebildet haben, muß es sich schon höchst unglücklich treffen, wenn der Gercourt nicht, wie irgendeiner, in Paris zum Stadtgespräch wird.

Im übrigen verdient die Heldin dieses neuen Romans all

1. Um diese Stelle zu verstehen, ist es nötig zu wissen, daß Graf von Gercourt die Marquise von Merteuil verlassen hatte um der Intendantin von *** willen, die ihm den Vicomte von Valmont geopfert hatte, und daß eben damals die Marquise und der Vicomte sich aneinander anschlossen. Da dieses Abenteuer sehr viel früher liegt als die in diesen Briefen zur Sprache kommenden Vorgänge, haben wir den ganzen Briefwechsel weglassen zu dürfen geglaubt.

Ihre Sorgfalt: sie ist wirklich hübsch. Sie ist erst fünfzehn, die richtige Rosenknospe. Linkisch allerdings, wie's nicht so leicht vorkommt, und nicht im geringsten geziert; ihr Männer habt dagegen ja nichts. Dazu einen gewissen schmachtenden Blick, der wahrhaftig vielversprechend ist. Kommt hinzu, daß ich sie Ihnen empfehle; Sie brauchen mir also bloß noch zu danken und zu gehorchen.
Diesen Brief bekommen Sie morgen früh. Ich verlange, daß Sie morgen um sieben Uhr abends bei mir sind. Ich werde bis acht Uhr niemand vorlassen, nicht einmal den regierenden Ritter: er hat nicht Kopf genug für eine so große Angelegenheit. Sie sehen, die Liebe macht mich nicht blind. Um acht gebe ich Ihnen Ihre Freiheit zurück, und Sie kommen um zehn wieder und soupieren mit dem schönen Ding; denn Mutter und Tochter werden bei mir soupieren. Adieu, es ist zwölf vorbei: bald geb ich mich nicht mehr mit Ihnen ab.

Paris, am 4. August 17**

Dritter Brief
Cécile Volanges an Sophie Carnay

Ich weiß nicht, beste Freundin. Bei Mama waren gestern zum Souper viele Leute. Obwohl ich es so nötig hatte, sie mir genau anzusehen, besonders die Männer, hab ich mich sehr gelangweilt. Herren und Damen, alle haben mich oft angesehn, und dann sagten sie sich was ins Ohr, und ich sah wohl, sie sprachen von mir; darüber mußte ich rot werden: ich konnte nichts dagegen machen. Gewollt hätt ich's wohl; denn ich habe bemerkt, daß die andern Frauen, wenn man sie ansah, gar nicht rot wurden; oder aber das Rot, das sie auflegen, läßt einen *das* Rot nicht sehen, das von der Verlegenheit kommt; denn es muß sehr schwer sein, nicht rot zu werden, wenn ein Mann einen anstarrt.
Was mich am meisten in Unruhe versetzte, war, daß ich nicht wußte, was sie sich von mir dachten. Ich glaube aber

doch zwei- bis dreimal das Wort ›hübsch‹ gehört zu haben. Aber ganz deutlich hab ich das Wort ›linkisch‹ gehört, und das muß wohl wirklich wahr sein, denn die Dame, die es sagte, ist eine Verwandte und Freundin meiner Mutter; sie scheint sogar gleich Freundschaft zu mir gefaßt zu haben. Es ist die einzige, die im Lauf des Abends ein bißchen mit mir geredet hat. Morgen sollen wir bei ihr zum Souper sein.

Dann hab ich auch schon nach dem Essen einen Herrn zu einem andern was sagen hören, und weiß gewiß, er meinte mich: »Man muß das reif werden lassen, im Winter werden wir sehen.« Vielleicht ist der es, der mich heiraten soll; aber dann wäre es ja erst in vier Monaten! Ich möchte wohl wissen, wie es damit eigentlich steht.

Josephine ist da, und sie sagt, sie hat Eile. Ich will Dir aber doch noch was erzählen, wobei ich wieder mal ›linkisch‹ war. Oh! Ich glaube, die Dame hat recht!

Nach dem Souper haben sie angefangen zu spielen. Ich hab mich zu Mama gesetzt. Wie es kam, weiß ich nicht, aber ich bin fast gleich darauf eingeschlafen. Lautes Gelächter hat mich aufgeweckt. Ich weiß nicht, lachten sie über mich? – aber ich glaub es. Mama hat mir erlaubt, schlafen zu gehn, und hat mir damit einen großen Gefallen getan. Stell Dir vor, es war elf Uhr vorbei. Leb wohl, liebe Sophie, behalte Deine Cécile immer recht lieb. Ich versichere Dir, das Gesellschaftsleben ist nicht so lustig, wie wir es uns dachten.

Paris, am 4. August 17**

Vierter Brief

Der Vicomte von Valmont
an die Marquise von Merteuil in Paris

Ihre Befehle sind bezaubernd; Ihre Art, sie zu geben, ist noch liebenswürdiger: Sie könnten einem Liebe zum Despotismus beibringen. Es ist nicht das erste Mal, wie Sie wissen, daß ich bedaure, nicht mehr Ihr Sklave zu sein; und wenn ich auch, wie Sie sagen, ein ›Ungeheuer‹ bin, denke ich doch nie ohne Wohlgefallen der Zeit, da Sie mich mit süßeren Namen beehrten. Oft wünsche ich sogar, sie von neuem zu verdienen, und zum Schluß noch, zusammen mit Ihnen, der Welt ein Beispiel der Beständigkeit zu geben. Doch höhere Pflichten rufen uns. Erobern ist unser Geschick, und es heißt ihm folgen. Am Ende unserer Laufbahn vielleicht begegnen wir uns noch einmal; denn, ohne Sie kränken zu wollen, wunderschöne Marquise, Sie halten zumindest gleichen Schritt mit mir; und seitdem wir uns zum Heil der Welt getrennt haben und jeder auf eigene Hand den Glauben predigen, haben Sie, scheint es mir, auf dieser Liebessendbotenfahrt mehr Jünger gemacht als ich. Ich kenne Ihren Eifer, Ihre glühende Inbrunst; und wenn jener Gott uns nach unsern Werken richtete, wären Sie eines Tages die Patronin irgendeiner großen Stadt, indes Ihr Freund höchstens ein Dorfheiliger wäre. Diese Sprache wundert Sie, nicht wahr? Aber seit acht Tagen höre und rede ich keine andere; und um mich darin zu vervollkommnen, sehe ich mich genötigt, Ihnen ungehorsam zu werden.

Werden Sie nicht böse und hören Sie zu. Mitwisserin aller meiner Herzensgeheimnisse, ich will Ihnen den größten Plan anvertrauen, den ich je geschmiedet habe. Was schlagen Sie mir vor? Ein junges Mädchen zu verführen, das nichts gesehen hat, nichts kennt; das mir sozusagen schutzlos ausgeliefert wäre; das eine erste Huldigung unfehlbar berauschen wird und das Neugier vielleicht rascher vorwärtsbringen wird als Liebe. Zwanzig andern kann das so gut gelingen wie mir. Anders steht es mit dem Unternehmen, das mich beschäftigt: sein Gelingen sichert mir ebensoviel Ruhm als Vergnügen. Amor, der meinen Kranz winden will, schwankt selber zwischen Myrte und Lorbeer, oder vielmehr, er wird sie beide zusammenwinden zu Ehren meines Triumphs. Sie selbst, schöne Freundin, werden von heiliger Ehrfurcht erfaßt werden und begeistert sprechen: ›Das ist der Mann nach meinem Herzen.‹

Sie kennen die Präsidentin Tourvel, ihre Frömmigkeit, ihre Gattenliebe, ihre strengen Grundsätze. Darauf also mache ich einen Angriff; das ist der meiner würdige Feind; das ist das Ziel, das ich mir setze.

Und wird auch der Erfolg mir keineswegs zum Lohn,
Ist selbst das Unterfangen genug der Ehre schon.

Schlechte Verse darf man anführen, wenn sie von einem großen Dichter sind.[1]

Sie müssen also wissen, daß der Präsident in Burgund ist, infolge eines großen Prozesses. (Ich hoffe, einen wichtigeren soll er durch mich verlieren.) Seine untröstliche Hälfte soll hier die ganze Zeit dieser betrübenden Witwenschaft zubringen. Täglich eine Messe, ein paar Besuche bei den Armen des Kreises, Morgen- und Abendgebete, einsame Spaziergänge, fromme Unterhaltungen mit meiner alten Tante, und manchmal ein trauriger Whist, sollten die einzigen Zerstreuungen sein. Ich richte ihr wirksamere her. Mein guter Engel hat mich hergeführt, zu ihrem und meinem Glück. Ich Unsinniger! mir taten die vierundzwanzig Stunden leid, die ich Höflichkeitsrücksichten opferte. Wie würde man mich jetzt strafen, wenn man mich zwänge, nach Paris zurückzukehren! Glücklicherweise gehören zum Whistspiel vier; und da es hier bloß den Ortspfarrer gibt, ist meine ewige Tante eifrig in mich gedrungen, damit ich ihr ein paar Tage opferte. Sie erraten wohl, daß ich eingewilligt habe. Sie können sich nicht vorstellen, wie sie mich seit dem Augenblick verhätschelt und besonders wie sie darüber erbaut ist, daß sie mich regelmäßig bei ihren Gebeten und bei ihrer Messe sieht. Von der Gottheit ahnt sie nichts, die ich dort anbete.

So gebe ich mich also schon vier Tage lang einer starken Leidenschaft hin. Sie wissen, ob ich lebhaft begehren kann, ob ich über Hindernisse wegstürme; aber was Sie nicht wissen, das ist, wie sehr die Einsamkeit die Glut der Begierde erhöht. Ich habe nur noch einen Gedanken; tags denke ich

1. La Fontaine

dran, nachts träume ich davon. Ich habe es sehr nötig, diese Frau zu bekommen, um die Lächerlichkeit loszuwerden, daß ich in sie verliebt bin: denn wohin führt nicht eine durchkreuzte Begierde? O köstlicher Genuß! Ich erflehe dich um meines Glückes und vor allem um meiner Ruhe willen. Wie sind wir glücklich, daß die Frauen sich so schlecht verteidigen! Wir wären vor ihnen nur furchtsame Sklaven. Ich habe in diesem Augenblick ein Gefühl des Dankes für die gefälligen Frauen, das mich ganz von selbst bis zu Ihren Füßen geleitet. Ich werfe mich vor Ihnen nieder, um Verzeihung zu erlangen, und ende diesen allzu langen Brief. Adieu, wunderschöne Freundin: und nichts für ungut.

Schloß . . ., am 5. August 17**

Fünfter Brief

Die Marquise von Merteuil an den Vicomte von Valmont

Wissen Sie, Vicomte, daß Ihr Brief von seltener Frechheit ist und daß es bloß an mir läge, böse darüber zu werden? Aber er hat mir klar bewiesen, daß Sie den Kopf verloren hatten, und das allein hat Sie vor meiner Entrüstung bewahrt. Als edle und mitfühlende Frau vergesse ich meine Kränkung, um mich mit nichts zu beschäftigen als mit Ihrer gefährlichen Lage; und so langweilig das Vernunftpredigen ist, bescheide ich mich doch, weil Sie es in diesem Augenblick so nötig haben.

Sie wollen die Präsidentin Tourvel haben! Was ist denn das für eine lächerliche Schrulle! Daran erkenne ich Ihren nichtsnutzigen Kopf, der sich immer nur das wünscht, was er glaubt nicht kriegen zu können. Was ist denn an der Frau? Regelmäßige Züge, wenn Sie wollen, aber gar kein Ausdruck; leidlich gewachsen, aber anmutlos; immer angezogen zum Lachen, mit ihren Haufen von Busentüchern und ihrem bis ans Kinn reichenden Korsett! Ich sag Ihnen als Freundin, von solchen Frauen braucht's nicht zwei, damit Sie all Ihr Ansehen verlieren. Denken Sie doch an den Tag,

wo sie in Saint-Roche sammelte und wo Sie sich so bei mir bedankten, dafür, daß ich Ihnen das Schauspiel verschafft hatte. Ich sehe sie noch vor mir, wie sie jener langen Latte mit langen Haaren die Hand gab, bei jedem Schritt nahe am Hinfallen war, mit ihrem vier Ellen breiten Reifrock immer an irgend jemandes Kopf stieß und bei jeder Verbeugung rot ward. Wer hätte Ihnen da gesagt, Sie würden die Frau haben wollen? Also bitte, Vicomte, werden Sie selber rot und kommen Sie wieder zu sich. Ich verspreche Ihnen, daß ich schweigen werde.
Und dann, sehen Sie mal, welche Mißhelligkeiten Sie erwarten! Mit welchem Nebenbuhler müssen Sie kämpfen? Mit einem Gatten! Fühlen Sie sich nicht bei dem bloßen Wort gedemütigt? Was für eine Schande, wenn Sie abfallen! und selbst im Erfolg wie wenig Ruhm! Ich behaupte noch mehr: erhoffen Sie gar kein Vergnügen! Gibt es das bei Prüden? Bei den ehrlichen, meine ich. Zurückhaltend selbst noch im höchsten Vergnügen, bieten sie Ihnen stets nur halbe Genüsse. Die volle Hingabe ihrer selbst, der Wollustrausch, worin das Vergnügen sich reinigt durch seinen Überschwang – diese Schätze der Liebe sind ihnen nicht bekannt. Ich sage Ihnen vorher: im günstigsten Fall wird Ihre Präsidentin alles für Sie getan zu haben glauben, wenn sie Sie wie ihren Mann behandelt; und im ehelichen Zusammensein, sei es noch so zärtlich, bleiben es immer zwei. Hier liegt es noch schlimmer: Ihre Prüde ist fromm, und zwar mit einer Gänschenfrömmigkeit, die zu ewiger Kindheit verdammt. Vielleicht übersteigen Sie dies Hindernis, aber schmeicheln Sie sich nicht, es zu zerstören: mögen Sie über die Liebe zu Gott Sieger bleiben, die Furcht vor dem Teufel werden Sie doch nicht besiegen; und wenn Sie Ihre Geliebte in den Armen halten und ihr Herzklopfen fühlen, so kommt das von Furcht und nicht von Liebe. Vielleicht hätten Sie, wenn Sie die Frau früher kennengelernt hätten, etwas aus ihr machen können; aber jetzt mit zweiundzwanzig Jahren – und nahezu zwei ist sie verheiratet. Glauben Sie mir, Vi-

comte, wenn eine Frau dermaßen verknöchert ist, muß man sie ihrem Schicksal überlassen: sie wird stets etwas Untergeordnetes bleiben.

Und doch geschieht es wegen dieses schönen Gegenstands, daß Sie mir den Gehorsam verweigern, daß Sie sich in der Gruft Ihrer Tante begraben und daß Sie Verzicht leisten auf das köstlichste Abenteuer, das ganz dazu angetan ist, Ihnen Ehre zu machen. Kraft welches Verhängnisses muß denn Gercourt gegen Sie immer irgendwie im Vorteil bleiben? Ich sage es wirklich, ohne schlecht gegen Sie gestimmt zu sein: aber in diesem Augenblick bin ich versucht, zu glauben, daß Sie Ihren Ruf nicht verdienen, bin vor allem versucht, Ihnen mein Vertrauen zu entziehen. Ich werde mich nie daran gewöhnen, dem Liebhaber der Frau von Tourvel meine Geheimnisse zu sagen.

Sie sollen aber doch wissen, daß die kleine Volanges schon einem den Kopf verdreht hat. Der junge Danceny ist närrisch dahinterher. Er hat mit ihr gesungen; und tatsächlich singt sie besser, als man es einem Schulmädchen zutraut. Sie werden wohl viele Duos miteinander üben, und ich glaube, sie würde gerne einstimmig loslegen; aber dieser Danceny ist ein Kind, das seine Zeit mit Liebesgetändel verlieren und nichts zustande bringen wird. Das kleine Wesen ihrerseits ist ziemlich scheu; und was auch geschehen mag, es wird immer viel weniger erfreulich sein, als Sie es hätten machen können. Drum bin ich auch verstimmt und werde mit dem Ritter, wenn er kommt, sicherlich zanken. Ich rate ihm, sanft zu sein; denn in diesem Augenblick würde es mich gar nichts kosten, mit ihm zu brechen. Ich bin sicher, wenn ich so gescheit wäre, ihn zu verlassen, würde er darüber in Verzweiflung sein; und nichts belustigt mich so wie eine verzweifelte Liebe. Er würde mich treulos nennen; und das Wort treulos hat mir stets Vergnügen gemacht; nach dem Wort grausam ist es das süßeste für ein Frauenohr, und es ist weniger mühsam zu verdienen. Im Ernst, ich will mich mit dem Bruch befassen. Und davon sind nur Sie die Ursache! Sie müssen es aber auch auf Ihr Gewissen nehmen. Adieu. Empfehlen Sie mich Ihrer Präsidentin für ihre Gebete.

Paris, am 7. August 17**

Sechster Brief

Der Vicomte von Valmont an die Marquise von Merteuil

Gibt es denn keine Frau, die ihre Macht nicht mißbraucht! Sie sogar, die ich so oft meine wilde Freundin nannte, Sie hören auf, es zu sein, und scheuen sich nicht, mich in dem Gegenstand meiner Neigung anzugreifen! Mit was für Zügen Sie Frau von Tourvel zu malen wagen! ... Welcher Mann hätte dieses dreiste Wagnis nicht mit seinem Leben bezahlt? Welcher andern Frau als Ihnen hätte es nicht zumindest einen üblen Streich eingetragen? Bitte, stellen Sie mich nicht wieder so schwer auf die Probe; ich würde nicht dafür bürgen, daß ich sie bestände. Im Namen der Freundschaft, warten Sie, bis ich die Frau gehabt habe, wenn Sie sie schlechtmachen wollen. Wissen Sie nicht, daß nur die Wollust das Recht hat, der Liebe die Binde abzunehmen?

Doch was sage ich? Ist Frau von Tourvel auf Täuschung angewiesen? Nein; um anbetungswürdig zu sein, braucht sie nur sie selbst zu sein. Sie werfen ihr vor, sie zieht sich schlecht an. Ich glaub's: aller Putz schadet ihr, alles, was sie verdeckt, entstellt sie. Erst in der Zwanglosigkeit von Hauskleidern ist sie wahrhaft entzückend. Dank der drückenden Hitze, die wir ausstehen, läßt ein einfaches Leinenkleid mich ihre runde, biegsame Taille sehen. Ein einziger Mousseline-Schleier bedeckt ihren Busen; und meine verstohlenen, aber eindringlichen Blicke haben seine bezaubernden Formen schon umfaßt. Ihr Gesicht, sagen Sie, hat keinen Ausdruck. Und was soll es in den Augenblicken, wo nichts zu ihrem Herzen spricht, denn ausdrücken? Nein, zweifellos hat sie nicht, wie unsere koketten Frauen, den lügnerischen Blick, der manchmal verführt und immer uns täuscht. Sie

versteht die Leere einer Redensart nicht mit einem eingelernten Lächeln zu verdecken; und obschon sie die schönsten Zähne von der Welt hat, lacht sie nur über das, was sie lustig stimmt. Aber man muß sehen, wie sie bei mutwilligen Spielen das Bild unbefangener, offener Frühlichkeit bietet! Wie bei einem Unglücklichen, dem sie mit Eifer Hilfe bringt, ihr Blick reine Freude und mitfühlende Güte ausdrückt! Vor allem muß man beim leisesten Wort des Lobes oder der Schmeichelei auf ihrem Antlitz die rührende Verlegenheit einer ungeheuchelten Bescheidenheit sich malen sehen! ... Sie ist prüde und fromm, und deshalb halten Sie sie für kalt und seelenlos? Ich denke sehr anders. Welchen erstaunlichen Gefühlsreichtum muß man haben, um ihn sogar über einen Gatten auszugießen und immer ein nie vorhandenes Wesen zu lieben? Welchen noch stärkeren Beweis können Sie wünschen? Und doch habe ich mir noch einen andern zu verschaffen gewußt.
Ich habe ihren Spaziergang dergestalt gelenkt, daß ein Graben zu überschreiten war; und obwohl sehr gewandt, überwiegt doch ihre Schüchternheit. Sie hat sich mir anvertrauen müssen. Ich habe diese bescheidene Frau in meinen Armen gehalten. Unsere Vorbereitungen und der Übergang meiner alten Tante hatten die ausgelassene Betschwester in schallende Heiterkeit versetzt; sobald ich mich jedoch ihrer bemächtigt hatte, schlangen sich, infolge einer geschickten Ungeschicklichkeit, unsere Arme ineinander. Ich preßte ihre Brust gegen meine; und in diesem kurzen Zeitraum fühlte ich ihr Herz rascher schlagen. Die liebenswürdige Röte kam und färbte ihr Gesicht, und ihre bescheidene Verwirrung belehrte mich hinlänglich darüber, *daß ihr Herz vor Liebe gebebt hatte und nicht vor Furcht.* Meine Tante täuschte sich darüber gleich Ihnen und sagte: »Das Kind hat sich gefürchtet«; aber die bezaubernde Aufrichtigkeit des ›Kindes‹ gestattete ihr keine Lüge, und sie erwiderte arglos: »Ach nein, aber ...« Dies eine Wort hat mich aufgeklärt. Von diesem Augenblick an hat süße Hoffnung die grausame Unruhe ab-

gelöst. Ich bekomme die Frau; ich werde sie dem Gatten, der sie entweiht, wegnehmen; dem Gott sogar, zu dem sie betet, werde ich sie zu rauben wagen. Welche Wonne, abwechselnd Gegenstand und Besieger ihrer Gewissensbisse zu sein. Fern sei von mir der Gedanke, die Vorurteile, worin sie befangen ist, zu zerstören! Sie tragen zu meinem Glück und meinem Ruhme bei. Mag sie an die Tugend glauben, aber sie mir opfern; mögen ihre Vergehungen sie in Grauen stürzen, ohne sie aufhalten zu können; und möge sie, von tausend Schrecken geschüttelt, sie nirgends vergessen, nirgends besiegen können als in meinen Armen! Dann, das laß ich mir gefallen, mag sie mir sagen: ›Ich bete dich an.‹ Sie allein unter allen Frauen wird würdig sein, das Wort auszusprechen. Ich werde in Wahrheit der Gott sein, dem sie den Vorzug gab.

Seien wir ehrlich: bei unsern ebenso kalten als leichtfertigen Übereinkommen ist, was wir Glück nennen, höchstens ein Vergnügen, Soll ich's Ihnen sagen? Ich hielt mein Herz für welk, fand in mir nur noch Sinnlichkeit und klagte über ein vorzeitiges Alter. Frau von Tourvel hat mir den bezaubernden holden Wahn der Jugend zurückgegeben. Bei ihr brauche ich nicht zu genießen, um glücklich zu sein. Das einzige, was mich schreckt, ist die Zeit, die mich das Abenteuer kosten wird; denn ich wage nichts dem Zufall zu überlassen. Mag ich mich noch soviel an meine glücklichen Frechheiten erinnern, ich kann mich nicht entschließen, sie ins Werk zu setzen. Damit ich wahrhaftig glücklich sei, muß sie sich mir geben; und das ist keine geringe Sache.

Ich bin gewiß, Sie würden meine Vorsicht bewundern. Das Wort Liebe habe ich noch nicht ausgesprochen, aber schon sind wir bei den Worten Vertrauen und Teilnahme. Um sie so wenig wie möglich zu täuschen, und besonders um der Wirkung des Geredes, das zu ihr gelangen könnte, vorzubeugen, habe ich ihr selbst, und so, als klagte ich mich an, einige meiner bekanntesten Streiche erzählt. Sie würden lachen, wenn Sie sähen, mit welcher Arglosigkeit sie mir

Predigten hält. Sie will mich, sagt sie, bekehren. Sie ahnt noch nicht, was der Versuch sie kosten wird. Sie ist weit entfernt, daran zu denken, daß sie, die, um ihre Worte zu gebrauchen, ›die Sache der von mir ins Verderben gebrachten Unglücklichen vertritt‹, zum voraus in eigener Sache spricht. Dieser Gedanke kam mir gestern mitten in einer ihrer Reden, und ich konnte mir das Vergnügen nicht versagen, sie zu unterbrechen, um ihr zu versichern, sie spreche wie ein Prophet. Adieu, wunderschöne Freundin. Sie sehen, ich bin noch nicht rettungslos verloren.
Nachschrift: Dabei fällt mir ein: Hat der arme Ritter sich aus Verzweiflung umgebracht? Sie sind wahrhaftig ein hundertmal schlimmerer Kerl als ich und würden mich beschämen, wenn ich eitel wäre.

Schloß . . ., am 9. August 17**

Siebenter Brief
Cécile Volanges an Sophie Carnay[1]

Wenn ich Dir nichts über meine Heirat gesagt habe, liegt es daran, daß ich nicht besser darüber unterrichtet bin als am ersten Tag. Ich gewöhne mich, nicht mehr dran zu denken, und in meiner Lebensweise befinde ich mich ganz gut. Ich übe mich viel in Gesang und Harfenspiel; mir scheint, ich mag es lieber, seit ich keinen Lehrer mehr habe, oder vielmehr, seit ich einen besseren habe. Der Herr Ritter Danceny, der Herr, von dem ich Dir gesprochen habe und mit dem ich bei Frau von Merteuil gesungen habe, hat die Gefälligkeit, alle Tage herzukommen und stundenlang mit mir zu singen. Er ist äußerst nett. Er singt wie ein Engel und komponiert sehr hübsche Lieder, wozu er auch die Worte dichtet. Es ist recht

1. Um die Geduld des Lesers nicht zu mißbrauchen, werden viele Briefe aus dieser täglichen Korrespondenz weggelassen; es werden nur die mitgeteilt, die zum Verständnis der Ereignisse in dieser Gesellschaft nötig erschienen. Aus demselben Grunde werden auch alle Briefe von Sophie Carnay und mehrere der an diesen Abenteuern tätig Beteiligten weggelassen.

schade, daß er Malteserritter ist! Mir scheint, wenn er sich verheiratete, wäre seine Frau sehr glücklich ... Er ist reizend zart. Nie kommt es einem vor, als machte er Komplimente, und doch schmeichelt einem alles, was er sagt. Er hat fortwährend etwas auszusetzen, sowohl an der Musik als an anderem; aber er mischt in seine Kritiken so viel Teilnahme und Lustigkeit, daß man ihm notwendig dankbar dafür sein muß. Schon allein wenn er einen ansieht, meint man, er sagt einem was Verbindliches.
Zu alledem kommt noch, daß er sehr gefällig ist. Gestern zum Beispiel war er zu einem großen Konzert gebeten, ist aber lieber den ganzen Abend bei Mama geblieben. Das hat mir viel Vergnügen gemacht; denn wenn er nicht da ist, spricht niemand mit mir, und ich langweile mich; wenn er aber da ist, singen und plaudern wir miteinander. Er hat mir immer etwas zu sagen. Er und Frau von Merteuil sind die einzigen beiden, die ich nett finde. Leb nun wohl, liebe Freundin; ich habe versprochen, ich wollte für heute ein Liedchen können, das sehr schwer zu begleiten ist, und möchte nicht mein Wort brechen. Ich werd mich wieder ans Üben machen, bis er kommt.

..., am 7. August 17**

Achter Brief

Die Präsidentin von Tourvel an Frau von Volanges

Man kann nicht empfänglicher sein, gnädige Frau, als ich, für das Vertrauen, das Sie mir bekunden, und keine größere Teilnahme fühlen als ich für Fräulein von Volanges' Verheiratung. Ich wünsche ihr wirklich von ganzer Seele das Glück, dessen sie ganz gewiß würdig ist, und verlasse mich auf Ihre Vorsicht, dank der sie es schon finden wird. Ich kenne den Herrn Grafen von Gercourt nicht; aber da Sie ihn mit Ihrer Wahl beehren, kann ich mir von ihm nur eine sehr günstige Vorstellung machen. Ich beschränke mich darauf, gnädige Frau, dieser Heirat einen ebenso glücklichen

Erfolg zu wünschen, wie die meinige gehabt hat, die gleichfalls Ihr Werk ist und für die ich Ihnen täglich dankbarer bin. Möge das Glück Ihrer Tochter der Lohn sein für das, welches Sie mir verschafft haben; und möchte doch die beste der Freundinnen auch die glücklichste der Mütter sein!

Es tut mir wirklich weh, Ihnen nicht mündlich diesen aufrichtigen Wunsch darbringen und so bald, wie ich es wünschte, mit Fräulein von Volanges Bekanntschaft schließen zu können. Nachdem ich Ihre wahrhaft mütterliche Güte erfahren habe, besitze ich ein Recht, von ihr die zärtlichste Freundschaft einer Schwester zu erhoffen. Ich bitte Sie, gnädige Frau, sie in meinem Namen darum ersuchen zu wollen, bis ich mich nahe genug befinde, um sie mir zu verdienen.

Ich beabsichtige, die ganze Dauer der Abwesenheit Herrn von Tourvels auf dem Lande zu verbringen. Ich benutze die Zeit dazu, aus der Gesellschaft der ehrwürdigen Frau von Rosemonde Genuß zum Vorteil zu schöpfen. Die Frau ist immer noch bezaubernd: ihr hohes Alter nimmt ihr nichts, sie hat noch ihr volles Gedächtnis und ihre Munterkeit. Nur ihr Körper ist vierundachtzig Jahre alt; ihr Geist nur zwanzig.

Unsere Zurückgezogenheit wird erheitert durch ihren Neffen, den Vicomte von Valmont, der so gütig war, uns einige Tage zu opfern. Ich kannte ihn nur seinem Rufe nach, und der ließ mir seine nähere Bekanntschaft nicht wünschenswert scheinen; doch scheint es mir, er ist besser als sein Ruf. Hier, wo der Weltstrudel ihn nicht verdirbt, wird es ihm erstaunlich leicht, vernünftig zu reden, und er klagt sich wegen seiner Vergehen mit seltener Aufrichtigkeit an. Er redet zu mir mit viel Vertrauen, und ich predige ihm mit viel Strenge. Sie, die Sie ihn kennen, werden zugeben, daß sich hier eine schöne Bekehrung ausführen ließe; doch zweifle ich trotz seinen Versprechungen nicht, daß acht Tage Paris ihn alle meine Reden vergessen lassen. Sein Aufenthalt hier wenigstens kommt von seiner gewöhnlichen Lebensweise in

Abzug; und ich glaube, angesichts seiner Art zu leben ist das Beste, was er tun kann, überhaupt nichts zu tun. Er weiß, daß ich dabei bin, Ihnen zu schreiben, und hat mich beauftragt, Ihnen seine ehrfurchtsvolle Huldigung darzubringen. Nehmen Sie auch die meinige mit der Güte entgegen, die ich an Ihnen kenne, und zweifeln Sie nie an den aufrichtigen Gefühlen, mit denen ich die Ehre habe usw.

Schloß . . ., am 9. August 17**

Neunter Brief

Frau von Volanges an die Präsidentin von Tourvel

Ich habe, meine junge und schöne Freundin, nie gezweifelt an Ihrer Freundschaft zu mir noch an Ihrer ehrlichen Teilnahme an allem, was mich angeht. Nicht um in diesen Punkt Klarheit zu bringen, über den wir hoffentlich untereinander auf immer einig sind, antworte ich auf Ihr Glückwunschschreiben; aber ich kann es Ihnen, glaube ich, nicht ersparen, aus Anlaß des Vicomte von Valmont mit Ihnen zu reden.

Ich war, ich gestehe es, nicht darauf gefaßt, diesen Namen je in Ihren Briefen zu finden. Was können Sie und er denn wohl auch gemein haben? Sie kennen den Mann nicht; wo sollten Sie sich von der Seele eines Wüstlings eine Vorstellung gemacht haben? Sie reden mir von seiner ›seltenen Aufrichtigkeit‹: ach ja, bei Valmont muß Aufrichtigkeit allerdings selten sein. Er ist nicht so sehr liebenswürdig und verführerisch als falsch und gefährlich und hat seit frühester Jugend keinen Schritt getan und kein Wort gesprochen, ohne einen Plan dabei zu haben, und nie hatte er einen Plan, der nicht unsittlich oder verbrecherisch gewesen wäre. Liebe Freundin, Sie kennen mich; Sie wissen, ob von den Tugenden, die ich zu erwerben suche, Nachsicht nicht die mir liebste ist. Drum, wenn Valmont von ungestümer Leidenschaft fortgerissen würde, wenn er, wie tausend andre, durch die Irrtümer seines Alters verführt würde –

ich würde seine Aufführung tadeln, aber ihn selbst beklagen und mit Stillschweigen die Zeit erwarten, wo eine glückliche Umkehr ihm die Achtung der Sittlichen wiedergäbe. Doch so ist Valmont nicht; seine Aufführung ist das Ergebnis seiner Grundsätze. Er weiß zu berechnen, wieviel Scheusäligkeiten ein Mann sich erlauben kann, ohne sich Unannehmlichkeiten auszusetzen; und um ohne Gefahr grausam und schlecht sein zu dürfen, hat er sich die Frauen zu Opfern ausersehen. Ich halte mich nicht dabei auf, die zu zählen, die er verführt hat; aber wie viele hat er nicht ins Unglück gebracht?

Bei dem weisen, zurückgezogenen Leben, das Sie führen, gelangen diese anstößigen Geschichten nicht bis zu Ihnen. Ich könnte Ihnen welche erzählen, bei denen Sie schaudern würden; doch Ihre Blicke, die rein sind wie Ihre Seele, würden durch solche Bilder besudelt werden. Sicher, wie Sie sind, daß Valmont Ihnen nie gefährlich werden wird, brauchen Sie keine solche Waffen zu Ihrer Verteidigung. Das einzige, was ich Ihnen zu sagen habe, ist, daß unter allen Frauen, um die er sich, mit oder ohne Erfolg, bemüht hat, keine sind, die sich nicht über ihn zu beklagen hätten. Einzig die Marquise von Merteuil bildet von dieser allgemeinen Regel eine Ausnahme; sie allein hat ihm zu widerstehen und seine Bosheit an Ketten zu legen verstanden. Ich gestehe, daß dieser Zug in ihrem Leben der ist, der ihr in meinen Augen am meisten Ehre macht; drum hat er auch genügt, sie in aller Augen völlig zu rechtfertigen wegen einiger Unüberlegtheiten, die ihr zu Anfang ihrer Witwenschaft vorzuwerfen waren.[1]

Wie dem sein möge, schöne Freundin – was Alter, Erfahrung und besonders Freundschaft mich ermächtigen Ihnen vorzustellen, ist, daß man in der Gesellschaft Valmonts Abwesenheit zu bemerken anfängt; und daß, wenn

1. Der Irrtum, in dem Frau von Volanges sich befindet, läßt uns erkennen, daß Valmont, grade wie die andern Bösewichte, seine Mitschuldigen nicht angab.

man erfährt, er sei einige Zeit mit seiner Tante und Ihnen selbdritt gewesen, er Ihren Ruf in Händen hat – was das größte Unglück ist, das einer Frau zustoßen kann. Ich rate Ihnen also, seine Tante zu ersuchen, daß sie ihn nicht länger zurückhält; und wenn er sich aufs Dableiben versteift, dürfen Sie, glaube ich, nicht zögern, ihm das Feld zu räumen. Aber warum sollte er dableiben? Was tut er denn dort auf dem Lande? Wenn Sie seine Schritte auskundschaften ließen, weiß ich gewiß, Sie würden entdecken, daß er sich bloß eines bequemeren Unterschlupfes bedient um ein paar schlimmer Streiche willen, die er in der Umgebung ausheckt. Doch da es uns unmöglich ist, dem Übel zu steuern, lassen wir uns daran genügen, uns dagegen zu schützen.

Adieu, schöne Freundin; nun verzögert sich die Heirat meiner Tochter ein wenig. Graf Gercourt, den wir von Tag zu Tag erwarten, benachrichtigt mich, daß sein Regiment nach Korsika geht; und da noch Kriegsunruhen stattfinden, wird es ihm unmöglich sein, vor dem Winter abzukommen. Das kommt mir ungelegen, aber es läßt mich hoffen, daß wir das Vergnügen haben werden, Sie bei der Hochzeit zu sehen, und es war mir nicht recht, daß sie sich ohne Sie vollziehen sollte. Adieu; ich gehöre ohne Redensart wie ohne Rückhalt ganz Ihnen.

Nachschrift: Rufen Sie mich der Frau von Rosemonde ins Gedächtnis, die ich immer noch so liebe, wie sie es verdient.

. . ., am 11. August 17**

Zehnter Brief

Die Marquise von Merteuil an den Vicomte von Valmont

Schmollen Sie mit mir, Vicomte? Oder aber sind Sie tot? Oder, was dem sehr ähnlich sähe, leben Sie nur noch für Ihre Präsidentin? Diese Frau, die Ihnen ›den holden Wahn der Jugend‹ wiedergegeben hat, wird Ihnen bald auch die lächerlichen Vorurteile der Jugend wiedergeben. Schon sind Sie schüchtern und unterwürfig; geradesogut könnten Sie verliebt sein. Sie verzichten ›auf Ihre glücklichen Verwegenheiten‹. So führen Sie sich denn nun also ohne Grundsätze auf, überlassen alles dem Zufall, oder vielmehr der Laune. Denken Sie nicht mehr daran, daß die Liebe, wie die Medizin, *nur die Kunst, die Natur zu unterstützen,* ist? Sie sehen, ich schlage Sie mit Ihren eigenen Waffen: aber ich werde mir nichts darauf einbilden; denn hier wird ja nur ein Mann geschlagen, der schon am Boden liegt. ›Sie muß sich mir geben‹, sagen Sie. Na ganz gewiß muß Sie das; drum wird sie sich auch hingeben wie die andern, mit dem Unterschied, daß sie es ungern tun wird. Aber dafür, daß sie sich schließlich gibt, ist das beste Mittel, daß man sie sich erst einmal nimmt. Diese lächerliche Unterscheidung ist wirklich eine Faselei, recht wie sie der Liebe eigen ist! Ich sage der Liebe: denn Sie sind verliebt. Anders zu Ihnen reden hieße treulos an Ihnen handeln; hieß Ihnen Ihre Krankheit verheimlichen. Sagen Sie mal, schmachtender Liebhaber: die Frauen, die Sie gehabt haben, glauben Sie, daß Sie die vergewaltigt haben? Lieber Gott, wenn man noch so große Lust hat, sich zu ergeben, und es noch so eilig hat – einen Vorwand braucht man doch; und gibt es einen bequemeren für uns als den, der uns den Schein gibt, als wichen wir der Gewalt? Für mich, ich gestehe es, gehört zum Schmeichelhaftesten ein lebhafter, gut ausgeführter Angriff, bei dem alles geordnet obwohl rasch erfolgt; der uns nie in peinliche Verlegenheit setzt, daß wir selber eine Ungeschicklichkeit wieder gutmachen müssen, aus der wir im Gegenteil hätten Gewinn ziehen sollen; der uns den Schein der Vergewaltigung noch bei dem läßt, was wir bewilligen, und uns unsere zwei Lieblingsleidenschaften zu kitzeln erlaubt: den Stolz auf unsere Verteidigung und das Vergnügen an unserer Niederlage. Ich gebe zu, dieses Talent, das seltener ist, als man glaubt, hat mir stets Vergnügen gemacht, selbst dann, wenn es nicht verführt hat, und es ist mir manchmal vorgekommen, daß ich mich einzig zur Belohnung ergeben habe. So überreichte bei unsern frü-

heren Turnieren die Schönheit der Tapferkeit und Geschicklichkeit den Preis.
Sie aber, der Sie nicht mehr Sie sind, Sie führen sich auf, als wäre Ihnen bange vor dem Gelingen. Also bitte, seit wann rücken Sie in kleinen Tagesmärschen vor und auf Querwegen? Lieber Freund, wenn man hinkommen will: Postpferde und die Landstraße! Doch lassen wir diese Sache, die mich um so mehr verstimmt, als sie mich des Vergnügens beraubt, Sie zu sehen. Wenigstens schreiben Sie mir öfter als bisher und halten Sie mich über Ihre Fortschritte auf dem laufenden. Wissen Sie, daß dies lächerliche Abenteuer Sie jetzt schon über vierzehn Tage lang beschäftigt und daß Sie sich um keinen Menschen kümmern?
Bei ›sich nicht kümmern‹ fällt mir ein: Sie sind wie die Leute, die regelmäßig bei ihren kranken Freunden nach dem Befinden fragen lassen, sich die Antwort aber nie sagen lassen.
Am Schluß Ihres vorigen Briefes fragen Sie mich, ob der Ritter tot ist. Ich antworte nicht, und Sie beunruhigen sich weiter nicht darüber. Wissen Sie nicht mehr, daß mein Liebhaber Ihr geborener Freund ist? Doch beruhigen Sie sich, er ist nicht tot, oder wenn schon, wäre er's nur aus übergroßer Freude. Der arme Ritter, wie er zärtlich ist! Wie er für die Liebe geschaffen ist! Wie er lebhaft fühlen kann! Ich werde ganz verliebt davon. Im Ernst, das vollkommene Glück, das für ihn darin liegt, von mir geliebt zu werden, verbindet mich ihm wirklich.
Am selben Tag, da ich Ihnen schrieb, ich würde am Bruch unserer Beziehungen arbeiten – wie glücklich machte ich ihn da! Ich sann gleichwohl allen Ernstes über die Mittel nach, ihn zur Verzweiflung zu bringen, da meldete man ihn. Sei's aus Laune oder mit Grund, aber nie schien er mir so gut auszusehen. Indes empfing ich ihn ungnädig. Er hoffte mit mir zwei Stunden hinzubringen, vor Beginn derjenigen, zu der meine Tür sich allen öffnen sollte. Ich sagte ihm, ich gehe aus; er fragte, wohin ich ginge; ich verweigerte ihm die Auskunft. Er bestand darauf. »Wo Sie nicht sind«, sagte

ich scharf. Zum Glück für ihn stand er nach dieser Antwort wie versteint, denn hätte er ein Wort geäußert, wäre unfehlbar ein Auftritt daraus gefolgt, der den von mir geplanten Bruch herbeigeführt hätte. Über sein Stillschweigen verwundert, wandte ich ihm den Blick zu, ohne andere Absicht, schwöre ich Ihnen, als mir seine Miene anzusehen. Ich fand wieder auf diesem bezaubernden Gesicht die zugleich tiefe und zärtliche Traurigkeit, der nach Ihrem eigenen Zugeständnis so schwer zu widerstehen ist. Dieselbe Ursache brachte dieselbe Wirkung hervor; ich ward zum zweitenmal besiegt. Von dem Augenblick an sann ich nur noch auf die Mittel, zu vermeiden, daß er mir ein Unrecht vorwerfen könne. »Ich gehe wegen eines Geschäftes aus«, sagte ich etwas milder; »und es betrifft sogar Sie; aber fragen Sie mich nicht. Ich soupiere zu Hause; kommen Sie wieder und und Sie erfahren es.« Da fand er die Sprache wieder; doch erlaubte ich ihm nicht, davon Gebrauch zu machen. »Ich bin sehr eilig«, fuhr ich fort. »Lassen Sie mich. Auf heute Abend.« Er küßte mir die Hand und ging.

Sogleich entschließe ich mit zu seiner Entschädigung und vielleicht zu meiner, ihn mit meinem kleinen Hause bekannt zu machen, von dem er keine Ahnung hat. Ich rufe meine getreue Victoire. Ich habe meine Kopfschmerzen, ich gehe für alle meine Leute zu Bett – und wie ich endlich mit ›der Wahren‹ allein geblieben bin und sie sich als Lakai verkleidet, ziehe ich mich wie eine Kammerfrau an. Darauf läßt sie eine Droschke an die Gartentür kommen, und schon sind wir unterwegs. Bei der Ankunft in dem Liebestempel wähle ich das galanteste Hauskleid. Das ist entzückend; es ist meine Erfindung: es läßt nichts sehen und doch alles ahnen. Ich verspreche Ihnen das Modell für Ihre Präsidentin, wenn Sie sie erst würdig gemacht haben, es zu tragen.

Nach diesen Vorbereitungen und während Victoire sich mit den andern Einzelheiten befaßte, lese ich ein Kapitel aus dem ›Sofa‹, einen Brief Heloisens und zwei Geschichten von La Fontaine, um mir die verschiedenen Töne zu wiederholen, die ich annehmen wollte. Indes langt mein Ritter, mit seiner gewöhnlichen Beflissenheit, vor der Tür an. Mein Schweizer läßt ihn nicht ein und teilt ihm mit, ich sei krank: erster Zwischenfall. Gleichzeitig übergibt er ihm ein Billet von mir, doch nicht in meiner Schrift, nach meiner vorsichtigen Regel. Er öffnet es und findet darin von Victoires Hand: ›Punkt neun Uhr auf den Boulevards vor den Cafés.‹ Er verfügt sich hin; und dort kommt ein kleiner Lakai, den er nicht kennt, den er wenigstens nicht zu kennen meint, denn es war wieder Victoire, und meldet ihm, daß er den Wagen wegschicken und mit ihm gehen muß. Der ganze romantische Weg erhitzte ihm beträchtlich den Kopf, und ein erhitzter Kopf kann nicht schaden. Schließlich langt er an, und Überraschung und Liebe machten, daß er wahrhaft bezaubert war. Damit er Zeit hat, sich zu erholen, gehen wir einen Augenblick im Boskett spazieren; dann führe ich ihn wieder auf das Haus zu. Er sieht erst zwei Bestecke aufgelegt, dann ein gemachtes Bett. Wir gehen weiter bis ins Boudoir, das in seinem ganzen Staat war. Da – halb war's überlegt und halb gefühlt – legte ich den Arm um ihn und ließ mich vor ihm auf die Knie nieder. »O lieber Freund«, sagte ich, »weil ich dir die Überraschung dieses Augenblicks aufsparen wollte, muß ich mir nun vorwerfen, dich durch den Schein übler Laune betrübt und eine Minute lang mein Herz wohl vor deinen Blicken verschleiert zu haben. Verzeihe mir meine Verfehlungen: ich will sie abbüßen mit lauter Liebe.« Die Wirkung dieser gefühlvollen Rede können Sie sich denken. Der glückliche Ritter hob mich auf, und die Verzeihung ward auf derselben Ottomane besiegelt, wo Sie und ich so fröhlich und auf die gleiche Art unsere ewige Trennung besiegelten.

Da wir sechs Stunden zusammen zu verleben hatten und ich beschlossen hatte, daß die ganze Zeit gleich köstlich für ihn sein sollte, schränkte ich seine Verzückungen ein, und liebenswürdige Koketterie löste die Zärtlichkeit ab. Ich glaube nicht, daß ich mir je so viel Mühe gegeben habe, zu ge-

C. Monnet del. N. le Mire sculp.

fallen, noch daß ich je so zufrieden war mit mir. Nach dem Souper war ich abwechselnd kindlich und verständig, ausgelassen und gefühlvoll, manchmal sogar liederlich, und gefiel mir darin, ihn als Sultan inmitten seines Serails anzusehen, dessen verschiedene Favoritinnen ich abwechselnd vorstellte. Und wirklich wurden seine mehrmals wiederholten Huldigungen zwar von derselben Frau, aber immer von einer neuen Geliebten entgegengenommen.

Schließlich bei Tagesanbruch mußten wir uns trennen; und was er auch sagte, was er sogar tat, um mir das Gegenteil zu beweisen – er bedurfte der Ruhe, so wenig Lust er auch danach verspürte. Im Augenblick, wie wir hinausgingen und als letztes Lebewohl, nahm ich den Schlüssel zu dem glücklichen Aufenthalt und legte ihn in seine Hände. »Ich habe ihn nur für Sie eingerichtet«, sagte ich; »Sie müssen hier gerechterweise der Herr sein; dem Opferpriester steht die Verfügung über den Tempel zu.« Durch diese Geschicklichkeit habe ich den Erwägungen vorgebeugt, die der stets verdächtige Besitz eines kleinen Hauses ihm hätte zeigen können. Ich kenne ihn gut genug, um gewiß zu sein, er werde es nur meinetwegen benutzen; und ich, wenn ich Lust bekäme, ohne ihn hinzugehn, habe ich ja noch einen zweiten Schlüssel. Er wollte mit aller Gewalt einen Tag bestimmt haben zum Wiederkommen; aber ich liebe ihn noch zu sehr, als daß ich ihn so rasch abnützen möchte. Ausschweifungen darf man sich nur mit Leuten gestatten, die man bald verlassen will. Er weiß das nicht; zu seinem Glück aber weiß ich es für zwei.

Ich merke, daß es drei Uhr früh ist und daß ich einen Band geschrieben habe, während ich vorhatte, nur ein Wort zu schreiben. Das ist der Zauber vertrauender Freundschaft. Er macht, daß Sie mir noch immer am liebsten sind; aber allerdings, der Ritter reizt mich mehr.

...., am 12. August 17**

Elfter Brief

Die Präsidentin Tourvel an Frau von Volanges

Ihr strenger Brief hätte mich erschreckt, gnädige Frau, hätte ich nicht zum Glück hier mehr Anlaß zur Sicherheit gefunden, als Sie mich fürchten lassen. Dieser fürchterliche Herr von Valmont, der der Schrecken aller Frauen sein soll, scheint seine mörderischen Waffen niedergelegt zu haben, ehe er dies Schloß betrat. Es liegt ihm sehr fern, hier Pläne zu schmieden; er hat sogar nicht einmal Ansprüche mit hergebracht; und seine Eigenschaft als liebenswürdiger Mann, die sogar seine Feinde ihm lassen, verschwindet hier fast, und es bleibt ihm nichts übrig als ein gutmütiger Mensch. Offenbar hat die Landluft dies Wunder vollbracht. Was ich Ihnen versichern kann: ihm, der immerfort mit mir zusammen ist und daran Gefallen zu finden scheint, ist kein Wort entschlüpft, das an Liebe erinnerte, keine der Wendungen, die alle Männer sich erlauben, ohne wie er das Nötige zu ihrer Rechtfertigung zu besitzen. Nie nötigte er mich zu der Zurückhaltung, die jede sich selbst achtende Frau heute einnehmen muß, um die Männer um sie her im Zaum zu halten. Er versteht es, die von ihm geweckte Fröhlichkeit nicht zu mißbrauchen. Er ist vielleicht ein wenig Lobredner; doch ist er's mit so viel Zartgefühl, daß er die Bescheidenheit selbst an das Lob gewöhnen würde. Kurz, wenn ich einen Bruder hätte, würde ich mir wünschen, er wäre so, wie Herr von Valmont sich hier zeigt. Viele Frauen vielleicht würden sich eine mehr ausgesprochene Galanterie bei ihm wünschen; und ich gestehe, ich weiß es ihm unendlich Dank, daß er mich so richtig zu beurteilen verstanden hat und mich mit ihnen nicht verwechselt. Dieses Bild unterscheidet sich ja allerdings so sehr von dem, das Sie zeichnen; und dennoch könnten alle beide ähnlich sein, wenn man die Zeitpunkte festhält. Er selbst gibt zu, viel Unrecht begangen zu haben, und einiges wird man ihm auch wohl angedichtet haben. Aber ich bin wenig Männern begegnet, die von den anständigen Frauen mit mehr Ach-

tung, fast möchte ich sagen Begeisterung, gesprochen hätten. Sie klären mich darüber auf, daß er wenigstens in dieser Hinsicht nicht täuscht. Sein Benehmen gegen Frau von Merteuil ist Beweis dafür. Er spricht uns oft von ihr; und immer mit so viel Lobeserhebungen und einer so ehrlich anhänglichen Art, daß ich bis zum Empfang Ihres Briefes geglaubt habe, was er zwischen sich und ihr Freundschaft nenne, sei wohl und wahrhaftig Liebe. Ich klage mich an wegen dieses leichtfertigen Urteils, womit ich ein um so größeres Unrecht begangen habe, als er selbst oft Sorge getragen hat, sie zu rechtfertigen. Ich gestehe, daß ich es nur für Schlauheit ansah, was von seiner Seite anständig und ehrlich war. Ich weiß nicht, aber mir scheint, daß jemand, der einer so ausdauernden Freundschaft für eine so achtbare Frau fähig ist, kein ganz verlorener Wüstling ist. Übrigens ist mir unbekannt, ob wir das vernünftige Betragen, dessen er sich hier befleißigt, irgendwelchen Plänen in der Umgebung verdanken, wie Sie vermuten. Es gibt wohl ein paar liebenswürdige Frauen in der Runde: aber er geht wenig aus, nur am Morgen, und dann sagt er, er gehe auf die Jagd. Zwar bringt er selten Wildbret heim; doch versichert er, er sei ungeschickt bei dem Sport. Übrigens kümmert es mich wenig, was er draußen tut; und höchstens würde ich es zu erfahren wünschen, um mich mehr Ihrer Meinung zu nähern oder Sie zur meinigen herüberzuziehen.
In betreff Ihrer Anregung, ich solle mich um die Abkürzung des von Herrn von Valmont hier beabsichtigten Aufenthaltes bemühen, scheint es mir wirklich schwer, seine Tante zu bitten, daß sie ihren Neffen nicht bei sich haben soll, um so mehr, da sie ihn sehr lieb hat. Doch verspreche ich Ihnen, wenn auch nur aus Nachgiebigkeit und nicht, weil ich's nötig hätte, eine Gelegenheit zu ergreifen und die Bitte, sei es ihr, sei es ihm selbst vorzutragen. Bezüglich meiner selbst ist Herr von Tourvel von meiner Absicht, hier bis zu seiner Rückkehr zu bleiben, unterrichtet und würde sich mit Recht wundern, wenn ich davon so ohne weiteres abginge.

Das sind nun, gnädige Frau, recht lange Darlegungen; doch habe ich der Wahrheit ein Herrn von Valmont günstiges Zeugnis zu schulden geglaubt, und eines, dessen er mir bei Ihnen sehr zu bedürfen scheint. Darum bin ich aber nicht weniger empfänglich für die Freundschaft, die Ihnen Ihre Ratschläge eingegeben hat. Ihr verdanke ich auch, was Sie mir anläßlich des Verzuges in der Heirat Ihres Fräulein Tochter Verbindliches sagen. Ich danke Ihnen dafür ganz aufrichtig: doch wieviel Vergnügen ich mir auch davon verspreche, diese Augenblicke mit Ihnen zu verbringen, würde ich sie doch von Herzen gern dem Wunsch opfern, Fräulein von Volanges früher glücklich zu wissen – wenn sie es je in höherem Maße sein kann als bei einer aller ihrer Zärtlichkeit und Achtung so werten Mutter. Ich teile mit ihr diese beiden Gefühle. die mich Ihnen verbinden, und bitte Sie, die Versicherung dieser Gefühle gütig aufzunehmen.
Ich habe die Ehre usw.

..., den 13. August 17**

Zwölfter Brief
Cécile Volanges an die Marquise von Merteuil

Mama ist nicht wohl, gnädige Frau; sie geht nicht aus, und ich muß ihr Gesellschaft leisten. Ich kann also nicht die Ehre haben, Sie in die Oper zu begleiten. Ich versichere Sie, es tut mir viel mehr leid um Ihre Gesellschaft als um das Schauspiel. Seien Sie bitte überzeugt davon. Ich habe Sie so lieb! Möchten Sie gütigst dem Herrn Ritter Dancency sagen, daß ich die Sammlung, von der er mir gesprochen hat, nicht habe und daß es mir eine große Freude machen wird, wenn er sie morgen mitbringt? Wenn er heute kommt, wird ihm gesagt werden, wir seien nicht zu Haus, das ist nur, weil Mama niemand empfangen will. Hoffentlich geht es ihr morgen besser.
Ich habe die Ehre usw.

..., den 13. August 17**

Dreizehnter Brief
Die Marquise von Merteuil an Cécile Volanges

Es tut mir sehr leid, schönes Kind, daß mir das Vergnügen, Sie zu sehen, versagt sein soll und daß dies solchen Grund hat. Ich hoffe, die Gelegenheit findet sich wieder. Ich entledige mich Ihres Auftrages an den Ritter Danceny, dem es sicher sehr leid tun wird, Ihre Mama krank zu wissen. Wenn sie mich morgen empfangen will, werde ich ihr Gesellschaft leisten. Wir wollen zusammen gegen den Ritter von Belleroche[1] Pikett spielen; und indes wir ihm sein Geld abgewinnen, haben wir dann obendrein noch das Vergnügen, Sie mit Ihrem liebenswürdigen Lehrer, dem ich es vorschlagen werde, singen zu hören. Wenn es Ihrer Mama und Ihnen paßt, für mich und meine zwei Ritter stehe ich ein. Adieu, schönes Kind; meine Empfehlungen an meine liebe Frau von Volanges. Ich küsse Sie recht zärtlich.

. . ., den 13. August 17**

Vierzehnter Brief
Cécile Volanges an Sophie Carnay

Gestern habe ich Dir nicht geschrieben, liebe Sophie: aber die Ursache war nicht das Vergnügen, das kann ich Dir versichern. Mama war krank, und ich habe sie den ganzen Tag nicht verlassen. Wie ich abends in mein Zimmer gegangen bin, hatte ich zu nichts Lust und bin recht rasch schlafen gegangen, um nur sicher zu sein, daß der Tag aus sei: nie hatte ich einen so langen verbracht. Nicht, daß ich Mama nicht sehr lieb hätte; aber ich weiß nicht, was es war. Ich sollte mit Frau von Merteuil in die Oper gehen; der Ritter Danceny sollte dort sein. Du weißt ja, das sind die beiden, die ich am liebsten mag. Als die Stunde, zu der ich auch hätte dort sein müssen, gekommen war, wurde mir das Herz

1. Dies ist derselbe, von dem in den Briefen der Frau von Merteuil die Rede ist.

gegen meinen Willen beklommen. Bei allem war ich mißvergnügt und hab geweint und geweint und konnte es nicht lassen. Zum Glück war Mama zu Bett und konnte mich nicht sehen. Ich weiß ganz sicher, daß es dem Ritter Danceny auch leid getan hat; aber ihn wird das Schauspiel und die vielen Leute davon abgelenkt haben: das ist ganz was anderes.
Zum Glück geht es Mama heute besser, und Frau von Merteuil kommt mit jemand anderem und mit dem Ritter Danceny. Aber sie kommt immer sehr spät, die Frau von Merteuil, und wenn man so lange ganz allein ist, das ist furchtbar langweilig. Es ist erst elf Uhr. Allerdings muß ich Harfe spielen; und dann wird mein Anzug mir etwas Zeit wegnehmen, denn heute will ich gut frisiert sein. Ich glaube, Mutter Perpetua hat recht, und man wird gefallsüchtig, sobald man unter Leuten ist. Nie habe ich so viel Lust gehabt, hübsch zu sein, wie seit ein paar Tagen, und ich finde, ich bin es nicht so sehr, wie ich glaubte; und dann verliert man viel neben den Frauen, die Rot auflegen. Zum Beispiel Frau von Merteuil, bei der sehe ich wohl, daß alle Männer sie hübscher finden als mich. Das tut mir weiter nicht weh, weil sie mich gern hat; und dann sagt sie bestimmt, daß der Ritter Danceny mich hübscher findet als sie. Es ist sehr anständig von ihr, daß sie mir das gesagt hat! Sie sah sogar aus, als freute es sie. Das verstehe ich nun zwar gar nicht. Es muß wohl sein, weil sie mich so gern hat! Und er! ... Oh! Das macht mir recht sehr Vergnügen! Es kommt mir aber auch vor, als ob einer vom Ansehen immer schöner wird. Ich würde ihn immer ansehen, wenn ich nicht Angst hätte, seinen Augen zu begegnen; denn jedesmal, wenn mir das passiert, bringt es mich aus der Fassung und verursacht mir eine Art Pein; aber das tut nichts.
Leb wohl, liebe Freundin, ich gehe nun ans Ankleiden. Ich habe Dich lieb wie gewöhnlich.

Paris, den 14. August 17**

Fünfzehnter Brief
Der Vicomte von Valmont an die Marquise von Merteuil

Es ist sehr anständig von Ihnen, daß Sie mich nicht meinem traurigen Geschick überlassen. Das Leben, das ich hier führe, ermüdet wirklich durch das Übermaß seiner Ruhe und seine fade Gleichförmigkeit. Wie ich Ihren Brief und die Einzelheiten aus Ihrem reizenden Tage las, war ich zwanzigmal versucht, ein Geschäft vorzuschützen, zu Ihren Füßen zu fliegen und Sie dort zu meinen Gunsten um eine Untreue gegen Ihren Ritter zu bitten, der schließlich sein Glück nicht verdient. Wissen Sie, daß Sie mich eifersüchtig auf ihn gemacht haben? Was reden Sie mir von ewigem Bruch? Ich schwöre es wieder ab, dieses im Wahnsinn gesprochene Gelöbnis. Wir wären nicht wert gewesen, es abzulegen, wenn wir es hätten halten können. Ach, könnte ich eines Tages in Ihren Armen mich für den unwillkürlichen Ärger rächen, den des Ritters Glück mir verursacht hat! Ich bin empört, ich gestehe es, wenn ich denke, daß dieser Mensch, ohne seinen Verstand anzustrengen, ohne sich die geringste Mühe zu geben, bloß indem er einfältig seinem Herzenstriebe folgt, ein Glück findet, das ich nicht erreichen kann. Ich werde es aber stören! ... Versprechen Sie mir, daß ich es stören soll. Fühlen Sie selbst sich nicht gedemütigt? Sie nehmen sich die Mühe, ihm was vorzumachen, und er ist glücklicher als Sie. Sie meinen, er ist in Ihren Ketten! Nein, sondern Sie sind in seinen. Er schläft ruhig, während Sie für sein Vergnügen die Nacht durchwachen. Was könnte seine Sklavin noch mehr tun?

Hören Sie, schöne Freundin, solange Sie sich unter mehrere verteilen, fühle ich nicht die leiseste Eifersucht; ich sehe dann in Ihren Liebhabern nur die Nachfolger Alexanders, unfähig, alle zusammen das Reich zu erhalten, über das ich als einziger geherrscht habe. Aber daß Sie sich einem von ihnen *ganz* geben! – daß es einen andern Mann gibt, so glücklich wie ich! –, das werde ich nicht dulden; Sie müssen nicht hoffen, daß ich das dulde. Entweder nehmen Sie wieder mich, oder nehmen Sie wenigstens einen andern; und verraten Sie nicht durch die ausschließliche Laune für einen die unverletzliche Freundschaft, die wir uns geschworen haben.

Es ist wahrhaftig ganz genug, daß ich mich über die Liebe zu beklagen habe. Sie sehen, ich gehe auf Ihre Anschauungen ein und gestehe mein Unrecht zu. Allerdings, wenn es verliebt sein heißt, daß man nicht leben kann, ohne zu besitzen, was man begehrt, daß man ihm seine Zeit, seine Vergnügungen, sein Leben opfert, dann bin ich wirklich verliebt. Drum bin ich aber noch am selben Fleck. Ich hätte Ihnen in dieser Hinsicht überhaupt nichts mitzuteilen, wäre nicht ein Ereignis, das mir viel zu denken gibt und von dem ich noch nicht weiß, ob ich es fürchten soll oder etwas von ihm hoffen.

Sie kennen meinen Jäger, einen Schatz, was Kniffe anlangt, und einen Bedienten ganz wie aus der Komödie. Sie können sich wohl denken, daß er laut Vorschrift sich in die Kammerfrau zu verlieben und die Dienstleute betrunken zu machen hatte. Der Schlingel ist glücklicher als ich; er hat schon Erfolge gehabt. Eben hat er herausbekommen, daß Frau von Tourvel einen ihrer Leute dazu angestellt hat, sich zu erkundigen, was ich treibe, und mir sogar auf meinen Morgenspaziergängen soviel als möglich und unauffällig nachzugehen. Was nimmt die Frau sich heraus? Also die Bescheidenste von allen wagt noch auf sich zu nehmen, was kaum wir uns erlauben würden! Ich schwöre aber... Doch ehe wir an Rache denken für diese weibliche List, wollen wir auf Mittel sinnen, sie zu unserm Vorteil zu wenden. Bisher hatten die Gänge, die der Betreffenden Argwohn einflößen, keinen Zweck; ich muß ihnen einen geben. Das verdient meine ganze Aufmerksamkeit, und ich verlasse Sie, um darüber nachzudenken. Adieu, schöne Freundin.

Noch immer in Schloß ..., am 15. August 17**

Sechzehnter Brief
Cécile Volanges an Sophie Carnay

Oh, liebe Sophie, heute habe ich aber Neuigkeiten! Vielleicht sollte ich sie Dir nicht sagen; aber ich muß doch zu jemand davon sprechen, ich kann nicht dagegen. Dieser Ritter Danceny... Ich bin in einer Aufregung, ich kann gar nicht schreiben: ich weiß nicht, wo anfangen. Seit ich Dir den hübschen Abend erzählt hatte[1], den ich bei Mama mit ihm und Frau von Merteuil verbracht hatte, sprach ich Dir nicht mehr von ihm; ich wollte nämlich zu niemand mehr von ihm sprechen, aber denken tat ich doch immer an ihn. Seitdem war er so traurig, aber so schrecklich traurig geworden, daß es mir weh tat; und wenn ich ihn fragte, warum, sagte er nein, aber ich sah, er war es doch. Gestern endlich war er's noch mehr als sonst. Trotzdem hat er die Gefälligkeit gehabt, wie gewöhnlich mit mir zu singen; aber jedesmal, wenn er mich ansah, ward mir das Herz beklommen. Als wir fertig waren mit Singen, schloß er meine Harfe in ihr Futteral ein, und indem er mir den Schlüssel zurückbrachte, bat er mich, am Abend, sobald ich allein sein würde, nochmals zu spielen. Mir ahnte nichts Böses: ich wollte nicht einmal; aber er bat mich so sehr, daß ich ja sagte. Er hatte seine guten Gründe. Wirklich ging ich, als ich wieder in meinem Zimmer und meine Zofe hinaus war, meine Harfe holen. In den Saiten fand ich einen Brief, nur gefaltet, nicht gesiegelt, und der war von ihm. Ach, wenn Du wüßtest, was er mir darin alles schreibt! Seit ich seinen Brief gelesen habe, bin ich so voll Freude, daß ich an nichts anderes denken kann. Ich habe ihn gleich viermal gelesen und ihn dann in meinen Sekretär geschlossen. Ich wußte ihn auswendig; und wie ich im Bett lag, habe ich ihn mir so oft vorgesagt, daß

1. Der Brief, in dem etwas von diesem Abend steht, hat sich nicht vorgefunden. Es ist Ursache zu glauben, daß es der in dem Billett der Frau von Merteuil vorgeschlagene Abend ist, von dem auch in Cécile Volanges' vorigem Brief die Rede ist.

ich ans Schlafen nicht dachte. Sobald ich die Augen schloß, sah ich *ihn*, und er sagte mir nun selbst alles das, was ich soeben gelesen hatte. Erst sehr spät bin ich eingeschlafen; und kaum erwacht (es war noch sehr früh), hab ich wieder seinen Brief geholt, um ihn noch einmal in Ruhe zu lesen. Ich hab ihn mit ins Bett genommen, und dann habe ich ihn geküßt, als ob... Vielleicht ist es unrecht, einen Brief zu küssen, aber ich hab es nicht lassen können.

Jetzt, liebe Freundin, bin ich zwar sehr froh, aber auch in großer Verlegenheit; denn sicherlich darf ich auf so einen Brief nicht antworten. Ich weiß wohl, das schickt sich nicht, aber er bittet mich doch darum; und wenn ich nicht antworte, ist er gewiß wieder traurig. Das ist doch wirklich schlimm für ihn! Wozu rätst Du mir? Du weißt es wohl auch nicht besser als ich. Ich habe große Lust, mit Frau von Merteuil davon zu sprechen, die mich gern hat. Ich möchte ihn gerne trösten, aber doch nicht Böses tun. Wir werden so viel ermahnt, wir sollen ein gutes Herz haben – und dann wird uns verboten zu tun, was es uns eingibt, wenn es für einen Mann ist! Das ist auch nicht recht. Ist ein Mann nicht unser Nächster wie eine Frau, und noch mehr? Denn schließlich hat man doch seinen Vater so gut wie seine Mutter, und seinen Bruder wie seine Schwester? Und dann ist der Gatte noch außerdem da. Wenn ich indes etwas Unpassendes täte, vielleicht würde dann Herr Danceny selbst nicht mehr gut von mir denken! Nein, bitte, dann will ich noch eher, er soll traurig sein, und schließlich komme ich auch immer noch zur Zeit. Weil er gestern geschrieben hat, bin ich nicht verpflichtet, heute zu schreiben. Überhaupt sehe ich heute abend Frau von Merteuil, und wenn ich den Mut finde, werde ich ihr alles erzählen. Wenn ich bloß tue, was sie mir sagt, habe ich mir nichts vorzuwerfen. Und dann sagt sie mir vielleicht, ich kann ihm ein bißchen antworten, damit er nicht so traurig ist. Oh, ich habe rechten Kummer.

Leb wohl, gute Freundin, sag mir nur, was Du dazu meinst.

..., am 17. August 17**

Siebzehnter Brief

Der Ritter Danceny an Cécile Volanges

Ehe ich mich, gnädiges Fräulein, dem – soll ich sagen Vergnügen oder Drang, Ihnen zu schreiben, hingebe, will ich Sie erst inständig bitten, mich anzuhören. Ich fühle, daß ich, um Ihnen meine Gefühle erklären zu dürfen, Nachsicht bedarf; wenn ich sie nur beweisen wollte, brauchte ich keine Nachsicht. Was tue ich nun am Ende, als Ihnen Ihr Werk zeigen? Und was habe ich Ihnen zu sagen, was meine Blicke, meine Verlegenheit, mein Betragen und selbst mein Schweigen Ihnen nicht vor mir gesagt hätten? Warum, ich bitte Sie, sollten Sie über ein Gefühl böse sein, das sein Entstehen Ihnen selbst verdankt? Von Ihnen ausgegangen, ist es wohl sicher wert, Ihnen dargebracht zu werden: wenn es brennend ist wie meine Seele, ist es rein wie Ihre. Wäre es ein Verbrechen, daß ich Ihr bezauberndes Gesicht zu würdigen verstanden habe, samt Ihren verführerischen Gaben, Ihrer betörenden Anmut und dieser rührenden Unschuld, die einen unschätzbaren Preis hinzufügt zu dem schon so hohen Wert Ihrer andern Eigenschaften? Gewiß nicht; doch ohne schuldig zu sein, kann man Unglück leiden: und dies Geschick erwartet mich, wenn Sie sich weigern, meine Huldigung zu empfangen. Es ist die erste, die mein Herz darbietet. Ohne Sie wäre ich, wie bisher, nicht glücklich, doch ruhig. Ich sah *Sie;* die Ruhe floh weit fort von mir, und mein Glück ist ungewiß. Indessen wundern Sie sich über meine Betrübnis; Sie fragen mich nach ihrer Ursache, zuweilen habe ich gar zu sehen gemeint, daß sie Sie bekümmerte. Ach, sprechen Sie ein Wort, und meine Glückseligkeit ist Ihr Werk! Aber bevor Sie Ihren Spruch tun, bedenken Sie, daß ein Wort auch mein Unglück voll machen kann. Seien Sie also Richter über mein Geschick. Durch Sie werd ich ewig glücklich oder unglücklich sein. In welche teureren Hände könnte ich Wichtigeres legen?

Zum Schluß will ich, wie zu Anfang, Ihre Milde anflehen.

Ich habe Sie gebeten, mich anzuhören; ich wage noch mehr, ich bitte Sie, mir zu antworten. Wenn Sie es ablehnten, würden Sie mir den Glauben beibringen, daß Sie sich beleidigt fühlen, und mein Herz bürgt mir dafür, daß meine Achtung meiner Liebe nichts nachgibt.

Nachschrift: Sie können, um mir zu antworten, dasselbe Mittel benutzen, das ich gebrauche, um Ihnen diesen Brief zukommen zu lassen; es scheint mir ebenso sicher als bequem.

. . ., den 18. August 17**

Achtzehnter Brief

Cécile Volanges an Sophie Carnay

Wie, Sophie, Du tadelst mich zum voraus wegen dessen, was ich tun werde! Ich hatte wirklich schon genug Aufregungen; und nun schaffst Du mir noch mehr. Es ist klar, sagst Du, daß ich nicht antworten darf. Du hast leicht reden; und übrigens weißt Du gar nicht recht, wie es steht: Du bist nicht da und siehst nicht. Ich weiß genau, wenn Du an meiner Stelle wärst, würdest Du es geradeso machen. Gewiß, im allgemeinen darf man nicht antworten; und aus meinem gestrigen Brief hast Du ja gesehn, daß ich es auch nicht wollte. Die Sache ist nur, daß ich glaube, es hat sich noch niemand je in dem Fall befunden, worin ich bin.

Und auch noch mich ganz allein entschließen zu müssen! Frau von Merteuil, die ich gestern zu sehen dachte, ist nicht gekommen. Alles kommt grade mir zum Tort: nur sie ist Ursache, daß ich ihn kenne. Fast immer nur mit ihr zusammen hab ich ihn gesehen und mit ihm gesprochen. Nicht, daß ich ihr deswegen böse wäre: aber im Augenblick der Verlegenheit läßt sie mich sitzen. Oh, ich bin wirklich zu beklagen!

Stelle Dir vor, er ist gestern hergekommen wie gewöhnlich. Ich war so verwirrt, daß ich nicht wagte, ihn anzusehn. Er konnte nicht zu mir sprechen, weil Mama da war. Ich ahnte natürlich, es würde ihm weh tun, wenn er sähe, daß ich ihm nicht geschrieben hätte. Ich wußte nicht, wie ich mich benehmen sollte. Einen Augenblick darauf fragte er mich, ob er meine Harfe holen sollte. Das Herz klopfte mir so stark, daß ich nichts weiter tun konnte, als ja sagen. Als er zurückkam, war's noch viel schlimmer. Ich sah bloß einen kleinen Augenblick nach ihm hin. Er seinerseits sah nicht nach mir hin; aber er sah aus, daß man meinen konnte, er sei krank. Das versetzte mir rechte Pein. Er machte sich daran, meine Harfe zu stimmen, und wie er sie mir dann brachte, sagte er: »Ach! Fräulein! ... « Er sagte nur die zwei Worte, aber die sagte er in einem Ton, daß ich aus der Fassung kam. Ich präludierte auf der Harfe, ohne zu wissen, was ich tat. Mama fragte, ob wir nicht singen wollten. Er für seinen Teil entschuldigte sich damit, daß er sagte, er sei nicht ganz wohl; und ich, die ich keine Ausrede hatte, mußte singen. Ich hätte gewollt, ich hätte nie eine Stimme gehabt. Ich wählte eigens ein Lied, das ich nicht konnte; denn ich wußte ganz genau, ich würde überhaupt keines singen können, und es wäre etwas zu merken gewesen. Zum Glück kam ein Besuch; und sobald ich einen Wagen einfahren hörte, brach ich ab und bat ihn, die Harfe wieder wegzutragen. Ich fürchtete sehr, er möchte gleichzeitig weggehn; aber er kehrte zurück.

Während Mama und die Dame, die gekommen war, zusammen sprachen, wollte ich ihn noch einen kleinen Augenblick ansehn. Ich begegnete seinen Augen, und es war mir unmöglich, meine wegzuwenden. Einen Augenblick darauf sah ich seine Tränen fließen, und er war genötigt, sich umzudrehn, damit es nicht gesehn wurde. Da aber hielt ich es nicht mehr aus; ich fühlte, ich würde auch weinen. Ich ging hinaus und schrieb sogleich mit Stift auf einen Papierfetzen: ›Seien Sie doch nicht so traurig, bitte; ich verspreche Ihnen zu antworten.‹ Du kannst ganz gewiß nicht sagen, daß dabei was Böses ist; und es war auch stärker als ich. Ich steckte mein Papier an die Saiten meiner Harfe, wie sein Brief gewesen war, und ging wieder in den Salon. Ich fühlte mich ruhiger. Die Zeit ward mir sehr lang, bis die Dame wegging. Zum Glück war sie eingeladen und ging sie darauf fort. Sobald sie hinaus war, sagte ich, ich wollte wieder Harfe spielen, und bat ihn, sie zu holen. An seiner Miene sah ich wohl, daß er nichts ahnte. Aber bei seiner Rückkehr, oh! wie er da froh war! Wie er meine Harfe vor mich hinsetzte, stellte er sich so, daß Mama nicht sehen konnte, und nahm meine Hand und drückte sie... in einer Weise, sag ich Dir! ... Es war nur ein Augenblick; aber ich kann Dir nicht sagen, was mir das für ein Vergnügen gemacht hat. Ich zog sie aber doch zurück; habe mir also nichts vorzuwerfen.

Jetzt, beste Freundin, siehst Du wohl, daß ich mich des Schreibens nicht überheben kann, da ich es ihm ja versprochen habe. Und dann will ich ihm nicht wieder Kummer machen; denn ich leide mehr darunter als er. Wenn es sich um etwas Unrechtes handelte, würde ich es sicher nicht tun. Aber was kann beim Schreiben für Unrecht sein, besonders, wenn man damit verhindern will, daß jemand unglücklich ist? Was mir Sorge macht, ist, daß ich den Brief nicht werde gut schreiben können; aber er wird ganz gut fühlen, daß es nicht meine Schuld ist; und dann bin ich auch sicher, schon deswegen, weil er von mir ist, wird er ihm auf alle Fälle Freude machen.

Leb wohl, liebe Freundin. Wenn Du findest, daß ich verkehrt handele, sag es mir; aber ich glaube es nicht. Je näher der Augenblick kommt, wo ich ihm schreiben soll, klopft mir das Herz, daß es nicht zu glauben ist. Aber tun muß ich es ja doch, da ich es mal versprochen habe. Leb wohl.

..., den 20. August 17**

Neunzehnter Brief

Cécile Volanges an den Ritter Danceny

Sie waren gestern so traurig, mein Herr, und das tat mir so leid, daß ich mich habe hinreißen lassen, Ihnen zu versprechen, ich wollte den Brief, den Sie mir geschrieben haben, beantworten. Darum fühle ich heute aber doch, daß ich es nicht darf; gleichwohl will ich, da ich es versprochen habe, nicht mein Wort brechen, und muß Ihnen deutlich die Freundschaft beweisen, die ich für Sie hege. Jetzt, da Sie es wissen, werden Sie hoffentlich nicht mehr bitten, ich solle Ihnen schreiben. Ich hoffe auch, Sie sagen es niemandem, daß ich Ihnen geschrieben habe; weil man mich sicher deswegen schelten würde und mir daraus viel Unangenehmes entstehen könnte. Vor allem hoffe ich, daß Sie selbst deswegen nicht schlecht von mir denken werden, was mich mehr als alles schmerzen würde. Ich kann Sie ehrlich versichern, daß ich diese Gefälligkeit keinem andern erwiesen haben würde als Ihnen. Ich möchte wohl, nun wären *Sie* so gefällig, nicht mehr traurig zu sein, wie sie es waren; denn das verdirbt mir das ganze Vergnügen, das ich von Ihren Besuchen habe. Sie sehen, mein Herr, ich rede zu Ihnen ganz aufrichtig. Nichts wäre mir erwünschter, als daß unsere Freundschaft ewig währe: aber bitte, schreiben Sie mir nicht mehr.

Ich habe die Ehre usw.

Cécile Volanges
. . ., den 20. August 17**

Zwanzigster Brief

Die Marquise von Merteuil an den Vicomte von Valmont

O Sie Spitzbube, Sie hätscheln mich, aus Furcht, ich könnte Sie auslachen. Nun, also ich gewähre Ihnen Gnade. Sie schreiben mir so viel Torheiten, daß ich Ihnen die Sittsamkeit, worin Ihre Präsidentin Sie erhält, wohl verzeihen muß. Ich glaube nicht, daß mein Ritter so duldsam wäre wie ich; er wäre der Mann dazu, die Erneuerung unseres Mietvertrags nicht zu billigen und an Ihrem tollen Einfall nichts Lustiges zu finden. Ich habe aber doch viel darüber gelacht, und es tat mir wirklich leid, daß ich ganz allein darüber lachen mußte. Wenn Sie dagewesen wären, weiß ich nicht, wohin die Fröhlichkeit geführt hätte; aber ich habe Zeit mich zu besinnen gehabt und mich mit Strenge gewappnet. Nicht daß ich auf immer ablehne; doch verlange ich Aufschub, und mit Recht. Vielleicht würde ich meine Eitelkeit darein setzen, und einmal in Hitze geraten, weiß man nicht, wo man aufhört. Ich wäre die Frau dazu, Sie von neuem anzuketten, Sie dahin zu bringen, daß Sie Ihre Präsidentin vergessen; und wenn ich Unwürdige Ihnen die Tugend verleidete, nein, was für ein Skandal! Um diese Gefahr zu vermeiden, stelle ich folgende Bedingungen.

Sobald Sie Ihre schöne Betschwester gehabt haben und mir einen Beweis dafür liefern können, kommen Sie, und ich gehöre Ihnen. Es ist aber nicht unbekannt, daß bei wichtigen Angelegenheiten nur schriftliche Beweise angenommen werden. Infolge dieses Abkommens werde ich einerseits eine Belohnung anstatt ein Trost sein, und der Gedanke sagt mir mehr zu; und andererseits wird Ihr Erfolg dadurch prickelnder, da er dann selbst ein Mittel zur Untreue wird. Kommen Sie also, kommen Sie ehestens und bringen mir das Unterpfand Ihres Triumphes, vergleichbar unsern tapfern Rittern, die die glänzenden Früchte ihres Sieges zu den Füßen ihrer Damen niederlegten. Im Ernst, ich bin neugierig, was eine Prüde nach solchem Augenblick schreiben kann und welchen Schleier sie über ihre Rede deckt, nachdem sie über ihrer Person keinen mehr gelassen hat. Es ist an Ihnen, zu überlegen, ob ich mich zu hoch einschätze; aber ich sage Ihnen vorher, daß nichts nachgelassen wird. Bis dahin, lieber Vicomte, müssen Sie sich schon damit abfinden, daß ich meinem Ritter treu bleibe und daß ich mich damit unterhalte, ihn glücklich zu machen, ungeachtet des leichten Kummers, den das Ihnen verursacht.

Wenn ich indessen nicht so sittenstreng wäre, hätte er jetzt, glaube ich, einen gefährlichen Nebenbuhler: die kleine Volanges. Ich bin ganz närrisch auf das Kind; es ist eine wahre Leidenschaft. Ich irre mich, oder sie wird eine unserer beliebtesten Damen werden. Ich sehe ihr kleines Herz sich entwickeln, und das ist ein entzückendes Schauspiel. Sie liebt ihren Danceny schon rasend, weiß aber noch nichts davon. Er selbst hat, trotz großer Verliebtheit, noch die Schüchternheit seines Alters und nicht allzuviel Mut, es ihr beizubringen. Alle beide hegen für mich das Gefühl der Anbetung. Die Kleine besonders hat große Lust, mir ihr Geheimnis zu sagen; zumal seit ein paar Tagen sehe ich sie förmlich bedrückt davon und hätte ihr einen großen Gefallen getan, wenn ich ihr etwas hülfe. Doch vergesse ich nicht, daß es ein Kind ist, und will mich keinen Unannehmlichkeiten aussetzen. Danceny hat ein wenig deutlicher mit mir gesprochen; aber bezüglich seiner ist mein Entschluß gefaßt, ich will ihn nicht verstehn.

Was die Kleine betrifft, bin ich oft in Versuchung, aus ihr meine Schülerin zu machen; den Dienst möchte ich Gercourt wohl erweisen. Er läßt mir Zeit, denn nun ist er ja bis zum Oktober in Korsika. Ich habe im Sinn, die Zeit zu benutzen, und dann geben wir ihm eine ganz fertige Frau, statt seiner unschuldigen Pensionärin. Wie unverschämt sicher fühlt sich denn auch dieser Mann, der ruhig zu schlafen wagt, während eine Frau, die sich über ihn zu beklagen hat, noch keine Rache genommen hat? Also wirklich, wenn die Kleine in diesem Augenblick hier wäre, ich weiß nicht, was ich ihr nicht sagen würde.

Adieu, Vicomte; guten Abend und viel Erfolg. Aber kommen Sie um Gottes willen doch vom Fleck! Bedenken Sie, wenn Sie diese Frau nicht bekommen, werden die andern darüber erröten, daß Sie sie gehabt haben.

. . ., den 20. August 17**

Einundzwanzigster Brief

Der Vicomte von Valmont an die Marquise von Merteuil

Endlich, schöne Freundin, bin ich ein großes Stück vorwärtsgekommen, wirklich ein großes Stück; und wenn es mich noch nicht bis ans Ende gebracht hat, hat es mir wenigstens gezeigt, daß ich auf dem rechten Wege bin, und hat

meine Befürchtung, mich verirrt zu haben, zerstreut. Ich habe endlich meine Liebe erklärt; und obwohl die Betreffende das hartnäckigste Schweigen bewahrt hat, habe ich die vielleicht am wenigsten zweideutige Antwort und die schmeichelhafteste erhalten: doch greifen wir den Ereignissen nicht vor und fangen wir weiter oben wieder an.
Sie erinnern sich, daß meine Schritte ausgekundschaftet wurden. Also! Ich wollte, daß dies anstößige Mittel zur öffentlichen Erbauung ausschlage, und habe folgendes getan. Ich habe meinen Vertrauten beauftragt, mir in der Umgegend irgendwelchen Unglücklichen ausfindig zu machen, der Hilfe benötigt. Der Auftrag war nicht schwer zu erledigen. Gestern nachmittag erstattete er mir Bericht, daß heute im Lauf des Morgens die Möbel einer ganzen Familie, die die Steuer nicht zahlen konnte, gepfändet werden sollten. Ich vergewisserte mich, daß in dem Haus kein Mädchen oder keine Frau sei, deren Alter oder Gesicht meine Handlung in ein schlechtes Licht setzen könnten; und als ich wohlunterrichtet war, gab ich beim Souper meine Absicht kund, nächsten Tages auf die Jagd zu gehen. Hier muß ich meiner Präsidentin Gerechtigkeit widerfahren lassen: gewiß fühlte sie einige Reue wegen der Befehle, die sie erteilt hatte. Die Kraft, ihre Neugier zu beherrschen, hatte sie zwar nicht, aber wenigstens die, meinem Wunsch entgegenzutreten. Es sollte übermäßig heiß werden; ich lief Gefahr, mich krank zu machen; ich würde nichts erlegen und mich vergeblich abmatten; und während dieses Zwiegesprächs gaben ihre Augen, die vielleicht besser redeten, als sie wollte, mir deutlich zu verstehen, daß sie wünschte, ich möchte diese schlechten Gründe für gut annehmen. Mir fiel es nicht ein, vor ihren Gründen zu weichen, das können Sie glauben, und ich widerstand sogar einem kleinen Ausfall gegen Jagd und Jäger und dem Wölkchen einer übeln Laune, das den ganzen Abend dies himmlische Gesicht verdunkelte. Einen Augenblick fürchtete ich, ihre Befehle würden widerrufen werden und ihr Zartgefühl mir schaden. Ich schätzte die

Neugier einer Frau nicht richtig ein, drum irrte ich mich. Mein Jäger beruhigte mich noch am selben Abend, und ich ging befriedigt schlafen.
Bei Tagesgrauen erhebe ich mich und breche auf. Kaum fünfzig Schritte vom Schloß bemerke ich, wie mein Spion mir nachgeht. Ich beginne die Jagd und gehe querfeldein dem Dorfe zu, wohin ich wollte – ohne weiteres Vergnügen unterwegs als das, den Schlingel, der mir nachging, sich ablaufen zu lassen. Da er die Wege nicht zu verlassen wagte, legte er oft im vollen Lauf einen dreimal längeren Weg zurück als ich. Infolge der Übung, die ich ihn machen ließ, ward mir selbst äußerst warm, und ich setzte mich an den Fuß eines Baumstammes. Hat er da nicht die Unverschämtheit gehabt, sich hinter einen Busch zu drücken, der keine zwanzig Schritte von mir weg war, und sich dort ebenfalls niederzulassen? Einen Moment war ich versucht, meine Flinte auf ihn abzufeuern. Wenn's auch eine Schrotladung war, würde sie ihm doch über die Gefahren der Neugier eine hinreichende Lehre erteilt haben. Zum Glück für ihn besann ich mich wieder darauf, daß er für meine Pläne nützlich, sogar notwendig war. Diese Überlegung hat ihn gerettet.
Indes komme ich im Dorfe an. Ich sehe Bewegung, ich komme näher, ich frage, man erzählt mir den Vorgang. Ich lasse den Steuereinnehmer kommen – und meinem hochherzigen Mitgefühl nachgebend, zahle ich edelmütig die sechsundfünfzig Francs, wegen deren fünf Personen aufs Stroh und zur Verzweiflung gebracht wurden. Sie können sich nicht vorstellen, was nach dieser so einfachen Handlung für ein Chor von Segenswünschen von seiten der Umstehenden mich umlärmte! Welche Dankestränen entflossen den Augen des alten Familienhauptes und verschönten das Patriarchenantlitz, das einen Augenblick früher das wilde Gepräge der Verzweiflung wahrhaft scheußlich gemacht hatte! Ich betrachtete dies Schauspiel, da führte ein anderer, jüngerer Bauer eine Frau und zwei Kinder bei der Hand ha-

stenden Schrittes auf mich zu und sagte zu ihnen: »Wir wollen alle niederfallen zu Füßen dieses Ebenbildes Gottes!«, und im selben Augenblick war ich umringt von der Familie, die vor meinen Knien hingeworfen lag. Ich will meine Schwäche gestehen: meine Augen sind feucht geworden von Tränen, und ich habe eine unfreiwillige, doch köstliche Rührung gespürt. Ich habe mich gewundert über das Vergnügen, das man beim Wohltun hat, und bin fast versucht, zu glauben, daß die sogenannten tugendhaften Leute nicht so verdienstvoll sind, wie man uns gerne sagt. Wie dem auch sei, fand ich es doch gerecht, den armen Leuten das Vergnügen, das sie mir eben gemacht hatten, zu bezahlen. Ich hatte zehn Louisdors bei mir: die gab ich ihnen. Hier hoben die Danksagungen wieder an, aber sie hatten nicht mehr denselben Grad des Pathetischen. Die große, wahrhafte Wirkung hatte das Notwendige hervorgebracht: der Rest war nur ein einfacher Ausdruck der Erkenntlichkeit und Verwunderung wegen überflüssiger Gaben.
Indessen glich ich inmitten der geschwätzigen Segenswünsche der Familie ziemlich stark einem Dramenhelden, in der Szene der Lösung des Knotens. Bemerken Sie bitte, daß unter der Menge vor allem der treue Kundschafter war. Mein Zweck war erfüllt; ich machte mich von ihnen allen los und kehrte nach dem Schlosse zurück. Alles in allem wünsche ich mir zu meiner Erfindung Glück. Diese Frau ist es sicherlich wert, daß ich mir so viel Mühe mache. Eines Tages wird diese Mühe bei ihr mein Rechtsanspruch sein; und da ich sie so gewissermaßen vorausbezahlt habe, habe ich dann das Recht, mit ihr anzufangen, was mir beliebt, ohne daß ich mir Vorwürfe machen müßte.
Ich vergaß, Ihnen zu sagen, daß ich, um aus allem Gewinn zu schlagen, die guten Leute ersucht habe, sie möchten zu Gott um den Erfolg meiner Pläne beten. Sie werden sehen, ob ihre Gebete nicht schon zum Teil erhört sind ... Aber es wird mir gemeldet, daß das Souper aufgetragen ist, und es wäre zu spät, diesen Brief abzuschicken, wenn ich ihn erst

Fragonard fils del. Bertaux et Dupréel sculp.

vor dem Schlafengehen schlösse. Also ›das Weitere mit Nächstem‹. Es tut mir leid, denn das Weitere ist das Beste. Adieu, schöne Freundin. Sie stehlen mir einen Augenblick vom Vergnügen, sie zu sehen.

. . ., den 20. August 17**

Zweiundzwanzigster Brief
Die Präsidentin Tourvel an Frau von Volanges

Es wird Ihnen zweifellos willkommen sein, gnädige Frau, einen Zug des Herrn von Valmont zu erfahren, der, scheint mir, in starkem Gegensatz steht zu all denen, mit denen er Ihnen vorgeführt worden ist. Es ist so schmerzlich, von irgendwem unvorteilhaft zu denken, so bedauerlich, nur Laster zu entdecken bei denen, die alle erforderlichen Eigenschaften besäßen, um der Tugend Liebhaber zu werden! Und schließlich lassen Sie so gerne Milde walten, daß man Sie zu Dank verpflichtet, wenn man Ihnen Gründe liefert, um von einem zu strengen Urteil zurückzukommen. Herr von Valmont hat, glaube ich, begründete Hoffnung auf diese Gunst, fast möchte ich sagen auf diese Gerechtigkeit; und ich glaube das auf Grund folgender Tatsachen.
Heute früh hat er einen der Gänge getan, die einen auf die Vermutung bringen konnten, als gehe er in der Umgegend irgendwelchem Plane nach. Der Gedanke war Ihnen ja gekommen, und ich klage mich an, weil ich ihn vielleicht etwas zu lebhaft ergriffen habe. Zum Glück für ihn und zum Glück besonders für uns, da uns das vor ungerechtem Urteil bewahrt, mußte einer von meinen Leuten nach derselben Seite gehen;[1] und dadurch ist meine tadelnswerte, aber wohlangebrachte Neugier befriedigt worden. Er hat uns berichtet, daß Herr von Valmont im Dorfe . . . eine unglückliche Familie angetroffen hat, denen, weil sie die Steuern nicht bezahlen konnten, die Möbel verkauft wurden, und daß er

1. Frau von Tourvel wagt also nicht zu sagen, daß dies auf ihren Befehl geschah?

nicht nur schleunigst die Schuld der armen Leute bezahlt, sondern ihnen sogar eine ziemlich beträchtliche Summe Geldes geschenkt hat. Mein Diener ist Zeuge dieser tugendhaften Tat gewesen; und ferner hat er mir berichtet, daß die Bauern im Gespräch untereinander und mit ihm gesagt haben, ein Bedienter, den sie bezeichnet haben und den meiner für den des Herrn von Valmont hält, habe gestern Erkundigungen eingezogen über diejenigen Bewohner des Dorfes, die etwa Unterstützung nötig hätten. Wenn dem so ist, dann ist es nicht einmal mehr ein bloßes vorübergehendes, durch die Gelegenheit bestimmtes Mitgefühl; dann ist es die vorgefaßte Absicht, Gutes zu tun; dann ist es der Eifer für das Wohltun; dann ist es die schönste Tugend der schönsten Seelen. Aber sei es Zufall oder Absicht, jedenfalls ist es eine brave und löbliche Handlung, deren bloße Erzählung mich zu Tränen gerührt hat. Ich füge ferner, und auch dies nur um der Gerechtigkeit willen, hinzu, daß, als ich ihm von dieser Handlung, über die er kein Wort verlor, gesprochen habe, er sie zuerst abgeleugnet und, als er sie dann zugab, anscheinend so wenig Wert darauf legte, daß seine Bescheidenheit sein Verdienst doppelt groß machte.

Jetzt sagen Sie mir, verehrungswürdige Freundin, wenn Herr von Valmont wirklich ein hoffnungsloser Wüstling ist, wenn er nichts weiter ist und sich *so* beträgt, was bleibt da den ehrbaren Leuten? Wie! Sollten die Bösen die heilige Freude des Wohltuns mit den Guten teilen? Sollte Gott zulassen, daß eine tugendhafte Familie aus den Händen eines Bösewichts Unterstützung empfange, für die sie seiner göttlichen Vorsehung Dank darbrächte? Und so könnte er sich darin gefallen, reine Münder ihre Segenswünsche über einen Verworfenen ergießen zu hören? Nein. Lieber will ich glauben, daß Irrtümer, wenn auch lang, doch nicht ewig sind; und ich kann mir nicht denken, daß der, der Gutes tut, der Feind der Tugend sei. Herr von Valmont ist möglichenfalls wieder nur ein Beispiel für die Gefahr der Beziehungen. Bei diesem Gedanken, der mir zusagt, will ich verweilen. Wenn er einerseits dazu dienen kann, ihm in Ihrem Geist sein Recht zu verschaffen, macht er mir andererseits die zärtliche Freundschaft immer wertvoller, die mich Ihnen fürs Leben vereint.

Ich habe die Ehre usw.

Nachschrift: Frau von Rosemonde und ich wollen gleich ebenfalls die brave unglückliche Familie aufsuchen und unsere späte Hilfe zu der des Herrn von Valmont hinzutun. Wir nehmen ihn mit. Wir wollen den guten Leuten wenigstens das Vergnügen machen, daß sie ihren Wohltäter wiedersehen; das ist, glaube ich, alles, was er uns zu tun übriggelassen hat.

. . ., den 20. August 17**

Dreiundzwanzigster Brief

Der Vicomte von Valmont an die Marquise von Merteuil

Wir waren bei meiner Rückkehr ins Schloß stehengeblieben; ich nehme meine Erzählung wieder auf.

Ich hatte nur noch Zeit, rasch Toilette zu machen, und begab mich in den Salon, wo meine Schöne stickte, indes der Ortspfarrer meiner alten Tante die Zeitung vorlas. Ich ging und setzte mich neben den Stickrahmen. Blicke, sanfter noch als gewöhnlich und fast kosend, gaben mir bald die Ahnung ein, daß der Bediente über seine Sendung schon Bericht erstattet habe. Tatsächlich konnte meine liebenswürdige Neugierige das Geheimnis, das sie mir entwendet hatte, nicht länger bei sich behalten; und ohne Scheu unterbrach sie den ehrwürdigen Hirten, dessen Vortrag doch sehr einer Predigt glich, und sagte: »Ich kann aber auch eine Neuigkeit mitteilen.« Und sogleich erzählte sie mein Abenteuer mit einer Genauigkeit, die dem Verständnis ihres Geschichtsüberlieferers Ehre machte. Sie können sich denken, wie ich meine ganze Bescheidenheit entfaltete; doch wer könnte eine Frau aufhalten, die, ohne es zu ahnen, das Lob dessen singt, den sie liebt? Ich entschloß mich also, sie reden zu lassen. Man

hätte glauben können, sie hielte eine Lobrede auf einen Heiligen. Während der Zeit beobachtete ich, nicht ohne Hoffnung, was alles die Liebe für Verheißungen erhielt von ihrem belebten Blick, ihrem freier gewordenen Gebärdenspiel und besonders vom Klang der Stimme, der durch seine schon merkliche Veränderung ihre Seelenerregung verriet. Kaum hörte sie auf zu sprechen, sagte Frau von Rosemonde zu mir: »Komm her, Neffe, komm her, laß dich umarmen.« Ich fühlte sogleich, daß die hübsche Predigerin sich nicht würde wehren können, wenn ich sie ihrerseits umarmte. Indes wollte sie davonlaufen; sie lag aber bald in meinen Armen; und sie hatte kaum die Kraft, sich aufrecht zu halten, viel weniger die, mir Widerstand zu leisten. Je mehr ich diese Frau beobachte, desto begehrenswerter erscheint sie mir. Sie kehrte eilends an ihren Stickrahmen zurück und gab sich allen gegenüber das Ansehen, als fange sie wieder an zu sticken; ich aber merkte bald, daß ihre zitternde Hand ihr das Weitergehen nicht gestattete.
Nach dem Mittagessen wollten die Damen die Unglücklichen aufsuchen, die ich so fromm unterstützt hatte, und ich begleitete sie. Ich erspare Ihnen die Langeweile dieser zweiten Erkenntlichkeits- und Lobpreisungsszene. Mein Herz, das eine köstliche Erinnerung drängte, sehnte den Augenblick der Rückkehr ins Schloß herbei. Unterwegs war meine schöne Präsidentin träumerischer als sonst und sagte kein Wort. Ganz beschäftigt mit Auffindung der Mittel, um den durch das Tagesereignis hervorgebrachten Eindruck auszunutzen, bewahrte ich ebenfalls Schweigen. Nur Frau von Rosemonde sprach und bekam von uns nur kurze und seltene Antworten. Wir mußten sie wohl langweilen: die Absicht hatte ich auch, und sie glückte. So ging sie denn nach dem Aussteigen in ihre Zimmer und ließ uns, meine Schöne und mich, beieinander in einem schlecht erhellten Salon; eine sanfte Dunkelheit, die die schüchterne Liebe kühn machte.
Es machte mir keine Mühe, das Gespräch dorthin zu lenken,

wohin ich wollte. Der Eifer der liebenswürdigen Predigerin kam mir besser zustatten, als meine Geschicklichkeit es gekonnt hätte. »Wenn man so würdig ist, Gutes zu tun,« sagte sie und ließ ihren sanften Blick auf mir ruhen, »wie kann man dann sein Leben lang Böses tun?« »Ich verdiene«, erwiderte ich ihr, »weder dies Lob noch diesen Tadel; und ich begreife nicht, daß Sie mit so viel Geist noch nicht geahnt haben, wie es mit mir steht. Wenn auch mein Vertrauen mir bei Ihnen schaden sollte, Sie sind seiner zu würdig, es ist mir nicht möglich, es Ihnen vorzuenthalten. Den Schlüssel zu meinem Verhalten finden Sie in einem leider zu leichten Charakter. Von sittenlosen Menschen umgeben, habe ich ihre Laster nachgeahmt; vielleicht habe ich meine Eitelkeit darein gesetzt, sie zu überbieten. Hier bin ich nun in gleicher Weise durch das Beispiel der Tugenden verführt worden, und ohne daß ich Sie darin zu erreichen hoffte, habe ich wenigstens Ihnen nachzufolgen versucht. Wer weiß, vielleicht würde die Tat, für die Sie mich heute loben, in Ihren Augen allen Wert verlieren, wenn Sie ihre wahre Triebfeder kennten!« (Sie sehen, schöne Freundin, wie nahe ich an der Wahrheit war.) »Nicht mir«, fuhr ich fort, »haben die Unglücklichen meine Hilfeleistung verdankt. Wo Sie eine löbliche Tat zu sehen meinen, suchte ich nur ein Mittel, um zu gefallen. Ich war, da ich es denn sagen muß, nur das schwache Werkzeug der Gottheit, zu der ich bete.« (Hier wollte sie mich unterbrechen; aber ich ließ ihr keine Zeit dazu.) »Eben in diesem Augenblick«, fügte ich hinzu, »entschlüpft mein Geheimnis mir nur aus Schwäche. Ich hatte mir vorgenommen, es Ihnen zu verschweigen. Ich faßte es als Glück auf, Ihren Tugenden wie Ihren Reizen eine reine Huldigung darzubringen, von der Sie nie erfahren würden; doch, unfähig des Truges, wenn ich das Beispiel der Lauterkeit vor Augen habe, werde ich mir Ihnen gegenüber keine strafbare Verstellung vorzuwerfen haben. Glauben Sie nicht, ich beschimpfe Sie durch eine verbrecherische Hoffnung. Ich werde unglücklich werden, das weiß ich; aber meine Leiden werden mir teuer sein: sie werden mir der Beweis sein für das Übermaß meiner Liebe. Zu Ihren Füßen, in Ihren Schoß will ich meine Schmerzen niederlegen. Dort will ich Kräfte schöpfen, um von neuem zu leiden. Dort werde ich die mitfühlende Güte finden und mich getröstet fühlen, weil Sie mich beklagt haben. O Sie, die ich anbete, hören Sie mich, beklagen Sie mich, stehen Sie mir bei!« Indes lag ich vor ihr auf den Knien und umklammerte ihre Hände. Sie aber machte sie plötzlich los, kreuzte sie mit dem Ausdruck der Verzweiflung über den Augen und rief aus: »Ach ich Unglückliche!« Dann brach sie in Tränen aus. Zum Glück hatte ich mich so sehr hingegeben, daß auch ich weinte; so nahm ich wiederum ihre Hände und netzte sie mit Tränen. Diese Vorsicht war sehr nötig, denn sie war mit ihrem eigenen Schmerz so beschäftigt, daß sie meinen nicht bemerkt haben würde, wenn ich nicht dies Mitttel ausfindig gemacht hätte, um sie von ihm in Kenntnis zu setzen. Außerdem hatte ich noch den Vorteil dabei, daß ich mit Muße dies bezaubernde Gesicht betrachten konnte, das der mächtige Reiz der Tränen noch verschönte. Mein Kopf erhitzte sich, und ich war meiner so wenig Herr, daß ich versucht war, diesen Augenblick auszunutzen.

Wie weit geht denn unsere Schwäche? Wie groß ist die Macht der Umstände, wenn sogar ich meine Pläne vergessen und Gefahr laufen konnte, durch einen vorzeitigen Triumph des Zaubers der langen Kämpfe und der Einzelheiten einer mühsamen Besiegung verlustig zu gehen? Wenn ich, verführt durch eine Jünglingsbegierde, den Besieger der Frau von Tourvel fast der Gefahr ausgesetzt hätte, als Frucht seiner Mühen nur den albernen Gewinn zu ernten, daß er eine Frau mehr gehabt hätte! Ach! Sie soll sich ergeben, aber sie soll erst kämpfen. Die Kraft zu siegen soll sie zwar nicht haben, aber doch die, zu widerstehen. Sie soll mit Muße das Gefühl ihrer Schwäche auskosten und zum Eingeständnis ihrer Niederlage gezwungen sein. Lassen wir den obskuren Wilderer auf dem Anstand den Hirsch, den er überrascht hat, erlegen; der richtige Jäger muß ihn zu Tode hetzen. Der Plan ist prächtig, nicht wahr? Aber vielleicht hätte ich es jetzt zu bereuen, ihn nicht befolgt zu haben, wenn nicht der Zufall meiner Besonnenheit zu Hilfe gekommen wäre.

Wir vernahmen Geräusch. Es kam jemand in den Salon. Frau von Tourvel erschrak, sprang auf, ergriff einen der Leuchter und ging hinaus. Ich mußte sie wohl gewähren lassen. Es war nur ein Bedienter. Sobald ich mich davon vergewissert hatte, folgte ich ihr. Kaum hatte ich ein paar Schritte getan, da – ob sie mich nun erkannte oder nur von unbestimmtem Schrecken befallen ward – hörte ich sie den Schritt beschleunigen, sich in ihr Zimmer mehr stürzen als darin eintreten und die Tür hinter sich schließen. Ich ging hin; aber der Schlüssel stak drinnen. Ich hütete mich wohl, zu klopfen; das hätte geheißen, ihr Gelegenheit zu einem zu leichten Widerstand bieten. Ich hatte den glücklichen und einfachen Einfall, zu versuchen, ob ich durch das Schlüsselloch sehen könne – und wirklich sah ich die anbetungswürdige Frau auf den Knien, in Tränen gebadet und in heißem Gebet. Welchen Gott wagte sie anzurufen? Gibt es einen, der mächtig genug wäre gegen die Liebe? Vergebens sieht sie sich jetzt nach fremden Beistand um; ich bin's, ich werde über ihr Los bestimmen.

In der Überzeugung, für einen Tag genug getan zu haben, zog auch ich mich in meine Wohnung zurück und machte mich daran, Ihnen zu schreiben. Ich hoffte sie beim Abendessen wiederzusehen; doch ließ sie sagen, daß sie sich unwohl gefühlt habe und zu Bett gegangen sei. Frau von Rosemonde wollte hinauf zu ihr; aber die listige Kranke schützte ein Kopfweh vor, das ihr nicht gestattete, irgendwen zu empfangen. Sie können sich denken, daß ich nach dem Essen nicht mehr lange dablieb, sondern ebenfalls Kopfschmerzen hatte. In meinem Zimmer schrieb ich einen langen Brief, um mich über diese Strenge zu beklagen, und legte mich nieder, mit der Absicht, ihn heute morgen an seine Adresse zu besorgen. Ich habe schlecht geschlafen, wie Sie aus dem Datum dieses Briefes ersehen können. Ich bin aufgestanden und habe meine Epistel nochmals durchgelesen. Ich habe gemerkt, daß ich darin nicht genügend auf mich achtgegeben habe; daß ich mehr Feuer darin zeige als Liebe und mehr Verstimmtheit als Traurigkeit. Ich werde ihn noch einmal machen müssen; aber ich muß erst ruhiger sein.

Ich bemerke, daß der Morgen graut, und hoffe, daß die Kühle, die ihn begleitet, mir den Schlummer bringen wird. Ich will mich wieder zu Bett legen; – und wie groß die Macht dieser Frau sein mag, verspreche ich Ihnen doch, nicht dermaßen in ihr aufzugehen, daß mir nicht die Zeit bliebe, Ihrer viel zu denken. Adieu, schöne Freundin.

. . ., am 21. August 17**, 4 Uhr früh.

Vierundzwanzigster Brief

Der Vicomte von Valmont an die Präsidentin von Tourvel

Ach, Mitleid, gnädige Frau! Stillen Sie doch meine Seelenerregung! Lassen Sie mich doch wissen, was ich hoffen darf oder fürchten muß! Gestellt wie ich bin zwischen das Übermaß des Glücks und das der Glücklosigkeit, ist die Ungewißheit eine grausame Marter. Warum habe ich gesprochen? Warum habe ich dem gebieterischen Zauber nicht widerstehen können, der Ihnen meine Gedanken auslieferte? Solange ich es zufrieden war, Sie mit Schweigen anzubeten, ward ich wenigstens meiner Liebe froh; und dies reine Gefühl, das vom Bild Ihres Schmerzes noch nicht getrübt ward, genügte zu meiner Glückseligkeit. Diese Quelle des Glückes aber ist eine Quelle der Verzweiflung geworden, seit ich Ihre Tränen fließen sah, seit ich dies grausame ›Ach ich Unglückliche!‹ vernahm. Gnädige Frau, die drei Worte werden in meinem Herzen noch lange widerhallen. Kraft welches Schicksalsfluchs vermag das süßeste der Gefühle Ihnen nur Schrecken einzuflößen? Was fürchten Sie denn? Ach, gewiß nicht, mein Gefühl zu teilen: Ihr Herz, das ich verkannt habe, ist zur Liebe nicht geschaffen. Meines, das Sie unausgesetzt verleumden, ist das einzige fühlende; Ihres kennt nicht einmal Mitleid. Wenn dem nicht so wäre, würden Sie dem Unglücklichen, der Ihnen seine Leiden erzählte, nicht ein Wort des Trostes geweigert, sich seinen Blicken nicht entzogen haben, während er doch keine andere Freude hat als Ihren Anblick; Sie hätten nicht mit seiner Unruhe ein grausames Spiel getrieben, dadurch, daß Sie ihm melden ließen, Sie seien krank, ohne ihm zu erlauben, zu kommen und nach Ihrem Befinden zu fragen; Sie hätten gefühlt, daß dieselbe Nacht, die für Sie nur aus zwölf Stunden Ruhe bestand, ihm ein Jahrhundert des Schmerzes sein würde.

Wodurch, sagen Sie mir doch, habe ich diese trostlose Strenge verdient? Ich nehme sie furchtlos zum Richter: was habe ich doch getan, außer daß ich einem unfreiwilligen Gefühl nachgegeben habe, das von der Schönheit eingeflößt und durch die Tugend gerechtfertigt war; das stets durch Achtung in Schranken gehalten ward und dessen unschuldiges Eingeständnis aus Vertrauen hervorging und nicht aus Hoffnung. Wollen Sie es verraten, das Vertrauen, zu dem Sie selbst Ihre Zustimmung zu geben schienen und dem ich mich rückhaltlos überlassen habe? Nein, ich kann es nicht glauben; denn damit schriebe ich Ihnen ein Unrecht zu, und mein Herz empört sich gegen den bloßen Gedanken, eines an Ihnen zu finden. Ich widerrufe meine Vorwürfe; ich konnte sie wohl schreiben, nicht aber sie denken. Ach, lassen Sie mir den Glauben an Ihre Vollkommenheit! Es ist die einzige Freude, die mir bleibt. Beweisen Sie mir, daß Sie es sind, und gewähren Sie mehr Ihre hochherzige Pflege. Welchem Unglücklichen hätten Sie Hilfe gespendet, der ihrer so sehr bedurft hätte als ich? Geben Sie mich nicht dem Wahnsinn preis, in den Sie mich gestürzt haben. Leihen Sie mir Ihre Vernunft, da Sie mir meine denn geraubt haben. Nachdem Sie mich gestraft haben, erleuchten Sie mich, um Ihr Werk zu vollenden.

Ich will Sie nicht täuschen, Sie werden es nicht dahin bringen, meine Liebe zu besiegen; aber Sie werden mich lehren, sie zu regeln. Wenn Sie meine Schritte lenken, meine Reden mir vorschreiben, werden Sie mich wenigstens vor dem grauenhaften Unglück bewahren, Ihnen zu mißfallen. Zerstreuen Sie besonders diese in Verzweiflung treibende Furcht; sagen Sie mir, Sie verzeihen mir, Sie beklagen mich; versichern Sie mich Ihrer Milde. So viel, als ich Ihnen davon wünsche, werden Sie niemals haben; doch ich rufe die an, deren ich bedarf: werden Sie sie mir weigern?

Leben Sie wohl, gnädige Frau; empfangen Sie gütig meine Ihnen dargebrachten Gefühle; denn auch meine Achtung bringe ich Ihnen dar.

. . ., den 20. August 17**

Fünfundzwanzigster Brief

Der Vicomte von Valmont an die Marquise von Merteuil

Hier das gestrige Bulletin.

Um elf Uhr trat ich bei Frau von Rosemonde ein; und unter ihrem Schutz wurde ich zu der vorgeblichen Kranken eingelassen, die noch zu Bett lag. Sie hatte sehr blaue Ränder um die Augen; ich hoffe, sie hatte ebenso schlecht geschlafen wie ich. Ich nahm einen Augenblick wahr, da Frau von Rosemonde sich entfernt hatte, um meinen Brief zu übergeben: die Annahme wurde verweigert; aber ich ließ ihn auf dem Bett liegen und rückte ganz ehrbar den Sessel meiner alten Tante heran, die bei ›ihrem lieben Kinde‹ sein wollte. Sie mußte den Brief wohl einstecken, um einen Skandal zu vermeiden. Die Kranke sagte ungeschickterweise, sie glaube etwas Fieber zu haben. Frau von Rosemonde forderte mich auf, ihr den Puls zu fühlen, und pries dabei höchlich meine medizinischen Kenntnisse. Meine Schöne hatte also den doppelten Kummer, mir ihren Arm ausliefern zu müssen und sich bewußt zu werden, daß ihre kleine Lüge herauskommen würde. Wirklich nahm ich ihre Hand und preßte sie in eine der meinigen, während ich mit der andern über ihren frischen runden Arm hinstrich. Das arglistige Geschöpf antwortete auf nichts, weshalb ich mich zurückzog mit den Worten: »Nicht einmal die leiseste Erregung liegt vor.« Mir ahnte, daß ihre Blicke streng sein müßten, und um sie zu strafen, suchte ich ihre Blicke gar nicht. Einen Augenblick darauf sagte sie, sie wolle aufstehn, und wir ließen sie allein. Sie erschien beim Mittagessen, das traurig verlief. Sie kündigte an, sie werde nicht spazierengehn, womit sie mich wissen ließ, ich würde keine Gelegenheit haben, mit ihr zu reden. Ich fühlte wohl, daß ich hier einen Seufzer und einen schmerzlichen Blick anbringen müsse; zweifellos war sie darauf gefaßt, denn das war der einzige Moment des Tages, wo es mir gelang, ihre Augen zu treffen. So ungekünstelt sie ist, hat sie doch ihre kleinen Listen, so gut wie jede andere. Ich paßte den Zeitpunkt ab, sie zu fragen, ›ob sie die Güte gehabt habe, mich von meinem Geschick zu unterrichten‹, und ich war ein wenig erstaunt, als ich sie antworten hörte: »Ja, mein Herr, ich habe Ihnen geschrieben.« Ich hatte es sehr eilig, in den Besitz des Briefes zu kommen; doch mochte es wieder List sein, oder Ungeschick, oder Schüchternheit, sie übergab ihn mir erst am Abend, im Augenblick, da sie sich in ihr Zimmer begab. Ich schicke ihn Ihnen ebenso wie die erste Niederschrift des meinigen; lesen und urteilen Sie. Sehen Sie, mit welcher großartigen Falschheit sie beteuert, sie fühle keine Liebe, während ich doch des Gegenteils gewiß bin; und dann wird sie sich beklagen, wenn ich sie nachher betrüge, während sie sich nicht scheut, mich vorher zu betrügen! Schöne Freundin, der geschickteste Mann kann sich immer nur auf dem Niveau der wahrhaftesten Frau erhalten. Man muß aber doch so tun, als glaubte man an das ganze Geschwätz, und sich abquälen mit Verzweifeltsein, weil es der gnädigen Frau gefällt, die Strenge zu spielen! Wie soll man sich für solche Heimtücke nicht rächen! ... Nur Geduld! ... Doch leben Sie wohl. Ich habe noch viel zu schreiben.

Ehe ich's vergesse; den Brief an die Unmenschliche müssen Sie mir zurückschicken; es könnte sein, daß sie künftig darauf verfiele, diesen Armseligkeiten Wert beizulegen, und dann muß man damit in Ordnung sein.
Von der kleinen Volanges rede ich Ihnen nicht; darüber sprechen wir nächstens.

Aus dem Schloß, am 22. August 17**

Sechsundzwanzigster Brief

Die Präsidentin von Tourvel an den Vicomte von Valmont

Sicherlich, mein Herr, hätten Sie keinen Brief von mir bekommen, wenn mein törichtes Betragen von gestern abend mich nicht dazu zwingen würde, heute Ihnen gegenüber auf Erklärungen einzugehen. Ja, ich habe geweint, ich gestehe es; vielleicht auch sind mir diese drei Worte, die Sie so sorgfältig anführen, entschlüpft. Tränen und Worte, Sie haben alles bemerkt; also muß ich ihnen alles erklären.
Gewohnt, nur ehrbare Gefühle einzuflößen, nur Reden zu vernehmen, auf die ich ohne Erröten hören darf, folglich einer Sicherheit mich zu erfreuen, die ich, wie ich wohl sagen darf, verdiene, verstehe ich die empfangenen Eindrücke weder zu verhehlen noch zu bekämpfen. Das Staunen und die Verwirrung, in die mich Ihr Vorgehen stürzte; ich weiß nicht welche Furcht, erregt durch eine Lage, die für mich nie hätte entstehen dürfen; vielleicht der empörende Gedanke, mich mit den Frauen, die Sie verachten, verwechselt und ebenso leichthin behandelt zu sehen wie sie: all diese Ursachen im Verein haben meine Tränen hervorgerufen und haben mir wohl, und ich glaube mit Recht, die Worte in den Mund gelegt, ich sei unglücklich. Dieser Ausdruck, den Sie so stark finden, wäre sicherlich noch viel zu schwach, wenn meine Tränen und meine Rede einen andern Grund gehabt hätten; wenn ich, anstatt Gefühle, die mich beleidigen müssen, zu mißbilligen, etwa gefürchtet hätte, sie zu teilen.

Nein, mein Herr, das fürchte ich nicht; täte ich's, würde ich hundert Meilen weit von Ihnen fliehen; würde in einer Einöde das Unglück beweinen, daß ich Sie kennengelernt habe. Vielleicht sogar hätte ich trotz meiner Gewißheit, Sie nicht zu lieben, Sie niemals zu lieben, vielleicht hätte ich besser daran getan, die Ratschläge meiner Freunde zu befolgen und Ihnen keine Annäherung zu gestatten.
Ich habe geglaubt, und das ist mein einziges Unrecht, ich habe geglaubt, Sie würden Achtung hegen vor einer ehrbaren Frau, der nichts lieber gewesen wäre, als auch Sie so zu finden und Ihnen Gerechtigkeit widerfahren zu lassen; die Sie schon verteidigt hat, indes Sie durch Ihre verbrecherischen Wünsche sie beleidigten. Sie kennen mich nicht; nein, mein Herr, Sie kennen mich nicht. Sonst hätten Sie aus dem begangenen Unrecht nicht ein Recht hergeleitet; hätten nicht, weil Sie Reden an mich gerichtet haben, die ich nicht hören durfte, sich ermächtigt geglaubt, mir einen Brief zu schreiben, den ich nicht lesen durfte: und Sie verlangen, ich solle ›Ihre Schritte lenken, Ihnen Ihre Reden vorschreiben!‹ Also gut, mein Herr, Schweigen und Vergessen, das sind die Ratschläge, die ich die Pflicht habe, Ihnen zu geben, und Sie, zu befolgen. Dann erlangen Sie in der Tat ein Anrecht auf meine Milde; es würde sogar nur an Ihnen liegen, eines auf meine Erkenntlichkeit zu erwerben ... Doch nein, ich werde kein Verlangen richten an den, der mir die Achtung versagt hat; werde keine Zeichen des Vertrauens dem geben, der meine Sicherheit mißbraucht hat. Sie nötigen mich, Sie zu fürchten, möglichenfalls zu hassen. Ich wollte es nicht; ich wollte in Ihnen nur den Neffen meiner achtungswertesten Freundin erblicken; ich setzte die Stimme der Freundschaft der öffentlichen Stimme entgegen, die Sie anklagte. Sie haben alles zerstört; und, ich sehe es voraus, werden nichts wiedergutmachen wollen.
Ich beschränke mich darauf, mein Herr, Ihnen zu erklären, daß Ihre Gefühle mich beleidigen, daß Ihr Geständnis mich schwer kränkt, und besonders, daß es mir sehr fern liegt, sie

eines Tages zu teilen, daß Sie mich vielmehr zwingen werden, Sie nie wiederzusehen, wenn Sie sich nicht über diesen Gegenstand ein Schweigen auferlegen, das von Ihnen zu erwarten und selbst zu fordern ich ein Recht zu haben glaube. Ich füge diesem Brief den bei, den Sie mir geschrieben haben, und hoffe, Sie werden mir gefälligst ebenso diesen wieder zurückstellen; es wäre mir wahrhaft peinlich, wenn irgendeine Spur bliebe von einem Ereignis, das nie hätte eintreten dürfen. Ich habe die Ehre usw.

. . ., den 21. August 17**

Siebenundzwanzigster Brief
Cécile Volanges an die Marquise von Merteuil

Mein Gott, wie Sie gut sind, gnädige Frau! Wie Sie gefühlt haben, es werde mir leichter fallen, Ihnen zu schreiben als mit Ihnen zu reden! Es ist aber auch wahr: was ich Ihnen zu sagen habe, ist furchtbar schwer; aber Sie sind meine Freundin, nicht? Oh, ja! Meine gute Freundin! Ich will versuchen, meine Scheu abzulegen; und ich habe Sie und Ihren guten Rat auch so nötig! Ich habe recht viel Kummer; und mir kommt es vor, als könnten alle erraten, was ich denke; und besonders wenn er da ist, werde ich rot, sobald mich jemand ansieht. Gestern, wie Sie mich haben weinen sehen, das war, weil ich mit Ihnen reden wollte, und ich weiß nicht, was mich davon abgehalten hat; und als Sie mich fragten, was ich hätte, da sind mir gegen meinen Willen die Tränen gekommen. Kein Wort hätte ich sagen können. Wenn Sie nicht gewesen wären, hätte Mama es gemerkt, und was wäre dann aus mir geworden. Und so bring ich nun mein Leben hin, besonders seit vier Tagen!

An jenem Tage, ja, gnädige Frau, ich will es Ihnen sagen, an jenem Tage hat der Herr Ritter Danceny mir geschrieben. Oh! Ich sag es ganz gewiß, als ich seinen Brief fand, wußte ich überhaupt gar nicht, was es war; aber ich müßte lügen, wenn ich sagen sollte, daß ich mich beim Lesen nicht furchtbar gefreut habe. Sehen Sie, ich wollte, daß es mir mein ganzes Leben lang schlecht ginge, als daß er mir nicht geschrieben hätte. Aber ich wußte wohl, daß ich es ihm nicht sagen durfte, und ich kann Ihnen sogar versichern, daß ich ihm gesagt habe, es sei mir nicht recht; aber er sagt, er habe nicht widerstehen können, und das glaub ich wohl; denn ich war entschlossen, ihm nicht zu antworten, und habe es doch nicht lassen können. Oh, ich habe ihm nur ein einziges Mal geschrieben, und zum Teil sogar nur, um ihm zu sagen, er möge mir nicht mehr schreiben. Aber trotzdem schreibt er mir immer wieder; und da ich ihm nicht antworte, ist er traurig, das sehe ich wohl, und das betrübt mich noch mehr: dermaßen, daß ich nicht mehr weiß, was anfangen, noch, was aus mir werden soll, und daß ich recht zu bedauern bin.

Sagen Sie mir, gnädige Frau, wäre es sehr schlimm, wenn ich ihm von Zeit zu Zeit antwortete? Nur bis er es über sich gewonnen hat, mir selbst nicht mehr zu schreiben und so zu bleiben, wie wir vorher waren; denn was mich betrifft, wenn das so weitergeht, weiß ich nicht, was aus mir werden soll. Sehen Sie, wie ich seinen letzten Brief las, habe ich geweint ohne Ende; und ich weiß ganz gewiß, wenn ich ihm wieder nicht antworte, macht es uns viel Herzeleid.

Seinen Brief will ich Ihnen auch schicken, oder eine Abschrift, und dann können Sie urteilen. Sie werden ja sehen, daß er nichts Böses verlangt. Wenn Sie es indes finden, daß sich das nicht schickt, verspreche ich Ihnen, es mir zu versagen; aber ich glaube, Sie werden denken wie ich, daß dabei nichts Böses ist.

Da ich einmal dabei bin, gnädige Frau, erlauben Sie mir, noch eine Frage an Sie zu richten: Man hat mir zwar gesagt, es sei nicht recht, einen zu lieben; aber warum das? Ich frage nämlich deswegen, weil der Herr Ritter Danceny behauptet, es sei durchaus nicht unrecht, und alle Leute liebten. Wenn das so wäre, sehe ich nicht ein, warum ich allein es mir versagen sollte. Oder aber ist es nur für die jungen

Mädchen ein Unrecht? Denn ich habe selbst Mama sagen gehört, daß Frau D... Herrn M... liebe, und sie sprach davon nicht wie von etwas, was so groß unrecht wäre; und doch weiß ich gewiß, sie würde böse auf mich sein, wenn sie bloß meine Freundschaft mit Herrn Danceny ahnte. Sie behandelt mich immer noch wie ein Kind, die Mama, und sagt mir gar nichts. Als sie mich aus dem Kloster genommen hatte, glaubte ich, es geschähe, damit ich heiraten sollte; aber jetzt scheint's mir nicht so. Nicht, daß mir daran was läge; ich versichere Ihnen; aber Sie, die mit ihr so befreundet sind, wissen vielleicht, was damit los ist, und wenn Sie es wissen, werden Sie es mir hoffentlich sagen.

Das ist nun ein sehr langer Brief geworden, gnädige Frau; doch da Sie mir einmal erlaubt haben, Ihnen zu schreiben, habe ich es benutzt, um Ihnen alles zu sagen, und rechne auf Ihre Freundschaft.

Ich habe die Ehre usw.

Paris, den 23. August 17**

Achtundzwanzigster Brief

Der Ritter Danceny an Cécile Volanges

Wie denn, gnädiges Fräulein, Sie sträuben sich noch immer, mir zu antworten! Nichts kann Sie bewegen; und jeder Tag trägt die Hoffnung, die er brachte, mit sich fort! Was ist denn das für eine Freundschaft, die, Sie geben es selbst zu, zwischen uns besteht, wenn sie nicht einmal bewirken kann, daß Sie mitfühlen mit meiner Pein; wenn sie Sie kalt und ruhig läßt, während ich von einem Feuer gequält werde, das ich nicht löschen kann; wenn sie Ihnen kein Vertrauen einflößt, ja nicht einmal hinreicht, Mitleid in Ihnen zu erwecken? Wie denn, Ihr Freund leidet, und Sie tun nichts, um ihm beizustehn! Er bittet Sie nur um ein Wort, und Sie schlagen es ihm ab! Und Sie wollen, er soll zufrieden sein mit einem so schwachen Gefühl, das Sie sich noch dazu scheuen ihm öfters zu beteuern!

Sie möchten nicht undankbar sein, sagten Sie gestern: ach, glauben Sie mir, gnädiges Fräulein, Liebe mit Freundschaft vergelten wollen, das heißt nicht Undankbarkeit scheuen, das heißt nur vor dem Schein davor zurückschrecken. Indessen wage ich es nicht mehr, von einem Gefühl zu Ihnen zu reden, das Ihnen bloß lästig sein kann, wenn es in Ihnen keine Teilnahme erregt. Wenigstens muß ich es in mich selbst verschließen, bis ich es besiegen lerne. Ich fühle, wie schwer diese Aufgabe sein wird; ich verhehle mir nicht, daß ich aller meiner Kräfte bedürfen werde; alle Mittel werde ich versuchen. Eines gibt es, das meinem Herzen am meisten kosten wird; es besteht darin, mir oft zu wiederholen, daß das Ihrige fühllos ist. Ich werde sogar versuchen, Sie weniger zu sehen, und schon sinne ich darauf, wie ich einen annehmbaren Vorwand ausfindig mache.
Wie denn! Ich sollte die süße Gewohnheit verlieren, Sie jeden Tag zu sehen! Ach, wenigstens werde ich nie aufhören, mich danach zu sehnen. Ewiges Unglück wird der Lohn der zärtlichsten Liebe sein; und Sie werden es gewollt haben, und es wird Ihr Werk sein! Nie, ich fühle es, werde ich das Glück wiederfinden, das ich heute verliere; Sie allein waren geschaffen für mein Herz; mit welcher Freude will ich den Schwur leisten nur Ihnen zu leben! Sie aber wollen Ihn nicht empfangen; Ihr Schweigen lehrt mich zur Genüge, daß Ihr Herz Ihnen zu meinen Gunsten nichts sagt; es ist der sicherste Beweis Ihrer Gleichgültigkeit und zugleich die grausamste Art, sie mir zu bekunden. Leben Sie wohl gnädiges Fräulein.
Ich wage auf eine Antwort nicht mehr zu hoffen; die Liebe hätte voll Eifer geschrieben, die Freundschaft mit Freuden, sogar das Mitleid aus Gefälligkeit; doch Mitleid, Freundschaft und Liebe sind Ihrem Herzen gleich fremd.

Paris, den 23. August 17**

Neunundzwanzigster Brief
Cécile Volanges an Sophie Carnay

Ich sagte es Dir doch, Sophie, daß es Fälle gäbe, wo man schreiben könne; und ich kann Dir versichern, daß ich mir es heftig vorwerfe, daß ich Deiner Meinung gefolgt bin, die dem Ritter Danceny und mir soviel Herzeleid zugefügt hat. Daß ich recht hatte, wird dadurch bewiesen, daß Frau von Merteuil, eine Dame, die es sicherlich genau weiß, es schließlich grade aufgefaßt hat wie ich. Ich habe ihr alles gestanden! Sie hat mir wohl anfangs dasselbe gesagt wie Du; als ich ihr aber alles erklärt hatte, hat sie zugegeben, das sei ganz etwas anderes; sie verlangt nur, daß ich sie alle meine Briefe und alle die des Ritter Danceny sehen lasse, damit sie sicher ist, daß ich nur Passendes sage; so bin ich denn nun also beruhigt. Lieber Gott, habe ich Frau von Merteuil lieb! Sie ist so gut! Und sie ist eine hochachtbare Dame. Also läßt sich nichts einwenden.

Wie will ich nun an Herrn Danceny schreiben, und wie wird er froh sein! Er wird noch froher sein, als er selbst glaubt: denn bislang sprach ich ihm nur von meiner Freundschaft, und er wollte immer, ich sollte ihm sagen, daß ich ihn liebe. Ich glaube allerdings, es war dasselbe; aber genug, ich wagte nicht, und ihm lag daran. Ich habe es Frau von Merteuil gesagt; sie hat mir gesagt, ich hätte recht gehabt, und man müsse erst zugeben, man liebe, wenn man es gar nicht mehr lassen kann. Nun weiß ich ganz gewiß, daß ich es nicht mehr lange werde lassen können; schließlich ist es auch dasselbe, und ihm wird es mehr Freude machen.

Frau von Merteuil hat mir auch gesagt, sie würde mir Bücher leihen, die von dem allen handeln und die mich anleiten werden, wie ich mich gut zu benehmen habe, und auch, wie ich besser schreiben soll als bisher. Denn, siehst Du, sie sagt mir alle meine Fehler, womit sie beweist, daß sie mich gern hat. Sie hat mir nur ans Herz gelegt, daß ich von diesen Büchern der Mama nichts sagen soll, weil es so aussehen

würde, als fände sie, daß Mama meine Erziehung zu sehr vernachlässigt hat und daß sie erzürnen könnte. Oh, ich werde ihr nichts davon sagen!
Es ist aber doch wirklich außerordentlich, daß eine Dame, die fast gar nicht mit mir verwandt ist, sich mehr um mich bekümmert als meine Mutter! Es ist ein rechtes Glück für mich, daß ich sie kennengelernt habe!
Sie hat Mama auch gebeten, daß sie mich übermorgen in die Oper mitnehmen darf, in ihre Loge. Wir sind darin ganz allein, hat sie mir gesagt, und plaudern die ganze Zeit und brauchen nicht bange zu sein, daß jemand uns hört. Das ist mir weit lieber als die Oper. Wir werden auch von meiner Verheiratung reden: denn sie hat mir gesagt, es sei wirklich wahr, daß ich mich verheiraten solle; aber mehr haben wir darüber nicht sagen können. Aber ist das nicht wirklich auch was ganz Erstaunliches, daß Mama mir rein gar nichts drüber sagt?
Leb wohl, liebe Sophie, jetzt geh ich daran und schreibe dem Ritter Danceny. Oh, ich bin sehr froh!

. . ., den 24. August 17**

Dreißigster Brief
Cécile Volanges an den Ritter Danceny

Endlich, mein Herr, willige ich ein, Ihnen zu schreiben, Sie meiner Freundschaft zu versichern und meiner *Liebe*, da Sie sonst nun einmal unglücklich wären. Sie sagen, ich habe kein gutes Herz; ich kann Sie fest versichern, daß Sie sich irren, und ich hoffe, daß Sie jetzt nicht mehr daran zweifeln. Wenn Sie Kummer gehabt haben, weil ich Ihnen nicht schrieb, glauben Sie, daß es mir nicht auch Herzeleid machte? Nur möchte ich um alles in der Welt nichts Unrechtes tun; und sicherlich hätte ich meine Liebe nicht einmal eingestanden, wenn ich es hätte lassen können; aber Ihre Betrübtheit bereitet mir zuviel Pein. Jetzt werden Sie hoffentlich nicht mehr betrübt sein, und wir werden recht sehr glücklich sein.

Ich rechne auf das Vergnügen, Sie heute abend zu sehen, und darauf, daß Sie recht zeitig kommen; so früh, wie ich es mir wünsche, wird es niemals sein. Mama ist zum Abendessen zu Hause und wird Sie, glaube ich, zum Bleiben auffordern: hoffentlich sind Sie dann nicht vergeben, wie vorgestern. Es muß wohl höchst angenehm gewesen sein, das Abendessen, zu dem Sie gingen; denn Sie sind recht zeitig hingegangen. Nun genug, davon wollen wir nicht reden; jetzt, da Sie wissen, daß ich Sie liebe, werden Sie hoffentlich, soviel Sie irgend können, bei mir bleiben, denn ich bin nur dann froh, wenn ich mit Ihnen zusammen bin, und ich möchte wohl, daß es Ihnen ganz ebenso erginge.
Es tut mir schrecklich leid, daß Sie gegenwärtig noch betrübt sind, aber meine Schuld ist es nicht. Sobald Sie da sind, werde ich sagen, daß ich Harfe spielen möchte, damit Sie sogleich meinen Brief bekommen. Mehr kann ich nicht tun.
Leben Sie wohl, mein Herr. Ich hab Sie sehr lieb, von ganzem Herzen. Je öfter ich es Ihnen sage, desto froher werde ich; und Sie werden es hoffentlich auch sein.

. . ., den 24. August 17**

Einunddreißigster Brief
Der Ritter Danceny an Cécile Volanges

Ja, ganz gewiß werden wir glücklich sein. Mein Glück ist ganz sicher, da ich von Ihnen geliebt werde; und Ihres wird niemals enden, wenn ihm ebenso lange zu dauern bestimmt ist als der Liebe, die Sie mir eingegeben haben. Wie denn! Sie lieben mich, Sie scheuen sich nicht mehr, mich Ihrer *Liebe* zu versichern! Je öfter Sie es mir sagen, desto froher werden Sie! Nachdem ich dies bezaubernde ›ich liebe Sie‹, geschrieben von Ihrer Hand, erblickt hatte, habe ich Ihren schönen Mund mir das Geständnis wiederholen hören. Ich habe sie auf mir ruhen gefühlt, diese bezaubernden Augen, die der Ausdruck der Zärtlichkeit noch verschönte. Ich habe

Ihre Schwüre empfangen, daß Sie immer für mich leben wollen. Ach, Nehmen Sie den meinigen hin, daß ich mein ganzes Leben Ihrem Glücke weihen will; nehmen Sie ihn hin, und seien Sie gewiß, ich werde ihn nicht brechen.

Welchen glücklichen Tag wir gestern verlebt haben! Ach! Warum hat Frau von Merteuil nicht alle Tage Ihrer Mama Geheimnisse anzuvertrauen? Warum muß der Gedanke an den Zwang, der uns erwartet, sich in die köstliche Erinnerung mischen, der ich nachhänge? Warum kann ich nicht ohne Unterlaß die hübsche Hand festhalten, die mir geschrieben hat ›Ich liebe Sie‹, sie mit Küssen bedecken und mich dafür rächen, daß Sie eine größere Gunst mir abgeschlagen haben!

Sagen Sie mir, meine Cécile, als Ihre Mama wieder hereingekommen ist; als wir durch ihre Gegenwart genötigt worden sind, aneinander wieder nur gleichgültige Blicke zu richten; als Sie mich nicht mehr durch die Beteuerung Ihrer Liebe darüber trösten konnten, daß Sie nur mir die Beweise dafür versagten: Haben Sie denn da gar kein Bedauern gefühlt? Haben Sie sich nicht gesagt: Ein Kuß hätte ihn glücklicher gemacht, und dies Glück habe ich, ich ihm entrissen! Versprechen Sie mir, liebenswerte Freundin, daß Sie bei erster Gelegenheit weniger streng sein wollen. Mit Hilfe dieses Versprechens werde ich Mut finden, um die Widerwärtigkeiten zu ertragen, die die Umstände uns vorbehalten; und die grausamen Entbehrungen werden wenigstens gelindert werden durch die Gewißheit, daß Sie meinen Verdruß darüber teilen.

Leben Sie wohl, meine bezaubernde Cécile; die Stunde ist da, in der ich zu Ihnen soll. Es wäre mir unmöglich, Sie zu verlassen, geschähe es nicht, um Sie sogleich wiederzusehen. Leben Sie wohl, Sie, die ich so sehr liebe! Sie, die ich immer noch mehr lieben werde!

. . ., den 25. August 17**

Zweiunddreißigster Brief

Frau von Volanges an die Präsidentin von Tourvel

Sie wollen also, gnädige Frau, ich soll an die Tugend des Herrn von Valmont glauben? Ich gestehe, ich kann mich nicht dazu entschließen, und es würde mir ebensolche Mühe machen, ihn auf Grund der einzigen Tatsache, die Sie mir erzählen, für anständig anzusehen, als einen anerkannt biedern Mann, von dem ich einen Fehler erfahren würde, für lasterhaft zu halten. Die Menschheit ist in keiner Art vollkommen, im Bösen ebensowenig wie im Guten. Der Schurke hat seine Tugenden wie ein braver Mensch seine Schwächen. Dies müssen wir, scheint mir, schon darum für Wahrheit halten, weil daher sich die Notwendigkeit leitet, nachsichtig zu sein gegen die Bösen wie gegen die Guten; und weil diese Wahrheit die einen vor Hochmut bewahrt und die andern vor Entmutigung rettet. Sie werden wahrscheinlich finden, daß ich die Nachsicht, die ich predige, in diesem Augenblick sehr schlecht übe; aber ich sehe in ihr nur noch eine gefährliche Schwäche, wenn sie uns dahin bringt, den Lasterhaften und den Biedermann gleich zu behandeln.
Ich will mir nicht erlauben, die Beweggründe für Herrn von Valmonts Handlungsweise zu erforschen; ich will annehmen, sie seien so lobenswert wie diese selbst. Aber hat er darum nicht doch sein Leben lang Verwirrung, Unehre und Skandal in die Familien getragen? Horchen Sie, wenn Sie wollen, auf die Stimme des Unglücklichen, dem er geholfen hat; sie darf Sie aber nicht abhalten, das Geschrei zu vernehmen von hundert Opfern, die er hingerafft hat. Wenn er auch, wie Sie sagen, nur ein Beispiel wäre für die Gefahr der Beziehungen, wäre er darum nicht doch auch selbst eine gefährliche Beziehung? Sie vermuten, er sei einer günstigen Umkehr fähig? Wir wollen noch weitergehen; nehmen wir an, dies Wunder sei schon eingetreten. Bliebe nicht gegen ihn noch die öffentliche Meinung, und genügt sie nicht, um Ihr Verhalten zu regeln? Gott allein kann im Augenblick

des Bereuens freisprechen; er liest es im Herzen. Die Menschen aber können die Gedanken nur nach den Handlungen beurteilen; und keiner von ihnen hat nach dem Verlust der Achtung des andern ein Recht, sich über das notwendig daraus folgende Mißtrauen zu beklagen, infolgedessen der Achtungsverlust so schwer rückgängig zu machen ist. Bedenken Sie besonders, liebe, junge Freundin, daß es zum Verlieren der Achtung manchmal genügt, wenn es so aussieht, als legte man ihr zu wenig Wert bei. Und schätzen Sie diese Strenge nicht als Ungerechtigkeit ein; denn abgesehen davon, daß man Grund hat zu der Annahme, daß niemand auf dies wertvolle Gut verzichtet, der Anspruch darauf besitzt, ist tatsächlich der dem Schlechthandeln näher, den dieser starke Zaun nicht mehr hält. In diesem Licht würden nun aber vertrauliche Beziehungen zu Herrn von Valmont Sie erscheinen lassen, mögen diese Beziehungen noch so unschuldig sein.
Die Wärme, mit der Sie ihn in Schutz nehmen, hat mich erschreckt, und darum will ich rasch die Einwände, die ich voraussehe, vorwegnehmen. Sie werden Frau von Merteuil anführen, der man diese Beziehungen verziehen hat; Sie werden mich fragen, warum ich ihn bei mir empfange; Sie werden mir sagen, daß es den ehrbaren Leuten ganz fern liegt, ihn abzuschütteln, daß er in der sogenannten guten Gesellschaft zugelassen wird und selbst begehrt ist. Ich kann, glaube ich, auf alles antworten.
Erstens Frau von Merteuil: diese ist tatsächlich hochachtbar und hat vielleicht keinen andern Fehler als zu großes Vertrauen in ihre Kräfte. Sie ist ein geschickter Rosselenker, der sich darin gefällt, einen Wagen zwischen Felsen und Abgründen hindurchzulenken, und den nur der Erfolg rechtfertigt. Es ist gerecht, sie zu loben, wäre aber unklug, ihr zu folgen; das gibt sie selbst zu und rechnet es sich als Fehler an. Je mehr sie gesehen hat, desto strenger sind ihre Grundsätze geworden; und ich kann Ihnen ganz ruhig versichern, daß sie denken würde wie ich.

Was mich selbst betrifft, will ich mich ebensowenig entschuldigen wie die andern. Allerdings empfange ich Herrn von Valmont, und er wird überall empfangen: das ist eine weitere Folgewidrigkeit zu tausend andern, die die Gesellschaft regieren. Sie wissen wie ich, daß sie einem sein Leben lang auffallen, daß man sich über sie beschwert und sich ihnen überläßt. Herrn von Valmont mit seinem angesehenen Namen, seinem großen Vermögen und vielen liebenswürdigen Eigenschaften hat frühzeitig erkannt, daß es, um in der Gesellschaft Macht zu gewinnen, genügt, mit gleicher Geschicklichkeit das Lob zu handhaben und die Geißel der Lächerlichkeit. Niemand besitzt dies zwiefache Talent so wie er: mit dem einen verführt er und macht sich gefürchtet mit dem andern. Achten tut man ihn nicht; aber schmeicheln. So sieht seine Existenz aus inmitten einer großen Welt, die, mehr klug als tapfer, ihn lieber schont als bekämpft.
Doch nicht einmal Frau von Merteuil, noch irgendeine andere Frau würde es gewiß wagen, sich auf dem Lande und beinahe unter vier Augen mit einem solchen Manne abzuschließen. Der vernünftigsten, der bescheidensten unter ihnen war es vorbehalten, ein Beispiel zu geben von solcher Folgewidrigkeit; verzeihen Sie mir dies Wort, es entfährt der Freundschaft. Meine schöne Freundin, Ihre Ehrbarkeit selber verrät Sie, vermittelst der Sicherheit, in die sie Sie lullt. Bedenken Sie doch, daß Sie zu Richtern einerseits leichtfertige Leute haben werden, die an eine Tugend, deren Vorbild sie in sich selbst nicht finden, nicht glauben; und andererseits böse Menschen, die so tun werden, als glaubten sie nicht daran, sie dafür zu strafen, daß Sie diese Tugend hatten. Erwägen Sie nur, daß Sie in diesem Augenblick etwas tun, was manche Männer nicht wagen würden. Ja wirklich, unter den jungen Leuten, für die Herr von Valmont sich nur allzusehr zum Orakel gemacht hat, sehe ich die vernünftigsten den Schein scheuen, als verbänden sie mit ihm zu nahe Beziehungen; und Sie, Sie scheuen ihn nicht! Oh,

kehren Sie zurück, kehren Sie zurück, ich beschwöre Sie ... Wenn meine Gründe nicht genügen, um Sie zu überzeugen, geben Sie meiner Freundschaft nach; nur ihretwegen erneuere ich meine inständigen Bitten, und sie muß auch die Rechtfertigung dafür abgeben. Sie werden diese Freundschaft strenge finden, und ich wünschte, sie wäre unnötig; doch will ich lieber, daß Sie sich über ihre zu eifrige Fürsorge beklagen sollen als über ihre Lässigkeit.

..., den 24. August 17**

Dreiunddreißigster Brief

Die Marquise von Merteuil an den Vicomte von Valmont

Sobald Sie den Erfolg scheuen, lieber Vicomte, sobald Ihre Absicht ist, Waffen zu liefern gegen sich selbst und Sie nicht so sehr nach Sieg als nach Kampf verlangen, habe ich nichts mehr zu sagen. Ihr Verhalten ist ein Meisterwerk der Klugheit. Wenn man das Gegenteil annimmt, wäre es ein Meisterwerk der Torheit; und, daß ich Ihnen die Wahrheit sage, ich fürchte, Sie geben sich einer Täuschung hin!

Nicht das werfe ich Ihnen vor, daß Sie den Augenblick nicht ausgenutzt haben. Einesteils kann ich nicht deutlich erkennen, daß er dagewesen wäre; andernteils weiß ich, was man auch sagen möge, zur Genüge, daß eine versäumte Gelegenheit sich wiederfindet, während man einen übereilten Schritt nie wieder rückgängig machen kann.

Eine wahre Stümperei aber ist es, daß Sie sich haben zum Schreiben verleiten lassen. Jetzt wette ich, daß Sie nicht mehr absehen, wohin das Sie führen kann. Hoffen Sie der Frau etwa zu beweisen, daß sie sich ergeben muß? Mir scheint es, daß dies nur eine Gefühlswahrheit sei und keine verstandesmäßige Darlegung; und daß es, um ihr Aufnahme zu verschaffen, auf Rühren ankommt und nicht auf Vernünfteln. Wozu aber könnte es Ihnen nützen, brieflich zu rühren, da Sie ja nicht zur Stelle wären, um davon gut zu haben? Wenn Ihre schöne Redensarten auch Liebestrunkenheit hervorbrächten – schmeicheln Sie sich, daß sie lange genug anhalten würde, daß die Überlegung nicht Zeit hätte, das Geständnis zu verhindern? Bedenken Sie doch die Zeit, die zum Briefschreiben nötig ist, an die, die vergeht, bevor man ihn abgibt; und sehen Sie zu, ob zumal eine Frau mit Grundsätzen, wie Ihre Betschwester, so lange Zeit wird wollen können, was sie doch trachtet, niemals zu wollen. Solch Vorgehen kann bei Kindern gelingen, die, wenn sie schreiben ›Ich liebe Sie‹, nicht wissen, daß sie sagen ›Ich ergebe mich‹. Die vernünftelnde Tugend der Frau von Tourvel aber scheint mir das Gewicht der Ausdrücke sehr genau zu kennen. Daher kommt es, daß trotz dem Vorteil, den Sie während Ihrer Unterhaltung über sie gewonnen haben, sie in ihrem Brief Sie schlägt. Und dann, wissen Sie, wie es geht? Kraft dessen, daß man streitet, will man nicht nachgeben. Vor lauter Suchen nach guten Gründen findet man welche und spricht sie aus; und darauf hält man dran fest, nicht so sehr weil sie gut sind, als um sich nicht zu widersprechen.

Ferner wundere ich mich, daß Sie eine Bemerkung noch nicht gemacht haben, nämlich, daß in der Liebe nichts so schwierig ist, als über das zu schreiben, was man nicht empfindet. Nicht, daß man sich nicht derselben Worte bediente; aber man macht sie nicht in der gleichen Weise zurecht, oder vielmehr ja, man macht sie zurecht, und das genügt. Lesen Sie Ihren Brief nochmals durch: es herrscht Ordnung darin, die Sie bei jeder Wendung verrät. Ich will wohl glauben, daß Ihre Präsidentin noch so wenig ausgebildet ist, daß sie es nicht bemerkt: doch was liegt daran; die Wirkung ist darum doch verfehlt. Den Fehler haben auch die Romane; der Autor strengt sich ungeheuer an, um warm zu werden, und der Leser bleibt kalt. ›Heloise‹ ist der einzige, den man ausnehmen kann; und trotz dem Talent des Verfassers hat diese Beobachtung mich immer zu glauben veranlaßt, daß der Stoff wahr sei. Beim Sprechen ist es nicht ebenso. Die Gewohnheit, sein Organ zu bearbeiten, verleiht

beim Sprechen die Fähigkeit zu empfinden; die lose sitzenden Tränen erhöhen sie noch. Der Ausdruck der Begierde verschmilzt in den Augen mit dem der Zärtlichkeit; endlich führt die nicht so zusammenhängende Rede leichter die wirre, verstörte Stimmung herbei, die der Liebe wahre Beredsamkeit ist; und vor allem verhindert die Gegenwart des geliebten Wesens das Nachdenken und gibt uns den Wunsch ein, besiegt zu werden.
Glauben Sie mir, Vicomte: Sie werden gebeten, nicht mehr zu schreiben; benutzen Sie das, um Ihren Fehler wieder gutzumachen, und warten Sie die Gelegenheit ab, um zu sprechen. Wissen Sie, daß die Frau stärker ist, als ich dachte. Ihre Verteidigung ist gut; und wäre nicht die Länge des Briefes und die Wendung von ihrer Erkenntlichkeit, wodurch sie Ihnen den Vorwand in die Hand gibt, auf die Sache zurückzukommen, dann würde sie sich überhaupt nicht verraten haben.
Was Sie außerdem noch über Ihren Erfolg, scheint mir, beruhigen kann, ist, daß sie zuviel Kraft auf einmal ausgibt; sie wird sie, ich sehe es voraus, zur Verteidigung des Wortes erschöpfen, und zur Verteidigung der Sache bleibt ihr dann keine mehr.
Ich schicke Ihnen Ihre beiden Briefe zurück, und wenn Sie klug sind, sind es die letzten bis nach dem glücklichen Moment. Wenn es nicht so spät wäre, würde ich Ihnen von der kleinen Volanges sprechen, die ziemlich rasch vorwärtskommt und mit der ich höchst zufrieden bin. Ich glaube, ich werde vor Ihnen fertig, und Sie sollten sich recht sehr darüber schämen. Für heute leben Sie wohl.

. . ., den 24. August 17**

Vierunddreißigster Brief

Der Vicomte von Valmont an die Marquise von Merteuil

Sie sprechen wunderbar, schöne Freundin; aber warum reden Sie sich so müde, um zu beweisen, was niemandem unbekannt ist? Um in der Liebe schnell etwas zu erreichen, ist es besser, man spricht, als man schreibt; darin besteht, glaube ich, Ihr ganzer Brief. Das sind doch aber die einfachsten Elemente der Verführungskunst. Ich will nur bemerken, daß Sie von dieser Regel bloß eine Ausnahme machen und daß es zwei gibt. Zu den halben Kindern, die diesen Weg aus Schüchternheit einschlagen und sich aus Unwissenheit ausliefern, muß man die schöngeistigen Frauen fügen, die sich aus Eigenliebe darauf einlassen und die Eitelkeit ins Netz lockt. Zum Beispiel bin ich sicher, daß die Gräfin B**, die ohne Umstände meinen ersten Brief beantwortete, damals für mich nicht mehr Liebe fühlte als ich für sie und daß es ihr nur auf die Gelegenheit ankam, einen Gegenstand zu behandeln, der ihr Ehre machen sollte.

Wie dem nun sei, ein Advokat würde Ihnen sagen, daß das Prinzip auf die Frage keine Anwendung findet. Tatsächlich nehmen Sie an, daß ich zwischen Schreiben und Sprechen die Wahl habe, was nicht der Fall ist. Seit der Geschichte am 19. hat meine Unmenschliche, die sich auf der Defensive hält, auf die Vermeidung von Begegnungen eine Geschicklichkeit verwendet, die die meinige zunichte macht. Es ist an dem, daß sie, wenn's so weitergeht, mich zwingen wird, mich ernstlich mit den Mitteln abzugeben, um ihr den Vorsprung wieder abzunehmen; denn ganz sicher will ich auf keinem Gebiet von ihr besiegt werden. Auch meine eigenen Briefe sind Gegenstand eines kleinen Krieges: nicht damit zufrieden, sie unbeantwortet zu lassen, verweigert sie die Annahme. Für jeden habe ich eine neue List nötig, und nicht immer gelingt sie.

Sie entsinnen sich, mit Hilfe welches einfachen Mittels ich ihr den ersten beigebracht hatte; der zweite bot auch weiter keine Schwierigkeit. Sie hatte mich gebeten, ihr ihren Brief zurückzugeben: ich gab ihr statt dessen den meinigen, ohne daß sie den kleinsten Verdacht schöpfte. Sei's aber Ärger, weil sie überlistet war, oder Laune, oder aber auch sei's Tugend, denn sie wird mich zwingen, daran zu glauben, den dritten lehnte sie hartnäckig ab. Ich hoffe jedoch, daß die Verlegenheit, in die die Folgen dieser Weigerung sie fast gebracht hätten, sie für künftig bessern wird.

Sehr erstaunt war ich nicht darüber, daß sie den Brief, den ich ihr ganz einfach hinhielt, nicht annehmen wollte; damit hätte sie schon etwas bewilligt, und ich bin auf eine längere Verteidigung gefaßt. Nach diesem Versuch, der nur eine beiläufige Probe war, steckte ich meinen Brief in einen Umschlag; und dann wählte ich die Stunde der Toilette, als Frau von Rosemonde und die Kammerfrau zugegen waren, und schickte ihn ihr durch meinen Jäger, mit der Weisung, ihr zu sagen, dies sei das Papier, um das sie mich ersucht habe. Ich hatte richtig geahnt, daß ihr bange sein werde vor der anstößigen Auseinandersetzung, die eine Verweigerung der Annahme zur notwendigen Folge gehabt hätte; wirklich nahm sie den Brief; und mein Gesandter, der Befehl hatte, ihr Gesicht zu beobachten, und der recht gut sieht, bemerkte nur eine leichte Röte und mehr Verlegenheit als Zorn.

Also wünschte ich mir schon Glück, denn ich war gewiß, daß sie den Brief entweder behalten werde, oder, im Fall sie ihn mir zurückgeben wollte, daß sie dazu mit mir allein sein müßte: was mir Gelegenheit geben würde, mit ihr zu reden. Etwa eine Stunde nachher tritt einer von ihren Leuten zu mir ins Zimmer und übergibt mir von seiten seiner Herrin ein Paket von einer andern Form als das meinige, und auf dem Umschlag erkenne ich die so sehr ersehnte Schrift. Ich öffne in aller Eile ... Es war mein eigener Brief, nicht entsiegelt und nur einmal gefaltet. Ich vermute, die Furcht, ich könne weniger Bedenken als sie wegen eines Skandales tragen, hat sie zu dieser teuflischen List bewogen.

Sie kennen mich; meine Wut brauche ich Ihnen nicht zu schildern. Ich mußte aber doch wieder kaltes Blut erlangen und mich nach neuen Mitteln umsehen. Das einzige, das ich fand, ist folgendes.

Von hier werden jeden Morgen die Briefe von der Post geholt, die ungefähr dreiviertel Meilen weit weg ist. Man benutzt dazu einen Kasten mit einem Deckel ungefähr wie ein Opferstock, wozu der Posthalter einen Schlüssel hat und Frau von Rosemonde den andern. Jeder steckt untertags seine Briefe hinein, wann er mag; sie werden auf die Post gebracht, und am Morgen die angekommenen abgeholt. Alle Bedienten, fremd oder nicht, leisten in gleicher Weise diesen Dienst. Mein Diener war nicht an der Reihe, aber er übernahm es, hinzugehen, unter dem Vorwand, daß er auf jener Seite ein Geschäft habe.

Indessen schrieb ich meinen Brief. Bei der Adresse verstellte ich meine Schrift und ahmte auf dem Umschlag ziemlich gut den Stempel ›Dijon‹ nach. Diese Stadt wählte ich, weil ich es lustiger fand, verlangte ich schon dieselben Rechte wie der Gatte, auch vom selben Ort zu schreiben, und auch, weil meine Schöne den ganzen Tag von ihrem sehnlichen Wunsch nach Briefen aus Dijon gesprochen hatte. Es schien mir recht und billig, ihr dies Vergnügen zu verschaffen.

Nach Treffen dieser Vorsichtsmaßregeln war es leicht, diesen Brief zu den übrigen zu werfen. Dieses Auskunftsmittel gewährte mir noch den Vorteil, daß ich beim Empfang dabeisein konnte; denn hier ist es üblich, sich zum Frühstück zu versammeln und, ehe man sich trennt, die Ankunft der Briefe abzuwarten. Endlich kamen sie.

Frau von Rosemonde öffnete den Kasten. »Aus Dijon«, sagte sie und gab den Brief an Frau von Tourvel. – »Meines Mannes Schrift ist es nicht«, versetzte diese mit hörbarer Unruhe und erbrach lebhaft das Siegel. Der erste Blick unterrichtete sie; und auf ihrem Gesicht ging eine solche Umwälzung vor sich, daß Frau von Rosemonde es wahrnahm und zu ihr sagte: »Was haben Sie?« Ich trat ebenfalls näher und sagte: »Ist denn der Brief so schrecklich?« Die ängstliche Fromme wagte nicht die Augen aufzuschlagen, sprach kein Wort, und um über ihre Verlegenheit hinwegzukommen, tat sie, als ob sie die Epistel überflöge, die zu lesen sie doch kaum fähig war. Ich freute mich ihrer Verwirrung; und da es mir ganz gut paßte, ihr einen kleinen Stoß zu geben, fügte ich hinzu: »Jetzt sehen Sie ruhiger aus, und das läßt mich hoffen, daß der Brief Ihnen mehr Erstaunen als Schmerz verursacht hat.« Da gab ihr der Zorn etwas Besseres ein, als die Vorsicht gekonnt hätte. »Er enthält«, erwiderte sie, »Dinge, die mich kränken und von denen ich gar nicht begreife, wie jemand sie mir hat schreiben können.« – »Wer denn?« unterbrach Frau von Rosemonde. »Es steht kein Name drunter«, antwortete meine zornige Schöne; »aber der Brief und sein Schreiber flößen mir gleiche Verachtung ein. Ich werde sehr dankbar sein, wenn niemand mir mehr davon spricht.« Bei diesen Worten zerriß sie das kühne Sendschreiben, steckte die Fetzen in die Tasche, stand auf und ging hinaus.

Trotz diesem Zorn hat sie meinen Brief doch bekommen; und daß sie ihn vollständig gelesen hat, deswegen verlaß ich mich auf ihre Neugier.

Die Einzelheiten des Tages würden zu weit führen. Ich füge diesem Bericht das Konzept meiner beiden Briefe bei; dann wissen Sie soviel wie ich. Wenn Sie in diesem Briefwechsel auf dem laufenden bleiben wollen, müssen Sie sich daran gewöhnen, meine Entwürfe zu entziffern: denn für nichts in der Welt würde ich mir die Langeweile zumuten, sie abzuschreiben.

Leben Sie wohl, schöne Freundin.

Aus ..., am 25. August 17**

Fünfunddreißigster Brief

Der Vicomte von Valmont an die Präsidentin von Tourvel

Ich muß Ihnen gehorsam sein, gnädige Frau, und Ihnen zeigen, daß mir inmitten der Fehler, die Sie mir mit Vorliebe zuschreiben, wenigstens genug Zartgefühl bleibt, um mir keinen Vorwurf zu gestatten, und Mut genug, daß ich die schmerzlichsten Opfer auf mich nehme. Sie befehlen mir, zu schweigen und zu vergessen! Gut! Ich will meine Liebe zum Stillschweigen nötigen und will, wenn's möglich ist, die grausame Art, wie Sie sie aufgenommen haben, vergessen. Gewiß verlieh die Begierde, Ihnen zu gefallen, noch nicht das Recht dazu. Auch gestehe ich, daß, wenn ich Ihrer Nachsicht bedurfte, ich sie darum noch nicht zu erlangen brauchte. Sie aber sehen meine Liebe als Schimpf an; Sie vergessen, daß, wäre sie überhaupt ein Unrecht, Sie selbst zugleich die Ursache des Unrechts wären und seine Entschuldigung. Sie vergessen auch, daß ich gewohnt, Ihnen meine Seele selbst dann zu öffnen, wenn dieses Vertrauen mir schaden konnte, Ihnen die Gefühle, die mich durchdrangen, unmöglich noch verhehlen konnte; und was ein Werk meiner Aufrichtigkeit war, sehen Sie als Frucht meiner Keckheit an. Zum Lohn für die zärtlichste, achtungsvollste, wahrste Liebe stoßen Sie mich weit von sich. Sie sprechen mir gar von Ihrem Haß... Welcher andere würde sich nicht beklagen, wenn er so behandelt würde? Ich allein unterwerfe mich; ich dulde alles und murre nicht; Sie schlagen, und ich bete an. Ihre umfassende Gewalt über mich macht Sie zur uneingeschränkten Herrin meiner Gefühle; und wenn nur meine Liebe Ihnen widersteht, wenn Sie sie nicht zerstören können, kommt es daher, daß sie Ihr Werk ist und nicht meines.

Ich verlange nicht eine Erwiderung, auf die ich mir niemals Hoffnung gemacht habe. Ich erwarte nicht einmal das Mitgefühl, das die mir zuweilen von Ihnen bezeigte Teilnahme zu erhoffen mich berechtigte. Aber ich glaube,

das gestehe ich, Ihre Gerechtigkeit in Anspruch nehmen zu dürfen.
Sie verraten mir, gnädige Frau, daß man mir bei Ihnen zu schaden versucht hat. Wenn Sie den Ratschlägen Ihrer Freunde geglaubt hätte, würden Sie mich nicht einmal in Ihre Nähe gelassen haben: diese Ausdrücke stammen von Ihnen. Was sind denn das für beflissene Freunde? Ohne Zweifel willigen diese so strengen, so unbeugsam tugendhaften Leute ein, daß man ihre Namen nennt; ohne Zweifel werden sie sich nicht in ein Dunkel hüllen wollen, worin man sie mit gemeinen Verleumdern verwechseln würde; und weder ihre Namen noch ihre Vorwürfe werden mir verborgen bleiben. Bedenken Sie, gnädige Frau, daß ich das Recht habe, eines wie das andere zu erfahren, da Sie ja auf Grund ihrer Aussagen über mich urteilen. Man verurteilt keinen Schuldigen, ohne ihm zu sagen, was er verbrochen hat, ohne ihm seine Ankläger zu nennen. Ich verlange keine andere Gunst als diese und mache mich zum voraus anheischig, mich zu rechtfertigen, sie zur Zurücknahme ihrer Behauptungen zu zwingen.
Wenn ich das eitle Geschwätz einer Öffentlichkeit, aus der ich mir wenig mache, vielleicht zu gering angeschlagen habe, steht's doch anders mit Ihrer Achtung. Und während ich mein Leben dem Wunsch, sie zu verdienen, widme, werde ich sie mir nicht ungestraft rauben lassen. Sie wird mir um so wertvoller, als ich zweifellos ihr jene Bitte verdanken werde, die Sie mir nicht vorlegen mögen und die mir, sagen Sie, ›Rechte auf Ihre Erkenntlichkeit‹ geben würden. Ach! Ich bin weit entfernt, Erkenntlichkeit zu fordern, ich werde Ihnen welche zu schulden glauben, wenn Sie mir Gelegenheit geben, Ihnen gefällig zu sein. Fangen Sie doch an, mir mehr Gerechtigkeit widerfahren zu lassen, und lassen Sie mich nicht mehr in Unwissenheit über das, was Sie von mir wünschen. Wenn ich es erraten könnte, würde ich Ihnen die Mühe, es zu sagen, ersparen. Zu dem Vergnügen, Sie zu sehen, fügen Sie das Glück, Ihnen zu dienen, und ich werde

mit Ihrer Nachsicht zufrieden sein. Was kann Sie denn abhalten? Es ist hoffentlich nicht die Furcht, ich könnte es Ihnen abschlagen? Die könnte ich Ihnen, ich fühle es, nicht verzeihen. Ich schlage Ihnen ja nichts ab, wenn ich Ihnen Ihren Brief nicht zurückgebe. Ich wünschte mehr als Sie, ihn nicht mehr nötig zu haben: aber gewohnt, wie ich bin, Ihnen eine so sanfte Seele zuzuschreiben, kann ich Sie nur in diesem Brief so finden, wie Sie erscheinen möchten. Wenn in mir der Wunsch entsteht, Ihnen Gefühl abzugewinnen, sehe ich in Ihrem Brief, daß Sie, anstatt darin einzuwilligen. lieber hundert Meilen von mir fortfliehen würden; wenn alles an Ihnen meine Liebe erhöht und rechtfertigt, weist wieder Ihr Brief mich darauf hin, daß meine Liebe Sie kränkt; und wenn bei Ihrem Anblick diese Liebe mir als das höchste Gut erscheint, muß ich Ihren Brief lesen, um zu fühlen, daß sie nur eine greuliche Folter ist. Jetzt begreifen Sie, daß es mein höchstes Glück wäre, Ihnen den verhängnisvollen Brief zurückgeben zu können: mich nochmals darum ersuchen hieße mich berechtigen, an seinen Inhalt nicht mehr zu glauben. Sie zweifeln hoffentlich nicht, daß ich mich beeilen werde, ihn Ihnen wieder zuzustellen.

Aus . . ., am 21. August 17**

Sechsunddreißigster Brief

Der Vicomte von Valmont an die Präsidentin von Tourvel
(Abgestempelt in Dijon)

Ihre Strenge nimmt täglich zu, gnädige Frau, und wenn ich's sagen darf, Sie scheinen vor Ungerechtigkeit weniger zurückzuschrecken als vor Nachsicht. Nachdem Sie mich, ohne mich anzuhören, verurteilt haben, haben Sie allerdings fühlen müssen, es werde Ihnen leichter fallen, meine Gründe nicht zu lesen als darauf zu antworten. Sie weisen meine Briefe hartnäckig ab; Sie schicken sie mir mit Verachtung zurück. Sie zwingen mich schließlich, zur List zu greifen, im selben Augenblick, wo mein einziger Zweck ist, Sie von meiner Ehrlichkeit zu überzeugen. Sie haben mich in Notlage versetzt, mich zu verteidigen, das wird genügen, die Mittel zu entschuldigen. Übrigens gibt mir die Aufrichtigkeit meiner Gefühle die Überzeugung ein, daß ich, um sie in Ihren Augen zu rechtfertigen, Sie nur richtig mit ihnen bekannt zu machen brauche, darum war ich der Meinung, mir diesen kleinen Winkelzug gestatten zu dürfen. Auch wage ich die Hoffnung, daß Sie sie mir verzeihen und daß Sie nicht sehr erstaunt darüber sein werden, daß die Liebe findiger darin ist, sich kundzugeben, als die Gleichgültigkeit darin, sie abzuwehren.

Erlauben Sie denn, gnädige Frau, daß mein Herz sich Ihnen ganz enthüllt. Es gehört Ihnen, es ist billig, daß Sie es kennen.

Als ich bei Frau von Rosemonde ankam, war ich weit entfernt, das Schicksal, das meiner dort wartete, vorauszusehen. Ich wußte nicht, daß Sie dort wären; und mit der Aufrichtigkeit, die mich kennzeichnet, will ich hinzufügen, daß, wenn ich's gewußt hätte, meine Sicherheit dadurch nicht beeinträchtigt worden wäre. Nicht daß ich Ihrer Schönheit nicht die Gerechtigkeit zollte, die man ihr nicht versagen kann; aber gewohnt, nur Begierden zu fühlen und nur denen, die Hoffnung ermutigte, mich hinzugeben, kannte ich nicht die Qualen der Liebe.

Sie waren Zeugin, wie Frau von Rosemonde in mich drang, ich möge eine Zeitlang dableiben. Schon hatte ich einen Tag mit Ihnen verbracht; indessen folgte ich oder doch, ich glaubte, ich folgte nur dem so natürlichen und berechtigten Vergnügen, einer ehrwürdigen Verwandten Rücksichten zu bezeigen. Die Art des Lebens, wie es hier üblich war, wich allerdings beträchtlich ab von der, an die ich gewöhnt war; es kostete mich aber nichts, mich ihr anzupassen! Und ohne den Grund der in mir vorgehenden Veränderung zu erforschen zu trachten, schrieb ich ihn wieder einzig der Beweglichkeit meines Charakters zu, von der ich Ihnen, glaube ich, schon gesprochen habe.

Unglücklicherweise (und warum muß es ein Unglück sein!) erkannte ich bei näherer Bekanntschaft bald, daß das bezaubernde Gesicht, das allein mich getroffen hatte, der geringste Ihrer Vorzüge war. Ihre himmlische Seele setzte die meinige in Erstaunen und verführte sie. Ich bewunderte die Schönheit, ich verehrte die Tugend. Ohne auf Ihren Besitz auszugehen, bestrebte ich mich, Sie zu verdienen. Wenn ich Ihre Nachsicht für meine Vergangenheit in Anspruch nahm, geizte ich nach Ihrer Billigung für meine Zukunft. Ich horchte danach in Ihren Reden, ich erspähte sie in Ihren Blicken; in diesen Blicken, von denen ein Gift ausging, um so gefährlicher, als es absichtslos verschüttet und harmlos entgegengenommen ward.

Da lernte ich die Liebe kennen. Aber wie fern lag es mir, deswegen zu klagen! Entschlossen, es in ewigem Schweigen zu begraben, gab ich mich furcht- und rückhaltlos dem köstlichen Gefühle hin. Jeder Tag vermehrte seine Macht. Bald verwandelte das Vergnügen, das Ihr Anblick mir gewährte, sich in das Bedürfnis, Sie zu sehen. Entfernten Sie sich einen Augenblick: mein Herz krampfte sich zusammen vor Trauer. Bei dem Geräusch, das mir Ihre Wiederkehr verkündete, hüpfte es vor Freude. Ich war nur noch am Leben durch Sie und für Sie. Indessen rufe ich zum Zeugen Sie selbst auf: nie im Frohsinn ausgelassener Spiele, noch in der Hingebung eines ernsthaften Gesprächs entschlüpfte mir ein Wort, das das Geheimnis meines Herzens verraten konnte.

Endlich kam ein Tag, an dem mein Unglück beginnen sollte; und durch ein unfaßliches Verhängnis ward eine gute Tat zum Zeichen des Beginns. Ja, gnädige Frau, als Sie inmitten der Unglücklichen, denen ich geholfen hatte, sich der kostbaren Empfindsamkeit überließen, die die Schönheit noch verschönt und die Tugend im Wert erhöht, da verwirrten Sie vollends ein Herz, das schon von zuviel Liebe trunken war. Sie erinnern sich vielleicht, wie ich beim Rückwege in mich gekehrt war! Ach! Ich suchte eine Neigung zu bekämpfen, die, ich fühlte es, stärker ward als ich.

Da, nachdem ich in diesem ungleichen Kampf meine Kräfte erschöpft hatte, ergab ein Zufall, den ich nicht hatte voraussehen können, daß ich mit Ihnen allein blieb. Hierbei, ich gestehe es, unterlag ich. Mein übervolles Herz konnte seine Worte und seine Tränen nicht mehr an sich halten. Aber ist denn das ein Verbrechen? Und wenn es eines ist, sind dann die grauenhaften Martern, denen ich überliefert bin, nicht genug Strafe?
Verzehrt von hoffnungsloser Liebe, erflehe ich Ihr Mitleid und finde nur Ihren Haß. Da mir jedes Glück außer Ihrem Anblick versagt ist, suchen meine Augen Sie gegen meinen Willen, und ich zittere vor der Begegnung mit Ihren Blicken. In dem grausamen Zustand, auf den Sie mich angewiesen haben, verbringe ich die Tage mit dem Verhehlen meiner Pein und die Nächte mit der Hingabe an sie; indes Sie, ruhig und friedlich, diese Martern nur daher kennen, daß Sie sie hervorrufen und sich Glück dazu wünschen. Dabei beklagen aber Sie sich, und ich, ich bitte um Entschuldigung.
Dies, gnädige Frau, ist nun doch der treue Bericht dessen, was Sie als das von mir begangene Unrecht bezeichnen und was man vielleicht gerechter das von mir erlittene Unglück nennen sollte. Eine reine, aufrichtige Liebe, eine Achtung, die sich nie verleugnet hat, eine vollständige Unterwerfung: das sind die Gefühle, die Sie mir eingegeben haben. Ich hätte mich nicht gescheut, sie als Huldigung der Gottheit selbst darzubringen. Oh, die Sie ihr schönstes Werk sind, ahmen Sie sie nach in ihrer Milde! Bedenken Sie meine grausame Pein; bedenken Sie vor allem: da ich durch Sie in die Mitte zwischen Verzweiflung und höchstes Glück geraten bin, wird das erste Wort, das Sie sprechen, auf immer mein Geschick entscheiden.

Aus . . ., am 23. August 17**

Siebenunddreißigster Brief
Die Präsidentin Tourvel an Frau von Volanges

Ich unterwerfe mich, gnädige Frau, den Ratschlägen, die Sie mir als Freundin erteilen. Ich bin gewohnt, mich in allen Dingen Ihren Meinungen zu beugen, und darum glaube ich aus Gewohnheit, daß sie immer vernünftig begründet sind. Ich will auch gestehn, daß Herr von Valmont wirklich unendlich gefährlich sein muß, wenn er sich stellen kann, als sei er, was er hier zu sein scheint, und dabei doch der bleiben kann, als den Sie ihn schildern. Wie dem auch sei, da Sie es verlangen, werde ich ihn aus meiner Nähe schaffen. Wenigstens will ich mein möglichstes tun; denn oft wird, was der Sache nach ganz einfach sein sollte, in der Form schwer zu behandeln sein.

Es scheint mir noch immer untunlich, die bewußte Forderung seiner Tante vorzutragen; es wäre gleich sehr unfreundlich gegen sie und gegen ihn. Ich würde mich auch nicht ohne einiges Widerstreben dazu entschließen, selbst wegzugehen; denn abgesehen von den Herrn von Tourvel betreffenden Gründen, die ich Ihnen schon mitgeteilt habe, hätte Herr von Valmont, falls, und das ist wohl möglich, meine Abreise ihm ungelegen käme, es nicht ganz leicht, mir nach Paris zu folgen? Und würde seine Rückkehr, deren Zweck ich wäre oder doch scheinen würde, nicht noch seltsamer aussehen als eine Begegnung auf dem Lande, bei einer Dame, die man als seine Verwandte und meine Freundin kennt?

Es bleibt mir also keine Auskunft als die, von ihm selbst zu erlangen, daß er sich freiwillig entfernt. Ich fühle wohl, der Vorschlag läßt sich schwer machen; indessen, da ihm daran zu liegen scheint, mir zu beweisen, daß er tatsächlich ehrenhafter ist, als man annimmt, zweifle ich nicht am Gelingen. Es wird mir nicht einmal unlieb sein, es zu versuchen und eine Gelegenheit zu haben zum Urteil darüber, ob, wie er häufig sagt, die wirklich anständigen Frauen sich über sein Verhalten nie haben beklagen dürfen, nie werden beklagen können. Wenn er, wie ich es wünsche, abreist, dann tut er's tatsächlich aus Rücksicht für mich; denn ich kann nicht zweifeln, daß er die Absicht hegt, hier einen großen Teil des Herbstes zu verbringen. Wenn er mir die Bitte abschlägt und sich aufs Hierbleiben versteift, ist für mich immer noch Zeit, selbst abzureisen, und ich verspreche es Ihnen.

Dies ist, glaube ich, alles, gnädige Frau, was Ihre Freundschaft von mir verlangte. Ich beeile mich, ihm Genüge zu tun und Ihnen zu zeigen, daß ich trotz der ›Wärme‹, die ich an Herrn von Valmonts Verteidigung etwa gewendet habe, sehr wohl geneigt bin, die Ratschläge meiner Freunde nicht nur anzuhören, sondern sogar zu befolgen.

Ich habe die Ehre usw.

Aus . . ., am 25. August 17**

Achtunddreißigster Brief

Die Marquise von Merteuil an den Vicomte von Valmont

Ihr mächtiges Paket kommt gerade eben bei mir an, lieber Vicomte. Wenn das Datum richtig ist, hätte ich es vierundzwanzig Stunden früher bekommen müssen. Mag das sein, wie es will, wenn ich mir die Zeit nähme, es zu lesen, hätte ich keine mehr, darauf zu antworten. Lieber will ich Ihnen nur den Empfang bestätigen, und nun wollen wir von was anderm sprechen. Nicht daß ich Ihnen mich selbst betreffend etwas zu sagen hätte. Der Herbst läßt in Paris fast keine Männer mit menschlichen Gesichtern; drum bin ich auch seit einem Monat zum Umkommen vernünftig, und jeden andern als meinen Ritter würden die Beweise meiner Beständigkeit ermüden. Da ich mich nicht beschäftigen kann, zerstreue ich mich mit der kleinen Volanges, und über sie will ich Ihnen etwas sagen.

Wissen Sie, daß Ihnen mehr, als Sie glauben, verlorengegangen ist, dadurch, daß Sie das Kind nicht übernommen haben? Sie ist wahrhaftig köstlich! Das Kind hat weder Charakter noch Grundsätze; Sie können sich denken, wie ihr Umgang gemütlich und leicht sein muß. Ich glaube nicht, daß sie jemals mit Gefühl glänzen wird, aber alles an ihr kündigt die lebhaftesten Sinnesempfindungen an. Ohne Geist und ohne Feinheit, hat sie doch eine gewisse natürliche Falschheit, wenn man so sagen darf, die mich manchmal selbst in Erstaunen setzt und mit der sie um so eher Glück haben wird, als ihr Gesicht ein Bild der Unschuld und Ahnungslosigkeit bietet. Sie ist von Natur ein richtiges Schmeichelkätzchen, und ich unterhalte mich damit manchmal. Ihr kleiner Kopf erhitzt sich unglaublich leicht, und sie ist dann um so erfreulicher, als sie nichts, durchaus gar nichts weiß von dem, was sie so sehr zu wissen wünscht. Sie hat höchst drollige Anfälle von Ungeduld; sie lacht, sie bricht in Ärger aus, sie weint, und dann bittet sie mich, sie zu belehren, mit einer wirklich einnehmenden Offenheit. Ich bin in Wahrheit beinahe eifersüchtig auf den, dem dies Vergnügen vorbehalten ist.

Ich weiß nicht, ob ich Ihnen mitgeteilt habe, daß ich seit vier oder fünf Tagen die Ehre habe, ihre Vertraute zu sein. Sie erraten wohl, daß ich anfangs die Strenge gespielt habe; sobald ich aber wahrgenommen hatte, daß sie mich mit ihren faulen Gründen überzeugt zu haben glaubte, habe ich mich gestellt, als ließe ich sie für stichhaltig gelten; und sie ist innerlich der festen Meinung, daß sie diesen Erfolg ihrer Beredsamkeit verdankt. Diese Vorsicht war nötig, um mir keine Blöße zu geben. Ich habe ihr gestattet, in ihren Briefen und mir gegenüber das Wort ›ich liebe‹ zu gebrauchen, und am gleichen Tage habe ich ihr, ohne daß sie es ahnte, ein Zusammensein unter vier Augen mit ihrem Danceny verschafft. Stellen Sie sich aber vor, er ist noch so einfältig, daß er nicht einmal einen Kuß von ihr erreicht hat. Dieser kleine Mensch macht doch sehr hübsche Gedichte! Lieber Gott, sind die geistreichen Leute dumm! Dieser ist es dermaßen, daß er mich in Verlegenheit setzt,

denn ihm kann ich schließlich keine Verhaltungsmaßregeln geben!
Grade jetzt wären Sie mir von großem Nutzen. Sie sind mit Danceny befreundet genug, daß er sich Ihnen anvertrauen könnte, und täte er's einmal, würden wir sehr rasch vorwärtskommen. Tun Sie Ihre Präsidentin doch schnell ab, denn ich will doch nicht, daß Gercourt durchkommt. Übrigens habe ich gestern mit der Kleinen über ihn gesprochen und ihn ihr so gut geschildert, daß sie, wäre sie seit zehn Jahren seine Frau, ihn nicht besser hassen könnte. Dabei habe ich ihr aber viel gepredigt von der ehelichen Treue; nichts kommt meiner Strenge in diesem Punkte gleich. Dadurch stelle ich einesteils den Ruf meiner Tugend bei ihr wieder her, den zu viel Nachgiebigkeit zerstören könnte; andernteils steigere ich in ihr den Haß, womit ich ihren Mann beglücken will. Und endlich hoffe ich, wenn ich ihr weismache, daß sie sich nur während der kurzen Zeit, die sie noch Mädchen bleibt, der Liebe ergeben darf, wird sie sich rascher entschließen, nichts zu verlieren.
Adieu, Vicomte, ich gehe an meine Toilette, und dabei lese ich Ihren Band.

. . ., 27. August 17**

Neununddreißigster Brief
Cécile Volanges an Sophie Carnay

Ich bin traurig und besorgt, liebe Sophie. Ich habe fast die ganze Nacht geweint. Zwar bin ich ja im Augenblick sehr glücklich, aber ich sehe voraus, daß es nicht lange dauert.
Gestern war ich mit Frau von Merteuil in der Oper. Wir haben viel von meiner Heirat geredet, und ich habe nichts Gutes darüber erfahren. Ich soll den Herrn Grafen von Gercourt heiraten, und im Monat Oktober soll es sein. Er ist reich, ein Mann von Stande, er ist Oberst des . . . Regiments. Bis dahin ist alles ganz in Ordnung. Aber erstens ist er alt: stell Dir vor, daß er wenigstens sechsunddreißig Jahre alt

ist! Und dann sagt Frau von Merteuil, er sei ernst und strenge, und sie fürchte, ich werde mit ihm nicht glücklich sein. Ich habe sogar gesehen, daß sie ihrer Sache ganz sicher war und daß sie's mir nur nicht sagen wollte, um mich nicht zu betrüben. Sie hat fast den ganzen Abend bloß von den Pflichten der Frauen gegen ihre Männer zu mir gesprochen. Sie gibt zu, daß Herr von Gercourt nicht die Spur von liebenswürdig ist, und doch sagt sie, ich müsse ihn lieben. Hat sie mir nicht auch gesagt, wenn ich erst verheiratet wäre, dürfte ich den Ritter Danceny nicht mehr lieben? Als ob das anginge! Oh, das sag ich Dir so gewiß, ich werde ihn ewig lieben! Siehst Du, dann will ich mich lieber gar nicht verheiraten. Soll dieser Herr von Gercourt machen, was er will, ich bin ihm nicht nachgelaufen. Jetzt ist er in Korsika, sehr weit von hier; ich wollte, er bliebe dort zehn Jahre. Wenn ich nicht Angst hätte, daß ich wieder ins Kloster müßte, würde ich ja zu Mama sagen, daß ich so einen Mann nicht mag; aber das wäre erst recht schlimm. Ich bin in gräßlicher Verlegenheit. Ich fühle, daß ich Herrn Danceny nie so arg geliebt habe wie jetzt, und wenn ich denke, daß ich nur noch einen Monat bleiben kann, wie ich bin, kommen mir gleich Tränen in die Augen. Trost finde ich bloß in der Freundschaft mit Frau von Merteuil; sie hat solch gutes Herz! Sie fühlt all meinen Kummer grad so wie ich selbst, und dann ist sie so nett, daß, wenn ich bei ihr bin, dann denk ich fast nicht mehr dran. Übrigens ist sie mir riesig nützlich, denn das bißchen, was ich weiß, hat sie mir beigebracht; und sie ist so gut, daß ich ihr alles sage, was ich denke, ohne mich im geringsten zu schämen. Wenn sie findet, daß es sich nicht schickt, schilt sie mich manchmal aus, aber nur ganz sanft, und dann küsse ich sie von ganzem Herzen, bis sie nicht mehr böse ist. Die kann ich doch wenigstens liebhaben, soviel ich mag, ohne daß was Böses dabei ist, und darüber bin ich recht froh. Wir haben uns aber doch verabredet, daß ich sie vor den Leuten nicht so offen liebhaben soll, und besonders nicht, wenn Mama dabei ist, damit sie wegen des Ritters Danceny auf nichts kommt. Ich kann Dir versichern, könnte ich nur so weiterleben wie jetzt, ginge es mir wunderschön. Bloß dieser ekelhafte Herr von Gercourt! Aber ich will nicht mehr von ihm reden, dann würd ich wieder traurig. Statt dessen will ich an den Ritter Danceny schreiben und ihm bloß von meiner Liebe reden und gar nicht von meinem Kummer, denn ich will ihn nicht betrüben.

Leb wohl, liebe Freundin. Du siehst wohl, daß Du Dich durchaus nicht zu beklagen hast und daß ich noch so ›beschäftigt‹ sein mag, wie Du sagst, ich behalte doch noch Zeit, Dich liebzuhaben und Dir zu schreiben.[1]

. . ., 27. August 17**

Vierzigster Brief

Der Vicomte von Valmont an die Marquise von Merteuil

Daß sie mir auf meinen Brief nicht anwortet und die Annahme verweigert, das ist noch gar nichts für meine Unmenschliche; sie will mich ihres Anblicks berauben, sie verlangt, ich soll abziehn. Was Sie noch mehr überraschen wird, ich unterwerfe mich soviel Strenge. Sie werden mich tadeln. Indessen war ich der Meinung, die Gelegenheit, mir einen Befehl geben zu lassen, dürfe ich nicht versäumen – in der Überzeugung, daß einerseits, wer befiehlt, Verpflichtungen übernimmt und daß anderseits die trügerische Gewalt, die wir die Frauen scheinbar sich aneignen lassen, eines der am schwersten für sie zu vermeidenden Netze ist. Überdies ward ich durch die Geschicklichkeit, mit der sie hier einem Alleinsein mit mir auszuweichen verstanden hat, in eine gefährliche Lage gebracht, aus der mir's angezeigt schien, um jeden Preis zu entkommen. Denn da ich beständig bei ihr bin und ihr doch nicht mit meiner Liebe zu tun geben kann, war

1. Wir lassen auch ferner Cécile Volanges' und des Ritters Danceny Briefe weg, die wenig interessant sind und von keinem Vorkommnis berichten.

Grund zu fürchten, daß sie sich schließlich gewöhnte, bei meinem Anblick ruhig zu bleiben – und Sie wissen ja, wie schwer es ist, aus der Gemütsverfassung wieder herauszukommen.

Übrigens erraten Sie wohl, daß ich mich nicht bedingungslos unterworfen habe. Ich habe sogar Sorge getragen, eine gar nicht zu bewilligende daran zu knüpfen; ebensowohl um immer noch Herr darüber zu sein, ob ich mein Wort halten will oder nicht, als auch um, mündich oder schriftlich, eine Verhandlung einzuleiten, in einem Augenblick, wo meine Schöne mit mir zufrieden ist und nötig hat, daß ich es mit ihr sei. Und ich rechne noch nicht damit, daß ich sehr ungeschickt sein müßte, wenn ich nicht ein Mittel fände, irgendeine Entschädigung herauszuschlagen dafür, daß ich von diesem Anspruch, so unhaltbar er ist, Abstand nehme.

Nachdem ich in dieser langen Vorrede meine Gründe dargelegt habe, beginne ich mit dem Geschichtlichen dieser letzten zwei Tage. Als Belege füge ich den Brief meiner Schönen und meine Antwort bei. Sie müssen zugeben, wenige Geschichtsschreiber sind so genau wie ich.

Sie erinnern sich, was vorgestern früh mein Brief aus Dijon für eine Wirkung übte. Der übrige Tag war sehr stürmisch. Die hübsche Prüde erschien erst kurz vor dem Essen und gab an, sie habe starkes Kopfweh; und unter diesem Vorwand wollte sie einem der stärksten Anfälle übler Laune Geltung verschaffen, die eine Frau nur haben kann. Ihr Gesicht war wirklich verändert; der Ausdruck von Sanftmut, den Sie an ihr kennen, war weg und statt seiner ein Trotz da, der eine neue Art von Schönheit aus ihr machte. Ich gebe mir die Zusage, daß ich künftig diese Entdeckung ausnützen und die zärtliche Geliebte manchmal durch die trotzige ersetzen will.

Ich sah voraus, der Nachmittag werde sehr traurig sein, und um der Langenweile zu entgehen, schützte ich Briefschreiben vor und zog mich in mein Zimmer zurück. Gegen sechs

Uhr kam ich wieder in den Salon. Frau von Rosemonde schlug vor, auszufahren, und der Vorschlag ward angenommen. Aber im Augenblick des Einsteigens schützte die angebliche Kranke mit teuflischer List, und vielleicht um sich für meine Abwesenheit zu rächen, doppelte Schmerzen vor und ließ mich mitleidlos unter vier Augen mit meiner alten Tante. Ich weiß nicht, ob die Verwünschungen, die ich gegen diesen weiblichen Dämon tat, erhört wurden, aber bei unserer Rückkehr lag sie zu Bett.

Nächsten Tags beim Frühstück war's nicht mehr dieselbe Frau. Die natürliche Sanftmut war wieder da, und ich durfte annehmen, sie habe mir verziehen. Das Frühstück war kaum beendet, als das sanfte Wesen lässig aufstand und in den Park ging. Ich folgte ihr, können Sie sich denken. »Woher mag wohl dies Verlangen nach einem Spaziergang kommen?« fragte ich, wie ich zu ihr stieß. »Ich habe heute morgen viel geschrieben,« erwiderte sie, »und mein Kopf ist ein wenig müde.« »Ich aber bin wohl nicht so glücklich,« sagte ich darauf, »daß ich mir diese Müdigkeit vorwerfen darf?« »Allerdings, Ihnen habe ich geschrieben,« antwortete sie wieder, »aber ich weiß nicht, ob ich Ihnen meinen Brief geben soll. Er enthält eine Bitte , und Sie haben mich nicht daran gewöhnt, von meinen Bitten Erfolg zu erhoffen.« »Oh! Ich schwöre, wenn's mir möglich ist –« »Nichts ist leichter,« unterbrach sie mich, »und obwohl Sie mir's vielleicht als Gerechtigkeit bewilligen müßten, willige ich ein, es als Gnade zu empfangen.« Mit diesen Worten überreichte sie mir den Brief. Indem ich ihn ergriff, nahm ich auch ihre Hand, die sie zurückzog, aber ohne Zorn und eher verlegen als lebhaft. »Die Hitze ist stärker, als ich dachte«, sagte sie. »Ich muß hineingehen.« Und sie schlug wieder den Weg zum Schlosse ein. Ich machte vergebliche Anstrengungen, sie zur Fortsetzung des Spazierganges zu bewegen, und mußte mich daran erinnern, daß man uns vielleicht sehen konnte, sonst hätte ich nicht bloß Beredsamkeit angewendet. Sie ging, ohne ein Wort vorzubringen, zurück, und ich sah deutlich, daß dieser heuchlerische Spaziergang weiter keinen Zweck gehabt hatte, als mir den Brief zuzustecken. Beim Heimkommen ging sie hinauf in ihr Zimmer, und ich begab mich in meines, um die Epistel zu lesen, die Sie besser auch erst lesen, ebenso wie meine Antwort, bevor Sie fortfahren.

Einundvierzigster Brief

Die Präsidentin von Tourvel an den Vicomte von Valmont

Nach Ihrem Betragen, mein Herr, gegen mich scheint es, daß Sie mir täglich mehr Grund geben möchten, mich über Sie zu beklagen. Die Hartnäckigkeit, mit der Sie immerfort von einem Gefühl zu mir reden wollen, das ich weder hören will noch darf; den Mißbrauch, den mit meiner Gutgläubigkeit oder Schüchternheit zu treiben Sie sich nicht scheuten, um mir Ihre Briefe in die Hände zu spielen; das, ich darf sagen, wenig zarte Mittel besonders, dessen Sie sich bedient haben, um mir den letzten zukommen zu lassen, ohne doch wenigstens die Wirkung einer Überraschung zu scheuen, die mich Gefahren ausgesetzt hätte: – alles dies sollte von meiner Seite ebenso lebhafte als wohlverdiente Vorwürfe zeitigen. Indessen, anstatt auf diese Beschwerden zurückzukommen, begnüge ich mich mit einer ebenso einfachen als billigen Bitte, und erreiche ich bei Ihnen, was ich möchte, willige ich ein, daß alles vergessen sei.

Sie selbst, mein Herr, haben mir gesagt, ich brauchte keine Weigerung zu befürchten, und obwohl infolge einer Ihnen eigentümlichen Folgewidrigkeit auf eben diese Wendung die einzige Weigerung folgt, die Ihnen mir gegenüber möglich war[1], will ich glauben, daß Sie darum heute dennoch das vor so wenig Tagen förmlich gegebene Versprechen innehalten.

Ich wünsche also, daß Sie die Gefälligkeit haben, sich aus

1. Siehe den fünfunddreißigsten Brief.

meiner Nähe zu entfernen, dies Schloß zu verlassen, wo ein längerer Aufenthalt Ihrerseits mich nur noch mehr der Gefahr aussetzen könnte, schlecht beurteilt zu werden von einer Öffentlichkeit, die immer bereit ist, von andern Schlimmes zu denken, und die Sie nur zu sehr daran gewöhnt haben, die Augen auf die Frauen zu heften, zu deren Gesellschaft Sie Zutritt haben.

Schon längst durch meine Freunde auf diese Gefahr hingewiesen, habe ich ihre Meinung unberücksichtigt gelassen und sogar bekämpft, solange Ihr Betragen mir gegenüber mich in dem Glauben erhalten konnte, daß es nicht in Ihrer Absicht lag, mich mit der Menge von Frauen zu verwechseln, die sich sämtlich über Sie zu beschweren gehabt haben. Heute, da Sie mich wie jene behandeln und ich mich nicht mehr darüber täuschen kann, schulde ich der Öffentlichkeit, meinen Freunden und mir selbst, diesen drängenden Entschluß zu fassen. Ich könnte an dieser Stelle einfügen, daß es Ihnen nichts helfen würde, meine Bitte abzuschlagen, entschlossen wie ich bin, selbst abzureisen, wenn Sie sich aufs Dableiben versteifen. Aber ich gehe nicht darauf aus, die Dankbarkeit, die Ihr Entgegenkommen mir auferlegen würde, zu verringern, und Sie sollen meinetwegen auch wissen, daß Sie, falls Sie meine Abreise von hier zur Notwendigkeit machen, mich in den Einrichtungen stören, die ich getroffen habe. Beweisen Sie mir denn, mein Herr, daß, wie Sie mir so oft gesagt haben, anständige Frauen sich niemals über Sie zu beklagen haben. Beweisen Sie mir zum mindesten, daß, wenn Sie sich ihnen gegenüber etwas zuschulden kommen lassen, Sie es wieder gutzumachen verstehen.

Wenn ich es für nötig hielte, mich wegen meiner Bitte vor Ihnen zu rechtfertigen, brauchte ich nur zu sagen, daß Sie sie durch Ihr ganzes Leben zur Notwendigkeit gemacht haben und daß es doch nicht in meiner Macht stand, sie niemals vorzubringen. Aber rühren wir lieber nicht an Vorfälle, die ich vergessen möchte und die mich nötigen würden, Sie streng zu beurteilen in einem Augenblick, wo ich Ihnen

die Gelegenheit biete, sich meine volle Dankbarkeit zu verdienen. Adieu, mein Herr; Ihre Aufführung wird mich lehren, in welchen Gefühlen ich, fürs Leben, zu sein habe.
Ihre sehr ergebene usw.

Aus . . ., den 25. August 17**

Zweiundvierzigster Brief

Der Vicomte von Valmont an die Präsidentin von Tourvel

So hart auch, gnädige Frau, die Bedingungen sein mögen, die Sie mir auferlegen, ich weigere mich nicht, sie zu erfüllen. Ich fühle, es wäre mir unmöglich, irgendeinem Ihrer Wünsche entgegenzuhandeln. Da wir in diesem Punkt also einig sind, wage ich meinerseits zu hoffen, daß Sie mir ein paar Bitten gestatten werden, die viel leichter zu gewähren sind als Ihre und deren Erfüllung ich dennoch nur meiner völligen Unterwerfung unter Ihren Willen verdanken will.

Die eine, die Ihnen, hoffe ich, von Ihrer Gerechtigkeitsliebe empfohlen werden wird, besteht darin, daß Sie mir gütigst diejenigen namhaft machen mögen, die mich bei Ihnen anschuldigen; sie fügen mir, glaube ich, genug Übles zu, daß ich das Recht habe, sie zu kennen. Die andere, deren Erhörung ich von Ihrer Milde erwarte, geht dahin, daß Sie mir gestatten mögen, Ihnen noch manchmal aufs neue die Huldigung einer Liebe darzubringen, die künftig mehr als je Ihr Mitleid verdient.

Bedenken Sie, gnädige Frau, daß ich mich beeile, Ihnen zu gehorchen, während ich es doch nur auf Kosten meines Glückes kann und, noch mehr, trotz meiner Überzeugung, daß Sie meine Abreise nur wünschen, um den doch stets peinlichen Anblick des Gegenstandes Ihrer Ungerechtigkeit loszuwerden.

Geben Sie's zu, gnädige Frau, Sie fürchten nicht so sehr eine Öffentlichkeit, die zu sehr daran gewöhnt ist, Sie zu achten, um ein abfälliges Urteil über Sie zu wagen, als Sie durch die

Gegenwart eines Menschen unliebsam berührt sind, den Sie leichter strafen können als tadeln. Sie entfernen mich aus Ihrer Nähe, wie man seine Blicke von einem Unglücklichen abwendet, dem man nicht helfen will.

Während aber die Abwesenheit meine Martern verdoppeln wird – an welche andere als Sie kann ich meine Klagen richten? Von welcher andern kann ich die Tröstungen erwarten, die ich so sehr nötig haben werde? Wollen Sie sie mir verweigern, während doch Sie allein meine Pein verschulden?

Gewiß werden Sie auch nicht darüber erstaunen, daß ich vor meinem Fortgang auf dem Herzen habe, die Gefühle, die Sie mir eingegeben haben, Ihnen gegenüber zu rechtfertigen; ebenso wie ich nicht den Mut finde, wegzugehen, außer ich empfange den Befehl aus Ihrem Munde.

Aus diesem zwiefachen Grunde bitte ich Sie um eine kurze Unterredung. Es würde uns nichts nützen, sie durch Briefe ersetzen zu wollen. Man schreibt Bände und erklärt nur schlecht, was eine Unterredung von einer Viertelstunde schon hinreichend verständlich macht. Sie werden mit Leichtigkeit Zeit finden, sie mir zu bewilligen; denn so eilig ich es haben mag, Ihnen zu gehorchen, Sie wissen, Frau von Rosemonde weiß um meinen Plan, einen Teil des Herbstes bei ihr zu verbringen, und wenigstens muß ich einen Brief abwarten, um ein Geschäft vorschützen zu können, das mich zum Abreisen nötigt.

Adieu, gnädige Frau. Nie ist es mir so schwer geworden, dies Wort zu schreiben, wie in diesem Augenblick, wo es mich wieder auf den Gedanken an unsere Trennung stößt. Wenn Sie sich vorstellen könnten, was es mir für Leiden verursacht, dann, wage ich zu glauben, würden Sie mir für meine Folgsamkeit einigen Dank wissen. Empfangen Sie wenigstens, mit mehr Nachsicht, Beteuerung und Huldigung der zärtlichsten und achtungsvollsten Liebe.

. . ., 26. August 17**

Fortsetzung des vierzigsten Briefes

Vom Vicomte von Valmont an die Marquise von Merteuil

Jetzt, schöne Freundin, denken wir mal nach. Sie fühlen gleich mir, daß die gewissenhafte, ehrsame Frau von Tourvel die erste meiner Bitten unmöglich erfüllen kann und das Vertrauen ihrer Freunde täuschen, indem sie mir meine Ankläger nennt. Wenn ich alles unter dieser Bedingung verspreche, verpflichte ich mich zu nichts. Sie merken aber auch, daß ihre Weigerung in diesem Falle mir einen Anspruch verschafft, um alles übrige zu erreichen, und daß ich dann aus meiner Entfernung den Gewinn ziehe, daß ich mit ihrem Einverständnis in regelrechten Briefwechsel mit ihr trete. Denn auf das Stelldichein, um das ich sie bitte, lege ich wenig Gewicht; es hat beinahe keinen andern Zweck, als sie im voraus daran zu gewöhnen, daß sie mir die weiteren nicht abschlägt, wenn ich sie erst wirklich nötig habe.

Das einzige, was ich vor meiner Abreise noch zu tun habe, ist, daß ich in Erfahrung bringen muß, wer die Leute sind, die sich darauf verlegen, mir bei ihr zu schaden. Ich vermute, es ist ihr Pedant von Gatte, und ich möchte es. Abgesehen, daß ein eheliches Verbot ein Stachel für die Begierde ist, wäre ich sicher, daß ich von dem Augenblick an, wo meine Schöne eingewilligt haben wird, mir zu schreiben, von dem Gatten nichts mehr zu fürchten hätte, da sie sich dann schon in der Zwangslage, ihn zu hintergehen, befände.

Hat sie aber eine so nahe Freundin, daß sie sich ihr anvertraut, und ist diese Freundin gegen mich, dann scheint es mir nötig, sie zu entzweien, und ich denke, es soll mir glükken, nur muß ich erst einmal Gewißheit haben.

Gestern dachte ich bestimmt, ich würde sie bekommen. Aber diese Frau tut kein Ding so wie andere. Wir waren bei ihr im Augenblick, wo gemeldet ward, das Mittagessen sei aufgetragen. Ihre Toilette wurde erst fertig, sie machte rasch und bat um Entschuldigung; und währenddessen bemerkte ich, daß sie den Schlüssel in ihrem Sekretär stecken ließ; und den zu ihrem Zimmer zieht sie nie ab, diese Gewohnheit kenne ich. Beim Essen sann ich darüber nach, da hörte ich ihre Kammerfrau herabkommen. Sofort entschloß ich mich; ich schützte Nasenbluten vor und ging hinaus. Ich eilte zum Sekretär, aber alle Schiebfächer fand ich offen und kein beschriebenes Papier. Indes hat man in dieser Jahreszeit doch keine Gelegenheit, sie zu verbrennen. Was tut sie mit den Briefen, die sie empfängt? Sie empfängt oft welche! Ich habe nichts versäumt; alles stand offen, und überall habe ich nachgesehen. Aber es ist nichts dabei herausgekommen, als daß ich mich überzeugt habe, dies kostbare Gut behält sie in den Taschen.

Wie soll ich's da herausbringen? Seit gestern bin ich vergebens dabei, Mittel ausfindig zu machen. Indes kann ich den Wunsch nicht loswerden. Es tut mir leid, daß ich keine Begabung zum Spitzbuben habe. Sollte das nicht tatsächlich zur Erziehung eines Mannes gehören, der sich mit Intrigen abgibt? Wäre es nicht erfreulich, Brief oder Bild eines Nebenbuhlers zu entwenden oder einer Prüden etwas aus der Tasche zu ziehen, womit man sie entlarven kann? Aber unsere Eltern denken an nichts, und ich mag getrost an alles denken, ich merke doch nur, daß ich linkisch bin, und kann nichts dabei tun.

Gleichviel – Ich kehrte sehr mißvergnügt zu Tisch zurück. Meine Schöne linderte aber doch ein wenig meine üble Laune durch die teilnahmsvolle Miene, die mein erheucheltes Unwohlsein ihr abgewann, und ich verfehlte nicht, ihr zu versichern, daß ich seit einiger Zeit heftige Aufregungen durchmache, die meine Gesundheit angriffen. Überzeugt wie sie ist, daß sie selbst sie veranlaßt, müßte sie nicht gewissenhaft an ihrer Beschwichtigung arbeiten? Aber wenn auch Betschwester, ist sie doch wenig mildtätig. Jede Liebesgabe schlägt sie ab, und das rechtfertigt zur Genüge, scheint mir, daß man sie sich stiehlt. Aber leben Sie wohl, denn mitten im Geplauder mit Ihnen denke ich nur an die verdammten Briefe.

Aus . . ., am 27. August 17**

Dreiundvierzigster Brief

Die Präsidentin von Tourvel an den Vicomte von Valmont

Warum, mein Herr, suchen Sie meine Erkenntlichkeit zu verringern? Warum wollen Sie mir nur halb gehorchen und um eine ehrenhafte Handlungsweise in gewisser Art feilschen? Genügt es Ihnen denn nicht, daß ich fühle, was sie wert ist? Nicht bloß, daß Sie viel verlangen – Sie verlangen Unmögliches. Wenn meine Freunde mir wirklich von Ihnen gesprochen haben, konnten sie es doch nur in meinem Interesse tun. Selbst wenn sie sich getäuscht haben sollten, war ihre Absicht darum nicht weniger gut, und Sie muten mir zu, dieses Zeichen der Anhänglichkeit ihrerseits dadurch zu vergelten, daß ich ihr Geheimnis Ihnen ausliefere! Es war schon Unrecht von mir, zu Ihnen darüber zu sprechen, und das lassen Sie mich in diesem Augenblick recht sehr fühlen. Was bei jedem andern nur harmlos wäre, wird Ihnen gegenüber zur Unbesonnenheit und würde mich, wenn ich Ihrem Verlangen nachgäbe, zu einer schlechten Handlung bringen. Ich berufe mich auf Sie selbst, auf Ihre Ehrenhaftigkeit: haben Sie mich dieser Handlungsweise für fähig gehalten? Gewiß nicht; und ich weiß auch, wenn Sie es sich näher überlegen, kommen Sie auf diese Bitte nicht wieder zurück.

Die, mir schreiben zu dürfen, ist kaum weniger leicht zu gewähren; und wenn Sie gerecht sein wollen, schreiben Sie die Schuld daran nicht mir zu. Ich will Sie nicht kränken, aber bei dem Ruf, den Sie sich erworben haben und den Sie, Ihrem eigenen Geständnis zufolge, wenigstens teilweise verdienen – welche anständige Frau könnte da eingestehen, daß sie mit Ihnen im Briefwechsel ist? Und welche anständige Frau kann sich entschließen zu tun, was sie, ihrer Empfindung nach, verhehlen müßte?

Wenn ich noch gewiß wüßte, daß Ihre Briefe derartig wären, daß ich mich nie über sie zu beklagen hätte, daß ich es immer vor mir selbst verantworten könnte, sie empfangen zu haben! Vielleicht würde dann der Wunsch, Ihnen zu beweisen, daß es Vernunft und nicht Haß ist, was mich leitet, mich über schwerwiegende Bedenken hinwegsehen lassen und bewirken, daß ich vielmehr täte, als ich darf, und Ihnen erlaubte, mir manchmal zu schreiben. Wenn Sie es wirklich so sehr wünschen, wie Sie sagen, werden Sie sich gerne der einzigen Bedingung unterwerfen, die mich zur Einwilligung bewegen könnte, und wenn Sie einige Erkenntlichkeiten hegen für das, was ich in diesem Augenblick für Sie tue, werden Sie Ihre Abreise nicht länger aufschieben.

Erlauben Sie mir in dieser Hinsicht zu bemerken, daß Sie heute früh einen Brief bekommen und nicht die Gelegenheit benutzt haben, Frau von Rosemonde Ihre Abreise anzuzeigen, wie Sie es versprochen hatten. Jetzt wird hoffentlich nichts Sie abhalten, Ihrem Wort nachzukommen. Besonders rechne ich darauf, daß Sie hierzu nicht die Unterredung abwarten, um die Sie mich bitten und zu der ich mich auf keinen Fall hergeben will, und daß Sie anstatt des Befehls, den Sie nötig zu haben behaupten, sich mit der Bitte begnügen, die ich Ihnen nochmals vorlege. Leben Sie wohl, mein Herr.

Aus . . ., am 27. August 17**

Vierundvierzigster Brief

Der Vicomte von Valmont an die Marquise von Merteuil

Freuen Sie sich mit mir, schöne Freundin; ich werde geliebt; ich habe triumphiert über dies widersetzliche Herz. Vergebens verstellt es sich noch; mit Glück und Geschick bin ich hinter sein Geheimnis gekommen. Dank meiner tätigen Bemühungen weiß ich alles, woran mir gelegen ist. Seit der Nacht, der glücklichen gestrigen Nacht bin ich wieder in meinem Element, habe mein Dasein voll wieder aufgenommen, habe ein doppeltes Geheimnis aus Liebe und Unbill entschleiert. Die eine will ich genießen und für die andere mich rächen. Von Vergnügen werde ich zu Vergnügen flattern. Allein schon der Gedanke daran beseligt mich dermaßen, daß

ich einige Mühe habe, mich auf meine Vorsicht zu besinnen, und vielleicht auch Mühe, in den Bericht, den ich Ihnen erstatten will, Ordnung zu bringen. Versuchen wir indes.
Noch gestern, nachdem ich an Sie meinen Brief geschrieben hatte, empfing ich einen von der himmlischen Betschwester. Ich schicke ihn Ihnen; Sie ersehen daraus, daß sie mir, so wenig ungeschickt als sie kann, die Erlaubnis gibt, ihr zu schreiben. Aber sie dringt darin auf meine Abreise, und ich hatte wohl im Gefühl, daß ich sie nicht zu lange hinausschieben könne, ohne mir zu schaden.
Indessen, gequält von der Begier, zu erfahren, wer gegen mich geschrieben haben könnte, war ich über den Entschluß, den ich fassen würde, noch im unklaren. Ich versuchte die Kammerfrau zu bestechen und wollte von ihr erreichen, daß sie mir die Taschen ihrer Herrin ausliefere, die sie leicht am Abend wegnehmen und in der Frühe wieder hinlegen konnte, ohne den geringsten Verdacht zu erregen. Ich bot zehn Louisdor für die leichte Dienstleistung; aber ich stieß auf einen Zieraffen, gewissenhaft oder ängstlich, dessen weder meine Beredsamkeit noch mein Geld Herr werden konnten. Ich redete noch auf sie ein, als es zum Nachtessen läutete. Ich mußte sie lassen – mehr als glücklich, daß sie mir das gütige Versprechen, zu schweigen, gab, worauf ich, wie Sie sich wohl denken, nicht sehr stark rechnete.
Nie war ich üblerer Stimmung. Ich fühlte mich in der Falle; und den ganzen Abend warf ich mir meinen unklugen Schritt vor. In ziemlicher Sorge auf mein Zimmer zurückgekehrt, sprach ich mit meinem Jäger, der in seiner Eigenschaft als glücklicher Liebhaber einigen Kredit haben mußte. Ich wollte, daß er entweder das Mädchen zu dem brächte, was ich von ihr verlangte, oder daß er sich wenigstens ihrer Verschwiegenheit versicherte. Er aber, der sich gewöhnlich alles zutraut, schien am Erfolg dieser Verhandlung zu zweifeln und machte bei der Gelegenheit eine Bemerkung, die mich durch ihre Tiefe in Erstaunen setzte.
»Der Herr weiß gewiß besser als ich,« sagte er, »wenn man

mit einem Mädchen schläft, macht man ihr nur, was ihr paßt. Aber sie dahin zu bringen, was *uns* paßt, ist oft ganz was anderes.«

›Marauds gesunder Sinn versetzt mir manchmal Schrekken.‹[1]

»Für diese stehe ich um so weniger ein,« setzte er hinzu, »als ich Grund zu der Annahme habe, daß sie einen Geliebten hat und daß ich sie nur gekriegt habe, weil sie auf dem Lande keine Beschäftigung hatte. Drum hätte ich sie, wäre nicht mein Eifer im Dienst meines Herrn, nur ein einziges Mal gehabt.« (Der Bursche ist Gold wert!) »Was das Geheimhalten angeht,« sagte er noch, »was hilft es, wenn wir sie's versprechen lassen, da sie nichts aufs Spiel setzt, wenn sie uns betrügt? Wenn wir ihr nochmals davon sprechen, würden wir ihr nur noch klarer machen, daß es wichtig ist, und ihr dadurch noch mehr Lust machen, sich bei ihrer Herrin damit einzuschmeicheln.«

Je richtiger diese Überlegungen waren, desto höher stieg meine Verlegenheit. Glücklicherweise war der Schlingel im Schwatzen, und da ich ihn nötig hatte, ließ ich ihn. Er erzählte mir seine Geschichte mit dem Mädchen, und dabei teilte er mir mit: da das Zimmer, das sie bewohnt, von dem ihrer Herrin nur durch eine Bretterwand getrennt ist, die ein verdächtiges Geräusch durchlassen konnte, kämen sie jede Nacht in dem seinigen zusammen. Sogleich legte ich meinen Plan zurecht, setzte ihn davon in Kenntnis, und wir haben ihn mit Erfolg ausgeführt.

Ich wartete bis zwei Uhr früh, dann nahm ich ein Licht und verfügte mich, wie es zwischen uns vereinbart war, nach der Stätte des Stelldicheins, unter dem Vorwand, ich hätte mehrmals vergebens geläutet. Mein Vertrauter, der seine Rollen wunderbar spielt, gab eine kleine Überraschungs-, Verzweiflungs- und Entschuldigungsszene zum besten, die ich abbrach, indem ich ihn schickte, Wasser heiß zu machen,

1. Piron: Métromanie

das ich zu brauchen vorgab, – während die gewissenhafte Kammerfrau um so beschämter war, als der Schlingel, in dem Wunsch, meine Absichten noch zu überbieten, sie zu einem Anzug bestimmt hatte, den die Jahreszeit mit sich brachte, aber nicht entschuldigte.

Da ich fühlte, daß je ärger das Mädchen gedemütigt wäre, desto leichter würde ich über sie verfügen, ließ ich nicht zu, daß sie Stellung und Putz wechselte, und nachdem ich meinem Diener befohlen hatte, mich in meinem Zimmer zu erwarten, setzte ich mich neben sie auf das Bett, das sehr in Unordnung war, und leitete das Gespräch ein. Ich mußte die Macht, die die Umstände mir über sie einräumten, bewahren, darum behielt ich eine Kaltblütigkeit, die der Enthaltsamkeit eines Scipio Ehre gemacht hätte; und ohne mir die kleinste Freiheit gegen sie herauszunehmen, was ihre Frische und die Gelegenheit ihr zu hoffen doch das Recht gaben, sprach ich so ruhig zu ihr von Geschäften, wie ich nur mit einem Anwalt hätte sprechen können.

Meine Bedingungen waren, daß ich das Geheimnis treu bewahren wolle, vorausgesetzt, daß sie mir morgen, zur gleichen Stunde etwa, die Taschen ihrer Herrin ausfolge. »Im übrigen«, fügte ich hinzu, »hatte ich Ihnen gestern zehn Louisdor versprochen, und die verspreche ich Ihnen auch heute noch. Ich will Ihre Lage nicht ausnutzen.« Alles ward bewilligt, wie Sie glauben können. Darauf zog ich mich zurück und erlaubte dem glücklichen Paar, die verlorne Zeit nachzuholen.

Die meinige verwendete ich zum Schlafen. Beim Erwachen suchte ich nach einem Vorwand, um auf den Brief meiner Schönen erst zu antworten, nachdem ich ihre Papiere untersucht hätte, was ich erst in der folgenden Nacht tun konnte, und entschloß mich, auf die Jagd zu gehen, wo ich fast den ganzen Tag blieb.

Bei meiner Rückkehr ward ich ziemlich kalt empfangen. Ich hatte Grund zur Annahme, daß man ein wenig verletzt war durch meinen geringen Eifer, die mir verbleibende Zeit aus-

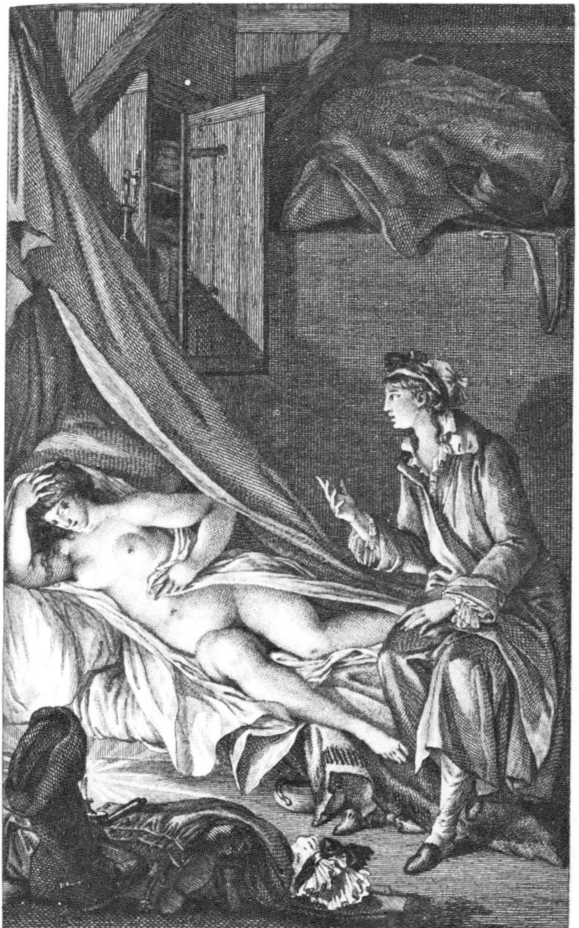

C. Monnet del. Godefroy sculp.

zunutzen, zumal nach dem milderen Brief, den man mir geschrieben hatte. Ich bin zu der Meinung gelangt, weil auf die Vorwürfe hin, die Frau von Rosemonde mir wegen meines langen Ausbleibens gemacht hatte, meine Schöne ihrerseits etwas bitter sagte: »Oh, wir wollen Herrn von Valmont keinen Vorwurf daraus machen, wenn er sich dem einzigen Vergnügen hingibt, das er hier finden kann.« Ich beschwerte mich wegen dieser Ungerechtigkeit und nahm dies war, um die Versicherung abzugeben, ich wäre mit den Damen so gern zusammen, daß ich ihnen einen hochinteressanten Brief opferte, den ich zu schreiben hätte. Ich fügte hinzu, da ich schon mehrere Nächte keinen Schlaf fände, hätte ich versuchen gewollt, ob die Ermüdung ihn mir wiedergäbe: und meine Blicke erklärten genügend sowohl den Gegenstand meines Briefes als die Ursache meiner Schlaflosigkeit. Ich trug Sorge dafür, daß ich den ganzen Abend sanft schwermütig aussähe; es schien mir recht gut zu glücken; und darunter verbarg ich die Ungeduld, womit ich auf die Stunde wartete, die mir das Geheimnis, das man hartnäckig vor mir versteckte, ausliefern sollte. Endlich trennten wir uns, und einige Zeit darauf brachte die treue Kammerfrau mir den vereinbarten Preis für mein Schweigen.

Glücklich Herr dieses Schatzes, schritt ich zur Inventuraufnahme mit der Umsicht, die Sie an mir kennen; denn es kam darauf an, jedes wieder an seinen Platz zu legen. Zuerst stieß ich auf zwei Briefe des Gatten, ein unverdauliches Gemisch von Einzelheiten und Prozessen und von einem Wortschwall ehelicher Liebe, das ich die Geduld hatte ganz durchzulesen und worin ich kein auf mich bezügliches Wort fand. Ich steckte sie übellaunig zurück, ward aber besser gestimmt, wie ich die Fetzen meines berühmten Briefes aus Dijon in der Hand fühlte. Sie waren sorgfältig zusammengelegt. Zum Glück kam mir der Einfall, sie rasch zu überlesen. Denken Sie sich meine Freude, als ich Spuren, ganz deutliche Spuren der Tränen meiner anbetungswürdigen Betschwester darauf wahrnahm. Ich gestehe es, ich gab einer

Jünglingswallung nach und küßte den Brief mit einer Hingerissenheit, für die ich mich nicht mehr empfänglich geglaubt hätte. Ich fuhr fort mit der glücklichen Untersuchung. Ich fand alle meine Briefe wieder, der Reihe nach, geordnet nach den Daten; und was mich noch angenehmer überraschte, war, daß ich den ersten von allen wiederfand, den, den ich von einer Undankbaren zurückerhalten zu haben meinte und der hier von ihrer Hand treu abgeschrieben war, und zwar mit einer veränderten, zitterigen Schrift, die die süße Erregung ihres Herzens während dieser Beschäftigung hinreichend bezeugte.

Bis dahin gehörte ich ganz und gar der Liebe, bald aber machte sie der Wut Platz. Wer, glauben Sie, will mich verderben bei der Frau, die ich anbete? Welche Furie ist nach Ihrer Vermutung böse genug, um eine derartige Schlechtigkeit einzufädeln? Sie kennen sie, es ist Ihre Freundin, Ihre Verwandte, es ist Frau von Volanges. Sie können sich vorstellen, was für ein Gewebe von Scheußlichkeiten die höllische Megäre ihr über mich geschrieben hat. Sie, sie allein hat diese engelsgleiche Frau aus ihrer Sicherheit gestört. Infolge ihrer Ratschläge, ihrer verderblichen Einflüsterungen sehe ich mich zum Fortgehen genötigt: kurz, ihr werde ich geopfert. Ah! Ganz gewiß muß ihre Tochter verführt werden; das ist aber nicht genug, sie muß zugrunde gerichtet werden; und da die verwünschte Frau durch ihr Alter vor Streichen geschützt ist, muß sie in dem Gegenstand ihrer Zuneigung getroffen werden.

Sie will also, daß ich nach Paris zurückkehre! Sie zwingt mich dazu! Es sei, ich kehre zurück; aber sie soll noch seufzen über meine Rückkehr. Es tut mir leid, daß Danceny der Held dieses Abenteuers ist; er hat eine Portion Anständigkeit, die uns hindern wird. Indessen, er ist verliebt, und ich begegne ihm oft: vielleicht kann man Vorteil daraus ziehen. Ich verliere die Zeit bei meinem Zorn und denke nicht daran, daß ich Ihnen einen Bericht schulde über das, was gestern vorgegangen ist. Kehren wir zurück.

Heute früh habe ich meine gefühlvolle Prüde wieder erblickt. Nie hatte ich sie so schön gefunden. Das mußte so sein: der schönste Augenblick einer Frau, der einzige, in dem sie die Trunkenheit der Seele zeitigen kann, wovon man immer redet und die man so selten erprobt, ist der, wenn wir zwar ihrer Liebe, doch nicht ihrer Gunst versichert sind; und eben in dem Fall befand ich mich. Vielleicht auch, daß der Gedanke, ich solle des Vergnügens, sie zu sehen, beraubt werden, dazu beitrug, sie zu verschönen. Kurz, wie die Post kam, ward ihr Brief vom 27. mir ausgefolgt, und während ich ihn las, zögerte ich noch, ob ich mein Wort halten sollte. Aber ich bin den Augen meiner Schönen begegnet, und es wäre mir unmöglich gewesen, ihr etwas abzuschlagen.
So habe ich denn meine Abreise angekündigt. Einen Augenblick darauf hat Frau von Rosemonde uns allein gelassen; aber ich war noch vier Schritte weit weg von dem scheuen Geschöpf, als sie erschrocken aufsprang. »Lassen Sie mich, lassen Sie mich mein Herr«, sagte sie. »Um Gottes willen, lassen Sie mich.« Diese glühende Bitte, die ihre Erregung verriet, konnte mich nur noch mehr anfeuern. Schon war ich bei ihr und hielt ihre Hände erfaßt, die sie mit wahrhaft rührendem Ausdruck aneinandergelegt hatte. Da hob ich denn an mit zärtlichen Klagen, als ein feindlicher Dämon Frau von Rosemonde zurückbrachte. Die furchtsame Betschwester, die allerdings einigen Grund zur Furcht hatte, benutzte dies, um zu enteilen.
Doch habe ich die Hand hingehalten, und sie hat sie genommen. Diese milde Behandlung, die sie mir schon lange nicht mehr hatte zukommen lassen, legte ich günstig aus, und indes ich wieder mit Klagen anfing, versuchte ich, ihr die Hand zu drücken. Zuerst wollte sie sie zurückziehen; aber infolge inständigeren Druckes hat sie sie dann ziemlich gutwillig hergegeben, wenn auch ohne Antwort weder auf diese Gebärde noch auf meine Reden. Vor der Tür ihres Zimmers angelangt, wollte ich, bevor ich sie verließ, die Hand küssen. Anfangs war ihre Abwehr aufrichtig; aber ein »Beden-

ken Sie doch, ich reise ab«, recht zärtlich gesprochen, hat sie wieder ungeschickt gemacht und unzulänglich. Kaum war der Kuß verabfolgt, hat die Hand wieder Kraft gefunden, zu entwischen, und ist die Schöne in ihr Zimmer getreten, wo ihre Kammerfrau war. Hier endet meine Geschichte.

Da ich annehme, daß Sie morgen bei der Marschallin von *** sind, wo ich Sie ganz sicher nicht aufsuchen werde, und da ich mir auch wohl denken kann, daß wir bei unserer ersten Zusammenkunft mehr als eine Sache zu besprechen haben werden, namentlich die der kleinen Volanges, die ich nicht aus den Augen verliere, habe ich den Ausweg gewählt, diesen Brief vorauszuschicken, und so lang er schon, werde ich ihn doch erst im Augenblick, wo ich die Post abfertige, schließen: denn so, wie es jetzt steht, kann alles auf eine Gelegenheit ankommen, und ich verlasse Sie, um nach ihr auszuspähen.

P. S. Um acht Uhr abends.

Nichts Neues; nicht der kleinste ungestörte Augenblick: vermeidet ihn sogar sorgfältig. Indessen doch gerade so viel Traurigkeit, als der Anstand gestattete. Ein anderes Ereignis, das möglichenfalls nicht ohne Bedeutung ist, besteht darin, daß ich von Frau von Rosemonde mit einer Einladung an Frau von Volanges betraut bin, einige Zeit bei ihr auf dem Lande zu verbringen.

Adieu, schöne Freundin, auf morgen oder längstens übermorgen.

Aus ..., am 28. August 17**

Fünfundvierzigster Brief

Die Präsidentin von Tourvel an Frau von Volanges

Herr von Valmont ist heute morgen abgereist, gnädige Frau. Sie schienen diese Abreise so sehr zu wünschen, daß ich meinte, ich müßte sie Ihnen anzeigen. Frau von Rosemonde sehnt sich sehr nach ihrem Neffen, dessen Gesellschaft, wie man zugeben muß, angenehm ist. Sie hat den ganzen Vormittag so gefühlvoll, wie Sie es an ihr kennen, von ihm gesprochen; sie war unerschöpflich in seinem Lobe. Ich habe ihr die Gefälligkeit zu schulden geglaubt, sie ohne Widerspruch anzuhören, um so mehr, da ich gestehen muß, daß sie in vielen Punkten recht hatte. Überdies hatte ich mir, nach meinem Gefühl, die Schuld an der Trennung vorzuwerfen und kann dabei nicht hoffen, sie für das Vergnügen, dessen ich sie beraubt habe, zu entschädigen. Sie wissen, ich bin von Natur nicht sehr heiter, und die Art des Lebens, das wir hier nun führen sollen, kann mich auch nicht aufheitern.

Wäre ich nicht nach Ihren Angaben verfahren, würde ich fürchten, etwas leichtsinnig gehandelt zu haben; denn ich bin wirklich peinlich berührt durch den Schmerz meiner ehrwürdigen Freundin. Er hat mich dermaßen gerührt, daß ich gern meine Tränen mit den ihrigen vermischt hätte.

Jetzt leben wir in der Hoffnung, daß Sie die Einladung der Frau von Rosemonde, die Herr von Valmont Ihnen überbringt, annehmen und einige Zeit bei ihr verbringen. Sie zweifeln hoffentlich nicht, daß ich mich sehr freuen würde, Sie zu sehen; und wahrhaftig, Sie schulden uns diese Entschädigung. Ich werde mit Vergnügen diese Gelegenheit ergreifen, rascher die Bekanntschaft des Fräuleins von Volanges zu machen und in der Lage zu sein, Sie mehr und mehr zu überzeugen von den achtungsvollen Gefühlen usw.

Vom 29. August 17**

Sechsundvierzigster Brief
Der Ritter Danceny an Cécile Volanges

Was ist Ihnen denn zugestoßen, meine anbetungswürdige Cécile? Wer war imstande, in Ihnen einen so raschen und grausamen Wechsel zu bewirken? Was ist aus Ihren Schwüren, nie zu wanken, geworden? Gestern noch wieder legten Sie sie mit solcher Freude ab! Warum haben Sie sie denn heute vergessen? Ich mag mich prüfen, wie ich will, in mir kann ich den Grund nicht finden, und es wäre mir schrecklich, ihn in Ihnen suchen zu müssen. Oh, Sie sind sicherlich nicht leichtsinnig noch trügerisch, und selbst in diesem Augenblick der Verzweiflung soll kein beleidigender Verdacht meine Seele schänden. Indes, kraft welches Verhängnisses sind Sie nicht mehr die gleiche? Nein, Grausame, Sie sind's nicht mehr! Die zärtliche Cécile, die Cécile, die ich anbete und deren Schwüre ich empfangen habe, wäre nicht meinen Blicken ausgewichen, hätte nicht den glücklichen Zufall durchkreuzt, der mich neben sie setzte; oder wenn irgendein mir nicht erfreulicher Grund sie genötigt hätte, mich mit so viel Strenge zu behandeln, hätte sie wenigstens nicht verschmäht, mich davon in Kenntnis zu setzen.

Ach! Sie wissen nicht, werden nie erfahren, meine Cécile, was ich heute durch Sie gelitten habe, was ich noch in diesem Augenblick leide. Glauben Sie denn, ich könnte leben und nicht mehr von Ihnen geliebt sein? Indessen, als ich Sie um ein Wort, um ein einziges Wort gebeten habe, zur Zerstreuung meiner Ängste, haben Sie, anstatt mir zu antworten, getan, als fürchteten Sie gehört zu werden; und dies Hindernis, das in jenem Augenblick nicht vorhanden war, haben Sie gleich darauf selbst geschaffen vermittelst des Platzes, den Sie im Kreise gewählt haben. Als ich, genötigt, Sie zu verlassen, Sie nach der Stunde gefragt habe, zu der ich Sie morgen wiedersehen könnte, haben Sie getan, als wüßten Sie sie nicht, und es mußte Frau von Volanges sein, die mich davon unterrichtete. So wird nun der stets so ersehnte Augenblick, der mich Ihnen nahe bringen soll, morgen in mir nur Unruhe erzeugen; und das Vergnügen, Sie zu sehen, bis dahin meinem Herzen so teuer, wird abgelöst werden durch die Furcht, Ihnen lästig zu fallen.

Schon fühle ich, wie diese Furcht mich ins Stocken bringt, und wage Ihnen nicht mehr von meiner Liebe zu sprechen. Dies ›Ich liebe Sie‹, das ich so gern wiederholte, als ich es auch meinerseits zu hören bekam, dies so süße Wort, das zu meiner Glückseligkeit genug war, bietet mir, wenn Sie sich geändert haben, nur mehr das Bild ewiger Verzweiflung.

Ich kann aber doch nicht glauben, daß dieser Talisman der Liebe all seine Macht verloren hat, und versuche ihn mir noch dienstbar zu machen.[1] Ja, meine Cécile, *ich liebe Sie.* Sprechen Sie ihn mir doch nach, diesen Laut meines Glücks. Bedenken Sie doch, daß Sie mich gewöhnt haben, ihn zu hören, und daß mich seiner berauben mich zu einer Marter verdammen heißt, die, gleich meiner Liebe, nur mit meinem Leben enden kann.

. . ., am 29. August 17**

Siebenundvierzigster Brief
Der Vicomte von Valmont an die Marquise von Merteuil

Heute werde ich Sie noch nicht zu sehen bekommen, schöne Freundin, aus folgenden Gründen, die Sie nachsichtig aufnehmen wollen.

Anstatt gestern geradeswegs zurückzukehren, habe ich mich bei der Gräfin von *** aufgehalten, deren Schloß fast an meinem Wege lag, und habe mich bei ihr zum Mittagessen eingeladen. Ich bin in Paris erst gegen sieben Uhr angelangt und bei der Oper abgestiegen, wo ich hoffte, daß Sie vielleicht wären.

Am Schluß der Oper habe ich meine Freundinnen im Schauspielerfoyer wieder begrüßt und dort meine Emilie von früher wiedergefunden, umringt von einem zahlreichen Hof, sowohl Frauen als Männer, denen sie am selben Abend in P . . . ein Souper gab. Ich war kaum in den Kreis getreten, als ich mit Akklamation gebeten ward, mitzusoupieren. Auch eine kleine, dicke und runde Gestalt bat mich, brachte in einem Kauderwelsch aus holländischem Französisch eine Einladung vor, und in ihr erkannte ich den wahren Helden des Festes. Ich nahm an.

Unterwegs erfuhr ich, daß das Haus, wohin wir gingen,

1. Wer nicht Gelegenheit gehabt hat, zuweilen den Wert eines Wortes, eines Lautes zu fühlen, den die Liebe geweiht hat, wird in diesem Satz keinerlei Sinn finden.

der vereinbarte Preis für die Gefälligkeiten Emiliens gegen diese groteske Figur und daß das Souper ein richtiges Hochzeitsessen sei. Der kleine Mann konnte sich nicht fassen vor Freude, in der Erwartung des Glücks, das er genießen sollte. Er schien mir so voll Genugtuung, daß er mir Lust machte, ihn darin zu stören - was ich auch wirklich tat.
Die einzige Schwierigkeit bestand darin, Emilie zu bestimmen, die der Reichtum des Bürgermeisters etwas bedenklich stimmte. Nach einigem Sperren gab sie sich jedoch her für meinen Plan, das kleine Bierfaß mit Wein anzufüllen und es so für die ganze Nacht kampfunfähig zu machen.
Der erhabenen Vorstellung zuliebe, die wir uns von einem holländischen Trinker gebildet hatten, wandten wir alle bekannten Mittel an. Mit solchem Erfolg, daß er beim Nachtisch schon nicht mehr die Kraft hatte, sein Glas zu halten: aber die hilfreiche Emilie und ich gossen ihn um die Wette voll. Endlich fiel er unter den Tisch, dermaßen betrunken, daß es wenigstens acht Tage dauern muß. Darauf beschlossen wir, ihn nach Paris zurückzuschicken; und da er seinen Wagen nicht dabehalten hatte, ließ ich ihn in meinen verladen und blieb statt seiner. Ich empfing sodann die Komplimente der Gesellschaft, die sich bald nachher zurückzog und mich als Herrn des Schlachtfeldes daließ. Die fröhliche Stimmung und vielleicht auch meine lange Zurückgezogenheit ließen mich Emilie so begehrenswert finden, daß ich ihr versprochen habe, bis zur Wiederauferstehung des Holländers bei ihr zu bleiben.
Diese Gefälligkeit meinerseits ist der Lohn dafür, daß sie so freundlich ist, mir als Pult zu dienen beim Schreiben an meine schöne Betschwester; denn ich finde es reizvoll, ihr einen Brief zu senden aus dem Bett und beinahe aus den Armen einer Dirne, einen Brief, den ich sogar unterbrochen habe, um die Untreue voll zu machen, und worin ich ihr über meine Lage und meine Aufführung genauen Bericht erstatte. Emilie, die die Epistel gelesen hat, hat wie verrückt darüber gelacht, und hoffentlich lachen auch Sie.

C. Monnet del — Lingée sculp

Da mein Brief in Paris abgestempelt sein muß, schicke ich ihn Ihnen; ich lasse ihn offen. Sie sind wohl so gütig und lesen ihn, siegeln ihn und lassen ihn auf die Post geben. Vor allem benutzen Sie nicht Ihr eigenes Siegel und überhaupt kein Liebessinnbild; nur einen Kopf. Adieu, schöne Freundin.

Nachschrift: Ich mache meinen Brief wieder auf. Ich habe Emilie bewogen, zu den Italienern zu gehen ... Diese Zeit werde ich wahrnehmen, um Sie aufzusuchen. Spätestens um sechs bin ich bei Ihnen, und wenn es Ihnen recht ist, gehen wir gegen sieben zusammen zu Frau von Volanges. Es schickt sich, daß ich die Einladung an sie von Frau von Rosemonde nicht aufschiebe; außerdem ist es mir sehr recht, wenn ich die kleine Volanges zu sehen bekomme.

Adieu, wunderschöne Dame. Ich will Sie mit so viel Vergnügen küssen, daß der Ritter darauf eifersüchtig sein darf.

..., den 30. August 17**

Achtundvierzigster Brief

Der Vicomte von Valmont an die Präsidentin von Tourvel
(Abgestempelt in Paris)

Nach einer stürmischen Nacht, während deren ich kein Auge geschlossen habe; nachdem ich immerfort von verzehrender Glut hin und her geworfen worden bin oder aber in völliger Vernichtung aller meiner Seelenkräfte dagelegen habe – will ich bei Ihnen, gnädige Frau, die Ruhe suchen, deren ich bedarf und die ich gleichwohl noch nicht zu genießen hoffe. Wahrhaftig, meine Lage, indes ich an Sie schreibe, lehrt mich mehr als je die unwiderstehliche Macht der Liebe kennen. Es kostet mich Mühe, genügend Selbstbeherrschung zu bewahren, daß ich meine Gedanken einigermaßen ordnen kann; und schon sehe ich voraus, daß ich diesen Brief nicht beendigen werde, ohne zu einer Unterbrechung genötigt zu sein. Wie! Darf ich denn nicht hoffen, daß Sie eines Tages die Aufregung, die ich in diesem Augenblick durchmache, teilen werden? Ich wage dennoch zu hoffen, daß Sie, kennten Sie sie gut, nicht ganz unempfindlich gegen sie wären. Glauben Sie mir, gnädige Frau, die kalte Ruhe, der Schlummer der Seele, das Bild des Todes führen nicht zum Glück; die tätigen Leidenschaften allein können hinführen; und trotz den Martern, die Sie mich durchkosten lassen, glaube ich ohne Scheu versichern zu dürfen, daß ich in diesem Augenblick glücklicher bin als Sie. Vergebens überhäufen Sie mich mit Ihrer trostlosen Strenge; sie hält mich nicht ab, mich ganz der Liebe hinzugeben und in dem irren Entzükken, das sie mir bereitet, die Verzweiflung zu vergessen, der Sie mich ausliefern. So will ich mich rächen für die Verbannung, zu der Sie mich verurteilen. Wie war mir, wenn ich an Sie schrieb, so wohl; nie empfand ich bei dieser Beschäftigung eine so sanfte und doch so lebhafte Erregung. Alles scheint meine Verzückung zu steigern: die Luft, die ich atme, ist voll Wollust, die Unterlage sogar, auf der ich Ihnen schreibe und die zum ersten Mal dieser Bestimmung geweiht ist, wird für mich zum heiligen Altar der Liebe. Wie sehr wird sie sich in meinen Augen verschönen! Ich werde auf ihr den Schwur niedergeschrieben haben, Sie ewig zu lieben! Vergeben Sie, ich flehe Sie darum an, die Zügellosigkeit meiner Sinne. Ich sollte mich vielleicht Verzückungen, die Sie nicht teilen, weniger hingeben. Ich muß Sie einen Augenblick verlassen, um einen Rausch zu kühlen, der jeden Augenblick zunimmt und stärker wird als ich.

Ich kehre zu Ihnen zurück, gnädige Frau, und ganz gewiß kehre ich immer mit derselben Beflissenheit zurück. Indessen, das Glücksgefühl ist von mir entflohen; es hat dem Gefühl grausamer Verluste Platz gemacht. Wozu dient es, daß ich Ihnen von meinen Gefühlen spreche, wenn ich vergebens nach Mitteln, Sie zu überzeugen, suche? Nach so oft wiederholten Anstrengungen lassen mich Vertrauen und Kraft zugleich im Stich. Wenn ich mir die Freuden der Liebe jetzt noch ausmale, geschieht es nur, damit ich lebhafter das Bedauern empfinden kann, ihrer beraubt zu sein. Ich sehe einen Ausweg für mich nur noch in Ihrer Nachsicht, und ich fühle in diesem Augenblick zu deutlich, wie sehr ich sie brauche, um noch zu hoffen, sie zu erlangen. Indes, nie war meine Liebe achtungsvoller, nie konnte sie Sie weniger kränken; sie ist von der Art, darf ich sagen, daß die strengste Tugend sie nicht zu scheuen brauchte. Doch scheue ich selbst mich, Sie noch länger von der Pein, die ich empfinde, zu unterhalten. Da ich versichert bin, daß die Person, die sie verschuldet, sie nicht teilt, darf ich wenigstens ihre Güte nicht länger mißbrauchen, und das täte ich, wenn ich noch mehr Zeit darauf verwendete, Ihnen dies schmerzliche Bild wiederzugeben. Ich nehme mir nur noch so viel, um Sie anzuflehen, daß Sie mir antworten und nie zweifeln an der Wahrheit meiner Gefühle.

Geschrieben in P . . .,
datiert aus Paris, den 30. August 17**

Neunundvierzigster Brief
Cécile Volanges an den Ritter Danceny

Ohne weder leichtsinnig noch trügerisch zu sein, genügt es, mein Herr, daß ich über mein Verhalten aufgeklärt werde, damit mir die Notwendigkeit, es zu ändern, zur Empfindung kommt. Ich habe es Gott geopfert, und sobald ich nur kann, opfere ich ihm auch meine Gefühle für Sie, die Ihr religiöser Stand noch sündhafter macht. Ich fühle wohl, daß mir das weh tun wird, und will Ihnen nicht verbergen, daß ich seit vorgestern jedesmal, wenn ich an Sie gedacht habe, geweint habe. Aber ich hoffe, Gott wird mir gnädig sein und mir die erforderliche Stärke geben, um Sie zu vergessen, wie ich ihn Abend und Morgen darum bitte. Ich erwarte sogar von Ihrer Freundschaft und Ihrer Ehrenhaftigkeit, daß Sie nicht trachten werden, mich zu stören in dem guten Vorsatz, der mir beigebracht worden ist und in dem ich mich zu erhalten suche. Infolgedessen bitte ich Sie, haben Sie die Güte, mir nicht mehr zu schreiben, zumal ich Ihnen voraussage, daß ich Ihnen nicht mehr antworten würde und

daß Sie mich nötigen würden, von allem, was vorgeht, Mama in Kenntnis zu setzen; und das würde mich ganz und gar des Vergnügens, Sie zu sehen, berauben.
Ich werde darum doch für Sie all die Anhänglichkeit behalten, die man haben darf, ohne daß was Schlimmes dabei ist, und ich wünsche Ihnen wirklich aus ganzer Seele alles mögliche Glück. Ich fühle wohl, daß Sie mich nun nicht mehr so lieb haben werden und daß Sie vielleicht bald eine andere mehr lieben werden. Aber das wird auch wieder eine Strafe sein für den Fehler, den ich begangen habe, als ich Ihnen mein Herz schenkte, das ich nur Gott schenken durfte und meinem Mann, wenn ich erst einen habe. Hoffentlich hat die himmlische Barmherzigkeit Mitleid mit meiner Schwäche und gibt mir an Leid nur, soviel ich aushalten kann.
Leben Sie wohl, mein Herr; ich kann Ihnen wirklich versichern, wenn es mir erlaubt wäre, jemand zu lieben, würde ich immer nur Sie lieben. Das aber ist alles, was ich Ihnen sagen kann, und vielleicht ist es gar mehr, als ich sollte.

. . ., den 31. August 17**

Fünfzigster Brief

Die Präsidentin von Tourvel an den Vicomte von Valmont

So also, mein Herr, erfüllen Sie die Bedingungen, unter denen ich darin eingewilligt habe, manchmal Briefe von Ihnen zu bekommen? Und wie soll ich mich ›nicht darüber zu beklagen‹ haben, wenn Sie mir darin nur von einem Gefühl sprechen, dem mich hinzugeben ich selbst dann noch Scheu hegen würde, wenn ich es könnte, ohne alle meine Pflichten zu verletzen?
Wenn ich im übrigen neuer Gründe bedürfte, um mir diese heilsame Scheu zu erhalten, scheint mir, in Ihrem letzten Brief könnte ich sie finden. Denn wirklich, gerade in dem Augenblick, wo Sie eine Lobrede auf die Liebe zu halten meinen, was tun Sie da im Gegenteil weiter, als daß Sie mir

Ihre fürchterlichen Stürme vorführen? Wer kann ein Glück wollen, das um den Preis der Vernunft erkauft worden ist und dessen wenig dauerhafte Freuden zum mindesten Leid im Gefolge haben, wenn nicht Gewissensbisse?

Selbst Sie, bei dem die Gewöhnung an diesen gefährlichen Wahnsinn seine Wirkung doch schwächen muß, sind Sie nicht gleichwohl gezwungen, zuzugeben, daß er oft stärker wird als Sie, und sind Sie nicht der erste, der sich beklagt über die unfreiwillige Aufregung, die er Ihnen verursacht? Welche fürchterliche Verwüstung würde er also in einem neuen, empfindlichen Herzen anrichten, das seine Macht noch erhöhen würde durch die großen Opfer, die es ihm darzubringen genötigt wäre?

Sie glauben, mein Herr, oder tun, als glaubten Sie, daß die Liebe zum Glück führe; ich aber bin so davon überzeugt, sie würde mich unglücklich machen, daß ich nie ihren Namen ausgesprochen hören möchte. Mir scheint, wenn man bloß davon spricht, beeinträchtigt es schon die Ruhe; und so bitte ich Sie ebensowohl aus Neigung wie aus Pflicht, über diesen Punkt gütigst Schweigen zu bewahren.

Schließlich muß diese Bitte jetzt leicht zu gewähren sein für Sie. Zurück in Paris, werden Sie dort genug Gelegenheiten finden, ein Gefühl zu vergessen, das vielleicht seine Entstehung nur Ihrer Gewohnheit, sich mit ähnlichen Dingen abzugeben, verdankt, und seine Stärke nur der Untätigkeit des Landlebens. Sind Sie denn nicht am selben Ort, wo Sie mich mit soviel Gleichgültigkeit erblickt hatten? Können Sie dort einen Schritt machen, ohne einem Beispiel zu begegnen dafür, wie leicht Sie wechseln? Und sind Sie dort nicht umringt von Frauen, die alle liebenswürdiger sind als ich und alle mehr Rechte auf Ihre Huldigungen haben? Ich besitze nicht die Eitelkeit, die meinem Geschlecht vorgeworfen wird; noch weniger habe ich die falsche Bescheidenheit, die nur ein verfeinerter Stolz ist; und es geschieht wirklich in gutem Glauben, wenn ich Ihnen hier sage, daß ich mir nur recht weniger Mittel, um zu gefallen, bewußt bin. Hätte ich sie aber auch alle, würde ich sie doch nicht für ausreichend halten, Sie zu fesseln. Wenn ich Sie ersuche, sich mit mir nicht mehr zu beschäftigen, heißt das also nur, ich bitte Sie, heute zu tun, was Sie früher schon getan haben und was Sie ganz sicher in kurzem wieder tun würden, selbst wenn ich Sie um das Gegenteil bäte.

Diese Wahrheit, die ich nicht aus den Augen verliere, wäre schon allein ein hinreichender Grund, Sie nicht anzuhören. Ich habe noch tausend andere; aber ohne auf solche lange Auseinandersetzung einzugehen, halte ich mich an die schon ausgesprochene Bitte, mir nicht mehr zu reden von einem Gefühl, das ich nicht anhören darf und das ich noch weniger erwidern darf.

..., den 1. September 17**

Einundfünfzigster Brief

Die Marquise von Merteuil an den Vicomte von Valmont

Wirklich, Vicomte, Sie sind unerträglich. Sie behandeln mich ebenso leichtherzig, als wäre ich Ihre Geliebte. Wissen Sie, daß ich noch böse werde und daß ich gerade jetzt in fürchterlicher Stimmung bin! Wie! Morgen früh sollen Sie Danceny treffen; Sie wissen, wieviel daran liegt, daß ich vor der Zusammenkunft mit Ihnen rede; und ohne sich weiter darum zu bekümmern, lassen Sie mich den ganzen Tag warten und laufen herum, ich weiß nicht, wo. Sie sind schuld, daß ich ›unpassend‹ spät zu Frau von Volanges gekommen bin und daß alle alten Damen mich ›merkwürdig‹ gefunden haben. Ich mußte ihnen den ganzen Abend um den Bart gehen, um sie zu besänftigen. Denn die alten Frauen darf man nicht reizen: den Ruf der jungen machen ja sie.

Jetzt ist es ein Uhr morgens, und statt zu Bett zu gehen, wie ich für mein Leben gern täte, muß ich Ihnen einen langen Brief schreiben, der mich arg langweilen und noch mal so schläfrig machen wird. Sie können von Glück sagen, daß ich keine Zeit habe, Sie länger auszuschelten. Glauben Sie dar-

um nur nicht, ich verzeihe Ihnen; ich habe es nur eilig. Hören Sie also zu, ich mache rasch.
Wenn Sie nur etwas geschickt sind, müssen Sie morgen Dancenys Vertrauen erlangen. Der Augenblick ist dem Vertrauen günstig: es ist der des Unglücks. Das kleine Mädchen ist zur Beichte gegangen; es hat alles gesagt, wie ein Kind; und seither wird sie dermaßen von der Furcht vor dem Teufel geplagt, daß sie durchaus alles abbrechen will. Sie hat mir alle ihre kleinen Gewissensbedenken erzählt, mit einem Feuer, das mich hinreichend darüber belehrte, wie ihr die Hitze zu Kopf gestiegen ist. Sie hat mir den Brief gezeigt, worin sie abbricht; es ist die reine Kapuzinerpredigt. Eine Stunde lang hat sie mir vorgeplaudert, ohne ein vernünftiges Wort zu sagen. Sie hat mich aber doch in Verlegenheit gesetzt; denn Sie verstehen, ich konnte es nicht wagen, so einem Eigensinn gegenüber aus mir herauszugehen.
Ich habe aus all dem Geschwätz aber doch herausgefunden, daß sie ihren Danceny darum nicht weniger liebt. Ich habe sogar eines der Hilfsmittel bei ihr bemerkt, an denen es der Liebe nie gebricht und womit das kleine Mädchen sich in belustigender Weise selbst betrügt. Gequält vom Verlangen, sich mit ihrem Liebhaber zu beschäftigen, und von der Furcht, dadurch ihre Verdammnis zu bewirken, ist sie darauf verfallen, Gott zu bitten, daß er sie ihn vergessen läßt; und da sie das Gebet jeden Augenblick des Tages wieder von vorn anfängt, erlangt sie das Mittel, immerfort an ihn zu denken.
Mit einem ›Kundigeren‹ als Danceny wäre der kleine Vorfall vielleicht eher günstig als hinderlich; aber der junge Mann ist so sehr Seladon, und wenn wir ihm nicht helfen, wird er, um die leichtesten Hindernisse zu nehmen, so viel Zeit gebrauchen, daß er uns zur Bewerkstelligung unseres Planes keine mehr lassen wird.
Sie haben ganz recht: es ist schade und mir ebenso ärgerlich wie Ihnen, daß er der Held dieses Abenteuers ist. Aber was wollen Sie, was geschehen ist, ist geschehen, und zwar durch Ihr Verschulden. Ich habe seine Antwort zu sehen verlangt;[1]

sie hat mir Mitleid eingeflößt. Er hält ihr Vernunftgründe vor, bis ihm der Atem ausgeht, alles, um ihr zu beweisen, daß ein unfreiwilliges Gefühl kein Verbrechen sein kann. Als wenn es nicht aufhörte, unfreiwillig zu sein, sobald man es zu bekämpfen aufhört! Der Gedanke ist so einfach, daß er selbst dem kleinen Mädchen gekommen ist. Er klagt ziemlich rührend über sein Unglück; aber sein Schmerz ist so sanft und scheint so stark und so aufrichtig, daß es mir unmöglich scheint, eine Frau, die Gelegenheit hat, einen Mann bis zu dem Grade und mit so wenig Gefahr zur Verzweiflung zu bringen, sollte nicht versucht sein, sich das Vergnügen zu gönnen. Er erklärt ihr endlich, daß er nicht Mönch ist, wie die Kleine glaubte; und das ist ohne Widerrede das Beste, was er tut. Denn wenn man sich schon der Mönchsliebe hingeben wollte, würden sicherlich die Herren Malteserritter nicht den Vorzug verdienen.
Lassen wir das dahingestellt. Anstatt die Zeit mit Vernünfteln zu verlieren, was mir nur Blößen gegeben hätte und womit ich vielleicht nicht durchgedrungen wäre, habe ich die Absicht, das Verhältnis abzubrechen, gutgeheißen. Doch habe ich gesagt, es sei in solchem Falle anständiger, seine Gründe zu sagen als sie zu schreiben; daß es auch üblich sei, die Briefe zurückzugeben nebst den übrigen Kleinigkeiten, die man etwa empfangen habe; und indem ich dergestalt auf die Anschauungsweise der Kleinen einzugehen schien, habe ich sie dazu bestimmt, Danceny ein Stelldichein zu geben. Wir haben auf der Stelle die Mittel vereinbart, und ich habe es übernommen, die Mutter zu veranlassen, daß sie ohne ihre Tochter ausgeht.
Morgen Nachmittag soll der entscheidende Augenblick sein. Danceny ist schon benachrichtigt; aber, um Gottes willen, wenn Sie Gelegenheit finden, bewegen Sie den schönen Schäfer doch, etwas weniger zu schmachten; und bringen Sie ihm doch bei, wenn man ihm schon alles sagen muß, daß die rechte Art, Gewissensbedenken zu überwinden, die ist, daß

1. Dieser Brief hat sich nicht wiedergefunden.

man Leute, die welche haben, dahin bringt, wo sie nichts mehr zu verlieren haben.
Damit im übrigen solch lächerlicher Auftritt nicht wieder vorkommt, habe ich nicht verfehlt, im Geiste des kleinen Mädchens einige Zweifel an der Verschwiegenheit der Beichtväter zu wecken; und ich kann Ihnen versichern, jetzt bezahlt sie die Furcht, die sie mir gemacht hat, ihrerseits mit der Furcht, ihr Beichtvater könne hingehen und alles ihrer Mutter sagen. Ich hoffe, wenn ich noch ein- oder zweimal mit ihr darüber geredet habe, geht sie nicht mehr und erzählt so dem ersten besten ihre Dummheiten.[1]
Adieu, Vicomte, bemächtigen Sie sich Dancenys und leiten Sie ihn. Es wäre schimpflich, wenn wir nicht machten, was wir wollten, mit zwei Kindern. Wenn es uns mehr Mühe kostet, als wir zuerst geglaubt hatten, müssen Sie zur Belebung Ihres Eifers daran denken, daß es sich um die Tochter der Frau von Volanges handelt, und ich daran, daß sie Gercourts Frau werden soll. Adieu.

. . ., den 2. September 17**

Zweiundfünfzigster Brief
Der Vicomte von Valmont an die Präsidentin von Tourvel

Sie verbieten mir, gnädige Frau, Ihnen von meiner Liebe zu reden; doch woher soll ich den zum Gehorsam nötigen Mut nehmen? Einzig und allein einem Gefühl hingegeben, das so süß sein sollte und das Sie so grausam machen, in der Verbannung schmachtend, zu der Sie mich verurteilt haben, nur von Entbehrung und Sehnsucht lebend, eine Beute von Martern, die um so schmerzhafter sind, als sie mir unaufhörlich Ihre Gleichgültigkeit ins Gedächtnis rufen – sollte ich noch den einzigen Trost verlieren, der mir bleibt? Und ist mir

1. Der Leser hat wohl aus Frau von Merteuils Sitten schon längst erraten, wie wenig Achtung sie vor der Religion hegt. Wir hätten den ganzen Absatz weggelassen; doch wir haben geglaubt, wenn man die Wirkungen vorführe, dürfe man nicht versäumen, auch die Ursachen bekanntzumachen.

denn ein anderer erreichbar als der, Ihnen zuweilen eine Seele zu erschließen, die Sie mit Verwirrung und Bitterkeit anfüllen? Werden Sie Ihre Blicke wegwenden, um die Tränen nicht zu sehen, die Ihretwegen vergossen werden? Werden Sie selbst das ablehnen, daß man Ihnen mit den Opfern huldigt, die Sie fordern? Wäre es denn Ihrer und Ihrer rechtschaffenen, milden Seele nicht würdiger, einen Unglücklichen, der es nur durch Sie ist, zu beklagen, als durch ein ebenso ungerechtes als strenges Verbot seine Leiden noch erschweren zu wollen?

Sie stellen sich, als fürchteten Sie die Liebe, und wollen nicht sehen, daß Sie allein an den Übeln schuld sind, die Sie ihr vorwerfen. Ah! Zweifellos ist dies Gefühl peinvoll, wenn die Person, die es eingibt, es nicht teilt; wo aber wäre das Glück zu finden, wenn nicht eine gegenseitige Liebe es gewährte? Zärtliche Freundschaft, sanftes Vertrauen, das einzige Rückhaltlose, und Linderung der Schmerzen, erhöhte Freuden, Hoffnung, die Zauberin, und köstliche Erinnerungen, wo sonst sollte man sie finden als in der Liebe? Sie verleumden sie, Sie, die, um in den Genuß alles von ihr gewährten Guten zu gelangen, bloß sich nicht mehr dagegen zu sträuben brauchen; ich dagegen vergesse die Pein, die ich erdulde, und mache mich an ihre Verteidigung.

Sie zwingen mich auch, mich selbst zu verteidigen; denn während ich mein Leben Ihrer Anbetung weihe, verbringen Sie Ihres damit, an mir herumzunörgeln. Schon halten Sie mich für leichtsinnig und trügerisch; und indem Sie einige Irrtümer, die ich Ihnen selbst eingestanden habe, mißbräuchlich gegen mich ausspielen, gefallen Sie sich darin, was ich damals war, mit dem zu verwechseln, was ich gegenwärtig bin. Nicht zufrieden damit, mich der Qual ausgeliefert zu haben, entfernt von Ihnen zu leben, höhnen Sie obendrein grausam über Vergnügungen, gegen die Sie mich doch, Sie wissen es ganz gut, unempfindlich gemacht haben. Sie glauben nicht meinen Versprechungen noch meinen Schwüren: nun denn, so kann ich Ihnen noch einen Bürgen anbieten,

und gegen den wenigstens werden Sie keinen Verdacht hegen, denn Sie sind es selbst. Ich bitte nur darum, daß Sie sich aufrichtig befragen. Wenn Sie an meine Liebe nicht glauben, wenn Sie einen Augenblick an Ihrer Alleinherrschaft über meine Seele zweifeln, wenn Sie nicht gewiß sind, dies bisher allerdings zu flüchtige Herz gefesselt zu haben, will ich mich darein ergeben, für Ihren Irrtum zu dulden, werde darunter seufzen, aber keine Berufung dagegen einlegen. Wenn dagegen Ihr Gerechtigkeitsgefühl gegen uns beide Sie nötigt, sich selbst zuzugeben, daß sie keine Rivalin haben und nie eine haben werden, dann bitte ich dringend, zwingen Sie mich doch nicht mehr, gegen Chimären zu kämpfen, und lassen Sie mir zum mindesten den Trost, Sie nicht mehr zweifeln zu sehen an einem Gefühl, das nur enden wird, nur enden kann, wenn mein Leben endet. Erlauben Sie mir, gnädige Frau, die Bitte, daß Sie auf diesen Punkt meines Briefes bündige Antwort geben.
Wenn ich indessen den Abschnitt meines Lebens, der mir bei Ihnen so entsetzlich zu schaden scheint, fallenlasse, geschieht es nicht, weil es mir nötigenfalls an Gründen zu seiner Verteidigung gebräche.
Was habe ich schließlich getan, als daß ich dem Strudel, in den ich geworfen war, nicht widerstanden habe? Jung und ohne Erfahrung in die Gesellschaft eingetreten, ging ich sozusagen von Hand zu Hand bei einer Masse Frauen, die sich alle rasch und leicht zugänglich zeigen, um dadurch Überlegungen vorzubeugen, die, wie sie fühlen, zu ihren Ungunsten ausfallen müßten; war's denn da an mir, vorbildlich zu wirken durch einen Widerstand, den mir niemand leistete? Oder sollte ich mich für einen Augenblick der Verwirrung, die noch dazu häufig mit Absicht hervorgerufen war, bestrafen durch eine Standhaftigkeit, die ganz gewiß unnötig gewesen wäre und in der man nur etwas Lächerliches gesehen hätte? Nun also! Welches andere Mittel außer einem raschen Abbruch der Beziehungen kann eine beschämende Wahl wieder gutmachen!

Aber das kann ich sagen, dieser Sinnenrausch, oder war es gar ein Toben der Eitelkeit, hat nicht bis an mein Herz gereicht. Zur Liebe geboren, wie es war, konnten Händel es zerstreuen, genügten aber nicht, es zu beschäftigen. Von den verführerischen, aber verächtlichen Wesen, die mich umgaben, ging mir keines bis an die Seele. Es wurden mir Vergnügungen angeboten, und ich suchte Tugenden. Schließlich hielt ich mich selbst für unbeständig, weil ich zartsinnig und empfindsam war.

Bei Ihrem Anblick geschah es, daß ich mir über mich selbst klar ward. Bald bin ich innegeworden, daß der Zauber der Liebe an den hohen Eigenschaften der Seele hänge; daß sie allein ihr Übermaß bewirken und es rechtfertigen können. Ich empfand endlich, daß ich ebenso unfähig sei, Sie nicht zu lieben, wie, eine andere zu lieben.

So, gnädige Frau, sieht dies Herz aus, dem Sie sich hinzugeben fürchten und über dessen Los Sie zu entscheiden haben. Doch welches auch das Geschick sei, das Sie ihm vorbehalten, an den Gefühlen, die es mit Ihnen verbinden, werden Sie nichts ändern; die sind unveränderlich wie die Tugenden, die sie ins Leben gerufen haben.

. . ., den 4. September 17**

Dreiundfünfzigster Brief

Der Vicomte von Valmont an die Marquise von Merteuil

Ich bin mit Danceny zusammengekommen, habe aber nur eine halbe Aussprache von ihm erlangt. Besonders hat er sich darauf versteift, mir den Namen der kleinen Volanges zu verschweigen, von der er mir nur als von einer sehr keuschen, sogar etwas frömmelnden Frau gesprochen hat. Davon abgesehen, hat er mir sein Abenteuer ziemlich wahrheitsgemäß erzählt, besonders das letzte Ereignis. Ich habe ihn so warm gemacht, wie ich konnte, und habe ihn wegen seines Zartgefühls und seiner Bedenken gehörig ausgelacht. Es scheint aber, er legt Wert darauf, und ich kann für ihn nicht einstehen. Übrigens werde ich Ihnen morgen mehr über ihn sagen können. Ich führe ihn morgen nach Versailles, und unterwegs will ich ihn gründlich ausforschen.

Das Stelldichein, das heute stattgefunden haben muß, gibt mir auch einige Hoffnung. Es könnte sein, daß dabei alles zu unserer Zufriedenheit vonstatten gegangen wäre; und vielleicht erübrigt uns zur Zeit nichts mehr, als das Geständnis herauszubekommen und die Beweise zu sammeln. Diese Aufgabe ist für Sie leichter als für mich, denn die Kleine ist vertrauensseliger oder, was aufs selbe herauskommt, geschwätziger als ihr verschwiegener Liebhaber. Indessen will ich mein möglichstes tun.

Adieu, schöne Freundin, ich bin sehr eilig, ich sehe Sie weder heute abend noch morgen. Wenn Sie Ihrerseits etwas erfahren haben, schreiben Sie mir ein paar Worte, bis ich zurückkomme. Zur Nacht bin ich sicher wieder in Paris.

. . ., den 3. September 17**

Vierundfünfzigster Brief

Die Marquise von Merteuil an den Vicomte von Valmont

Ach ja, Danceny ist gerade einer, von dem es etwas zu erfahren gibt. Hat er Ihnen was gesagt, so hat er geprahlt. Ich kenne niemand, der so dumm in der Liebe wäre, und werfe mir immer mehr vor, daß wir gegen ihn so gütig sind. Wissen Sie, daß ich in Verbindung mit ihm beinahe bloßgestellt worden wäre und daß es auch noch ganz zwecklos war? Oh, dafür räche ich mich, ich gelobe es.

Als ich gestern kam, um Frau von Volanges abzuholen, wollte sie nicht ausgehen; sie fühlte sich nicht wohl; ich brauchte meine ganze Beredsamkeit, um sie zu bewegen, und sah schon den Zeitpunkt vor Augen, wo Danceny angelangt und wir noch nicht weg gewesen wären – was um so ungeschickter gewesen wäre, als Frau von Volanges ihm tags vorher gesagt hatte, sie würde nicht zu Hause sein. Ihre Tochter und ich saßen wie auf Kohlen. Endlich gingen wir;

und die Kleine drückte mir beim Abschied so innig die Hand, daß ich trotz ihrer Absicht, alles abzubrechen, womit sie noch so aufrichtig umzugehen meinte, mir wahre Wunder von dem Abend versprach.

Ich war aber mit meinen Ängsten noch nicht zu Ende. Wir waren kaum eine halbe Stunde bei Frau von . . ., als Frau von Volanges wirklich unwohl, ganz ernstlich unwohl ward, und vernünftigerweise wollte sie nach Hause. Ich dagegen wollte es um so weniger, als ich fürchtete, wenn wir die jungen Leute überraschten, und darauf konnte man jede Wette eingehen, dann würde die Mutter Verdacht schöpfen, weil ich mir solche Mühe gegeben hatte, sie zum Ausgehen zu bewegen. Ich verlegte mich darauf, ihr wegen ihrer Gesundheit Angst zu machen, was glücklicherweise nicht schwer ist, hielt sie anderthalb Stunden hin und ließ mich nicht darauf ein, sie nach Hause zu bringen, angeblich aus Furcht vor dem gefährlichen Schütteln des Wagens. Schließlich kehrten wir erst zur verabredeten Stunde zurück. Angesichts der beschämten Miene, die ich bei der Ankunft bemerkte, gestehe ich, daß ich hoffte, meine Nöte wären wenigstens nicht verloren.

In dem Wunsch, etwas zu erfahren, blieb ich bei Frau von Volanges, die sich sogleich niederlegte; und nachdem wir an ihrem Bett soupiert hatten, verließen wir sie zu sehr früher Stunde, unter dem Vorgeben, sie brauche Ruhe, und gingen ins Zimmer ihrer Tochter hinüber. Diese hat ihrerseits alles getan, was ich von ihr erwartete: dahingesunkene Bedenken, neue Schwüre ewiger Liebe usw. usw. Kurz, sie hat sich gutwillig zu allem hergegeben. Aber der einfältige Danceny ist um keine Linie weiter gegangen, als er vorher war. Oh, mit dem kann man sich ruhig entzweien; die Versöhnungen sind nicht gefährlich.

Die Kleine versichert zwar, daß er mehr wollte, daß sie sich aber zu verteidigen verstanden hat. Ich möchte wetten, sie prahlt, oder sie entschuldigt ihn; fast habe ich mich selbst davon überzeugt. Es wandelte mich tatsächlich die Lust an,

Monnet del. Lingée sculp.t

herauszubekommen, was ich von der Verteidigung, deren sie fähig ist, zu halten habe; und ich, die ich doch nur eine Frau bin, habe ihr, wie ein Wort das andere gab, den Kopf dermaßen erhitzt ... Kurz, Sie können mir glauben, nie war jemand empfänglicher für eine Überrumpelung durch die Sinne. Sie ist wirklich reizend, die liebe Kleine! Sie verdiente einen andern Liebhaber. Wenigstens soll sie eine gute Freundin haben, denn ich schließe mich aufrichtig an sie an. Ich habe ihr versprochen, sie auszubilden, und werde ihr, glaube ich, mein Wort halten. Ich habe manchmal das Bedürfnis gefühlt, zur Vertrauten ein weibliches Wesen zu haben, und diese wäre mir lieber als jede andere. Aber ich kann nichts aus ihr machen, solange sie nicht – das ist, was sie sein muß; und das ist ein weiterer Grund, es Danceny übelzunehmen.

Adieu, Vicomte, kommen Sie morgen nicht zu mir, außer am Vormittag. Ich füge mich dem Drängen des Ritters nach einem Abend im kleinen Hause.

..., den 4. September 17**

Fünfundfünfzigster Brief
Cécile Volanges an Sophie Carnay

Du hattest recht, liebe Sophie; Deine Prophezeiungen glükken Dir besser als Deine Ratschläge. Danceny ist, wie Du es vorhergesagt hast, stärker gewesen als der Beichtvater, als Du, als ich selbst, und nun sind wir wieder genau am selben Fleck. Ach, ich bereue es nicht; und wenn Du mich schiltst, tust Du es nur, weil Du nicht weißt, was für ein Vergnügen es ist, Danceny zu lieben. Du hast es sehr leicht, zu sagen, wie man's machen muß, nichts hindert Dich daran; wenn Du aber durchgemacht hättest, wie der Kummer von jemand, den man liebhat, einem weh tut, wie seine Freude auch unsere wird und wie es schwer ist, nein zu sagen, während man ja sagen möchte, würdest Du Dich über nichts mehr wundern. Ich selbst habe es empfunden, auf das lebhafteste empfunden, und verstehe es doch noch nicht. Glaubst Du zum Beispiel, daß ich Danceny weinen sehen kann, ohne selbst zu weinen? Ich kann Dir bestimmt sagen, daß ich das nicht fertigbringe; und wenn er vergnügt ist, bin ich glücklich wie er. Du hast gut reden. Was man sagt, ändert nichts an dem, was ist, und ich weiß genau, es ist so.

Ich möchte Dich an meiner Stelle sehen ... Nein, das wollte ich nicht sagen, denn meinen Platz möchte ich sicher niemandem abtreten. Aber ich möchte, daß Du auch jemand liebtest; nicht bloß, damit Du mich besser verstehst und nicht soviel ausschiltst, sondern auch, weil Du dann glücklicher wärest oder, besser gesagt, weil Du dann erst anfangen würdest, glücklich zu werden.

Wenn wir lustig sind und lachen, das alles, siehst Du, ist nur Kinderspiel. Aber die Liebe, ach, die Liebe! ... Ein Wort, ein Blick, bloß zu wissen, daß er da ist – und das ist ganz einfach das Glück! Wenn ich Danceny sehe, wünsche ich mir nichts mehr. Sehe ich ihn nicht mehr, wünsche ich mir nur ihn. Ich weiß nicht, wie es zugeht, aber es sieht fast aus, als ob alles, was mir gefällt, ihm gleicht. Wenn er nicht bei mir ist, denke ich an ihn, und kann ich recht ordentlich, ohne Ablenkung, an ihn denken, zum Beispiel wenn ich ganz allein bin, dann bin ich auch glücklich. Ich mache die Augen zu, und gleich meine ich ihn zu sehen. Ich rufe mir seine Reden zurück und glaube, daß ich ihn sprechen höre. Das macht, daß ich aufseufze; und dann fühle ich ein Brennen, eine Erregung ... Ich kann nicht an derselben Stelle bleiben. Es ist wie eine Marter, und dabei macht die Marter ein unbeschreibliches Vergnügen. Ich glaube sogar, wenn man einmal Liebe in sich hat, beeinflußt das sogar die Freundschaft. Meine Freundschaft zu Dir hat sich allerdings nicht geändert, sie ist noch immer wie im Kloster: aber das, wovon ich spreche, empfinde ich für Frau von Merteuil. Mir scheint, ich liebe sie mehr in der Art wie Danceny als wie Dich, und manchmal möchte ich, sie wäre er. Das kommt vielleicht, weil es keine Kinderfreundschaft ist wie unsere, oder auch, weil ich sie so oft beisammen sehe, woher ich sie leicht verwechseln kann. So viel ist jedenfalls wahr, daß sie mich alle beide sehr glücklich machen; und schließlich glaube ich auch nicht, daß bei dem, was ich tue, viel Schlimmes ist. Drum möchte ich auch bloß, daß es bleibt, wie es ist, und einzig der Gedanke an meine Heirat macht mir Kummer, denn wenn Herr von Gercourt so ist, wie mir gesagt worden ist, und daran zweifle ich nicht, dann weiß ich nicht, was aus mir werden soll. Leb wohl, gute Sophie, ich habe Dich noch immer zärtlich lieb.

. . ., den 4. September 17**

Sechsundfünfzigster Brief
Die Präsidentin von Tourvel an den Vicomte von Valmont

Was könnte Ihnen, mein Herr, die Antwort, um die Sie mich bitten, nützen? Wenn ich an Ihre Gefühle glaubte, wäre das nicht ein weiterer Grund, sie zu fürchten? Ich will nichts sagen weder für noch gegen Ihre Aufrichtigkeit, aber kann es mir nicht genügen und muß es Ihnen nicht selbst genügen, wenn Sie wissen, daß ich sie nicht erwidern will noch darf?

Angenommen, daß Sie mich wirklich lieben (und nur um auf den Gegenstand nicht mehr zurückzukommen, willige ich in die Annahme), wären darum die Hindernisse, die uns trennen, weniger unübersteiglich? Und fiele mir dabei eine andere Aufgabe zu, als zu wünschen, daß Sie diese Liebe bald besiegen möchten, und vor allem: Ihnen mit ganzer Kraft dabei zu helfen, dadurch, daß ich Ihnen alle Hoffnung nehme? Sie geben selbst zu, daß ›dies Gefühl peinvoll ist, wenn die Person, die es einflößt, es nicht teilt‹. Nun wissen Sie zur Genüge, daß ich es unmöglich teilen kann; und wenn dies Unglück mir auch zustieße, wäre ich zwar beklagenswerter, Sie aber nicht glücklicher. Sie achten mich hoffentlich hoch genug, um keinen Augenblick daran zu zweifeln. Geben Sie es also auf, ich beschwöre Sie, geben Sie's auf, ein

Herz aufstören zu wollen, das Ruhe so nötig hat. Zwingen Sie mich nicht, es zu bedauern, daß ich Sie kennengelernt habe.
Ich werde geliebt und geachtet von einem Gatten, den ich hochschätze, und so fallen meine Pflichten und meine Freuden in einer und derselben Person zusammen. Ich bin glücklich, ich muß es sein. Wenn es stärkere Freuden gibt, wünsche ich sie mir nicht. Ich will sie nicht kennen. Gibt es denn süßere, als mit sich in Frieden zu leben, lauter heitere Tage zu haben, ungestört einzuschlafen und ohne Reue aufzuwachen? Was Sie Glück nennen, ist nur ein Tumult der Sinne, ein Ungewitter der Leidenschaften, dessen Schauspiel, selbst vom Ufer aus gesehen, schrecklich ist. Um alles! Wie sollte man solchen Stürmen die Stirn bieten? Wie sollte man's wagen, sich auf einem Meer einzuschiffen, das bedeckt ist mit den Trümmern von tausend und abertausend Schiffbrüchen? Und mit wem? Nein, mein Herr, ich bleibe am Land. Ich liebe die Bande, die mich daran befestigen. Könnte ich sie auch zerreißen, möchte ich's doch nicht. Wenn ich sie nicht hätte, würde ich sie mir schleunigst auferlegen.
Warum heften Sie sich an meine Schritte? Warum versteifen Sie sich darauf, mich zu verfolgen? Ihre Briefe, die nur selten sein sollten, folgen unmittelbar aufeinander. Sie sollten vernünftig sein, und Sie sprechen mir darin nur von Ihrer tollen Liebe. Sie sind um mich her mit Ihren Gedanken, mehr als früher mit Ihrer Person. Unter der einen Form beseitigt, tauchen Sie unter einer andern wieder auf. Die Dinge, die man Sie nicht mehr zu sagen bittet, wiederholen Sie einfach auf andere Art. Sie machen sich ein Vergnügen daraus, mich durch verwirrende Gründe in die Enge zu treiben; und den meinigen entziehen Sie sich. Ich will Ihnen nicht mehr antworten, werde Ihnen nicht wieder antworten ... Wie Sie die Frauen behandeln, die Sie verführt haben! Mit welcher Verachtung sprechen Sie von ihnen! Ich will wohl glauben, daß einige es verdienen; aber sind sie denn alle so verächtlich? Ach, ja gewiß, da sie Verrat geübt

haben an ihren Pflichten, um sich einer verbrecherischen Liebe hinzugeben! Von da an haben sie alles verloren, sogar die Achtung dessen, dem sie alles geopfert haben. Diese Marter ist gerecht, aber schon der Gedanke daran macht einen zittern. Was geht es mich aber eigentlich an? Warum sollte ich mich mit jenen beschäftigen, oder mit Ihnen? Mit welchem Recht stören Sie mich in meiner Ruhe? Lassen Sie mich, kommen Sie mir nicht mehr vor die Augen, schreiben Sie mir nicht mehr: ich bitte Sie darum, ich fordere es. Dieser Brief ist der letzte, den Sie von mir erhalten.

..., den 5. September 17**

Siebenundfünfzigster Brief
Der Vicomte von Valmont an die Marquise von Merteuil

Ihren Brief habe ich gestern bei meiner Ankunft gefunden. Ihr Zorn hat mich höchlich belustigt. Sie können Dancenys Sünden gar nicht lebhafter empfinden, wenn er sie an Ihnen selbst begangen hätte. Zweifellos geschieht es aus Rache, daß Sie seine Geliebte daran gewöhnen, ein wenig gegen die Treue zu verstoßen. Sie sind ein recht schlechter Kerl! Jawohl, Sie sind reizend, und ich wundere mich nicht, daß man Ihnen weniger Widerstand leistet als dem Danceny.
Nun weiß ich ihn glücklich auswendig, den schönen Romanhelden! Er hat keine Geheimnisse mehr für mich. Ich habe ihm so lange vorgeredet, eine ehrenhafte Liebe sei das höchste Gut und ein Gefühl besser als zehn gewöhnliche Liebeshändel, bis ich in dem Augenblick selbst ganz verliebt und schüchtern war. Genug, er hat bei mir eine der seinigen so gut angepaßte Denkart getroffen, daß er im Entzücken über meine Aufrichtigkeit mir alles gesagt und mir rückhaltlose Freundschaft geschworen hat. In betreff unseres Planes sind wir darum allerdings noch nicht weiter.
Erstens ist es mir so vorgekommen, als ob nach seiner Ansicht ein junges Mädchen viel mehr Schonung verdient als eine Frau, da es mehr zu verlieren hat. Er findet besonders,

daß nichts einen Mann entschuldigen kann, der ein Mädchen in die Notwendigkeit versetzt, ihn zu heiraten oder entehrt weiterzuleben, wenn das Mädchen unendlich reicher ist als der Mann, wie in diesem Fall. Die Sorglosigkeit der Mutter, die Unschuld der Tochter, alles schüchtert ihn ein und hält ihn zurück. Die Schwierigkeit bestände nicht darin, seine Auffassung zu bekämpfen, so wahr sie auch ist. Mit einigem Geschick und der Hilfe der Leidenschaft hätte man sie bald zerstört, um so mehr, als sie der Lächerlichkeit einen Anhalt bieten und als man das Ansehen des allgemeinen Brauchs für sich hätte. Aber was einen hindert, ihm beizukommen, ist, daß er sich bei dem, was er hat, wohlfühlt. Und wirklich, wenn eine erste Liebe im allgemeinen ehrbarer und, wie man sagt, reiner erscheint und wenn sie wenigstens langsamer vorwärtsrückt, so ist dies nicht, wie man meint, Zartsinn oder Schüchternheit. Es liegt daran, daß das Herz, voll Staunen über ein neues Gefühl sozusagen bei jedem Schritt stehenbleibt, um den Zauber, den es spürt, zu genießen, und daß dieser Zauber auf ein neues Herz so mächtig wirkt, daß er es vollauf in Anspruch nimmt und es jedes andere Vergnügen vergessen läßt. Damit stimmt überein, daß ein verliebter ›Wüstling‹, wenn ein Wüstling verliebt sein kann, vom selben Augenblick an es weniger eilig hat mit dem Genießen und daß schließlich zwischen Dancenys Verhalten gegen die kleine Volanges und dem meinigen gegen die prüde Frau von Tourvel weiter kein Unterschied ist als ein Mehr oder Weniger.

Um unsern jungen Mann warm zu machen, wären mehr Hindernisse vonnöten gewesen, als er getroffen hat; besonders hätte er mehr Geheimnis gebraucht, denn Geheimnis führt zu Wagemut. Ich bin nicht weit davon entfernt, zu glauben, daß Sie, indem Sie ihm so gut halfen, uns geschadet haben. Ihr Verhalten wäre ausgezeichnet gewesen mit einem schon ›bewanderten‹ Manne, der nur Begierden gehabt hätte. Sie hätten aber voraussehen sollen, daß für einen jungen, ehrbaren und verliebten Menschen der größte

Wert der Erhörung darin liegt, daß sie der Beweis der Liebe ist und daß er folglich, wenn er recht sicher ist, geliebt zu werden, immer weniger unternehmend sein wird. Was ist jetzt zu tun? Das weiß ich nicht; aber ich habe keine Hoffnung, daß einer die Kleine vor ihrer Heirat haben wird, und wir haben umsonst gearbeitet. Es tut mir leid, aber ich weiß nichts dagegen zu tun.
Während ich hier Abhandlungen schreibe, treiben Sie etwas Besseres mit Ihrem Ritter. Das erinnert mich daran, daß Sie mir eine Untreue zu meinen Gunsten versprochen haben. Ich habe es schriftlich von Ihnen, und ich wünsche nicht, daß daraus ein leeres Versprechen wird. Ich gebe zu, der Verfallstag ist noch nicht da, aber es wäre edel von Ihnen, ihn nicht zu erwarten, und ich meinerseits würde Ihnen die Zinsen gutschreiben. Was sagen Sie dazu, schöne Freundin? Werden Sie Ihrer Standhaftigkeit nicht überdrüssig? Dieser Ritter ist wohl ganz außerordentlich? Oh, lassen Sie mich nur machen; ich will Sie zwingen, zuzugeben, daß Sie nur deshalb einiges Verdienst an ihm entdeckt haben, weil Sie mich vergessen hatten.
Adieu, schöne Freundin, ich küsse Sie, wie ich Sie begehre. Ich fordere alle Küsse des Ritters heraus, ob sie so viel Feuer haben!

..., den 5. September 17**

Achtundfünfzigster Brief
Der Vicomte von Valmont an die Präsidentin von Tourvel

Wodurch, gnädige Frau, habe ich Ihre Vorwürfe verdient und Ihren Zorn? Die lebhafteste und doch achtungsvollste Anhänglichkeit, die vollständigste Unterwerfung unter Ihre geringsten Willensmeinungen: das ist in zwei Worten die Geschichte meiner Gefühle und meines Betragens. Beladen mit den Nöten einer unglücklichen Liebe, hatte ich keinen andern Trost als den, Sie zu sehen. Sie haben mir befohlen, auf ihn zu verzichten; ich habe gehorcht, ohne mir ein Mur-

ren herauszunehmen. Zum Lohn für dies Opfer haben Sie mir erlaubt, Ihnen zu schreiben, und heute wollen Sie mir dies einzige Vergnügen wegnehmen. Soll ich es mir rauben lassen, ohne einen Versuch, es zu verteidigen? Nein, gewiß nicht. Wie sollte es denn meinem Herzen nicht teuer sein? Es ist das einzige, das ich noch habe, und ich habe es von Ihnen.
Meine Briefe, sagen Sie, sind zu häufig! Bedenken Sie doch bitte, daß ich seit zehn Tagen, die meine Verbannung währt, keinen Augenblick im Geiste von Ihnen losgekommen bin und daß Sie dabei erst zwei Briefe von mir bekommen haben. Ich ›spreche Ihnen darin nur von meiner Liebe‹! Ja was kann ich denn sagen, als was ich denke? Alles, was ich habe tun können, war, es im Ausdruck zu mildern; und Sie können mir glauben, ich habe Sie nur sehen lassen, was ich unmöglich verhehlen konnte. Schließlich drohen Sie mir, nicht mehr zu antworten. Es genügt Ihnen also nicht, den Mann, der Sie lieber hat als alles und dessen Achtung noch höher ist als seine Liebe, mit Strenge zu behandeln: Sie wollen ihn obendrein noch mißachten! Und warum diese Drohungen und dieser Zorn? Wozu haben Sie sie nötig! Sind Sie nicht sicher, daß man Ihnen gehorcht, selbst auf Ihre unbilligen Befehle hin? Ist es mir denn möglich, irgendeinem Ihrer Wünsche entgegenzuhandeln, und habe ich nicht schon bewiesen, daß es mir unmöglich ist? Wollen Sie aber Ihre Macht über mich mißbrauchen? Wird es Ihnen, nachdem Sie mich unglücklich gemacht haben und in Ungerechtigkeit verfallen sind, denn ganz leicht werden, sich der Ruhe zu freuen, die Sie, Ihrer Versicherung zufolge, so nötig haben? Werden Sie sich niemals sagen: er hat mich zur Herrin über sein Geschick gemacht, und ich habe ihn unglücklich werden lassen? Er flehte mich um Hilfe an, und ich habe ihn ohne Mitleid angesehn? Wissen Sie, wie weit meine Verzweiflung gehen kann? Nein.
Um die Größe meiner Schmerzen zu fassen, müßten Sie wissen, bis zu welchem Grade ich Sie liebe; und Sie kennen mein Herz nicht.

Wem opfern Sie mich? Der Furcht vor Chimären. Und wer flößt sie Ihnen ein? Ein Mann, der Sie anbetet, ein Mann, über den Sie unwandelbar eine unumschränkte Herrschaft üben werden. Was fürchten Sie, was können Sie fürchten von einem Gefühl, das Sie immer als Herrin und nach Ihrem Belieben werden lenken können? Aber Ihre Phantasie erschafft sich Ungeheuer, und den Schrecken, den sie Ihnen einjagen, schreiben Sie der Liebe zu. Ein wenig Vertrauen, und die Phantome verschwinden.

Ein Weiser hat gesagt, um die Furcht zu zerstreuen, genüge es fast immer, ihrer Ursache auf den Grund zu kommen.[1] Diese Wahrheit gilt ganz besonders in der Liebe. Lieben Sie und Ihre Befürchtungen werden sich verflüchtigen. An Stelle dessen, was Sie entsetzt, werden Sie ein köstliches Gefühl finden, einen zärtlichen, demütigen Liebhaber; und all Ihre Tage, vom Glück gezeichnet, werden Ihnen weiter keine Reue mehr eingeben als die, daß Sie manche in Gleichgültigkeit versäumt haben. Seit ich selbst von meinen Irrtümern zurückgekommen bin und nur noch für die Liebe auf der Welt bin, tut es mir leid um die Zeit, die ich in Vergnügungen hingebracht zu haben glaubte, und ich fühle, daß es einzig Ihnen gegeben ist, mich glücklich zu machen. Aber, ich flehe Sie an, lassen Sie das Vergnügen, Ihnen zu schreiben, nicht mehr gestört werden durch die Furcht davor, Ihnen zu mißfallen. Ich will Ihnen den Gehorsam nicht weigern; aber ich liege Ihnen zu Füßen, und dort fordere ich das Glück, das Sie mir rauben wollen, das einzige, das Sie mir gelassen haben; ich schreie Ihnen zu: hören Sie meine Bitten und sehen Sie meine Tränen! Ach, gnädige Frau, werden Sie's mir abschlagen?

. . ., den 7. September 17**

1. Wir glauben, Rousseau im ›Émile‹; aber das Zitat ist ungenau, und Valmont wendet es sehr falsch an; und hatte ferner Frau von Tourvel den Émile gelesen?

Neunundfünfzigster Brief
Der Vicomte von Valmont an die Marquise von Merteuil

Erklären Sie mir, wenn Sie es wissen, was dies Geschwätz von Danceny bedeutet. Was ist denn geschehen, und was hat er verloren? Seine Schöne hat seine ewige Hochachtung vielleicht übelgenommen? Recht hat sie, man könnte weniger Schlimmes übelnehmen. Was soll ich ihm heute abend sagen, bei der Zusammenkunft, die er von mir erbittet und die ich ihm auf gut Glück bewilligt habe? Das ist gewiß, daß ich nicht mit Anhören seines Gejammers meine Zeit verlieren will, wenn für uns dabei nichts herauskommt. Liebesklagen sind zum Anhören geeignet nur als Rezitativ oder als große Arie. Unterweisen Sie mich doch darin, was los ist und was ich tun soll; oder ich reiße aus, um der voraussichtlichen Langenweile zu entgehen. Werde ich heute vormittag mit Ihnen sprechen können? Wenn Sie ›zu tun haben‹, schreiben Sie mir wenigstens eine Zeile und geben Sie mir die Stichworte meiner Rolle.

Wo waren Sie denn gestern? Ich bekomme Sie nicht mehr zu sehen. Es war wahrhaftig nicht der Mühe wert, mich im Monat September in Paris festzuhalten. Entschließen Sie sich nun aber, denn ich bekomme soeben eine höchst dringliche Einladung von der Gräfin von B**, sie auf dem Lande zu besuchen; und, wie sie mir ganz witzig schreibt, hat ›ihr Gatte das schönste Wäldchen von der Welt, das er sorgsam instand hält für die Belustigung seiner Freunde‹. Nun habe ich, wie Sie wissen, ein gutes Recht auf dies Wäldchen und sehe es mir wieder mal an, wenn ich mich Ihnen nicht nützlich machen kann. Adieu, denken Sie dran, daß Danceny gegen vier Uhr bei mir ist.

. . ., den 8. September 17**

Sechzigster Brief

Der Ritter Danceny an den Vicomte von Valmont

Ach, mein Herr, ich bin in Verzweiflung, ich habe alles verloren. Ich wage das Geheimnis meiner Nöte dem Papier nicht anzuvertrauen; aber ich muß sie in den Busen eines treuen und sicheren Freundes ergießen! Zu welcher Stunde könnte ich Sie sehen und mir bei Ihnen Trost und Rat holen? Ich war so glücklich an dem Tage, als ich Ihnen meine Seele öffnete! Jetzt, welch ein Unterschied! Alles ist verändert für mich. Was ich für meine eigene Person leide, ist nur der kleinste Teil meiner Martern; die Besorgnis wegen eines viel teureren Geschöpfes – die ertrag ich nicht. Sie sind glücklicher als ich, Sie können sie sehen, und ich erwarte von Ihrer Freundschaft, daß Sie mir diesen Schritt nicht abschlagen. Aber ich muß mit Ihnen sprechen und Ihnen Anweisungen geben. Sie werden mich bedauern und mir beistehen; ich hoffe einzig auf Sie. Sie haben ein fühlendes Herz, Sie kennen die Liebe, und Sie sind der einzige, dem ich mich anvertrauen kann. Schlagen Sie mir Ihren Beistand nicht ab.

Adieu, mein Herr. Die einzige Erleichterung, die ich in meinem Schmerz verspüre, ist der Gedanke, daß mir ein Freund bleibt wie Sie. Lassen Sie mich bitte wissen, zu welcher Stunde ich Sie treffen kann. Wenn es nicht am Vormittag sein kann, wäre es mir lieb, wenn es rechtzeitig nachmittags sein könnte.

…, den 8. September 17**

Einundsechzigster Brief

Cécile Volanges an Sophie Carnay

Meine liebe Sophie, bedaure Deine Cécile, Deine arme Cécile: sie ist sehr unglücklich! Mama weiß alles. Ich fasse nicht, wie sie etwas hat merken können, und doch hat sie alles entdeckt. Gestern abend schien Mama mir zwar et-

was schlechter Laune, aber ich achtete nicht besonders drauf. Bis ihre Partie aus wäre, unterhielt ich mich sogar ganz fröhlich mit Frau von Merteuil, die hier soupiert hatte, und wir sprachen viel von Danceny. Ich glaube aber doch nicht, daß man uns hat hören können. Sie ging weg, und ich begab mich auf mein Zimmer.
Ich war beim Ausziehen, da trat Mama ein und ließ meine Kammerfrau hinausgehn. Sie forderte den Schlüssel zu meinem Sekretär. Der Ton, in dem sie ihn forderte, brachte mich so ins Zittern, daß ich mich kaum auf den Füßen halten konnte. Ich tat, als fände ich ihn nicht; aber schließlich mußte ich gehorchen. Die erste Schieblade, die sie öffnete, war gerade die mit den Briefen des Ritters Danceny. Ich war so in Verwirrung, daß ich, wie sie fragte, was das sei, nicht weiter antworten konnte als: es sei nichts. Aber als ich sah, daß sie den, der obenauf lag, zu lesen anfing, hatte ich nur noch Zeit, auf einen Sessel zu gelangen, und befand mich dermaßen schlecht, daß ich das Bewußtsein verlor. Sobald ich wieder zu mir kam, zog meine Mutter, die meine Kammerfrau gerufen hatte, sich zurück, wobei sie sagte, ich solle zu Bett gehen. Sie hat alle Briefe Dancenys mitgenommen. Ich zucke jedesmal zusammen, wenn ich denke, daß ich ihr wieder unter die Augen soll. Die ganze Nacht habe ich nichts als geweint.
Ich schreibe Dir bei Tagesgrauen, in der Hoffnung, daß Josephine kommt. Wenn ich sie allein sprechen kann, werde ich sie bitten, bei Frau von Merteuil ein kleines Billett abzugeben, das ich ihr schreiben will. Wenn nicht, stecke ich es in den Brief an Dich, und Du bist wohl so gut und schickst es ihr, als ob es von Dir selbst wäre. Trost kann ich bloß von ihr kriegen. Wenigstens sprechen wir dann von ihm, denn daß ich ihn noch sehe, kann ich nicht hoffen. Ich bin furchtbar unglücklich! Vielleicht ist sie so gut und übernimmt einen Brief an Danceny. In *der* Sache habe ich denn doch kein Vertrauen zu Josephine und noch weniger zu meiner Kammerfrau; denn vielleicht hat gerade sie meiner

Mutter gesagt, daß ich in meinem Schreibtisch Briefe liegen habe.
Ich schreibe Dir nur so kurz, weil ich Zeit haben will, an Frau von Merteuil zu schreiben und auch an Danceny, damit ich meinen Brief gleich fertig habe, wenn sie ihn freundlichst übernehmen will. Danach lege ich mich wieder nieder, damit man mich im Bett findet, wenn man ins Zimmer tritt. Ich werde sagen, ich sei krank, damit ich nicht zu Mama hinüber muß. Viel Lüge ist nicht dabei; sicher fühle ich mich schlechter, als wenn ich Fieber hätte. Die Augen brennen mir vom vielen Weinen, und auf dem Magen habe ich einen Druck, der mir den Atem raubt. Wenn ich denke, daß ich Danceny nicht mehr sehen soll, möchte ich tot sein. Adieu, liebe Sophie. Mehr kann ich Dir nicht sagen, die Tränen ersticken mich.[1]

. . ., den 7. September 17**

Zweiundsechzigster Brief
Frau von Volanges an den Ritter Danceny

Nachdem Sie, mein Herr, das Vertrauen einer Mutter und die Unschuld eines Kindes mißbraucht haben, werden Sie gewiß nicht überrascht sein, daß Sie in einem Hause nicht mehr empfangen werden, wo Sie die Beweise aufrichtigster Freundschaft nur durch das Hintansetzen jeglicher Lebensart vergolten haben. Ich bitte Sie lieber selbst, nicht mehr in mein Haus zu kommen, als daß ich Weisungen an meiner Tür gebe; denn diese würden uns alle in gleicher Weise bloßstellen infolge der Bemerkungen, die meine Bedienten unfehlbar anstellen würden. Ich bin zu der Hoffnung berechtigt, daß Sie mich nicht zwingen werden, zu diesem

1. Bemerkung: Den Brief von Cécile Volanges an die Marquise haben wir weggelassen, weil er nur dieselben Tatsachen enthielt wie der vorhergehende, und zwar mit weniger Einzelheiten. Der an den Ritter Danceny hat sich nicht gefunden: den Grund wird man aus dem dreiundsechzigsten Brief, von Frau von Merteuil an den Vicomte, ersehen.

Mittel zu greifen. Ich benachrichtige Sie auch im voraus, daß, wenn Sie in Zukunft den geringsten Versuch machen, meine Tochter in der Verwirrung zu erhalten, in die Sie sie verstrickt haben, eine strenge und ewige Abgeschiedenheit sie Ihren Verfolgungen entziehen wird. An Ihnen ist es, mein Herr, sich zu überlegen, ob Sie ebensowenig davor zurückschrecken, ihr Unglück zu bewirken, wie Sie von dem Versuche, sie zu entehren, zurückgeschreckt sind. Was mich betrifft, meine Wahl ist getroffen, und ich habe sie davon in Kenntnis gesetzt.

Beiligend finden Sie das Paket mit Ihren Briefen. Ich rechne darauf, daß Sie mir dagegen alle Briefe meiner Tochter zurückschicken und daß Sie sich bereitfinden lassen, jede Spur eines Vorfalls zu tilgen, an den ich mich nicht ohne Entrüstung erinnern könnte, meine Tochter nicht ohne Scham und Sie nicht ohne Reue.

Ich habe die Ehre zu sein usw.

. . ., den 7. September 17**

Dreiundsechzigster Brief

Die Marquise von Merteuil an den Vicomte von Valmont

Allerdings ja, ich will Ihnen Dancenys Billett erklären. Das Ereignis, das ihn bewogen hat, es zu schreiben, ist mein Werk und, glaube ich, mein Meisterwerk. Ich habe seit Ihrem letzten Brief keine Zeit verloren und habe wie der athenische Architekt gesagt: ›Was er gesagt hat, ich tue es.‹

Er braucht also Hindernisse, der schöne Romanheld, und schläft in seinem Glücke ein! Oh, er soll sich nur auf mich verlassen, ich werde ihm zu tun geben, und ich müßte mich sehr irren, oder er wird nicht mehr so friedlich schlafen. Es war nötig, ihn gründlich zu lehren, was Zeit wert ist, und ich schmeichle mir, daß ihm jetzt die leid tut, die er verloren hat. Er muß wohl auch, sagen Sie weiter, mehr Geheimnis nötig gehabt haben. Nun, daran soll's ihm nicht mehr fehlen. Ich habe das Gute, daß man mich auf meine Fehler bloß aufmerksam zu machen braucht; dann ruhe ich nicht, bis ich alles wiedergutgemacht habe. Erfahren Sie denn, was ich angestellt habe.

Vorgestern früh beim Heimkommen las ich Ihren Brief; ich fand ihn lichtvoll. Überzeugt, daß Sie den Grund des Übels ganz richtig angegeben hätten, sann ich nur noch darauf, das Mittel zu seiner Heilung ausfindig zu machen. Erst jedoch legte ich mich nieder, denn der unermüdliche Ritter hatte mich keinen Augenblick schlafen lassen, und ich glaubte, ich sei müde. Aber durchaus nicht; ich war ganz bei Danceny; die Begierde, ihn aus seiner Schläfrigkeit zu reißen oder ihn für sie zu strafen, erlaubte mir kein Auge zu schließen, und erst nachdem ich meinen Plan zurechtgelegt hatte, konnte ich zwei Stunden Ruhe finden.

Noch am Abend ging ich zu Frau von Volanges, und meinem Plane gemäß vertraute ich ihr an, ich glaubte bestimmt zu wissen, daß zwischen ihrer Tochter und Danceny ein gefährliches Verhältnis bestehe. Die Frau, die Ihnen gegenüber so scharfsichtig ist, war dermaßen verblendet, daß sie mir anfangs erwiderte, ich müßte mich sicher irren, ihre Tochter sei ein Kind, usw. usw. Ich konnte ihr nicht alles sagen, was ich darüber wußte, aber ich führte Blicke und Reden an, durch die meine Tugend und meine Freundschaft in Schrekken versetzt seien. Kurz, ich sprach fast so gut, wie eine Betschwester hätte sprechen können, und um den entscheidenden Schlag zu tun, ging ich so weit, zu sagen, ich glaubte, ich hätte gesehen, wie ein Brief übergeben und in Empfang genommen worden sei. Dabei fällt mir ein, fügte ich hinzu, daß sie eines Tages in meiner Gegenwart eine Schieblade ihres Sekretärs öffnete, worin ich viele Papiere sah, die sie wohl sicher aufbewahrt. »Wissen Sie, ob sie mit jemand häufig korrespondiert?« Hier veränderte sich Frau von Volanges' Miene, und ich sah aus ihren Augen ein paar Tränen rollen. »Ich danke Ihnen, meine werte Freundin,« sagte sie und drückte mir die Hand, »ich werde mir darüber Aufklärung verschaffen.«

Nach dieser Unterhaltung, die zu kurz war, um Verdacht zu erregen, ging ich zu dem jungen Mädchen. Bald darauf verließ ich sie, um die Mutter zu bitten, sie möge mich ihrer Tochter gegenüber nicht bloßstellen: was sie um so lieber versprach, als ich sie darauf aufmerksam machte, wie gut es wäre, wenn das Kind zu mir genug Vertrauen faßte, um mir sein Herz zu öffnen und mich in die Lage zu bringen, daß ich ihr ›vernünftige Ratschläge‹ geben könne. Was mir die Sicherheit gibt, sie werde ihr Versprechen halten, ist, daß sie zweifellos bei ihrer Tochter mit ihrem Scharfblick wird Ehre einlegen wollen. Dadurch war ich nun berechtigt, meinen freundschaftlichen Ton mit der Kleinen beizubehalten, ohne in den Augen von Frau von Volanges als falsch zu erscheinen, denn das wollte ich vermeiden. Dabei habe ich auch noch den Vorteil, daß ich in der Folge so lange und so geheim, wie ich möchte, mit dem jungen Mädchen beisammen sein kann, ohne daß die Mutter deswegen je Verdacht schöpft.

Ich benutzte das noch am selben Abend, und nach Beendigung meiner Partie nahm ich die Kleine in einen Winkel und brachte sie auf Danceny, über den sie unerschöpflich ist. Es machte mir Spaß, ihr den Kopf heiß zu machen wegen des Vergnügens, das ihr morgen das Wiedersehen machen sollte. Es gibt keine Narrheit, die ich sie nicht habe sagen lassen. Ich mußte ihr doch in Gestalt von Hoffnung wiedergeben, was ich ihr in Wirklichkeit wegnahm; und dann mußte alles das ihr den Schlag schmerzhafter machen, und ich bin überzeugt, je mehr sie gelitten hat, desto eiliger wird sie's haben, sich bei der ersten Gelegenheit dafür zu entschädigen. Übrigens ist es gut, jemand an große Ereignisse zu gewöhnen, den man den großen Abenteuern bestimmt.

Kann sie schließlich die Freude, ihren Danceny zu bekommen, nicht mit ein paar Tränen bezahlen? Sie ist toll darauf! Na schön, ich verspreche ihr, sie soll ihn haben; vielleicht hätte sie ihn ohne diesen Sturm nicht einmal bekommen. Es ist ein böser Traum, und das Erwachen daraus wird köstlich. Alles in allem scheint mir's, daß sie mir Dank schuldet. Wenn ich wirklich ein bißchen Bosheit hineingemengt hätte: man muß doch lustig sein.

Es muß hienieden Tröpfe geben
Zu unserem Vergnügen eben.[1]

Endlich zog ich mich zurück, höchlich zufrieden mit mir. Entweder Danceny, sagte ich mir, wird, durch die Hindernisse belebt, doppelt so verliebt werden, und dann helfe ich ihm mit voller Macht; oder wenn er bloß ein Tropf ist, wie ich zuweilen versucht bin, es zu glauben, dann wird er verzweifeln und sich für geschlagen ansehen. In diesem Fall nun werde ich mich wenigstens an ihm gerächt haben, soviel an mir lag. Unterwegs habe ich dann die Achtung der Mutter für mich erhöht, wie auch die Freundschaft der Tochter und das Vertrauen aller beider. Was Gercourt angeht, den ersten Gegenstand meiner Bemühungen, müßte ich sehr unglücklich oder sehr ungeschickt sein, wenn ich, die seine Frau geistig in der Gewalt hat – denn das habe ich und werde es noch mehr haben – nicht tausend Mittel fände, ihn zu dem zu machen, was ich will, daß er sein soll. Mit diesen süßen Gedanken legte ich mich nieder. Darum schlief ich auch gut und erwachte sehr spät.

Beim Erwachen fand ich zwei Billetts, eins von der Mutter und eins von der Tochter; und ich konnte das Lachen nicht lassen, als ich in allen beiden wörtlich denselben Satz fand: ›Von Ihnen allein erwarte ich einigen Trost.‹ Ist es nicht wirklich erfreulich, für und gegen zu trösten und der einzige Vertreter zweier durchaus entgegengesetzter Interessen zu sein? Nun ich bin also wie die Gottheit: empfange die einander entgegengesetzten Bitten der blinden Sterblichen und ändere nichts an meinen unwandelbaren Verfügungen. Ich habe diese erhabene Rolle aber doch beiseite gelegt, um die des trostbringenden Engels zu spielen, und habe mich, gemäß ihrer Vorschrift, aufgemacht, meine besten Freundinnen in ihrer Betrübnis zu trösten.

1. Gresset: Der Boshafte. Komödie

Ich habe mit der Mutter angefangen. Ich habe sie so traurig gefunden, daß Sie für die Widerwärtigkeiten, die sie Ihnen von Ihrer schönen Prüden zugezogen hat, zum Teil schon gerächt sind. Alles war wunderbar geglückt. Meine einzige Besorgnis war, daß Frau von Volanges diesen Augenblick benutzen möchte, um das Vertrauen ihrer Tochter zu erlangen: was ganz leicht gegangen wäre, wenn sie bei ihr nur die Sprache der Sanftmut und Freundschaft angewandt hätte und den Ratschlägen der Vernunft Ansehen und Ton nachsichtiger Zärtlichkeit gegeben hätte. Zum Glück hat sie sich mit Strenge gewappnet und hat sich dann so falsch benommen, daß ich nur beifällig zusehen konnte. Allerdings hätte sie beinahe unsere Pläne alle umgestürzt durch den schon gefaßten Entschluß, ihre Tochter wieder ins Kloster zu stecken. Den Hieb habe ich aber pariert und sie bewogen, nur damit zu drohen im Falle, daß Danceny seine Nachstellungen noch fortsetzte – damit alle beide zu einer Umsicht gezwungen sind, die ich zum Erfolg für nötig halte.

Sodann bin ich zu ihrer Tochter gegangen. Sie glauben gar nicht, wie viel schöner der Schmerz sie macht! Wenn sie nur ein bißchen kokett wird, bürge ich Ihnen dafür, daß sie häufig weint. Diesmal weinte sie, ohne sich etwas Böses dabei zu denken ... Betroffen von diesem neuen Reiz, den ich noch nicht an ihr kannte und den ich mit Vergnügen beobachtete, wandte ich anfangs nur solche linkischen Tröstungen an, die die Schmerzen eher heftiger machen als lindern; und dadurch brachte ich sie dahin, daß sie richtig erstickte. Sie weinte nicht mehr, und einen Augenblick fürchtete ich Krämpfe. Ich riet ihr, sich zu Bett zu legen, was sie auch tat. Ich diente ihr als Kammerfrau. Sie hatte nicht Toilette gemacht, und bald fielen ihre Haare ihr aufgelöst auf die Schultern und auf ihre ganz entblößte Brust. Ich küßte sie. Sie ließ sich in meine Arme sinken, und ihre Tränen begannen wieder mühelos zu fließen. Gott, wie sie schön war! Ja, wenn Magdalena so war, muß sie als Büßerin sehr viel gefährlicher gewesen sein denn als Sünderin.

Als die schöne Tiefbetrübte im Bett lag, machte ich mich daran, sie ehrlich zu trösten. Zuerst beruhigte ich sie über das Kloster. Ich erweckte in ihr die Hoffnung, sie könne Danceny insgeheim zu sehen bekommen. Ich setzte mich auf ihr Bett und sagte: »Wenn er da wäre.« Diesen Gegenstand führte ich aus und brachte sie, von Ablenkung zu Ablenkung, dahin, daß sie an ihre Betrübnis gar nicht mehr dachte. Wir hätten uns in voller gegenseitigen Zufriedenheit getrennt, wenn sie mich nicht mit einem Brief an Danceny hätte betrauen wollen, was ich standhaft abgelehnt habe. Aus folgenden Gründen, denen Sie gewiß zustimmen werden.

Erstens der, daß ich mich dadurch Danceny gegenüber bloßgestellt hätte. Und wenn das der einzige war, den ich bei der Kleinen vorbringen konnte, so gibt es zwischen Ihnen und mir noch viele andere. Hieße es nicht die Frucht meiner Mühen in Frage stellen, wenn ich unsern jungen Leuten so bald ein so leichtes Mittel an die Hand gäbe, ihre Schmerzen zu lindern? Und dann wäre es mir nicht unlieb, wenn ich sie nötigte, einige Dienstboten in das Abenteuer mit hineinzuziehen. Denn schließlich, wenn es, wie ich hoffe, zu gutem Ende führt, muß die Welt es unmittelbar nach der Heirat erfahren, und es gibt wenig so sichere Mittel. Oder, wenn ein Wunder geschähe und sie nichts sagten, dann würden wir unsererseits reden, und es ist dann bequemer, die Indiskretion ihnen in die Schuhe zu schieben.

Es ist also geboten, daß Sie heute Danceny diesen Gedanken beibringen, und da ich der Kammerfrau der kleinen Volanges, der sie selber zu mißtrauen scheint, nicht sicher bin, geben Sie ihm meine an, meine treue Victoire. Ich werde Sorge tragen, daß es gut abläuft. Der Gedanke sagt mir um so mehr zu, als die Vertrauensseligkeit nur uns nützen wird und keineswegs ihnen. Denn ich bin mit meiner Erzählung noch nicht fertig.

Während ich mich dagegen sträubte, den Brief der Kleinen zu übernehmen, fürchtete ich jeden Augenblick, sie könnte mir vorschlagen, ihn auf die kleine Post zu bringen, was ich kaum hätte abschlagen können. Aber sei's aus Verwirrung oder aus Unwissenheit oder auch, weil ihr weniger an dem Brief liegt als an der Antwort, die sie auf diesem Wege nicht hätte bekommen können – zum Glück hat sie davon nicht gesprochen. Um aber zu verhindern, daß sie auf den Gedanken verfiele, oder wenigstens, daß sie ihn ausnützen könne, habe ich sofort meinen Entschluß gefaßt, und wie ich wieder zu der Mutter kam, habe ich sie bestimmt, ihre Tochter eine Zeitlang wegzubringen, sie mit aufs Land zu nehmen... Und wohin? Klopft Ihnen nicht das Herz vor Freude?...Zu Ihrer Tante, zu der alten Rosemonde. Heute soll sie sich anmelden: so sind Sie nun also berechtigt, wieder zu Ihrer Betschwester zu stoßen, die Ihnen das anstößige Beisammensein unter vier Augen nicht mehr wird vorwerfen können. Und dank meiner Bemühungen wird Frau von Volanges das Unrecht, das sie Ihnen zugefügt hat, selbst wiedergutmachen.

Hören Sie aber auf mich und werfen Sie sich nicht so wild auf Ihre eigenen Angelegenheiten, daß Sie die hier aus den Augen verlieren. Denken Sie daran, daß mir daran liegt. Ich will, daß Sie sich zum Vermittler und Berater der beiden jungen Leute machen. Unterrichten Sie also Danceny von dieser Reise und bieten Sie ihm Ihre Dienste an. Erheben Sie Schwierigkeiten nur über die Art, Ihr Beglaubigungsschreiben der Schönen in die Hände zu spielen; und erheben Sie diese Schwierigkeiten sofort, wobei Sie ihm gleich den Weg über meine Kammerfrau zeigen. Es ist kein Zweifel, daß er darauf eingeht; und zum Lohn Ihrer Mühe bekommen Sie dann die vertraulichen Mitteilungen eines noch neuen Herzens, das immer interessant ist. Die arme Kleine! Wie sie rot werden wird, wenn sie Ihnen den ersten Brief übergibt! Wahrhaftig, die Rolle des Vertrauten, gegen die sich Vorurteile eingenistet haben, scheint mir eine recht hübsche Erholung, wenn man anderweitig in Anspruch genommen ist; und in dem Fall werden Sie sich befinden.

Von Ihrer Sorgfalt wird die glückliche Lösung dieses ganzen Handels abhängen. Nehmen Sie den Augenblick wahr, wo man die Darsteller zusammenbringen muß. Der Landaufenthalt bietet tausend Gelegenheiten, und Danceny wird ganz gewiß reisefertig sein und auf ihr erstes Zeichen hinkommen. Eine Nacht, eine Verkleidung, ein Fenster . . .was weiß ich? Das aber sage ich Ihnen, wenn das kleine Mädchen so wieder zurückkehrt, wie sie hingekommen ist, bekommen Sie es mit mir zu tun. Meinen Sie gelegentlich, daß sie eine Ermutigung von meiner Seite braucht, lassen Sie's mich wissen. Ich glaube, über die Gefahr, Briefe aufzubewahren, habe ich sie hinreichend belehrt, so daß ich jetzt wagen darf, ihr zu schreiben; und ich hege noch immer den Plan, meine Schülerin aus ihr zu machen.

Ich habe Ihnen, glaube ich, zu sagen vergessen, daß ihr Argwohn wegen des verratenen Briefwechsels sich zuerst gegen ihre Kammerfrau gerichtet hat und daß ich ihn auf den Beichtvater abgelenkt habe. So schlage ich zwei Fliegen mit einer Klappe.

Adieu, Vicomte, nun schreibe ich Ihnen schon lange und komme darum erst später zum Essen; aber Eigenliebe und Freundschaft haben meinen Brief diktiert, und alle beide sind schwatzhaft. Übrigens wird er um drei Uhr bei Ihnen sein, und mehr brauchen Sie nicht.

Jetzt beklagen Sie sich über mich, wenn Sie es wagen; und sehen Sie sich, wenn es Sie reizt, das Wäldchen des Grafen B** wieder einmal an. Sie sagen, er hält es zum Besten seiner Freunde instand! Der Mann ist also wohl ein Allerweltsfreund? Doch adieu, ich habe Hunger.

. . ., den 9. September 17**

Vierundsechzigster Brief

Der Ritter Danceny an Frau von Volanges
(Erste Niederschrift, dem sechsundsechzigsten Brief, vom Vicomte an die Marquise, beigeschlossen)

Ohne eine Rechtfertigung meines Verhaltens zu versuchen und ohne mich wegen des Ihrigen, gnädige Frau, zu beklagen, kann ich nur tiefe Betrübnis hegen über ein Ereignis, das drei Personen unglücklich macht, alle drei eines glücklicheren Geschickes wert. Noch empfindlicher bekümmert, weil ich es verursacht habe, als weil ich dadurch getroffen bin, habe ich seit gestern oftmals versucht, ob ich die Ehre haben könnte, Ihnen zu antworten, habe aber nicht die Kraft finden können.

Ich habe Ihnen indessen so vieles zu sagen, daß ich mich wohl überwinden muß; und wenn in diesem Brief nicht alles geordnet nacheinander gesagt ist, werden Sie meine schmerzliche Lage wohl genügend nachempfinden, um mir einige Nachsicht zu gewähren.

Zuerst gestatten Sie mir, gegen den ersten Satz Ihres Briefes Einspruch zu erheben. Ich habe, das darf ich sagen, weder Ihr Vertrauen noch Fräulein Volanges' Unschuld mißbraucht, eines wie das andere habe ich in meinem Vorgehen geachtet. Nur mein Vorgehen stand bei mir; und wenn Sie mich für ein unfreiwilliges Gefühl verantwortlich machen sollten, fürchte ich nicht hinzuzufügen, daß das von Ihrem Fräulein Tochter mir eingegebene derartig ist, daß es Ihnen mißfallen, nicht aber Sie beleidigen kann. In betreff dieses Punktes, der mich näher berührt, als ich Ihnen sagen kann, will ich nur Sie als Richter und meine Briefe als Zeugen.

Sie verbieten mir, mich künftig bei Ihnen blicken zu lassen, und gewiß werde ich mich allem unterwerfen, was Ihnen in dieser Hinsicht zu befehlen beliebt; aber wird denn dieses plötzliche und gänzliche Verschwinden nicht ebensoviel Anlaß zu den Bemerkungen geben, die Sie vermeiden wollen, wie die Weisung an Ihrer Tür, die Sie aus eben diesem Grunde nicht haben erteilen wollen? Ich lege auf diesen Punkt um so mehr Nachdruck, als er viel wichtiger für Fräulein von Volanges ist, denn für mich. Ich flehe Sie mithin an, alles aufmerksam zu wägen und nicht zuzugeben, daß Ihre Strenge Ihrer Vorsicht Abbruch tue. In der Überzeugung, daß einzig das Interesse Ihres Fräulein Tochter Ihre Beschlüsse bestimmen wird, werde ich neue Weisungen von Ihrer Seite erwarten.

Für den Fall jedoch, daß Sie mir gestatten würden, Ihnen zuweilen meine Aufwartung zu machen, verpflichte ich mich, gnädige Frau (und Sie können sich auf mein Wort verlassen), diese Gelegenheiten zu keinem Versuch zu mißbrauchen, um mit Fräulein von Volanges unter vier Augen zu sprechen oder ihr einen Brief zuzustecken. Die Furcht vor allem, was ihren Ruf beeinträchtigen könnte, verpflichtet mich zu diesem Opfer; und das Glück, sie manchmal zu sehen, wird mich dafür entschädigen.

Dieser Absatz meines Briefes ist auch die einzige mir mögliche Antwort auf das, was Sie mir über das Schicksal sagen, das Sie Fräulein von Volanges vorbehalten und das Sie von meinem Verhalten abhängig machen wollen. Sie würden sich täuschen, wenn Sie sich mehr versprächen. Ein gemeiner Verführer kann seine Pläne den Umständen anpassen und mit den Ereignissen rechnen; die Liebe aber, die mich beseelt, erlaubt mir nur zwei Gefühle: Mut und Standhaftigkeit.

Wie, ich einwilligen, von Fräulein von Volanges vergessen zu werden, sie selbst zu vergessen? Nein, nein, niemals. Ich werde ihr treu bleiben; sie hat den Schwur empfangen, und heute erneuere ich ihn. Verzeihung, gnädige Frau, ich schweife ab, ich muß zur Sache zurückkommen.

Noch über einen andern Gegenstand habe ich mit Ihnen zu verhandeln: über die Briefe, die Sie von mir fordern. Es schmerzt mich wirklich, daß ich eine Weigerung hinzufüge zu den Verfehlungen, die Sie schon sonst an mir finden; aber ich flehe Sie darum an, hören Sie meine Gründe und erinnern Sie sich gnädigst, um ihren Wert zu ermessen, daß der einzige Trost in dem Unglück, Ihre Freundschaft verloren zu haben, in der Hoffnung besteht, Ihre Achtung zu behalten.

Die Briefe des Fräuleins von Volanges, die mir stets so wertvoll waren, werden mir's jetzt in noch viel höherem Grade. Sie sind das einzige Gut, das mir bleibt; sie allein geben mir noch das Bild eines Gefühls wieder, das alle Reize meines Lebens ausmacht. Indessen können Sie mir glauben, ich würde keinen Augenblick schwanken, sie Ihnen zu opfern, und das Bedauern ihres Verlustes würde zurückstehn hinter dem Wunsch, Ihnen meine achtungsvolle Unterordnung zu beweisen; doch gewichtige Erwägungen halten mich ab, und ich halte mich versichert, daß Sie selbst sie nicht werden tadeln können.

Sie besitzen allerdings Fräulein von Volanges' Geheimnis; aber gestatten Sie mir, es zu sagen, ich bin zu dem Glauben berechtigt, daß dies das Ergebnis einer Überraschung ist und nicht das des Vertrauens. Ich maße mir nicht an, einen Schritt zu mißbilligen, den vielleicht mütterliche Besorgnis rechtfertigt. Ich achte Ihre Rechte, aber sie gehen nicht so weit, daß sie mich meiner Pflichten überheben könnten. Die heiligste von allen ist die, nie das Vertrauen zu verraten, das uns bewilligt wird. Es hieße dagegen verstoßen, wenn ich den Blicken eines andern die Geheimnisse eines Herzens aussetzte, das sie nur den meinigen hat entschleiern wollen. Wenn Ihr Fräulein Tochter einwilligt, sie Ihnen anzuvertrauen, möge sie sprechen; Sie können ihre Briefe zu nichts gebrauchen. Wenn sie im Gegenteil ihr Geheimnis in sich selbst verschließen will, dann erwarten Sie sicherlich nicht, daß ich es Ihnen mitteile.

Wegen des Geheimnisses, worin Sie wünschen, daß dieser Vorfall begraben bleibe, seien Sie ganz ruhig, gnädige Frau; bei allem, was das Wohl des Fräuleins von Volanges angeht, kann ich es selbst mit einem Mutterherzen aufnehmen. Um

Ihnen vollends alle Unruhe zu nehmen, habe ich alles vorher bedacht. Auf diesem kostbaren anvertrauten Gut, das bisher die Aufschrift trug: ›Zu verbrennen‹, steht jetzt: ›Gehört dem Fräulein von Volanges‹. Diese von mir getroffene Maßregel muß Ihnen auch beweisen, daß meine Weigerung nicht mit der Befürchtung zusammenhängt, daß Sie in diesen Briefen ein einziges Gefühl finden könnten, über das Sie sich persönlich zu beschweren hätten.
Dies ist, gnädige Frau, ein recht langer Brief. Er wäre aber noch nicht lang genug, wenn er Ihnen den geringsten Zweifel ließe über die Ehrenhaftigkeit meiner Gefühle, über das sehr aufrichtige Bedauern, Ihnen mißfallen zu haben, und über die hohe Achtung, mit der ich die Ehre habe zu sein usw.

..., den 9. September 17**

Fünfundsechzigster Brief

Der Ritter Danceny an Cécile Volanges
(Offen der Marquise von Merteuil übersandt im sechsundsechzigsten Brief, vom Vicomte)

O meine Cécile, was soll aus uns werden? Welcher Gott wird uns aus dem Unglück erretten, das uns droht? Möchte die Liebe uns wenigstens den Mut, es zu ertragen, geben! Wie soll ich Ihnen mein Erstaunen, meine Verzweiflung schildern beim Anblick meiner Briefe, beim Lesen des Billetts von Frau von Volanges? Wer hat uns nur verraten? Gegen wen richtet sich Ihr Verdacht? Haben Sie vielleicht irgendwelche Unvorsichtigkeit begangen? Was tun Sie jetzt? Was hat man Ihnen gesagt? Ich möchte alles wissen, und weiß doch nichts. Vielleicht sind Sie selbst auch nicht besser unterrichtet als ich.
Ich schicke Ihnen das Billett Ihrer Mama und die Abschrift meiner Antwort. *Sie* hoffentlich billigen, was ich ihr sage. Ich fühle das Bedürfnis, daß Sie auch die Schritte billigen,

die ich seit dem verhängnisvollen Vorgang unternommen habe; das Ziel ihrer aller ist, Nachrichten von Ihnen zu bekommen, Ihnen welche von mir zu geben und, weiß man's denn? vielleicht Sie doch noch wiederzusehen, und zwar freier als je.

Fassen Sie's, meine Cécile, was das für eine Freude sein wird, wieder zusammen zu sein, uns wieder ewige Liebe schwören zu können und in den Augen zu sehen und in unsern Seelen zu fühlen, daß dieser Schwur nicht trügen wird! Welche Leiden könnte ein so süßer Augenblick nicht vergessen machen? Nun, und ich habe die Hoffnung, daß er erscheint, und verdanke sie diesen selben Schritten, die zu billigen ich Sie flehentlich bitte. Was sage ich? Ich verdanke sie der trostreichen Sorge des zärtlichen Freundes; und meine einzige Bitte ist, Sie möchten zulassen, daß dieser Freund auch der Ihre sei.

Vielleicht hätte ich ihn nicht ohne Ihre Einwilligung zu Ihrem Vertrauten machen sollen? Doch habe ich als Entschuldigung das Unglück und die Notwendigkeit. Die Liebe hat mich geführt; sie auch ruft Ihre Nachsicht an, bittet Sie um Verzeihung für eine Vertrauensschenkung, die geboten war und ohne die wir vielleicht auf immer getrennt geblieben wären.[1] Sie kennen den Freund, von dem ich spreche; er ist auch der Freund der Ihnen liebsten Frau. Es ist der Vicomte von Valmont.

Mein Plan war, als ich mich an ihn wendete, zuerst, ihn zu bitten, er möge Frau von Merteuil veranlassen, daß sie einen Brief für Sie übernehme. Er glaubt nicht, daß dies Mittel Aussicht auf Gelingen bietet; aber in Ermangelung der Herrin steht er für die Kammerfrau ein, die Verpflichtungen gegen ihn hat. Sie also wird Ihnen diesen Brief zustecken, und ihr können Sie Ihre Antwort geben.

Diese Hilfe wird Ihnen wenig nützen, wenn Sie, wie Herr

1. Herrn Dancenys Angabe entspricht nicht der Wahrheit. Er hatte seine vertrauliche Mitteilung Herrn von Valmont schon vor dem Ereignis gemacht. Siehe den 57. Brief.

von Valmont glaubt, unverzüglich aufs Land reisen. Aber dann will er selbst uns gefällig sein. Die Dame, zu der Sie gehen, ist mit ihm verwandt. Er wird diesen Vorwand benutzen, um zur gleichen Zeit hinzugehen wie Sie; und durch seine Hände wird unser Briefwechsel gehen. Er versichert sogar, wenn Sie sich seiner Führung anvertrauen wollen, wird er uns die Möglichkeit verschaffen, uns dort zu sehen, ohne Gefahr, uns irgendwelchen Verdrießlichkeiten auszusetzen.

Nun also, meine Cécile, wenn Sie mich lieben, wenn Sie mein Unglück beklagen, wenn Sie, wie ich es hoffe, mein Sehnen teilen, werden Sie dann Ihr Vertrauen einem Manne weigern, der unser Schutzengel sein wird? Ohne ihn wäre ich auf die verzweifelte Lage beschränkt, daß ich den Kummer, den ich Ihnen zufüge, nicht einmal lindern könnte. Er wird enden, ich hoffe es; aber, meine zärtliche Freundin, versprechen Sie mir, sich ihm nicht zu sehr zu überlassen, sich von ihm nicht niederschlagen zu lassen. Der Gedanke an Ihren Schmerz ist mir eine unerträgliche Marter. Ich würde mein Leben hingeben, um Sie glücklich zu machen! Sie wissen es wohl. Möchte die Gewißheit, daß ich Sie anbete, einigen Trost in Ihre Seele tragen! Der meinigen tut es not, daß Sie ihr versichern, Sie verzeihen der Liebe die Übel, die Sie ihretwegen erleiden müssen.

Leben Sie wohl, meine Cécile, leben Sie wohl, meine zärtliche Freundin.

. . ., den 9. September 17**

Sechsundsechzigster Brief

Der Vicomte von Valmont an die Marquise von Merteuil

Wenn Sie die beigeschlossenen zwei Briefe lesen, schöne Freundin, werden Sie sehen, daß ich Ihren Plan wohl ausgeführt habe. Obgleich alle beide von heute datiert sind, sind sie gestern geschrieben, bei mir und unter meinen Augen. Der an das kleine Mädchen sagt alles, was wir wollten. Man kann von Ihrer tiefen Art, die Dinge zu sehen, nur in Demut verharren, wenn man nach dem Erfolg Ihrer Schritte urteilt. Danceny ist ganz in Feuer, und sicher werden Sie ihm bei der ersten Gelegenheit nichts mehr vorzuwerfen haben. Wenn seine schöne Naive folgsam sein will, wird kurze Zeit nach ihrem Eintreffen auf dem Lande alles fertig sein. Ich habe hundert Mittel in Bereitschaft. Dank Ihren Bemühungen bin ich also richtig ›Dancenys Freund‹; es fehlt bloß noch, daß er ›Prinz‹ ist.[1]

Er ist noch recht jung, dieser Danceny! Würden Sie das glauben, ich habe nie von ihm erlangen können, daß er der Mutter verspräche, auf seine Liebe zu verzichten – als ob es einem was machte, etwas zu versprechen, wenn man entschlossen ist, es nicht zu halten! Das wäre Betrug, wiederholte er mir unaufhörlich; ist dies Bedenken nicht erbaulich, besonders, wenn man die Tochter verführen will? Genauso sind die Menschen! Alle gleich schurkisch in ihren Plänen, und ihre Schwäche bei der Ausführung nennen sie Redlichkeit!

Es ist Ihre Sache, zu verhindern, daß Frau von Volanges nicht scheut bei den kleinen Unbesonnenheiten, die unser Jüngling sich in seinem Brief erlaubt hat. Bewahren Sie uns vor dem Kloster. Trachten Sie auch, daß von der Forderung der Briefe der Kleinen Abstand genommen wird. Erstens wird er sie nicht hergeben, er will es nicht, und ich bin seiner Ansicht; hier stimmen Liebe und Vernunft überein. Ich habe die Briefe gelesen; ich habe all ihre Langeweile hinuntergeschluckt. Sie können noch Dienste tun. Ich sage, wie ich's meine.

Trotz unserer Vorsicht kann es Lärm geben; die Heirat würde dann in die Brüche gehen, nicht wahr, und alles, was wir mit Gercourt vorhaben, würde scheitern. Aber da ich für mein Teil mich auch an der Mutter zu rächen habe, behalte ich mir für diesen Fall vor, die Tochter zu entehren.

1. Der Ausdruck bezieht sich auf eine Stelle in einem Gedicht des Herrn von Voltaire.

Wenn man aus dem Briefwechsel das Richtige heraussucht und nur einen Teil vorzeigt, kann es scheinen, als habe die kleine Volanges alle ersten Schritte getan und sich dem Manne schlechterdings an den Kopf geworfen. Ein paar von den Briefen könnten sogar die Mutter bloßstellen und ihr wenigstens den ›Makel‹ einer unverzeihlichen Nachlässigkeit ›anheften‹. Ich fühle recht wohl, daß der gewissenhafte Danceny sich dagegen zuerst auflehnen würde; aber da er persönlich angegriffen wäre, könnte man ihn, glaube ich, herumkriegen. Es läßt sich tausend gegen eins wetten, daß das Glück sich so nicht wendet; aber vorhersehen muß man alles.

Adieu, schöne Freundin, es wäre sehr liebenswürdig von Ihnen, wenn Sie morgen zur Marschallin von *** zum Souper kämen. Ich habe nicht absagen können.

Ich denke mir wohl, daß ich Ihnen nicht erst Stillschweigen zu empfehlen brauche (gegenüber Frau von Volanges), in betreff meiner Absicht, aufs Land zu gehen. Sonst käme ihr bald die, in der Stadt zu bleiben – dagegen, wenn sie einmal dort ist, reist sie nicht tags darauf wieder ab; und gibt sie uns nur acht Tage Zeit, stehe ich für alles ein.

. . ., den 9. September 17**

Siebenundsechzigster Brief
Die Präsidentin von Tourvel an den Vicomte von Valmont

Ich wollte Ihnen nicht mehr antworten, mein Herr, und vielleicht ist die Unschlüssigkeit, in der ich mich in diesem Augenblicke befinde, ein Beweis, daß ich es tatsächlich nicht sollte. Indessen will ich Ihnen keinen Grund zur Klage wider mich lassen. Ich will Sie überzeugen, daß ich alles für Sie getan habe, was ich tun konnte.

Ich habe Ihnen erlaubt, mir zu schreiben, sagen Sie? Ich gebe es zu; aber wenn Sie mich an diese Erlaubnis mahnen, glauben Sie, ich vergäße, mit welchen Bedingungen sie erteilt wurde? Wenn ich ihnen so treu gewesen wäre, wie Sie ihnen *nicht* treu gewesen sind, hätten Sie eine einzige Antwort von mir empfangen? Und dies ist doch die dritte; und während Sie alles Erforderliche tun, um mich zur Unterbrechung dieses Briefwechsels zu nötigen, bin ich's, die sich bemüht, seine Fortführung zu ermöglichen. Es gibt ein Mittel, aber es ist das einzige, und wenn Sie sich weigern, es zu ergreifen, ist das, Sie mögen sagen, was Sie wollen, ein genügender Beweis, wie wenig Wert Sie darauf legen.

Legen Sie doch eine Sprache ab, die ich nicht hören kann noch will. Verzichten Sie auf ein Gefühl, das mich beleidigt und erschreckt und an dem Sie doch wohl weniger hängen sollten, wenn Sie bedenken, daß es das Hindernis ist, das uns trennt. Ist denn dies Gefühl das einzige, das Sie zu empfinden vermögen, und soll die Liebe einen weiteren Fehler in meinen Augen haben, nämlich den, die Freundschaft auszuschließen? Sollten Sie selbst den haben, daß Sie die nicht zur Freundin wollen, von der Sie sich zärtlichere Gefühle gewünscht haben? Ich will es nicht glauben: dieser demütigende Gedanke würde mich empören, würde mich Ihnen unwiederbringlich entfremden.

Wenn ich Ihnen meine Freundschaft anbiete, mein Herr, gebe ich Ihnen alles, was mir gehört, alles, worüber ich verfügen kann. Was können Sie weiter wünschen? Um mich diesem so sanften, für mein Herz wie geschaffenen Gefühl hinzugeben, warte ich nur auf Ihre Einwilligung und auf das Wort, das ich von Ihnen fordere, daß diese Freundschaft zu Ihrem Glücke genügen wird. Ich werde alles vergessen, was man mir etwa gesagt hat, und mich auf Sie verlassen, daß Sie meine Wahl rechtfertigen werden.

Sie sehen meinen Freimut, er muß Ihnen mein Vertrauen beweisen. Es wird nur bei Ihnen stehen, es noch zu erhöhen; aber ich sage Ihnen vorher, daß das erste Wort von Liebe es auf immer zerstört und mir alle meine Befürchtungen zurückgibt; und besonders, daß es für mich ein Zeichen ewigen Stillschweigens Ihnen gegenüber werden wird.

Wenn Sie, wie Sie sagen, von Ihren Irrtümern zurückgekommen sind, wollen Sie dann nicht lieber einen Gegenstand der Freundschaft für eine ehrbare Frau sein als ein Gegenstand der Reue für eine schuldige?
Adieu, mein Herr; Sie fühlen: nachdem ich so zu Ihnen gesprochen habe, kann ich nichts mehr sagen, ehe Sie mir nicht geantwortet haben.

. . ., den 9. September 17**

Achtundsechzigster Brief

Der Vicomte von Valmont an die Präsidentin von Tourvel

Wie, gnädige Frau, soll ich auf Ihren letzten Brief antworten? Wie soll ich wagen, wahr zu sprechen, während meine Aufrichtigkeit mich bei Ihnen verderben kann? Gleichviel, es muß sein; ich will meinen Mut zusammennehmen. Ich sage mir und wiederhole mir, daß es mehr wert ist, Sie zu verdienen als Sie zu bekommen; und sollten Sie mir auch immer ein Glück weigern, das ich unablässig begehren werde, muß ich Ihnen wenigstens beweisen, daß mein Herz seiner würdig ist.
Wie schade, daß ich, wie Sie sagen, von meinen Irrtümern zurückgekommen bin! Mit welcher überschwenglichen Freude hätte ich diesen selben Brief gelesen, auf den ich heute nur mit Zittern antworte! Sie sprechen darin zu mir mit ›Freimut‹, Sie bezeigen mir ›Vertrauen‹, Sie bieten mir schließlich Ihre ›Freundschaft‹ an; wieviel gute Dinge, gnädige Frau, und wie es mir leid tut, daß ich keinen Gebrauch davon machen kann! Warum bin ich nicht mehr derselbe?
Wenn ich es nämlich noch wäre, wenn ich für Sie nur eine gewöhnliche Neigung hätte, nur die leichte Neigung, die aus Verführung und Vergnügen kommt und gleichwohl heute Liebe genannt wird, dann würde ich eiligst Vorteil ziehen aus allem, was ich erlangen könnte. Wenig zartfühlend in den Mitteln, wenn sie mir nur den Erfolg verschafften,

würde ich Ihrem Freimut noch zureden, weil ich nötig hätte, Sie zu erraten; würde nach Ihrem Vertrauen die Hand ausstrecken, in der Absicht, es zu täuschen; würde Ihre Freundschaft entgegennehmen, in der Hoffnung, sie irrezuführen... Wie, gnädige Frau, dies Bild schreckt Sie?... Nun, und doch wär's das meinige – wenn ich Ihnen nämlich sagte, daß ich einwillige, nur Ihr Freund zu sein...

Wer, ich? Ich sollte einwilligen, ein Ihrer Seele entströmtes Gefühl mit jemandem zu teilen? Wenn ich Ihnen das jemals sage, glauben Sie mir nicht mehr! Von dem Augenblick an werde ich Sie zu betrügen suchen. Ich kann Sie dann vielleicht noch bezahlen, aber ganz sicherlich liebe ich Sie nicht mehr.

Nicht daß liebenswürdiger Freimut, sanftes Vertrauen, gefühlvolle Freundschaft in meinen Augen wertlos wären... Aber die Liebe! Die wahrhafte Liebe, so wie Sie sie einflößen, sie, die alle Gefühle vereinigt und ihnen höhere Kraft gibt, kann sich nicht, gleich jenen andern Gefühlen, zu dieser Ruhe, zu dieser Seelenkälte verstehen, die Vergleiche erlaubt, die selbst Bevorzugungen leidet. Nein, gnädige Frau, ich werde nicht Ihr Freund sein. Ich werde Sie lieben mit der zärtlichsten und selbst der feurigsten, obwohl achtungsvollsten Liebe. Sie können sie zur Verzweiflung treiben, nicht aber sie zunichte machen.

Mit welchem Recht beanspruchen Sie die Verfügung über ein Herz, dessen Huldigung Sie ablehnen? Welche spitzfindige Grausamkeit treibt Sie, daß Sie mir sogar noch das Glück, Sie zu lieben, neiden? Das aber gehört mir, es ist unabhängig von Ihnen: ich werde es zu verteidigen wissen. Wenn es die Quelle meiner Übel ist, ist's auch ihr Heilmittel.

Nein, nochmals nein. Verharren Sie bei Ihren grausamen Weigerungen, aber lassen Sie mir meine Liebe. Es freut Sie, mich unglücklich zu machen! Nun gut, es sei. Versuchen Sie's, meinen Mut zu ermüden, wenigstens werde ich Sie zu zwingen verstehen, daß Sie über mein Schicksal entscheiden;

und eines Tages werden Sie mir vielleicht mehr Gerechtigkeit zugestehen. Zwar hoffe ich nicht, Sie je Empfindung zu lehren. Aber ohne Sie mit Worten überzeugt zu haben, werde ich Sie dann durch die Tat widerlegt haben, und Sie werden sich sagen: Ich hatte ihn falsch beurteilt.
Richtiger gesagt, sich selbst tun Sie Unrecht an. Sie zu kennen, ohne Sie zu lieben, Sie zu lieben und nicht beständig zu sein, das ist alles beides gleich unmöglich; und trotz der Bescheidenheit, die Sie ziert, muß es Ihnen leichter fallen, sich über die Gefühle, die Sie hervorbringen, zu beklagen, als sich darüber zu wundern. Was mich betrifft, dessen einziges Verdienst ist, daß ich Sie zu würdigen gewußt habe, ich will dies Verdienst nicht verscherzen, und weit entfernt, auf Ihre arglistigen Anerbietungen einzugehen, erneuere ich zu Ihren Füßen den Schwur, Sie immer zu lieben.

. . ., den 10. September 17**

Neunundsechzigster Brief

Cécile Volanges an den Ritter Danceny

(Mit Bleistift geschrieben und von Danceny abgeschrieben)

Sie fragen mich, was ich tue: ich liebe Sie und weine. Meine Mutter spricht nicht mehr mit mir. Sie hat mir Papier, Federn und Tinte weggenommen. Ich schreibe mit einem Bleistift, der mir zum Glück geblieben ist, und auf einem Stück von Ihrem Brief. Ich muß wohl alles billigen, was Sie getan haben; ich habe Sie zu lieb, als daß ich nicht alle Mittel ergreifen würde, um Nachrichten von Ihnen zu bekommen und Ihnen welche von mir zu geben. Ich mochte Herrn von Valmont nicht und glaubte nicht, daß er so sehr mit Ihnen befreundet sei. Ich will versuchen, mich an ihn zu gewöhnen, und ihn Ihretwegen gernhaben. Ich weiß nicht, wer uns verraten hat; es kann bloß meine Kammerfrau sein, oder mein Beichtvater. Ich bin sehr unglücklich: morgen gehen wir aufs Land, ich weiß nicht, für wie lange. Mein Gott! Sie nicht mehr zu sehen! Es ist kein Platz mehr. Adieu! Sehen

Sie zu, ob Sie es lesen können. Diese mit Blei geschriebenen Worte werden vielleicht ausgelöscht werden, nie aber die Gefühle, die in mein Herz gegraben sind.

. . ., den 10. September 17**

Siebzigster Brief

Der Vicomte von Valmont an die Marquise von Merteuil

Ich habe Ihnen eine wichtige Nachricht zu geben, liebe Freundin. Gestern soupierte ich, wie Sie wissen, bei der Marschallin von B**. Man sprach dort von Ihnen, und ich sagte – nicht all das Gute, das ich von Ihnen denke, aber all das Gute, das ich *nicht* von Ihnen denke. Alle Welt schien meiner Meinung zu sein, und das Gespräch erlahmte, wie es immer geht, wenn man von seinem Nächsten nur Gutes sagt, da erhob sich einer, der widersprach; es war Prévan.

»Gott verhüte,« sagte er und stand auf, »daß ich den verständigen Wandel der Frau von Merteuil in Zweifel ziehe! Aber ich möchte mir gestatten zu glauben, daß sie ihn mehr ihrer Beweglichkeit zu verdanken hat als ihren Grundsätzen. Es ist vielleicht schwerer, ihr nachzukommen, als ihr zu gefallen. Und da man auf der Jagd nach einer Frau ziemlich unfehlbar noch andere an seinem Wege trifft und da alles in allem diese andern ebensoviel und mehr wert sein können als sie, lassen sich die einen durch eine neue Laune ablenken, die andern bleiben vor Ermattung stehen; und vielleicht ist sie die Frau von Paris, die sich am wenigsten zu verteidigen gehabt hat. Für mein Teil«, setzte er hinzu (ermutigt durch das Lächeln einiger Frauen), »werde ich an die Tugend der Frau von Merteuil erst glauben, nachdem ich beim Werben um sie sechs Pferde totgeritten habe.«

Dieser schlechte Scherz hatte Erfolg, wie alle, denen Klatsch zugrunde liegt; und während des Lachens, das er erregte, nahm Prévan seinen Platz wieder ein, und die allgemeine Unterhaltung wechselte. Aber die beiden Gräfinnen von B**, neben denen unser Ungläubiger saß, machten ihr Privatgespräch mit ihm daraus, und zum Glück war ich nahe genug, um es zu hören.

Die Wette, Ihnen Gefühl abzugewinnen, ist angenommen worden; das Versprechen, alles zu sagen, ist gegeben worden; und von allen denen, die im Lauf dieses Abenteuers würden gegeben werden, wäre es sicherlich das am gewissenhaftesten eingehaltene. Aber Sie sind nun genügend gewarnt und kennen das Sprichwort.

Es erübrigt sich mir, Ihnen zu sagen, daß dieser Prévan, den Sie nicht kennen, unendlich liebenswürdig ist und in noch höherem Grade geschickt. Wenn Sie mich manchmal das Gegenteil haben sagen hören, kommt es nur daher, daß ich ihn nicht mag, daß ich recht gern seine Erfolge durchkreuze und daß mir nicht unbekannt ist, welches Gewicht mein Urteil bei etwa dreißig unserer am meisten in Mode befindlichen Frauen besitzt.

Tatsächlich habe ich ihn dadurch lange verhindert, auf dem, was wir die große Bühne nennen, zu erscheinen; und er verrichtete Wunder, ohne deswegen zu größerem Ruf zu kommen. Aber der Glanz seines dreifachen Abenteuers hat dadurch, daß er die Blicke auf sich lenkte, ihm das Selbstvertrauen gegeben, das ihm so lange fehlte, und seitdem ist er wirklich zu fürchten. Vielleicht ist er heute der einzige Mann, den ich nur mit Bangen auf meinem Wege antreffen würde; und von Ihrem eigenen Interesse abgesehen, würden Sie mir einen wahren Dienst leisten, wenn Sie ihn im Vorübergehen ein bißchen lächerlich machen würden. Ich lasse ihn in guten Händen und hege die Hoffnung: wenn ich zurückkehre, ist er über Bord.

Als Entgelt verspreche ich Ihnen, das Abenteuer Ihres Mündels zu gutem Ende zu führen und mich um sie ebensoviel zu kümmern wie um meine schöne Prüde.

Die hat mir jetzt einen Kapitulationsvorschlag übersendet. Ihr ganzer Brief atmet den Wunsch, betrogen zu werden. Man kann unmöglich ein bequemeres und auch verbrauchteres Mittel anbieten. Sie will, ich solle ›ihr Freund‹ sein.

Ich aber, der gern neue und schwierige Methoden befolgt, beabsichtige nicht, sie so billig davonkommen zu lassen; und auf keinen Fall will ich mir soviel Mühe bei ihr gegeben haben, damit es auf eine gewöhnliche Verführung hinausläuft.

Mein Vorhaben ist im Gegenteil, daß sie fühlen, deutlich fühlen soll, wie viel jedes mir gebrachte Opfer wert ist und wie weit es führt; sie nicht so schnell vorwärtszureißen, daß die Reue ihr nicht folgen könnte; ihre Tugend in langsamem Todeskampf den Geist aushauchen zu lassen; sie unablässig gebannt zu halten vor diesem trostlosen Schauspiel; und ihr das Glück, mich in den Armen zu halten, erst zu gewähren, nachdem ich sie gezwungen habe, die Begierde danach nicht mehr zu verhehlen. Ich bin doch wirklich wenig wert, wenn ich nicht wert bin, daß man sich bemüht und mich bittet. Und kann ich mich gelinder rächen an einer hochmütigen Frau, die sich des Geständnisses, daß ich sie anbete, zu schämen scheint?

Also habe ich die wertvolle Freundschaft abgelehnt und mich an den Titel eines Liebhabers gehalten. Da ich mir nicht verhehle, daß die Erlangung dieses Titels, bei dem es sich zunächst nur um einen Wortstreit zu drehen scheint, gleichwohl reale Wirklichkeit besitzt, habe ich an meinen Brief viel Sorgfalt gewendet und getrachtet, die Wirrnis darin auszubreiten, die allein ein Bild des Gefühls gibt. Kurz, ich habe so viel Unsinn geredet, als ich konnte: denn ohne Unsinn keine Zärtlichkeit; und das ist, glaube ich, der Grund, weshalb uns die Frauen in ihren Liebesbriefen so sehr überlegen sind.

Den meinigen habe ich mit einer Schmeichelei abgeschlossen, und auch das ist wieder eine Folge meiner tiefen Beobachtungen. Nachdem das Herz einer Frau eine Zeitlang exerziert worden ist, braucht es Ruhe; und ich habe bemerkt, daß eine Schmeichelei für alle das sanfteste Kissen ist, das man ihnen bieten kann.

Adieu, schöne Freundin. Ich reise morgen. Wenn Sie mir

Aufträge an die Gräfin von ... zu geben haben, halte ich wenigstens zum Mittagessen bei ihr an. Es tut mir leid, daß ich abreise, ohne Sie noch zu sehen. Lassen Sie mir Ihre erhabenen Anweisungen zugehen und unterstützen Sie mich in diesem entscheidenden Augenblick mit Ihren klugen Ratschlägen.

Vor allem seien Sie auf Ihrer Hut vor Prévan; und könnte ich Sie eines Tages für dies Opfer entschädigen! Adieu.

..., den 11. September 17**

ZWEITER TEIL

Einundsiebzigster Brief

Der Vicomte von Valmont an die Marquise von Merteuil

Hat mein Windhund von Jäger nicht meine Brieftasche in Paris gelassen! Die Briefe meiner Schönen, die von Danceny für die kleine Volanges, alles ist dageblieben, und ich brauche alles. Er wird wieder zurückreiten, um seine Dummheit gutzumachen; und indes er sein Pferd sattelt, will ich Ihnen meine Geschichte von heute nacht erzählen: denn Sie können ruhig glauben, daß ich keine Zeit verliere.

Das Abenteuer an sich bedeutet nicht viel; es ist nur etwas Aufgewärmtes mit der Vicomtesse von M**. Aber es hat mich wegen der Einzelumstände interessiert. Übrigens bin ich froh, Ihnen zeigen zu können, daß, wenn ich das Talent habe, Frauen zugrunde zu richten, ich, wenn ich will, ebensogut auch das habe, sie zu retten. Der schwierigste oder lustigste Weg ist immer der, den ich einschlage, und ich mache mir eine gute Tat nicht zum Vorwurf, wenn sie mich nur übt oder mir Spaß macht.

Ich habe also die Vicomtesse hier gefunden, und da sie sich mit ihrem Drängen beteiligte, als man mich bestürmte, die Nacht im Schloß zu verbringen, sagte ich ihr: »Also ich willige ein, unter der Bedingung, daß ich sie bei Ihnen verbringe.« »Das ist mir unmöglich,« erwiderte sie, »Vressac ist hier.« Bis dahin hatte ich ihr nur eine Höflichkeit sagen wollen, aber das Wort unmöglich empörte mich wie gewöhnlich. Ich fühlte mich gedemütigt, weil ich Vressac geopfert ward, und beschloß, es nicht zu leiden. Ich bestand also auf meinem Verlangen.

Die Umstände waren mir nicht günstig. Dieser Vressac hat die Ungeschicklichkeit begangen, dem Vicomte Verdacht einzuflößen dergestalt, daß die Vicomtesse ihn nicht mehr in ihr Zimmer lassen kann; und die Reise zu der guten Gräfin war zwischen ihnen vereinbart, damit sie versuchen könnten, dort ein paar Nächte sich heimlich zu Gemüte zu führen. Der Vicomte hatte sich anfangs sogar übler Stimmung gezeigt, weil er Vressac dort antraf; da er aber noch mehr Jäger als eifersüchtig ist, ist er trotzdem dageblieben; und die Gräfin, immer noch so, wie Sie sie kennen, hat erst die Frau am großen Korridor einquartiert, dann den Gatten auf die eine, den Liebhaber auf die andere Seite gesetzt und sie es untereinander abmachen lassen. Das schlimme Geschick aller hat gewollt, daß ich gegenüber wohnen sollte.

An diesem selben Tage, das heißt gestern, war Vressac, der, wie Sie sich denken können, dem Vicomte um den Bart geht, mit ihm auf der Jagd, obwohl er wenig Geschmack daran findet, und zählte sicher darauf, sich nachts in den Armen seiner Frau über die Langeweile zu trösten, die der Mann ihm den ganzen Tag lang zufügte. Ich aber hielt dafür, daß er Ruhe brauchen werde, und sann auf Mittel und Wege, um seine Geliebte zu bestimmen, daß sie ihm Zeit dazu gönnen möge.

Es glückte mir, und ich erreichte es, daß sie Streit mit ihm anfangen wollte wegen derselben Jagdpartie, auf die er doch augenscheinlich nur ihretwegen eingegangen war. Einen schlechteren Vorwand konnte man nicht wählen; aber keine Frau besitzt mehr als die Vicomtesse von der allen gemeinsamen Gabe, durch Übellaunigkeit die Vernunft zu ersetzen und sich nie so schwer beschwichtigen zu lassen, als wenn sie im Unrecht ist. Übrigens war der Zeitpunkt für Erklärungen nicht gut geeignet; und da ich nur eine Nacht wollte, gab ich meine Einwilligung, daß sie sich tags darauf wieder aussöhnen sollten.

Mit Vressac ward also bei seiner Rückkehr geschmollt. Er wollte nach dem Grund fragen, man fing Streit mit ihm an. Er versuchte, sich zu rechtfertigen; der anwesende Gatte diente als Vorwand, um das Gespräch abzubrechen. Endlich trachtete er eine kurze Abwesenheit des Mannes zu der Bitte zu benutzen, man möge ihn am Abend freundlichst anhören: da aber ward die Vicomtesse erhaben. Sie entrüstete sich über die Kühnheit der Männer, die, weil sie Freundlichkeiten von einer Frau erfahren haben, sich einbilden, sie hätten das Recht, selbst dann noch Mißbrauch damit zu treiben, wenn sie sich über sie zu beklagen hat. Und nachdem sie dermaßen geschickt den Streitsatz gewechselt hatte, sprach sie so schön von Zartsinn und Gefühl, daß Vressac stumm und betreten ward und daß ich selbst zu dem Glauben neigte, sie habe recht. Denn Sie müssen wissen, daß ich, in der Eigenschaft des Freundes beider, dem Gespräch als Dritter beiwohnte.

Zum Schluß erklärte sie aufs bestimmteste, daß sie nicht noch die Ermüdungen der Liebe hinzufügen wolle zu denen der Jagd und daß sie es sich vorwerfen würde, wenn sie so süße Vergnügungen trübte. Der Gatte trat wieder ein. Der untröstliche Vressac, der nicht mehr ungestört antworten konnte, wandte sich an mich, und nachdem er mir sehr ausführlich seine Gründe hergesagt hatte, die ich ebensogut kannte wie er, bat er mich, mit der Vicomtesse zu reden, und ich versprach es ihm. Ich sprach auch wirklich mit ihr, aber um ihr zu danken und Stunde und Mittel und Wege unseres Stelldicheins zu verabreden.

Sie sagte mir, da sie zwischen ihrem Mann und Vressac wohne, habe sie es vorsichtiger gefunden, zu Vressac zu gehen als ihn in ihrem Zimmer zu empfangen; und da ich ihr gegenüberwohne, halte sie es ebenso für sicherer, zu mir zu kommen, und werde dies tun, sobald ihre Kammerfrau sie allein gelassen habe. Ich brauche meine Tür nur angelehnt zu lassen und zu warten.

Alles kam zur Ausführung, wie wir's verabredet hatten, und gegen ein Uhr morgens langte sie bei mir an.

> . . . nur ganz so schlicht bedeckt,
> Wie eine Schönheit, jäh aus Schlummer aufgeweckt![1]

Da ich nicht eitel bin, halte ich mich bei den Einzelheiten der Nacht nicht auf; aber Sie kennen mich, und ich bin mit mir zufrieden gewesen.

Bei Tagesgrauen mußten wir uns trennen; und hier beginnt

1. Racine: Tragödie von Britannicus

C. Monnet inv. del.   N. Le Mire Sculp.

es interessant zu werden. Der Leichtsinn hatte geglaubt, er habe seine Tür angelehnt gelassen, wir fanden sie aber geschlossen, und der Schlüssel stak drinnen. Sie haben keinen Begriff von dem Ausdruck von Verzweiflung, womit die Vicomtesse sofort zu mir sagte: »Oh, ich bin verloren.« Man muß zugeben, es wäre spaßhaft gewesen, sie in dieser Lage zu lassen: aber konnte ich es leiden, daß eine Frau *für* mich ins Unglück geriet und nicht *durch* mich? Und sollte ich, wie der Durchschnitt der Männer, mich von den Umständen meistern lassen? Es war also ein Ausweg zu ermitteln. Was hätten Sie getan, schöne Freundin? Ich habe es folgendermaßen gemacht, und es ist gut gegangen.

Ich hatte bald heraus, daß die fragliche Tür sich einrennen ließ, wenn man sich viel Lärm zu machen erlaubte. Ich bewog also, nicht ohne Mühe, die Vicomtesse, daß sie durchdringende Schreckensrufe ausstieße, wie ›Diebe, Mörder‹ usw. usw. Und wir kommen überein, daß ich beim ersten Schrei die Tür einstoßen sollte, und dann sollte sie zu ihrem Bett hinlaufen. Sie können sich nicht vorstellen, wieviel Zeit es brauchte, um sie zu bewegen, selbst noch, als sie schon eingewilligt hatte. Schließlich mußte es aber doch darauf hinauskommen, und beim ersten Fußtritt gab die Tür nach.

Die Vicomtesse tat wohl daran, keine Zeit zu verlieren, denn im selben Augenblick waren der Vicomte und Vressac im Korridor, und auch die Kammerfrau lief herbei zum Zimmer ihrer Herrin.

Ich war der einzige Kaltblütige und nahm dies wahr, um eine noch brennende Nachtlampe auszulöschen und sie auf die Erde zu stürzen; denn Sie können sich denken, wie lächerlich es gewesen wäre, einen panischen Schrecken zu heucheln, wenn man Licht im Zimmer hatte. Dann schalt ich auf den Gatten und den Liebhaber ein wegen ihres lethargischen Schlafes und versicherte, daß das Geschrei, auf das ich herbeigeeilt sei, und meine Anstrengungen, um die Tür zu erbrechen, wenigstens fünf Minuten gedauert hätten.

Die Vicomtesse, die im Bett ihren Mut wiedergefunden

hatte, stand mir ziemlich gut bei und schwur bei allem, was ihr heilig war, es sei ein Dieb im Zimmer. Ehrlicher war ihre Beteuerung, daß sie im Leben nicht solche Furcht ausgestanden habe. Wir suchten überall und fanden nichts, als ich die Aufmerksamkeit auf die umgestürzte Nachtlampe lenkte und daraus schloß, gewiß habe eine Ratte den Schaden und Schrecken verursacht. Meine Ansicht ging einstimmig durch, und nach einigen abgedroschenen Scherzen über die Ratten machte sich der Vicomte als erster wieder auf den Weg nach seinem Zimmer und seinem Bett, wobei er seine Frau ersuchte, in Zukunft möge sie sich ruhigere Ratten anschaffen.

Vressac blieb mit uns allein; er trat auf die Vicomtesse zu und sagte zärtlich, das sei eine Rache der Liebe; worauf sie, mit einem Blick auf mich, erwiderte: »Dann war sie wohl sehr zornig, denn sie hat sich sehr gerächt. Aber«, setzte sie hinzu, »ich bin erschöpft, ich will schlafen.«

Ich war gerade in der Güte drin; infolgedessen sprach ich, ehe wir auseinandergingen, für Vressacs Sache und führte eine Aussöhnung herbei. Die beiden Liebenden küßten sich, und ich ward meinerseits von allen beiden geküßt. An den Küssen der Vicomtesse lag mir nichts mehr, aber ich gestehe, der von Vressac freute mich. Wir gingen zusammen hinaus, und nachdem ich seine langen und breiten Danksagungen entgegengenommen hatte, gingen wir jeder wieder in sein Bett.

Wenn Sie die Geschichte lustig finden, verlange ich nicht, daß Sie sie geheimhalten. Jetzt, da ich meinen Spaß gehabt habe, ist es nicht mehr als billig, daß alle andern an die Reihe kommen. Im Augenblick spreche ich nur von der Geschichte; vielleicht werden Sie bald dasselbe von der Heldin sagen?

Adieu, mein Jäger wartet schon eine Stunde lang; ich nehme mir noch einen Augenblick, um Sie zu küssen und Ihnen vor allem anzuempfehlen, daß Sie sich vor Prévan hüten.

Aus Schloß . . ., den 13. September 17**

Zweiundsiebzigster Brief

Der Ritter Danceny an Cécile Volanges

(Erst am 14. zugestellt)

O meine Cécile! Wie beneide ich Valmont um sein Geschick! Morgen wird er Sie sehen. Er wird Ihnen diesen Brief übergeben, und ich werde, fern von Ihnen schmachtend, mein mühseliges Dasein zwischen Sehnsucht und Unglück dahinschleppen. Freundin, zärtliche Freundin, beklagen Sie mich, daß ich so leiden muß, und besonders beklagen Sie mich, weil *Sie* so leiden; denn angesichts Ihres Leidens verläßt mich der Mut.

Wie es mir grauenhaft ist, Ihr Unglück zu verursachen! Ohne mich wären Sie glücklich und ruhig. Verzeihen Sie mir? Sagen Sie, ach, sagen Sie, daß Sie mir verzeihen! Sagen Sie mir auch, daß Sie mich lieben, daß Sie mich immer liebbehalten werden. Ich habe es nötig, daß Sie es mir wiederholen. Ich zweifle ja nicht daran, aber mir scheint, je sicherer man es weiß, desto süßer ist es, es sich sagen zu hören. Sie lieben mich, nicht wahr? Ja, Sie lieben mich aus ganzer Seele. Ich habe nicht vergessen, daß dies das letzte Wort ist, das ich Sie habe sagen hören. Wie ich es in meinem Herzen aufgenommen habe! Wie tief es sich darin eingegraben hat! Und wie hingerissen meines darauf geantwortet hat!

O Jammer! In jenem glücklichen Augenblick war ich weit entfernt, das grausige Geschick vorauszusehen, das uns erwartete. Sinnen wir auf Mittel, meine Cécile, um es zu lindern. Wenn ich meinem Freunde glauben darf, wird es, um dies zu erreichen, genügen, daß Sie zu ihm das Vertrauen fassen, das er verdient.

Die unvorteilhafte Meinung, die Sie von ihm zu haben scheinen, war mir, gestehe ich, schmerzlich. Ich habe darin die Voreingenommenheit Ihrer Mama wiedererkannt: um mich ihr zu unterwerfen, hatte ich seit einiger Zeit wenig mehr verkehrt mit diesem wahrhaft liebenswerten Mann, der heute für mich alles tut, der, kurz gesagt, an unserer

Vereinigung arbeitet, während Ihre Mama uns getrennt hat.

Ich beschwöre Sie, teure Freundin, betrachten Sie ihn mit günstigeren Blicken. Bedenken Sie, daß er mein Freund ist, daß er der Ihrige sein will, daß er mir das Glück, Sie zu sehen, wiederschenken kann. Wenn diese Gründe Sie nicht umstimmen, meine Cécile, dann lieben Sie mich nicht, wie ich Sie liebe, lieben mich nicht mehr, wie Sie mich geliebt haben. Oh! Wenn Sie mich jemals weniger liebten! ... Doch nein, das Herz meiner Cécile gehört mir, für's Leben mir; und wenn ich die Nöte einer unglücklichen Liebe zu fürchten habe, wird Ihr Vertrauen mir wenigstens die Qualen einer verratenen ersparen.

Leben Sie wohl, reizende Freundin; vergessen Sie nicht, daß ich leide und daß es ganz bei Ihnen steht, mich glücklich zu machen, vollkommen glücklich. Erhören Sie das Gebet meines Herzens und empfangen Sie der Liebe zärtlichste Küsse.

Paris, den 11. September 17**

Dreiundsiebzigster Brief

Der Vicomte von Valmont an Cécile Volanges

(Mit dem vorigen)

Der Freund, der Ihnen hilft, hat erfahren, daß Sie nichts zum Schreiben haben, und hat schon vorgesehen. Sie werden im Vorraum des von Ihnen bewohnten Zimmers unter dem großen Schrank linker Hand einen Vorrat Papier, Federn und Tinte finden, den er, wann Sie wollen, erneuern wird und den Sie, scheint ihm, an diesem selben Platz lassen können, wenn Sie keinen sichereren finden.

Er bittet Sie, sich nicht zu kränken, wenn er sich im Kreise der Gäste die Miene gibt, als achte er nicht auf Sie und betrachte Sie nur als ein Kind. Dies Verhalten dünkt ihm notwendig, um gewisse Leute in Sicherheit zu wiegen und wirksamer am Glück seines Freundes und am Ihrigen arbeiten zu können. Er wird Gelegenheiten, um mit Ihnen zu sprechen, herbeizuführen trachten, wenn er Sie von etwas zu benachrichtigen und Ihnen etwas zu übergeben hat; und er hofft, es zu erreichen, wenn Sie ihm mit Eifer in die Hände arbeiten.

Er rät Ihnen auch, ihm die Briefe, die Sie bekommen werden, von Mal zu Mal zurückzugeben, damit Sie weniger Gefahr laufen, ertappt zu werden.

Schließlich versichert er Ihnen, daß, wenn Sie ihm Ihr Vertrauen schenken wollen, er alle Sorgfalt darauf verwenden wird, die Verfolgung erträglicher zu machen, die eine allzu grausame Mutter zwei Menschen auferlegt, von denen der eine schon sein bester Freund ist und der andere ihm die zärtlichste Teilnahme zu verdienen scheint.

Aus Schloß ..., den 14. September 17**

Vierundsiebzigster Brief

Die Marquise von Merteuil an den Vicomte von Valmont

Was denn! Seit wann, Freund, erschrecken Sie so leicht? Ist denn dieser Prévan so fürchterlich? Sehen Sie nur, wie ich einfach und bescheiden bin! Ich war ihm oft begegnet, dem stolzen Sieger: kaum daß ich ihn bemerkt habe! Nicht weniger als Ihr Brief war nötig, um mich auf ihn aufmerksam zu machen. Gestern habe ich mein Unrecht wieder gutgemacht. Er war in der Oper, mir fast gegenüber, und ich habe mich mit ihm abgegeben. Wenigstens ist er hübsch, wirklich sehr hübsch: feine, zarte Züge! Aus der Nähe gesehen muß er gewinnen. Und Sie sagen, er will mich haben! Gewiß, es wird mir eine Ehre und ein Vergnügen sein. Im Ernst, er macht mir Lust, und ich vertraue Ihnen hiermit an, daß ich die ersten Schritte getan habe. Ich weiß nicht, ob sie ans Ziel führen. Folgendes sind die Tatsachen.

Er stand beim Verlassen der Oper zwei Schritte weit von mir, und ich habe mich sehr laut mit der Marquise von *** zum Souper am Freitag bei der Marschallin verabredet. Das ist, glaube ich, das einzige Haus, wo ich ihn treffen kann.

Ich zweifle nicht, daß er mich gehört hat ... Wenn der Undankbare nun nicht käme? Sagen Sie mir doch nur, glauben Sie, daß er kommt? Wissen Sie wohl, daß ich, wenn er nicht kommt, den ganzen Abend verstimmt sein werde? Sie sehen, er wird es nicht so arg schwer finden, mir ›nachzukommen‹; und was Sie mehr wundern wird, er wird es noch weniger schwer finden, mir zu ›gefallen‹. Er will, sagt er, bei der Werbung um mich sechs Pferde totreiten! Oh, diesen Pferden will ich das Leben retten. So lange zu warten, habe ich im Leben nicht die Geduld. Sie wissen, es paßt nicht zu meinen Grundsätzen, schmachten zu lassen, wenn ich einmal entschlossen bin, und bei ihm bin ich es.
Nun geben Sie doch wohl zu, daß etwas dabei herauskommt, wenn man mir Vernunft zuredet! Hat Ihre ›wichtige Nachricht‹ nicht großen Erfolg? Aber was wollen Sie: ich vegetiere schon so lange! Seit mehr als sechs Wochen habe ich mir keine Aufheiterung mehr gegönnt. Diese da bietet sich: kann ich sie mir da versagen? Lohnt der Gegenstand nicht die Mühe? Gibt es einen dankbareren, in jedem Sinne des Wortes?
Sie selbst sind gezwungen, ihm Gerechtigkeit widerfahren zu lassen. Sie spenden ihm mehr als Lob, Sie sind auf ihn eifersüchtig. Nun also! Ich setze mich zum Richter ein über Sie beide. Erst aber muß man sich belehren lassen, und das will ich. Ich werde ein unbestechlicher Richter sein, und Sie werden beide in derselben Waage gewogen werden. Was Sie betrifft, Ihre Denkschriften habe ich schon, und die Untersuchung Ihrer Sache ist abgeschlossen. Ist es nicht billig, daß ich mich jetzt mit Ihrem Gegner befasse? Los, halten Sie nur gutwillig her und unterrichten mich für den Anfang darüber, was das für ein dreifaches Abenteuer ist, dessen Held er ist. Sie sprechen zu mir davon, als hätte ich nie was anderes gekannt, und ich weiß davon kein Wort. Offenbar hat es sich während meiner Genfer Reise zugetragen, und Ihre Eifersucht wird Sie abgehalten haben, es mir zu schreiben. Machen Sie den Fehler schleunigst gut; bedenken Sie,

daß ›nichts, was ihn angeht, mir fremd ist‹. Es kommt mir wohl vor, als habe man bei meiner Rückkehr noch davon gesprochen; aber ich war mit etwas anderem beschäftigt und höre bei der Art von Sachen selten zu, wenn es nicht etwas von heute oder gestern ist.

Wenn das, worum ich Sie bitte, Ihnen ein wenig gegen den Strich ginge, ist es nicht das mindeste, was Sie mir für die Mühe schulden, die ich mir Ihretwegen gegeben habe? Haben nicht meine Bemühungen Sie wieder in die Nähe Ihrer Präsidentin gebracht, nachdem Ihre Torheiten Sie daraus vertrieben hatten? Und habe nicht wieder ich Ihnen die Mittel an die Hand gegeben, um sich zu rächen für den Ihnen so bitter mundenden Diensteifer der Frau von Volanges? Sie haben so oft über die Zeit gejammert, die Sie auf der Suche nach Ihren Abenteuern verlieren! Jetzt haben Sie sie an der Hand. Liebe, Haß, Sie brauchen bloß zu wählen, alles schläft unter einem Dach; und Sie können Ihre Existenz verdoppeln und mit einer Hand streicheln und mit der andern zuschlagen.

Sogar noch das Abenteuer mit der Vicomtesse verdanken Sie mir. Ich bin ziemlich zufrieden damit; aber, wie Sie schon sagen, es muß davon gesprochen werden. Denn wenn die Umstände Sie, was ich wohl begreife, bewogen haben, im Augenblick lieber ein Geheimnis aus der Sache zu machen als einen Skandal, muß man doch zugeben, daß die Frau solch anständiges Vorgehen nicht verdient hat.

Übrigens habe ich über sie zu klagen. Der Ritter von Belleroche findet sie hübscher, als ich möchte; und aus vielen Gründen wäre ein Vorwand, mit ihr zu brechen, mir erwünscht. Nun gibt es keinen bequemeren, als wenn man sagen kann: Mit der Frau läßt sich nicht mehr verkehren.

Adieu, Vicomte, denken Sie daran, daß auf dem Posten, wo Sie stehen, die Zeit kostbar ist. Ich will meine nutzen und schauen, daß Prévan glücklich wird.

Paris, den 15. September 17**

Fünfundsiebzigster Brief
Cécile Volanges an Sophie Carnay

Bemerkung: In diesem Brief erstattet Cécile Volanges einen ins einzelne gehenden Bericht über alles, was sich auf sie bezieht in den Ereignissen, die der Leser am Ende des ersten Teils, aus dem neunundfünfzigsten und den folgenden Briefen ersehen hat. Wir haben diese Wiederholung weglassen zu sollen geglaubt. Schließlich spricht sie vom Vicomte von Valmont und äußert sich so:

... Ich versichere Dir, das ist ein ganz außerordentlicher Mann. Mama spricht sehr schlecht von ihm, aber der Ritter Danceny sehr gut, und ich glaube, er hat recht. Ich habe nie solchen geschickten Menschen gesehen. Wie er mir Dancenys Brief zugesteckt hat, das war mitten unter allen Leuten, und niemand hat was gesehen. Allerdings hatte ich furchtbare Angst, weil ich von nichts vorher benachrichtigt war; aber jetzt werde ich drauf gefaßt sein. Ich habe schon sehr gut verstanden, wie er wollte, daß ich es anstelle, um ihm meine Antwort zuzustecken. Es ist ganz leicht, sich mit ihm zu verständigen, denn er hat einen Blick, der sagt alles, was er will. Ich weiß nicht, wie er's macht: er sagte mir doch in dem Billett, wovon ich Dir erzählt habe, daß er in Mamas Gegenwart sich stellen würde, als gäbe er sich mit mir gar nicht ab, und wirklich, man sollte immer glauben, er denkt nicht dran; dabei bin ich aber allemal, wenn ich seine Augen suche, gewiß, daß ich ihnen sogleich begegne.

Hier ist eine gute Freundin von Mama, die ich nicht kannte, die auch so aussieht, als möchte sie Herrn von Valmont nicht recht, obschon er ihr eine Masse Aufmerksamkeit widmet. Ich bin bange, daß er sich bei dem hiesigen Leben bald langweilt und wieder nach Paris geht. Das wäre recht ärgerlich. Er muß ein sehr gutes Herz haben, daß er eigens hergekommen ist, um seinem Freund und mir gefällig zu sein! Ich möchte ihm wohl meine Dankbarkeit dafür bezeugen, aber ich weiß nicht, wie ich es anstellen soll, um mit ihm zu reden; und wenn ich Gelegenheit dazu fände, würde ich

mich so schämen, daß ich ihm vielleicht nichts zu sagen wüßte.
Nur mit Frau von Merteuil spreche ich freiweg, wenn ich von meiner Liebe spreche. Vielleicht wäre ich sogar bei Dir, der ich alles sage – wenn ich es mündlich tun sollte, wäre ich doch vielleicht verlegen. Bei Danceny selbst habe ich oft, gleichsam wider meinen Willen, eine gewisse Bangigkeit empfunden, die mich abhielt, ihm alles zu sagen, was ich dachte. Jetzt werfe ich es mir allerdings vor und würde alles in der Welt dafür geben, wenn ich einen Augenblick erwischen könnte, um ihm einmal, ein einziges Mal zu sagen, wie sehr ich ihn liebe. Herr von Valmont hat mir versprochen, wenn ich mich seiner Führung überließe, würde er uns Gelegenheit verschaffen, uns wiederzusehen. Ich werde schon ziemlich tun, was er will; aber ich kann nicht fassen, daß das möglich sein soll.
Behüt Gott, gute Freundin, ich habe keinen Platz mehr.[1]

Aus Schloß . . ., den 14. September 17**

Sechundsiebzigster Brief

Der Vicomte von Valmont an die Marquise von Merteuil

Entweder Ihr Brief ist eine Fopperei, die ich nicht verstanden habe, oder Sie waren, als Sie ihn mir schrieben, in einer höchst gefährlichen Geistesverwirrung. Wenn ich Sie weniger gut kennte, schöne Freundin, wäre ich wirklich heftig erschrocken; und was Sie auch sagen, wäre ich doch durchaus nicht übertrieben schreckhaft.
Ich mag Ihren Brief wieder und wieder lesen, ich komme nicht weiter. Denn ihn im wörtlichen Sinne zu nehmen, ist doch keine Möglichkeit. Was haben Sie denn sagen wollen?

1. Da Fräulein von Volanges kurze Zeit darauf sich eine andere Vertraute genommen hat, wie man aus der Folge dieser Briefe ersehen wird, wird man in dieser Sammlung keinen derjenigen mehr finden, die sie ihrer Pensionsfreundin geschrieben hat; sie würden den Leser mit nichts Neuem bekannt machen.

Bloß, daß es unnütz sei, sich soviel Mühe gegen einen wenig furchtbaren Feind zu geben? Aber in diesem Fall könnten Sie fehlgehen. Prévan ist tatsächlich liebenswürdig, er ist es mehr, als Sie glauben. Er hat vor allem die sehr nützliche Gabe, viele Leute mit seiner Liebe zu beschäftigen, vermittelst seines Geschicks, im Gesellschaftskreis davon zu sprechen, vor aller Welt und unter Benutzung des nächstbesten Gesprächs. Es gibt wenige Frauen, die dann der Falle, darauf zu antworten, entgehen, denn weil alle auf seine Empfindung Anspruch machen, will keine sich die Gelegenheit entgehen lassen, es zu zeigen. Nun wissen Sie zur Genüge, daß eine Frau, die sich darauf einläßt, von Liebe zu sprechen, sich schließlich auch bald verliebt oder sich wenigstens so beträgt, als sei sie verliebt. Bei diesem Verfahren, das er wirklich vervollkommnet hat, hat er auch noch den Vorteil, daß er oft die Frauen selbst zu Zeugen ihrer Niederlage aufrufen kann; davon spreche ich aus eigener Anschauung.
Ich war nur aus zweiter Hand eingeweiht, denn nie hatte ich nähere Beziehungen zu Prévan; doch genug, wir waren sechs, und die Gräfin von P**, die sich dabei riesig schlau fand und auch wirklich für jeden nicht Eingeweihten so aussah, als spräche sie ganz im allgemeinen, erzählte uns mit der größten Ausführlichkeit, wie sie sich Prévan ergeben habe und alles, was zwischen ihnen vorgegangen sei. Sie erzählte das mit solcher Sicherheit, daß sie sich nicht einmal von dem lauten Gelächter stören ließ, das uns alle sechs gleichzeitig erfaßte; und ich vergesse nie, wie sie, als einer von uns, um sich zu entschuldigen, so tat, als zweifelte er an dem, was sie sagte, oder besser an dem, was sie vorgeblich sagte, wie sie da ernst erwiderte, sicher sei keiner von uns so gut unterrichtet wie sie. Und sie scheute sich nicht einmal, sich an Prévan zu wenden und ihn zu fragen, ob sie auch nur ein Wort anders berichtet habe.
Ich durfte also den Mann für alle Welt gefährlich halten. Für Sie aber, Marquise, genügte es ja wohl, daß er ›hübsch, sehr hübsch‹ wäre, wie Sie selbst sagen? Oder daß er gegen

Sie ›einen der Angriffe‹ richtete, die es Ihnen manchmal zu belohnen Spaß macht, ohne weitern Grund, als daß Sie sie gut ausgeführt finden? Oder daß Sie es aus irgendwelchem Grunde lustig gefunden hätten, sich ihm zu ergeben? Oder ... was weiß ich! Kann ich die tausend und aber tausend Launen erraten, die den Kopf einer Frau regieren und durch die allein Sie noch mit Ihrem Geschlecht zusammenhängen? Jetzt, da Sie vor der Gefahr gewarnt sind, werden Sie ihr zweifellos leicht entgehen; aber warnen mußte man Sie. Ich komme also wieder zu meinem Text; was haben Sie sagen wollen?

War es nur eine Verspottung Prévans, dann war sie, abgesehen von ihrer Länge, mir gegenüber zwecklos; vor den Leuten, da muß man ihm irgendeine tüchtige Lächerlichkeit anheften, und ich erneuere Ihnen in dieser Hinsicht meine Bitte.

Ah! Ich glaube, ich habe die Lösung des Rätsels! Ihr Brief ist eine Prophezeiung, nicht dessen, was Sie tun werden, sondern dessen, was er glauben wird, was Sie zu tun bereit sind, gerade dann, wenn er den von Ihnen ihm zugedachten Fall tut. Ich billige den Plan so ziemlich; doch erfordert er große Behutsamkeit. Sie wissen so gut wie ich, daß einen Mann *haben* oder sich von ihm bekuren lassen, für die Wirkung in der Öffentlichkeit durchaus dasselbe ist, wenigstens wenn der Mann kein Dummkopf ist; und Prévan ist keiner, da fehlt viel. Wenn er es nur zu einem Schein bringen kann, wird er prahlen, und alles ist erledigt. Die Dummen werden es glauben, die Boshaften werden sich die Mienen geben, als glaubten sie es; und was bleibt Ihnen denn für ein Ausweg? Wahrhaftig, ich bin bange. Ich zweifle ja nicht an Ihrer Geschicklichkeit; aber gerade die guten Schwimmer ertrinken.

Ich halte mich nicht für dümmer als andere Leute; Mittel und Wege, eine Frau zu entehren, habe ich hundert und tausend gefunden. Wenn ich aber auf Möglichkeiten gesonnen habe, wie sie dem entgehen könnte, habe ich niemals eine

erblickt. Sogar bei Ihnen, schöne Freundin, die Sie sich so meisterhaft benehmen, habe ich hundertmal zu bemerken geglaubt, Sie hätten mehr Glück gehabt als gut gespielt.
Aber schließlich suche ich vielleicht nach einem Grund für etwas, was keinen hat. Ich bewundere mich, wie ich schon eine Stunde lang ein Ding ganz ernst behandele, das sicher von Ihrer Seite nur ein Scherz ist. Sie werden sich über mich lustig machen! Nun, meinetwegen, aber machen Sie rasch und sprechen wir von etwas anderm. Von etwas anderm! Das habe ich aus Versehen gesagt: vielmehr immer vom selben, immer von Frauen, die man besitzen oder verderben will, und oft alles beides.
Ich habe hier, wie Sie sehr richtig bemerkt haben, Stoff, um mich in beiden Gattungen zu üben, aber nicht mit derselben Leichtigkeit. Ich sehe voraus, daß es mit der Rache rascher gehen wird als mit der Liebe. Die kleine Volanges ist geliefert, ich stehe für sie ein. Sie hängt nur noch von der Gelegenheit ab, und ich nehme es auf mich, sie entstehen zu lassen. Mit Frau von Tourvel aber ist es nicht an dem. Die Frau ist tief betrübend, ich fasse sie nicht. Ich habe hundert Proben ihrer Liebe, aber tausend ihres Widerstandes, und ich bin wahrhaftig bange, sie entwischt mir.
Die erste Wirkung, die meine Rückkehr gezeitigt hatte, ließ mich mehr hoffen. Sie ahnen wohl, daß ich nach eigener Wahrnehmung zu urteilen wünschte; und um sicher zu sein, daß ich die ersten Regungen zu sehen bekäme, hatte ich niemand voraufgeschickt und meinen Weg so berechnet, daß ich, während man bei Tisch war, ankäme. Wirklich fiel ich von den Wolken, wie eine Operngottheit, die da kommt und alles in Wohlgefallen auflöst.
Da ich beim Eintreten genügend Geräusch verursacht hatte, um die Augen auf mich zu ziehen, konnte ich mit einem und demselben Blick die Freude meiner alten Tante, Frau von Volanges' Ärger und das fassungslose Vergnügen ihrer Tochter sehen. Meine Schöne drehte auf ihrem Platz der Tür den Rücken zu. Sie war in dem Augenblick dabei, ir-

gend etwas zu zerlegen, und wendete nicht einmal den Kopf. Da redete ich Frau von Rosemonde an, und beim ersten Wort entfuhr der gefühlvollen Prüden, die meine Stimme erkannt hatte, ein Schrei, worin ich mehr Liebe als Überraschung und Schreck zu erkennen glaubte. Ich war schon nahe genug getreten, um ihr Gesicht zu sehen; der Aufruhr ihrer Seele, der Kampf ihrer Gedanken und Gefühle malten sich in zwanzig verschiedenen Arten darauf ab. Ich setzte mich neben sie an den Tisch; sie wußte schlechterdings nichts von dem, was sie tat oder sagte. Sie versuchte weiterzuessen; es war keine Möglichkeit. Endlich, nach Verlauf von weniger als einer Viertelstunde, wie ihre Verwirrung und ihre Freude ihr über den Kopf wuchsen, fiel ihr nichts Besseres ein, als um die Erlaubnis zu bitten, daß sie von Tisch aufstehen dürfe, und sie lief davon in den Park, unter dem Vorwand, sie müsse Luft schöpfen. Frau von Volanges wollte sie begleiten; die zärtliche Prüde ließ es nicht zu: sie war ja so froh, einen Vorwand zu haben, um allein zu sein und sich ohne Zwang ihrer süßen Herzenserregung hinzugeben!

Ich kürzte das Mittagessen soviel wie möglich ab. Kaum war der Nachtisch aufgetragen, als die teuflische Volanges, die offenbar das dringende Bedürfnis hatte, mir zu schaden, von ihrem Platz aufstand, um die reizende Kranke aufzusuchen: aber ich hatte die Absicht vorhergesehen und durchkreuzte sie. Ich tat also, als hielte ich dieses private Stuhlrücken für das allgemeine; und da ich mich zu gleicher Zeit erhoben hatte, ließen die kleine Volanges und der Pfarrer sich durch dieses zweifache Beispiel mitreißen, dergestalt, daß Frau von Rosemonde sich mit dem alten Kommandeur von T ... allein am Tisch sah und beide sich ebenfalls zum Aufstehen entschlossen. Wir machten uns also alle auf den Weg zu meiner Schönen, die wir im Boskett gleich beim Schloß fanden; und da sie Alleinsein und nicht Spazierengehn nötig hatte, kam sie ebenso gern mit uns wieder zurück, als daß sie uns bei sich behielt.

Sobald ich sicher war, daß Frau von Volanges keine Gelegenheit haben würde, mit ihr allein zu sprechen, dachte ich daran, Ihre Befehle auszuführen, und nahm mich der Interessen Ihres Mündels an. Sogleich nach dem Kaffee ging ich hinauf in mein Zimmer und trat auch bei den andern ein, um das Terrain auszukundschaften. Ich traf Vorkehrungen, um den Briefwechsel der Kleinen zu sichern; und nach dieser ersten Wohltat schrieb ich ein paar Worte, um sie davon in Kenntnis zu setzen und um ihr Vertrauen zu bitten. Mein Billett legte ich dem Briefe Dancenys bei. Ich kam wieder in den Salon. Dort fand ich meine Schöne häuslich eingerichtet auf einem Liegestuhl und in einer köstlich hingegebenen Haltung.

Dies Schauspiel weckte meine Begierden und belebte dadurch meine Blicke. Ich fühlte, sie mußten zärtlich und eindringlich sein, und setzte mich so, daß ich Gebrauch davon machen konnte. Ihre erste Wirkung war, daß die großen, bescheidenen Augen der himmlischen Prüden sich senkten. Eine Zeitlang betrachtete ich das Engelsantlitz; dann durchlief ich sie mit den Augen ganz und machte mir den Genuß, die Umrisse und Formen durch ein leichtes, aber immer noch unerwünschtes Gewand hindurch zu erraten. Nachdem ich vom Kopf zu den Füßen hinabgestiegen war, stieg ich von den Füßen wieder zum Kopf hinauf ... Schöne Freundin, der sanfte Blick haftete auf mir; sogleich senkte er sich auf's neue; um aber zu bewirken, daß er bald wiederkäme, wendete ich die Augen ab. Da bildete sich nun zwischen uns die schweigende Übereinkunft, der erste Vertrag schüchterner Liebe, der, um dem beiderseitigen Bedürfnis, sich zu sehen, Genüge zu tun, den Blicken erlaubt, einander abzuwechseln, bis sie dann sich vermengen.

In der Überzeugung, daß dies neue Vergnügen meine Schöne ganz und gar in Anspruch nehme, nahm ich es auf mich, über unsere gemeinsame Sicherheit zu wachen; nachdem ich mich aber vergewissert hatte, daß ein ziemlich lebhaftes Gespräch uns vor dem Bemerktwerden schützte, trachtete ich von ihren Augen zu erlangen, daß sie frischweg ihre wahre Sprache redeten. Zu dem Zweck fing ich zuerst ein paar Blicke ab, aber mit so viel Zurückhaltung, daß die Bescheidenheit dadurch nicht in Schrecken versetzt werden konnte; und damit das schüchterne Geschöpf sich wohler dabei fühlen sollte, stellte ich mich selbst ebenso verlegen wie sie. Allmählich gewöhnten unsere Augen sich an das Zusammentreffen und blieben länger aneinander haften. Schließlich ließen sie sich nicht mehr los, und ich gewahrte in den ihrigen das süße Schmachten, das das glückliche Anzeichen der Liebe und des Begehrens ist. Das war aber nur ein Moment; bald kam sie zu sich und änderte, nicht ohne einige Scham, Haltung und Blick.

Da ich ihr keinen Zweifel daran lassen wollte, daß ich ihre verschiedenen Regungen bemerkt habe, erhob ich mich lebhaft und fragte sie mit erschreckter Miene, ob sie sich schlecht befinde. Sogleich ward sie von allen umringt. Ich ließ sie alle an mir vorbei, und da die kleine Volanges, die beim Fenster an ihrer Stickerei arbeitete, einige Zeit brauchte, um ihren Stickrahmen zu verlassen, ergriff ich den Augenblick, um ihr Dancenys Brief zuzustecken.

Ich stand etwas weit weg von ihr; ich warf ihr die Epistel auf die Knie. Sie wußte weiß Gott nichts damit anzufangen. Sie hätten zu sehr gelacht über ihr überraschtes und verlegenes Gebaren. Ich lachte aber doch nicht, denn ich fürchtete, ein so linkisches Benehmen könnte uns verraten. Doch ein Blick und eine sehr bestimmte Geste machte ihr endlich begreiflich, daß sie das Paket in die Tasche stecken sollte.

Der Rest des Tages brachte nichts Interessantes. Was seither geschehen ist, hat vielleicht Ereignisse im Gefolge, mit denen Sie zufrieden sein werden, wenigstens was Ihr Mündel angeht; aber es ist besser, man benutzt seine Zeit, Pläne auszuführen als sie zu erzählen. Dies ist übrigens die achte Seite, die ich schreibe, und ich bin es müde. Also adieu.

Sie vermuten wohl auch, ohne daß ich's Ihnen sage, daß

die Kleine Danceny geantwortet hat.[1] Ich habe auch eine Antwort von meiner Schönen bekommen, der ich am Tage nach meiner Ankunft geschrieben hatte. Ich schicke Ihnen die beiden Briefe. Sie können sie lesen oder nicht lesen, denn diese ewig wiedergekäuten Geschichten, die schon mir nicht allzuviel Spaß machen, müssen jedem Unbeteiligten recht geschmacklos vorkommen.
Nochmals adieu. Ich habe Sie nach wie vor sehr gern, aber ich bitte Sie, wenn Sie mir wieder von Prévan sprechen, tun Sie's in einer Weise, daß ich Sie verstehe.

Aus Schloß . . ., den 17. September 17**

Siebenundsiebzigster Brief

Der Vicomte von Valmont an die Präsidentin von Tourvel

Woher, gnädige Frau, mag das grausame Bemühen kommen, mit dem Sie mich fliehen? Wie ist es möglich, daß meine zärtlichste Beflissenheit auf Ihrer Seite nur eine Handlungsweise zeitigt, die man kaum dem Manne gegenüber sich gestatten würde, über den man sich aufs schwerste zu beklagen hätte. Wie? Die Liebe legt mich Ihnen wieder zu Füßen; und wenn ein glücklicher Zufall mich neben Sie setzt, heucheln Sie lieber ein Unwohlsein, setzen lieber Ihre Freunde in Schrecken, als daß Sie sich meine Nähe gefallen lassen! Wie viele Male haben Sie gestern Ihre Augen weggewendet, um mir die Gunst eines Blickes vorzuenthalten! Und wenn ich einen einzigen Moment weniger Strenge darin habe erkennen dürfen, war doch dieser Moment so kurz, daß es so aussieht, als hätten Sie mir nicht eine Freude damit machen, sondern mir zum Bewußtsein bringen wollen, was ich für gewöhnlich alles verliere.
Das ist, darf ich sagen, nicht die Behandlung, die die Liebe verdient, und auch nicht die, die Freundschaft sich gestatten darf; und dabei wissen Sie doch, daß von diesen zwei Ge-

1. Dieser Brief hat sich nicht vorgefunden.

fühlen das eine mich beseelt, und ich war, dünkt mich, zu glauben berechtigt, daß Sie mir das andere nicht weigerten. Diese wertvolle Freundschaft, deren Sie mich doch wohl für würdig gehalten haben, da Sie sie mir gütigst angeboten haben – was habe ich nur getan, daß ich sie seither verloren habe? Sollte ich mir durch meine Zutraulichkeit geschadet haben, und wollen Sie mich strafen für meinen Freimut? Scheuen Sie sich nicht wenigstens, Mißbrauch zu treiben mit einem wie mit dem andern? Tatsächlich habe ich doch das Geheimnis meines Herzens in den Schoß meiner Freundin niedergelegt! Nur ihr gegenüber habe ich mich wohl für verpflichtet gehalten, Bedingungen auszuschlagen, die ich nur anzunehmen brauchte, um mir die Möglichkeit zu verschaffen, sie nicht einzuhalten, und vielleicht auch die, sie zu meinem Nutzen zu mißbrauchen. Wollten Sie mich, gradheraus gesagt, durch so unverdiente Strenge zu der Annahme zwingen, daß ich Sie nur hätte zu täuschen brauchen, um mehr Nachsicht zu erlangen? Ich bereue mein Verhalten nicht, denn ich schuldete es Ihnen und mir; aber durch welches Verhängnis wird jede löbliche Handlung für mich das Zeichen zu neuem Unglück?
Gerade nachdem ich zu dem einzigen Lob, das Sie meiner Aufführung je zu zollen geruhten, Anlaß gegeben hatte, habe ich zum ersten Mal das Unglück, Ihr Mißfallen erregt zu haben, beseufzen müssen. Gerade nachdem ich Ihnen meine völlige Unterwerfung bewiesen hatte, indem ich mich des Glückes, Sie zu sehen, beraubte, einzig und allein um Ihr Zartgefühl zu beruhigen, da haben Sie jeden Briefwechsel mit mir abbrechen wollen, mir die schwache Entschädigung für ein von Ihnen gefordertes Opfer entziehen und mir sogar die Liebe wegnehmen wollen, die allein Ihnen auf jenes Opfer vielleicht ein Recht gegeben hatte. Gerade nachdem ich mit einer Aufrichtigkeit zu Ihnen gesprochen habe, der nicht einmal das Interesse dieser Liebe hat Abbruch tun können, fliehen Sie mich heute wie einen gefährlichen Verführer, dessen Treulosigkeit Sie erkannt hätten.

Werden Sie denn Ihrer Ungerechtigkeit nie müde werden? Belehren Sie mich doch wenigstens darüber, welche neuen Missetaten Sie zu so viel Strenge bewogen haben, und lehnen Sie es nicht ab, mir die Weisungen zu erteilen, die ich nach Ihrem Willen befolgen soll. Wenn ich mich verpflichte, sie auszuführen, ist es zuviel verlangt, daß ich sie kennen möchte?

..., den 15. September 17**

Achtundsiebzigster Brief

Die Präsidentin von Tourvel an den Vicomte von Valmont

Es sieht aus, mein Herr, als seien Sie durch mein Verhalten überrascht, und wenig fehlt sogar, daß Sie Rechenschaft darüber von mir verlangen, als einer, der berechtigt ist, es zu tadeln. Ich gestehe, daß ich mich eher selbst berechtigt geglaubt hätte, erstaunt zu sein und mich zu beschweren; aber seit der in Ihrer letzten Antwort enthaltenen Weigerung habe ich den Ausweg gewählt, mich in eine Gleichgültigkeit einzuschließen, die weder Bemerkungen noch Vorwürfen mehr stattgibt. Indessen, da Sie mich um Aufklärung bitten und ich, dem Himmel sei Dank, nichts in mir fühle, was mich abhalten könnte, sie Ihnen zu geben, will ich mich gern noch einmal auf eine Auseinandersetzung mit Ihnen einlassen.

Wer Ihre Briefe läse, würde mich für ungerecht oder wunderlich halten. Ich verdiene, glaube ich, daß niemand diese Vorstellung von mir hat; und besonders scheint mir, waren Sie weniger als jeder andere in dem Fall, daß Sie sie bekommen konnten. Gewiß haben Sie gefühlt, daß Sie dadurch, daß Sie mich zu meiner Rechtfertigung nötigten, mich zwängen, an alles zu erinnern, was zwischen uns vorgegangen ist. Offenbar haben Sie geglaubt, Sie könnten bei der Prüfung nur gewinnen. Da ich meinerseits glaube, daß ich nicht dabei verlieren werde, wenigstens in Ihren Augen nicht, fürchte ich mich nicht davor. Vielleicht ist es tatsächlich das einzige Mittel, zu erkennen, wer von uns beiden das Recht hat, sich über den andern zu beklagen.

Um, mein Herr, beim Tage Ihrer Ankunft hier im Schloß anzufangen, werden Sie, glaube ich, zugeben, daß wenigstens Ihr Ruf mich berechtigte, Ihnen gegenüber einige Zurückhaltung zu üben, und daß ich, ohne fürchten zu müssen, für übertrieben prüde gehalten zu werden, mich einzig auf die Bekundungen kältester Höflichkeit hätte beschränken können. Sie selbst würden mich mit Nachsicht behandelt haben und hätten es ganz einfach gefunden, daß eine so wenig geschulte Frau nicht einmal den erforderlichen Gehalt hätte, um den Ihrigen zu würdigen. Sicher gebot dies die Vorsicht; und es wäre mir um so leichter gefallen, als ich Ihnen nicht verhehlen will, daß ich, als Frau von Rosemonde mir Ihr Kommen ankündigte, mich meiner Freundschaft zu ihr und der ihrigen zu Ihnen erinnern mußte, um sie nicht sehen zu lassen, wie sehr mir diese Nachricht in die Quere kam.

Ich gebe gerne zu, daß Sie sich anfangs in günstigerem Licht gezeigt haben, als ich Sie mir vorgestellt hätte. Sie werden aber Ihrerseits zugeben, daß das nur sehr kurz gedauert hat und daß Sie einen Zwang bald satt gekriegt haben, für den Sie sich offenbar durch die vorteilhafte Meinung, die ich dadurch von Ihnen bekommen hatte, nicht hinreichend entschädigt gefunden haben.

Da haben Sie denn unter Mißbrauch meiner Gutgläubigkeit und meiner Sicherheit sich nicht gescheut, von einem Gefühl zu mir zu sprechen, das mich, Sie konnten gar nicht daran zweifeln, beleidigen mußte. Und ich suchte – während Sie sich nur damit abgaben, Ihre Vergehen schwerer zu machen dadurch, daß Sie sie häuften, suchte ich nach einem Beweggrund, um sie zu vergessen, und bot Ihnen Gelegenheit, sie wenigstens zum Teil wieder gutzumachen. Meine Forderung war so gerecht, daß Sie selbst sich ihr nicht entziehen zu sollen glaubten; aber aus meiner Nachsicht machten Sie sich ein Recht und benutzten sie, um eine Erlaubnis von mir zu

erbitten, die ich gewiß gar nicht hätte gewähren sollen und die Sie dennoch erhalten haben.
Von den Bedingungen, die daran geknüpft wurden, haben Sie keine einzige eingehalten; und Ihr Briefwechsel ist derartig gewesen, daß jeder Ihrer Briefe es mir zur Pflicht machte, nicht mehr zu antworten. Im selben Augenblick, wo Ihre Hartnäckigkeit mich nötigte, Sie von mir abzuschütteln, habe ich, mit vielleicht tadelnswertem Entgegenkommen, das einzige Mittel versucht, das mir erlauben konnte, Sie wieder heranzuziehen. Aber was ist in Ihren Augen ein ehrbares Gefühl wert? Sie verschmähen die Freundschaft; und in Ihrer tollen Trunkenheit sind Sie, unter Nichtachtung von Unglück und Schande, nur auf Vergnügungen und Opfer aus.
Ebenso leichtfertig in Ihren Schritten wie folgewidrig in Ihren Vorwürfen, vergessen Sie Ihre Versprechungen oder machen sich vielmehr ein Spiel daraus, sie zu brechen, und nachdem Sie eingewilligt haben, meine Nähe zu meiden, kehren Sie hierher zurück, ohne gerufen worden zu sein – ohne Rücksicht auf meine Bitten, auf meine Gründe, ohne daß Sie auch nur die Aufmerksamkeit gehabt hätten, mich vorher zu benachrichtigen. Sie haben sich nicht gescheut, mich einer Überraschung auszusetzen, deren Wirkung, obschon sicherlich nur ganz einfach, von unserer Umgebung in einem für mich ungünstigen Sinne hätte ausgelegt werden können. Als ich dann, durch Ihre Schuld, einen Augenblick lang in Verwirrung war, machten Sie nicht im geringsten den Versuch, mich davon abzulenken oder sie zu beseitigen, es schien vielmehr, als wendeten Sie alle Ihre Mühe daran, sie noch zu erhöhen. Bei Tisch wählten Sie Ihren Platz genau neben meinem. Ein leichtes Unwohlsein nötigt mich, die Tafel vor den andern zu verlassen; und anstatt mein Alleinsein zu achten, veranlassen Sie alle, es zu stören. Wenn ich, wieder im Salon, einen Schritt tue, finde ich Sie neben mir; sage ich ein Wort, immer antworten Sie mir. Das gleichgültigste Wort dient Ihnen als Vorwand, um wie-

der ein Gespräch herbeizuleiten, wovon ich nichts hören wollte, das mich sogar bloßstellen konnte; denn schließlich, mein Herr, wieviel Geschicklichkeit Sie auch daran wenden mögen, was ich verstehe, können, glaube ich, die andern auch verstehn.

Nachdem Sie mich so zum Stillsitzen und Schweigen gezwungen haben, verfolgen Sie mich trotzdem noch immer weiter. Ich kann die Augen nicht aufschlagen, ohne den Ihrigen zu begegnen. Unablässig bin ich genötigt, die Blicke abzuwenden; und mit ganz unbegreiflicher Folgewidrigkeit lenken Sie die des ganzen Kreises auf mich in einem Moment, wo ich mich selbst vor meinen eigenen am liebsten verborgen hätte.

Und Sie beschweren sich über meine Handlungsweise! Und Sie wundern sich, weil ich Ihnen so eifrig ausweiche! Ach! Tadeln Sie mich lieber für meine Nachsicht, wundern Sie sich, daß ich nicht abgereist bin im selben Augenblick, als Sie ankamen. Ich hätte es wohl tun sollen, und Sie werden mich zu diesem gewaltsamen, aber notwendigen Ausweg zwingen, wenn Sie Ihre Verfolgungen und Angriffe nicht endlich aufgeben. Nein, ich vergesse, werde nie vergessen, was ich mir schulde, was ich den Banden schulde, die ich geknüpft habe, die ich achte und liebe; und ich bitte Sie, zu glauben, daß, sollte ich mich je auf die verzweifelte Wahl angewiesen sehen, ob ich Sie oder mich selbst opfern will, ich keinen Augenblick schwanken werde. Adieu, mein Herr.

. . ., den 16. September 17**

Neunundsiebzigster Brief

Der Vicomte von Valmont an die Marquise von Merteuil

Ich wollte heute morgen auf die Jagd gehen, aber es ist abscheuliches Wetter. Statt aller Lektüre habe ich nur einen neuen Roman, der sogar ein Schulmädchen langweilen würde. Gefrühstückt wird frühestens in zwei Stunden: so will ich denn trotz meinem gestrigen langen Briefe wieder mit Ihnen plaudern. Ich bin gewiß, Sie nicht zu langweilen, denn ich werde von dem ›sehr hübschen Prévan‹ sprechen. Wie geht es zu, daß Sie sein berühmtes Abenteuer nicht erfahren haben, das, wodurch die ›Unzertrennlichen‹ getrennt wurden? Ich wette, beim ersten Wort fällt es Ihnen wieder ein. Aber da Sie's wünschen, hier ist es.

Sie wissen wohl noch, wie ganz Paris sich wunderte, daß drei Frauen, alle drei hübsch, alle drei mit denselben Gaben und der Berechtigung zu denselben Ansprüchen, seit dem Augenblick ihres Eintritts in die Gesellschaft untereinander eng verbunden blieben. Anfangs vermutete man den Grund in ihrer außerordentlichen Schüchternheit. Wie sie dann aber bald von einem zahlreichen Hof umringt waren, in dessen Huldigungen sie sich teilten, und wie sie durch die eifrigen Bemühungen, deren Gegenstand sie waren, über ihren Wert aufgeklärt wurden, ward ihre Einigkeit nur noch stärker, und jeder würde gesagt haben, daß der Triumph der einen der der beiden andern sei. Man hoffte, daß wenigstens der Zeitpunkt, wo sie sich verliebten, etwas Gegnerschaft unter ihnen herbeiführen werde. Unsere angenehmen jungen Leute stritten sich um die Ehre, der Zankapfel zu sein; und ich selbst hätte mich damals mit eingereiht unter die Bewerber, wenn die hohe Gunst, zu der in derselben Zeit die Gräfin von *** aufstieg, mir erlaubt hätte, ihr untreu zu werden, ehe ich die von mir erbetene Bewilligung erlangt hatte.

Indessen trafen unsere drei Schönheiten im selben Karneval wie auf Verabredung ihre Wahl; und dadurch wurden durchaus nicht die Stürme heraufbeschworen, die man sich davon versprochen hatte, sondern ihre Freundschaft bekam, dank dem Reiz der Vertraulichkeiten, nur noch mehr Interesse.

Da gesellte sich die Menge der unglücklichen Bewerber zu der der eifersüchtigen Frauen, und die anstößige Beständigkeit ward der öffentlichen Zensur unterworfen. Die einen behaupteten, in dieser Gesellschaft der ›Unzertrennlichen‹

(so nannte man sie) sei das Grundgesetz die Gütergemeinschaft, und selbst die Liebe unterstehe ihm. Andere versicherten, wenn die drei Liebhaber keine Nebenbuhler hätten, so hätten sie doch Nebenbuhlerinnen. Man ging sogar soweit, zu sagen, sie seien nur der Schicklichkeit wegen zugelassen worden und hätten nur einen Titel ohne Amt erhalten.

Diese Gerüchte, ob wahr oder falsch, hatten nicht die Wirkung, die man sich von ihnen versprochen hatte. Im Gegenteil fühlten die drei Paare, daß sie verloren seien, wenn sie sich in diesem Augenblick trennten. Sie entschlossen sich, dem Sturm die Stirn zu bieten. Die Öffentlichkeit, die alles satt bekommt, bekam bald diese unfruchtbare Spötterei satt. Ihre natürliche Leichtigkeit trug sie weiter, und sie verlegte sich auf anderes; dann kam sie mit ihrer gewöhnlichen Folgewidrigkeit hierauf zurück und vertauschte nun den Tadel gegen Lob. Da hier alles Modesache ist, wuchs die Begeisterung; sie ward schon zu einer wahren Tobsucht, als Prévan es unternahm, diese Wunder nachzuprüfen und die öffentliche Meinung und seine eigene über sie festzulegen.

Er suchte also den Verkehr mit diesen Mustern von Vollkommenheit. Darin, daß er in ihre Gesellschaft leicht zugelassen ward, sah er ein günstiges Vorzeichen. Er wußte zur Genüge, daß glückliche Leute nicht so leicht zugänglich sind. Tatsächlich sah er bald, daß dies so viel gerühmte Glück, wie das der Könige, zwar beneidet ward, aber gar nicht wünschenswert war. Er bemerkte, daß man unter diesen vorgeblichen Unzertrennlichen die Vergnügungen der Außenwelt aufzusuchen begann, daß man bei ihnen sogar auf Zerstreuung sann; und er schloß daraus, daß die Bande der Liebe oder Freundschaft schon gelockert oder zerrissen seien und daß nur noch die der Eigenliebe und der Gewohnheit einige Kraft hätten.

Indes behielten die Frauen, die die Not zusammenhielt, untereinander den Schein stets gleicher Innigkeit bei. Die Männer aber, die in ihrem Tun und Lassen freier waren, erinnerten sich wieder an Pflichten, denen zu genügen war, oder an Geschäfte, die zu betreiben waren. Sie beklagten sich noch darüber, entschlugen sich aber dessen nicht mehr, und selten war der Kreis am Abend vollzählig.

Dies Verhalten ihrerseits war von Vorteil für den beharrlichen Prévan, der natürlich bei der Verlassenen des Tages saß und Gelegenheit fand, abwechselnd und den Umständen gemäß den drei Freundinnen die gleiche Huldigung darzubringen. Er fühlte unschwer heraus, daß eine Wahl unter ihnen Selbstmord gewesen wäre; daß die falsche Scham, als erste untreu zu werden, die Auserwählte zum Scheuen bringen werde; daß die verletzte Eitelkeit der beiden andern sie zu Feindinnen des neuen Liebhabers machen werde und daß sie nicht verfehlen würden, gegen ihn die großen Grundsätze in ihrer Strenge aufzurollen; schließlich auch, daß die Eifersucht sicherlich den Eifer eines Rivalen wieder aufleben lassen werde, der vielleicht noch zu fürchten war. Alles wäre zum Hindernis geworden. In seinem dreifachen Plan dagegen ward alles leicht. Jede der Frauen war nachsichtig, weil sie interessiert war, jeder der Männer, weil er sich für nicht interessiert hielt.

Prévan, der zu der Zeit nur eine einzige Frau zu opfern hatte, hatte das Glück, daß diese zu Berühmtheit gelangte. Ihre Eigenschaft als Fremde und die ziemlich geschickt abgelehnte Werbung eines großen Fürsten hatte die Aufmerksamkeit von Hof und Stadt auf sie gelenkt. Ihr Liebhaber teilte mit ihr diese Ehre und nutzte sie bei seinen neuen Geliebten. Die einzige Schwierigkeit war, die drei Intrigen alle in einer Front vorwärtszuführen, denn ihr Gang mußte sich notgedrungen nach dem der langsamsten richten. Tatsächlich weiß ich von einem seiner Vertrauten, daß er seine größte Not damit hatte, eine zurückzuhalten, die fast vierzehn Tage vor den andern zum Aufbrechen fertig war.

Endlich kommt der große Tag. Prévan, der die drei Einwilligungen erhalten hatte, war schon Herr der Ereignisse und regelte sie, wie Sie gleich sehen werden. Von den drei Gat-

ten war der eine abwesend, der zweite verreiste am nächsten Tag in grauer Frühe, der dritte war aus in der Stadt. Die unzertrennlichen Freundinnen sollten bei der künftigen Witwe soupieren; aber der neue Herr hatte nicht gestattet, daß die früheren Diener dort eingeladen würden. Am selben Morgen macht er drei Pakete aus den Briefen seiner Schönen und schickt das eine mit dem Bildnis, das er von ihr erhalten hatte, das zweite mit den verschlungenen Namenszügen, die sie selbst gemalt hatte, das dritte mit einer Locke von ihrem Haar. Jede nahm dies Opferdrittel als vollständig auf und willigte zum Entgelt darin ein, dem in Ungnade gefallenen Liebhaber einen unumwundenen Trennungsbrief zu schreiben.
Das war viel, aber nicht genug. Die, deren Gatte in der Stadt war, konnte nur über den Tag verfügen; man kam überein, daß ein geheucheltes Unwohlsein sie vom Soupieren bei ihrer Freundin befreien sollte und daß der Abend ganz Prévan gehören sollte. Die Nacht ward von der bewilligt, deren Gatte abwesend war, und der Tagesanbruch, als Augenblick der Abreise des dritten Gatten, ward von der letzten zur Schäferstunde bestimmt.
Prévan, der für alles sorgt, eilt sodann zu der schönen Fremden, bringt die schlechte Laune, die er nötig hat, mit und ruft sie hervor und geht erst wieder fort, nachdem er einen Streit vom Zaun gebrochen hat, der ihm vierundzwanzig Stunden Freiheit sichert. Nachdem er so seine Anordnungen getroffen hatte, kehrte er nach Haus zurück, in der Absicht, sich etwas auszuruhen. Es erwarteten ihn aber andere Geschäfte.
Die Trennungsbriefe waren für die in Ungnade gefallenen Liebhaber eine plötzliche Erleuchtung gewesen. Jeder von ihnen mußte sich sagen, daß er Prévan geopfert sei; und da der Ärger, hineingelegt zu sein, zu der schlechten Stimmung kam, in die einen die kleine Demütigung des Verlassenwerdens fast immer versetzt, hatten alle drei, ohne es sich mitzuteilen, aber wie auf Verabredung beschlossen, die Sache

ins reine zu bringen, und zwar mit ihrem glücklichen Rivalen.

Dieser fand also zu Hause die drei Herausforderungen. Er nahm sie ehrlich an; da er aber weder die Freuden noch den Glanz dieses Abenteuers versäumen wollte, setzte er das Zusammentreffen auf den folgenden Morgen fest und bestellte sie alle drei an denselben Ort und zu derselben Stunde. Der Ort war bei einem der Tore des Bois de Boulogne.

Als der Abend da war, durchlief er seine dreifache Laufbahn mit gleichem Erfolg; wenigstens hat er sich nachher gerühmt, jede seiner neuen Herrinnen habe dreimal das Unterpfand und den Schwur seiner Liebe empfangen. Hier fehlen, wie Sie sich denken können, der Geschichte die Beweise. Alles, was der unparteiische Geschichtsschreiber tun kann, ist, daß er den gutgläubigen Leser darauf hinweist, daß die aufgestachelte Eitelkeit und Phantasie Wunder zu wirken vermögen und daß überdies der Morgen, der einer so glänzenden Nacht folgen sollte, ganz so aussah, als sollte er jede Schonung für künftig unnötig machen. Lassen wir das sein, wie's will; die folgenden Tatsachen sind gewisser.

Prévan begab sich pünktlich zu dem angegebenen Treffpunkt und fand dort seine drei Rivalen, etwas überrascht durch ihr Zusammentreffen und vielleicht jeder schon zum Teil getröstet, da er sah, er habe Unglücksgefährten. Er ging freundlich und ritterlich auf sie zu und hielt folgende Ansprache, die mir treu berichtet ist:

»Meine Herren, wie Sie sich hier beisammen gesehen haben, haben Sie zweifellos erraten, saß Sie alle drei denselben Grund zur Klage wider mich haben. Ich bin bereit, Ihnen Rechenschaft zu geben. Mag das Los entscheiden, wer von Ihnen dreien als erster versuchen soll, sich die Rache zu verschaffen, auf die Sie alle gleiches Recht haben. Ich habe weder Sekundanten noch Zeugen mitgebracht. Bei der Beleidigung habe ich keine gehabt und verlange darum auch bei der Sühne keine.« Darauf gab er seiner Spielernatur nach und setzte hinzu: »Ich weiß, selten gewinnt man siebenmal den ganzen Satz; welches Geschick meiner aber auch wartet, man hat immer lange genug gelebt, wenn man Zeit gehabt hat, die Liebe der Frauen zu erwerben und die Achtung der Männer.«

Während seine erstaunten Gegner sich schweigend ansahen und ihr Zartgefühl vielleicht überlegte, daß dieser dreifache Kampf die Rollen zu ungleich verteilte, nahm Prévan wieder das Wort: »Ich verhehle Ihnen nicht, daß die soeben verbrachte Nacht mich entsetzlich ermüdet hat. Es wäre großmütig von Ihnen, wenn Sie mir gestatteten, meine Kräfte wiederherzustellen. Ich habe angeordnet, daß man hier ein Frühstück bereithalten solle; geben Sie mir die Ehre, es von mir anzunehmen. Frühstücken wir zusammen und vor allem fröhlich. Man kann sich schlagen wegen dergleichen Lappalien, aber unsere Laune sollten sie, meine ich, nicht beeinträchtigen.«

Das Frühstück ward angenommen. Nie, wird gesagt, war Prévan liebenswürdiger. Er hatte die Geschicklichkeit, keinen seiner Rivalen zu demütigen, ihnen die Überzeugung beizubringen, daß alle leicht dieselben Erfolge davongetragen hätten, und vor allem sie dahin zu bringen, daß sie zugaben, sie hätten ebensowenig wie er die Gelegenheit entwischen lassen. Als diese Punkte einmal zugegeben waren, glättete sich alles von selbst. Darum war auch das Frühstück noch nicht zu Ende, da hatte man schon zehnmal wiederholt, solche Frauen verdienten nicht, daß anständige Leute sich ihretwegen schlügen. Dieser Gedanke brachte Herzlichkeit mit sich; der Wein befestigte sie, dergestalt, daß es wenige Augenblicke später nicht mehr genügte, keinen Groll mehr zu hegen, sondern man schwur sich rückhaltlose Freundschaft.

Prévan, dem zweifellos dieser Ausgang ebenso lieb war wie der andere, wollte aber doch von seinem Ruhm nichts dabei verlieren. Infolgedessen sagte er unter geschickter Anpassung seiner Pläne an die Umstände zu den drei Beteiligten: »Den Tatsachen nach haben Sie sich nicht an mir, sondern an Ihren ungetreuen Geliebten zu rächen. Ich biete Ihnen Gelegenheit dazu. Schon fühle ich selbst die Beleidigung, die bald auch mich treffen würde; denn wenn jeder von Ihnen nicht imstande gewesen ist, eine einzige zu fesseln, darf ich dann hoffen, sie alle drei zu fesseln? Ihre Sache wird die meinige. Kommen Sie heute abend in mein Lusthaus zum Souper, dann hoffe ich Ihre Rache ohne Aufschub zu erledigen.« Man wollte, er sollte dies erklären, er aber erwiderte mit dem überlegenen Ton, zu dem die Umstände ihn berechtigten: »Meine Herren, ich glaube, Sie haben erfahren, daß ich einige Lebensart habe. Verlassen Sie sich auf mich.« Alle pflichteten bei, und nachdem sie ihren neuen Freund umarmt hatten, trennten sie sich bis zum Abend, in der Erwartung, daß seine Versprechungen sich verwirklichen sollten.

Er kehrt seinerseits, ohne Zeit zu verlieren, nach Paris zurück und stattet, dem Brauche gemäß, seinen neuen Eroberungen einen Besuch ab. Er erreichte bei allen dreien, daß sie am selben Abend in seinem Häuschen jede mit ihm ganz allein soupieren wollten. Zwei von ihnen erhoben zwar Schwierigkeiten; aber was läßt sich am Tage nachher noch abschlagen? Er gab ihnen das Stelldichein in Abständen von einer Stunde, der für sein Vorhaben erforderlichen Zeit. Nach diesen Vorbereitungen zog er sich zurück, ließ die andern drei Verschworenen benachrichtigen, und alle vier gingen fröhlich, ihre Opfer zu erwarten.

Man hört die erste kommen. Prévan zeigt sich allein, empfängt sie in beflissener Art und Weise, geleitet sie bis zu dem Heiligtum, dessen Göttin sie zu sein glaubte. Darauf verschwand er unter einem leichten Vorwand und ließ sogleich den gekränkten Liebhaber an seine Stelle treten.

Sie können sich denken, daß die Verwirrung einer Frau, die in Abenteuern noch nicht geübt war, in diesem Augenblick den Triumph sehr leicht machte. Jeder nicht geäußerte Vorwurf zählte als Gnade; und die flüchtige Sklavin, die ihrem früheren Herrn von neuem ausgeliefert war, war überglücklich, die zuerst getragene Kette wieder aufnehmen und damit auf Verzeihung hoffen zu können. Der Friedensschluß ward an einem einsameren Ort vollzogen, und die leer gebliebene Bühne wurde abwechselnd von den andern handelnden Personen in Besitz genommen, ungefähr in derselben Weise und vor allem mit demselben Ausgang.

Jede der Frauen glaubte sich jedoch allein im Spiel. Ihr Erstaunen und ihre Verlegenheit stiegen, als zur Stunde des Soupers die drei Paare sich zusammenfanden. Aber die Verwirrung erreichte den Höhepunkt, als Prévan mitten darin erschien und so grausam war, bei den drei Ungetreuen Entschuldigungen vorzubringen, die ihr Geheimnis aufdeckten und sie zugleich völlig darüber belehrten, bis zu welchem Punkt sie zum besten gehalten waren.

Indessen setzte man sich zu Tisch, und kurz darauf kehrte die Haltung zurück. Die Männer wurden vertraulich, die Frauen fügten sich. Alle trugen Haß im Herzen, aber die Reden waren darum nicht weniger zärtlich. Der Frohsinn weckte die Begierde, die ihm ihrerseits neue Reize lieh. Diese erstaunliche Orgie währte bis an den Morgen, und als man sich trennte, mußten die Frauen meinen, es sei ihnen verziehen. Die Männer aber, die ihren Groll bei sich behalten hatten, vollführten gleich am folgenden Tag einen unwiderruflichen Bruch; und nicht damit zufrieden, daß sie ihre leichtsinnigen Geliebten verließen, vollendeten sie ihre Rache dadurch, daß sie ihr Abenteuer veröffentlichten. Seit der Zeit ist die eine von ihnen im Kloster, und die zwei andern schmachten in der Verbannung auf ihren Gütern.

Das ist Prévans Geschichte. Nun ist es Ihre Sache, ob Sie seinen Ruhm vermehren und sich vor seinen Siegeswagen spannen wollen. Ihr Brief hat mich wirklich beunruhigt, und ich erwarte ungeduldig eine verständigere und klarere Antwort auf den letzten, den ich Ihnen schrieb.

Adieu, schöne Freundin, hüten Sie sich vor den komischen oder wunderlichen Einfällen, denen Sie stets allzu leicht nachgeben. Bedenken Sie, daß in Ihrer Laufbahn Geist nicht

genügt, daß eine einzige Unklugheit hier zum unheilbaren Unglück wird. Und lassen Sie sich's gefallen, daß besonnene Freundschaft zuweilen Führer Ihrer Vergnügungen sei.
Adieu. Ich liebe Sie dennoch, als wären Sie vernünftig.

..., den 18. September 17**

Achtzigster Brief

Der Ritter Danceny an Cécile Volanges

Cécile, liebe Cécile, wann kommt die Zeit, wo wir uns wiedersehn? Wer lehrt mich, fern von Ihnen zu leben? Wer gibt mir dazu Kraft und Mut? Nie, nein nie werde ich dieses verhängnisvolle Fernsein ertragen können. Jeder Tag fügt zu meinem Unglück etwas hinzu; und kein Ende abzusehn! Valmont, der mir Beistand versprochen hatte und Trost, Valmont kümmert sich nicht um mich, vergißt mich vielleicht. Er ist bei dem, was er liebt; er weiß nicht mehr, was man leidet, wenn man fern davon ist. Als er mir Ihren letzten Brief zugeschickt hat, hat er mir nichts dazugeschrieben. Und doch sollte er mich davon in Kenntnis setzen, wann ich Sie werde sehen können und auf welchem Wege. Hat er mir denn nichts zu sagen? Sie selbst sprechen nicht mehr davon; teilen Sie etwa nicht mehr den Wunsch? Ach, Cécile, Cécile, ich bin sehr unglücklich. Ich liebe Sie mehr als je, aber diese Liebe, die der Reiz meines Daseins ist, fängt an, seine Marter zu bilden.
Nein, ich will so nicht mehr leben, ich muß Sie sehen, ich muß, und wäre es nur einen Augenblick. Wenn ich aufstehe, sage ich mir: ›Ich werde sie nicht sehen.‹ Ich gehe zu Bett mit dem Gedanken: ›Ich habe sie nicht gesehen.‹ Die so langen Tage haben keinen Augenblick Zeit für das Glück. Alles ist Entbehrung, alles ist Sehnen, alles Verzweiflung; und all diese Leiden kommen mir dorther, von wo ich alle meine Freuden erwartete! Fügen Sie zu diesen Todesnöten meine Besorgnis wegen dessen, was Sie ausstehen, und Sie können sich meine Lage vorstellen. Ich denke an Sie ohne

Unterlaß und nie ohne Erregung. Sehe ich Sie betrübt und unglücklich, leide ich all Ihren Kummer mit. Sehe ich Sie ruhig und getröstet, dann verdoppelt sich mein eigener. Überall stoße ich auf Unglück.

Ach, wie war das doch anders, als Sie am selben Ort wohnten wie ich! Da war alles Freude. Die Gewißheit, daß ich Sie sehen würde, verschönte noch die Augenblicke des Entferntseins. Die Zeit, die ich fern von Ihnen hinbringen mußte, näherte mich Ihnen, indem sie verfloß. Was ich mit dieser Zeit anfing, war nie ohne Beziehung auf Sie. Erfüllte ich Pflichten, machten sie mich Ihrer würdiger; pflegte ich ein etwaiges Talent, hoffte ich Ihnen dadurch mehr zu gefallen. Selbst dann, wenn die Zerstreuungen der Welt mich forttrugen von Ihnen, war ich von Ihnen nicht getrennt. Im Schauspiel suchte ich zu erraten, was Ihren Beifall gefunden hätte; ein Konzert erinnerte mich an Ihre Talente und unsere so lieblichen Beschäftigungen. Im Klub wie auf den Spazierwegen ward ich die leiseste Ähnlichkeit gewahr. Alles verglich ich mit Ihnen, und überall fiel der Vergleich zu Ihren Gunsten aus. Jeder Augenblick des Tages ward von einer neuen Huldigung bezeichnet, und jeden Abend trug ich den Ihnen daraus entfallenden Tribut zu Ihren Füßen.

Jetzt aber, was bleibt mir? Schmerzliches Sehnen, ewiges Entbehren und eine leise Hoffnung, daß Valmonts Schweigen weniger stumm werde, daß das Ihrige in Unruhe übergehe. Zehn Meilen nur trennen uns, und dieser so leicht überschreitbare Raum wird für mich allein zum unübersteiglichen Hindernis! Und da ich, daß sie mir bei seiner Überwindung helfen sollen, meinen Freund und meine Herrin anflehe, bleiben alle beide kalt und ruhig! Mir beizustehn liegt ihnen so fern, daß sie mir nicht einmal antworten.

Was ist denn aus Valmonts tätiger Freundschaft geworden? Was ist vor allem aus Ihren so zärtlichen Gefühlen geworden, die Sie so erfinderisch machten im Ersinnen von Mitteln, um uns alle Tage zu sehen? Manchmal, ich erinnere mich, war ich genötigt, meinen Drang zu Ihnen, ohne daß er je nachließe, Erwägungen und Pflichten zu opfern. Was sagten Sie mir dann nicht alles? Mit wie vielen Vorwänden bekämpften Sie meine Gründe. Und denken Sie nur daran, meine Cécile, immer traten meine Gründe zurück hinter Ihre Vorwände. Ich mache mir kein Verdienst daraus; ich hatte nicht einmal das, daß ich etwas geopfert hätte. Was Sie zu erlangen wünschten, ich brannte darauf, es zu gewähren. Nun endlich ist es an mir, zu bitten; und worum? Sie einen Augenblick sehen, den Schwur ewiger Liebe Ihnen erneuern und von Ihnen empfangen zu dürfen. Ist denn das nicht mehr ebenso Ihr Glück, wie es meines ist? Ich wehre diesen Verzweiflung wirkenden Gedanken ab, er würde das Maß meiner Leiden voll machen. Sie lieben mich, werden mich immer lieben; ich glaube es, weiß es gewiß, will nie daran zweifeln; aber meine Lage ist grauenhaft, und ich kann sie nicht länger aushalten. Leben Sie wohl, Cécile.

Paris, den 18. September 17**

Einundachtzigster Brief

Die Marquise von Merteuil an den Vicomte von Valmont

Was Ihre Befürchtungen mir für Mitleid einflößen! Wie sie mir meine Überlegenheit über Sie zeigen! Und Sie wollen mich lehren, mich leiten? Ach armer Valmont, welcher Abstand zwischen Ihnen und mir! Nein, aller Stolz Ihres Geschlechtes würde nicht genügen, um den Raum, der uns trennt, auszufüllen. Weil Sie meine Pläne nicht ausführen könnten, halten Sie sie für unmöglich! Hochfahrendes, schwaches Wesen, Dir steht es wohl an, meine Mittel berechnen, über meine Hilfsquellen ein Urteil haben zu wollen! In Wahrheit, Vicomte, Ihre Ratschläge haben mich verdrießlich gemacht, ich kann es Ihnen nicht verhehlen.

Daß Sie, um Ihre unglaubliche Ungeschicklichkeit bei Ihrer Präsidentin zu maskieren, es wie einen Triumph vor mir auskramen, daß Sie diese schüchterne und in Sie verliebte

Frau einen Augenblick aus der Fassung gebracht haben, das lasse ich gelten; daß Sie einen Blick, einen einzigen Blick von ihr erhalten haben, ich lächele darüber und lasse es Ihnen hingehen. Daß Sie in der unwillkürlichen Empfindung, wie wenig Ihr Verhalten wert ist, es meiner Aufmerksamkeit zu entziehen hofften, dadurch, daß Sie mir mit der gewaltigen Leistung schöntaten, zwei Kinder einander zu nähern, die alle beide darauf brennen, sich zu sehen und, nebenbei gesagt, ihre glühende Begierde mir allein verdanken – ich will auch das noch hinnehmen. Daß Sie endlich aus diesen Heldentaten die Berechtigung ableiten, mir in lehrhaftem Ton zu sagen, ›es sei besser, man benutze seine Zeit dazu, Pläne auszuführen, als sie zu erzählen‹, diese Eitelkeit schadet mir nicht, und ich verzeihe sie. Aber daß Sie glauben können, ich bedürfe Ihrer Klugheit, ich würde in die Irre gehen, wenn ich mich nicht Ihren Weisungen unterordne, ich müßte ihnen ein Vergnügen, eine Laune opfern: wahrhaftig, Vicomte, das zeigt, daß mein Ihnen gewährtes Vertrauen Sie gar zu übermütig gemacht hat!

Was haben Sie denn eigentlich getan, was ich nicht tausendmal übertroffen hätte? Sie haben viele Frauen verführt, sogar zugrunde gerichtet: aber welche Schwierigkeiten haben Sie zu brechen gehabt? welche Hindernisse zu überwinden? Wo ist darin das Verdienst, das wirklich Ihnen gehört? Ein schönes Gesicht, reiner Zufall; gute Manieren, die Übung fast immer verleiht; Geist allerdings, den zur Not aber Geschwätz ersetzen würde; eine Unverschämtheit, die ziemlich lobenswert ist, die Sie vielleicht aber einzig und allein der Mühelosigkeit Ihrer ersten Erfolge verdanken – das sind, irre ich nicht, alle Ihre Hilfsmittel: denn was die Berühmtheit angeht, die Sie etwa erworben haben, werden Sie wohl nicht verlangen, daß ich die Kunst, einen Skandal hervorzurufen oder die Gelegenheit dazu wahrzunehmen, hoch anschlage.

Wegen Vorsicht, wegen Schlauheit spreche ich nicht von mir: welche beliebige Frau hätte davon nicht mehr als Sie?

Achtung, doch, Ihre Präsidentin springt ja mit Ihnen um wie mit einem Kind.

Glauben Sie mir, Vicomte, man erwirbt selten die Eigenschaften, die man entbehren kann. Da Sie ohne Gefahr kämpfen, gehen Sie notwendig ohne Vorsicht zu Werke. Für euch Männer ist jede Niederlage nur ein Erfolg weniger. Bei dieser so ungleichen Partie besteht unser Glück darin, nicht zu verlieren, und euer Unglück darin, nicht zu gewinnen. Wenn ich euch so viele Anlagen zuspräche wie uns, um wieviel müßten wir euch auch dann noch übertreffen dadurch, daß wir in der Notlage sind, fortwährend davon Gebrauch zu machen!

Nehmen wir meinetwegen an, daß ihr ebensoviel Geschicklichkeit daran setzt, uns zu besiegen, als wir daran, uns zu verteidigen oder nachzugeben, so werden Sie wenigstens zugeben, daß ihr sie nach dem Erfolge nicht mehr braucht. Einzig mit eurer neuen Liebhaberei beschäftigt, überlaßt ihr euch ihr ohne Furcht und Rückhalt: nicht euch kümmert es, wie lange sie währt.

In der Tat: diese wechselweise auferlegten und entgegengenommenen Bande, um das Rotwelsch der Liebe zu reden, ihr allein könnt sie nach Gutdünken enger anziehen oder zerreißen – und glücklich sind wir noch, wenn ihr leichten Muts das Geheimnis wählt statt des Lärms, euch mit demütigendem Verlassen begnügt und nicht aus dem Idol von gestern das Opfer von morgen macht!

Wenn nun aber eine unselige Frau zuerst die Schwere der Kette fühlt, welche Gefahren hat sie nicht zu laufen, wenn sie es unternimmt, sich ihr zu entziehen, wenn sie nur wagt, sie ein wenig aufzuheben! Nur mit Beben versucht sie den Mann von sich abzuwehren, den ihr Herz mit Gewalt zurückstößt. Besteht er darauf, zu bleiben, muß sie, was sie der Liebe gewährte, der Furcht ausliefern.

Noch öffnen ihre Arme sich,
Wenn schon ihr Herz sich schloß.

Ihre Vorsicht muß mit Geschicklichkeit diese selben Bande

aufknüpfen, die ihr zerrissen hättet. Auf die Gnade ihres Feindes angewiesen, ist sie ohne Rettungsmittel, wenn er ohne Großmut ist, und sie, wie sollte sie die von ihm erhoffen, da er, mag man ihn manchmal auch loben, weil er welche hat, doch niemals Tadel erfährt, weil es ihm an ihr gebricht?

Diese Wahrheiten werden Sie wohl nicht leugnen, sie liegen so offen zutage, daß sie Gemeinplätze sind. Wenn Sie gleichwohl gesehen haben, wie ich, unter willkürlicher Anordnung von Ereignissen und Meinungen, aus diesen so furchtbaren Männern das Spielzeug meiner Launen oder meiner Einfälle machte, wie ich den einen die Lust, den andern die Macht, mir zu schaden, nahm; wenn ich sie abwechselnd und meinem beweglichen Sinn gemäß an meine Gefolgschaft zu fesseln oder von mir wegzustoßen verstanden habe,

Die Herrscher, die entthront zu meinen
Sklaven werden;[1]

und wenn inmitten dieser häufigen Umwälzungen mein Ruf sich dennoch rein erhalten hat: haben Sie daraus nicht schließen müssen, daß ich, dazu geboren, mein Geschlecht zu rächen und Ihres zu meistern, mir Mittel zu schaffen gewußt habe, die bis auf mich unbekannt waren?

Ach! Sparen Sie Ihre Ratschläge und Befürchtungen für jene irrsinnigen Frauen, die sich ›gefühlvoll‹ nennen, deren überspannte Einbildung den Glauben wecken könnte, daß die Natur ihre Sinnlichkeit in ihren Kopf verlegt hat, die nie nachgedacht haben und darum beständig Liebe und Liebhaber verwechseln, die in ihrer verrückten Selbsttäuschung vermeinen, der, mit dem sie das Vergnügen gesucht haben, sei sein alleiniger Inhaber, und als richtige Aber-

1. Wir wissen nicht, ob dieser Vers wie die weiter oben: ›Noch öffnen ihre Arme sich, wenn schon ihr Herz sich schloß‹ Zitate aus wenig bekannten Werken sind oder ob sie der Prosa der Frau von Merteuil angehören. Was dies glaubhaft erscheinen läßt, ist die Menge von Vergehen solcher Art, die sich in allen Briefen des vorliegenden Briefwechsels finden. Die des Ritters Danceny sind die einzigen, die davon frei sind; vielleicht daß ihn, der sich mit Poesie beschäftigte, sein geübteres Ohr diesen Fehler leichter vermeiden ließ.

gläubische für den Priester die Ehrfurcht und Gläubigkeit hegen, die nur der Gottheit geschuldet wird!

Fürchten Sie ferner für die, die, mehr eitel als klug, es nicht verstehen, nötigenfalls sich in das Verlassenwerden zu fügen.

Zittern Sie besonders für die in ihrem Müßiggang tätigen Frauen, die ihr ›gefühlvoll‹ nennt und deren die Liebe sich so leicht und mit solcher Gewalt bemächtigt; die das Bedürfnis spüren, sich mit ihr auch dann noch zu beschäftigen, wenn sie selber nichts davon haben; die rückhaltlos, ihren gärenden Träumereien hingegeben, die gewissen so süßen, aber so gefährlichen Briefe zur Welt bringen und nicht davor zurückschrecken, diese Beweise ihrer Schwäche der Person anzuvertrauen, die sie veranlaßt: als Unkluge, die in ihrem gegenwärtigen Geliebten nicht ihren künftigen Feind zu sehen wissen.

Ich aber, was habe ich gemein mit diesen unüberlegten Frauen? Wann haben Sie mich von den selbstauferlegten Regeln abweichen und mich gegen meine Grundsätze verfehlen gesehn? Ich sage *meine* Grundsätze und sage es mit Fleiß; denn sie wurden nicht, wie die der andern Frauen, aufs Geratewohl erteilt, ungeprüft aufgenommen und gewohnheitsmäßig befolgt. Sie sind die Frucht meines tiefen Nachdenkens; ich habe sie geschaffen und kann sagen, ich bin mein eigenes Werk.

In die Welt eingetreten zu der Zeit, da ich, noch als Mädchen, von Standes wegen dem Schweigen und der Untätigkeit geweiht war, habe ich dies auszunutzen verstanden für meine Beobachtungen und Überlegungen. Während man mich für gedankenlos oder zerstreut hielt, hörte ich allerdings wenig auf die Reden, die man sich mir zu halten befliß, nahm aber sorgfältig die in mir auf, die man mir zu verbergen suchte.

Diese nützliche Neugier diente dazu, mich zu bilden, und lehrte mich zugleich, mich zu verstellen. Oftmals genötigt, die Gegenstände meiner Aufmerksamkeit vor den Augen meiner Umgebung zu verheimlichen, probierte ich es, meine eigenen nach meinem Gefallen zu lenken. Schon damals erreichte ich es, daß ich beliebig den zerstreuten Blick bekam, den Sie so oft gelobt haben. Durch diesen ersten Erfolg ermutigt, trachtete ich, mein Mienenspiel ebenso zu regeln. Empfand ich etwa Kummer, befleißigte ich mich, heiter auszusehen und sogar freudig. Ich habe den Eifer so weit getrieben, daß ich mir freiwillig Schmerz zufügte, um während dieser Zeit mich um einen vergnügten Ausdruck zu bemühen. Mit derselben Sorgfalt und mehr Anstrengung habe ich mich bearbeitet, um die Zeichen einer unerwarteten Freude zu unterdrücken. So habe ich über meine Physiognomie die Macht erlangt, über die ich Sie manchmal so in Erstaunen gesehen habe.

Ich war noch recht jung und fast ohne Interesse: aber mein eigen waren nur meine Gedanken, und es empörte mich, daß man sie mir sollte rauben oder mich auf ihnen ertappen können, wenn ich es nicht wollte. Im Besitz dieser ersten Waffen, probierte ich sie. Ich begnügte mich nicht damit, mich nicht mehr durchschauen zu lassen, ich machte mir den Spaß, mich unter verschiedenen Gestalten zu zeigen. Meiner Gebärden sicher, beobachtete ich meine Reden. Ich regelte die einen wie die andern nach den Umständen oder auch nur nach meinen Launen. Vom selben Augenblick an gehörte, was ich dachte, mir allein, und ich zeigte nur noch das, was ich mit gutem Nutzen sehen lassen konnte.

Diese Selbstbearbeitung hatte meine Aufmerksamkeit auf den Ausdruck der Gesichter und den Charakter der Physiognomien gerichtet, und ich gewann dabei diesen durchdringenden Blick, auf den die Erfahrung mich jedoch nicht ganz fest zu bauen gelehrt hat, der mich aber im ganzen selten getäuscht hat.

Ich war noch nicht fünfzehn Jahre alt und besaß schon die Talente, denen der größte Teil unserer Politiker seinen Ruf verdankt, und dabei war ich erst bei den ersten Elementen der Wissenschaft, die ich erwerben wollte.

Sie können sich denken, daß ich, wie alle jungen Mädchen, die Liebe und ihre Freuden zu erraten suchte. Da ich aber nie im Kloster gewesen war, keine gute Freundin hatte und von einer wachsamen Mutter beaufsichtigt ward, hatte ich nur unklare Einbildungen, die nirgends Anhalt fanden. Die Natur selbst, mit der ich sicher seitdem habe höchst zufrieden sein können, gab mir noch keinen Wink. Man hätte meinen sollen, sie schaffte mit Stillschweigen an der Vervollkommnung ihres Werkes. Nur mein Kopf gor. Mir stand der Sinn nicht nach Genuß, ich wollte wissen. Der Wunsch, zu lernen, gab mir die Mittel ein.

Ich fühlte, daß der einzige Mann, mit dem ich, ohne mir eine Blöße zu geben, von dem Gegenstand sprechen könne, mein Beichtvater sei. Sogleich faßte ich meinen Entschluß. Ich überwand meine kleine Scham, rühmte mich eines Vergehens, das ich nicht begangen hatte, und beschuldigte mich, ich habe ›alles gemacht, was die Frauen machten‹. Dies war mein Ausdruck; dabei wußte ich in Wirklichkeit gar nicht, welche Sache ich ausdrückte. Meine Hoffnung wurde weder ganz und gar getäuscht noch vollkommen erfüllt. Die Furcht, mich zu verraten, hielt mich ab, mir Klarheit zu verschaffen. Aber der gute Pater malte mir die Sünde so groß aus, daß ich daraus schloß, das Vergnügen müsse ungeheuer sein. Und dem Wunsch, es zu kennen, folgte der, es zu schmecken.

Ich weiß nicht, wohin der Wunsch mich gebracht hätte, und ohne alle Erfahrung, wie ich damals war, wäre vielleicht eine einzige Gelegenheit mein Verderben gewesen. Zum Glück für mich kündigte wenige Tage darauf meine Mutter mir an, ich solle mich verheiraten. Auf der Stelle löschte die Gewißheit, das Gewünschte zu erfahren, meine Neugier aus, und ich gelangte jungfräulich in Herrn von Merteuils Arme.

Ich erwartete mit Seelenruhe den Augenblick, der mich aufklären sollte, und brauchte Überlegung, um Verwirrung und Furcht zu zeigen. Diese erste Nacht, von der man sich gewöhnlich eine so grausame oder so süße Vorstellung macht, bot mir nur Gelegenheit zu Erfahrungen. Schmerz und Lust, ich beobachtete alles genau und erblickte in diesen verschiedenen Empfindungen nur zu sammelnde und zu bedenkende Tatsachen.

Diese Art von Studium fing mir bald zu gefallen an; doch meinen Grundsätzen treu und in dem vielleicht instinktiven Gefühl, daß niemand meinem Vertrauen ferner stehen müsse als mein Gatte, beschloß ich, gerade deswegen, weil ich viel empfand, mich vor seinen Augen unempfindlich zu zeigen. Diese anscheinende Kälte war in der Folge die unerschütterliche Grundlage seines blinden Vertrauens. Damit verband ich, infolge einer weiteren Überlegung, das gedankenlose Gebaren, zu dem mein Alter mich berechtigte; und nie hielt er mich für kindlicher, als in den Augenblicken, wo ich ihn mit der größten Kühnheit zum besten hielt.

Indessen, ich gestehe es, anfangs ließ ich mich vom Wirbel des Gesellschaftslebens fortreißen und gab mich ganz und gar seinen flüchtigen Zerstreuungen hin. Wie aber nach Verlauf einiger Monate Herr von Merteuil mich auf sein trauriges Landgut geführt hatte, machte die Furcht vor Langerweile, daß die Neigung zum Studium wiederkehrte; und da ich dort nur von Leuten umgeben war, deren Abstand von mir mich gegen jeden Verdacht sicherte, benutzte ich dies, meinen Versuchen ein weiteres Feld zu geben. Da war's besonders, wo ich die Gewißheit erhielt, daß die Liebe, die man uns als Ursache unserer Freuden rühmt, höchstens der Vorwand dazu ist.

Herrn von Merteuils Krankheit unterbrach diese lieblichen Beschäftigungen; ich mußte ihm in die Stadt folgen, wohin er ging, um Hilfe zu suchen. Er starb, wie Sie wissen, kurze Zeit darauf, und obwohl ich alles in allem mich nicht über ihn zu beklagen habe, fühlte ich darum nicht weniger lebhaft den Wert der Freiheit, die meine Witwenschaft mir verschaffen sollte, und gab mir das feste Versprechen, sie auszunutzen.

Meine Mutter rechnete darauf, ich würde ins Kloster gehen oder wieder mit ihr zusammenleben. Ich lehnte eines wie das andere ab, und alles, was ich der Schicklichkeit zugestand, war, daß ich auf dasselbe Landgut zurückkehrte, wo mir immerhin noch einige Beobachtungen zu machen blieben.

Ich bestärkte sie mit Hilfe der Lektüre; glauben Sie aber nicht, sie sei nur von der Art gewesen, die Sie vermuten. Ich studierte unsere Sitten in den Romanen, unsere Ansichten bei den Philosophen; ich suchte sogar bei den strengsten Moralisten, was sie von uns verlangten, und verschaffte mir dergestalt Sicherheit über das, was man tun konnte, was man denken mußte und was es zu scheinen galt. Nachdem ich mir über diese drei Dinge einmal eine feste Meinung gebildet hatte, bot nur das letzte einige Schwierigkeiten in der Ausführung. Ich hoffte sie zu besiegen und sann über die Mittel und Wege nach.

Meine ländlichen Vergnügen fingen an mich zu langweilen, sie boten meinem tätigen Kopf zuwenig Abwechslung. Ich empfand einen Drang zu kokettieren, der mich mit der Liebe aussöhnte: allerdings nicht, weil ich sie fühlen wollte, sondern weil ich sie eingeben und sie heucheln wollte. Vergebens hatte man mir gesagte und hatte ich gelesen, dies Gefühl lasse sich nicht heucheln; ich sah gleichwohl, daß es, um dahin zu gelangen, genügte, mit dem Geist eines Autors die Gaben eines Schauspielers zu verbinden. Ich übte mich in beiden Gattungen und vielleicht mit einigem Erfolg; aber anstatt leeren Beifall im Theater zu suchen, beschloß ich, für mein Glück zu verwerten, was so viele andere der Eitelkeit opferten.

Ein Jahr verging mit diesen verschiedenen Beschäftigungen. Wie mir meine Trauer dann wieder zu erscheinen gestattete, kehrte ich mit meinen großen Plänen in die Stadt zurück. Ich war nicht gefaßt auf das erste Hindernis, dem ich dort begegnete.

Diese lange Einsamkeit, diese strenge Zurückgezogenheit hatten mir einen Anstrich von Prüderie gegeben, der unsere

beliebtesten jungen Leute abschreckte. Sie hielten sich abseits und überließen mich einer Menge langweiliger Menschen, die sich alle um meine Hand bewarben. Sie abzuweisen, war ich nicht verlegen; aber mehrere dieser Absagen mißfielen meiner Familie, und ich verlor mit häuslichen Plackereien die Zeit, von der ich mir eine so reizende Verwendung versprochen hatte. Ich war also, um die einen wieder herbeizurufen und die andern zu entfernen, gezwungen, ein paar kleine Seitensprünge ins Gerede zu bringen und auf die Beeinträchtigung meines Rufes die Mühe zu verwenden, die ich an seine Erhaltung zu setzen gedachte. Es glückte mir leicht, wie Sie glauben können. Da ich aber von keiner Leidenschaft hingerissen ward, tat ich nur, was ich für notwendig erachtete, und maß die Dosen meiner Unbesonnenheit vorsichtig ab.
Sobald ich an das Ziel gestoßen war, das ich erreichen wollte, kehrte ich um und schrieb die Ehre meiner Besserung einigen von den Frauen zu, die nicht imstande sind, auf Anmut Anspruch zu machen, und darum ihren Ehrgeiz auf Verdienst und Tugend werfen. Das war ein Zug im Spiel, der mir mehr eintrug, als ich von ihm erhofft hatte. Die erkenntlichen Ehrendamen traten als meine Lobredner auf, und ihr blinder Eifer für das, was sie ihr Werk nannten, ging so weit, daß beim geringsten Wort, das man sich über mich erlaubte, die ganze Prüdenpartei Skandal und Ehrenbeleidigung schrie. Dasselbe Mittel brachte mir auch die Stimmen unserer Ansprüche machenden Frauen ein, die in der Überzeugung, ich verzichte auf die von ihnen erwählte Laufbahn, mich jedesmal dann zum Gegenstand ihrer Ruhmeserhebungen nahmen, wenn sie beweisen wollten, daß sie nicht über alle Welt klatschten.
Indessen hatte mein vorhergehendes Verhalten mir die Liebhaber wieder zugeführt, und um mich sowohl mit ihnen wie mit meinen Beschützerinnen gut zu stellen, zeigte ich mich als empfindsame, aber schwierige Frau, der das Übermaß ihres Zartsinns Waffen gegen die Liebe lieferte.

Da begann ich denn auf der großen Bühne die Talente zu entfalten, die ich mir angeeignet hatte. Mein erstes Bemühen war, den Ruf der Unbesieglichen zu erwerben. Damit ich dies erreichte, waren die Männer, die mir nicht gefielen, immer die einzigen, bei deren Huldigungen ich aussah, als genehmigte ich sie. Ich verwendete sie nützlich, um mir einen ehrenvollen Widerstand zu verschaffen, während ich mich unbesorgt dem vorgezogenen Liebhaber hingab. Dem aber hat meine erheuchelte Schüchternheit nie gestattet, mich in Gesellschaft zu begleiten, und so sind die Blicke des Kreises immer auf den unglücklichen Bewerber gerichtet geblieben.
Sie wissen, wie ich mich rasch entschließe. Das kommt, weil ich beobachtet habe, daß fast immer die vorhergehenden Aufmerksamkeiten das Geheimnis der Frauen verraten. Wie man's auch anstellt, der Ton vor und nach dem Erfolg ist nie derselbe. Der Unterschied entgeht dem aufmerksamen Beobachter nicht, und ich habe es weniger gefährlich gefunden, mich in der Wahl zu irren, als sie ergründen zu lassen. Dabei habe ich noch den Vorteil, daß ich die Wahrscheinlichkeiten wegschaffe, nach denen allein man uns beurteilen kann.
Diese Vorsichtsmaßregeln sowie die, nie zu schreiben, nie einen Beweis meiner Niederlage dahinzugeben, konnten übertrieben aussehen und sind mir nie ausreichend erschienen. Ich bin in mein Herz hinabgestiegen und habe darin das der andern erforscht. Ich habe darin gesehen, daß es niemand gibt, der dort nicht ein Geheimnis bewahrt, an dessen dauernder Verschleierung ihm liegt: eine Wahrheit, die das Altertum besser gekannt zu haben scheint als wir und für die die Geschichte vielleicht nur ein geistreiches Sinnbild ist. Eine neue Dalila, habe ich stets, wie sie, meine Macht dazu verwendet, dies wichtige Geheimnis zu erschleichen. Jawohl, von wie vielen unserer modernen Simsons halte ich das Haar unter der Schere! Und die habe ich aufgehört zu fürchten; das sind die einzigen, die zu demütigen

ich mir manchmal erlaubt habe. Mit den andern war ich geschmeidiger; die Kunst, sie zur Untreue zu veranlassen, damit ich selbst nicht flatterhaft aussehe, erheuchelte Freundschaft, scheinbares Zutrauen, ein paar Bekundungen von Großmut, die schmeichelhafte Vorstellung, die noch immer ein jeder hat, als sei er mein einziger Liebhaber gewesen, haben mir ihre Verschwiegenheit verschafft. Endlich habe ich, in Ermangelung dieser Mittel, es verstanden, wenn ich den Abbruch der Beziehungen vorhersah, unter Lächerlichkeit oder Verleumdung im voraus den Glauben zu ersticken, den diese gefährlichen Männer hätten erlangen können.

Was ich Ihnen da sage, sehen Sie mich beständig ausüben: und Sie zweifeln an meiner Vorsicht! Also bitte, erinnern Sie sich doch nur der Zeit, wo Sie mir Ihre ersten Aufmerksamkeiten erwiesen. Nie hat mir eine Huldigung mehr geschmeichelt; ich begehrte Sie, bevor ich Sie gesehen hatte. Ich war durch Ihren Ruf verführt, es schien mir, als gingen Sie meinem Ruhme ab, ich brannte darauf, Brust an Brust mit Ihnen zu ringen. Es ist die einzige meiner Neigungen, die je einen Augenblick Herrschaft über mich gewonnen hat. Indessen, wenn Sie mich hätten verderben wollen, welche Mittel hätten Sie gefunden? Leere Reden, die keine Spur hinterlassen, die Ihr eigener Ruf mitverdächtig gemacht hätte, und eine Reihe unwahrscheinlicher Tatsachen, deren aufrichtige Erzählung den Eindruck eines schlecht gesponnenen Romans gemacht hätte. Zwar habe ich Ihnen seither alle meine Geheimnisse preisgegeben: aber Sie wissen, welche Interessen uns verbinden und ob von uns beiden ich es bin, die man für unklug erachten muß.[1]

Da ich schon im Zuge bin, Ihnen Rechenschaft abzulegen, will ich es mit aller Genauigkeit tun. Ich höre Sie von weitem sagen, daß ich zum mindesten auf die Gnade meiner

1. Man erfährt in der Folge, im hundertzweiundfünfzigsten Brief, zwar nicht das Geheimnis Herrn von Valmonts, aber doch, welcher Art es ungefähr war; und der Leser wird herausfühlen, daß es nicht anging, ihn über diesen Gegenstand näher aufzuklären.

Kammerfrau angewiesen bin; und wirklich, wenn sie in meine Gefühle nicht eingeweiht ist, in meine Handlungen ist sie es. Als Sie mir früher einmal von ihr sprachen, antwortete ich Ihnen nur, ich sei ihrer sicher; und daß diese Antwort damals zu Ihrer Beruhigung genügte, wird dadurch bewiesen, daß Sie ihr seitdem, und zwar für Ihre eigene Rechnung, recht gefährliche Geheimnisse anvertraut haben. Aber jetzt, da Prévan Sie mißtrauisch macht und Sie darüber den Kopf verlieren, kann ich mir wohl denken, daß Sie mir nicht mehr aufs Wort glauben. Ich muß Sie also zufriedenstellen.

Erstens ist das Mädchen meine Milchschwester, und dieses Band, das uns gar keines zu sein scheint, ist bei den Leuten ihres Standes nicht ohne Stärke. Überdies habe ich ihr Geheimnis, und noch besser: als Opfer einer närrischen Liebe war sie verloren, hätte ich sie nicht gerettet. Ihre Verwandten, störrisch nur auf ihre Ehre bedacht, wollten sie kurzerhand einsperren lassen. Sie wandten sich an mich. Mit einem Blick sah ich, wie nützlich ihr Zorn mir sein konnte. Ich pflichtete ihm bei und bewarb mich um den Haftbefehl, den ich auch bekam. Dann ging ich auf einmal zur Milde über, zu der ich auch ihre Verwandten nun bewog, benutzte mein Ansehen bei dem alten Minister und erlangte von allen die Einwilligung, daß der Haftbefehl in meiner Verwahrung bleiben und es bei mir stehen solle, seinen Vollzug aufzuhalten oder zu beantragen, je nachdem die künftige Führung des Mädchens es mir zu verdienen schiene. Sie weiß also, daß ich ihr Schicksal in den Händen halte; und wenn das Unmögliche einträte und diese kräftigen Gründe sie nicht abhielten, ist es dann nicht augenscheinlich, daß die Enthüllung ihrer Aufführung und ihre beglaubigte Bestrafung ihrem Gerede bald jede Glaubwürdigkeit nehmen würden?

Zu diesen Vorsichtsmaßregeln, die ich grundlegend nenne, kommen tausend andere, teils örtliche, teils gelegentliche, die Nachdenken und Gewohnheit nötigenfalls eingeben, deren Einzelheiten zu umständlich wären, aber deren Hand-

habung wichtig ist und die Sie sich die Mühe geben müssen, aus meiner gesamten Lebensführung zusammenzutragen, wenn Sie zu ihrer Kenntnis durchdringen wollen.
Aber zu verlangen, ich soll mir so viele Mühe gegeben haben, um keine Früchte davon zu ernten; nachdem ich mich durch meine peinlichen Arbeiten so hoch über die übrigen Frauen erhoben habe, soll ich mich dareinfinden, in meinem Vorgehen, wie sie, zwischen Unbesonnenheit und Schüchternheit hin und her zu kriechen; und besonders, mir zuzumuten, ich solle einen Mann dermaßen fürchten, daß ich kein Heil mehr sehe außer in der Flucht: – nein, Vicomte, niemals. Es heißt siegen oder untergehn. Was Prévan betrifft, ich will ihn haben und werde ihn haben, er will es sagen und wird es nicht sagen. Das ist, in zwei Worten, unser Roman. Adieu.

. . ., den 20. September 17**

Zweiundachtzigster Brief
Cécile Volanges an den Ritter Danceny

Mein Gott, hat Ihr Brief mir Herzeleid gemacht! Ich hatte es wirklich nötig, ihn so ungeduldig zu erwarten! Ich hoffte, ich würde Trost drin finden, und nun bin ich betrübter, als bevor ich ihn kriegte. Beim Lesen habe ich tüchtig geweint: das werfe ich Ihnen nicht vor; ich habe schon manchmal Ihretwegen geweint, ohne daß ich deshalb Herzeleid habe. Aber diesmal ist es nicht dasselbe.
Was wollen Sie denn damit sagen, daß Ihre Liebe Ihnen zur Qual wird, daß Sie nicht so mehr leben können und Ihre Lage nicht mehr länger aushalten? Wollen Sie mich etwa nicht mehr lieben, weil es nicht mehr so angenehm ist wie früher? Mir scheint, ich bin nicht glücklicher als Sie, ganz im Gegenteil, und doch liebe ich Sie darum nur noch mehr. Wenn Herr von Valmont Ihnen nicht geschrieben hat, ist es nicht meine Schuld. Ich habe ihn nicht darum bitten können, weil ich nie mit ihm allein war und wir verab-

redet haben, daß wir vor den Leuten nie miteinander sprechen wollen: und das ist auch wieder nur Ihretwegen, damit er rascher tun kann, was Sie gern wollen. Ich sage nicht, daß ich es nicht ebenso gern will, Sie sollen deshalb nur ganz sicher sein; aber wie soll ich es denn machen? Wenn Sie glauben, es ist so leicht, bringen Sie doch ein Mittel heraus, mir soll es lieb sein.

Meinen Sie, mir ist es angenehm, alle Tage Schelte zu kriegen von Mama, die mir vorher doch nie was sagte, ganz im Gegenteil? Jetzt ist es schlimmer, als wenn ich im Kloster wäre. Ich kam aber doch drüber weg, wenn ich daran dachte, es sei für Sie; in gewissen Augenblicken merkte ich sogar, daß ich ganz froh darüber war. Wenn ich aber sehe, daß auch Sie böse sind, und das, ohne daß ich im geringsten dafür kann, dann werde ich verdrießlicher als wegen allem, was mir bisher passiert ist.

Schon Ihre Briefe zu bekommen ist schwer, und wäre Herr von Valmont nicht so gefällig und so geschickt, wie er ist, wüßte ich nicht, wie ich's anfangen sollte. Ihnen zu schreiben ist aber noch schwerer. Den ganzen Vormittag wage ich es nicht, weil Mama ganz in meiner Nähe ist und jeden Augenblick in mein Zimmer kommt. Zuweilen kann ich es am Nachmittag, dann gebe ich vor, daß ich singe oder Harfe spiele, und dann muß ich auch noch bei jeder Zeile abbrechen, damit man hört, daß ich übe. Zum Glück schläft meine Kammerfrau am Abend manchmal ein, und ich sage ihr, ich könne auch allein zu Bett gehen, damit sie weggeht und mir Licht daläßt. Und dann muß ich mich unter den Bettvorhang setzen, damit man kein Licht sieht, und muß auf das leiseste Geräusch horchen, damit ich alles im Bett verstecken kann, wenn wer käme. Ich wollte, Sie wären da und könnten es sehen! Sie würden schon sehen, daß man jemand recht liebhaben muß, um so was zu tun. Genug, es ist wirklich wahr, ich tue alles, was ich kann, und möchte, ich könnte mehr tun.

Ganz gewiß will ich Ihnen gern sagen, daß ich Sie liebe und

Sie immer lieben werde. Nie habe ich es so von Herzen gern gesagt, und Sie sind böse! Sie hatten mir doch so fest zugesagt, bevor ich es Ihnen noch sagte, daß das genug wäre, Sie glücklich zu machen. Sie können es nicht leugnen, es steht in Ihren Briefen. Wenn ich sie auch nicht mehr habe, weiß ich sie doch noch geradeso wie früher, als ich sie alle Tage las. Und weil wir nun getrennt sind, haben Sie Ihren Sinn geändert! Aber die Trennung wird doch wohl nicht ewig währen! Mein Gott, bin ich unglücklich! Und gerade Sie sind schuld daran! . . .

Bei Ihren Briefen fällt mir ein: ich hoffe, die, die Mama mir weggenommen und Ihnen zurückgeschickt hat, haben Sie behalten. Es muß doch einmal eine Zeit kommen, wo ich nicht mehr so behindert bin wie jetzt, dann geben Sie sie mir alle wieder. Wie ich glücklich sein werde, wenn ich sie immer behalten kann, ohne daß es irgendwen was angeht! Jetzt stecke ich sie Herrn von Valmont zu, weil es sonst zu gefährlich wäre. Trotzdem gebe ich ihm nie welche zurück, ohne daß es mir schrecklich leid tut.

Leben Sie wohl, mein lieber Freund. Ich liebe Sie von ganzem Herzen. Ich werde Sie mein ganzes Leben lang lieben. Jetzt sind Sie hoffentlich nicht mehr böse, und wenn ich das gewiß wüßte, wäre ich es auch nicht mehr. Schreiben Sie mir, sobald Sie können, denn ich fühle, bis dahin werde ich noch immer traurig sein.

Aus Schloß . . ., den 21. September 17**

Dreiundachtzigster Brief

Der Vicomte von Valmont an die Präsidentin von Tourvel

Wenn ich bitten darf, gnädige Frau, knüpfen wir dieses leider unterbrochene Gespräch wieder an! Ich möchte Ihnen zu Ende beweisen, wie sehr ich von dem gehässigen Bilde abweiche, das man Ihnen von mir entworfen hat. Ich möchte vor allem wieder dieses liebenswürdige Vertrauen genießen, das Sie mir zu erweisen anfingen! Wieviel Reiz wissen Sie der Tugend zu geben! Wie Sie alle ehrbaren Gefühle verschönen und sie liebenswert machen! Ah! Darin liegt die Verführung, die Sie üben, und das ist die stärkste; es ist die einzige, die zugleich machtvoll und achtbar ist.

Gewiß genügt es, Sie zu sehen, damit in einem der Wunsch, Ihnen zu gefallen, entsteht; Sie im Gesellschaftskreise reden zu hören, damit dieser Wunsch zunimmt. Der aber, der das Glück hat, Sie näher kennenzulernen, und der zuweilen in Ihrer Seele lesen darf, gibt bald einer edleren Begeisterung nach, und von Ehrfurcht durchdrungen wie von Liebe, betet er in Ihnen das Bild aller Tugenden an. Mehr vielleicht als andere dazu geschaffen, Sie zu lieben und Ihrem hohen Beispiel zu folgen, und nur durch einige Irrtümer fortgerissen und von Ihnen abgekommen, bin ich durch Sie Ihnen wieder nahe gebracht, durch Sie, die mich von neuem Ihren ganzen Zauber haben fühlen lassen. Wollen Sie mir aus dieser neuen Liebe ein Verbrechen machen? Ihr Werk tadeln? sich sogar die Teilnahme vorwerfen, die sie Ihnen etwa einflößt? Welches Übel ist von einem so reinen Gefühl zu fürchten, und welche Süßigkeit ließe sich dabei nicht schmecken?

Meine Liebe erschreckt Sie, Sie finden sie gewaltsam, fessellos! Mäßigen Sie sie mit sanfterer Liebe. Schlagen Sie die Herrschaft nicht aus, die ich Ihnen antrage, der ich mich, bei meinem Schwur, nie entziehen werde und die, das darf ich sagen, für die Tugend nicht ganz verloren wäre. Welches Opfer könnte mir zu schwer erscheinen, sicher wie ich bin, daß Ihr Herz mir dafür den Lohn aufheben würde? Welcher Mann ist denn so unglücklich, daß er aus den Entbehrungen, die er sich auferlegt, nicht Genuß zu ziehen weiß, daß er nicht ein gewährtes Wort, einen Blick lieber nimmt als alle Genüsse, die er zu rauben oder zu erschleichen vermöchte? Und Sie haben geglaubt, solch ein Mann sei ich! und haben sich vor mir gefürchtet! Ach, warum hängt Ihr Glück nicht von mir ab! Wie wollte ich mich an Ihnen rächen dadurch, daß ich Sie glücklich machte! Doch diese süße

Herrschaft – die unfruchtbare Freundschaft bringt sie nicht hervor; nur der Liebe wird sie verdankt. Dies Wort macht Sie scheu! Und warum? Ein zärtlicherer Anschluß, eine stärkere Vereinigung, ein einziger Gedanke, dasselbe Glück wie dieselben Leiden, was ist dabei denn Ihrer Seele fremd? Und so ist doch die Liebe! So wenigstens ist die, die Sie eingeben und die ich fühle! Sie ist es vor allem, die mit uninteressierter Abschätzung die Handlungen nach ihrem Verdienst würdigt und nicht nach ihrer Geltung. Sie ist der unerschöpfliche Schatz der gefühlvollen Seelen, und alles wird kostbar, geschieht es durch sie oder für sie.
Diese so leicht faßlichen, so lieblich zu übenden Wahrheiten – was haben sie denn Schreckliches? Welche Befürchtungen auch kann Ihnen ein gefühlvoller Mann einflößen, dem die Liebe kein anderes Glück mehr erlaubt als Ihres? Ihr Glück ist heute mein einziger Wunsch; seiner Erfüllung will ich alles opfern, nur nicht das Gefühl, das ihn mir eingibt. Und dies Gefühl selbst, lassen Sie sich nur herbei, es zu teilen, und Sie werden es nach Ihrem Belieben regeln. Aber leiden wir's nicht länger, daß es uns scheide, während es uns doch vereinigen sollte. Ist die Freundschaft, die Sie mir angeboten haben, kein leeres Wort, ist sie, wie Sie mir gestern sagten, das süßeste Gefühl, das Ihre Seele kennt, dann möge sie unser Verhältnis bestimmen, ich werde sie nicht verwerfen. Wenn sie aber Richter ist über die Liebe, möge sie sich herbeilassen, sie anzuhören. Die Weigerung, sie anzuhören, wäre eine Ungerechtigkeit, und die Freundschaft ist nicht ungerecht.
Eine zweite Unterredung wird mit keinen größeren Schwierigkeiten verbunden sein als die erste. Die Gelegenheit kann wieder der Zufall liefern; Sie selbst können den Zeitpunkt bestimmen. Ich will glauben, daß ich im Unrecht bin; wollen Sie mich dann nicht lieber zur Vernunft bringen als mich bekämpfen, und zweifeln Sie an meiner Folgsamkeit? Wenn der ungelegene Dritte uns nicht unterbrochen hätte, vielleicht wäre ich schon gänzlich zu Ihrer Auffas-

sung zurückgekehrt. Wer weiß, wie weit Ihre Macht gehen kann?
Soll ich's Ihnen sagen? Diese unbesiegliche Macht, der ich mich überlasse, ohne daß ich sie zu ermessen wage, dieser unwiderstehliche Zauber, der Sie zur Beherrscherin meiner Gedanken wie meiner Handlungen macht, es kommt manchmal vor, daß ich sie fürchte. Ach, dieses Gespräch, um das ich Sie bitte, vielleicht ist es an mir, es zu fürchten! Vielleicht werde ich mich nachher, wenn ich durch meine Versprechungen gebunden bin, dazu verurteilt sehen, in einer Liebe zu brennen, die, das fühle ich wohl, nicht wird erlöschen können – und darf nicht einmal Ihren Beistand anflehen! Ach, gnädige Frau, seien Sie gnädig, mißbrauchen Sie Ihre Herrschaft nicht! Doch wie! Wenn Sie dadurch glücklicher werden, wenn ich Ihnen dadurch Ihrer würdiger erscheinen soll – welche Leiden werden durch solche tröstlichen Vorstellungen nicht gelindert! Ja, ich fühle es: Sie nochmals sprechen heißt Ihnen stärkere Waffen gegen mich liefern, heißt mich Ihrem Willen noch völliger unterwerfen. Leichter kann man sich gegen Ihre Briefe wehren; auch das sind ja Ihre Worte, aber Sie sind nicht dabei und können ihnen nicht Ihre Kräfte verleihen. Indessen das Vergnügen, Sie zu vernehmen, läßt mich der Gefahr trotzen. Wenigstens *das* Glück wird mir werden, daß ich alles für Sie getan habe, selbst zu meinem Schaden; und meine Opfer werden zur Huldigung. Ich bin allzu glücklich, Ihnen auf tausenderlei Art zu beweisen, wie ich es in tausenderlei Gestalt empfinde, daß, meinem Herzen näher als ich selbst, immer Sie ihm der teuerste Gegenstand sein werden.

Aus Schloß . . ., den 23. September 17**

Vierundachtzigster Brief
Der Vicomte von Valmont an Cécile Volanges

Sie haben gesehen, wie man uns gestern im Wege gewesen ist. Den ganzen Tag habe ich Ihnen den Brief nicht zustekken können, den ich für Sie hatte. Ich weiß nicht, ob es heute leichter gehen wird. Ich fürchte, Sie bloßzustellen, wenn ich mehr Eifer als Geschicklichkeit daransetze, und könnte mir eine Unvorsichtigkeit nicht verzeihen, die für Sie so verhängnisvoll werden würde, Sie zur Verzweiflung meines Freundes auf ewig unglücklich machen würde. Indessen, ich kenne die Ungeduld der Liebe und fühle wohl, wie es in Ihrer Lage schmerzlich sein muß, wenn der einzige Trost, den Sie in diesem Augenblicke genießen können, einige Verzögerung erfährt. Kraft vielen Nachdenkens über Mittel und Wege zur Beseitigung der Hindernisse habe ich eines gefunden, das sich leicht wird ausführen lassen, wenn Sie sich etwas Mühe geben.

Ich glaube bemerkt zu haben, daß der Schlüssel Ihrer Zimmertür, die auf den Gang hinausführt, immer bei Ihrer Mama auf dem Kamin liegt. Mit dem Schlüssel würde alles leicht werden, das sehen Sie wohl ein; aber in Ermangelung seiner werde ich Ihnen einen gleichen besorgen, der ihn ersetzt. Dazu genügt es mir, ihn eine oder zwei Stunden zu meiner Verfügung zu haben. Sie müssen ja leicht Gelegenheit finden, ihn sich zu nehmen; und damit man nicht merkt, daß er fehlt, lege ich hier einen mir gehörigen bei, der so ähnlich aussieht, daß man den Unterschied nicht sieht, wenigstens nicht, wenn man ihn nicht probiert, was man nicht tun wird. Nur müssen Sie achtgeben, daß Sie ein Band daran knüpfen, blau und ausgeblichen, wie das an Ihrem.

Sie müßten trachten, daß Sie den Schlüssel morgen oder übermorgen zur Frühstückszeit haben, weil es dann leichter für Sie sein wird, ihn mir zu geben, und er zum Abend wieder an seinem Platz liegen kann, also zu der Zeit, wo Ihre

Mama am ehesten darauf aufmerken könnte. Ich werde ihn Ihnen dicht vor dem Mittagessen wiedergeben können, wenn wir uns gut verständigen.
Sie wissen, wenn vom Salon ins Speisezimmer gegangen wird, kommt immer Frau von Rosemonde zuletzt. Ich werde ihr die Hand reichen. Sie brauchen nur Ihren Stickrahmen langsamer zu verlassen oder auch etwas fallen zu lassen, so daß Sie zurückbleiben. Dann werden Sie den Schlüssel schon nehmen können, ich werde achtgeben und ihn hinter mich halten. Sie dürfen nicht versäumen, sobald Sie ihn genommen haben, zu meiner alten Tante zu treten und sie ein bißchen zu streicheln. Wenn Sie den Schlüssel zufällig fallen lassen, verlieren Sie nur nicht die Fassung; ich tue dann, als sei ich's gewesen, und werde es schon machen.
Das geringe Vertrauen, das Ihre Mama Ihnen bezeigt und ihr so strenges Verfahren mit Ihnen berechtigen zu dieser kleinen List. Zum Überfluß ist es das einzige Mittel, damit Sie die Briefe von Danceny noch ferner erhalten und ihm die Ihrigen zukommen lassen können. Jedes andere ist wirklich zu gefährlich und könnte Sie alle beide rettungslos verderben. Darum würde meine vorsorgliche Freundschaft sich ihre fernere Verwendung zum Vorwurf machen.
Einmal im Besitze des Schlüssels, bleiben uns noch ein paar Vorsichtsmaßregeln zu treffen gegen das Geräusch der Tür und des Schlosses; diese sind aber ganz leicht. Unter demselben Schrank, wo ich Ihnen das Papier hingelegt hatte, werden Sie Öl und eine Feder finden. Sie gehen manchmal zu gewissen Stunden auf Ihr Zimmer, wo Sie dort allein sind; das müssen Sie benutzen, um Schloß und Angel zu ölen. Einzig auf die Flecken müssen Sie achtgeben, die Sie abbekommen könnten. Sie müssen auch warten, bis es Nacht ist, denn wenn es so verständig gemacht wird, wie Sie sein können, ist morgen früh nichts mehr zu sehen.
Wenn es aber doch bemerkt wird, sagen Sie nur ohne Besinnen, daß der Bohner des Schlosses es getan hat. In dem Fall müßten Sie genau die Zeit angeben und sogar, was er

zu Ihnen gesagt hat, zum Beispiel, daß er das gegen den Rost tut, bei allen Schlössern, die nicht benutzt werden. Denn Sie können sich selbst sagen, es wäre nicht wahrscheinlich, daß Sie bei dem Lärm dabeigewesen sein sollten, ohne nach dem Grund zu fragen. Solche kleinen Einzelheiten geben Wahrscheinlichkeit, und die Wahrscheinlichkeit macht die Lügen folgenlos, dadurch, daß sie dem andern die Lust nimmt, sie nachzuprüfen.

Wenn Sie diesen Brief gelesen haben, lesen Sie ihn bitte noch einmal, ja, denken Sie darüber nach. Erstens muß man gut kennen, was man gut machen will; dann auch, damit Sie genau nachsehen, ob ich nichts vergessen habe. Da ich wenig gewöhnt bin, für eigene Rechnung mit Schlauheit umzugehen, habe ich keine große Übung darin; es war sogar nicht weniger nötig als meine lebhafte Freundschaft für Danceny und das Interesse, das Sie einflößen, um mich zur Benutzung derartiger Mittel zu bestimmen, so unschuldig sie auch sind. Ich hasse alles, was nach Betrügerei aussieht, das ist mein Charakter. Aber Ihr Unglück hat mich dermaßen gerührt, daß ich alles versuchen werde, um es zu lindern.

Sie können sich wohl denken, wenn diese Verbindung zwischen uns erst einmal hergestellt ist, wird es mir viel leichter fallen, Ihnen die Unterredung mit Danceny zu verschaffen, die er wünschte. Indessen sprechen Sie von all dem noch nicht. Sie würden nur seine Ungeduld erhöhen, und der Zeitpunkt, wo sie gestillt werden kann, ist noch nicht ganz da. Sie sind es ihm, glaube ich, schuldig, sie lieber zu dämpfen, als sie zu verschlimmern. Darin verlasse ich mich auf Ihr Zartgefühl.

Adieu, mein schönes Mündel: denn Sie sind mein Mündel. Haben Sie Ihren Pflegevater ein wenig lieb, und besonders seien Sie ihm folgsam: Sie werden sich gut dabei befinden. Ich sorge für Ihr Glück; seien Sie gewiß, dabei werde ich zu meinem eigenen kommen.

. . ., den 24. September 17**

Fünfundachtzigster Brief
Die Marquise von Merteuil an den Vicomte von Valmont

Endlich sollen Sie beruhigt und vor allem mir gerecht werden. Hören Sie zu und verwechseln Sie mich nicht mehr mit den übrigen Frauen. Ich habe mein Abenteuer mit Prévan zu Ende gebracht! ›Zu Ende‹ – verstehen Sie wohl, was das sagen will? Jetzt sollen Sie darüber entscheiden, wer von uns, er oder ich, sich wird rühmen können. Der Bericht wird nicht so lustig sein wie die Ausführung; es wäre aber auch nicht gerecht, daß, während Sie darüber nur gut oder schlecht vernünftelt haben, für Sie aus der Sache ebensoviel Vergnügen herauskäme wie für mich, die ich ihr Zeit und Mühe geschenkt habe.

Indessen, wenn Sie irgendeinen großen Schlag zu tun haben, wenn Sie etwa ein Unternehmen in Angriff nehmen wollen, wobei dieser gefährliche Rivale für Sie zu fürchten ist, dann kommen Sie nur. Er gibt Ihnen das Feld frei, wenigstens für einige Zeit; vielleicht gar, daß er von dem Schlage, den ich ihm beigebracht habe, sich nie wieder erholt.

Sind Sie glücklich, daß Sie mich zur Freundin haben! Ich bin für Sie eine wohltätige Fee. Sie schmachten fern von der Schönheit, die Sie in Anspruch nimmt: ich sage nur ein Wort, und Sie sind wieder bei ihr. Sie wollen sich an einer Frau rächen, die Ihnen schadet: ich bezeichne Ihnen den Ort, wo Sie sie treffen müssen, und liefere sie Ihnen auf Gnade und Ungnade aus. Um endlich einen gefürchteten Mitbewerber vom Kampfplatz zu entfernen, rufen Sie wieder mich an, und ich erhöre Sie. Wahrhaftig, wenn Sie mir nicht Ihr ganzes Leben dankbar sind, dann kennen Sie keinen Dank. Ich kehre zu meinem Abenteuer zurück und fange es von vorn wieder an.

Die so laute Verabredung, beim Verlassen der Oper, ward, wie ich es gehofft hatte, verstanden. Prévan kam hin, und wie die Marschallin verbindlich zu ihm sagte, sie beglückwünsche sich dazu, ihn zweimal nacheinander bei ihren

Empfangstagen zu sehen, versäumte er nicht, zu antworten, seit Dienstag habe er tausend Anordnungen rückgängig gemacht, um dermaßen über seinen Abend verfügen zu können. Dem Wissenden genügte das. Da ich aber noch gewisser zu erfahren wünschte, ob ich wirklich der Gegenstand seiner schmeichelhaften Beflissenheit sei, beschloß ich, den neuen Anbeter zu zwingen, daß er wähle zwischen mir und seiner vorwiegenden Neigung. Ich erklärte, ich würde nicht spielen; wirklich erfand er seinerseits tausend Vorwände, um nicht spielen zu müssen; und mein erster Triumph war der über den ›Landsknecht‹.

Ich bemächtigte mich des Bischofs von *** zwecks einer Unterhaltung. Ich wählte ihn wegen seiner Beziehungen zu dem Helden des Tages, dem ich alle Leichtigkeit geben wollte, mich anzureden. Auch war es mir sehr lieb, einen achtbaren Zeugen zu haben, der nötigenfalls über mein Benehmen und meine Reden aussagen konnte. Diese Einrichtung glückte.

Nach den üblichen allgemeinen Wendungen nahm Prévan, der sich bald zum Herrn des Gesprächs gemacht hatte, abwechselnd verschiedene Töne an. Den gefühlvollen lehnte ich ab, als etwas, woran ich nicht glaubte; durch meinen Ernst tat ich seiner Lustigkeit Einhalt, die für einen ersten Zusammenstoß zu leicht schien. Darauf warf er sich auf die zarte Freundschaft, und unter dieser alltäglichen Flagge begannen wir unsern gegenseitigen Angriff.

Zum Souper ging der Bischof nicht hinunter; also gab Prévan mir die Hand und saß natürlich bei Tisch neben mir. Man muß gerecht sein: er führte mit viel Geschick unsere Privatunterhaltung und gab sich doch das Ansehen, als kümmerte er sich nur um das allgemeine Gespräch, das er ganz allein zu bestreiten schien. Beim Nachtisch sprach man von einem neuen Stück, das am folgenden Montag im Théâtre-Français gegeben werden sollte. Ich bekundete einiges Bedauern, keine Loge zu haben; er bot mir seine an, die ich zuerst ausschlug, wie es üblich ist; worauf er ziemlich

witzig entgegnete, ich verstände ihn nicht; ganz sicher würde er seine Loge niemandem opfern, den er nicht kennte, er teile mir nur mit, daß die Frau Marschallin darüber die Verfügung habe. Sie gab sich zu dem Scherz her, und ich nahm an.
Oben im Salon bat er, wie Sie sich denken können, um einen Platz in der Loge; und da die Marschallin, die ihn mit viel Güte behandelt, ihn ihm versprach, ›wenn er artig wäre‹, ergriff er das als Gelegenheit zu einem der doppelsinnigen Gespräche, für die Sie seine Begabung gerühmt haben. Wirklich kniete er vor ihr nieder, wie ein gehorsames Kind, sagte er, und äußerte unter dem Anschein, als fragte er sie um Rat und riefe ihre Vernunft an, viel Schmeichelhaftes und recht Zärtliches, wovon ich leicht die Anwendung auf mich machen konnte. Da nach dem Souper sich mehr Leute nicht wieder ans Spiel gesetzt hatten, war die Unterhaltung allgemeiner und weniger fesselnd; aber unsere Augen sprachen viel. Ich sagte: unsere Augen, müßte aber sagen: seine Augen, denn meine hatten nur *eine* Sprechweise, die der Überraschung. Er mußte denken, ich sei äußerst erstaunt und nachdenklich über die zauberhafte Wirkung, die er auf mich ausübte. Ich verließ ihn, glaube ich, höchlich befriedigt. Ich selbst war nicht weniger froh.
Am Montag darauf war ich im Théâtre-Français, wie wir's verabredet hatten. Trotz Ihrer literarischen Neugier kann ich Ihnen vom Schauspiel nichts sagen, außer daß Prévan ein wunderbares Schmeicheltalent hat und daß das Stück durchgefallen ist; das ist alles, was ich dort erfahren habe. Ich sah mit Schmerz diesen Abend zu Ende gehen, der mir wirklich sehr gut gefiel; und um ihn zu verlängern, bot ich der Marschallin an, zu mir zum Souper zu kommen – was mir einen Vorwand an die Hand gab, es auch dem liebenswürdigen Schmeichler vorzuschlagen, der nur um so viel Zeit bat, wie nötig sei, um hinzueilen und sich bei

1. Siehe den siebzigsten Brief.

den Gräfinnen von P . . .[1] frei zu machen. Dieser Name gab mir all meinen Zorn wieder. Ich sah klar, daß er mit dem Ausplaudern beginnen wollte. Ich erinnerte mich Ihrer weisen Ratschläge und versprach mir fest – das Abenteuer weiter zu verfolgen, in der Gewißheit, daß ich ihn von dieser gefährlichen Indiskretion heilen würde.

Als Fremdling in meinem Kreise, der an dem Abend wenig zahlreich war, schuldete er mir die üblichen Aufmerksamkeiten. So bot er mir denn, wie man zum Souper ging, die Hand. Ich war so boshaft, wie ich sie annahm, meine in leichtes Zittern zu versetzen und während des Ganges die Augen niederzuschlagen und hörbar zu atmen. Ich sah aus, als fühlte ich meine Niederlage voraus und fürchtete meinen Besieger. Er bemerkte es ausgezeichnet; darum änderte der Verräter auch auf der Stelle Ton und Haltung. Er war galant gewesen, nun ward er zärtlich. Die Reden waren allerdings ziemlich dieselben, die Umstände nötigten dazu; aber sein Blick war weniger lebhaft geworden und schmeichlerischer, die Biegung seiner Stimme weicher, sein Lächeln nicht mehr fein, sondern zufrieden. Endlich erlosch in seinen Reden nach und nach das Feuer des Witzes, und der Geist machte dem Zartsinn Platz. Ich frage Sie, wie hätten Sie es besser angestellt?

Ich meinerseits ward träumerisch, dermaßen, daß man es merken mußte; und als man es mir vorwarf, war ich so geschickt, mich ungeschickt zu verteidigen und Prévan einen raschen, aber schüchternen und fassungslosen Blick zuzuwerfen, der ihn glauben zu machen geeignet war, ich fürchte nichts weiter, als daß er die Ursache meiner Verwirrung ahne.

Nach dem Souper benutzte ich die Zeit, wo die gute Marschallin eine der Geschichten erzählte, die sie immer erzählt, und setzte mich auf die Ottomane, in der hingegebenen Haltung, die eine zärtliche Träumerei einem verleiht. Es war mir nicht ganz unerwünscht, daß Prévan mich so sähe; und er beehrte mich tatsächlich mit besonderer Aufmerksam-

keit. Sie stellen sich wohl vor, daß meine schüchternen Blicke die Augen meines Besiegers nicht zu suchen wagten; dadurch aber, daß ich sie in demütigerer Art auf ihn richtete, erfuhr ich bald, daß ich wirklich die Wirkung erzielte, die ich hervorbringen wollte. Ich mußte ihm noch die Überzeugung beibringen, daß ich diese Regung teilte; so rief ich denn, als die Marschallin verkündete, sie gehe, mit weicher, zärtlicher Stimme: »Ach Gott, ich saß da so gut!« Ich stand gleichwohl auf; aber ehe ich mich von ihr trennte, fragte ich sie, was sie vorhabe, damit ich einen Vorwand hätte, es meinerseits zu sagen und wissen zu lassen, daß ich am übernächsten Tag zu Hause bleiben würde. Daraufhin trennten sich alle.
Darauf machte ich mich ans Überlegen. Ich zweifelte nicht, daß Prévan das Stelldichein, das ich ihm gewissermaßen gegeben hatte, benutzen und zeitig genug kommen werde, um mich allein zu treffen, noch daran, daß der Angriff heftig sein werde. Aber ich war auch ganz sicher, auf Grund meines Rufes, daß er mich mit der Flüchtigkeit behandeln werde, die man, wenn man Welt hat, nur bei Frauen voll Abenteuern oder bei ganz unerfahrenen anwendet; und ich sah meinen Erfolg gesichert, wenn er das Wort Liebe aussprach, besonders aber, wenn er den Anspruch erhob, es aus mir herauszubringen.
Wie es bequem ist, mit euch ›Prinzipienmenschen‹ zu tun zu haben! So ein unausgegorener Liebhaber bringt einen manchmal aus der Fassung durch seine Schüchternheit oder setzt einen durch seine wilde Leidenschaft in Verwirrung; das ist ein Fieber, das, wie das andere, seine Frostschauer und seine Glut hat, in seinen Symptomen manchmal abweicht. Euer geregelter Gang aber läßt sich so leicht erraten! Ankunft, Haltung, Ton, Rede: ich wußte alles das schon tags zuvor. Ich gebe Ihnen also unser Gespräch nicht wieder, Sie können es leicht ergänzen. Beachten Sie nur, daß ich bei meiner erheuchelten Verteidigung ihn mit aller Macht unterstützte. Verwirrung, um ihm Zeit zum Sprechen zu geben; schlechte Gründe, damit er sie bekämpfe;

Furcht und Mißtrauen, um seine Beteuerungen herbeizuführen; und der ständige Kehrreim seinerseits: ›Ich bitte Sie nur um ein Wort‹; und dies Schweigen meinerseits, das ihn nur warten zu lassen scheint, um ihn noch begehrlicher zu machen; mittenhin durch all das eine hundertmal ergriffene Hand, die sich immer zurückzieht und sich nie versagt. Es ließe sich so ein ganzer Tag hinbringen; wir brachten damit eine tödlich langweilige Stunde zu und wären vielleicht noch dabei, wenn wir nicht einen Wagen hätten in den Hof einfahren hören. Diese willkommene Widerwärtigkeit machte, wie es sich gebührte, sein Drängen lebhafter; und da ich nun den Augenblick gekommen sah, wo ich vor jeder Überraschung sicher war, bereitete ich mich zunächst durch einen langen Seufzer vor und bewilligte dann das kostbare Wort. Es ward jemand gemeldet, und kurz darauf hatte ich einen ziemlich zahlreichen Kreis um mich versammelt.

Prévan bat, daß er am folgenden Morgen kommen dürfe, und ich willigte ein; aber auf meine Verteidigung bedacht, trug ich meiner Kammerfrau auf, während der ganzen Dauer dieses Besuches in meinem Schlafzimmer zu bleiben, von wo man, wie Sie wissen, alles sieht, was in meinem Toilettenzimmer vorgeht; und dort empfing ich ihn. Im Gespräch unbehindert und beide vom gleichen Wunsch erfüllt, waren wir bald einig; aber man mußte den lästigen Zuschauer loswerden; darauf wartete ich bloß.

Da entwarf ich ihm nach meinem Gutdünken ein Bild meines häuslichen Lebens und überzeugte ihn leicht, daß wir niemals einen Augenblick Freiheit finden würden und daß man den gestern genossenen als eine Art Wunder betrachten müsse – der aber auch noch allzu große Gefahren bestehen ließe, als daß ich mich ihnen aussetzen könne, da jeden Augenblick jemand den Salon betreten könne. Ich verfehlte nicht, hinzuzusetzen, alles dies sei so üblich geworden, weil es mir bis zu dem Tage nie in den Weg gekommen sei; und zugleich betonte ich die Unmöglichkeit, etwas daran zu ändern, ohne mir in den Augen meiner Leute eine Blöße zu geben. Er versuchte es mit Traurigkeit, mit Verstimmung, mit der Behauptung, ich liebe ihn nicht sehr, und Sie erraten schon, wie sehr das alles mich rührte! Da ich aber den entscheidenden Schlag führen wollte, rief ich die Tränen zu Hilfe. Es war genau das ›Zaïre, du weinst‹. Daß er sich soviel Macht über mich zuschreiben und Hoffnung fassen durfte, mich nach Belieben zu verderben, ersetzte ihm alle Liebe Orosmans.

Wie diese Theaterwirkung vorbei war, kehrten wir zu den Verabredungen zurück. In Ermangelung des Tages beschäftigten wir uns mit der Nacht. Aber mein Schweizer ward zu einem unübersteiglichen Hindernis, und ich gestattete nicht, daß man ihn zu bestechen versuchte. Er schlug mir die kleine Gartentür vor; aber ich hatte es vorausgesehn und schaffte dort einen Hund an, der tagsüber still und reizend, nachts aber ein wahrer Unhold war. Die Leichtigkeit, mit der ich auf all die Einzelheiten einging, war sehr geeignet, ihn zu ermutigen; so schlug er mir denn endlich das lächerlichste Auskunftsmittel vor, und das nahm ich an.

Erstens wäre sein Diener so zuverlässig wie er selbst. Darin log er kaum, der eine war es gewiß ebensosehr wie der andere. Ich sollte ein großes Souper geben; er sollte dabeisein und sich einen Augenblick aussuchen, um allein wegzugehn. Der geschickte Vertraute sollte den Wagen rufen, den Schlag öffnen, und er, Prévan, anstatt einzusteigen, sich geschickt davondrücken. Sein Kutscher konnte es auf keine Weise merken; so war er für alle Welt fortgegangen und doch noch bei mir, und es handelte sich nun darum, ob er bis in mein Zimmer würde gelangen können. Ich gestehe, ich war verlegen um hinlänglich schlechte Einwände gegen diesen Plan, daß es aussehen konnte, als machte er sie zunichte. Er entgegnete mit Beispielen. Wenn man ihn hörte, war nichts gewöhnlicher als dies Mittel; er selbst hatte es oft angewandt; es war sogar das, als das ungefährlichste, am häufigsten von ihm benutzte.

Bezwungen durch diese unabweisbaren Zeugnisse, gab ich

unschuldig zu, daß ich allerdings eine geheime Treppe habe, die ganz in die Nähe meines Boudoirs führe; daß ich den Schlüssel daran lassen könne und daß er sich darin einschließen und ohne viel Gefahr warten könne, bis meine Dienerinnen schlafen gegangen wären. Und um meiner Einwilligung mehr Wahrscheinlichkeit zu geben, wollte ich dann den Augenblick darauf wieder nicht und erneuerte meine Einwilligung nur unter der Bedingung, daß er ganz gehorsam wäre und so artig – ach, wie artig! Kurz, ich wollte ihm meine Liebe beweisen, nicht aber die seinige stillen.
Der Abzug, von dem ich zu sprechen vergaß, sollte durch die kleine Gartentür stattfinden. Es handelte sich nur darum, Tagesanbruch abzuwarten, dann würde der Zerberus nicht mehr den Mund auftun. Keine Seele geht zu der Stunde vorbei, und die Leute sind im tiefsten Schlaf. Wenn diese verkehrten Schlüsse Sie wundern, vergessen Sie eben unsere beiderseitige Lage. Wozu brauchten wir richtigere? Ihm konnte nichts Lieberes geschehen, als wenn alles herauskam, und ich für mein Teil war ganz sicher, es würde nicht herauskommen. Der übernächste Tag ward bestimmt.
Bemerken Sie, daß die Sache nun abgemacht war und daß noch niemand Prévan in meiner Gesellschaft gesehen hatte. Ich treffe ihn beim Souper bei einer meiner Freundinnen; er bietet ihr für die Aufführung eines neuen Stückes seine Loge an, und ich nehme einen Platz darin an. Ich lade die Dame zum Souper ein, während der Vorstellung und in Prévans Gegenwart; ich kann beinahe nicht davon Abstand nehmen, ihn einzuladen. Er sagt zu und macht mir, zwei Tage darauf, einen Besuch, den die Sitte verlangt. Zwar kommt er am folgenden Morgen zu mir; aber abgesehen davon, daß Morgenbesuche kein Aufsehen mehr erregen, steht es nur bei mir, diesen zu voreilig zu finden; und wirklich verweise ich ihn durch eine schriftliche Einladung zu einem steifen Souper in die Klasse der entfernteren Bekannten. Ich kann ruhig sagen wie Annette: ›Das ist doch alles!‹
Wie der verhängnisvolle Tag erschienen war, der Tag, an

dem ich Tugend und Ruf verlieren sollte, gab ich meiner treuen Victoire meine Anweisungen, und sie führte sie aus, wie Sie bald sehen werden.

Indessen kam der Abend. Ich hatte schon viele Leute bei mir, als Prévan gemeldet ward. Ich empfing ihn mit ausgesprochener Höflichkeit, wodurch die Geringfügigkeit meiner Beziehungen zu ihm festgestellt ward, und brachte ihn bei der Partie der Marschallin unter, als derjenigen, durch die ich diese Bekanntschaft gemacht hatte. Der Abend zeitigte nichts als ein ganz kleines Billett, das dem diskret Liebenden mir zuzustecken gelang und das ich, meiner Gewohnheit gemäß, verbrannt habe. Er zeigte mir darin an, ich könne auf ihn zählen; und dies Wort, auf das es ankam, war von Parasitenworten umgeben, wie Liebe, Glück und so weiter, die bei solchem Fest nie fehlen dürfen.

Als um zwölf Uhr die Partien aus waren, schlug ich eine kurze ›Macédoine‹[1] vor. Ich hatte die zweifache Absicht, Prévans Entweichung zu begünstigen und gleichzeitig zu veranlassen, daß man darauf achtgäbe, was auch in Anbetracht seines Rufes als Spieler nicht ausbleiben konnte. Auch war es mir lieb, wenn man sich nötigenfalls daran erinnern konnte, daß ich es nicht eilig gehabt hatte, allein zu bleiben.

Das Spiel dauerte länger, als ich gedacht hatte. Der Teufel versuchte mich, und ich unterlag der Begierde, den ungeduldigen Gefangenen zu trösten. Ich war dergestalt auf dem Wege zu meinem Verderben, da überlegte ich, daß ich nach der völligen Hingabe nicht mehr soviel Herrschaft über ihn haben würde, um ihn in dem anständigen Kostüm zu erhalten, das für meine Absichten geboten war. Ich fand die Kraft, zu widerstehen. Ich kehrte um und nahm, nicht ohne Verstimmung, wieder bei dem ewigen Spiele Platz. Es endete aber doch, und jeder ging seiner Wege. Ich meiner-

1. Manche Leute wissen vielleicht nicht, daß eine Macédoine eine Zusammensetzung von mehreren Hasardspielen ist, unter denen jeder Mitspieler das Recht zu wählen hat, wenn es an ihm ist ist, auszuspielen. Es ist eine der Erfindungen des Jahrhunderts.

C. Monnet del. Croce sculp.

seits klingelte nach meinen Frauen, entkleidete mich sehr rasch und schickte sie ebenso rasch wieder weg.

Können Sie sich mich vorstellen, Vicomte, wie ich in meiner leichten Kleidung furchtsamen, umsichtigen Schrittes dahingehe und mit nicht ganz sicherer Hand meinem Besieger die Tür öffne? Er nahm mich wahr – der Blitz fährt nicht rascher drein. Was soll ich Ihnen sagen? Ich war besiegt, ganz und gar besiegt, ehe ich ein Wort hatte sagen können, um ihn aufzuhalten oder mich zu verteidigen. Darauf wollte er, den Umständen entsprechend, es sich bequemer machen. Er verfluchte seinen Putz, der ihn, sagte er, von mir fern hielt; er wollte mit gleichen Waffen mit mir kämpfen; aber meine außerordentliche Schüchternheit widersetzte sich diesem Vorhaben, und meine zärtlichen Liebkosungen ließen ihm keine Zeit dazu. Er ging zu etwas anderem über.

Seine Rechte hatten sich verdoppelt, und er erhob aufs neue Forderungen. Da aber sagte ich: »Hören Sie: bisher haben Sie den beiden Gräfinnen von P** und tausend anderen etwas recht Angenehmes zu erzählen; aber ich bin neugierig, wie Sie das Ende des Abenteuers erzählen werden.« Bei diesen Worten klingelte ich mit aller Macht. Jetzt war die Reihe an mir, und ich handelte rascher, als er sprechen konnte. Er hatte nur erst gestammelt, als ich Victoire herbeilaufen und die ›Leute‹ rufen hörte, die sie, meiner Weisung gemäß, bei sich behalten hatte. An dem Punkt nahm ich meinen Königinnenton an, erhob die Stimme und fuhr Fort: »Verlassen Sie das Zimmer, mein Herr, und lassen Sie sich nie wieder vor mir blicken.« Darüber kam der Haufe meiner Leute herzu.

Der arme Prévan verlor den Kopf; er glaubte einen Hinterhalt zu sehen, wo im Grunde nur ein Scherz vorlag, und stürzte sich auf seinen Degen. Das bekam ihm schlecht: denn mein Kammerdiener, ein tapferer starker Kerl, umfaßte ihn und warf ihn zu Boden. Ich bekam, das muß ich gestehen, einen tödlichen Schreck. Ich schrie, man solle einhalten, und befahl, daß man ihm den Rückzug frei lasse und sich nur vergewissere, daß er das Haus verlasse. Meine Leute gehorchten mir; aber der Lärm war groß unter ihnen; sie entrüsteten sich, weil man sich an ›ihrer tugendhaften Herrin‹ vergriffen hatte. Alle gaben dem übelangekommenen Ritter das Geleit, mit Geschrei und Tumult, wie ich es wünschte. Nur Victoire blieb da, und wir befaßten uns inzwischen damit, mein zerwühltes Bett wieder in Ordnung zu bringen.

Meine Leute kamen, noch immer in Tumult, wieder herauf; und ich fragte sie ›noch ganz bewegt‹, durch welchen Glückszufall sie noch alle aufgewesen seien. Victoire erzählte, sie habe zwei Freundinnen bei sich zum Souper gehabt, man habe bei ihr wach gesessen – kurz alles, was wir zusammen verabredet hatten. Ich dankte ihnen allen und ließ sie hinausgehen, befahl aber einem von ihnen, auf der Stelle meinen Arzt zu holen. Mir schien, ich sei berechtigt, die Folgen ›meines tödlichen Schrecks‹ zu fürchten; und das war ein sicheres Mittel, die Neuigkeit in Umlauf und in aller Leute Mund zu bringen.

Er kam wirklich, bedauerte mich sehr und empfahl mir nur Ruhe an. Ich empfahl außerdem noch Victoire an, daß sie am Morgen rechtzeitig in der Nachbarschaft klatschen gehe.

Alles ist wohl gelungen, daß vor Mittag und sobald es bei mir Tag war, meine fromme Nachbarin schon an meinem Bett saß, um die Wahrheit und die Einzelheiten dieses greulichen Abenteuers zu erfahren. Ich mußte eine Stunde lang über die Verderbtheit des Jahrhunderts mit ihr jammern. Einen Augenblick darauf bekam ich von der Marschallin das Billett, das ich beifüge. Schließlich, vor fünf Uhr, habe ich zu meinem Erstaunen Herrn ...[1] erscheinen sehen. Er kam, sagte er, um sich bei mir zu entschuldigen, daß ein Offizier seines Korps es bis zu dem Punkte gegen mich habe an Achtung fehlen lassen können. Er hatte es erst beim Diner bei der Marschallin erfahren und hatte auf der Stelle Prévan den Befehl geschickt, sich ins Gefängnis zu verfü-

1. Kommandeur des Korps, in dem Herr von Prévan stand.

gen. Ich habe seine Begnadigung erbeten, und er hat sie mir abgeschlagen. Da habe ich denn gedacht, daß ich als Mitschuldige meinerseits daran glauben und wenigstens in strengem Arrest bleiben müsse. Ich ließ meine Tür schließen und sagen, ich sei nicht wohl.
Meiner Einsamkeit verdanken Sie diesen langen Brief. Ich werde auch an Frau von Volanges einen schreiben, den sie sicher öffentlich vorlesen wird; und Sie werden dann sehen, wie die Geschichte erzählt werden muß.
Ich vergaß, Ihnen zu sagen, daß Belleroche vor Zorn außer sich ist und sich durchaus mit Prévan schlagen will. Der arme Junge! Zum Glück werde ich Zeit haben, ihm den Kopf abzukühlen. Inzwischen will ich den meinigen ausruhen, der vom Schreiben müde ist. Adieu, Vicomte.

Aus Schloß . . ., den 25. September 17**, abends.

Sechsundachtzigster Brief

*Die Marschallin von *** an die Marquise von Merteuil*
(Mit dem vorigen)

Mein Gott, was höre ich denn, meine liebe gnädige Frau? Ist es denn möglich, daß dieser kleine Prévan solche Greuel begeht? und noch dazu gegen Sie? Welchen Dingen man ausgesetzt ist! Man ist also im eigenen Haus nicht mehr sicher! Wahrhaftig, solche Vorkommnisse trösten einen darüber, daß man alt ist. Worüber ich mich aber nie trösten werde, ist, daß ich teilweise die Ursache gewesen bin, daß Sie ein derartiges Scheusal bei sich empfangen haben. Ich verspreche Ihnen fest, wenn, was mir gesagt worden ist, stimmt, soll er keinen Fuß mehr in mein Haus setzen. So werden alle anständigen Leute mit ihm verfahren, wenn sie tun, was sie tun sollen.
Mir ist gesagt worden, es sei Ihnen recht schlecht ergangen, und ich bin in Unruhe wegen Ihrer Gesundheit. Lassen Sie mich bald etwas Liebes von sich hören, oder lassen Sie mir durch eine Ihrer Frauen schreiben, wenn Sie es nicht selbst

können. Ich bitte Sie nur um ein Wort zu meiner Beruhigung. Ich wäre heute früh zu Ihnen geeilt, wären nicht die Bäder, die zu unterbrechen mein Doktor mir nicht erlaubt; und heute nachmittag muß ich nach Versailles, immer noch in der Angelegenheit meines Neffen.
Adieu, liebe gnädige Frau, zählen Sie für's Leben auf meine aufrichtige Freundschaft.

Paris, den 25. September 17**

Siebenundachtzigster Brief
Die Marquise von Merteuil an Frau von Volanges

Ich schreibe Ihnen vom Bett aus, liebe gute Freundin. Der unerfreulichste und am wenigsten vorherzusehende Zwischenfall hat mich vor Schreck und Ärger krank gemacht. Gewiß habe ich mir nichts vorzuwerfen; aber es ist immer so peinlich für eine ehrbare Frau, die die ihrem Geschlechte gebührende Bescheidenheit bewahrt, die öffentliche Aufmerksamkeit auf sich zu ziehen, daß ich alles dafür geben würde, wenn ich dies unglückliche Abenteuer hätte vermeiden können, und daß ich noch nicht weiß, ob ich mich nicht entschließen werde, auf dem Lande abzuwarten, daß es vergessen wird. Es handelt sich also um folgendes:
Ich habe bei der Marschallin von *** einen Herrn von Prévan getroffen, den Sie sicher dem Namen nach kennen und den ich auch nicht anderweitig kannte. Da ich ihn aber in diesem Hause fand, war ich, scheint mir, wohl zu der Annahme berechtigt, er gehöre zur guten Gesellschaft. Er ist von ziemlich angenehmen Äußeren und kam mir nicht geistlos vor. Der Zufall und der Überdruß am Spiel ließen mich als einzige Dame zwischen ihm und dem Bischof von ***, während alle beim ›Landsknecht‹ waren. Wir plauderten alle drei bis zum Souper. Bei Tisch gab ein neues Stück, von dem gesprochen ward, ihm Gelegenheit, der Marschallin seine Loge anzubieten, die sie annahm; und es wurde abgemacht, ich sollte einen Platz darin bekommen. Es war vorigen Montag,

im Théâtre-Français. Da die Marschallin nach dem Theater bei mir soupierte, lud ich den Herrn ein, sie zu begleiten, und er kam. Am übernächsten Tag machte er mir einen Besuch, der mit den üblichen Gesprächen verlief und ohne daß irgend etwas Auffälliges vorkam. Folgenden Tages erschien er in der Frühe bei mir, was mir ein bißchen übereilt vorkam; doch glaubte ich, anstatt es ihm durch die Art, wie ich ihn empfing, merken zu lassen, es sei besser, ihn durch eine Höflichkeit daran zu erinnern, daß wir noch keine so engen Beziehungen miteinander hätten, als er zu glauben schiene. Zu dem Zweck schickte ich ihn am selben Tage eine recht trockene, recht steife Einladung zu einem Souper, das ich vorgestern gab. Ich richtete den ganzen Abend nicht viermal das Wort an ihn; und er seinerseits zog sich sofort nach Beendigung seiner Partie zurück. Sie werden zugeben, bisher sieht nichts weniger danach aus, als führte es zu einem Abenteuer. Nach den Partien ward eine ›Macédoine‹ gemacht, die uns bis kurz vor zwei Uhr brachte; und endlich legte ich mich zu Bett.

Es war wenigstens eine halbe Stunde her, daß meine Frauen fort waren, da hörte ich Geräusch im Zimmer. Ich öffnete stark erschrocken meinen Vorhang und sah durch die Tür zu meinem Boudoir einen Mann eintreten. Ich stieß einen durchdringenden Schrei aus, da erkannte ich beim Licht der Nachtlampe diesen Herrn von Prévan, der mir mit unfaßlicher Frechheit sagte, ich solle nicht erschrecken, er werde mir das Geheimnis seines Verhaltens aufklären und bäte mich inständig, keinen Lärm zu machen. Bei diesen Worten zündete er eine Kerze an; ich war dermaßen erschrocken, daß ich nicht sprechen konnte. Seine ungezwungene, ruhige Art versteinerte mich, glaube ich, noch mehr. Aber er hatte noch keine zwei Worte gesagt, da sah ich, was das für ein vorgebliches Geheimnis sei; und meine einzige Antwort, können Sie sich denken, war, daß ich mich an meine Klingel hängte.

Infolge eines unglaublichen Glücksfalls hatten alle Dienstboten bei einer meiner Frauen gesessen und waren noch nicht zu Bett gegangen. Meine Kammerfrau, die, wie sie zu mir kam, mich sehr erregt sprechen hörte, bekam einen Schreck und rief all die Leute herbei. Stellen Sie sich den Aufruhr vor! Meine Leute waren wütend; ich sah es kommen, daß mein Kammerdiener Prévan umbrachte. Ich gestehe, in dem Augenblick war ich froh, daß ich die Macht hatte; wenn ich heute darüber nachdenke, wäre es mir lieber, es wäre nur meine Kammerfrau gekommen. Sie hätte genügt und hätte den Skandal, der mich tief betrübt, vielleicht vermieden.

Statt dessen hat der Tumult die Nachbarn aufgeweckt, die Leute haben geschwatzt, und seit gestern bespricht ganz Paris die Neuigkeit. Herr von Prévan sitzt im Gefängnis, auf Befehl seines Korpskommandeurs, der so aufmerksam war, bei mir vorzusprechen, um sich bei mir zu entschuldigen, sagte er. Die Gefängnisstrafe wird noch mehr Lärm machen; aber ich habe durchaus nicht erreichen können, daß es geändert würde. Stadt und Hof haben sich an meiner Tür einschreiben lassen, die ich für jedermann geschlossen habe. Die wenigen Personen, die ich gesehen habe, haben mir gesagt, man lasse mir Gerechtigkeit widerfahren, und die öffentliche Entrüstung über Herrn von Prévan sei aufs höchste gestiegen. Ganz gewiß hat er es gehörig verdient, das beseitigt aber nicht das Unangenehme des Abenteuers.

Überdies hat der Mann sicher einige Freunde, und seine Freunde müssen schlimm sein. Wer weiß, wer kann wissen, was sie erfinden werden, um mir zu schaden? Mein Gott, wie eine junge Frau unglücklich ist! Es ist noch nichts damit getan, wenn sie sich gegen verdiente Nachrede gesichert hat; sie muß auch noch den Verleumdern Achtung gebieten!

Teilen Sie mir, bitte, mit, was Sie an meiner Stelle getan hätten oder tun würden, kurz, alles, was Sie denken. Immer habe ich von Ihnen die süßesten Tröstungen und die vernünftigsten Ratschläge erhalten; und von Ihnen nehme ich sie noch am liebsten entgegen.

Adieu, meine liebe, gute Freundin. Sie kennen die Gefühle, die mich Ihnen auf immer verbinden. Ich umarme Ihre liebenswürdige Tochter.

Paris, den 26. September 17**

Achtundachtzigster Brief
Cécile Volanges an den Vicomte von Valmont

So gern ich auch, mein Herr, Briefe vom Herrn Ritter Danceny bekomme, und wenn ich auch nicht weniger als er wünsche, daß wir uns wiedersehen könnten, ohne daß uns jemand hindert, habe ich doch nicht zu tun gewagt, was Sie mir vorschlagen. Erstens ist es zu gefährlich. Der Schlüssel, den ich statt des andern hinlegen soll, sieht ihm allerdings sehr ähnlich, aber ein Unterschied ist doch zu sehen, und Mama paßt auf alles auf und merkt alles. Zudem, wenn er auch, solange wir da sind, noch nicht benutzt ist, es braucht nur ein unglücklicher Zufall einzutreten; und wenn es bemerkt wird, bin ich verloren für immer. Und dann scheint es mir auch, daß das sehr schlimm wäre: dermaßen einen Nachschlüssel anzufertigen, das ist doch stark! Zwar hätten ja Sie die Güte, es zu übernehmen; aber trotzdem, wenn es herauskäme, hätte doch ich den Tadel und das Vergehen zu tragen, da Sie es ja meinetwegen getan haben würden. Genug, ich habe es zweimal versuchen wollen, ihn wegzunehmen, und gewiß wäre es ganz leicht, wenn es irgend etwas anderes wäre. Aber ich weiß nicht, warum ich immer ins Zittern gekommen bin und nie den Mut dazu gehabt habe. Ich glaube also, es ist besser, wir lassen alles beim alten.

Wenn Sie auch ferner die Güte haben und so gefällig sind wie bisher, werden Sie es gewiß immer fertigbringen, mir einen Brief zuzustecken. Selbst beim letzten – hätten Sie sich nicht unglücklicherweise in einem gewissen Augenblick gleich wieder umgedreht, hätten wir's ganz leicht gehabt. Ich sage mir wohl, daß Sie nicht, wie ich, bloß daran denken können; aber lieber will ich mehr Geduld haben und nicht

soviel aufs Spiel setzen. Ich weiß gewiß, Herr Danceny würde das auch sagen: denn allemal, wenn er etwas wollte, was mir zu peinlich war, willigte er immer ein, daß nichts daraus würde.
Ich übergebe Ihnen, mein Herr, zugleich mit diesem Brief den Ihrigen, den des Herrn Danceny und Ihren Schlüssel.
Ich bin Ihnen trotz meinen Bedenken sehr erkenntlich für all Ihre Güte und bitte Sie sehr, sie mir zu erhalten. Es ist sehr wahr, daß ich sehr unglücklich bin und daß ich es ohne Sie noch sehr viel mehr wäre. Aber schließlich ist es meine Mutter; man muß sich schon in Geduld fassen. Und wenn nur Herr Danceny mich liebbehält und Sie mich nicht im Stich lassen, dann kommt vielleicht eine glücklichere Zeit.
Ich habe die Ehre, mein Herr, mit großer Dankbarkeit zu sein Ihre ganz ergebene und ganz gehorsame Dienerin.

. . ., den 26. September 17**

Neunundachtzigster Brief

Der Vicomte von Valmont an den Ritter Danceny

Wenn Ihre Angelegenheiten nicht immer so rasch vom Fleck kommen, als Sie möchten, mein Freund, müssen Sie nicht ausschließlich mir die Schuld geben. Ich habe hier mehr als ein Hindernis zu besiegen. Die Wachsamkeit und Strenge der Frau von Volanges sind nicht die einzigen; Ihre junge Freundin legt mir auch einige in den Weg. Sei es aus Kälte oder Schüchternheit, sie tut nicht immer, was ich ihr anrate, und ich glaube doch besser zu wissen als sie, was geschehen muß.
Ich hatte ein einfaches, bequemes und sicheres Mittel gefunden, ihr Ihre Briefe zuzustellen und sogar in der Folge die von Ihnen gewünschten Zusammenkünfte zu erleichtern. Aber ich konnte sie nicht dazu bewegen, es zu benutzen. Das tut mir um so mehr leid, als ich kein anderes entdecken kann, um Sie ihr zu nähern, und als ich sogar in betreff Ihrer Briefe in ständiger Furcht bin, uns alle drei bloßzustel-

len. Sie können sich aber vorstellen, daß ich weder selbst diese Gefahr laufen noch Sie, einen wie den andern, ihr aussetzen möchte.
Es wäre mir aber doch wahrhaft schmerzlich, wenn der Mangel an Vertrauen von seiten Ihrer kleinen Freundin mich hindern sollte, Ihnen nützlich zu sein. Vielleicht täten Sie gut, ihr darüber zu schreiben. Sehen Sie zu, was Sie tun wollen, es ist an Ihnen allein, sich schlüssig zu werden; denn es genügt nicht, seinen Freunden gefällig zu sein, man muß es auch noch auf ihre Weise sein. Dadurch könnten Sie sich übrigens eine weitere Gewißheit verschaffen über ihre Gefühle für Sie; denn die Frau, die noch einen eigenen Willen hat, liebt nicht so sehr, wie sie sagt.
Ich hege ja keinen Verdacht gegen die Beständigkeit Ihrer Geliebten, aber sie ist sehr jung; sie hat große Furcht vor ihrer Mama, die, wie Sie wissen, Ihnen nur zu schaden sucht; und vielleicht wäre es gefährlich, zu lange zu warten, ohne sich ihr in Erinnerung zu bringen. Beunruhigen Sie sich indessen nicht über ein bestimmtes Maß wegen dessen, was ich Ihnen da sage. Ich habe im Grunde keinen Grund zum Mißtrauen; es ist einzig freundschaftliche Besorgnis.
Ich schreibe Ihnen nicht ausführlicher, weil ich allerdings auch für eigene Rechnung einiges zu tun habe. Ich bin nicht so weit wie Sie, aber ich liebe ebensosehr, und das tröstet; und sollte ich auch für mich selbst nichts erreichen – wenn es mir nur gelingt, Ihnen zu nützen, werde ich meine Zeit gut angewandt finden.

Auf Schloß ..., den 26. September 17**

Neunzigster Brief
Die Präsidentin von Tourvel an den Vicomte von Valmont

Ich wünsche sehr, mein Herr, daß dieser Brief Ihnen keinen Schmerz bereitet, oder, wenn er's schon tun muß, daß Ihr Schmerz dann wenigstens gemildert werde durch den, den ich selbst beim Schreiben empfand. Sie müssen mich jetzt ge-

nügend kennen, um sicher zu sein, daß es nicht in meiner Absicht liegt, Sie zu betrüben; aber auch Sie möchten mich gewiß nicht in ewige Verzweiflung stürzen. So beschwöre ich Sie denn im Namen der zärtlichen Freundschaft, die ich Ihnen versprochen habe, ja im Namen der vielleicht lebhafteren, aber sicher nicht aufrichtigeren Gefühle, die Sie für mich hegen: meiden wir unsern Anblick, reisen Sie ab; und bis dahin fliehen wir vor allem die allzu gefährlichen Gespräche unter vier Augen, bei denen ich, unter dem Einfluß einer unbegreiflichen Macht, nie dazu komme, Ihnen zu sagen, was ich will, sondern die ganze Zeit anhöre, was ich nicht hören sollte.
Gestern noch hatte ich, als Sie im Park zu mir stießen, wirklich ganz allein den Zweck, Ihnen zu sagen, was ich Ihnen heute schreibe; und doch, was habe ich getan? Nichts als mich mit Ihrer Liebe abgegeben – mit Ihrer Liebe, die ich niemals erwidern darf! Ach, ich bitte Sie sehr, meiden Sie meine Nähe!
Besorgen Sie nicht, daß die Trennung je meine Gefühle für Sie schwächen könnte; wie sollte ich dazu kommen, sie zu besiegen, wenn ich nicht mehr den Mut habe, gegen sie anzukämpfen? Sie sehen, ich sage Ihnen alles; ich fürchte nicht so sehr, meine Schwäche einzugestehen, als ihr zu unterliegen. Aber wenn ich über meine Gefühle die Herrschaft verloren habe, über meine Handlungen werde ich sie behalten, ja, ich werde sie behalten, ich bin entschlossen dazu, und wär's um den Preis meines Lebens.
Ach! Die Zeit ist nicht fern, da ich ganz sicher glaubte, nie würde ich solche Kämpfe zu bestehen haben. Ich war vielleicht zu froh darüber, zu stolz darauf. Der Himmel hat diesen Stolz bestraft, grausam bestraft; doch voller Barmherzigkeit selbst im Augenblick, wo er uns schlägt, warnt er mich noch vor dem Fall; und ich wäre doppelt schuldig, wenn ich es noch ferner an Klugheit fehlen ließe, jetzt, da mir angekündigt ist, daß ich keine Kraft mehr habe.
Sie haben mir hundertmal gesagt, daß Sie kein Glück möch-

ten, das mit meinen Tränen erkauft wäre. Ach, sprechen wir nicht mehr von Glück, aber lassen Sie mich zu einiger Ruhe gelangen!
Wenn Sie mir die Bitte gewähren, welch neue Rechte erwerben Sie dann nicht auf mein Herz! Und die wären auf Tugend gegründet, und ich brauche mich nicht gegen sie zu wehren. Wie wohl wird mir sein in meinem Dankgefühl! Ich verdanke Ihnen dann die Annehmlichkeit, reuelos ein köstliches Gefühl zu genießen. Jetzt bin ich im Gegenteil erschrocken über meine Gefühle und Gedanken und fürchte gleichermaßen, mich mit Ihnen und mit mir selbst abzugeben. Der Gedanke selbst an Sie macht mir Angst; kann ich ihn nicht fliehen, kämpfe ich gegen ihn an; ich kann ihn nicht aus meiner Nähe bannen, aber ich stoße ihn von mir.
Ist es nicht besser für uns beide, diesem Zustand der Verwirrung und Angst ein Ende zu machen? O Sie, dessen selbst inmitten der Irrtümer immer noch gefühlvolle Seele eine Freundin der Tugend geblieben ist, Sie werden meine schmerzliche Lage achten, Sie werden mir meine Bitte nicht abschlagen! Ein sanfteres, aber nicht weniger zärtlicheres Interesse wird auf diese heftigen Erregungen folgen; dann darf ich aufatmen dank Ihrer Wohltat, dann werde ich mein Dasein wieder liebhaben und in der Freude meines Herzens sprechen: Die Ruhe, die ich fühle, ich danke sie meinem Freunde.
Wenn Sie sich ein paar leichten Entbehrungen unterwerfen, die ich Ihnen nicht auferlege, aber um die ich Sie bitte, glauben Sie denn damit das Ende meiner Qualen zu teuer zu erkaufen? Ach, wenn ich, um Sie glücklich zu machen, nicht in mein eigenes Unglück willigen müßte, dann, Sie können mir's glauben, würde ich keinen Augenblick zögern ... Doch schuldig werden! ... Nein, lieber Freund, nein, lieber tausendmal sterben.
Schon von Scham befallen, am Vorabend der Reue, fürchte ich die andern und mich selbst. Ich erröte im Gesellschaftskreise und schaudere in der Einsamkeit. Mein Leben besteht nur noch aus Schmerzen. Ruhe kann mir nur werden, wenn

Sie Ihre Zustimmung geben. Meine löblichsten Entschlüsse genügen nicht, um mich zu beruhigen; diesen habe ich schon gestern gefaßt, und doch habe ich diese Nacht in Tränen verbracht.
Sehen Sie her, Ihre Freundin, die, die Sie lieben, fleht Sie, verwirrt, eine demütige Bittstellerin, um Frieden und Unschuld an. Ach Gott, wäre sie ohne Sie jemals zu dieser erniedrigenden Bitte getrieben worden? Ich werfe Ihnen nichts vor; ich fühle zu sehr an mir selbst, wie schwer es ist, einem gebieterischen Gefühl sich zu widersetzen. Eine Klage ist kein Murren. Tun Sie aus Edelmut, was ich aus Pflichtgefühl tue, und zu allen Gefühlen, die Sie mir eingeflößt haben, werde ich das einer ewigen Dankbarkeit fügen. Adieu, adieu, mein Herr.

. . ., den 27. September 17**

Einundneunzigster Brief

Der Vicomte von Valmont an die Präsidentin von Tourvel

Ganz bestürzt durch Ihren Brief, weiß ich noch nicht, gnädige Frau, wie ich darauf werde antworten können. Ohne Zweifel, wenn es zwischen Ihrem Unglück und meinem zu wählen gilt, ist es an mir, mich zu opfern, und ich schwanke nicht. Aber so wichtige Dinge verdienen wohl, scheint mir, daß man sie vor allem bespricht und aufklärt, und wie soll das erreicht werden, wenn wir uns nicht mehr sprechen noch sehen sollen?
Wie? Während die süßesten Gefühle uns vereinigen, soll ein leerer Schreck hinreichen, um uns vielleicht unwiederbringlich zu trennen! Vergebens sollen zärtliche Freundschaften, glühende Liebe ihre Rechte fordern; ihre Stimmen sollen nicht gehört werden. Und warum? Was ist denn das für eine dringende Gefahr, die Sie bedroht? Ach, glauben Sie mir, derartige Furchtzustände, die einen so leicht befallen, sind, scheint mir, schon ein hinreichender Grund, sich sicher zu fühlen.

Erlauben Sie mir, daß ich Ihnen sage: hier begegne ich wieder der Spur der ungünstigen Eindrücke, die man Ihnen von mir gegeben hat. Man zittert nicht in der Nähe eines Mannes, den man achtet; vor allem vertreibt man den nicht, den man einiger Freundschaft wert erachtet hat; fürchten und fliehen tut man einen gefährlichen Menschen.

Indessen, wer war je achtungsvoller und ergebener als ich? Schon, Sie sehen es, beobachte ich mich in meiner Ausdrucksweise; ich gestatte meinem Herzen nicht mehr die so süßen, so teueren Namen, die es Ihnen im geheimen immer weiter gibt. Dies ist nicht mehr der treue und glückliche Liebhaber, der von einer zärtlichen, gefühlvollen Freundin Ratschläge und Tröstungen empfängt, dies ist der Angeklagte vor seinem Richter! der Sklave vor seinem Herrn! Diese neuen Titel legen zweifellos neue Pflichten auf. Ich verpflichte mich, sie alle zu erfüllen. Hören Sie mich an, und wenn Sie meine Verurteilung aussprechen, unterschreibe ich sie und reise ab. Ich verspreche noch mehr: ziehen Sie den Despotismus vor, der urteilt, ohne zu hören! Fühlen Sie den Mut, ungerecht zu sein? Befehlen Sie, und ich gehorche auch dann noch.

Aber dies Urteil oder diesen Befehl, ich möchte ihn aus Ihrem Munde hören. ›Und warum?‹ werden Sie Ihrerseits sagen. Ach! Wenn Sie so fragen, wie kennen Sie dann wenig die Liebe und mein Herz! Ist es denn nichts, Sie noch einmal zu sehen? Und wenn Sie die Verzweiflung in mein Herz tragen, wird vielleicht ein trostreicher Blick es davor bewahren, ihr zu erliegen.

Muß ich schließlich verzichten auf Liebe, auf Freundschaft, für die allein ich auf der Welt bin, wenigstens sehen Sie dann Ihr Werk und erhalten mir Ihr Mitleid. Selbst wenn ich diese leichte Gunst nicht verdiente, bezahle ich sie doch wohl bereitwilligst teuer genug, daß ich hoffen darf, sie zu erhalten.

Wie? Sie wollen mich aus Ihrer Nähe verbannen! Sie lassen es also zu, daß wir einer dem andern fremd werden! Was sage ich? Sie wünschen es. Und während Sie mir versichern, meine Abwesenheit werde Ihre Gefühle nicht schwächen, betreiben Sie meine Abreise nur, um leichter an ihre Vernichtung gehen zu können.

Schon sprechen Sie davon, daß Sie sie durch die Dankbarkeit ersetzen wollen. Also das Gefühl, das einem Unbekannten für den kleinsten Dienst und sogar Ihrem Feind von Ihnen zuteil werden würde, wenn er aufhörte, Ihnen zu schaden, das bieten Sie mir! und wollen, daß mein Herz sich damit begnügt! Befragen Sie das Ihrige; wenn Ihr Geliebter, wenn Ihr Freund eines Tages Ihnen von Dankbarkeit sprechen wollte, würden Sie ihnen mit Entrüstung sagen: ›Fort mit Ihnen, Sie sind undankbar!‹?

Ich halte ein und rufe Ihre Nachsicht an. Vergeben Sie den Ausdruck eines Schmerzes, den Sie hervorrufen. Er wird meine völlige Unterwerfung nicht beeinträchtigen. Aber ich beschwöre Sie meinerseits, im Namen dieser so süßen Gefühle, auf die Sie sich selbst berufen, weigern Sie sich nicht, mich zu hören! Und wenigstens aus Mitleid mit der tödlichen Wirrnis, in die Sie mich verstrickt haben, schieben Sie es nicht auf! Adieu, gnädige Frau.

. . ., am 27. September 17**, abends.

Zweiundneunzigster Brief

Der Ritter Danceny an den Vicomte von Valmont

O Freund! Ihr Brief hat mir einen kalten Schreck versetzt. Cécile – o Gott, ist's möglich? Cécile liebt mich nicht mehr. Ja, ich sehe diese grauenhafte Wahrheit durch den Schleier hindurch, womit Ihre Freundschaft sie umgibt. Sie haben mich auf den tödlichen Streich vorbereiten wollen; ich danke Ihnen für Ihre Bemühungen, aber läßt sich der Liebe etwas weismachen? Sie läuft dem, was sie interessiert, entgegen; sie erfährt nicht ihr Geschick, sie errät es. Ich zweifle nicht mehr an meinem; reden Sie ohne Umschweife, Sie können es, und ich bitte Sie darum. Teilen Sie mir alles mit:

was Ihren Argwohn erregt und was ihn bestätigt hat. Die kleinsten Einzelheiten sind kostbar. Trachten Sie vor allem, sich ihre Worte zurückzurufen. Ein Wort statt eines andern kann einen ganzen Satz verändern; dasselbe hat manchmal zwei Bedeutungen ... Können Sie sich nicht geirrt haben? Ach, ich suche mich noch einzuwiegen. Was hat sie Ihnen gesagt? Wirft sie mir etwas vor? Verteidigt sie sich nicht wenigstens wegen des Unrechts, das sie tut? Ich hätte diesen Wechsel vorher erkennen müssen aus den Schwierigkeiten, die sie seit einiger Zeit bei allem findet. Die Liebe kennt nicht soviel Hindernisse.

Wozu soll ich mich entschließen? Was raten Sie mir ? Wenn ich versuchte, sie zu sehen! Ist denn das unmöglich? Das Fernsein ist so grausam, so unheilvoll ... Und ein Mittel, mich zu sehen, hat sie ausgeschlagen! Sie sagen mir nicht, was es für eines war; wenn wirklich zuviel Gefahr dabei war, weiß sie wohl, ich will nicht, daß sie sich zu weit vorwagt. Aber ich kenne auch Ihre Vorsicht und kann, zu meinem Unglück, nicht an ihr zweifeln.

Was tue ich jetzt? Wie soll ich ihr schreiben? Wenn ich sie meinen Argwohn sehen lasse, vielleicht bereitet er ihr Kummer; und wenn er ungerecht ist, könnte ich mir dann verzeihen, sie betrübt zu haben? Wenn ich ihn ihr verheimliche, dann hintergehe ich sie, und ich kann ihr gegenüber nicht heucheln.

Oh, könnte sie wissen, was ich leide, meine Pein würde sie rühren! Ich weiß, sie ist gefühlvoll; sie hat ein ausgezeichnetes Herz, und ich habe tausend Proben ihrer Liebe. Zu schüchtern, etwas verlegen – sie ist so jung! Und ihre Mutter behandelt sie so streng! Ich will ihr schreiben; ich werde an mich halten; ich werde sie nur darum bitten, sich gänzlich Ihnen anzuvertrauen. Selbst wenn sie sich auch dann noch weigert, kann sie meine Bitte wenigstens nicht übelnehmen; und vielleicht willigt sie ein.

Sie, Freund, bitte ich tausendmal um Entschuldigung, für sie wie für mich. Ich versichere Ihnen, sie fühlt den Wert

Ihrer Bemühungen und ist dankbar dafür. Es ist nicht Mißtrauen, es ist Schüchternheit. Haben Sie Nachsicht, sie ist der schönste Zug der Freundschaft. Die Ihrige ist mir sehr wertvoll, und ich weiß nicht, wie ich mich für alles, was Sie für mich tun, erkenntlich zeigen soll. Adieu, ich will sogleich schreiben.

Ich fühle alle meine Befürchtungen wiederkehren; wer mir gesagt hätte, daß ich mich je würde überwinden müssen, um ihr zu schreiben! Ach, noch gestern war es meine süßeste Freude.

Adieu, Freund; setzen Sie Ihre Bemühungen um mich fort und bedauern Sie mich recht sehr.

Paris, den 27. September 17**

Dreiundneunzigster Brief
Der Ritter Danceny an Cécile Volanges
(Mit dem vorigen)

Ich kann Ihnen nicht verhehlen, wie ich betrübt war, als ich von Valmont erfahren habe, wie wenig Vertrauen Sie noch immer zu ihm haben. Sie wissen doch, daß er mein Freund und der einzige ist, der uns einander näherbringen kann. Ich hatte geglaubt, daß diese Eigenschaften bei Ihnen genügen würden, ich sehe aber zu meinem Leidwesen, daß ich mich getäuscht habe. Darf ich hoffen, daß Sie mich wenigstens mit Ihren Gründen bekannt machen werden? Werden Sie nicht wieder einige Schwierigkeiten ausfindig machen, die Sie hieran hindern? Ich kann indessen ohne Sie das Rätsel eines solchen Verhaltens nicht erraten. Ich wage keinen Argwohn zu schöpfen gegen Ihre Liebe, gewiß würden Sie es auch nicht wagen, die meinige zu verraten. Ach! Cécile!...

Es ist also wahr, Sie haben ein Mittel, mich zu sehen, ausgeschlagen! Ein einfaches, bequemes, sicheres Mittel?[1] Und

1. Danceny weiß nicht, was es für ein Mittel war, er wiederholt nur Valmonts Ausdruck.

so sieht Ihre Liebe zu mir aus? Eine so kurze Trennung hat Ihre Gefühle recht sehr verwandelt.
Doch wozu mich täuschen? Wozu mir sagen, daß Sie mich noch immer lieben, noch mehr lieben? Hat Ihre Mama, da sie Ihre Liebe zerstörte, auch Ihre Aufrichtigkeit zerstört? Wenn sie Ihnen wenigstens etwas Mitleid gelassen hat, werden Sie nicht ohne Schmerz von den grauenhaften Qualen hören, die Sie mir bereiten. Ach, ich würde weniger leiden, wenn ich sterben müßte.
Sagen Sie mir um alles, ist Ihr Herz mir auf immer geschlossen? Haben Sie mich gänzlich vergessen? Dank Ihren Weigerungen weiß ich weder, wann Sie meine Klagen vernehmen, noch, wann Sie darauf antworten werden. Valmonts Freundschaft hat unsern Briefwechsel gesichert; Sie aber haben nicht gewollt; Sie fanden zuviel Mühe dabei, Sie haben vorgezogen, daß wir uns nur noch selten schreiben. Nein, ich will an Liebe und Treue nicht mehr glauben. Wem soll ich denn auch wohl noch glauben, wenn Cécile mich betrogen hat!
Antworten Sie mir also! Ist es wahr, daß Sie mich nicht mehr lieben? Nein, das ist nicht möglich. Sie geben sich einem Wahn hin; Sie verleumden Ihr Herz. Eine vorübergehende Furcht, ein Augenblick der Entmutigung, den aber die Liebe bald verscheucht hat: nicht wahr, meine Cécile! Ach, ganz sicher, und ich tue unrecht, daß ich Sie anklage. Wie wäre ich unglücklich, hätte ich unrecht! Wie gern wollte ich Ihnen zärtliche Abbitte tun, diesen ungerechten Augenblick wieder gutmachen durch eine Ewigkeit von Liebe!
Cécile, Cécile, haben Sie Mitleid mit mir! Geben Sie Ihre Einwilligung, daß wir uns sehen können, nehmen Sie alle Mittel an, die Ihnen geboten werden! Sehen Sie, was die Trennung bewirkt! Ängste, Argwohn, vielleicht Kälte! Ein Blick nur, ein einziges Wort, und wir werden glücklich sein. Wann denn! Kann ich noch von Glück sprechen? Vielleicht ist es für mich dahin, dahin für immer. Gemartert von

Furcht, grausam eingeengt zwischen ungerechtem Mißtrauen und der noch grausameren Wahrheit, kann ich bei keinem Gedanken verweilen; habe nur noch Lebensatem übrig, um zu leiden und Sie zu lieben. Ach, Cécile! Sie allein haben das Recht, mir das Leben teuer zu machen; und vom ersten Wort, das Sie aussprechen, erwarte ich die Wiederkehr des Glücks oder die Gewißheit einer ewigen Verzweiflung.

Paris, den 27. September 17**

Vierundneunzigster Brief
Cécile Volanges an den Ritter Danceny

Ich verstehe von Ihrem Brief kein Wort, nur daß er mir weh tut. Was hat Herr von Valmont Ihnen denn berichtet, und was hat Sie nur zu dem Glauben gebracht, daß ich Sie nicht mehr liebe? Das wäre vielleicht sehr günstig für mich, denn sicher wäre ich dann weniger geplagt; und es ist hart, wenn ich Sie so liebe, daß ich dann sehen muß, daß Sie immer glauben, ich tue unrecht, und daß Sie mich durchaus nicht trösten, sondern daß gerade von Ihnen immer der Kummer kommt, der mich am meisten bedrückt. Sie glauben, ich betrüge Sie und sage Ihnen, was nicht wahr ist! Da haben Sie einen hübschen Begriff von mir! Bitte, wenn ich löge, wie Sie mir's vorwerfen, was hätte ich davon? Das ist doch gewiß, wenn ich Sie nicht mehr liebte, brauchte ich es bloß zu sagen, und alle würden mich dafür loben. Aber zum Unglück kann ich nicht dagegen an; und es muß einem gelten, der es mir gar keinen Dank weiß!

Was habe ich denn getan, daß ich Sie so erzürnt habe? Ich habe nicht gewagt, einen Schlüssel wegzunehmen, weil ich bange war, Mama würde es merken, und es würde mir wieder Verdruß machen, und Ihnen auch, um meinetwillen; und dann auch, weil mir scheint, es ist nicht recht. Aber es hatte mir nur Herr von Valmont davon gesprochen; ich konnte nicht wissen, ob Sie es wollten oder nicht, da Sie ja nichts davon wußten. Jetzt, wo ich weiß, daß Sie es wollen, meinen Sie, jetzt weigere ich mich noch, ihn zu nehmen, den Schlüssel? gleich morgen nehme ich ihn; und dann wollen wir sehen, was Sie noch sagen können.

Herr von Valmont mag noch so sehr Ihr Freund sein, ich glaube, ich habe Sie ebenso lieb, wie er Sie nur liebhaben kann – wenigstens so sehr. Und doch hat immer er recht und ich immer unrecht. Ich versichere Ihnen, ich bin sehr böse. Ihnen ist das ganz gleich, weil Sie wissen, daß ich gleich wieder gut werde. Aber jetzt, wo ich den Schlüssel haben werde, kann ich Sie dann sehen, wann ich mag; und ich sage Ihnen dann sicher, ich mag nicht, wenn Sie sich so aufführen. Lieber will ich Ärger haben, den ich mir selbst zugezogen habe, als einen, der mir von Ihnen kommt; nun sehen Sie zu, was Sie tun wollen.

Wenn Sie wollten, könnten wir uns so liebhaben! Und wenigstens hätten wir nur die Widerwärtigkeiten, die man uns antut! Ich versichere Ihnen, wenn ich meine eigene Herrin wäre, hätten Sie sich nie über mich zu beschweren; aber wenn Sie mir nicht glauben, werden wir immer todunglücklich sein, und meine Schuld ist es nicht. Ich hoffe, wir können uns bald sehen und haben dann keine Gelegenheit mehr, uns Verdruß zu machen wie jetzt.

Hätte ich das voraussehen können, hätte ich den Schlüssel gleich genommen; aber ich glaubte es wahrhaftig recht zu machen. Seien Sie mir also deswegen nicht böse, bitte. Seien Sie nicht mehr traurig und lieben Sie mich auch ferner so, wie ich Sie liebe, dann werde ich sehr froh sein. Adieu, mein lieber Freund.

Aus Schloß . . ., den 28. September 17**

Fünfundneunzigster Brief
Cécile Volanges an den Vicomte von Valmont

Ich bitte Sie, mein Herr, wollen Sie die Güte haben und mir den Schlüssel zukommen lassen, den Sie mir gegeben hatten, daß ich ihn an Stelle des andern legen sollte. Da alle es wollen, muß ich wohl auch darein willigen.

Ich weiß nicht, warum Sie Herrn Danceny berichtet haben, ich liebte ihn nicht mehr; ich habe Ihnen, glaube ich, niemals Anlaß gegeben, das zu glauben; und es hat ihm viel Kummer gemacht, und mir auch. Ich weiß wohl, Sie sind sein Freund; das ist aber kein Grund, ihm Verdruß zu machen, und mir auch nicht. Sie würden mir ein großes Vergnügen machen, wenn Sie ihm das nächste Mal, wenn Sie ihm schreiben, das Gegenteil berichten und daß Sie es ganz genau wissen. Denn zu Ihnen hat er am meisten Vertrauen; und wenn ich für meinen Teil etwas gesagt habe und man mir nicht glaubt, weiß ich nicht mehr, was ich tun soll.

Was den Schlüssel betrifft, können Sie ganz ruhig sein: ich habe alles gut behalten, was Sie mir in Ihrem Briefe anempfohlen haben. Wenn Sie ihn indessen noch haben und mir ihn gleichzeitig geben wollen, verspreche ich Ihnen, daß ich auf das, was drin steht, genau aufmerken will. Wenn es morgen auf dem Weg zum Mittagessen sein könnte, würde ich Ihnen den andern Schlüssel übermorgen beim Frühstück geben, und Sie würden ihn mir zur selben Tageszeit wie den ersten zurückgeben. Ich möchte wohl, daß es nicht länger dauert, weil ich dann nicht so lange Zeit in Gefahr wäre, daß Mama etwas merkt.

Und wenn Sie den Schlüssel dann erst einmal haben, werden Sie wohl die Güte haben, ihn zu benutzen, um meine Briefe abzuholen; auf diese Weise bekommt dann Herr Danceny öfter Nachrichten von mir. Es ist ja wahr, daß es dann viel bequemer ist als jetzt; nur hat es mich anfangs zu bange gemacht. Entschuldigen Sie, bitte. Hoffentlich sind

Sie trotzdem auch ferner so gefällig wie bisher. Ich werde auch immer recht dankbar sein.
Ich habe die Ehre, mein Herr, Ihre ganz ergebene, ganz gehorsame Dienerin zu sein.

. . ., den 28. September 17**

Sechsundneunzigster Brief
Der Vicomte von Valmont an die Marquise von Merteuil

Ich wette, seit Ihrem Abenteuer erwarten Sie jeden Tag meine Glückwünsche und Lobsprüche; ich zweifle nicht einmal, daß Sie über mein langes Schweigen etwas verstimmt sind. Aber was wollen Sie, ich war immer der Meinung, wenn man eine Frau bloß noch zu loben braucht, kann man es ihr selbst überlassen und zu etwas anderm übergehen. Indessen danke ich Ihnen für meine Rechnung und beglückwünsche Sie für Ihre. Ich will sogar gerne, um Sie vollkommen glücklich zu machen, zugeben, daß Sie diesmal meine Erwartung übertroffen haben. Hiernach sehen wir zu, ob ich meinerseits die Ihrige wenigstens zum Teil erfüllt habe.
Nicht von Frau von Tourvel will ich sprechen; ihr zu langsamer Vormarsch mißfällt Ihnen; Sie mögen nur abgemachte Geschäfte. Das langsam sich Anspinnende langweilt Sie; ich dagegen hatte noch nie das Vergnügen gekostet, das ich bei diesen angeblichen Schwerfälligkeiten empfinde.
Ja, es gefällt mir, zu sehen und zu betrachten, wie diese vorsichtige Frau unmerklich in einen Pfad eingelenkt hat, der keine Umkehr mehr zuläßt, dessen steiler, gefährlicher Abhang sie gegen ihren Willen fortreißt und sie zwingt, mir zu folgen. Da möchte sie, entsetzt über die Gefahr, den Schritt hemmen und kann sich nicht halten. Ihre Bemühungen und ihre Geschicklichkeit können wohl ihre Schritte weniger groß machen, aber es muß einer auf den andern folgen. Zuweilen wagt sie der Gefahr nicht mehr ins Gesicht zu sehen, schließt die Augen, läßt sich dahinfahren und gibt sich dem anheim, was ich mit ihr anfangen will. Öfter aber

belebt frische Furcht ihre Anstrengungen. Unter einem tödlichen Schreck will sie nochmals versuchen, umzukehren. Sie erschöpft ihre Kräfte, um mühsam ein kurzes Stück Weges zu erklimmen; und gleich versetzt eine Zaubermacht sie der Gefahr, die sie eigentlich hatte fliehen wollen, noch näher. Da hat sie denn nur noch mich als Führer und Stütze, denkt nicht mehr daran, mir den unvermeidlichen Fall noch länger vorzuwerfen, und fleht mich an, ihn aufzuhalten. Glühende Gebete, demütiges Flehen, alles, was die Sterblichen, in ihrer Furcht, der Gottheit darbringen, ich empfange es von ihr; und Sie wollen, daß ich, taub ihrem Flehen und in eigenhändiger Zerstörung des Kultus, den sie mir weiht, zu ihrem Sturz die Macht anwende, die sie zu ihrer Stütze anruft! Ach! Lassen Sie mir wenigstens Zeit, sie zu beobachten, diese rührenden Kämpfe zwischen Liebe und Tugend!

Wie? Dasselbe Schauspiel, wegen dessen Sie voll Eifer ins Theater eilen, dem Sie wütenden Beifall klatschen – halten Sie es im wirklichen Leben für weniger fesselnd? Diese Gefühle einer reinen, zärtlichen Seele, die das Glück fürchtet, das sie begehrt, und sich immer noch verteidigt, selbst wenn sie schon nicht mehr widersteht, Sie hören ihnen begeistert zu; sollten sie nur für den keinen Wert haben, der sie verursacht? Und das sind doch, das sind die köstlichen Genüsse, die diese Frau mir alle Tage bietet, und Sie werfen mir vor, daß ich die Süßigkeit auskoste! Ach! Die Zeit wird allzubald kommen, wo sie, erniedrigt durch ihren Fall, im Rang nur noch eine gewöhnliche Frau für mich sein wird.

Aber ich vergesse, indes ich von ihr spreche, daß ich nicht von ihr sprechen wollte. Ich weiß nicht, welche Macht mich an sie fesselt, mich immer zu ihr zurückführt, selbst wenn ich sie beschimpfe. Schieben wir den gefährlichen Gedanken an sie beiseite. Ich will wieder ich werden, um eine lustige Sache zu behandeln. Es handelt sich um Ihr Mündel, das jetzt meines geworden ist, und hier werden Sie mich hoffentlich wiedererkennen.

Da ich seit einigen Tagen von meiner zärtlichen Betschwester besser behandelt ward und demnach weniger mit ihr beschäftigt war, hatte ich bemerkt, die kleine Volanges sei tatsächlich sehr hübsch, und wenn es auch eine Dummheit sei, in sie verliebt zu sein wie Danceny, so sei es doch vielleicht gerade so dumm von mir, daß ich nicht bei ihr die Zerstreuung suchte, die ich in meiner Einsamkeit nötig hatte. Auch schien es mir billig, mich für die Mühe bezahlt zu machen, die ich mir für sie gab. Ich entsann mich zudem, daß Sie sie mir angeboten hatten, ohne daß Danceny irgend Anspruch auf sie hatte, und fand mich berechtigt, einige Abgaben zu verlangen von einer Ware, die er nur besaß, weil ich sie abgelehnt und ihm preisgegeben hatte. Das hübsche Gesicht der kleinen Person, ihr so frischer Mund, ihre kindliche Art, ihre Ungeschicklichkeit selbst bestärkten mich in diesen vernünftigen Überlegungen. Ich beschloß, dementsprechend zu handeln, und der Erfolg hat das Unternehmen gekrönt.

Schon suchen Sie im Geist, durch welches Mittel ich den zärtlich geliebten Herzensfreund ausgestochen habe, welche Verführung diesem Alter, dieser Unerfahrenheit angemessen ist. Sparen Sie sich all die Mühe, ich habe keines angewandt. Während Sie, unter geschickter Handhabung der Waffen Ihres Geschlechts, durch Schlauheit triumphierten, ließ ich dem Manne seine unverjährbaren Rechte werden und unterjochte mit der ihm zustehenden Gewalt. In der Gewißheit, daß ich meine Beute packen würde, wenn ich nur an sie heran konnte, brauchte ich List nur, um in ihre Nähe zu kommen, und die, deren ich mich bedient habe, verdient nicht einmal den Namen.

Ich benutzte den ersten Brief, den ich von Danceny für seine Schöne bekam, und nachdem ich sie durch das zwischen uns vereinbarte Zeichen benachrichtigt hatte, verwendete ich meine Geschicklichkeit, anstatt auf die Abgabe des Briefes, darauf, die Gelegenheit zu verpassen. Die Ungeduld, die ich bewirkte, gab ich zu teilen vor, und nachdem ich das Übel veranlaßt hatte, verschrieb ich ein Mittel dagegen.

Das junge Mädchen bewohnt ein Zimmer, dessen eine Tür auf den Gang führt; aber wie es sich gehört, hatte die Mutter den Schlüssel an sich genommen. Es handelte sich nur darum, ihn in meinen Besitz zu bringen. Nichts leichter auszuführen; ich verlangte nur eine zweistündige Verfügung darüber und verbürgte mich, einen gleichen zu beschaffen. Dann wurden Briefwechsel, Zusammenkünfte, nächtliche Stelldicheins – alles ward dann bequem und sicher. Indessen, werden Sie's glauben, das scheue Kind ward bange und weigerte sich. Ein anderer wäre tief betrübt darüber gewesen; ich sah darin nur den Anlaß zu einem prickelnderen Vergnügen. Ich schrieb an Danceny und beschwerte mich über die Weigerung, und machte es so gut, daß unser Leichtsinn keine Ruhe gab, bis er von seiner furchtsamen Liebe erlangt, sogar nach dringenden Bitten erlangt hatte, daß sie meine Forderung bewillige und sich ganz meinem Belieben ausliefere.

Ich war recht froh, gestehe ich, dergestalt die Rolle gewechselt zu haben, und daß nun der junge Mann für mich tat, was ich nach seiner Rechnung für ihn tun sollte. Dieser Gedanke verdoppelte in meinen Augen den Wert des Abenteuers; drum habe ich mich auch, sobald ich den kostbaren Schlüssel hatte, beeilt, ihn zu benutzen. Es war vorige Nacht.

Nachdem ich mich vergewissert hatte, daß alles ruhig war im Schloß, habe ich, bewaffnet mit meiner Blendlaterne und in der Kleidung, die die Stunde mit sich brachte und die Umstände forderten, Ihrem Mündel meinen ersten Besuch gemacht. Ich hatte alles vorbereiten lassen (und zwar durch sie selbst), um geräuschlos eintreten zu können. Sie war im ersten Schlaf und in dem Schlaf, der ihren Jahren entspricht, dergestalt, daß ich bis an ihr Bett gelangt bin, ohne daß sie erwachte. Zuerst habe ich probiert, weiter vorzudringen und womöglich als Traum zu gelten. Da ich aber die Wirkung der Überraschung fürchtete und den Lärm, den sie nach sich zieht, habe ich es vorgezogen, die hübsche Schlä-

Mlle Gerard del. Masquelier sculp.

ferin vorsichtig aufzuwecken, und habe es tatsächlich erreicht, den gefürchteten Schrei zu verhindern.
Nachdem ich ihre erste Angst beruhigt hatte, nahm ich mir – ich war ja nicht da, um zu plaudern – ein paar Freiheiten heraus. Man hat sie in ihrem Kloster wohl sicher nicht ordentlich gelehrt, wie vielen verschiedenen Gefahren ihre scheue Unschuld ausgesetzt ist und was alles sie zu behüten hat, um nicht überrascht zu werden: denn da sie ihre ganze Aufmerksamkeit und alle ihre Kräfte darauf richtete, sich gegen einen Kuß zu wehren, der nur ein Scheinangriff war, blieb alles übrige ohne Verteidigung. Wie hätte ich das nicht wahrnehmen sollen! Ich änderte also meine Marschroute, und auf der Stelle faßte ich Posto. Hier glaubten wir uns beide verloren. Das kleine Mädchen, ganz erschrocken, wollte in ernstgemeintes Geschrei ausbrechen. Zum Glück erstickte ihre Stimme in Tränen. Sie hatte sich auf die Klingelschnur gestürzt, aber meine Geschicklichkeit hielt ihren Arm rechtzeitig auf.
»Was wollen Sie tun?« sagte ich. »Sich für immer ins Verderben bringen? Wenn jemand kommt, was macht das mir? Wen werden Sie davon überzeugen, daß ich nicht mit Ihrem Willen da bin? Wer sonst als Sie selbst soll mir die Mittel geliefert haben, einzudringen? Und wollen Sie es übernehmen, anzugeben, was ich mit dem Schlüssel, den ich von Ihnen habe, nur von Ihnen haben konnte – was ich mit dem anfangen sollte?« Diese kurze Ansprache besänftigte weder den Schmerz noch den Zorn, führte aber die Unterwerfung herbei. Ob ich einen beredten Ton hatte, weiß ich nicht, jedenfalls waren meine Gesten wahrhaftig nicht beredt. Eine Hand war mit Ausübung von Zwang beschäftigt, die andere mit Bekundung von Liebe – welcher Redner könnte in solcher Lage auf Anmut Anspruch machen? Wenn Sie sich diese Lage richtig ausmalen, werden Sie zugeben, daß sie wenigstens einem Angriff günstig war; ich aber verstehe von nichts etwas, und, wie Sie sagen, führt die einfachste Frau, ein Schulmädchen, mich am Gängelband wie ein Kind.

Diese fühlte inmitten ihrer tiefsten Betrübnis, daß sie sich für etwas entscheiden und in Vergleichsunterhandlungen eintreten müsse. Da ihr Flehen mich unerbittlich fand, war sie genötigt, zu Anerbietungen überzugehen. Sie glauben, ich habe den wichtigen Posten recht teuer verkauft: nein, alles habe ich versprochen für einen Kuß. Zwar habe ich, nachdem ich mir den Kuß genommen hatte, mein Versprechen nicht gehalten; aber ich hatte gute Gründe. Hatten wir abgemacht, daß ich ihn mir nehmen oder ihn bekommen sollte? Vermittelst Handeln haben wir uns auf einen zweiten geeinigt; und von dem war bestimmt, ich sollte ihn bekommen. Wie ich dann ihre schüchternen Arme um meinen Leib geleitet hatte und mit einem meiner Arme sie liebevoller drückte, habe ich den süßen Kuß wirklich bekommen, und zwar richtig, und zwar tadellos bekommen: dermaßen, daß die Liebe es nicht hätte besser machen können.
So viel Redlichkeit verdiente eine Belohnung; drum habe ich die Bitte auch gleich gewährt. Die Hand hat sich zurückgezogen, aber durch ich weiß nicht welchen Zufall habe ich mich selbst an ihrer Stelle befunden. Sie vermuten nun, da sei ich recht eifrig, recht tätig, nicht wahr? Durchaus nicht. Ich habe am Zögern Geschmack gefunden, sage ich Ihnen. Nun ich einmal sicher war, hinzukommen, warum sollte ich die Reise so beschleunigen.
Im Ernst gesprochen war es mir willkommen, einmal die Macht der Gelegenheit zu beobachten, und hier fand ich sie entblößt von aller fremden Hilfe. Sie hatte nun doch gegen die Liebe zu kämpfen, gegen die Liebe, die von Scham und Furcht vor Schande unterstützt, vor allem aber bestärkt ward durch die üble Laune, die ich erregt hatte und wovon eine Menge da war. Die Gelegenheit stand allein, aber vorhanden war sie, immer geboten, immer gegenwärtig, und die Liebe war abwesend.
Um meine Beobachtungen sicher zu stellen, war ich so boshaft, von Gewalt nur so viel anzuwenden, daß man sich dagegen wehren konnte. Nur wenn meine reizende Feindin,

unter Mißbrauch meiner Gutmütigkeit, sich anschickte, mir zu entschlüpfen, hielt ich sie durch dieselbe Furcht in Schranken, deren glückliche Wirkungen ich schon erprobt hatte. Also: ohne weitere Bemühung hat die zärtliche Liebende, uneingedenk ihrer Eide, zuerst nachgegeben und schließlich eingewilligt. Nicht etwa, daß nach diesem ersten Augenblick nicht Vorwürfe und Tränen einmütig wiedergekehrt wären. Es ist mir unbekannt, ob sie ehrlich oder erheuchelt waren; – aber, wie es immer geht, sie haben aufgehört, sobald ich daranging, sie neuerdings zu veranlassen. Kurz, es ging von Schwäche zu Vorwürfen und von Vorwürfen zu weiterer Schwäche, und getrennt haben wir uns erst, als wir befriedigt voneinander und gegenseitig einverstanden waren über das Stelldichein von heute abend.

Ich kam erst bei Tagesanbruch wieder in mein Zimmer, und zwar ganz hin von Ermattung und Schläfrigkeit. Indessen habe ich eines wie das andere der Begierde geopfert, heute morgen beim Frühstück zu sein. Ich liebe leidenschaftlich die Mienen am Tage darauf. Diese können Sie sich nicht vorstellen. Es war eine verlegene Haltung! Ein behinderter Gang! Die Augen immer niedergeschlagen und so geschwollen und so umrändert! Das sonst so runde Gesicht war so in die Länge gezogen! Nichts war so spaßhaft. Und zum ersten Mal bekundete ihre Mutter, erschreckt durch diese außerordentliche Veränderung, ihr ziemlich zärtliche Teilnahme. Und die Präsidentin, auch voll Eifer um sie her! Oh! Was die Aufmerksamkeiten betrifft, die sind nur geliehen. Ein Tag wird kommen, wo man sie ihr wird zurückerstatten können, und der Tag ist nicht fern. Adieu, schöne Freundin.

Aus Schloß . . ., den 1. Oktober 17**

Siebenundneunzigster Brief
Cécile Volanges an die Marquise von Merteuil

Ach, mein Gott, gnädige Frau, bin ich betrübt! Bin ich unglücklich! Wer tröstet mich in meiner Pein? Wer rät mir in der Verwirrung, in der ich bin? Dieser Herr von Valmont ... und Danceny! Nein, der Gedanke an Danceny bringt mich zur Verzweiflung ... Wie soll ich's Ihnen erzählen? Wie soll ich's Ihnen sagen? ... Ich weiß nicht, wie ich's machen soll. Und mein Herz ist doch voll ... Ich muß zu jemand sprechen, und Sie sind die einzige, der ich mich anvertrauen kann und bei der ich es wage. Sie sind so gut gegen mich! Aber in diesem Augenblick dürfen Sie es nicht sein, ich bin es nicht wert – was sage ich, ich will es gar nicht. Alle haben mir hier heute Teilnahme bezeigt – und alle haben meine Pein noch größer gemacht. Ich fühlte so sehr, daß ich's nicht verdiente. Schelten Sie mich im Gegenteil aus, schelten Sie mich gehörig aus, denn ich bin sehr schuldig; nachher aber, dann retten Sie mich. Haben nicht Sie die Güte, mir zu raten, sterbe ich vor Kummer.

Sie sollen also erfahren – meine Hand zittert, wie Sie sehen, fast kann ich nicht mehr schreiben, mein Gesicht fühlt sich an, als ob es brennte ... Ach! es ist richtige Schamröte. Nun ja, ich will sie leiden, das ist die erste Strafe für meinen Fehltritt. Ja, ich will Ihnen alles sagen.

Sie sollen also wissen, daß Herr von Valmont, der mir bisher Herrn Dancenys Briefe übergeben hat, es plötzlich zu schwierig fand. Er wollte einen Schlüssel zu meinem Zimmer haben. Ich kann Ihnen fest beteuern, daß ich nicht wollte; aber er hat es Dancenys geschrieben, und Danceny hat es auch gewollt; und mir tut es so wehe, wenn ich ihm etwas abschlage, besonders seit meiner Abwesenheit, die ihn so unglücklich macht – daß ich schließlich eingewilligt habe. Ich sah das Unglück nicht vorher, das daraus entstehen würde.

Gestern hat Herr von Valmont den Schlüssel benutzt, um

in mein Zimmer zu kommen, während ich schlief. Ich war so wenig darauf gefaßt, daß er mir große Furcht eingejagt hat, wie er mich aufweckte. Da er aber gleich zu mir gesprochen hat, habe ich ihn erkannt und nicht geschrien. Und dann ist mir auch gleich der Gedanke gekommen, daß er mir vielleicht Briefe von Danceny brächte. Es war aber ganz etwas anderes. Ein bißchen später wollte er mich küssen; und während ich mich wehrte, wie es sich versteht, hat er es so gut angestellt – um alles in der Welt hätte ich nicht gewollt –; er aber wollte zuvor einen Kuß. Ich mußte wohl, was sollte ich tun? Um so mehr, als ich schon versucht hatte, zu rufen. Aber außer daß ich nicht konnte, wußte er mir auch klarzumachen, daß, wenn jemand käme, er ganz gut alle Schuld auf mich schieben könne. Und wirklich war es sehr leicht, wegen des Schlüssels. Dann ist er aber auch nicht weggegangen. Er wollte einen zweiten Kuß, und ich weiß nicht, was mit dem war, aber er hat mich ganz verwirrt, und nachher kam es noch schlimmer als zuvor. Oh! Nein, bestimmt, das ist gräßlich schlimm. Kurz nachher – Sie erlassen es mir wohl, das übrige zu sagen, aber ich bin so unglücklich, wie man es nur sein kann.

Was ich mir am meisten vorwerfe, wovon ich Ihnen aber doch was sagen muß, ist, daß ich fürchte, ich habe mich nicht so gewehrt, wie ich gekonnt hätte. Ich weiß nicht, wie das zuging. Ganz sicher liebe ich Herrn von Valmont nicht, ganz im Gegenteil; und es gab Augenblicke, wo mir war, als ob ich ihn liebte ... Sie können sich wohl denken, daß mich das nicht abhielt, immer noch nein zu ihm zu sagen; aber ich war mir wohl bewußt, daß ich nicht tat, was ich sagte; und das war wie gegen meinen Willen; und dann war ich schrecklich verwirrt! Wenn es immer so schwer ist, sich zu wehren, muß man sehr daran gewöhnt sein! Zwar hat Herr von Valmont eine Art, etwas zu sagen, daß man nicht weiß, wie man ihm antworten soll. Genug, als er wegging, wollen Sie wohl glauben, daß er mir da förmlich leid tat und daß ich die Schwäche gehabt habe, ihm meine Ein-

willigung zu geben zum Wiederkommen heute abend? Das macht mich untröstlicher als alles übrige.
Oh! Trotzdem verspreche ich Ihnen ganz fest, daß ich ihn daran hindern werde. Er war noch nicht hinaus, da fühlte ich schon deutlich, daß ich sehr unrecht getan hatte, es ihm zu versprechen. Darum habe ich auch die ganze übrige Zeit geweint. Besonders machte Danceny mir Schmerzen; jedesmal, wenn ich an ihn dachte, flossen meine Tränen noch mal so stark, so daß ich daran erstickte – und ich dachte immer an ihn ... Und noch jetzt sehen Sie die Wirkung, das Papier ist ja ganz durchnäßt. Nein, ich werde mich nie trösten, wäre es nur seinetwegen ... Endlich konnte ich nicht mehr, und doch habe ich keine Minute schlafen können. Und wie ich mich heute morgen beim Aufstehen im Spiegel gesehen habe, konnte ich einem bange machen, so verändert war ich.
Mama hat es gleich gemerkt, wie sie mich sah, und hat mich gefragt, was ich hätte. Ich habe sofort zu weinen angefangen. Ich glaubte, sie würde mich schelten, und vielleicht hätte mich das weniger geschmerzt; aber im Gegenteil: sie hat sanft zu mir gesprochen! Ich verdiente es doch nicht! Sie hat mir gesagt, ich solle nicht so betrübt sein! Sie wußte gar nicht, warum ich's war. Ich würde mich krank machen! In manchen Augenblicken möchte ich tot sein. Ich habe nicht an mich halten können; ich habe mich schluchzend in ihre Arme geworfen und zu ihr gesagt: »Ach, Mama, Ihre Tochter ist sehr unglücklich!« Mama hat unwillkürlich ein bißchen geweint; und alles das hat meinen Kummer nur noch größer gemacht. Zum Glück hat sie mich nicht gefragt, warum ich so unglücklich sei, denn ich hätte nicht gewußt, was antworten.
Ich flehe Sie darum an, gnädige Fau, schreiben Sie mir so bald, als Sie können, und sagen Sie mir, was ich tun soll. Denn ich habe nicht den Mut, an irgend etwas zu denken, und tue nichts als mich grämen. Möchten Sie mir gütigst Ihren Brief durch Herrn von Valmont zukommen lassen; aber

ich bitte Sie, wenn Sie gleichzeitig ihm schreiben, sprechen Sie ihm nicht davon, daß ich Ihnen etwas gesagt habe.
Ich habe die Ehre, gnädige Frau, mit stets großer Freundschaft zu sein

Ihre ganz ergebene, ganz gehorsame Dienerin ...

Ich wage diesen Brief nicht zu unterzeichnen.

Aus Schloß ..., den 1. Oktober 17**

Achtundneunzigster Brief

Frau von Volanges an die Marquise von Merteuil

Vor ganz wenigen Tagen, reizende Freundin, waren Sie's, die mich um Trost und Rat bat; heute bin ich an der Reihe und richte an Sie dieselbe Bitte, die Sie mir vortrugen. Ich bin wirklich sehr betrübt und glaube nicht die richtigen Maßnahmen getroffen zu haben zur Vermeidung des Kummers, den ich durchmache.

Grund meiner Sorgen ist meine Tochter. Seit meiner Abreise hatte ich sie wohl immer traurig und bekümmert gesehen; aber ich war darauf gefaßt und hatte mein Herz mit einer Strenge gewappnet, die ich für nötig hielt. Ich hoffte, die Trennung, die Zerstreuungen würden eine Liebe bald zerstören, die ich eher als kindliche Verirrung ansah denn als wahrhafte Leidenschaft. Indessen ist es seit meinem Hiersein bei weitem nicht besser geworden, vielmehr bemerke ich, daß das Kind sich mehr und mehr einem gefährlichen Trübsinn hingibt, und fürchte allen Ernstes, daß es ihre Gesundheit angreift. Insbesondere seit ein paar Tagen verändert sie sich vor meinen Augen. Gestern zumal erschütterte sie mich, und alle Welt ward hier wahrhaft erschreckt.

Was mir ferner beweist, wie lebhaft sie sich die Sache zu Herzen nimmt, ist, daß ich sie bereit sehe, die Schüchternheit zu überwinden, die sie mir gegenüber immer gehabt hat. Gestern morgen fragte ich sie nur, ob sie krank sei, da stürzte sie sich schon in meine Arme und sagte dabei, sie sei sehr unglücklich; und sie weinte laut. Ich kann Ihnen nicht wiedergeben, wie mich das geschmerzt hat; mir sind gleich Tränen in die Augen gekommen, und ich hatte nur noch Zeit, mich abzuwenden, damit sie es nicht sähe. Zum Glück war ich so vorsichtig, sie nach nichts zu fragen, und sie hat mir nichts weiter zu sagen gewagt. Aber darum ist es noch ebenso klar, daß es diese unglückliche Leidenschaft ist, die sie quält.

Wofür soll ich mich indes entscheiden, wenn das anhält? Soll ich meine Tochter unglücklich machen? Sollen dank mir die kostbarsten Tugenden der Seele, das tiefe Empfinden und die Beständigkeit, zu ihrem Schaden ausschlagen? Bin ich darum ihre Mutter? Und wenn ich es erstickte, dies so natürliche Gefühl, das uns den Wunsch, unsere Kinder glücklich zu sehen, eingibt; wenn ich als Schwäche ansehe, was nach meiner Meinung im Gegenteil die erste, die heiligste unserer Pflichten ist; wenn ich ihre Wahl gewaltsam bestimme, bin ich dann für die etwaigen unheilvollen Folgen nicht verantwortlich? Was hieße es von der mütterlichen Autorität für einen Gebrauch machen, wenn man seine Tochter zwischen Sünde und Unglück stellte!

Liebe Freundin, ich will nicht nachmachen, was ich so oft getadelt habe. Gewiß habe ich es versuchen können, für meine Tochter eine Wahl zu treffen; ich tat da nichts weiter, als daß ich ihr mit meiner Erfahrung half; das war kein Recht, das ich ausübte, ich erfüllte eine Pflicht. Im Gegenteil würde ich mich gegen eine Pflicht vergehen, wenn ich über sie verfügte unter Nichtachtung einer Neigung, die ich nicht habe am Entstehen hindern können und deren Ausdehnung und Dauer weder sie noch ich kennen können. Nein, ich werde es nicht dulden, daß sie den einen heiratet und den andern liebt, und lieber will ich meine Autorität in Frage stellen als ihre Tugend.

Ich werde also, glaube ich, den klügsten Weg einschlagen und das Wort zurückziehen, das ich Herrn von Gercourt gegeben habe. Die Gründe sahen Sie soeben; mir scheint, sie wiegen schwerer als meine Versprechungen. Noch mehr: wie die Dinge stehen, hieße meine Verpflichtungen erfüllen in Wahrheit sie verletzen. Denn schließlich, wenn ich meiner Tochter schuldig bin, ihr Geheimnis nicht Herrn von Gercourt auszuliefern, so schulde ich diesem wenigstens, die Unkenntnis, in der ich ihn lasse, nicht zu mißbrauchen und für ihn alles zu tun, wovon ich glaube, daß er es selbst tun würde, wenn er unterrichtet wäre. Soll ich ihn im Gegenteil auf unwürdige Art verraten, da er sich meiner Redlichkeit anvertraut, und ihn zum Dank für die Ehre, daß er mich zu seiner zweiten Mutter wählt, ihn hintergehen bei der Wahl der Frau, die die Mutter seiner Kinder sein wird? Diese so wahren Überlegungen, denen ich mich nicht entziehen kann, versetzten mich in größere Erregung, als ich Ihnen sagen kann.

Mit dem Unglück, vor dem Sie mir Furcht einflößen, vergleiche ich das Glück meiner Tochter mit dem Gatten, den ihr Herz gewählt hat – wenn sie ihre Pflichten nur aus dem süßen Behagen kennt, das ihre Erfüllung ihr bereitet. Mein Schwiegersohn ist gleichfalls zufrieden und wünscht sich jeden Tag Glück zu seiner Wahl; jeder von ihnen findet sein Glück nur im Glück des andern, und das aller beider erhöht gemeinsam das meinige. Soll die Hoffnung auf eine so liebliche Zukunft eitlen Erwägungen geopfert werden? Welche halten mich denn ab? Einzig der Gesichtspunkt des Interesses. Was nützt es dann meiner Tochter, daß sie reich zur Welt gekommen ist, wenn sie darum doch Sklavin der Geldfrage sein soll.

Ich gebe zu, daß Herr von Gercourt eine vielleicht bessere Partie ist, als ich für meine Tochter erhoffen durfte; ich gestehe sogar, daß ich von seiner Wahl äußerst geschmeichelt war. Aber schließlich ist Danceny aus ebenso gutem Hause wie er; er gibt ihm an persönlichen Eigenschaften nichts nach; er hat vor Herrn von Gercourt den Vorteil, zu lieben und geliebt zu werden. Zwar ist er nicht reich; aber ist meine Tochter es nicht für zwei? Ach, warum ihr

die süße Genugtuung rauben, den reich zu machen, den sie liebt!
Diese Ehen, die man ausrechnet, anstatt sie passend zusammenzustellen, die man Konvenienzehen nennt und bei denen tatsächlich alles sich konveniert außer den Neigungen und Charakteren – sind sie nicht die ergiebigste Quelle der Skandalausbrüche, die alle Tage häufiger werden? Ich will es lieber aufschieben; wenigstens habe ich dann Zeit, meine Tochter, die ich nicht kenne, zu studieren. Ich fühle ganz gut den Mut, ihr einen vorübergehenden Kummer anzutun, wenn sie ein fester begründetes Glück dadurch erwerben soll; aber Gefahr laufen, sie ewiger Verzweiflung anheimzugeben, das habe ich nicht in mir.
Dies sind, liebe Freundin, die Gedanken, die mich plagen und in betreff derer ich Ihren Rat erbitte. Die ernsten Dinge stehen sehr im Gegensatz zu Ihrer liebenswürdigen Fröhlichkeit und passen scheinbar schlecht zu Ihrem Alter: aber Ihre Vernunft ist ihm soweit voraus! Übrigens wird Ihre Freundschaft Ihrer Klugkeit zu Hilfe kommen, und ich bin nicht bange, daß die eine oder die andere sich der mütterlichen Besorgnis, die sie anfleht, versagen könnten.
Adieu, reizende Freundin; zweifeln Sie nie an der Aufrichtigkeit meiner Gefühle.

Aus Schloß . . ., den 2. Oktober 17**

Neunundneunzigster Brief

Der Vicomte von Valmont an die Marquise von Merteuil

Wieder kleine Vorfälle, schöne Freundin, aber nur Auftritte, keine Taten. Somit wappnen Sie sich mit Geduld; legen Sie sich sogar viel zu, denn während meine Präsidentin nur so langsam vorwärtskommt, geht Ihr Mündel zurück, was noch viel schlimmer ist. Nun ich bin gescheit genug, mir aus solchen elenden Geschichten einen Spaß zu machen. Wahrhaftig, ich gewöhne mich sehr gut an meinen hiesigen Aufenthalt und kann sagen, daß ich mich in dem traurigen Schloß meiner Tante keinen Augenblick gelangweilt habe. Habe ich hier in der Tat nicht Genüsse, Entbehrungen, Hoffnung, Ungewißheit? Was hat man auf einem größern Schauplatz mehr? Zuschauer? Oh, warten Sie ab, daran soll es nicht fehlen. Wenn sie mich nicht am Werk sehen, zeige ich ihnen die fertige Arbeit; sie brauchen dann nur noch zu bewundern und zu klatschen. Ja, Sie werden klatschen, denn ich kann endlich mit Sicherheit den Augenblick des Falls meiner strengen Betschwester vorhersagen. Heute abend habe ich dem Todeskampf der Tugend beigewohnt. Die süße Schwäche wird an ihrer Stelle herrschen. Ich bestimme den Zeitpunkt spätestens für unsere nächste Zusammenkunft; aber schon höre ich schreien, ich bilde mir was ein. Seinen Sieg verkünden, im voraus prahlen! Oh, oh, beruhigen Sie sich. Um Ihnen meine Bescheidenheit zu beweisen, will ich mit der Geschichte meiner Niederlage beginnen.

Wahrhaftig, Ihr Mündel ist eine recht lächerliche kleine Person! Es ist ein richtiges Kind, das man auch so behandeln müßte und gegen das man sicher gnädiger wäre, wenn man es nicht abstrafte! Würden Sie es glauben? Nach dem, was vorgestern zwischen ihr und mir geschehen ist, nach der freundschaftlichen Art, in der wir uns gestern früh verlassen haben – wie ich am Abend, unserem Abkommen gemäß, wiederkommen wollte, habe ich ihre Tür von innen verschlossen gefunden. Was sagen Sie dazu? Man erlebt solche Kindereien manchmal *vorher;* aber *nachher!* Ist das nicht spaßig?

Anfangs habe ich aber doch nicht drüber gelacht. Nie hat mich meine Natur so ihre Herrschaft fühlen lassen. Sicherlich ging ich zu dem Stelldichein ohne Vergnügen und einzig aus Lebensart. Mein Bett, dessen ich sehr bedurfte, hätte ich im Augenblick jedem andern vorgezogen, und nur mit Bedauern hatte ich mich aus seiner Nähe entfernt. Indessen war ich kaum auf ein Hindernis gestoßen, da brannte ich darauf, es zu übersteigen. Ich war gedemütigt, besonders, daß ein Kind mich angeführt haben sollte. Ich kehrte also in sehr übler Laune um; und in dem Vorhaben, mich weder mit dem einfältigen Kind noch mit seinen Angelegenheiten zu befassen, hatte ich ihr auf der Stelle ein Billett geschrieben, das ich ihr heute zuzustecken gedachte und worin ich sie nach ihrem richtigen Preis bewertete. Doch, wie man sagt, guter Rat kommt über Nacht. Heute früh fand ich, da ich hier keine Auswahl von Zerstreuungen hätte, müsse ich diese beibehalten. Also habe ich das strenge Billett vernichtet. Seit ich's überlegt habe, begreife ich nicht mehr, wie ich daran denken konnte, das Abenteuer abzubrechen, bevor ich etwas in Händen halte, um die Heldin zu verderben. Wohin uns doch eine erste Regung bringt! Glücklich, wer wie Sie, schöne Freundin, sich gewöhnen konnte, ihr nie nachzugehen! Genug, ich habe meine Rache verschoben; ich habe dieses Opfer Ihren Absichten mit Gercourt gebracht.

Jetzt, da ich nicht mehr zornig bin, sehe ich nur noch das Lächerliche in der Aufführung Ihres Mündels. Tatsächlich, ich möchte wohl wissen, was sie damit zu gewinnen hofft! Mir steht der Verstand dabei still. Wenn es nur ist, weil sie sich wehren will, muß man zugeben, daß sie etwas spät damit anfängt. Sie muß mir eines Tages die Erklärung dieses Rätsels geben! Ich bin sehr begierig, sie zu erfahren. Vielleicht war sie bloß müde? Das könnte allerdings ganz gut sein; denn sie weiß gewiß noch nicht, daß die Pfeile der Liebe, gleich Achilleus' Lanze, für die Wunden, sie sie machen, das Heilmittel gleich in sich tragen. Aber nein, nach der kleinen Grimasse, die sie den ganzen Tag geschnitten hat, möchte ich wetten, daß da Reue dabei ist – na ja, etwa wie ... Tugend. Tugend! Das kommt wohl *ihr* zu? Ach, soll sie sie doch der wahrhaft für sie geborenen Frau lassen, der einzigen, durch die die Tugend schön wird und um deretwillen man sie lieben lernt! – Um Vergebung, schöne Freundin, aber eben heute abend ist zwischen Frau von Tourvel und mir die Szene vor sich gegangen, über die ich

Ihnen zu berichten habe, und ich bin davon noch etwas erregt. Ich muß mir Gewalt antun, um den Eindruck, den sie mir hinterlassen hat, loszuwerden; ich bin an diesen Brief sogar gegangen, damit es leichter geht. Dem ersten Augenblick muß man etwas zugute halten.

Schon seit einigen Tagen sind Frau von Tourvel und ich über unsere Gefühle einig. Wir streiten nur noch über Worte. Zwar erwiderte sie noch immer mit ihrer ›Freundschaft‹ meine ›Liebe‹; aber diese konventionelle Ausdrucksweise änderte nichts an der Sache selbst; und wenn es dabei geblieben wäre, wäre ich vielleicht weniger rasch, aber nicht weniger sicher gegangen. Es war sogar schon nicht mehr die Rede davon, daß ich weg solle, wie sie anfangs wollte. Und was die Unterredungen betrifft, die wir täglich miteinander haben: wenn ich ihr sorgfältig Gelegenheit dazu gebe, ergreift sie sie ebenso sorgfältig.

Da unsere kleinen Stelldicheins gewöhnlich auf dem Spaziergang stattfinden, ließ das scheußliche Wetter, das heute herrscht, mir keinerlei Hoffnung. Es kam mir wirklich ungelegen; ich sah nicht voraus, wieviel ich bei dem Hindernis gewinnen sollte.

Weil man nicht ausgehen konnte, setzte man sich nach dem Essen zum Spiel; und da ich selten spiele und nicht mehr dabei nötig bin, benutzte ich die Zeit, auf mein Zimmer zu gehen, ohne andere Absicht, als dort beiläufig das Ende der Partie abzuwarten.

Ich wollte zur Gesellschaft zurückkehren, als ich der reizenden Frau begegnete, wie sie in ihr Zimmer trat; und sei's aus Unvorsichtigkeit oder aus Schwäche, sagte sie mit ihrer sanften Stimme: »Wohin gehen Sie denn? Es ist niemand im Salon.« Mehr hat es, wie Sie sich denken können, nicht bedurft, damit ich versuchte, bei ihr einzutreten. Ich stieß auf weniger Widerstand, als ich erwartete. Allerdings hatte ich die Vorsicht geübt, die Unterhaltung an der Tür einzuleiten, und zwar anfangs eine gleichgültige. Aber kaum hatten wir uns niedergelassen, da brachte ich die eigentliche wieder aufs Tapet und sprach ›zu meiner Freundin von meiner Liebe‹. Ihre erste Antwort erschien mir, trotz ihrer Einfachheit, ziemlich ausdrucksvoll. »O halten Sie ein,« sagte sie, »wir wollen davon hier nicht sprechen.« Und sie zitterte. Die arme Frau! Sie sieht sich sterben.

Gleichwohl fürchtete sie sich mit Unrecht. Da ich seit einiger Zeit des Erfolges für einen oder den andern Tag versichert bin und sie soviel Kraft in nutzlosen Kämpfen ausgeben sehe, hatte ich die meinige zu schonen und ohne Anstrengung abzuwarten beschlossen, daß sie sich aus Ermattung ergäbe. Sie fühlen wohl, hier braucht's einen vollen Sieg, und der Gelegenheit will ich nichts verdanken. Eben auf Grund dieses Plans und damit ich dringlicher werden konnte, ohne mich zu weit vorzuwagen, bin ich auf das so hartnäckig verweigerte Wort Liebe zurückgekommen. In der Gewißheit, daß man mir eine hinlängliche Glut zutraute, habe ich einen zärtlicheren Ton angeschlagen. Ihre Weigerung ärgere mich nicht mehr, sie betrübe mich; ob meine gefühlvolle Freundin mir nicht einigen Trost schulde.

Während sie mich tröstete, war eine ihrer Hände in meiner liegengeblieben; ihr hübscher Körper lehnte sich gegen meinen Arm, und wir waren einander äußerst nahe. Sie haben gewiß bemerkt, wie in dieser Lage, in dem Maße wie die Verteidigung erlahmt, Bitten und Weigerungen näher beieinander geschehen; wie der Kopf sich wegwendet und die Blicke sich senken, während die Worte, immer mit schwacher Stimme gesprochen, seltener kommen und abbrechen. Diese wertvollen Zeichen künden in unzweideutiger Art die Einwilligung der Seele an; aber selten reicht diese Einwilligung dann schon bis zu den Sinnen; ich glaube sogar, daß es stets gefährlich ist, dann etwas zu Deutliches zu unternehmen. Denn da dieser Zustand des Sichgehenlassens immer mit sehr süßem Vergnügen verbunden ist, kann man niemand nötigen, diesen Zustand aufzugeben, ohne eine Mißstimmung zu verursachen, die unfehlbar der Verteidigung zugute kommt.

Im gegenwärtigen Fall aber hatte ich Vorsicht um so nöti-

Mlle Gerard del. Baquoy sculp

ger, als ich besonders den Schrecken zu fürchten hatte, den dieses Selbstvergessen ganz sicher meiner zärtlichen Träumerin verursachen würde. Drum verlangte ich nicht einmal, daß das erbetene Geständnis ausgesprochen werde. Ein Blick konnte genügen, ein einziger Blick, und ich war glücklich.
Schöne Freundin, die schönen Augen haben sich tatsächlich zu mir erhoben, der himmlische Mund hat sogar gesprochen: »Also, ja, ich ...« Aber plötzlich ist der Blick erloschen, die Stimme hat versagt, und diese anbetungswürdige Frau ist mir in die Arme gesunken. Kaum hatte ich Zeit gehabt, sie darin aufzunehmen, da machte sie sich mit zuckender Anstrengung daraus los, ihr Blick war irr, die Hände gen Himmel erhoben, und sie rief: »Gott – o mein Gott, rette mich!« Und gleich darauf, rascher als der Blitz, lag sie zehn Schritte weit von mir auf den Knien. Ich hörte, wie sie dem Ersticken nahe war. Ich trat vor, ihr zu helfen; sie aber nahm meine Hände, die sie in Tränen badete, umarmte zuweilen gar meine Knie und sagte: »O Sie, ja Sie werden mich retten! Sie wollen nicht meinen Tod, verlassen Sie mich! Retten Sie mich, verlassen Sie mich um Gottes willen, verlassen Sie mich!« Und diese nicht sehr zusammenhängenden Reden fanden kaum einen Ausweg durch das verdoppelte Schluchzen. Indessen hielt sie mich mit solcher Kraft fest, daß ich gar nicht hätte fortgehen können. Da nahm ich die meinige zusammen und hob sie in meinen Armen empor. Im selben Augenblick hörten die Tränen auf; sie sprach nicht mehr; ihre Glieder wurden starr, und heftige Zuckungen folgten dem Sturm.
Ich war, gestehe ich, lebhaft ergriffen, und hätte, glaube ich, in ihre Bitte gewilligt, wenn auch die Umstände mich nicht dazu gezwungen hätten. Die Wahrheit ist, daß ich sie, nach einigen Hilfeleistungen, allein gelassen habe, wie sie gebeten hatte, und daß ich mir dazu Glück wünsche. Schon habe ich fast meine Belohnung erhalten.
Ich erwartete, wie am Tage der ersten Erklärung würde sie sich den Abend über nicht zeigen. Aber gegen acht ist sie in

den Salon herabgekommen und hat der Gesellschaft nur mitgeteilt, sie habe sich sehr unwohl befunden. Ihr Gesicht war niedergeschlagen, ihre Stimme schwach, ihre Haltung gezwungen; aber ihr Blick war sanft, und oft heftete er sich auf mich. Als ihre Weigerung, zu spielen, mich genötigt hatte, ihren Platz einzunehmen, setzte sie sich sogar neben mich. Während des Soupers blieb sie allein im Salon. Wie man dahin zurückkehrte, glaubte ich zu bemerken, daß sie geweint habe. Um mir darüber Klarheit zu verschaffen, sagte ich, es scheine mir, sie habe noch eine Nachwirkung ihres Übelbefindens gespürt – worauf sie mir gefällig antwortete: »*Das* Übel geht nicht so rasch weg, wie es gekommen ist!« Schließlich, als man aufbrach, gab ich ihr die Hand; und an der Tür ihres Zimmers hat sie die meinige kräftig gedrückt. Zwar schien mir diese Regung etwas Unfreiwilliges zu haben, doch um so besser: es ist ein weiterer Beweis für meine Herrschaft.

Ich möchte wetten, jetzt ist sie selig darüber, daß sie so weit ist. Die Kosten sind bezahlt, es erübrigt nur noch zu genießen. Vielleicht geht sie, indes ich schreibe, schon mit diesem lieblichen Gedanken um! Und wenn sie auch im Gegenteil mit einem neuen Verteidigungsplan umginge, wissen wir nicht genau, was aus all den Plänen wird? Ich frage Sie, kann so was länger dauern, als bis zu unserer nächsten Zusammenkunft? Ich bin wohl darauf gefaßt, das will ich meinen, daß sie sich ein bißchen zieren wird, bis sie sie gewährt. Na schön! Nachdem der erste Schritt getan ist, können da diese Spröden noch stehenbleiben? Ihre Liebe ist ein wahrer Ausbruch; der Widerstand gibt ihm mehr Kraft. Meine scheue Betschwester würde mir nachlaufen, wenn ich aufhörte, hinter ihr herzulaufen.

Genug, schöne Freundin, unverweilt werde ich bei Ihnen eintreffen und Sie an die Erfüllung Ihres Versprechens mahnen. Sie haben doch wohl nicht vergessen, was Sie mir für nach dem Erfolg zugesagt haben, die Untreue gegen Ihren Ritter? Sind Sie bereit? Ich meinesteils wünsche es mir, als hätten wir uns nie gekannt. Im übrigen ist Sie kennen vielleicht ein Grund, Sie noch mehr zu begehren.

Ich bin gerecht und nicht galant.[1]

Drum soll das auch die erste Untreue sein, die ich an meiner ersten Eroberung begehe; und ich verspreche Ihnen, daß ich den ersten Vorwand benutzen werde, um mich auf vierundzwanzig Stunden von ihr zu entfernen. Das ist dann ihre Strafe dafür, daß sie mich so lange von Ihnen ferngehalten hat. Wissen Sie, daß mich das Abenteuer nun mehr als zwei Monate beschäftigt? Jawohl, zwei Monate und drei Tage. Zwar rechne ich morgen mit, da es erst dann richtig vollzogen werden wird. Das erinnert mich daran, daß Fräulein von B** drei volle Monate widerstanden hat. Ich sehe mit Vergnügen, daß die bare Koketterie sich länger verteidigt als strenge Tugend.

Adieu, schöne Freundin, ich muß Sie verlassen, denn es ist sehr spät. Dieser Brief hat mich länger aufgehalten, als ich dachte, aber da ich morgen nach Paris schicke, habe ich es benutzen wollen, damit Sie einen Tag früher die Freude Ihres Freundes teilen können.

Aus Schloß . . ., den 2. Oktober 17**, abends.

Hundertster Brief

Der Vicomte von Valmont an die Marquise von Merteuil

Freundin, ich bin angeführt, verraten, verloren, ich bin in Verzweiflung; Frau von Tourvel ist abgereist. Sie ist abgereist, und ich wußte es nicht! Und ich war nicht da, konnte mich ihrer Abreise nicht widersetzen, ihr ihren unwürdigen Verrat nicht vorwerfen! Ach! Glauben Sie nicht, ich hätte sie weggelassen; sie wäre geblieben! Ja, sie wäre geblieben, und wenn ich hätte Gewalt anwenden müssen. Wie aber war's? In meiner leichtgläubigen Sicherheit schlief ich, ganz ruhig. Ich schlief, und der Blitz ist auf mich

1. Voltaire: Nanine. Komödie

niedergefahren. Nein, diese Abreise fasse ich nicht; man muß es aufgeben, die Frauen kennen zu wollen.
Wenn ich an den gestrigen Tag denke! Was sage ich, noch an den Abend! Ein so sanfter Blick! Eine so zärtliche Stimme! Und der Händedruck! Und währenddessen ging sie damit um, von mir zu fliehen! O Frauen, Frauen! Beschwert euch doch, wenn man euch betrügt! Allerdings, ja, jede Treulosigkeit, die man anwendet, ist ein Diebstahl an euch.
Mit welcher Wonne werde ich mich rächen! Ich werde sie wiederfinden, diese treulose Frau; ich werde sie wieder in meine Macht bekommen. Wenn schon Liebe allein mir die Mittel eingab, was wird sie nicht mit Hilfe der Rache fertigbringen! Ich sehe sie noch auf den Knien, zitternd und in Tränen gebadet, wie sie mit ihrer trügerischen Stimme Gnade ruft; ich aber werde ohne Mitleid sein.
Was tut sie jetzt? Was denkt sie? Vielleicht bildet sie sich etwas darauf ein, mich betrogen zu haben, und findet, getreu den Neigungen ihres Geschlechts, dies Vergnügen am süßesten. Was die so gerühmte Tugend nicht vermocht hat, der Geist der List hat es ohne Anstrengung zustande gebracht. Ich Unsinniger fürchtete ihre Keuschheit. Ihre Unehrlichkeit hätte ich fürchten müssen.
Und meine Rachsucht verschlucken zu müssen! Nur zärtlichen Schmerz zeigen zu dürfen, während ich das Herz voll Wut habe! Darauf angewiesen zu sein, daß ich eine widerspenstige Frau, die sich meiner Macht entzogen hat, noch anflehen muß! War's denn nötig, daß ich bis zu dem Grad gedemütigt ward? Und durch wen? Durch eine schüchterne Frau, die sich nie im Kampf geübt hat. Wozu nützt es mir, daß ich mich in ihrem Herzen festgesetzt, daß ich es in Glut gesetzt habe, in volle Liebesglut, daß ich die Erregung ihrer Sinne bis zum Wahnsinn gesteigert habe – wenn sie in ihrem friedlichen Versteck heute auf ihre Flucht stolzer sein darf als ich auf meine Siege? Und ich sollte das dulden? Liebe Freundin, das glauben Sie nicht, solche demütigende Vorstellung haben Sie nicht von mir!

Aber welche Schicksalsmacht kettet mich an diese Frau? Wünschen sich nicht hundert andere meine Aufmerksamkeiten? Werden sie sich nicht beeilen, diese zu erwidern? Sogar wenn keine dieser gleichkäme, würden nicht doch das Anziehende der Abwechslung, der Reiz neuer Eroberungen, der Glanz ihrer Zahl recht süße Freuden bieten? Wozu hinter einem herlaufen, der von uns flieht, und die vernachlässigen, die sich einstellen?Ach, warum? . . . Ich weiß es nicht, aber ich empfinde es heftig.
Es gibt für mich kein Glück, keine Ruhe mehr außer im Besitz dieser Frau, die ich mit gleicher Wut hasse und liebe. Ich kann mein Geschick erst dann wieder ertragen, wenn ich ihres in Händen halte. Dann will ich, ruhig und satt, sie meinerseits den Stürmen preisgegeben sehen, die ich in diesem Augenblick bestehe. Tausend andere noch will ich heraufbeschwören. Hoffnung und Furcht, Mißtrauen und Sicherheit, alle Übel, die der Haß erfand, alle Güter, die die Liebe gewährt, ich will, daß sie ihr Herz erfüllen, daß sie auf mein Gebot darin einander ablösen. Die Zeit wird kommen ... Aber wieviel Mühen noch! Wie ich gestern nahe daran war! Und wie ich mich heute davon entfernt sehe! Auf welche Art soll ich wieder näher kommen! Ich wage keinen Schritt zu unternehmen; ich fühle, um mich zu etwas zu entschließen, müßte ich ruhiger sein, und mein Blut kocht mir in den Adern.
Was meine Marter verdoppelt, ist die Kaltblütigkeit, mit der hier jeder auf meine Fragen wegen des Ereignisses antwortet, wegen der Ursache davon, wegen alles Ungewöhnlichen, das dabei ist ... Niemand weiß etwas, niemand wünscht etwas zu wissen. Kaum daß davon gesprochen wäre, wenn ich ein anderes Gespräch zugelassen hätte. Frau von Rosemonde, zu der ich heute früh, wie ich die Nachricht erfuhr, gelaufen bin, hat mir mit der Kälte ihres Alters erwidert, das sei die natürliche Folge des gestrigen Unwohlseins der Frau von Tourvel. Sie habe eine Krankheit besorgt und lieber bei sich zu Hause sein wollen. Sie findet

das ganz einfach, sie hätte es ebenso gemacht, sagte sie zu mir – als ob sie beide etwas gemein haben könnten! Zwischen der einen, der nur noch das Sterben erübrigt, und der andern, die den Reiz und die Qual meines Lebens ausmacht!

Frau von Volanges, die ich zuerst im Verdacht der Mitschuld hatte, scheint nur dadurch gekränkt, daß sie wegen dieses Schrittes nicht um Rat gefragt worden ist. Ich bin froh, gestehe ich, daß sie nicht das Vergnügen gehabt hat, mir zu schaden. Das beweist mir auch, daß sie nicht in dem Maße, wie ich es fürchtete, das Vertrauen der Frau besitzt; immerhin eine Feindin weniger. Wie würde sie mit sich zufrieden sein, wenn sie wüßte, daß man vor mir flieht! Wie sie vor Stolz geschwollen wäre, wenn die Abreise auf ihren Rat geschehen wäre! Wie ihre Wichtigkeit dadurch vervielfacht worden wäre! Mein Gott, hasse ich sie! Oh, ich werde mit ihrer Tochter wieder anknüpfen. Ich will sie nach meiner Laune bearbeiten; darum glaube ich auch wohl, ich bleibe hier noch eine Zeitlang. Das bißchen Nachdenken wenigstens, zu dem ich bisher imstande war, legt mir diesen Entschluß nahe.

Glauben Sie nicht wirklich, daß nach einem so auffälligen Schritt meine Undankbare meine Anwesenheit scheuen muß? Wenn also der Gedanke ihr gekommen ist, ich könnte ihr nachreisen, dann wird sie nicht verfehlt haben, mir ihre Tür zu schließen; und ich will ebensowenig sie an dies Mittel gewöhnen, wie ich solche Demütigung dulden will. Lieber zeige ich ihr im Gegenteil an, daß ich hierbleibe. Ich will sogar in sie dringen, daß sie wiederkommen soll. Und ist sie dann von meinem Fernbleiben fest überzeugt, dann erscheine ich bei ihr. Wir werden sehen, wie sie diese Zusammenkunft übersteht. Aber man muß sie aufschieben, um ihre Wirkung zu erhöhen, und ich weiß noch nicht, ob ich die nötige Geduld haben werde. Zwanzigmal im Lauf des Tages habe ich den Mund schon offen gehabt, um meine Pferde zu verlangen. Indessen, ich halte an mich; ich ver-

pflichte mich, Ihre Antwort hier entgegenzunehmen, und bitte Sie nur, schöne Freundin, lassen Sie mich nicht warten.
Was mir am hinderlichsten wäre, ist, wenn ich nicht erführe, was vorgeht. Aber mein Jäger, der in Paris ist, hat Rechte darauf, daß ihn die Kammerfrau zuweilen einläßt; er wird mir dienen können. Ich schicke ihm Weisungen und Geld. Ich bitte Sie, freundlichst zu gestatten, daß ich eines wie das andere diesem Briefe beifüge, und Sorge zu tragen, daß einer Ihrer Leute damit zu ihm hingeht, mit dem Befehl, es ihm selbst zu übergeben. Ich treffe diese Vorsichtsmaßregel, weil der Schlingel die Gewohnheit hat, daß er die Briefe, die ich ihm schreibe, niemals erhalten hat, wenn sie ihm etwas vorschreiben, was ihm ungelegen kommt, und weil er mir im Augenblick in seine Eroberung nicht so verliebt scheint, wie ich es möchte, daß er's wäre.
Adieu, schöne Freundin, wenn Ihnen irgendein glücklicher Gedanke kommt, irgendein Mittel, wie ich rascher vorwärtskommen kann, teilen Sie's mir mit. Ich habe mehr als einmal erprobt, wie nützlich Ihre Freundschaft sein kann, und erprobe es auch in diesem Augenblick; denn ich fühle mich ruhiger, seit ich Ihnen schreibe. Wenigstens spreche ich mit jemand, der mich versteht, und nicht zu den Automaten, bei denen ich seit heute morgen vegetiere. Wahrhaftig, je länger, je mehr bin ich versucht, zu glauben, daß auf der Welt nur Sie und ich etwas taugen.

Aus Schloß ..., den 3. Oktober 17**

Hundertunderster Brief

Der Vicomte von Valmont an Azolan, seinen Jäger
(Mit dem vorigen)

Sie, der Sie heute früh von hier fort sind, müssen sehr dumm sein, daß Sie nicht erfahren haben, Frau von Tourvel reise auch ab; oder, wenn Sie's gewußt haben, daß Sie es mir dann nicht gemeldet haben. Wozu dient es denn, daß Sie sich für mein Geld bei den Bedienten bezechen, daß Sie die Zeit, die Sie auf meinen Dienst verwenden müßten, damit verbringen, daß Sie bei Kammerfrauen den Angenehmen spielen, wenn ich dann doch nicht besser mit Nachrichten bedient werde über das, was vorgeht? Nun, und solche Nachlässigkeiten begehen Sie! Aber ich warne Sie, wenn Ihnen in dieser Sache eine einzige passiert, ist es Ihre letzte in meinem Dienst.

Sie müssen mich von allem in Kenntnis setzen, was bei Frau von Tourvel vorgeht: von ihrer Gesundheit; ob sie schläft; ob sie traurig oder heiter ist; ob sie oft ausgeht und zu wem sie geht; ob sie Leute bei sich empfängt und wer zu ihr kommt; womit sie die Zeit verbringt; ob sie gegen ihre Frauen schlechter Laune ist, besonders gegen die, die sie mit hierhergebracht hatte; was sie tut, wenn sie allein ist; ob sie, wenn sie liest, zusammenhängend liest oder die Lektüre unterbricht, um zu träumen; ebenso wenn sie schreibt. Trachten Sie auch gut Freund zu werden mit dem, der ihre Briefe zur Post trägt. Erbieten Sie sich häufig, die Besorgung statt seiner zu machen; und wenn er es annimmt, lassen Sie nur die abgehen, die Ihnen gleichgültig scheinen, und schicken die andern mir, besonders die an Frau von Volanges, wenn Sie welche darunter finden.

Richten Sie es ein, daß Sie eine Zeitlang der glückliche Liebhaber Ihrer Julie sind. Wenn sie einen andern hat, wie Sie glaubten, bewegen Sie sie, daß sie sich unter Sie beide teilt; und setzen Sie nur nicht Ihren Ehrgeiz in ein lächerliches Zartgefühl: Sie werden sich im Fall sehr viel anderer befinden, die mehr wert sind als Sie. Wenn jedoch Ihr Teilhaber sich zu lästig machen sollte, wenn Sie zum Beispiel bemerken, daß er Julie über Tag zuviel in Anspruch nimmt und daß sie darum nicht so oft bei ihrer Herrin ist, beseitigen Sie ihn auf irgendwelche Art. Oder fangen Sie Streit mit ihm an. Die Folgen brauchen Sie nicht zu fürchten: ich werde Sie halten. Vor allem gehen Sie nicht aus dem Haus. Vermittelst Seßhaftigkeit sieht man alles und sieht man gut. Melden Sie sich sogar, wenn zufällig einer von den Leuten entlassen werden sollte, um für ihn einzutreten, als seien Sie nicht mehr bei mir. Sagen Sie in dem Fall, daß Sie von mir weggegangen sind, um ein ruhigeres, besser geregeltes Haus zu suchen. Kurz, trachten Sie, daß Sie genommen werden. Ich behalte Sie darum doch während der Zeit in meinem Dienst; es wird so sein, wie bei der Herzogin von ***; und späterhin belohnt Frau von Tourvel Sie gleichfalls.

Wenn Sie hinlänglich Geschick und Eifer hätten, müßten diese Weisungen genügen. Um aber eines wie das andere zu ersetzen, schicke ich Ihnen Geld. Das beigefügte Billett berechtigt Sie, wie Sie sehen, fünfundzwanzig Louisdor bei meinem Geschäftsführer zu erheben; denn zweifellos haben Sie keinen roten Heller. Von dieser Summe verwenden Sie soviel als nötig, um Julie zu bestimmen, daß sie mit mir einen Briefwechsel anfängt. Für das übrige lassen Sie die Leute trinken. Richten Sie so oft wie möglich ein, daß es bei dem Schweizer des Hauses geschieht, damit er gern sieht, daß Sie kommen. Vergessen Sie aber nicht, daß ich nicht Ihre Vergnügungen bezahlen will, sondern Ihre Dienste.

Gewöhnen Sie Julie daran, alles zu beobachten und alles zu berichten, selbst was ihr etwa unwichtig vorkommt. Lieber soll sie zehn unnötige Sätze schreiben, als einen interessanten weglassen; und was gleichgültig aussieht, ist es oft gar nicht. Da die Möglichkeit dasein muß, daß ich auf der Stelle benachrichtigt werde, wenn etwas vorkäme, was Ihnen Aufmerksamkeit zu verdienen scheint, so schicken Sie gleich nach Empfang dieses Briefes Philipp auf dem Kommissionspferd, daß er in ...[1] Quartier nimmt. Bis neue Weisungen kommen, soll er dort bleiben. Das ist dann nötigenfalls eine Station für den Pferdewechsel. Für die laufende Korrespondenz genügt die Post.

Geben Sie acht, daß Sie diesen Brief nicht verlieren. Lesen Sie ihn alle Tage wieder durch, um sich zu vergewissern, daß Sie nichts vergessen, und auch, um sicher zu sein, daß

1. Dorf auf halbem Wege zwischen Paris und dem Schloß der Frau von Rosemonde

Sie ihn noch haben. Genug, tun Sie alles, was man tun muß, wenn man mit meinem Vertrauen beehrt ist. Sie wissen, wenn ich mit Ihnen zufrieden bin, werden Sie's auch mit mir sein.

Aus Schloß . . ., den 3. Oktober 17**

Hundertundzweiter Brief

Die Präsidentin von Tourvel an Frau von Rosemonde

Sie werden sehr erstaunt sein, gnädige Frau, wenn Sie erfahren, daß ich so eilig Ihr Haus verließ. Dieser Schritt wird Ihnen höchst ungewöhnlich erscheinen. Wie wird Ihre Überraschung aber erst wachsen, wenn Sie die Gründe kennen werden! Vielleicht werden Sie finden, indem ich sie Ihnen anvertraue, achte ich nicht genügend die Ihrem Alter gebotene Ruhe – weiche sogar ab von den Gefühlen der Verehrung, die Ihnen mit soviel Recht zukommen? Ach, gnädige Frau, Verzeihung: doch mein Herz ist bedrückt; es hat das Bedürfnis, seinen Schmerz in den Busen einer milden und zugleich klugen Freundin zu ergießen; und welche andere konnte es erwählen außer Ihnen? Betrachten Sie mich als Ihr Kind. Lassen Sie mir die Muttergüte zuteil werden, ich erflehe sie. Vielleicht habe ich einiges Anrecht darauf, vermöge dessen, was ich für Sie empfinde.

Wo ist die Zeit, da ich, ganz diesen löblichen Gefühlen hingegeben, die nicht kannte, die in die Seele meine nunmehrige tödliche Wirrnis tragen und einem die Kraft, sie zu bekämpfen, nehmen, während sie einem die Pflicht doch auferlegen? Ach, diese verhängnisvolle Reise hat mich ins Verderben gestürzt! . . .

Genug, was soll ich Ihnen sagen? Ich liebe, ja, ich liebe über alle Maßen. Ach! Dies Wort, das ich zum ersten Male schreibe, dies so oft erbetene, nie erhaltene Wort, ich würde mein Leben geben für die Süßigkeit, es nur einmal den hören lassen zu dürfen, der es einflößt; und doch muß ich es immerfort weigern! Er wird nun wieder an meinen Gefühlen zweifeln, wird glauben, er habe sich zu beklagen. Ich bin nicht unglücklich! Warum ist es ihm nicht ein ebenso leichtes, in meinem Herzen zu lesen, als darin zu herrschen! Ja, ich würde weniger leiden, wenn er wüßte, was alles ich leide. Doch selbst Sie, der ich es sage, werden nur eine schwache Vorstellung davon bekommen.

In wenigen Augenblicken werde ich ihn fliehen und tief betrüben. Während er sich noch in meiner Nähe glaubt, werde ich schon fern von ihm sein. Zur Stunde, wo ich ihn täglich zu sehen gewohnt war, werde ich an Plätzen sein, wohin er niemals kam, wohin zu kommen ich ihm nicht erlauben darf. Schon sind alle meine Vorkehrungen getroffen; alles liegt da vor meinen Augen; auf nichts können sie sich ausruhen, das mir nicht diese grausame Abreise verkündet. Alles ist bereit, außer mir selbst! Und je mehr mein Herz sich dagegen sträubt, desto mehr beweist es mir die Notwendigkeit, mich darein zu fügen.

Ich werde mich wohl fügen; es ist besser, zu sterben, als schuldig zu leben. Schon, ich fühle es, bin ich es nur zu sehr; nur meine Ehrbarkeit habe ich gerettet, die Tugend ist vergangen. Muß ich es Ihnen gestehen: was mir noch bleibt, ich verdanke es seiner Großmut. Trunken von der Freude, ihn zu sehen, ihn zu hören, von dem süßen Gefühl seiner Nähe, von dem Glück, größer als seines, dem Glück, seines bewirken zu können – war ich macht- und kraftlos. Kaum blieb mir Kraft zu kämpfen; zu widerstehen keine mehr. Ich zitterte vor der Gefahr, ohne ihr entrinnen zu können. Da nun hat er meine Pein gesehen und hat Mitleid mit mir gehabt. Wie sollte ich ihn nicht zärtlich lieben? Ich verdanke ihm sehr viel mehr als das Leben.

Ach, hätte ich beim Verweilen in seiner Nähe nur für mein Leben zu zittern, glauben Sie nicht, daß ich je darein willigen würde, Sie zu meiden. Was gilt es mir ohne ihn; wäre ich nicht allzu glücklich, es zu verlieren? Verdammt, ihn und mich ewig unglücklich zu machen, weder mich beklagen noch ihn trösten zu dürfen, mich jeden Tag gegen ihn, gegen mich selbst zu verteidigen, ihm mit Vorbedacht Leid zufügen zu müssen, während ich doch all meine Sorge seinem Glück weihen möchte, so leben, heißt das nicht tausendmal sterben? Und doch soll das mein Geschick sein. Ich werde es indessen ertragen, ich werde Mut dazu haben. O Sie, die ich Sie zu meiner Mutter erwähle, empfangen Sie diesen Schwur.

Empfangen Sie auch den, daß ich Ihnen keine meiner Handlungen verhehlen will. Empfangen Sie ihn, ich beschwöre Sie; ich bitte Sie darum wie um eine Unterstützung, deren ich bedarf. Mit dieser Verpflichtung, Ihnen alles zu sagen, werde ich mich an das Gefühl gewöhnen, als sei ich immer in Ihrer Gegenwart. Ihre Tugend wird meine ersetzen. Gewiß niemals werde ich vor Ihren Augen erröten wollen; und zurückgehalten durch diesen machtvollen Zügel, werde ich in Ihnen nicht nur die nachsichtige Freundin und Vertraute meiner Schwäche lieben, nein, ehren werde ich in Ihnen auch den Schutzengel, der mich vor Schande rettet.

Es ist wahrlich schon genug Schande, daß ich hierum bitten muß. Verhängnisvolle Wirkung eines vermessenen Selbstvertrauens! Warum habe ich nicht eher die Neigung gefürchtet, die ich entstehen fühlte? Warum habe ich mir geschmeichelt, ich könnte sie nach Belieben meistern oder besiegen? Unsinnige! Ich wußte recht wenig von der Liebe! Ach, hätte ich achtsamer gegen sie angekämpft, vielleicht hätte sie weniger Macht erlangt! Vielleicht wäre dann diese Abreise nicht nötig gewesen, oder wenn ich mich diesem schmerzlichen Entschluß auch hätte unterziehen müssen, wäre es mir doch möglich gewesen, Beziehungen nicht gänzlich abzubrechen, die ein wenig zu lockern genügt hätte! Aber alles auf einmal zu verlieren! Und für immer! O Freundin! ... Doch wie! Sogar beim Schreiben an Sie verirre ich mich noch zu frevlen Wünschen? Ach, ich will fort, fort, und wenigstens sollen diese unfreiwilligen Vergehen abgebüßt werden durch alles, was ich opfere.

Leben Sie wohl, ehrwürdige Freundin; lieben Sie mich wie

Ihre Tochter, nehmen Sie mich an als Tochter; und seien Sie gewiß, daß ich, trotz meiner Schwäche, lieber stürbe, als daß ich Ihrer Wahl unwert würde.

. . ., den 3. Oktober 17**, um 1 Uhr nachts.

Hundertunddritter Brief

Frau von Rosemonde an die Präsidentin von Tourvel

Ich war, meine liebe Schöne, mehr betrübt durch Ihre Abreise als überrascht von ihrer Ursache. Eine lange Erfahrung und die Teilnahme, die Sie einflößen, hatten genügt, mich über den Zustand Ihres Herzens aufzuklären; und, wenn ich alles sagen soll, Sie haben mir in Ihrem Brief nichts oder fast nichts Neues mitgeteilt. Wenn ich nur durch Ihren Brief unterrichtet worden wäre, wüßte ich noch nicht, wer der ist, den Sie lieben; denn während Sie mir die ganze Zeit von ›ihm‹ sprechen, haben Sie kein einziges Mal seinen Namen hingeschrieben. Ich hatte es nicht nötig, ich weiß wohl, wer es ist. Ich bemerke es nur, weil ich mich erinnert habe, daß das immer der Stil der Liebe ist. Ich sehe, es ist damit noch wie in der vergangenen Zeit.

Ich glaubte nicht, ich würde mich je in dem Fall befinden, daß ich auf diese Erinnerungen zurückkäme, die mir so fern und meinem Alter so gar nicht angemessen sind. Seit gestern aber habe ich doch viel darüber nachgesonnen, in dem Wunsch, etwas darunter zu finden, was Ihnen von Nutzen sein könnte. Aber was kann ich tun, als Sie bewundern und bedauern? Ich lobe den verständigen Entschluß, den Sie gefaßt haben; doch erschreckt er mich, weil ich daraus schließe, daß Sie ihn für notwendig erachtet haben; und wenn man so weit ist, dann ist es recht schwer, sich dauernd fernzuhalten von dem, dem unser Herz uns unablässig nahebringt.

Indessen verlieren Sie nicht den Mut; Ihrer schönen Seele kann nichts unmöglich sein; und sollten Sie eines Tages das Unglück haben, zu unterliegen (was Gott verhüte!), glauben Sie mir, liebe Schöne, sichern Sie sich für den Fall wenigstens den Trost, daß Sie mit aller Macht gekämpft haben. Und dann, was menschliche Vernunft nicht vermag, bewirkt die göttliche Gnade, wenn es ihr gefällt. Vielleicht sind Sie am Vorabend ihres Beistandes; und Ihre Tugend, die in diesen mühseligen Kämpfen erprobt ward, wird reiner und glänzender daraus hervorgehen. Die Kraft, die Sie heute nicht haben, hoffen Sie nur, daß Sie sie morgen empfangen werden. Rechnen Sie nicht darauf, um sich ganz auf sie zu verlassen, sondern damit Sie dann neuen Mut fassen und alle Ihre eigene Kraft gebrauchen.

Wenn ich der Vorsehung die Sorge überlasse, Ihnen beizustehen in einer Gefahr, gegen die ich nichts vermag, behalte ich mir doch vor, Sie, soviel an mir liegt, zu stützen und zu trösten. Ich werde Ihre Leiden nicht erleichtern, aber ich werde sie teilen. In Erfüllung dieser Aufgabe werde ich gern entgegennehmen, was Sie mir anvertrauen. Ich fühle, Ihr Herz muß es nötig haben, sich zu ergießen. Ich öffne Ihnen meines; das Alter hat es noch nicht bis zu dem Grade abgekühlt, daß es unempfindlich wäre für Freundschaft. Sie werden es immer bereit finden zu Ihrem Empfang. Es wird Ihren Schmerzen nur schwache Erleichterung sein, aber wenigstens werden Sie nicht allein weinen; und wenn diese unglückliche Liebe zu viel Gewalt über Sie erlangt und Sie zwingt, von ihr zu sprechen, ist es besser, mit mir als mit ›ihm‹. Sehen Sie wohl, ich spreche wie Sie; und ich glaube, wir bringen es zu zweit nicht fertig, seinen Namen zu nennen. Übrigens verstehen wir uns.

Ich weiß nicht, ob ich wohl daran tue, Ihnen zu sagen, daß er mir durch Ihre Abreise schmerzlich betroffen erschien; es wäre vielleicht vernünftiger, Ihnen nicht davon zu sprechen. Aber ich mag die Vernünftigkeit nicht, mit der man seine Freunde betrübt. Ich bin aber doch gezwungen, nicht länger mehr davon zu sprechen. Meine schwachen Augen und meine zitternde Hand gestatten mir keine langen Briefe, wenn ich sie selbst schreiben muß.

Adieu also, liebe Schöne, adieu, liebenswürdiges Kind. Ja,

ich nehme Sie gern als meine Tochter an, und Sie haben wirklich alles, was nötig, um eine Mutter stolz und froh zu machen.

Aus Schloß . . ., den 3. Oktober 17**

Hundertundvierter Brief

Die Marquise von Merteuil an Frau von Volanges

Wahrhaftig, liebe, gute Freundin, nur mit Mühe habe ich mich einer Regung des Stolzes erwehrt, als ich Ihren Brief las. Wie! Sie beehren mich mit Ihrem vollen Vertrauen! Sie gehen sogar so weit, daß Sie mich um Rat bitten! Ach, ich bin wirklich glücklich, wenn ich diese günstige Meinung Ihrerseits verdiene; wenn ich sie nicht nur freundschaftlicher Voreingenommenheit verdanke. Übrigens, welchen Beweggrund sie auch haben mag, sie ist jedenfalls meinem Herzen viel wert; und daß ich sie erlangt habe, ist in meinen Augen ein Grund mehr, um mich noch eifriger zu bemühen, daß ich ihrer wert wäre. So will ich denn (doch ohne mir damit die Erteilung eines Rates herauszunehmen) Ihnen frei heraus meine Art zu denken sagen. Ich mißtraue, weil sie von Ihrer verschieden ist; aber wenn ich Ihnen erst meine Gründe auseinandergesetzt habe, mögen Sie darüber richten; und verurteilen Sie sie, unterschreibe ich im voraus Ihr Urteil. Wenigstens bin ich dann verständig genug, mich nicht für verständiger zu halten als Sie.

Sollte sich jedoch herausstellen, daß dies einzige Mal meine Meinung den Vorzug verdient, dann wäre die Ursache in den Selbsttäuschungen der Mutterliebe zu suchen. Da dies Gefühl lobenswert ist, muß es sich in Ihnen vorfinden. Und wirklich, wie deutlich gibt es sich zu erkennen in dem Entschluß, den zu fassen Sie versucht sind! Wenn Ihnen zuweilen ein Irrtum unterläuft, so begehen Sie ihn, wie hier, immer nur bei der Wahl unter Tugenden.

Die Vorsicht ist, scheint mir, die, der man den Vorzug zu geben hat, wenn man über anderer Geschick verfügt, besonders, wenn es sich darum handelt, es festzulegen mit einer unlöslichen, geheiligten Kette, wie der Ehe. Das ist der Zeitpunkt, wo eine weise und zugleich zärtliche Mutter, wie Sie so gut sagen, ›ihrer Tochter mit ihrer Erfahrung beistehen‹ muß. Nun frage ich Sie, was hat sie zu dem Zweck anders zu tun, als an Stelle der Tochter zu unterscheiden zwischen dem, was gefällt, und dem, was sich ziemt.

Hieße es nicht die mütterliche Gewalt herabwürdigen, hieße es nicht sie zunichte machen, wenn man sie einer leichtsinnigen Neigung unterordnete, deren trügerische Macht sich nur denen fühlbar macht, die sie fürchten, und die verschwindet, sobald man sie verachtet? Ich meinerseits gestehe, daß ich nie an diese hinreißenden, unwiderstehlichen Leidenschaften geglaubt habe, aus denen man, scheint es, nach öffentlicher Übereinkunft, die allgemeine Entschuldigung unserer regellosen Sitten macht. Ich fasse nicht, wie eine Neigung, die ein Augenblick entstehen und ein anderer vergehen sieht, mehr Kraft haben kann als die unveränderlichen Grundsätze der Scham, Ehrbarkeit und Bescheidenheit; und ich verstehe ebensowenig, daß eine Frau, die gegen sie verstößt, durch ihre vorgebliche Leidenschaft sollte gerechtfertigt werden können, wie ein Dieb durch die Leidenschaft für das Geld oder ein Mörder durch seine Rachgier.

Ei was, wer kann sagen, daß er nie zu kämpfen gehabt hat? Aber ich habe immer nach der Überzeugung getrachtet, daß zum Widerstand es genüge, ihn zu wollen; und bis jetzt wenigstens hat meine Erfahrung meine Meinung bestätigt. Was wäre die Tugend ohne die Pflichten, die sie auferlegt? Ihren Kult enthalten unsere Opfer, ihren Lohn unsere Herzen. Diese Wahrheiten können nur von denen geleugnet werden, die ein Interesse daran haben, sie zu verkennen, und die, bereits verderbt, einen Augenblick darüber hinwegzutäuschen hoffen durch den Versuch, ihre schlechte Aufführung zu rechtfertigen durch schlechte Gründe.

Aber hat man das von einem einfachen, schüchternen Kinde zu befürchten – von einem Kinde, das das Ihrige ist und

dessen glückliche Natur durch eine bescheidene, reine Erziehung nur hat bestärkt werden können? Und doch wollen Sie eben dieser, ich möchte sagen, Ihre Tochter erniedrigenden Furcht die vorteilhafte Heirat opfern, die Ihre Klugheit ihr verschafft hatte! Ich habe Danceny sehr gern; und seit langem, wie Sie wissen, sehe ich Herrn von Gercourt nur selten; aber meine Freundschaft für den einen, meine Gleichgültigkeit gegen den andern halten mich nicht ab, den ungeheuren Unterschied zu merken, der zwischen den beiden Partien besteht.
Ihre Geburt ist gleichwertig, das gebe ich zu; aber der eine ist ohne Vermögen, und das des andern ist derartig, daß es, selbst ohne Geburt, genügt hätte, ihn zu allem zu führen. Ich will wohl gestehen, daß das Geld nicht das Glück ausmacht; man muß aber gleichfalls gestehen, es erleichtert es sehr. Fräulein von Volanges ist, wie Sie sagen, reich genug für zwei; indessen, sechzigtausend Franken Rente, die sie zu verzehren haben wird, sind nicht gar so viel, wenn man den Namen Danceny trägt, wenn man ein Haus ausstatten und unterhalten muß, das ihm entspricht. Wir leben nicht mehr in der Zeit der Frau von Sévigné. Der Luxus zehrt alles auf; man tadelt ihn, muß ihn aber mitmachen; und schließlich entzieht das Überflüssige einem das Notwendige.
Was die persönlichen Eigenschaften betrifft, die Sie, und mit großem Recht, so hoch anschlagen, so ist Herr von Gercourt von dieser Seite sicherlich einwandfrei; und *er* hat seine Proben bestanden. Ich möchte glauben und glaube auch wirklich, daß Danceny ihm nichts nachgibt; aber sind wir dessen so gewiß? Zwar hat er sich bisher von den Fehlern seines Alters frei und trotz dem Ton von heute so viel Neigung für die gute Gesellschaft gezeigt, daß man günstig über ihn mutmaßen möchte. Wer aber weiß, ob er diese anscheinende Ehrbarkeit nicht bloß seinem geringen Vermögen verdankt? Will man nicht etwa spitzbübisch oder liederlich sein, braucht man, um Spieler oder Wüstling zu sein, Geld, und man kann die Fehler noch lieben, deren Übermaß man fürch-

tet. Kurz, er wäre nicht der erste, der in der guten Gesellschaft verkehrt hätte, einzig, weil er's nicht besser kann.
Ich sage nicht (Gott verhüte es!), daß ich alles das von ihm glaube; aber die Gefahr, daß es so ist, läuft man doch; und was hätten Sie sich nicht für Vorwürfe zu machen, wenn die Sache nicht glücklich ausliefe! Was würden Sie Ihrer Tochter antworten, wenn sie Ihnen sagte: ›Mutter, ich war jung und ohne Erfahrung; ich ward sogar verführt durch einen in meinem Alter verzeihlichen Irrtum; aber der Himmel hatte meine Schwäche vorhergesehen und mir eine verständige Mutter gewährt, um dem abzuhelfen und mich davor zu schützen. Warum doch haben Sie Ihre Vorsicht aus den Augen gelassen und in mein Unglück eingewilligt? War es meine Sache, mir einen Gatten zu wählen, da ich vom Stande der Ehe nichts wußte? Hätte ich es auch gewollt, war es nicht an Ihnen, sich dem zu widersetzen? Aber ich habe diese wahnsinnige Absicht nie gehegt. Entschlossen, Ihnen zu gehorchen, habe ich Ihre Wahl mit Achtung und Ergebung abgewartet. Nie bin ich von dem Gehorsam abgewichen, den ich Ihnen schuldete, und dennoch trage ich heute die Strafe, die nur widerspenstige Kinder verdienen. Ach, Ihre Schwäche hat mich ins Verderben gestürzt! . . .‹ Vielleicht würde sie aus Achtung vor Ihnen ihre Klagen ersticken; aber die Mutterliebe würde sie erraten, und wenn die Tränen Ihrer Tochter auch verstohlen flössen, sie flössen darum doch auf Ihr Herz. Wo würden Sie dann Ihren Trost suchen? Vielleicht in der verrückten Liebe, gegen die Sie sie hätten wappnen sollen und von der Sie sich im Gegenteil haben verführen lassen?
Ich weiß nicht, liebe Freundin, ob ich zu sehr voreingenommen bin gegen diese Leidenschaft; aber ich glaube, daß man sie selbst in der Ehe zu fürchten hat. Ich mißbillige es ja nicht, daß ein ehrbares, sanftes Gefühl das eheliche Band verschöne und die Pflichten, die es auferlegt, gewissermaßen versüße; aber nicht jenem Gefühl kommt es zu, dieses Band zu bilden, nicht dem Trug eines Augenblicks, die Wahl unse-

res Lebens zu bestimmen. Tatsächlich muß man, um zu wählen, vergleichen; und wie kann man es, wenn ein einziger einen beschäftigt und man auch den nicht einmal kennen kann, in Trunkenheit und Blindheit befangen, wie man ist?

Ich bin, wie Sie glauben können, mehr Frauen begegnet, die von diesem gefährlichen Übel ergriffen waren; von einigen habe ich Geständnisse empfangen. Wenn man sie hört, ist keine dabei, deren Liebhaber nicht ein vollkommenes Geschöpf wäre; aber diese chimärenhaften Vollkommenheiten bestehen nur in ihrer Einbildung. Ihr überspannter Kopf träumt nur von Annehmlichkeiten und Tugenden; damit schmücken sie nach Herzenslust den, den sie vorziehen. Es ist der Faltenwurf eines Gottes, häufig getragen von einem verworfenen Modell; – aber was es auch für eines sei, kaum haben sie es damit bekleidet, sind sie die Narren ihres eigenen Werkes und sinken nieder, um es anzubeten.

Entweder Ihre Tochter liebt Danceny nicht, oder sie macht eben diese Selbsttäuschung durch. Diese Selbsttäuschung ist beiden gemein, wenn ihre Liebe gegenseitig ist. Somit kommt Ihr Grund, sie für immer zu vereinigen, auf die Gewißheit hinaus, daß sie sich nicht kennen, sich nicht kennen können. Aber, werden Sie sagen, kennen Herr von Gercourt und meine Tochter sich besser? Nein, gewiß nicht; aber wenigstens täuschen sie sich nicht, sie wissen einfach nichts voneinander. Was geht in solchem Fall zwischen zwei Eheleuten vor sich, beide, wie ich annehme, anständige Leute? Das, daß jeder von beiden den andern studiert, sich ihm gegenüber beobachtet, daß er sucht und bald auch findet, was er von seinen Neigungen und Willensmeinungen nachlassen muß um des gemeinsamen Friedens willen. Diese leichten Opfer bringt man mühelos, weil sie gegenseitig sind und man sie vorhergesehen hat. Bald erzeugen sie Wohlwollen bei beiden Teilen; und die Gewohnheit, die alle Neigungen stärkt, die sie nicht zerstört, führt nach und nach die sanfte Freundschaft, das zärtliche Vertrauen her-

bei, die gemeinsam mit der Achtung, scheint mir, das wahrhafte, das festbegründete Eheglück bilden.
Die Selbsttäuschungen der Liebe mögen süßer sein; wer weiß aber nicht, daß sie auch weniger dauerhaft sind? Und welche Gefahren bringt nicht der Augenblick mit sich, der sie zerstört? Dann, ja dann erscheinen die geringsten Fehler beleidigend und unerträglich, infolge ihres Gegensatzes zu jenem Vollkommenheitstrug, der uns verführt hatte. Jeder der beiden Gatten glaubt indes, der andere nur habe sich geändert, er aber sei noch immer so viel wert, wie er in einem Augenblick des Irrtums geschätzt worden ist. Der Reiz, den er selbst nicht mehr empfindet, er wundert sich, daß er ihn in dem andern nicht mehr hervorbringt. Er ist dadurch gedemütigt. Die wunde Eitelkeit verbittert die Geister, macht das beiderseitige Unrecht schlimmer, bringt Verstimmung hervor, gebiert Haß; und leichtfertige Vergnügungen werden zum Schluß mit langwährendem Unglück bezahlt.
So, liebe Freundin, denke ich über den Gegenstand, der uns beschäftigt. Ich verteidige es nicht, lege es nur dar; die Entscheidung liegt bei Ihnen. Wenn Sie aber bei Ihrer Meinung verharren, bitte ich Sie um Mitteilung der Gründe, die gegen die meinigen gesprochen haben. Ich werde mich freuen, wenn ich mich im Verkehr mit Ihnen unterrichte und besonders, wenn ich Gewißheit erhalte über das Geschick Ihres liebenswürdigen Kindes, dessen Glück ich auf das glühendste wünsche, da ich ja nicht nur die Freundin Ihrer Tochter bin, sondern auch Ihre fürs Leben.

Paris, den 4. Oktober 17**

Hundertundfünfter Brief
Die Marquise von Merteuil an Cécile Volanges

Nun also, Kleine, da sind Sie nun recht böse und schämen sich recht sehr! Und dieser Herr von Valmont ist ein schlimmer Mann, nicht wahr? Wie! Er wagt es, Sie zu behandeln wie die Frau, die er am liebsten hätte! Er lehrt Sie, was Sie

für Ihr Leben gern lernen wollten! Wahrhaftig, solch eine Handlungsweise ist unverzeihlich. Und Sie Ihrerseits wollen Ihre Keuschheit für Ihren Liebsten aufsparen (der sie nicht mißbraucht); Sie hängen nur an den Leiden Ihrer Liebe, und nicht an ihren Freuden. Wunderschön, und Sie würden eine prachtvolle Romanfigur abgeben. Leidenschaft, Mißgeschick, Tugend obendrein, wieviel schöne Dinge! Inmitten dieses glänzenden Aufzuges langweilt man sich zwar manchmal; aber man zahlt es den andern schon heim.
Sehe einer das arme Kind, wie es zu beklagen ist! Sie hatte am nächsten Tag umränderte Augen! Und was werden Sie denn sagen, wenn die Ihres Liebsten so sind? Lassen Sie nur, schöner Engel, das wird Ihnen nicht immer passieren, nicht jeder ist ein Valmont. Und dann, daß Sie diese Augen nicht mehr zu erheben wagen! Oh, allerdings, da haben Sie sehr recht getan; alle Leute hätten darin gelesen, was Ihnen zugestoßen war. Glauben Sie mir indessen, wenn dem so wäre, würden unsere Frauen und selbst unsere jungen Mädchen einen bescheideneren Blick haben.
Trotz den Lobsprüchen, die ich Ihnen, wie Sie sehen, zu erteilen genötigt bin, muß ich aber doch zugeben, daß Sie Ihren Meisterstreich versäumt haben, nämlich, alles Ihrer Mama zu sagen! Sie hatten so gut angefangen! Schon hatten Sie sich in ihre Arme geworfen, schluchzten, und sie weinte auch: was für eine rührende Szene! Und wie schade, daß Sie sie nicht zu Ende geführt haben! Ihre zärtliche Mutter, ganz seelenfroh, hätte Sie, um Ihrer Tugend beizuspringen, lebenslänglich ins Kloster gesperrt; und dort hätten Sie Danceny so viel geliebt, wie Sie gewollt hätten, ohne Rivalen und ohne Sünde. Sie hätten sich nach Herzenslust betrüben können, und Valmont hätte ganz sicher nicht durch widerwärtige Vergnügungen Ihren Schmerz gestört.
Im Ernst, kann man, mit über fünfzehn Jahren, solch ein Kind sein wie Sie? Sie sagen sehr mit Recht, daß Sie meine Güte nicht verdienen. Ich wollte doch Ihre Freundin sein: Sie haben es wohl einigermaßen nötig mit *der* Mutter und

dem Gatten, den sie Ihnen zugedenkt! Wenn Sie aber nicht bildungsfähiger sind, was soll man dann mit Ihnen anfangen? Was kann man hoffen, wenn das, was sonst den Mädchen Verstand gibt, ihn Ihnen, wie es scheint, raubt?

Könnten Sie es über sich gewinnen, einen Augenblick vernünftig zu überlegen, würden Sie bald heraushaben, daß Sie sich Glück wünschen müssen, anstatt sich zu beklagen. Aber Sie schämen sich, das ist Ihnen lästig! Ei was, beruhigen Sie sich; die Scham, die die Liebe einem macht, ist wie der Schmerz, den sie verursacht: man spürt ihn nur einmal. Nachher kann man sie noch heucheln, fühlt sie aber nicht mehr. Indessen bleibt das Vergnügen, und das ist auch etwas. Ich glaube aus Ihrem kleinen Geschwätz sogar herausgemerkt zu haben, daß Sie es recht hoch anschlagen dürfen. Mal ein bißchen ehrlich! Also, die Verwirrung, die Sie hinderte, ›so zu handeln, wie Sie redeten‹, infolge deren Sie es ›so schwer fanden, sich zu wehren‹, die bewirkte, daß es Ihnen ›gewissermaßen leid‹ tat, als Valmont wegging. – Kam diese Verwirrung von der Scham, oder kam sie vom Vergnügen? Und ›die Art, wie er redet, worauf man nicht weiß, wie erwidern‹, sollte das nicht von ›der Art, wie er es macht‹, kommen? Oh, oh, kleines Mädchen, Sie lügen, und zwar Ihrer Freundin ins Gesicht! Das ist nicht recht. Aber wir wollen hiervon abbrechen.

Was für alle Welt ein Vergnügen wäre und nichts anderes sein könnte, wird in Ihrer Lage zu einem wirklichen Glück. Denn tatsächlich, bei Ihrer Stellung zwischen einer Mutter, an deren Liebe Ihnen gelegen ist, und einem Liebhaber, dessen Liebe Sie ewig behalten möchten, wie können Sie da übersehen, daß das einzige Mittel, diese entgegengesetzten Erfolge zu erlangen, ist: Sie geben sich mit einem Dritten ab? Durch dieses neue Abenteuer zerstreut, wird es Ihrer Mama so aussehen, als opferten Sie dem Gehorsam gegen sie eine Neigung, die ihr mißfällt, und erwerben gleichzeitig bei Ihrem Liebsten die Ehre einer schönen Verteidigung. Sie werden ihm Ihre Liebe unablässig beteuern und ihm dabei die letzten Beweise nie gewähren. Diese Weigerungen, die in Ihrem Fall so wenig schwierig sind, wird er unfehlbar auf Rechnung Ihrer Tugend setzen, wird vielleicht darüber klagen, Sie darum aber nur noch mehr lieben; und das doppelte Verdienst, in den Augen der einen, Ihre Liebe zu opfern, in den Augen des andern, ihr zu widerstehen, es kostet Sie nichts weiter, als daß Sie Ihre Freuden genießen. Oh! Wie viele Frauen haben ihren Ruf verloren, die ihn sorgsam bewahrt hätten, wenn sie ihn mit solchen Mitteln hätten aufrechterhalten können!

Scheint Ihnen der Weg, den ich Ihnen vorschlage, nicht der vernünftigste, wie auch der angenehmste? Wissen Sie, was auf dem von Ihnen eingeschlagenen für Sie herausgekommen ist? Ihre Mama hat nämlich Ihre verdoppelte Traurigkeit einer doppelten Erstarkung Ihrer Liebe zugeschrieben, ist außer sich darüber und wartet, um Sie zu bestrafen, nur noch, bis sie ihrer Sache sicher ist. Sie hat mir darüber geschrieben; sie wird alles versuchen, um aus Ihnen selbst das Geständnis herauszubekommen. Sie wird vielleicht, sagt sie mir, so weit gehen, Ihnen Danceny als Gatten vorzuschlagen, und das nur, um Sie zum Sprechen zu bringen. Und wenn Sie sich durch die trügerische Zärtlichkeit verleiten ließen und antworteten, wie's Ihnen ums Herz ist, dann würden Sie bald, eingesperrt auf lange, vielleicht auf immer, mit Muße Ihre blinde Vertrauensseligkeit beweinen können.

Dieser List, die sie gegen Sie anwenden will, müssen Sie mit einer andern begegnen. Fangen Sie doch an, ihr weniger Traurigkeit zu zeigen und sie so glauben zu machen, Sie dächten nicht mehr so viel an Danceny. Sie wird sich davon um so leichter überzeugen, als dies die gewöhnliche Wirkung der Abwesenheit ist; und sie wird Ihnen dafür um so mehr Dank wissen, als sie daraus Anlaß nehmen wird, sich etwas einzubilden auf ihre Klugheit, die ihr dies Mittel eingegeben hat. Sollte sie aber einigen Zweifel bewahren, dabei beharren, Sie auf die Probe zu stellen, und Ihnen von

Heiraten sprechen, dann beschränken Sie sich, als wohlerzogenes Mädchen, auf vollkommenen Gehorsam. Was setzen Sie dabei auch aufs Spiel? Was man von einem Gatten hat – da ist einer so viel wert wie der andere, und der unbequemste ist immer noch weniger störend als eine Mutter.

Ist sie erst zufriedener mit Ihnen, wird Ihre Mama Sie endlich verheiraten; und dann sind Sie freier in dem, was Sie tun, und können nach Belieben Valmont verlassen, um Danceny zu nehmen, oder sogar alle beide behalten. Denn, passen Sie auf, Ihr Danceny ist ganz nett, aber er ist einer von den Männern, die man hat, wann und wie lange man will; also kann man es sich ihnen gegenüber bequem machen. Mit Valmont steht es anders; ihn behält man nur schwer; und es ist gefährlich, ihn zu verlassen. Bei ihm braucht man große Geschicklichkeit oder, wenn man keine hat, viel Gehorsam. Andererseits, wenn Sie es fertigbrächten, ihn sich zum Freund zu machen, das wäre ein Glück; er würde Sie sogleich in die erste Reihe unserer Modedamen versetzen. Auf solche Weise erwirbt man eine feste Position in der Gesellschaft, und nicht mit Rotwerden und Weinen, wie zur Zeit, als Ihre Nonnen Sie auf den Knien zu Mittag essen ließen.

Wenn Sie also gescheit sind, werden Sie sich auszusöhnen trachten mit Valmont, der auf Sie sehr böse sein muß; und da man seine Dummheiten wieder gutzumachen verstehen muß, schrecken Sie nicht davor zurück, ihm ein bißchen entgegenzukommen. Sie werden ohnehin bald lernen, daß, wenn die Männer die ersten Schritte tun, wir fast immer genötigt sind, die zweiten zu tun. Für den hier in Frage kommenden haben Sie einen Vorwand, denn Sie dürfen diesen Brief nicht behalten, und ich fordere von Ihnen, daß Sie ihn, gleich nachdem Sie ihn gelesen haben, Valmont übergeben. Vergessen Sie aber nicht, ihn vorher wieder zu versiegeln. Erstens, damit Ihnen das Verdienst des Entgegenkommens bleibt, das Sie ihm zeigen werden; und dann, weil

ich nur allein mit Ihnen befreundet genug bin, um mit Ihnen so zu sprechen.
Adieu, schöner Engel, folgen Sie meinen Ratschlägen, und dann werden Sie mir berichten, ob Sie sich gut dabei befinden.
Nachschrift: Mir fällt ein, ich habe etwas vergessen ... noch ein Wort. Sehen Sie doch zu, daß Sie auf Ihren Stil mehr Sorgfalt verwenden. Sie schreiben noch immer wie ein Kind. Ich sehe wohl, woher das kommt: daher, daß Sie alles sagen, was Sie denken, und nichts, was Sie nicht denken. Das geht wohl von Ihnen zu mir, die wir eine vor der andern kein Geheimnis haben; – aber mit allen Leuten! Besonders Ihrem Liebsten gegenüber würden Sie immer wie ein Dummerchen aussehen. Sie müssen sich doch sagen, wenn Sie einem schreiben, ist es für ihn und nicht für Sie. Also müssen Sie ihm weniger das zu sagen streben, was Sie denken, als das, was ihm besser gefällt.
Adieu, mein Herz, ich umarme Sie, anstatt Sie zu schelten, in der Hoffnung, daß Sie künftig verständiger sind.

Paris, den 4. Oktober 17**

Hundertundsechster Brief

Die Marquise von Merteuil an den Vicomte von Valmont

Vortrefflich, Vicomte, diesmal liebe ich Sie bis zur Raserei! Übrigens konnte man nach dem ersten Ihrer beiden Briefe sich auf den zweiten gefaßt machen. Drum hat er mich nicht gewundert; und während Sie, schon ganz stolz auf Ihre künftigen Erfolge, um die Belohnung nachsuchten und mich fragten, ob ich breit sei, sah ich wohl, daß ich mich nicht so sehr zu beeilen brauchte. Jawohl, auf Ehre: beim Lesen Ihres schönen Berichtes über den zärtlichen Auftritt, der Sie ›so lebhaft gerührt‹ hatte – beim Anblick Ihrer Zurückhaltung, würdig der schönsten Zeiten unseres Rittertums, habe ich zwanzigmal gesagt: Die Sache ist verpaßt.
Das konnte doch gar nicht anders sein. Was soll denn eine

arme Frau tun, die sich ergibt und die man nicht nimmt? Wahrhaftig, in solchem Fall muß wenigstens die Ehre gerettet werden, und das hat Ihre Präsidentin getan. Ich weiß so viel, daß ich meinerseits herausgefühlt habe, daß der von ihr betretene Weg wirklich nicht ganz ohne Wirkung ist und daß ich selbst ihn bei der ersten, einigermaßen ernsten Gelegenheit, die sich bietet, benutzen werden. Aber das verspreche ich bestimmt: wenn der, für den ich mich in die Unkosten stürze, es nicht besser ausnutzt als Sie, kann er sicher für immer auf mich verzichten.

Nun sind Sie also schlechterdings auf nichts reduziert! Und das zwischen zwei Frauen, von denen die eine beim Tag nachher angelangt war und die andere sich gar nichts weiter wünschte, als daß sie auch erst dort wäre! Also bitte, Sie werden glauben, ich prahle, und werden sagen, es sei leicht, hinterher zu prophezeien; – aber ich kann Ihnen schwören, daß ich darauf gefaßt war. Sie haben nämlich eigentlich gar keine natürliche Anlage zu Ihrem Beruf; Sie wissen von ihm nur, was Sie gelernt haben, und erfinden nichts. Sobald daher die Umstände zu Ihren gewöhnlichen Formeln nicht passen und Sie von der gewohnten Straße abweichen müssen, bleiben Sie stecken wie ein Schüler. Genug, eine Kinderei von einer Seite und von der andern ein Rückfall in Prüderie sind, weil man das nicht alle Tage erlebt, genügend, Sie aus der Fassung zu bringen; und Sie verstehen ihnen weder vorzubeugen noch ihnen abzuhelfen. Ach, Vicomte, Vicomte! Sie lehren mich, die Männer nicht nach ihren Erfolgen zu beurteilen; und bald wir man von Ihnen sagen müssen: ›An einem gewissen Tage war er tapfer.‹ Und wenn Sie dann Dummheiten über Dummheiten gemacht haben, nehmen Sie Ihre Zuflucht zu mir! Es scheint, ich habe nichts weiter zu tun, als sie wiedergutzumachen. Allerdings wäre das ganz genug Arbeit.

Nun, davon abgesehen, ist von diesen beiden Abenteuern das eine gegen meinen Willen unternommen, und ich mische mich nicht hinein. Beim andern hat von Ihrer Seite einige

Gefälligkeit gegen mich mitgespielt, darum mache ich die Sache zu der meinigen. Der hier beigefügte Brief, den Sie erst lesen und dann der kleinen Volanges übergeben mögen, ist mehr als hinreichend, sie Ihnen wieder zuzuführen. Aber, ich bitte Sie, verwenden Sie einige Sorgfalt auf das Kind; wir wollen gemeinsam aus ihr die Verzweiflung ihrer Mutter und Gercourts machen. Vor starken Dosen braucht man sich nicht zu scheuen. Ich sehe deutlich, das kleine Wesen wird dadurch in Schrecken versetzt werden! Und wenn wir unsere Absichten mit ihr erst erreicht haben, soll aus ihr werden was mag.
Mich interessiert sie gar nicht. Ich hatte einige Lust gehabt, wenigstens eine untergeordnete Intrigantin aus ihr zu machen und sie unter meiner Leitung die zweiten Rollen spielen zu lassen. Aber ich sehe, sie hat nicht das Zeug dazu. Sie hat eine einfältige Naivität, die nicht einmal dem von Ihnen angewandten Spezifikum gewichen ist, das doch sonst nicht leicht versagt; und das ist, meiner Meinung nach, die gefährlichste Krankheit, die eine Frau haben kann. Sie verrät vor allem eine fast immer unheilbare Charakterschwäche, die bei allem im Wege ist; – so daß wir, während wir uns Mühe geben, das kleine Mädchen zur Intrige auszubilden, nur eine leichtfertige Frau aus ihr machen würden. Nun kenne ich nichts Platteres als solche auf Dummheit beruhende Leichtfertigkeit, die sich ergibt, ohne zu wissen, wie noch warum, einzig weil jemand angreift und sie es nicht versteht, sich zu wehren. Diese Art von Frauen sind schlechterdings nichts als Lustmaschinen.
Sie werden sagen, man braucht auch weiter nichts aus ihr zu machen, und für unsere Absichten ist es genug. Sehr richtig! Nur dürfen wir nicht vergessen, daß von solchen Maschinen bald alle Welt Trieb- und Schwungkraft kennt; so daß man, um sich der vorliegenden ohne Gefahr zu bedienen, schnell machen, rechtzeitig innehalten und sie sodann zerbrechen muß. An Mitteln, sie loszuwerden, wird es uns wahrlich nicht fehlen, und Gercourt wird sie allemal einsperren las-

sen, wann wir wollen. Wenn sie erst an seinem Unfall nicht mehr zweifeln kann, wenn er erst ganz öffentlich und augenscheinlich ist, was kümmert es dann eigentlich uns, ob er sich rächt, vorausgesetzt, daß er sich nicht tröstet? Was ich vom Gatten sage, das denken Sie wohl von der Mutter; demnach ist es so gut wie erledigt.

Dieser Weg, den ich für den besten halte und zu dem ich mich entschlossen habe, hat mich bestimmt, die kleine Person ein bißchen rasch vom Fleck zu bringen, wie Sie aus meinem Brief ersehen werden. Infolgedessen ist auch sehr wichtig, daß nichts in ihren Händen bleibt, was uns bloßstellen kann, und ich bitte Sie, achten Sie darauf. Nachdem diese Vorsichtsmaßregel einmal getroffen ist, übernehme ich das Moralische, das übrige geht *Sie* an. Sollten wir indes in der Folge bemerken, daß die Naivität sich bessert, ist es immer noch Zeit, unsern Plan abzuändern. Wir hätten uns darum doch eines oder des andern Tages um das bekümmern müssen, was wir nun vorhaben; keinesfalls sind unsere Bemühungen verloren.

Wissen Sie, daß die meinigen in Gefahr waren, verlorenzugehen, und daß Gercourts Stern fast über meine Klugheit gesiegt hätte? Hat nicht Frau von Volanges einen Augenblick mütterlicher Schwäche gehabt? Wollte sie ihre Tochter nicht Danceny geben? Eben dies kündigte die zärtlichere Teilnahm an, die Sie ›am Tage darauf‹ wahrnahmen. Die Ursache dieses schönen Meisterstückes wären auch wieder Sie gewesen! Zum Glück hat die zärtliche Mutter mir darüber geschrieben, und ich hoffe, meine Antwort nimmt ihr die Lust. Ich rede darin so zur Tugend, und vor allem streichle ich sie so, daß sie finden muß, ich habe recht.

Es tut mir leid, daß ich keine Zeit gehabt habe, den Brief abzuschreiben und Sie mit meiner sittlichen Strenge erbauen zu können. Sie würden sehen, wie ich die Frauen verachte, die verderbt genug sind, einen Liebhaber zu haben! Sittenstrenge in Reden ist so bequem! Das schadet immer nur den andern und stört uns gar nicht ... Und dann ist mir ganz gut bekannt, daß die gute Dame in ihren jungen Jahren ihre kleinen Schwächen gehabt hat, wie jeder andere, und es war mir nicht unlieb, sie wenigstens in ihrem Gewissen zu demütigen; das tröstete mich etwas über die Lobsprüche, die ich ihr gegen mein eigenes Empfinden erteilte. In derselben Weise hat mir in dem Brief der Gedanke, ich würde Gercourt schaden können, den Mut verliehen, Gutes von ihm zu reden.

Adieu, Vicomte, ich billige durchaus Ihren Entschluß, noch einige Zeit zu bleiben, wo Sie sind. Ich habe kein Mittel, Ihnen rascher vorwärtszuhelfen, aber ich fordere Sie auf, sich mit unserm gemeinsamen Mündel die Zeit zu verkürzen. Was mich selbst angeht, so sehen Sie wohl, daß Sie trotz Ihrer höflichen Vorladung noch warten müssen, und werden gewiß zugeben, daß die Schuld nicht bei mir ist.

Paris, den 4. Oktober 17**

Hundertundsiebenter Brief
Azolan an den Vicomte von Valmont

Herr Vicomte!

Gemäß Ihren Befehlen bin ich sofort nach Empfang Ihres Briefes zu Herrn Bertrand gegangen, der mir die fünfundzwanzig Louisdors verabreicht hat, wie Sie es ihm befohlen haben. Ich hatte ihn um weitere zwei für Philipp gebeten, dem ich gesagt hatte, er solle gleich aufbrechen, wie der Herr Vicomte es mir aufgetragen hatten, und der kein Geld hatte. Ihr Herr Geschäftsführer hat nicht gewollt, denn er sagte, dafür habe er keinen Befehl von Ihnen. Also war ich genötigt, sie von mir aus zu geben, und der Herr Vicomte rechnet sie mir wohl an, wenn er die Güte haben will.

Philipp ist gestern abend fort. Ich habe ihm dringend anempfohlen, daß er nicht aus dem Wirtshaus geht, damit man sicher ist, ihn zu finden, wenn man ihn braucht.

Gleich nachher bin ich zu der Frau Präsidentin gegangen, um Fräulein Julie zu besuchen, sie war aber aus, und ich habe nur mit La Fleur gesprochen, von dem ich nichts erfahren konnte, weil er seit seiner Ankunft nur zur Essenszeit im Hause gewesen ist. Der Zweite hat den ganzen Dienst getan, und Herr Vicomte wissen wohl, daß ich den nicht kannte. Aber heute habe ich angefangen.

Ich bin heute morgen wieder zu Fräulein Julie gegangen, und sie schien erfreut, mich zu sehen. Ich habe sie nach dem Grund gefragt, weshalb ihre Herrin fort ist, aber sie sagte, sie wisse darüber nichts, und ich glaube, sie hat die Wahrheit gesagt. Ich habe ihr vorgeworfen, daß sie mich von ihrer Abreise nicht benachrichtigt habe, und sie hat mir versichert, sie habe es erst am Abend erfahren, wie sie die gnädige Frau zu Bett brachte, so daß sie die ganze Nacht mit Packen verbracht hat und das arme Mädchen keine zwei Stunden geschlafen hat. Sie ist an dem Abend erst nach ein Uhr aus dem Zimmer ihrer Herrin gegangen und hat sie verlassen, wie sie sich erst zum Schreiben hinsetzte.

In der Frühe bei der Abfahrt hat Frau von Tourvel dem Hausmeister des Schlosses einen Brief übergeben. Fräulein Julie weiß nicht, für wen; sie sagt, vielleicht für den Herrn Vicomte; aber der Herr Vicomte sagen davon nichts.

Auf der ganzen Reise hat die gnädige Frau eine große Kapuze überm Gesicht gehabt, so daß sie nicht zu sehen war; aber Fräulein Julie glaubt bestimmt zu wissen, daß sie häufig geweint hat. Sie hat unterwegs kein Wort gesagt und hat in ...[1] nicht halten wollen, wie sie auf der Hinfahrt getan hatte – was Fräulein Julie, die nicht gefrühstückt hatte, nicht sehr angenehm war. Aber, wie ich ihr gesagt habe, die Herren sind die Herren.

Bei der Ankunft hat die gnädige Frau sich niedergelegt, ist aber nur zwei Stunden im Bett geblieben. Wie sie aufgestanden ist, hat sie ihren Schweizer kommen lassen und ihm Befehl gegeben, daß er niemand einließe. Sie hat überhaupt keine Toilette gemacht. Sie hat sich zum Mittagessen gesetzt, hat aber nur ein wenig Suppe gegessen und ist gleich

1. Immer dasselbe Dorf auf halbem Wege.

wieder hinausgegangen. Ihr Kaffee wurde ihr aufs Zimmer gebracht, und Fräulein Julie ist gleichzeitig hineingegangen. Sie hat ihre Herrin beim Ordnen von Papieren im Sekretär getroffen und hat gesehen, es waren Briefe. Ich möchte wohl wetten, daß es die vom Herrn Vicomte sind; und von den dreien, die im Lauf des Nachmittags bei ihr angekommen sind, hat sie einen noch den ganzen Abend über vor sich liegen gehabt! Ich glaube ganz bestimmt, der ist auch vom Herrn Vicomte. Aber warum ist sie denn einfach so weggegangen? Mich wundert das! Übrigens werden der Herr Vicomte es wohl sicher wissen? Meine Sache ist es auch nicht.

Die Frau Präsidentin ist am Nachmittag in die Bibliothek gegangen und hat zwei Bücher herausgenommen, die sie mit in ihr Boudoir genommen hat; aber Fräulein Julie versichert, daß sie den ganzen Tag keine Viertelstunde drin gelesen hat und daß sie immer nur den gewissen Brief gelesen und geträumt und den Kopf in die Hand gestützt dagesessen hat. Da ich mir gedacht habe, der Herr Vicomte werde sich freuen, wenn er wüßte, was das für Bücher sind, und da Fräulein Julie es nicht wußte, habe ich mich heute in die Bibliothek führen lassen, unter dem Vorwand, ich wollte sie ansehen. Leerer Raum ist nur für zwei Bücher: das eine ist der zweite Band der ›Christlichen Gedanken‹, das andere der erste von einem Buch, das ›Clarissa‹ heißt. Ich schreibe ganz, wie es dasteht; der Herr Vicomte werden vielleicht wissen, was es ist.

Gestern abend hat die gnädige Frau nicht soupiert; sie hat nur Tee getrunken.

Heute hat sie in aller Frühe geklingelt, hat für sofort ihre Pferde verlangt und ist vor neun Uhr zur Feuillantinerkirche gefahren, wo sie die Messe gehört hat. Sie hat beichten wollen; aber ihr Beichtvater war abwesend und wird vor acht bis zehn Tagen nicht zurückkommen. Ich dachte mir, es sei gut, dem Herrn Vicomte das zu berichten.

Darauf ist sie nach Hause gefahren, hat gefrühstückt und

sich dann zum Schreiben hingesetzt, und dabei ist sie fast eine Stunde sitzen geblieben. Ich habe bald Gelegenheit gefunden zu dem, was der Herr Vicomte am meisten wünschten: denn wer die Briefe zur Post getragen hat, war ich. Für Frau von Volanges war keiner dabei; aber einen schicke ich dem Herrn Vicomte, der war für den Herrn Präsidenten. Mir schien, das müßte der interessanteste sein. Es war auch einer für Frau von Rosemonde dabei; aber ich habe mir gedacht, den würden der Herr Vicomte auch so zu sehen bekommen, wenn er wollte, und habe ihn abgehen lassen. Übrigens werden der Herr Vicomte wohl alles erfahren, denn die Frau Präsidentin schreibt ja auch an ihn. Ich kann künftig alle kriegen, die er wünscht; denn fast immer übergibt Fräulein Julie sie den Leuten, und sie hat mir bestimmt zugesagt, aus Freundschaft zu mir und auch zum Herrn Vicomte würde sie gerne tun, was ich möchte.

Sie hat nicht einmal Geld gewollt, wie ich ihr welches anbot; aber ich denke wohl, der Herr Vicomte wird ihr irgendein kleines Geschenk machen wollen; und wenn es sein Wille ist und er mir den Auftrag geben will, kann ich leicht erfahren, was ihr Spaß macht.

Ich hoffe, der Herr Vicomte wird nicht finden, daß ich in seinem Dienst nachlässig war, und es liegt mir sehr am Herzen, mich von den Vorwürfen zu reinigen, die er mir macht. Daß ich die Abreise der Frau Präsidentin nicht erfahren habe, daran ist im Gegenteil mein Eifer im Dienst des Herrn Vicomte schuld, denn aus Eifer bin ich um drei Uhr früh aufgebrochen, weshalb ich am Abend vorher Fräulein Julie nicht zu sehen bekommen habe, da ich, wie gewöhnlich, in die Bedientenherberge schlafen gegangen bin, um im Schloß niemand aufzuwecken.

Was den Vorwurf des Herrn Vicomte angeht, ich sei häufig ohne Geld, das kommt erstens, weil ich mich gern ordentlich halte, wie der Herr Vicomte sehen kann; und dann muß man doch auch die Ehre des Rockes behaupten, den man trägt. Ich weiß wohl, daß ich vielleicht ein wenig für spä-

terhin ersparen sollte; aber ich vertraue gänzlich auf die Großmut des Herrn Vicomte, der ein so guter Herr ist.
Was das betrifft, daß ich zwar in den Diensten des Herrn Vicomte bleiben, aber auch in die der Frau von Tourvel treten soll, so hoffe ich, der Herr Vicomte wird das nicht von mir fordern. Bei der Frau Herzogin war es ganz etwas anderes; aber eine Livree werde ich bestimmt nicht tragen, und noch dazu eine vom Richteradel, wo ich doch die Ehre gehabt habe, Jäger des Herrn Vicomte zu sein. In allem übrigen können der Herr Vicomte verfügen über den, der die Ehre hat, mit ebensoviel Achtung als Anhänglichkeit zu sein: sein ganz gehorsamster Diener

Roux Azolan, Jäger.

Paris, den 5. Oktober 17**, um 11 Uhr abends.

Hundertundachter Brief

Die Präsidentin von Tourvel an Frau von Rosemonde

O meine nachsichtige Freundin, wie muß ich Ihnen danken, und wie sehr bedurfte ich Ihres Briefes! Ich habe ihn ohne Unterlaß gelesen und wieder gelesen; ich konnte mich nicht von ihm losreißen. Ich verdanke ihm die einzigen weniger schmerzlichen Augenblicke, die ich seit meiner Abreise verlebt habe. Ehrbarkeit und Tugend können also Mitleid fühlen mit der Schwäche! Sie bedauern mich für meine Leiden! Ach, wenn Sie sie kennten! ... Sie sind grauenhaft. Ich glaubte die Schmerzen der Liebe überstanden zu haben; aber die unaussprechliche Qual, die man gefühlt haben muß, um eine Vorstellung von ihr zu haben, ist die, sich zu trennen von dem, was man liebt, sich für immer von ihm zu trennen! ... Ja, der Schmerz, der mich heute bedrückt, wird morgen wiederkehren, übermorgen, all mein Leben lang! Mein Gott, wie ich noch jung bin, und wieviel Zeit mir noch noch bleibt, um zu leiden!
Selbst der Urheber seines Unglücks zu sein; sich eigenhändig das Herz zu zerreißen; und während man diese unerträg-

lichen Schmerzen leidet, jeden Augenblick zu fühlen, daß man ihnen durch ein Wort ein Ende machen kann und daß dies Wort Sünde ist! Ach Freundin! . . .

Als ich den so schmerzlichen Entschluß faßte, aus seiner Nähe zu weichen, hoffte ich, das Fernsein würde meinen Mut und meine Kräfte erhöhen. Wie sehr habe ich mich geirrt! Sie scheinen dadurch im Gegenteil vollends vernichtet. Ich hatte vorher zwar gegen mehr anzukämpfen; aber selbst während ich widerstand, war nicht alles Entbehrung. Wenigstens sah ich ihn manchmal. Oft sogar fühlte ich, wenn ich es wagte, meine Blicke nach ihm hinzulenken, die seinigen auf mich gerichtet. Ja, Freundin, ich fühlte sie, mir deuchte, sie wärmten mir wieder die Seele; und ohne den Weg durch meine Augen zu nehmen, gelangten sie doch bis in mein Herz. Jetzt, in meiner schmerzlichen Einsamkeit, abgeschlossen von allem,was mir teuer ist, unter vier Augen mit meinem Unglück, wird jeder Augenblick meines traurigen Daseins durch Tränen bezeichnet, und nichts mildert ihre Bitterkeit, kein Trost verbindet sich mit meinen Opfern, und die bisher gebrachten haben zu nichts gedient, als mir die noch bevorstehenden fühlbarer zu machen.

Noch gestern habe ich dies auf das lebhafteste empfunden. Unter den Briefen, die mir gebracht wurden, war einer von ihm. Der Überbringer war noch zwei Schritte von mir entfernt, da hatte ich ihn schon unter den andern erkannt. Unwillkürlich stand ich auf; ich zitterte, mit Mühe verbarg ich meine Erregung; und dieser Zustand war nicht ohne Lust. Wie ich einen Augenblick später allein blieb, ist diese trügerische Süßigkeit bald geschwunden, und nichts blieb mir, als noch ein Opfer zu bringen. Denn konnte ich diesen Brief, den zu lesen ich doch brannte, etwa öffnen? Kraft des Verhängnisses, das mich verfolgt, legen die Tröstungen, die sich mir zu bieten scheinen, mir im Gegenteil nur neue Entbehrungen auf; und diese hier werden noch grausamer infolge des Gedankens, daß Herr von Valmont sie teilt.

Da steht er endlich, dieser Name, den ich unaufhörlich im

Sinn habe und den hinzuschreiben mir soviel Mühe gemacht hat. Die Art von Vorwurf, die Sie mir daraus machen, hat mich wahrhaft erschreckt. Ich bitte Sie inständig, zu glauben, daß keine falsche Scham mein Vertrauen zu Ihnen beeinträchtigt hat; warum sollte ich mich auch scheuen, ihn bei Namen zu nennen? Ach! Ich erröte über meine Gefühle, nicht über den, der sie verursacht. Welcher andere ist würdiger, sie einzugeben! Indessen, ich weiß nicht, warum dieser Name mir nicht von selbst in die Feder kommt; auch diesmal wieder hat es der Überlegung bedurft, bis ich ihn hinsetzte. Ich komme wieder auf ihn.

Sie berichten mir, er sei Ihnen durch meine Abreise ›sehr schmerzlich betroffen‹ erschienen. Was hat er denn getan? Was hat er gesagt? Hat er davon gesprchen, daß er nach Paris zurückkehren will? Ich bitte Sie, bringen Sie ihn davon ab, soviel Sie können. Wenn er mich richtig beurteilt hat, kann er mir wegen dieses Schrittes nicht zürnen; muß aber auch fühlen, daß es ein unwiderruflicher Entschluß ist. Eine meiner größten Martern ist, daß ich nicht weiß, was er sich denkt. Ich habe da zwar noch seinen Brief liegen, – aber Sie sind sicherlich meiner Meinung, ich darf ihn nicht öffnen.

Nur Sie, meine nachsichtige Freundin, können machen, daß ich nicht gänzlich von ihm getrennt werde. Ich will Ihre Güte nicht mißbrauchen; ich fühle sehr wohl, daß Ihre Briefe nicht lang sein können; – aber Sie werden Ihrem Kinde zwei Worte nicht weigern: eines, um seinen Mut aufrechtzuerhalten, und das andere, um es über diesen traurigen Mut zu trösten. Leben Sie wohl, ehrwürdige Freundin.

Paris, den 5. Oktober 17**

Hundertundneunter Brief
Cécile Volanges an die Marquise von Merteuil

Erst heute, gnädige Fau, habe ich Herrn von Valmont den Brief übergeben, den mir zu schreiben Sie mir die Ehre angetan haben. Ich habe ihn vier Tage lang behalten, trotz der Angst, die ich oft hatte, er könne gefunden werden. Aber ich versteckte ihn sehr sorgfältig, und wenn mich wieder der Kummer packte, schloß ich mich ein und las ihn.

Ich sehe wohl, was ich für solch großes Unglück hielt, ist fast gar keines; und ich muß gestehen, daß es recht viel Spaß macht, so daß ich fast gar nicht mehr betrübt bin. Nur der Gedanke an Danceny plagt mich noch manchmal. Aber es kommt schon vor, daß ich eine ganze Zeit überhaupt nicht an ihn denke! Herr von Valmont ist aber auch sehr liebenswürdig!

Seit zwei Tagen bin ich mit ihm wieder versöhnt. Das ist ganz leicht gegangen; denn ich hatte erst zwei Worte zu ihm gesagt, da sagte er, wenn ich etwas mitzuteilen habe, werde er am Abend in mein Zimmer kommen, und ich habe bloß zu antworten gebraucht, es sei mir recht. Und sobald er dann da war, schien er so wenig erzürnt, als wenn ich ihm nie etwas getan hätte. Gescholten hat er mich erst nachher, und auch nur ganz sanft – und auf eine Art und Weise ... ganz wie Sie; was mir beweist, daß er mir auch sehr freundlich gesinnt ist.

Ich kann Ihnen gar nicht sagen, was er mir alles für komische Dinge erzählt hat, die ich nie geglaubt hätte: besonders über Mama. Sie würden mir großen Spaß machen, wenn Sie mich wissen ließen, ob das alles wahr ist. So viel ist gewiß, daß ich mit Lachen nicht an mich halten konnte, was uns große Angst verursacht hat: denn Mama hätte es hören können; und wenn sie nachsehen gekommen wäre, was wäre dann aus mir geworden? Diesmal hätte sie mich sicher ins Kloster gesteckt!

Da man vorsichtig sein muß und Herr von Valmont, wie er

mir selbst gesagt hat, um keinen Preis Gefahr laufen möchte, mich bloßzustellen, haben wir abgemacht, daß er von nun an mir nur die Tür öffnen will und wir dann in sein Zimmer gehen. Dort ist dann nichts zu fürchten; ich war gestern schon dort, und jetzt, da ich Ihnen schreibe, warte ich wieder, daß er kommt. Nun, gnädige Frau, werden Sie mich hoffentlich nicht mehr ausschelten.

Etwas in Ihrem Brief hat mich aber doch sehr überrascht, nämlich, was Sie mir für später, wenn ich verheiratet bin, über Danceny und Herrn von Valmont schreiben. Mir scheint, eines Tages in der Oper sagten Sie mir im Gegenteil, wenn ich erst verheiratet wäre, dürfte ich nur noch meinen Mann lieben und müßte sogar Danceny vergessen. Übrigens habe ich vielleicht falsch verstanden, und es ist mir auch viel lieber, wenn es anders ist, weil ich mich jetzt vor dem Augenblick, wo ich heiraten soll, nicht mehr so fürchte. Ich wünsche ihn sogar herbei, da ich dann ja mehr Freiheit haben werde, und hoffe, dann kann ich es so einrichten, daß ich nur noch an Danceny denke. Ich fühle wohl, wahrhaft glücklich werde ich nur mit ihm sein; denn jetzt quält der Gedanke an ihn mich immer, und ich bin nur glücklich, wenn ich es fertigbringe, nicht an ihn zu denken, was sehr schwer ist; und sobald ich an ihn denke, werde ich sofort wieder verdrießlich.

Was mich ein wenig tröstet, ist, daß Sie mir versichern, Danceny werde mich deshalb noch mehr lieben; – aber wissen Sie das auch ganz gewiß? ... O ja, Sie werden mich nicht täuschen wollen! Es ist aber doch komisch, daß ich Danceny liebe und daß Herr von Valmont ... Aber vielleicht ist es, wie Sie sagen, ein Glück! Genug, wir werden sehen.

Ich habe nicht recht verstanden, was Sie mir über meine Schreibart andeuten. Mir scheint, Danceny findet meine Briefe gut, wie sie sind. Jedoch fühle ich wohl, daß ich nichts von allem sagen darf, was mir mit Herrn von Valmont passiert; so haben Sie zu Besorgnissen keinen Anlaß.

Mama hat noch nicht mit mir von meiner Verheiratung gesprochen; aber lassen Sie mich nur machen; wenn sie mit mir davon spricht und es doch nur ist, um mich zu fangen, verspreche ich Ihnen, daß ich dann lügen kann.
Adieu, gute Freundin, ich danke Ihnen vielmals und verspreche Ihnen, daß ich all Ihre Freundlichkeiten gegen mich nie vergessen will. Ich muß aufhören, denn es ist fast ein Uhr, da muß Herr von Valmont gleich kommen.

Aus Schloß . . ., den 10. Oktober 17**

Hundertundzehnter Brief

Der Vicomte von Valmont an die Marquise von Merteuil

›Himmlische Mächte, ich hatte eine Seele für den Schmerz, gebt mir eine für das Glück!‹[1] So drückt sich, glaube ich, der zärtliche Saint-Preux aus. Besser weggekommen als er, besitze ich die beiden Daseinsformen gleichzeitig. Jawohl, Freundin, ich bin zu gleicher Zeit sehr glücklich und sehr unglücklich; und da Sie mein volles Vertrauen haben, schulde ich Ihnen den doppelten Bericht: meiner Leiden und meiner Freuden.
Erfahren Sie denn, daß meine undankbare Betschwester mich immer noch streng hält. Ich habe jetzt den vierten Brief zurückbekommen. Vielleicht dürfte ich nicht sagen: den vierten; denn da ich gleich bei der ersten Rücksendung richtig geahnt hatte, daß noch viele andere ihr folgen würden, und ich meine Zeit nicht auf die Weise verlieren wollte, habe ich den Ausweg gewählt, meine Klagen in Gemeinplätzen vorzubringen und sie nicht zu datieren; und seit der zweiten Post geht immer derselbe Brief hin und her; ich wechsele nur den Umschlag. Wenn meine Schöne schließlich, wie schließlich alle Schönen, eines Tages wenigstens aus Müdigkeit weich wird, dann behält sie glücklich das Sendeschreiben, und dann ist noch Zeit, wieder aufs laufende zu kom-

1. ›Neue Héloise‹

men. Sie sehen, mit dieser neuen Art von Briefwechsel kann ich nicht völlig unterrichtet sein.
Ich habe aber doch herausbekommen, daß die leichtfertige Person eine andere Vertraute genommen hat; wenigstens habe ich mich vergewissert, daß, seit sie das Schloß verlassen hat, kein Brief von ihr für Frau von Volanges gekommen ist, dagegen zwei für die alte Rosemonde; und da diese uns nichts darüber gesagt hat, da sie nicht mehr den Mund auftut ›von ihrer lieben Schönen‹, von der sie früher in einem fort redete, habe ich daraus geschlossen, daß nun sie das Vertrauen besitzt. Ich vermute, einerseits der Drang, von mir zu sprechen, andererseits die kleine Scham vor Frau von Volanges, wenn sie auf ein so lange abgeleugnetes Gefühl zurückkäme, haben diese große Umwälzung bewirkt. Ich fürchte bei dem Wechsel noch verloren zu haben, denn je älter die Frauen werden, desto griesgrämiger und strenger werden sie. Die erste hätte ihr wohl mehr Schlimmes von mir gesagt, aber die jetzige wird ihr mehr Schlimmes von der Liebe sagen; und die gefühlvolle Spröde hat viel mehr Angst vor dem Gefühl als vor der Person.
Das einzige Mittel, wieder in die Sache hineinzukommen, ist, wie Sie sehen, daß man den heimlichen Briefwechsel abfängt. Ich habe meinem Jäger schon den Befehl zukommen lassen und erwarte von Tag zu Tag die Ausführung. Bis dahin kann ich alles nur auf gut Glück tun; darum gehe ich auch seit acht Tagen vergebens alle bekannten Mittel durch, alle die aus den Romanen und aus meinen geheimen Denkwürdigkeiten. Ich finde keines darunter, das auf die Umstände dieses Abenteuers paßt noch auf den Charakter der Heldin. Schwierig wäre es nicht, mich, sogar nachts, bei ihr einzuschleichen, sie sogar auch einzuschläfern und aus ihr eine neue Clarisse zu machen: aber nach mehr als zwei Monaten der Sorgen und Mühen seine Zuflucht zu Mitteln zu nehmen, die nicht von mir stammen! knechtisch auf den Spuren anderer zu schleichen und ruhmlos zu siegen!...
Nein, sie soll nicht ›das Vergnügen des Lasters und die

Ehre der Tugend‹ haben.[1] Mir genügt es nicht, sie zu besitzen, ich will, daß sie sich mir ausliefert. Dazu aber muß ich nicht nur bis zu ihr dringen, sondern mit ihrer Zustimmung hingelangen; sie allein finden und geneigt, mich anzuhören; besonders, sie über die Gefahr hinwegzutäuschen, denn wenn sie sie sieht, wird sie es verstehen, über sie hinwegzukommen oder zu sterben. Aber je besser ich weiß, was geschehen muß, desto schwerer finde ich die Ausführung; und sollten Sie sich auch wieder über mich lustig machen, ich muß Ihnen gestehen, daß meine Verlegenheit wächst im selben Maße wie mein Eifer.

Ich würde, glaube ich, darüber den Kopf verlieren, wären nicht die erwünschten Zerstreuungen, die unser gemeinsames Mündel mir gewährt. Ihr verdanke ich es, daß ich noch etwas anderes machen darf als Elegien.

Würden Sie es glauben, daß das kleine Mädchen dermaßen scheu gemacht war, daß ganze drei Tage vergangen sind, bis Ihr Brief seine volle Wirkung hervorgebracht hatte? So kann ein einziger falscher Begriff das glücklichste Naturell verderben.

Kurz, erst am Sonnabend ist man wieder um mich her gekreist und hat mir ein paar Worte zugestammelt, noch dazu so leise und so erstickt von Scham, daß ich sie unmöglich verstehen konnte. Aber die Röte, die sie verursachten, ließ mich ihren Sinn erraten. Bis dahin hatte ich mich stolz verhalten; doch erweicht durch eine so erfreuliche Reue, war ich so gütig, zu versprechen, ich wolle die hübsche Büßerin am selben Abend aufsuchen; und diese Gnade meinerseits ward mit all der Erkenntlichkeit entgegengenommen, die man für solche große Wohltat schuldig ist.

Da ich niemals weder Ihre noch meine Pläne aus dem Gesicht verliere, habe ich beschlossen, bei dieser Gelegenheit den genauen Wert dieses Kindes herauszubekommen und auch ihre Erziehung zu beschleunigen. Um aber dieser Aufgabe ungestörter nachzugehen, mußte ich unser Stelldichein

1. ›Neue Héloise‹

an einen andern Ort verlegen; denn das Kabinett, durch das allein das Zimmer Ihres Mündels von dem ihrer Mutter getrennt wird, konnte ihr nicht genug Sicherheitsgefühl einflößen, daß sie sich in aller Ruhe entfaltet hätte. Ich hatte mir also vorgenommen, ›aus Versehen‹ einiges Geräusch zu machen und ihr dadurch hinlänglich Furcht zu verursachen, daß sie sich bestimmen ließe, künftig ein sichereres Asyl aufzusuchen. Diese Mühe hat sie mir sogar erspart.
Die kleine Person lacht gern, und um ihre Fröhlichkeit in Gang zu bringen, kam ich auf den Einfall, ihr in unsern Zwischenakten alle Skandalgeschichten zu erzählen, die mir durch den Kopf gingen; und um sie prickelnder zu machen und die Aufmerksamkeit der Kleinen besser festzuhalten, setzte ich sie alle auf Rechnung ihrer Mama und verbrämte sie, sehr vergnügt, mit Lastern und Lächerlichkeiten.
Nicht ohne Grund hatte ich diese Wahl getroffen; sie ermutigte meine schüchterne Schülerin besser als jede andere, und zugleich flößte ich ihr die tiefste Verachtung für ihre Mutter ein. Ich habe seit langem bemerkt, daß, wenn dies Mittel nicht immer notwendig ist, um ein junges Mädchen zu verführen, es doch unerläßlich und oft sogar das wirksamste ist, wenn man sie verderben will. Denn eine, die ihre Mutter nicht achtet, wird sich auch selbst nicht achten; diese moralische Wahrheit halte ich für so nützlich, daß ich sehr froh war, ein Beispiel zu liefern zur Stütze der Regel.
Indessen, Ihr Mündel, das an die Moral nicht dachte, erstickte jeden Augenblick vor Lachen; und schließlich wäre sie einmal fast herausgeplatzt. Ich machte ihr ohne Mühe weis, sie habe einen ›gräßlichen Lärm‹ angestellt. Ich heuchelte einen großen Schrecken, in den sie ohne weiteres auch verfiel. Damit sie ihn besser im Gedächtnis behielte, ließ ich es nicht wieder zum Vergnügen kommen und verließ sie drei Stunden früher als gewöhnlich. Darum kamen wir auch beim Abschied überein, schon am Tage darauf wollten wir uns in meinem Zimmer zusammenfinden.
Dort habe ich sie schon zweimal empfangen; und in der

kurzen Zeit ist die Schülerin fast so gelehrt geworden wie der Meister. Ja, wahrhaftig, ich habe ihr alles beigebracht, sogar die Gefälligkeiten! Nur die Vorsichtsmaßregeln habe ich ausgenommen.

Daß ich so die ganze Nacht beschäftigt bin, hat den Vorteil für mich, daß ich einen großen Teil des Tages schlafe; und da die jetzige Schloßgesellschaft für mich nichts Anziehendes hat, erscheine ich kaum eine Stunde am Tage im Salon. Von heute an habe ich sogar die Einrichtung getroffen, daß ich auf meinem Zimmer esse, und denke es nur noch zu verlassen, um kurze Spaziergänge zu machen. Diese Wunderlichkeiten gehen auf Rechnung meines Befindens. Ich habe erklärt, ich wisse nicht aus noch ein vor Nervenzufällen, auch habe ich mitgeteilt, ich fiebere ein wenig. Das kostet mich nichts weiter, als daß ich mit langsamer, schwacher Stimme spreche. Wegen meines veränderten Aussehens verlassen Sie sich auf Ihr Mündel. ›Die Liebe wird dafür sorgen.‹[1]

Meine Muße fülle ich mit Nachsinnen aus über Mittel und Wege, bei meiner Undankbaren das Verlorene wieder einzuholen, und auch mit der Abfassung einer Art von Katechismus der Ausschweifung für den Gebrauch meiner Schülerin. Ich unterhalte mich damit, alles darin nur mit dem technischen Ausdruck zu nennen, und lache im voraus über das interessante Gespräch zwischen ihr und Gercourt, zu dem das den Stoff liefern muß, in ihrer Hochzeitsnacht. Nichts ist komischer als die Naivität, mit der sie das wenige ihr von dieser Sprache Bekannte schon anwendet! Sie kann sich nicht denken, daß man sich auch anders ausdrücken kann. Das Kind ist wirklich verführerisch. Dieser Gegensatz der naiven Unschuld zu der Ausdrucksweise der Schamlosigkeit bleibt nicht ohne Wirkung; und ich weiß nicht warum, aber mir sagen nur noch Sonderbarkeiten zu.

Vielleicht gebe ich mich dieser hier zu sehr hin, da ich Zeit und Gesundheit daransetze; aber ich hoffe, außer daß meine geheuchelte Krankheit mich vor der Langenweile des Salons

1. Réguard: Liebestorheiten

rettet, wird sie mir auch von einigem Nutzen bei meiner strengen Betschwester sein können, deren tigerartige Tugend sich doch mit sanfter Empfindsamkeit verbindet! Ich zweifle nicht daran, daß sie von dem großen Ereignis schon unterrichtet ist, und möchte sehr gern wissen, was sie dazu denkt; um so mehr, als sie, darauf wette ich, nicht verfehlen wird, sich selbst die Ehre zuzuschreiben. Ich werde mein Befinden nach dem Eindruck regeln, den es auf sie macht.
Nun sind Sie, schöne Freundin, in meinen Geschäften auf dem laufenden so gut wie ich selbst. Ich wünschte, ich könnte Ihnen bald interessantere Nachrichten melden; und ich bitte Sie, zu glauben, daß ich bei dem Vergnügen, das ich mir davon verspreche, die von Ihnen zu erwartende Belohnung sehr hoch veranschlage.

Auf Schloß ..., den 11. Oktober 17**

Hundertundelfter Brief

Der Graf von Gercourt an Frau von Volanges

Es scheint, gnädige Frau, daß in diesem Lande alles ruhig werden will, und wir erwarten von Tag zu Tag die Erlaubnis, nach Frankreich zurückzukehren. Ich hoffe, Sie zweifeln nicht an meinem immer gleichen Eifer, mich hinzugeben und dortselbst die Bande zu knüpfen, die mich mit Ihnen und mit Fräulein von Volanges vereinigen sollen. Indessen, der Herzog von ***, mein Vetter, gegen den ich, wie Sie wissen, so viele Verbindlichkeiten habe, setzt mich soeben von seiner Abberufung aus Neapel in Kenntnis. Er teilt mir mit, daß er über Rom zu reisen und unterwegs den Teil Italiens zu sehen gedenkt, den kennenzulernen ihm noch erübrigt. Er fordert mich auf, ihn auf dieser Reise zu begleiten, die ungefähr sechs Wochen oder zwei Monate dauern wird. Ich verhehle Ihnen nicht, daß es mir angenehm wäre, die Gelegenheit zu benutzen, in der Voraussicht, daß ich nach meiner Verheiratung mir schwerlich Zeit zu andern Abwesenheiten nehmen werde als denen, die mein Dienst

fordert. Vielleicht auch wäre es passender, mit der Heirat bis zum Winter zu warten, da erst dann alle meine Verwandten in Paris versammelt sein können, und namentlich der Herr Marquis von ***, dem ich die Hoffnung, mit Ihnen in verwandtschaftliche Beziehungen zu treten, verdanke. Trotz diesen Erwägungen werde ich meine Pläne in dieser Hinsicht durchaus den Ihrigen unterordnen; und sollten Sie irgendwie Ihre ersten Einrichtungen vorziehen, bin ich zum Verzicht auf die meinigen bereit. Ich bitte Sie nur, mich so bald als möglich Ihre Absichten in dieser Beziehung wissen zu lassen. Ich werde hier Ihre Antwort erwarten, und sie allein wird mein Verhalten regeln.
Ich bin mit der Achtung, gnädige Frau, und mit all den Gefühlen, die einem Sohne zukommen, Ihr sehr ergebener

Graf von Gercourt

Bastia, den 10. Oktober 17**

Hundertundzwölfter Brief

Frau von Rosemonde an die Präsidentin von Tourvel
(Nur diktiert)

Erst im Augenblick, meine liebe Schöne, bekomme ich Ihren Brief vom 11.[1] und die sanften Vorwürfe, die er enthält. Gestehen Sie nur, daß Sie mir recht gern härtere gemacht hätten und mich, wenn Sie sich nicht darauf besonnen hätten, daß Sie ›meine Tochter‹ sind, ordentlich ausgescholten haben würden. Sie wären jedoch sehr ungerecht gewesen! Nur in dem Wunsch und der Hoffnung, Ihnen selbst antworten zu können, schob ich's jeden Tag auf; und Sie sehen, auch heute noch bin ich genötigt, mir die Hand meiner Kammerfrau zu leihen. Mein unglücklicher Rheumatismus hat mich wieder erfaßt; diesmal hat er sich im rechten Arm eingenistet, und ich bin schlechterdings einarmig. Das kommt dabei heraus, wenn man, jung und frisch wie Sie,

1. Dieser Brief hat sich nicht vorgefunden.

eine so alte Freundin hat! Man leidet unter ihren Unpäßlichkeiten.
Sobald meine Schmerzen ein wenig Ruhe geben, nehme ich mir fest vor, ausführlich mit Ihnen zu plaudern. Inzwischen sollen Sie nur erfahren, daß ich Ihre beiden Briefe bekommen habe, daß sie, wenn das möglich wäre, meine zärtliche Freundschaft zu Ihnen verdoppelt hätten und daß ich stets und ohne Aufhören an allem, was Sie angeht, den lebhaftesten Anteil nehmen werde.
Mein Neffe ist auch ein wenig unpäßlich, aber ohne irgendwelche Gefahr und ohne daß man sich darum irgendwie beunruhigen müßte. Es ist ein leichtes Unwohlsein, das, scheint mir, mehr seine Stimmung angreift als seine Gesundheit. Wir sehen ihn fast nie mehr.
Seine Zurückgezogenheit und Ihre Abreise machen unsern kleinen Kreis nicht heiterer. Die kleine Volanges besonders findet rasend viel zu sagen; sie gähnt, so lang der Tag ist, daß sie ihre Fäuste verschlucken könnte. Insbesondere seit ein paar Tagen erweist sie uns die Ehre, alle Nachmittage fest einzuschlafen.
Adieu, liebe Schöne; ich bin auf immer Ihre gute, gute Freundin, Ihre Mama, Ihre Schwester selbst, wenn mein hohes Alter diesen Namen zuließe. Genug, ich bin Ihnen durch alle zärtlichsten Gefühle verbunden.

Gezeichnet: Adélaïde, für Frau von Rosemonde
Aus Schloß . . ., den 14. Oktober 17**

Hundertunddreizehnter Brief
Die Marquise von Merteuil an den Vicomte von Valmont

Ich glaube Sie davon in Kenntnis setzen zu müssen, Vicomte, daß man in Paris anfängt, sich mit Ihnen zu beschäftigen; daß man Ihre Abwesenheit bemerkt und schon ihre Ursache errät. Gestern war ich bei einem sehr zahlreichen Souper; dort ward bestimmt versichert, Sie würden von einer romantischen, unglücklichen Liebe im Dorfe festgehalten. Sogleich malte sich Freude auf den Gesichtern aller, die Sie um Ihre Erfolge beneiden, und aller Frauen, die Sie vernachlässigt haben. Wollen Sie mir glauben, so lassen Sie diese gefährlichen Gerüchte sich nicht befestigen, sondern zerstören Sie sie auf der Stelle durch Ihr Erscheinen.

Bedenken Sie: wenn Sie die Vorstellung, daß Ihnen nicht zu widerstehen ist, einmal in die Brüche gehen lassen, werden Sie bald die Erfahrung machen, daß man Ihnen tatsächlich leichter widersteht; daß auch Ihre Rivalen die Achtung vor Ihnen verlieren und es wagen werden, den Kampf mit Ihnen aufzunehmen; denn wer von ihnen hält sich nicht für stärker als die Tugend? Bedenken Sie vor allem, daß in der Menge der Frauen, von denen Sie haben reden machen, alle die, die Sie nicht gehabt haben, es versuchen werden, dem Puplikum seinen Irrtum zu nehmen, während die andern Anstrengungen machen werden, es zu täuschen. Kurz, Sie müssen darauf gefaßt sein, vielleicht ebensosehr unter Ihrem Wert eingeschätzt zu werden, wie Sie es bis jetzt darüber wurden.

Kehren Sie also zurück, Vicomte, und opfern Sie nicht Ihren Ruf einer knabenhaften Laune. Sie haben aus der kleinen Volanges alles gemacht, was wir wollten; und was Ihre Präsidentin angeht, die werden Sie sich augenscheinlich nicht aus einer Entfernung von zehn Meilen gönnen können. Glauben Sie, sie wird Sie holen? Vielleicht denkt Sie schon nicht mehr an Sie, oder nur noch, um sich zu beglückwünschen, daß sie Sie gedemütigt hat. Hier können Sie wenigstens Gelegenheit finden, mit Glanz wieder aufzutauchen, und Sie haben es nötig; und sollten Sie sich auf Ihr lächerliches Abenteuer versteifen, sehe ich nicht ein, daß Ihre Rückkehr etwas schaden könnte - im Gegenteil.

Tatsächlich, wenn Ihre Präsidentin Sie ›anbetet‹, wie Sie mir so reichlich versichert und so wenig bewiesen haben, müssen ihr einziger Trost und ihr einziges Vergnügen jetzt darin bestehen, von Ihnen zu sprechen, zu erfahren, was Sie tun, was Sie sagen und denken, bis auf das geringste Ding, das Sie angeht. Diese Armseligkeiten bekommen Wert nach Maßgabe der Entbehrungen, die man erleidet. Es sind die Brosamen, die vom Tisch des Reichen fallen; der verschmäht sie, aber der Arme liest sie gierig auf und nährt sich damit. Und je mehr sie davon hat, desto weniger eilig wird sie's haben, dem Appetit auf das übrige sich hinzugeben.

Überdies zweifeln Sie, seit Sie ihre Vertraute kennen, doch nicht daran, daß jeder Brief von ihr wenigstens eine kleine Predigt enthält und alles, was sie für geeignet hält, ›ihre Ehrbarkeit zu befestigen und ihre Tugend zu stärken‹[1]. Warum also der einen Hilfsmittel lassen, um sich zu verteidigen, und der andern, um ihr zu schaden?

Das heißt aber keineswegs, daß ich Ihrer Meinung bin über den Verlust, den Sie beim Wechsel der Vertrauten erlitten zu haben glauben. Erstens haßt Frau von Volanges Sie, und der Haß ist immer scharfsinniger und sinnreicher als die Freundschaft. Alle Tugend Ihrer alten Tante wird sie nicht bewegen, einen Augenblick schlecht zu sprechen von ihrem lieben Neffen; denn auch die Tugend hat ihre Schwächen. Sodann beziehen sich Ihre Befürchtungen auf ein durchaus falsches Merkzeichen.

Es ist nicht wahr, daß die Frauen ›je älter, desto griesgrämiger und strenger werden‹. Von vierzig bis zu fünfzig Jahren, da macht die Verzweiflung, ihr Gesicht verblühen zu sehen, die Wut, sich zur Aufgabe der Ansprüche und Freuden gezwungen zu sehen, auf die sie noch Wert legen, fast alle Frauen moralisch angesäuert und mürrisch. Diesen langen Zeitraum brauchen sie, um mit dem großen Opfer fertig zu werden; sobald es aber vollbracht ist, teilt die Gesamtheit sich in zwei Klassen.

Die zahlreichste, die der Frauen, die nur ihr Gesicht und ihre Jugend für sich gehabt haben, verfällt in stumpfe Gleichgültigkeit, aus der sie sich nur zum Spiel und ein paar religiösen Übungen aufrafft; die ist stets langweilig, oft brummig, schwer zu behandeln, aber selten boshaft. Man

1. ›Man kann nicht an alles denken!‹, Komödie

kann auch nicht sagen, diese Frauen seien strenge oder nicht strenge. Ohne Gedanken und ohne eigenes Leben wiederholen sie verständnis- und wahllos alles, was sie sagen hören, und bleiben für ihre eigene Person völlige Nichtse.
Die andere, viel seltenere, aber wahrhaft wertvolle ist die der Frauen, die einen Charakter gehabt und nicht versäumt haben, ihrem Verstand Nahrung zu geben; die so sich ein Lebensinteresse zu schaffen wissen, wenn das natürliche versagt, und den Ausweg wählen, ihren Geist zu zieren, wie früher ihre Gestalt. Diese haben gewöhnlich ein sehr gesundes Urteil und einen gediegenen und dabei heitern und anmutigen Geist. Sie ersetzen die verführerischen Reize durch anziehende Güte und auch durch Munterkeit, deren Zauber im Verhältnis zum Alter zunimmt. Auf die Art erreichen sie gewissermaßen eine Annäherung an die Jugend, dadurch, daß sie sich bei ihr beliebt machen. Dann aber sind sie nicht im entferntesten, wie Sie sagen, ›griesgrämig und streng‹; ihre gewohnte Milde, ihr langes Nachdenken über die menschliche Schwäche und besonders die Erinnerungen aus ihrer Jugend, durch die allein sie noch mit dem Leben zusammenhängen, stimmen sie eher zu einer leichten, vielleicht allzu leichten Auffassung der Dinge.
Schließlich kann ich Ihnen sagen, daß ich, die ich immer die alten Frauen aufgesucht habe, deren Stimmen ich beizeiten als nützlich erkannt hatte, unter ihnen mehrere getroffen habe, zu denen mich dann ebensowohl Neigung hinführte wie Interesse. Hier halte ich ein; denn jetzt, da Sie so rasch und so sittlich entbrennen, würde ich fürchten, Sie könnten sich jäh in Ihre alte Tante verlieben und sich mit ihr in der Gruft vergraben, wo Sie schon so lange leben. Ich kehre also zurück.
Trotz Ihres anscheinenden Entzückens über Ihre kleine Schülerin kann ich nicht glauben, daß sie in Ihren Plänen eine Rolle spielt. Sie haben sie gerade zur Hand gehabt und haben sie sich genommen: wunderschön! Aber das kann doch keine Neigung sein. Eigentlich ist es nicht einmal ein volles

Genießen: Sie besitzen durchaus nichts weiter als ihren Körper! Ich spreche nicht von ihrem Herzen, an dem Ihnen, ahnt mir wohl, kaum etwas liegt; aber Sie beschäftigen nicht einmal ihren Kopf. Ich weiß nicht, ob Sie es bemerkt haben, aber ich habe den Beweis dafür in ihrem letzten Brief an mich.[1] Ich schicke ihn Ihnen, damit Sie darüber urteilen. Sehen Sie nur, wenn sie von Ihnen spricht, heißt es immer ›Herr von Valmont‹; alle ihre Gedanken, selbst die, die Sie in ihr anregen, laufen immer nur auf Danceny hinaus. Und den nennt sie nicht Herr, nein, da heißt es stets nur ›Danceny‹. Dadurch unterscheidet sie ihn von allen andern; und selbst wenn sie sich Ihnen hingibt, wird sie vertraulich nur mit ihm. Wenn eine solche Eroberung Ihnen ›verführerisch‹ scheint, wenn die Freuden, die sie Ihnen gewährt, ›Sie fesseln‹, dann sind Sie sicher bescheiden und nicht sehr schwer zu befriedigen! Daß Sie sie behalten, damit bin ich einverstanden: das verträgt sich sogar mit unsern Absichten. Aber mir scheint, das ist nicht wert, daß man sich eine Viertelstunde lang Umstände macht; und man muß auch einige Herrschaft über sie haben und ihr, zum Beispiel, erst dann erlauben, daß sie sich Danceny nähert, wenn man ihn bei ihr etwas mehr in Vergessenheit gebracht hat.

Ehe ich aufhöre, mich mit Ihnen zu beschäftigen, und zu mir selbst übergehe, will ich Ihnen noch sagen, daß das Mittel der Krankheit, das Sie Ihrer Ankündigung zufolge ergreifen wollten, recht bekannt und recht verbraucht ist. Wahrhaftig, Vicomte, Sie sind nicht erfinderisch! Ich wiederhole mich auch manchmal, wie Sie sehen werden; aber ich trachte mich an den Einzelheiten schadlos zu halten, und vor allem rechtfertigt mich der Erfolg. Ich will wieder nach einem greifen und ein neues Abenteuer bestehen. Ich gebe zu, Schwierigkeiten wird nicht sein Verdienst sein: aber wenigstens wird es eine Zerstreuung sein, und ich langweile mich zum Umkommen.

1. Siehe den 109. Brief.

Ich weiß nicht, warum mir, seit dem Abenteuer mit Prévan, Belleroche unausstehlich geworden ist. Er hat dermaßen zugenommen an Aufmerksamkeit, Zärtlichkeit, ›Verehrung‹, daß ich's nicht mehr aushalte. Sein Zorn hatte mir im ersten Moment Spaß gemacht; ich mußte ihn aber doch wohl beruhigen, denn es hätte mich bloßstellen geheißen, wenn ich ihn hätte gewähren lassen; und es wollte nicht gelingen, ihm Vernunft beizubringen. Also wählte ich den Ausweg, ihm mehr Liebe zu zeigen, um leichter mit ihm fertig zu werden. Er aber hat das ernst genommen, und seit der Zeit macht er es mir zu arg mit seiner ewigen Bezauberung. Besonders fällt mir das beleidigende Vertrauen auf, das er zu mir faßt, und die Sicherheit, mit der er mich als immerdar ihm gehörig betrachtet. Ich fühle mich dadurch wahrhaft gedemütigt. Er schätzt mich also sehr gering ein, da er sich für wertvoll genug hält, um mich zu fesseln. Sagte er mir nicht letzthin, ich würde nie einen andern geliebt haben als ihn? Oh! Bei der Gelegenheit habe ich alle meine Vorsicht nötig gehabt, um ihn nicht auf der Stelle aus seinem Irrtum zu reißen und ihm zu sagen, wie es damit steht. Das ist doch ein spaßhafter Herr, so einfach ein ausschließliches Recht zu beanspruchen. Ich gebe zu, daß er gut gewachsen ist und ein ganz schönes Gesicht hat, aber alles in allem ist er wirklich nur ein Handwerker der Liebe. Genug, der Augenblick ist da, wir müssen uns trennen.
Ich versuche schon seit vierzehn Tagen und habe abwechselnd Kälte, Launen, Verstimmtheit, Streit angewendet; aber der zähe Mensch läßt nicht so leicht locker; also muß man einen gewaltsameren Ausweg wählen. Infolgedessen nehme ich ihn mit auf mein Landgut. Wir reisen übermorgen. Es werden nur ein paar unbeteiligte, wenig klarsichtige Personen mit uns sein, und wir werden dort fast ebensoviel Freiheit haben, als wären wir allein. Dort werde ich ihn dermaßen mit Liebe und Zärtlichkeiten überhäufen, wir werden dort sehr einzig füreinander leben, daß ich jede Wette eingehe, er wird mehr als ich das Ende der Reise her-

beiwünschen, unter der er sich solch ein Glück denkt; und wenn bei der Rückkehr ich ihn nicht mehr langweile als er mich, dann sollen Sie sagen dürfen, ich verstehe nicht mehr als Sie.

Der Vorwand für diese Art von Weltflucht ist, daß ich mich ernsthaft mit einem großen Prozeß befassen will, in dem wirklich zu Anfang des Winters endlich das Urteil gefällt werden soll. Ich bin froh darüber, denn es ist wahrhaftig unangenehm, sein ganzes Vermögen so in der Luft schweben zu haben. Ich bin zwar nicht in Unruhe wegen des Ausgangs. Erstens habe ich recht, alle meine Advokaten versichern mir's; und hätte ich's nicht, ich müßte doch sehr ungeschickt sein, wenn ich einen Prozeß nicht zu gewinnen verstände, in dem ich zu Gegnern nur eine kleine Minderjährige und ihren alten Vormund habe! Da man jedoch in einer so wichtigen Sache nichts versäumen darf, werde ich tatsächlich zwei Advokaten bei mir haben. Kommt Ihnen die Reise nicht lustig vor? Indessen, wenn sie mir meinen Prozeß gewinnen und Belleroche verlieren hilft, will ich meine Zeit nicht bereuen.

Jetzt, Vicomte, erraten Sie den Nachfolger. Na schön, ich weiß schon, Sie erraten nie etwas. Also, es ist Danceny. Sie sind erstaunt, nicht? Denn schließlich bin ich noch nicht auf Kindererziehung angewiesen! Aber dieser verdient, daß man mit ihm eine Ausnahme macht; er hat von der Jugend nur Anmut, nicht den Leichtsinn. Seine große Zurückhaltung im Gesellschaftskreise ist sehr geeignet, alle Verdachtsgründe aus dem Wege zu räumen, und man findet ihn darum nur liebenswürdiger, wenn er unter vier Augen vertraulich wird. Zwar habe ich Unterhaltungen unter vier Augen für eigene Rechnung noch nicht mit ihm gehabt, ich bin nur erst seine Vertraute: aber unter dem Schleier der Freundschaft glaube ich ihm ein sehr lebhaftes Wohlgefallen an mir anzusehen und fühle, daß auch ich an ihm einiges zu finden anfange. Es wäre wirklich schade, wenn soviel Geist und Zartgefühl geopfert würden und in Dummheit versänken bei der kleinen albernen Volanges! Ich glaube, es ist Selbsttäuschung, daß er sie zu lieben glaubt: sie verdient ihn doch bei weitem nicht! Ich bin zwar nicht eifersüchtig auf sie; aber es ist ja Mord, und davor will ich Danceny retten. Ich bitte Sie also, Vicomte, dafür zu sorgen, daß er sich ›seiner Cécile‹ (wie er sie aus schlechter Gewohnheit noch nennt) nicht nähern kann. Eine erste Liebe hat immer mehr Macht, als man glaubt, und ich wäre in keiner Hinsicht ruhig, wenn er sie jetzt wiedersähe, besonders in meiner Abwesenheit. Bei meiner Rückkehr nehme ich alles auf mich und stehe dafür ein.

Ich habe wohl daran gedacht, den jungen Mann mit mir zu nehmen, habe aber das Gelüste meiner gewohnten Vorsicht zum Opfer gebracht; und dann wäre ich bange gewesen, daß er etwas zwischen Belleroche und mir bemerkt hätte, und ich wäre in Verzweiflung, wenn er im geringsten ahnte, was vorgeht. Wenigstens seiner Phantasie will ich mich rein und fleckenlos bieten, so, wie ich sein müßte, um seiner wahrhaft würdig zu sein.

Paris, den 15. Oktober 17**

Hundertundvierzehnter Brief
Die Präsidentin von Tourvel an Frau von Rosemonde

Liebe Freundin, ich gebe meiner lebhaften Besorgnis nach, und ohne zu wissen, ob Sie imstande sein werden, mir zu antworten, kann ich es mir nicht versagen, Sie zu befragen. Der Zustand des Herrn von Valmont, den Sie mir als ›gefahrlos‹ bezeichnen, gewährt mir keine solche Sicherheit wie, scheint es, Ihnen. Es ist nicht selten, daß Schwermut und Weltschmerz Vorzeichen irgendeiner schweren Krankheit sind. Die Leiden des Körpers, wie die des Geistes, erregen den Wunsch nach Einsamkeit; und oft wirft man Übellaunigkeit dem vor, den man nur wegen seines Leidens bedauern sollte.

Mir scheint, er müßte wenigstens jemand um Rat fragen.

Wie geht es zu, daß Sie, die Sie selbst krank sind, keinen Arzt bei sich haben? Der meinige, den ich heute morgen gesprochen und, wie ich Ihnen nicht verhehle, indirekt befragt habe, ist der Meinung, daß bei solchen von Natur tätigen Menschen diese Art plötzlicher Gleichgültigkeit niemals übersehen werden darf; und, wie er mir gleichfalls sagte, die Krankheiten weichen der Behandlung nicht mehr, wenn sie nicht rechtzeitig in Angriff genommen werden. Warum wollen Sie dieser Gefahr einen aussetzen, der Ihnen so teuer ist?

Was meine Besorgnis verdoppelt, ist, daß ich seit vier Tagen keine Nachrichten mehr von ihm erhalte. Mein Gott! Täuschen Sie mich nicht über seinen Zustand? Warum sollte er auf einmal aufgehört haben, mir zu schreiben? Wenn es nur daher käme, daß ich ihm seine Briefe so hartnäckig zurückschicke, würde er den Entschluß, glaube ich, früher gefaßt haben. Genug, ohne an Vorgefühle zu glauben, bin ich seit einigen Tagen von einer Traurigkeit, die mich erschreckt. Ach, vielleicht stehe ich am Vorabend des größten der Unglücksfälle!

Sie würden nicht glauben, und ich schäme mich, Ihnen zu sagen, wie es mir weh tut, daß ich diese selben Briefe nicht mehr bekomme, die zu lesen ich mich doch noch jetzt weigern würde. Ich war wenigstens sicher, daß er an mich gedacht habe! Und ich bekam etwas zu sehen, was von ihm kam. Ich öffnete sie nicht, die Briefe, doch sah ich sie an und weinte. Meine Tränen waren sanfter, saßen loser – und nur diese Tränen verscheuchten zum Teil die gewohnte Beklemmung, die ich seit meiner Rückkehr empfinde. Ich beschwöre sie, meine nachsichtige Freundin, schreiben Sie mir, sobald Sie können, selbst; und inzwischen lassen Sie mir jeden Tag Nachrichten geben von Ihnen und von ihm.

Ich bemerke, daß ich Ihnen kaum ein Wort für Sie selbst gesagt habe; aber Sie kennen meine Gefühle, meine rückhaltlose Anhänglichkeit, meine zärtliche Erkenntlichkeit für Ihre gefühlvolle Freundschaft; und Sie werden meiner Erregung verzeihen, meinen Todesängsten, der gräßlichen Qual, schlimme Dinge zu befürchten zu haben, deren Ursache vielleicht ich bin. Großer Gott! Dieser zur Verzweiflung treibende Gedanke verfolgt mich und zerreißt mir das Herz. Dies Unglück fehlte mir noch, und ich fühle, ich bin dazu geboren, sie alle durchzukosten.

Gott befohlen, liebe Freundin; haben Sie mich lieb, beklagen Sie mich. Werde ich heute einen Brief von Ihnen bekommen?

Paris, den 16. Oktober 17**

Hundertundfünfzehnter Brief

Der Vicomte von Valmont an die Marquise von Merteuil

Es ist unbegreiflich, schöne Freundin, wie eine Trennung es leicht und rasch zustande bringt, daß man sich nicht mehr versteht. Solange ich bei Ihnen war, hatten wir immer nur eine und dieselbe Empfindung, eine und dieselbe Anschauung der Dinge; und weil ich Sie seit nahezu drei Monaten nicht mehr sehe; sind wir über nichts mehr derselben Ansicht. Wer von uns beiden hat unrecht? Sicher würden Sie nicht mit der Antwort zögern; ich aber, verständiger oder höflicher, will nicht entscheiden. Ich will nur auf Ihren Brief antworten und in der Darlegung meines Verhaltens fortfahren.

Zuerst danke ich Ihnen für die Nachricht in betreff der über mich umlaufenden Gerüchte; doch beunruhige ich mich über sie noch nicht. Ich glaube gewiß zu sein, daß ich es in der Hand habe, sie bald zum Schweigen zu bringen. Seien Sie ruhig: ich werde in der Welt nur berühmter wieder zum Vorschein kommen als je, und Ihrer immer würdiger.

Ich hoffe, man wird mir selbst das Abenteuer mit der kleinen Volanges immerhin anrechnen, wenn Sie auch wenig Wert darauf legen: – als ob es nichts wäre, an einem Abend ein junges Mädchen ihrem geliebten Anbeter wegzunehmen, sie dann, soviel man will, zu gebrauchen, wie sein eigen

Hab und Gut und ohne das geringste Hindernis; von ihr zu erreichen, was man nicht einmal von allen den Mädchen zu verlangen wagt, deren Handwerk es ist; und das, ohne sie im geringsten ihrer zärtlichen Liebe abspenstig zu machen, ohne sie unbeständig oder nur treulos zu machen: denn tatsächlich, ich beschäftige nicht einmal ihren Kopf! Dergestalt, daß, wenn meine Laune vorbei ist, ich sie wieder in die Arme ihres Liebhabers legen werde, sozusagen ohne daß sie etwas gemerkt hat. Ist denn das ein gewöhnliches Vorgehen? Und dann, glauben Sie mir, wenn sie mir aus den Händen ist, werden die Anfangsgründe, die ich ihr gegeben habe, sich darum nicht weniger entwickeln; und ich sage vorher, die schüchterne Schülerin wird bald einen Aufschwung nehmen, geeignet, ihrem Lehrer Ehre zu machen.

Will man jedoch lieber die heroische Gattung, werde ich die Präsidentin vorzeigen, dies oft angeführte Muster aller Tugenden; die selbst von unsern größten Wüstlingen geachtet wird! Kurz, eine Frau, daß man nicht einmal mehr auf den Gedanken kam, sie anzugreifen! Ich werde sie vorzeigen, sage ich, wie sie ihre Pflichten und ihre Tugend vergißt, ihren Ruf und zwei Jahre Ehrbarkeit opfert, um hinter dem Glück, mir zu gefallen, herzulaufen, sich zu berauschen mit dem Glück, mich zu lieben; wie sie für so viele Opfer sich hinlänglich entschädigt erachtet durch ein Wort, durch einen Blick, den sie noch dazu nicht immer erhält. Ich werde mehr tun, ich werde sie verlassen; und entweder kenne ich diese Frau nicht, oder ich habe keinen Nachfolger. Sie wird dem Trostbedürfnis widerstehen, der Gewohnheit des Vergnügens, sogar der Rachsucht. Kurz, sie wird für mich gelebt haben; und mag ihre Laufbahn mehr oder weniger lang sein, ich allein werde ihre Schranken geöffnet und geschlossen haben. Bin ich erst zum Triumph gelangt, werde ich zu meinen Rivalen sagen: ›Seht mein Werk und sucht dafür im Jahrhundert ein zweites Beispiel!‹

Sie werden mich fragen, woher heute dies Übermaß von Selbstvertrauen kommt? Seit acht Tagen bin ich nämlich der

Vertraute meiner Schönen; sie sagt mir ihre Geheimnisse nicht, aber ich fange sie ab. Zwei Briefe von ihr an Frau von Rosemonde haben mich genügend unterrichtet, und die weitern werde ich nur noch aus Neugier lesen. Ich habe, um ans Ziel zu kommen, schlechterdings nichts weiter nötig, als mich ihr zu nähern, und meine Mittel sind gefunden. Ich will sie unverzüglich zur Anwendung bringen.

Sie sind neugierig, glaube ich? ... Bitte, nein, zur Strafe, weil Sie an meine Erfindungen nicht glauben, sollen Sie sie nicht erfahren. Allen Ernstes würden Sie verdienen, daß ich Ihnen, wenigstens für dies Abenteuer, mein Vertrauen entzöge. Wäre nicht der süße Lohn, den Sie an den Erfolg geknüpft haben, würde ich Ihnen tatsächlich nichts mehr darüber sagen. Sie sehen, ich bin erzürnt. Indessen, in der Hoffnung, daß Sie sich bessern werden, will ich es gnädig bei dieser leichten Strafe bewenden lassen; und so kehre ich zur Milde zurück und vergesse einen Augenblick meine großen Pläne, um mit Ihnen über Ihre eigenen vernünftig zu reden.

So sind Sie also auf dem Lande, das langweilig ist wie das Gefühl und traurig wie die Treue! Und der arme Belleroche! Sie begnügen sich nicht damit, ihm das Wasser des Vergessens zu trinken zu geben: Sie foltern ihn damit! Wie bekommt es ihm? Erträgt er den Zustand vorm Erbrechen gut in der Liebe? Ich gäbe viel dafür, wenn er sich darum nur noch fester an Sie anschlösse; ich bin gespannt, zu sehen, zur Anwendung welches wirksameren Heilmittels Sie gelangen werden. Ich beklage Sie wahrhaftig, daß Sie genötigt waren, zu diesem zu greifen. Ich habe nur einmal in meinem Leben aus praktischen Gründen geliebt. Ganz gewiß hatte ich einen kräftigen Bewegungsgrund, denn es geschah ja bei der Gräfin von ***; und zwanzigmal bin ich in ihren Armen versucht gewesen, zu sagen: ›Gnädige Frau, ich verzichte auf den Platz, um den ich mich bewerbe, erlauben Sie mir nur, den zu verlassen, den ich einnehme.‹ Drum ist das auch von allen Frauen, die ich gehabt habe, die einzige, der ich wirklich mit Vergnügen Schlechtes nachrede.

Was *Ihren* Beweggrund anlangt, so finde ich ihn, ehrlich gesagt, so lächerlich wie selten etwas; und Sie hatten recht, wenn Sie glaubten, ich würde den Nachfolger nicht erraten. Wie! Für Danceny geben Sie sich all die Mühe! Ei was, liebe Freundin, lassen Sie ihn ›seine tugendhafte Cécile‹ anbeten und geben Sie sich keine Blöße durch solche Kinderspiele. Lassen Sie die Schulknaben sich bei Bonnen heranbilden oder mit Pensiosmädchen ›kleine unschuldige Spiele‹ spielen. Wie wollen denn Sie einen Neuling auf sich nehmen, der weder von Ihnen Besitz zu ergreifen, noch Sie zu verlassen verstehen wird, und bei dem alles Sie tun müssen? Ich sagen es Ihnen im Ernst, ich mißbillige diese Wahl; und mag sie noch so geheim bleiben, wenigstens in meinen Augen und meinem Bewußtsein würden Sie dadurch sinken.
Sie finden, sagen Sie, allmählich zu viel Geschmack an ihm: – was denn, Sie irren sich sicher, und ich glaube sogar den Grund Ihres Irrtums gefunden zu haben. Dieser schöne Überdruß an Belleroche ist Ihnen in einer Zeit der Hungersnot gekommen, und da Paris Ihnen keine Auswahl bot, haben Ihre stets zu lebhaften Gedanken sich auf den ersten Gegenstand geworfen, dem Sie begegnet sind. Aber bedenken Sie, daß Sie bei Ihrer Rückkehr werden unter tausend wählen können; und schließlich, wenn Sie die Untätigkeit fürchten, in die Sie leicht verfallen könnten, wenn Sie es aufschieben, biete ich mich Ihnen an, um Ihre Muße zu ergötzen.
Von jetzt bis zu Ihrer Ankunft werden meine großen Angelegenheiten auf eine oder die andere Weise beendet sein; und sicher wird weder die kleine Volanges noch die Präsidentin selbst mich dann so in Anspruch nehmen, daß ich mich nicht Ihnen, soviel Sie nur wünschen, widmen könnte. Vielleicht habe ich bis dahin das kleine Mädchen schon wieder in die Hände ihres zurückhaltenden Liebhabers gelegt. Ohne zuzugeben, daß das kein ›fesselnder‹ Genuß ist, habe ich mich, dem Plan zuliebe, daß sie ihr Leben lang von mir

eine höhere Vorstellung bewahren soll als von allen andern Männern, bei ihr auf einen Ton gestimmt, den ich nicht lange ohne Schädigung meiner Gesundheit aushalten könnte; und schon in diesem Augenblick hänge ich an ihr nur noch mit dem Interesse, das man seinen Familienangelegenheiten schuldet . . .

Sie verstehen mich nicht? . . .Die Sache ist die, daß ich einen zweiten Zeitabschnitt abwarte, der meine Hoffnung bestätigt und mir die Gewißheit gibt, daß ich mit meinen Plänen vollen Erfolg gehabt habe. Ja, schöne Freundin, ich habe schon ein erstes Anzeichen, daß der Gatte meiner Schülerin nicht Gefahr laufen wird, ohne Nachkommenschaft zu sterben, und daß das Haupt des Hauses Gercourt in Zukunft nur ein jüngerer Sohn des Hauses Valmont sein wird. Aber lassen Sie mich nach meiner Laune dies Abenteuer beenden, das ich nur auf Ihre Bitte unternommen habe. Bedenken Sie, wenn Sie Danceny flatterhaft machen, nehmen Sie der Geschichte all ihr Prickelndes. Erwägen Sie schließlich, daß ich mit meinem Anerbieten, ihn bei Ihnen zu vertreten, scheint mir, einiges Recht auf Bevorzugung habe.

Ich zähle darauf so sehr, daß ich mich nicht gescheut habe, Ihren Absichten entgegen, selbst dazu beizutragen, daß die Leidenschaft des zurückhaltenden Liebhabers für den ersten und würdigen Gegenstand seiner Wahl noch zunimmt. Als ich also gestern unser Mündel dabei traf, wie sie an ihn schrieb, habe ich sie zuerst in dieser süßen Beschäftigung gestört, um eine andere, noch süßere mit ihr vorzunehmen, und dann habe ich ihren Brief zu sehen verlangt; und da ich ihn kalt und gezwungen fand, habe ich ihr zu fühlen gegeben, so werde sie ihren Liebhaber nicht trösten, und habe sie bestimmt, einen andern unter meinem Diktat zu schreiben, worin ich, unter möglichst treuer Nachahmung ihres kleinen Geschwätzes, versucht habe, die Liebe des jungen Mannes mit einer gewissen Hoffnung zu nähren. Die kleine Person war ganz entzückt, sie sagte, daß sie nun auf einmal so gut schreibe; und von jetzt an werde ich mit ihrem Brief-

Mlle Gerard del. Pauquet sculp.

wechsel betraut sein. Was habe ich für diesen Danceny nicht alles getan! Ich bin gleichzeitig sein Freund, sein Vertrauter, sein Rival und seine Mätresse gewesen! Noch dazu leiste ich ich ihm in diesem Augenblick den Dienst, ihn vor Ihren gefährlichen Banden zu bewahren. Ja, zweifellos gefährlich; denn Sie besitzen und Sie verlieren heißt einen Augenblick Glück mit einer Ewigkeit Sehnsucht erkaufen.

Adieu, schöne Freundin, seien Sie tapfer und machen Sie Belleroche so rasch ab, wie Sie können. Lassen Sie Danceny laufen und bereiten Sie sich vor, die köstlichen Freuden unseres ersten Verhältnisses wieder zu erleben und mir wiederzugeben.

Nachschrift: Ich beglückwünsche Sie zu dem in Ihrem großen Prozeß bevorstehenden Urteilsspruch. Ich bin sehr erfreut, daß dies glückliche Ereignis unter meiner Regierung eintritt.

Aus Schloß . . ., den 19. Oktober 17**

Hundertundsechzehnter Brief
Der Ritter Danceny an Cécile Volanges

Frau von Merteuil ist heute morgen aufs Land gereist; so bin ich denn, reizende Cécile, der einzigen Freude beraubt, die mir in Ihrer Abwesenheit blieb, nämlich der, mit Ihrer und meiner Freundin von Ihnen zu sprechen. Seit einiger Zeit hat sie mir erlaubt, ihr diesen Namen zu geben; und ich habe davon um so eifriger Gebrauch gemacht, als es mir schien, ich käme dadurch Ihnen noch näher. Gott, ist diese Frau liebenswürdig! Und welchen schmeichlerischen Reiz sie der Freundschaft zu geben weiß! Es scheint, als verschöne und verstärke sich dies liebliche Gefühl bei ihr um all das, was sie der Liebe verweigert. Wenn Sie wüßten, wie sie Sie liebt, wie gern sie mich von Ihnen sprechen hört! . . . Das ist es zweifellos, was mich so an sie fesselt. Welch Glück wäre es, einzig für Sie beide leben zu können, unablässig zwischen den Wonnen der Liebe und den sanften Freuden der

Freundschaft hin und her zu gehen, mein ganzes Dasein dem zu weihen, gewissermaßen in Ihrer gegenseitigen Zuneigung der Punkt zu sein, wo Sie sich berühren, und stets zu fühlen, daß ich, auf das Glück der einen bedacht, gleichermaßen an dem der andern tätig bin. Lieben Sie sie, reizende Freundin, lieben Sie sie recht sehr, die anbetungswürdige Frau. Geben Sie meiner Zuneigung zu ihr noch höhern Wert dadurch, daß Sie sie teilen. Seit ich den Reiz der Freundschaft gekostet habe, wünsche ich mir, daß Sie ihn Ihrerseits erproben. Die Freuden, die ich nicht mit Ihnen teile, genieße ich, scheint mir's, nur halb. Ja, meine Cécile, ich möchte Ihr Herz mit allen süßesten Gefühlen umringen; jede seiner Regungen sollte Sie eine Glücksempfindung fühlen lassen; und ich würde doch glauben, daß ich Ihnen immer nur einen Teil der Glückseligkeit zurückerstatten könnte, die ich von Ihnen bekommen habe.
Warum müssen diese zauberhaften Pläne nur eine Chimäre meiner Phantasie sein, und muß mir die Wirklichkeit im Gegenteil nur schmerzliche, endlose Entbehrungen bieten? Sie hatten mir Hoffnung gemacht, daß ich Sie dort auf dem Lande würde sehen können; aber ich bemerke wohl, darauf muß ich verzichten. Ich habe als Trost nur noch die Überzeugung, daß es Ihnen tatsächlich nicht möglich ist. Und Sie unterlassen es, mir das zu sagen, sich mit mir darüber zu betrüben! Schon zweimal sind meine Klagen deswegen unbeantwortet geblieben. Ach, Cécile, Cécile! Ich glaube wohl, daß Sie mich mit aller Kraft Ihrer Seele lieben, aber Ihre Seele glüht nicht wie die meine! Warum steht es nicht mir zu, die Hindernisse zu beseitigen! Warum sind nicht meine Interessen zu schonen, sondern Ihre? Ich würde schon wissen, wie ich Ihnen beweise, daß der Liebe nichts unmöglich ist.
Sie berichten mir auch nicht, wann diese grausame Trennung enden soll. Hier würde ich Sie vielleicht wenigstens sehen. Ihre bezaubernden Blicke würden meine niedergeschlagene Seele wieder beleben; ihr rührender Ausdruck

würde mein Herz wieder beruhigen, das dessen manchmal bedarf. Verzeihung, meine Cécile; diese Furcht ist kein Verdacht. Ich glaube an Ihre Liebe, an Ihre Beständigkeit. Ach, ich wäre zu unglücklich, zweifelte ich daran. Aber so viele Hindernisse! Und immer wieder neue! Freundin, ich bin traurig, sehr traurig. Es scheint, die Abreise der Frau von Merteuil hat die Empfindung all meines Unglücks wieder in mir erweckt.

Adieu, meine Cécile, adieu, Vielgeliebte. Denken Sie daran, daß Ihr Geliebter sich betrübt und daß Sie allein ihm das Glück zurückschenken können.

Paris, den 17. Oktober 17**

Hundertundsiebzehnter Brief
Cécile Volanges an den Ritter Danceny
(Von Valmont diktiert)

Glauben Sie denn, guter Freund, daß ich, um traurig zu sein, Schelte nötig habe, während ich weiß, daß Sie sich betrüben? Und zweifeln Sie, daß ich ebensosehr wie Sie unter allen Ihren Schmerzen leide? Ich teile sogar die, die ich Ihnen freiwillig zufüge; und obendrein muß ich sehen, daß Sie mir keine Gerechtigkeit widerfahren lassen. Oh, das ist nicht recht! Ich sehe wohl, was Sie erzürnt, nämlich, daß ich die beiden letzten Male, wo Sie herzukommen verlangt haben, nicht darauf geantwortet habe; aber ist denn darauf so leicht eine Antwort zu geben? Glauben Sie, ich weiß nicht, daß das, was Sie wollen, sehr schlimm ist? Und dabei habe ich schon soviel Mühe, es Ihnen aus der Ferne abzuschlagen; wie wäre es also, wenn Sie da wären? Und dafür, daß ich Sie einen Augenblick habe trösten wollen, müßte ich dann mein Leben lang betrübt bleiben.

Da haben Sie's, ich habe vor Ihnen nichts zu verbergen. Das sind meine Gründe, urteilen Sie selbst. Ich hätte vielleicht getan, was Sie wollen, ohne das Dazwischenkommen dessen, was ich Ihnen berichtet habe, daß dieser Herr von Gercourt, der allen unsern Kummer verursacht, noch nicht so bald eintreffen wird; und da seit einiger Zeit Mama sich mir viel freundlicher zeigt und ich ihr so liebreich, wie ich kann, begegne – wer weiß, was ich von ihr werde erlangen können? Und wenn wir glücklich sein könnten, ohne daß ich mir etwas vorzuwerfen hätte, wäre das nicht viel besser? Wenn ich glauben darf, was mir oft gesagt worden ist, lieben die Männer ihre Frauen nicht einmal mehr so sehr, wenn sie sie, bevor sie es waren, zu sehr geliebt haben. Die Furcht davor hält mich noch mehr zurück als alles übrige. Freund, sind Sie nicht meines Herzens sicher, und ist es nicht immer noch Zeit?

Hören Sie zu, ich verspreche Ihnen, wenn ich das Unglück nicht vermeiden kann, Herrn von Gercourt zu heiraten, den ich schon, ehe ich ihn kenne, so sehr hasse, soll nichts mich mehr abhalten, Ihnen so sehr zu gehören, wie ich kann, und sogar vor allem andern. Da mir nur an Ihrer Liebe gelegen ist und Sie genau sehen werden, daß, wenn ich unrecht tue, es nicht meine Schuld ist, so ist das übrige mir ganz gleich – wenn nur Sie mir versprechen, daß Sie mich immer so sehr lieben wollen wie jetzt. Bis dahin aber, Freund, lassen Sie mich so fortfahren wie jetzt, und bitten Sie mich nicht wieder um eine Sache, die zu unterlassen ich gute Gründe habe und die Ihnen abzuschlagen mir doch leid tut.

Ich möchte auch wohl, daß Herr von Valmont Ihretwegen nicht so drängte; das nützt zu nichts, als mich noch mehr zu kränken. Oh, Sie haben da einen sehr guten Freund, ich versichere Sie ! Er macht alles, wie Sie es selbst machen würden. Aber leben Sie wohl, lieber Freund; ich habe sehr spät angefangen, Ihnen zu schreiben, und einen Teil der Nacht damit zugebracht. Ich will zu Bett gehen und die verlorene Zeit wieder einbringen. Ich küsse Sie, aber Sie dürfen mich nicht mehr schelten.

Aus Schloß . . ., den 18. Oktober 17**

Hundertundachtzehnter Brief

Der Ritter Danceny an die Marquise von Merteuil

Wenn ich meinem Kalender glauben soll, sind es, anbetungswürdige Freundin, erst zwei Tage, daß Sie fort sind; glaube ich aber meinem Herzen, sind es zwei Jahrhunderte. Nun habe ich von Ihnen selbst, daß man immer seinem Herzen glauben muß; es ist also hohe Zeit, daß Sie wiederkehren, und alle Ihre Geschäfte müssen mehr als beendet sein. Wie wollen Sie, daß ich mich für Ihren Prozeß interessiere, wenn, ob Sie ihn verlieren oder gewinnen, ich jedenfalls die Kosten zahlen muß mit dem Verdruß, Sie fern zu wissen? Oh, was ich für Lust habe, Streit anzufangen! Und wie es traurig ist, mit einem so schönen Anlaß zu übler Laune nicht das Recht zu haben, sie zu zeigen!

Ist es indessen nicht eine wahrhafte Untreue, ein schwarzer Verrat, daß Sie Ihren Freund fern von Ihnen allein lassen, nachdem Sie ihn so gewöhnt haben, daß er Ihre Gegenwart nicht mehr entbehren kann? Sie mögen immerhin Ihre Advokaten befragen, sie werden Ihnen keine Rechtfertigung ausfindig machen für dies üble Vorgehen; und dann bringen solche Leute nur Gründe vor, und Gründe genügen nicht als Antwort auf Gefühle.

Was mich betrifft, haben Sie mir so oft gesagt, Sie machten diese Reise aus Gründen der Vernunft, daß Sie mich mit der Vernunft ganz und gar verfeindet haben. Ich will sie überhaupt nicht mehr anhören, nicht einmal, wenn sie mir rät, Sie zu vergessen. Und doch ist das sehr vernünftig, und im Grunde wäre es nicht so schwer, als Sie glauben könnten. Es würde schon genügen, wenn man die Gewohnheit verlöre, immer an Sie zu denken; und hier würde nichts, ich versichere Sie, mir Sie ins Gedächtnis rufen.

Unsere hübschesten Frauen, die, die man für die liebenswürdigsten ausgibt, sind Ihnen noch so fern, daß sie von Ihnen nur eine ganz schwache Vorstellung geben könnten. Ich glaube sogar, wer geübte Augen hat, je mehr der anfangs geglaubt hat, daß sie Ihnen glichen, desto größer findet er nachher den Unterschied. Sie mögen es anstellen, wie sie wollen, alles dranwenden, was sie können, es fehlt ihnen immer noch, daß sie Sie sind, und ausdrücklich darin liegt der Zauber. Leider baut man, wenn die Tage so lang und man unbeschäftigt ist, Luftschlösser, man erschafft sich eine Chimäre; nach und nach versteigt sich die Phantasie; man will sein Werk verschönen, trägt alles zusammen, was gefallen kann, bringt es endlich bis zur Vollendung; und sobald man dort angelangt ist, ruft einem das Bildnis wieder das Modell ins Gedächtnis, und man merkt ganz erstaunt, daß man nichts getan hat, als Ihrer gedacht.

Selbst in diesem Augenblick bin ich wieder der Narr eines ziemlich gleichen Irrtums. Sie glauben vielleicht, um mich mit Ihnen zu beschäftigen, habe ich mich hingesetzt und Ihnen geschrieben: keineswegs; sondern, um mich von Ihnen abzulenken. Ich hatte Ihnen hundert Dinge zu sagen, deren Gegenstand nicht Sie sind und die, wie Sie wissen, mich sehr lebhaft interessieren; und doch bin ich eben von diesen abgelenkt. Seit wann lenkt denn der Zauber der Freundschaft von dem der Liebe ab? Ach, wenn ich ganz genau zusähe, vielleicht hätte ich mir einen leisen Vorwurf zu machen! Aber still! Den leichten Fehler wollen wir vergessen, sonst könnten wir wieder in ihn verfallen; und nicht einmal meine Freundin soll ihn erfahren.

Warum sind Sie auch nicht da, um mir zu antworten, um mich zurückzuführen, wenn ich mich verirre, um mir von meiner Cécile zu sprechen, um, womöglich, das Glück, das es mir bereitet, sie zu lieben, noch zu erhöhen durch den so süßen Gedanken, daß die, die ich liebe, Ihre Freundin ist. Ja, ich gestehe es, die Liebe, die sie mir eingibt, ist mir noch wertvoller geworden, seit Sie gütigst das vertrauliche Geständnis davon entgegengenommen haben. Ich öffne Ihnen so gern mein Herz, beschäftige das Ihrige so gern mit meinen Gefühlen, lege sie rückhaltlos darin nieder! Mir scheint, sie werden mir teuer, in dem Maße, als Sie sie bei sich aufzunehmen geruhen; und dann sehe ich Sie an und sage mir: ›In ihr ist all mein Glück beschlossen.‹

Über meine Lage habe ich Ihnen nichts Neues zu berichten. Der letzte Brief von ›ihr‹ vermehrt meine Hoffnung und macht sie gewisser, schiebt sie aber hinaus. Indessen sind ihre Beweggründe so zärtlich und so ehrbar, daß ich deswegen sie nicht tadeln und mich nicht beklagen kann. Vielleicht verstehen Sie nicht besonders gut, was ich Ihnen da sage; aber warum sind Sie nicht hier? Obwohl man einer Freundin alles sagt, zu schreiben wagt man nicht alles. Die Geheimnisse der Liebe zumal sind so zart, daß man sie nicht so auf Treu und Glauben hinauslassen kann. Wenn man es einmal tut, darf man sie wenigstens nicht aus dem Gesicht verlieren; man muß sie ihren neuen Zufluchtsort gewissermaßen betreten sehen! Ach! Kehren Sie doch wieder, anbetungswürdige Freundin; Sie sehen doch, Ihre Rückkehr ist vonnöten. Vergessen Sie endlich die ›tausend Gründe‹, die Sie festhalten, wo Sie sind, oder lehren Sie mich leben, wo Sie nicht sind.

Ich habe die Ehre zu sein usw.

Paris, den 19. Oktober 17**

Hundertundneunzehnter Brief
Frau von Rosemonde an die Präsidentin von Tourvel

Obwohl ich noch arge Schmerzen habe, meine liebe Schöne, versuche ich Ihnen selbst zu schreiben, damit ich Ihnen von dem sprechen kann, was Sie interessiert. Mein Neffe hat noch immer seine Menschenscheu. Er läßt sich sehr regelmäßig alle Tage nach mir erkundigen, aber nicht einmal hat er persönlich nachgefragt, obwohl ich ihn darum habe bitten lassen, dergestalt, daß ich ihn ebensowenig zu sehen bekäme, als wäre er in Paris. Ich bin ihm jedoch heute morgen dort begegnet, wo ich ihn kaum erwartete, nämlich in meiner Kapelle. Ich kam seit meiner schmerzhaften Unpäßlichkeit zum ersten Male wieder hinunter. Heute habe ich er-

fahren, daß er dort seit vier Tagen regelmäßig Messe hört. Wollte Gott, daß das anhält!
Wie ich eintrat, ist er mir entgegengekommen und hat mich höchst liebreich zu der Besserung meines Befindens beglückwünscht. Da die Messe anfing, habe ich das Gespräch abgekürzt und rechnete bestimmt darauf, es nachher wieder aufzunehmen; er ist aber verschwunden, bevor ich ihn einholen konnte. Ich will Ihnen nicht verhehlen, daß ich sein Aussehen etwas verändert gefunden habe. Aber, liebe Schöne, lassen Sie mich durch allzu lebhafte Besorgnisse das Vertrauen nicht bereuen, das ich in Ihre Vernunft setze; und vor allem seien Sie gewiß, daß ich Sie immer noch lieber betrüben als Sie täuschen würde.
Wenn mein Neffe mich noch lange so strenge behandelt, greife ich, sobald es mir besser geht, zu dem Mittel, ihn in seinem Zimmer aufzusuchen, und trachte dann hinter die Ursache dieser sonderbaren Sucht zu kommen, wobei Sie, glaube ich wohl, eine Rolle spielen. Ich werde Ihnen berichten, was ich erfahren habe. Jetzt kann ich die Finger nicht mehr bewegen und verlasse Sie; und dann, wenn Adélaïde wüßte, daß ich geschrieben habe, würde sie mich den ganzen Abend schelten. Adieu, liebe Schöne.

Aus Schloß . . ., den 20. Oktober 17**

Hundertzwanzigster Brief

Der Vicomte von Valmont an den Pater Anselm
(Feuillantiner im Kloster der Rue Saint-Honoré)

Ich habe nicht die Ehre, Ihnen bekannt zu sein, mein Herr; aber ich weiß von dem vollen Vertrauen, das die Frau Präsidentin von Tourvel in Sie setzt, und weiß ferner, wie würdig dieses Vertrauen angebracht ist. Ich glaube also, ich darf mich ohne Zudringlichkeit an Sie wenden, um einen ganz wesentlichen Dienst von Ihnen zu erlangen; einen Ihres heiligen Amtes wahrhaft würdigen, wobei das Interesse der Frau von Tourvel sich mit meinem verbindet.

In meinen Händen befinden sich wichtige Papiere, die sie betreffen, die niemand anvertraut werden können und die ich nur in ihre Hände zurücklegen darf und will. Ich habe kein Mittel, sie davon in Kenntnis zu setzen, weil Gründe, die Sie vielleicht von ihr erfahren haben, aber die mitzuteilen mir, glaube ich, nicht gestattet ist, sie bewogen haben, jeden Briefwechsel mit mir abzulehenen – was ich, heute gestehe ich's gern, nicht tadeln kann; denn sie konnte Ereignisse nicht voraussehen, auf die ich selbst nicht im entferntesten gefaßt war und die nur der mehr als menschlichen Macht möglich waren, die man darin zu erkennen genötigt ist.
Ich bitte Sie also, mein Herr, sie gütigst von meinen neuen Entschlüssen zu unterrichten und sie für mich um eine Privatunterredung zu bitten. Ich möchte darin wenigstens zum Teil mein Unrecht wieder gutmachen durch meine Entschuldigungen und, als letztes Opfer, vor ihren Augen die einzigen vorhandenen Spuren eines Irrtums oder Vergehens vernichten, dessen ich mich gegen sie schuldig gemacht habe.
Erst nach dieser vorläufigen Sühne werde ich es wagen, das demütige Geständnis meiner langen Verirrungen zu Ihren Füßen niederzulegen und Ihre Vermittlung anzurufen für eine noch sehr viel wichtigere und leider auch schwierigere Versöhnung. Darf ich hoffen, mein Herr, daß Sie es nicht ablehnen werden, mir eine so nötige und so kostbare Sorge angedeihen zu lassen? Daß Sie geruhen werden, meine Schwäche zu stützen und meine Schritte zu lenken auf einem neuen Pfad, dem zu folgen ich aufs heißeste wünsche, den ich aber, wie ich mit Erröten gestehe, noch nicht kenne?
Ich erwarte Ihre Antwort mit der Ungeduld der Reue, die gutzumachen wünscht, und bin, glauben Sie's mir bitte, mit ebensoviel Dankbarkeit als Verehrung.

Ihr ganz ergebener usw.

Nachschrift: Ich ermächtige Sie, mein Herr, im Falle Sie es für passend halten, diesen Brief vollständig der Frau von

Tourvel mitzuteilen, die ich mein Leben lang pflichtgemäß achten werde und in der ich nie aufhören werde, die zu ehren, deren der Himmel sich bedient hat, um, durch das rührende Schauspiel ihrer Tugend, auch meine Seele zurück zur Tugend zu lenken.

Aus Schloß ..., den 22. Oktober 17**

Hunderteinundzwanzigster Brief
Die Marquise von Merteuil an den Ritter Danceny

Ich habe Ihren Brief bekommen, mein allzu junger Freund; aber ehe ich Ihnen danke, muß ich Sie schelten, und ich sage Ihnen vorher, wenn Sie sich nicht bessern, bekommen Sie von mir keine Antwort mehr. Legen Sie doch, wenn Sie mir folgen wollen, den Schmeichelton ab, der nur noch Geschwätz ist, wenn er nicht Liebe ausdrückt. Ist denn das der Stil der Freundschaft? Nein, Freund, jedes Gefühl hat die Ausdrucksweise, die ihm zukommt, und sich einer andern bedienen heißt den Gedanken, den man äußert, maskieren. Ich weiß wohl, unsere kleinen Frauen verstehen nichts von dem, was man ihnen etwa sagt, wenn es nicht gewissermaßen in dieses übliche Rotwelsch übersetzt ist; ich aber glaube, ich gestehe es, zu verdienen, daß Sie mich von ihnen unterscheiden. Ich bin wirklich erzürnt und vielleicht mehr, als ich es sein sollte, daß Sie mich so falsch beurteilt haben.
Sie werden also in meinem Brief nur das finden, was dem Ihrigen abgeht: Freimut und Schlichtheit. Drum sage ich Ihnen einfach, daß es mir viel Vergnügen machen würde, Sie zu sehen, und daß es mich ärgert, nur langweilige Leute bei mir zu haben, statt Leute, die mir gefallen; Sie aber übersetzen diesen selben Satz so: ›Lehren Sie mich zu leben, wo Sie nicht sind‹; dergestalt, daß, wenn Sie, will ich annehmen, bei Ihrer Geliebten sind, Sie dort nicht leben können, außer ich bin als Dritte dabei. Wie jammervoll! Und die Frauen, ›denen doch immer fehlt, daß sie ich wären‹, vielleicht finden Sie auch, daß Ihrer Cécile das fehlt! Da-

hin aber führt eine Ausdrucksweise, die infolge des Mißbrauchs, den man heute damit treibt, noch unter dem Komplimentengeschwätz steht und einfach zu Formeln wird, an die man ebensowenig glaubt wie an den ganz ergebenen Diener!

Lieber Freund, wenn Sie schreiben, tun Sie's, um mir zu sagen, wie Sie denken und fühlen, und nicht, um mir schöne Sätze zu schicken, die ich ohne Sie, mehr oder weniger gut gesagt, im ersten besten Roman vom Tage finden kann. Ich hoffe, Sie nehmen, was ich Ihnen da sage, nicht übel, selbst wenn Sie etwas Verstimmung darin sehen sollten; denn ich leugne nicht, etwas verstimmt zu sein. Um aber sogar den Schein des Fehlers zu vermeiden, den ich Ihnen vorwerfe, werde ich Ihnen nicht sagen, daß diese Verstimmung vielleicht ein wenig erhöht wird durch die Trennung von Ihnen. Alles in allem scheint mir, Sie sind mehr wert als ein Prozeß und zwei Advokaten, vielleicht sogar auch als der ›Verehrer‹ Belleroche.

Sie sehen, anstatt sich über meine Abwesenheit zu betrüben, sollten Sie sich Glück dazu wünschen, denn nie habe ich Ihnen ein so schönes Kompliment gemacht. Ich glaube, das Beispiel steckt mich an, und ich will Ihnen auch Schmeicheleien sagen; doch nein, ich bleibe lieber bei meiner Offenheit. Sie allein also versichert Sie meiner zärtlichen Freundschaft und der Teilnahme, die sie mir eingibt. Es ist ein sehr sanftes Gefühl, einen jungen Freund zu haben, dessen Herz anderweitig beschäftigt ist. Das ist nicht das System jeder Frau, aber meines ist es. Man gibt sich, scheint mir, mit mehr Vergnügen einem Gefühl hin, von dem man nichts zu fürchten hat. Drum bin ich für Sie auch, ziemlich frühzeitig vielleicht, zur Rolle einer Vertrauten übergegangen. Aber Sie suchen sich so junge Geliebte aus, daß Sie mich zum ersten Mal daran erinnert haben, daß ich anfange zu altern! Das ist wohlgetan, daß Sie so sich eine lange Laufbahn der Beständigkeit zurichten, und ich wünsche Ihnen von ganzem Herzen, daß diese gegenseitig sein möge.

Sie haben recht, daß Sie den ›zärtlichen und ehrbaren Beweggründen‹ nachgeben, die, wie Sie mir berichten, ›Ihr Glück hinausschieben‹. Die lange Verteidigung ist das einzige Verdienst derer, die nicht immer widerstehen; und was ich bei jeder andern als bei einem Kinde wie der kleinen Volanges unverzeihlich fände, wäre, wenn sie eine Gefahr nicht zu fliehen verstünde, vor der sie durch das eigene Geständnis ihrer Liebe hinlänglich gewarnt wurde. Ihr Männer habt keine Vorstellung, was Tugend ist und was es kostet, sie zu opfern! Wenn aber eine Frau nur etwas nachdenkt, muß sie wissen, daß unabhängig von dem Fehltritt, den sie begeht, eine Schwäche für sie das größte Unglück ist; und ich fasse nicht, daß irgendeine je darauf hereinfällt, wenn sie nur einen Augenblick zum Überlegen hat.

Bestreiten Sie das nur nicht, denn dieser Gedanke fesselt mich hauptsächlich an Sie. Sie werden mich vor den Gefahren der Liebe retten; und obwohl ich mich auch ohne Sie bisher sehr gut gegen sie verteidigt habe, bewillige ich Ihnen Dankbarkeit dafür und werde Sie dafür mehr und besser liebhaben.

Daraufhin, mein lieber Ritter, bitte ich Gott, daß er Sie in seinen heiligen Schutz nehme.

Aus Schloß . . ., den 22. Oktober 17**

Hundertzweiundzwanzigster Brief
Frau von Rosemonde an die Präsidentin von Tourvel

Ich hoffte, meine liebenswürdige Tochter, ich würde Ihre Besorgnisse endlich beschwichtigen können; und nun sehe ich im Gegenteil zu meinem Kummer, daß ich sie noch vermehren werde. Beruhigen Sie sich indessen: mein Neffe ist nicht in Gefahr; man kann nicht einmal sagen, daß er wirklich krank ist. Aber sicher geht in ihm etwas Außerordentliches vor. Ich werde daraus nicht klug; aber ich habe sein Zimmer mit einem Gefühl der Traurigkeit, vielleicht sogar des

Schreckens verlassen. Ich werfe mir es vor, daß ich es Ihnen mitteile, und kann es mir doch nicht versagen, mit Ihnen davon zu sprechen. Hier ist der Bericht dessen, was geschehen ist. Sie können sicher sein, daß es ein treuer Bericht ist, denn sollte ich auch nochmals achtzig Jahre leben, würde ich den Eindruck nicht vergessen, den mir diese traurige Szene gemacht hat.

Ich bin also heute morgen zu meinem Neffen gegangen, habe ihn beim Schreiben getroffen und umgeben von verschiedenen Haufen Papier, die aussahen, als seien sie der Gegenstand seiner Arbeit. Er war dermaßen darin vertieft, daß ich schon mitten im Zimmer stand und er noch nicht den Kopf gewendet hatte, um zu sehen, wer einträte. Sobald er mich wahrnahm, strengte er sich beim Aufstehen, ich bemerkte das sehr wohl, an, seinen Gesichtsausdruck zu beherrschen, und vielleicht erregte eben das meine lebhaftere Aufmerksamkeit. Er war allerdings nicht in Toilette und ungepudert; aber ich fand ihn bleich und abgezehrt und vor allem seine Miene bestürzt. Sein Blick, den wir so lebhaft und fröhlich gesehen haben, war traurig und niedergeschlagen; kurz, unter uns gesagt, ich hätte nicht gewollt, daß Sie ihn so sähen, denn sein Aussehen war ganz rührend und sehr geeignet, glaube ich, dies zärtliche Mitleid einzuflößen, das eines der gefährlichen Netze der Liebe ist.

Obwohl ich von meinen Wahrnehmungen betroffen war, leitete ich das Gespräch ein, als hätte ich nichts bemerkt. Zuerst sprach ich zu ihm von seiner Gesundheit, und ohne sie als gut hinzustellen, erklärte er sie doch nicht ausdrücklich für schlecht. Darauf beschwerte ich mich über seine Gesellschaftsflucht, die ein wenig nach Manie aussähe, und trachtete meinen kleinen Verweis mit etwas Fröhlichkeit zu mischen; er aber antwortete nur, und zwar in durchdrungenem Ton: »Das ist ein weiteres Unrecht, ich gestehe es; aber es soll gutgemacht werden mit den anderen.« Seine Miene, mehr noch seine Reden brachten meine Munterkeit etwas aus der Fassung, und ich sagte ihm rasch, er lege

einem bloß freundschaftlichen Vorwurf zuviel Wichtigkeit bei.
Wir machten uns also wieder an ein ruhiges Gespräch. Kurz darauf sagte er, vielleicht werde eine Angelegenheit, ›die wichtigste Angelegenheit seines Lebens‹, ihn bald zurück nach Paris rufen; da ich sie aber zu erraten fürchtete, liebe Schöne, und auch fürchtete, dieser Anfang möchte zu einer vertraulichen Aussprache führen, die ich nicht wollte, richtete ich keine Frage an ihn, sondern begnügte mich mit der Antwort, mehr Zerstreuung werde seiner Gesundheit nützlich sein. Ich fügte hinzu, diesmal werde ich ihn nicht zum Bleiben drängen, da ich meine Freunde um ihrer selbst willen liebe. Bei diesen so einfachen Worten drückte er mir die Hände und sagte mit einer Heftigkeit, die ich Ihnen nicht wiedergeben kann: »Ja, Tante, haben Sie mich lieb, haben Sie einen Neffen nur recht lieb, der Sie achtet und zärtlich verehrt; und, wie Sie sagen, lieben Sie ihn um seiner selbst willen! Betrüben Sie sich nicht über sein Glück und stören Sie mit keinem Bedauern die ewige Ruhe, die er bald zu genießen hofft. Sagen Sie mir noch einmal, daß Sie mich liebhaben, daß Sie mir verzeihen wollen. Ja, Sie werden mir verzeihen, ich kenne Ihre Güte; wie aber kann ich dieselbe Nachsicht von denen erhoffen, die ich so sehr beleidigt habe?« Darauf beugte er sich über mich, um mir, glaube ich, die Schmerzensspuren zu verhehlen, die der Klang seiner Stimme mir gegen seinen Willen verriet.
Tiefer bewegt, als ich es Ihnen sagen kann, stand ich eilends auf; und zweifellos bemerkte er meinen Schrecken, denn auf der Stelle bezwang er seinen Gesichtsausdruck und begann wieder: »Verzeihung, gnädige Frau, ich fühle, ich verwirre mich, ich kann nicht dagegen. Vergessen Sie bitte, was ich gesagt habe, und erinnern Sie sich nur meiner tiefen Achtung. Ich werde nicht verfehlen,« setzte er hinzu, »Sie ihrer vor meiner Abreise nochmals zu versichern.« Es schien mir, daß diese letzten Worte mich zur Beendigung meines Besuches einluden; und wirklich ging ich.

Je mehr ich aber darüber nachdenke, desto weniger bekomme ich heraus, was er hat sagen wollen. Was ist das für eine Angelegenheit, ›die wichtigste seines Lebens‹? Mit Hinsicht worauf bittet er mich um Verzeihung? Wie kommt er zu der unfreiwilligen Rührung, während er mit mir spricht? Ich habe mich das schon tausendmal gefragt, finde aber keine Antwort. Ich sehe darin sogar gar nichts, was sich auf Sie bezöge. Indessen, da die Augen der Liebe klarsichtiger sind als die der Freundschaft, habe ich Sie nicht in Unkenntnis lassen wollen über das, was zwischen meinem Neffen und mir vor sich gegangen ist.
Ich habe viermal wieder angesetzt, um diesen langen Brief zu schreiben, und er würde noch länger werden, wäre ich nicht so müde. Adieu, liebe Schöne.

Aus Schloß . . ., den 25. Oktober 17**

Hundertdreiundzwanzigster Brief
Der Pater Anselm an den Vicomte von Valmont

Ich habe, Herr Vicomte, den Brief erhalten, mit dem Sie mich beehrt haben, und gleich gestern habe ich mich, Ihrem Wunsche gemäß, zu der fraglichen Persönlichkeit begeben. Ich habe ihr Gegenstand und Gründe des Schrittes auseinandergesetzt, den Sie bei ihr unternehmen zu dürfen bäten. So fest ich sie in dem früher gefaßten, weisen Entschluß fand – auf meine Vorstellung, sie laufe möglichenfalls Gefahr, durch ihre Weigerung Ihrer glücklichen Umkehr hinderlich zu sein und sich so gewissermaßen den barmherzigen Absichten der Vorsehung zu widersetzen, hat sie sich bereit erklärt, Ihren Besuch zu empfangen, unter der Bedingung jedoch, daß es der letzte ist, und hat mich beauftragt, Ihnen anzuzeigen, daß sie nächsten Donnerstag, den 28., zu Hause sein wird. Sollte der Tag Ihnen nicht passen, setzen Sie sie freundlichst davon in Kenntnis und geben ihr einen andern an. Ihr Brief wird angenommen werden.
Indessen, Herr Vicomte, erlauben Sie mir, Sie dazu aufzu-

fordern, schieben Sie es nicht ohne starke Gründe hinaus, damit Sie sich eher und völliger dem löblichen Vorhaben hingeben können, das Sie bekunden. Bedenken Sie, daß der, der zögert, den Augenblick der Gnade zu benutzen, sich der Gefahr aussetzt, daß sie ihm wieder entzogen wird; daß, wenn die göttliche Güte unendlich ist, ihre Verwendung doch durch Gerechtigkeit geregelt wird und daß ein Augenblick kommen kann, da der barmherzige Gott sich in einen Rachegott verwandelt.

Wenn Sie mich auch ferner mit Ihrem Vertrauen beehren, bitte ich Sie zu glauben, daß alle meine Bemühungen Ihnen gehören, sobald Sie es wünschen. Sosehr ich auch beschäftigt sein mag, meine wichtigsten Angelegenheiten würden stets die Pflichten des heiligen Amtes sein, dem ich mich besonders geweiht habe, und der schönste Augenblick meines Lebens der, wo ich meine Bestrebungen gedeihen sehen werde durch den Segen des Allmächtigen. Wir schwachen Sünder, wir können nichts aus uns selbst! Gott aber, der Sie zu sich zurückruft, kann alles; und seiner Güte schulden Sie den ständigen Wunsch, sich wieder mit ihm zu verbinden, und ebenso schulde ich ihr die Mittel, Sie zu ihm zu führen. Mit seiner Hilfe auch hoffe ich Sie bald zu überzeugen, daß allein die heilige Religion, selbst in dieser Welt, das gediegene, dauerhafte Glück geben kann, das man in der Verblendung der menschlichen Leidenschaften vergebens sucht.

Ich habe, mit größter Achtung, die Ehre zu sein usw.

Paris, den 25. Oktober 17**

Hundertvierundzwanzigster Brief

Die Präsidentin von Tourvel an Frau von Rosemonde

Inmitten des Erstaunens, gnädige Frau, in das mich das gestern Erfahrene gestürzt hat, vergesse ich nicht die Genugtuung, die es Ihnen bereiten muß, und beeile mich, es Ihnen mitzuteilen. Herr von Valmont beschäftigt sich nicht mehr

mit mir, auch nicht mehr mit seiner Liebe und will nur noch durch ein erbaulicheres Leben die Fehler oder vielmehr die Irrtümer seiner Jugend gutmachen. Ich bin von diesem großen Ereignis durch den Pater Anselm in Kenntnis gesetzt worden, an den er sich gewendet hat, damit der Pater ihn künftig lenke und ihm auch eine Zusammenkunft mit mir verschaffe. Der Hauptzweck dieser Zusammenkunft wird wohl sein, daß er mir meine Briefe zurückgibt, die er, trotz meiner gegenteiligen Bitten, bisher behalten hatte.
Ich kann diesen glücklichen Wechsel zweifellos nur beifällig aufnehmen und mich beglückwünschen, wenn ich, wie er sagt, in etwa dazu habe beitragen können. Aber warum mußte ich dazu das Werkzeug sein, und warum mußte mich das die Ruhe meines Lebens kosten? Konnte Herrn von Valmonts Glück immer nur vermittels meines Unheils zustande kommen? Oh, meine nachsichtige Freundin, verzeihen Sie mir diese Klage! Ich weiß, es kommt mir nicht zu, Gottes Beschlüsse zu erforschen; aber indes ich ihn unablässig und stets vergebens um die Kraft bitte, meine unselige Liebe zu besiegen, gibt er sie überreichlich dem, der ihn nicht darum bat, und läßt mich hilflos und ganz meiner Schwäche ausgeliefert.
Aber ich will dies sündhafte Murren unterdrücken. Weiß ich nicht, daß der verlorene Sohn bei seiner Rückkehr mehr Gnaden von seinem Vater erhielt als der Sohn, der nie davongegangen war? Wie können wir Rechenschaft fordern von dem, der uns nichts schuldet? Und wäre es auch möglich, daß wir einige Rechte bei ihm hätten, welches wären wohl die meinigen? Soll ich mich einer Ehrbarkeit rühmen, die ich schon nur noch Valmont verdanke? Er hat mich gerettet, und ich sollte mich beklagen dürfen, da ich für ihn leide? Nein: meine Leiden werden mir lieb sein, wenn sein Glück ihr Lohn ist. Gewiß war's nötig, daß er seinerseits zum gemeinsamen Vater zurückkehrte. Der Gott, der ihn gebildet hat, muß sein Werk zärtlich lieben. Er hatte dies bezaubernde Wesen nicht geschaffen, um nur einen Verwor-

fenen daraus zu machen. An mir ist's, die Strafe für meine Kühnheit und Unvorsichtigkeit zu tragen. Da es mir verboten war, ihn zu lieben, mußte ich nicht fühlen, daß ich auch seinen Anblick mir nicht gestatten durfte?
Meine Schuld oder mein Unglück ist, daß ich mich dieser Wahrheit zu lange verschlossen habe. Sie sind Zeugin, liebe, würdige Freundin, daß ich mich dem Opfer unterzogen habe, sobald ich seine Notwendigkeit erkannt habe; damit es aber vollständig sei, fehlte noch, daß Herr von Valmont an diesem Opfer nicht teilnehme. Soll ich Ihnen gestehen, daß dieser Gedanke mich jetzt am meisten quält? Unerträglicher Stolz, der uns unsere Leiden versüßt durch die, die wir zufügen! Oh, ich werde dies aufrührerische Herz besiegen, ich werde es an Demütigungen gewöhnen!
Hauptsächlich um dies zu erreichen, habe ich schließlich eingewilligt, am nächsten Donnerstag den peinlichen Besuch des Herrn von Valmont zu empfangen. Da werde ich dann selber sagen hören, daß ich ihm nichts mehr bin, daß der schwache, vorübergehende Eindruck, den ich auf ihn gemacht hatte, völlig verwischt ist! Ich werde seine Blicke sich auf mich richten fühlen, ohne Erregung, während ich aus Furcht, die meinige zu verraten, die Augen niederschlagen werde. Dieselben Briefe, die er meinen wiederholten Bitten so lange verweigerte, ich werde sie nun von einem gleichgültig Gesinnten entgegennehmen! Er wird sie mir übergeben wie unnütze Dinge, die ihn nichts mehr angehen; und meine zitternden Hände werden beim Empfang des schambringenden Gutes fühlen, daß es ihnen von einer festen, ruhigen Hand übergeben wird! Endlich werde ich ihn davongehen sehen – davongehen auf immer, und meine Blicke, die ihm folgen werden, werden die seinigen sich nicht nach mir umwenden sehen!
Und so vieler Demütigung war ich vorbehalten! Ach, möchte ich wenigstens Nutzen aus ihr ziehen und mich mit dem Gefühl meiner Schwäche durchdringen! ... Ja, diese Briefe, an denen ihm nichts mehr liegt, die werde ich sorg-

fältig aufbewahren. Ich werde mir die Beschämung auferlegen, sie jeden Tag wieder durchzulesen, bis meine Tränen die letzten Spuren von ihnen verwischt haben; und die seinigen, die werde ich verbrennen als infiziert von dem gefährlichen Gift, das meine Seele durchseucht hat. Oh, was ist denn Liebe, wenn sie uns mit Sehnsucht erfüllt noch nach den Gefahren, denen sie uns aussetzt! Und besonders, wenn man sie selbst dann noch zu fürchten hat, wenn man sie nicht mehr eingibt! Ich will sie fliehen, diese unheilvolle Leidenschaft, die nur zwischen Schande und Unglück die Wahl läßt und sie oft genug sogar beide vereint; – und an die Stelle der Tugend soll wenigstens Klugheit treten.

Wie dieser Donnerstag noch fern ist! Daß ich nicht im Augenblick das schmerzliche Opfer vollenden und auf einmal seine Ursache und seinen Gegenstand vergessen kann! Dieser Besuch ist mir lästig; ich bereue es, mein Versprechen gegeben zu haben. Wozu braucht er mich denn nochmals zu sehen? Was sind wir jetzt einander? Wenn er mich beleidigt hat: ich verzeihe ihm. Ich wünsche ihm sogar Glück dazu, daß er seine Fehler wiedergutmachen will; ich lobe ihn deswegen. Ich will noch mehr tun: ich will ihm nachahmen; und wie dieselben Irrtümer mich verleitet haben, soll auch sein Beispiel mich wieder auf den rechten Weg führen. Aber wenn seine Absicht darin besteht, mich zu fliehen, warum fängt er damit an, daß er mich aufsucht? Was jeder von uns am dringlichsten zu tun hat, ist es nicht, den andern zu vergessen? Ach, gewiß, und das wird von nun an meine einzige Sorge sein.

Wenn Sie es erlauben, liebenswürdige Freundin, will ich mich dieser schwierigen Aufgabe bei Ihnen hingeben. Wenn ich Hilfe, vielleicht gar Trost gebrauche, ich will ihn nur von Ihnen empfangen. Sie allein verstehen mich und sprechen zu meinem Herzen. Ihre wertvolle Freundschaft soll mein ganzes Dasein ausfüllen. Nichts soll mir zu schwer erscheinen, um die Mühe zu unterstützen, die Sie sich gütigst geben werden. Ich werde Ihnen meine Ruhe, mein Glück,

meine Tugend verdanken; und die Frucht Ihrer Güte gegen mich wird sein, daß Sie mich ihrer würdig gemacht haben.
Ich bin, glaube ich, in diesem Brief weit abgeschweift; wenigstens entnehme ich dies der Verwirrung, in der ich mich während des Schreibens fortwährend befunden habe. Sollten sich Gefühle darin finden, über die ich zu erröten hätte, decken Sie sie zu mit Ihrer nachsichtigen Freundschaft, ich verlasse mich ganz auf Sie. Ihnen will ich keine meiner Herzensregungen verheimlichen.
Gott befohlen, verehrungswürdige Freundin. Ich hoffe, in wenigen Tagen kann ich Ihnen den Tag meiner Ankunft bestimmen.

Paris, den 25. Oktober 17**

Hundertfünfundzwanzigster Brief
Der Vicomte von Valmont an die Marquise von Merteuil

So ist sie denn besiegt, die hochmütige Frau, die zu glauben gewagt hatte, sie würde mir widerstehen können! Ja, Freundin, sie gehört mir, ganz mir, und seit gestern hat sie mir nichts mehr zu gewähren.
Ich bin von meinem Glück noch zu voll, um es bewerten zu können; aber ich erstaune über den unbekannten Reiz, den ich empfunden habe. Sollte es denn wahr sein, daß Tugend den Wert einer Frau sogar noch im Augenblick ihrer Schwäche erhöht? Aber verweisen wir diesen kindischen Gedanken zu den Ammenmärchen. Begegnet man nicht fast überall beim ersten Siege einem mehr oder weniger gut erheuchelten Widerstand? Und habe ich irgendwo den Reiz gefunden, von dem ich spreche? Der der Liebe ist es aber doch auch nicht; denn schließlich, wenn ich bei dieser erstaunlichen Frau manchmal Augenblicke der Schwäche gehabt habe, die dieser kleinmütigen Leidenschaft ähnlich sahen, habe ich sie stets zu besiegen und zu meinen Grundsätzen zurückzukehren verstanden. Wenn auch der gestrige Auftritt mich, wie ich glaube, etwas weiter fortgerissen haben sollte, als

ich beabsichtigte, wenn ich einen Augenblick lang die Verwirrung und die Trunkenheit, die ich erregte, geteilt haben sollte, wäre dieser vorübergehende Selbstbetrug jetzt doch zerstreut; und dennoch besteht derselbe Reiz fort. Ich würde sogar, ich gestehe es, ein ziemliches Vergnügen darin finden, wenn ich mich ihm überließe; nur daß er mir einige Unruhe verursacht. Soll ich mich denn in meinen Jahren, wie ein Schüler, von einem unfreiwilligen, unbekannten Gefühl meistern lassen? Nein; vor allem muß ich es bekämpfen und ihm auf den Grund kommen.

Übrigens habe ich vielleicht den Grund schon durchschimmern sehen! Wenigstens gefalle ich mir in dem Gedanken und möchte, daß er wahr wäre.

In der Menge der Frauen, bei denen ich bis heute Rolle und Funktionen eines Liebhabers gehabt habe, war ich noch keiner begegnet, die wenigstens ebensoviel Lust, sich zu ergeben, gehabt hätte, als ich, sie dazu zu bestimmen. Ich hatte mich sogar gewöhnt, die spröde zu nennen, die nur den halben Weg machten, im Gegensatz zu so vielen anderen, deren herausfordernde Abwehr immer nur unvollkommen verdeckt, daß die erste Anregung von ihnen ausgegangen ist.

Hier habe ich im Gegenteil von vornherein eine ungünstige Meinung gefunden, die sich seither auf die Ratschläge und Zuträgereien einer gehässigen, doch scharfsinnigen Frau gründete; eine natürliche, äußerst entwickelte Schüchternheit, bestärkt durch eine wohlunterrichtete Schamhaftigkeit; einen Tugendeifer, den die Religion lenkte und der schon zwei siegreiche Jahre hinter sich hatte; endlich höchst tatkräftige Schritte, von diesen verschiedenen Beweggründen eingegeben und alle mit dem einzigen Zweck, sich meinen Verfolgungen zu entziehen.

Es ist also nicht, wie bei meinen übrigen Abenteuern, bloß eine mehr oder weniger günstige Kapitulation, die man wohl benutzt, aber auf die man schwerlich stolz ist; es ist ein vollständiger Sieg, erkauft durch einen mühsamen Feldzug und entschieden durch weise Manöver. Es ist also nicht

überraschend, daß dieser Erfolg, den ich mir allein zu verdanken habe, dadurch für mich im Wert steigt; und der Überschuß an Vergnügen, den ich während meines Triumphs empfand und den ich noch verspüre, ist nur die Süßigkeit des Ruhmbewußtseins. Ich habe eine Vorliebe für diesen Gesichtspunkt, der mich vor der Demütigung bewahrt, denken zu müssen, ich könnte in irgendeiner Weise von der Sklavin selbst abhängen, die ich mir unterworfen habe; daß ich nicht in mir selbst die Fülle meines Glücks habe und daß die Fähigkeit, es mich in seiner ganzen Kraft genießen zu lassen, der oder der Frau, unter Ausschluß jeder andern, vorbehalten wäre.
Diese vernünftigen Erwägungen werden bei dieser wichtigen Gelegenheit mein Verhalten regeln; und Sie können sicher sein, ich werde mich nicht dermaßen anketten lassen, daß ich diese neuen Bande nicht jeden Augenblick zerbrechen könnte, spielend und ganz nach meinem Gefallen. Aber schon spreche ich Ihnen vom Bruch der Beziehungen, und Sie wissen noch nicht, durch was für Mittel ich das Recht dazu erworben habe; lesen Sie also und sehen Sie, was für Dingen sich die Sittsamkeit aussetzt, wenn sie versucht, der Liebestollheit beizuspringen. Ich studierte meine Reden und die Antworten, die ich erhielt, so aufmerksam, daß ich Ihnen die einen wie die andern mit einer Genauigkeit wiederzugeben hoffe, mit der Sie zufrieden sein werden.
Aus den zwei hier beigefügten Briefabschriften[1] werden Sie ersehen, welchen Vermittler ich gewählt hatte, um mich meiner Schönen zu nähern, um mit welchem Eifer der heilige Mann sich darauf verlegt hat, uns zu vereinigen. Was ich Ihnen auch noch sagen muß und was ich aus einem, wie üblich, aufgefangenen Brief ersehen hatte, ist, daß die Furcht, verlassen zu werden, und die kleine Demütigung deswegen die Vorsicht der strengen Betschwester ein bißchen gestört und ihr Herz und Kopf mit Gefühlen und Ge-

1. Brief 120 und 122

danken angefüllt hatten, die, wenn auch kein vernünftiger Sinn drin war, darum nicht weniger interessant waren. Nach diesen Präliminarien, die man kennen muß, bin ich gestern, Donnerstag, den 28., dem von der Undankbaren bestimmten Tage, bei ihr als schüchterner, reumütiger Sklave erschienen, um als gekrönter Sieger wieder wegzugehen.

Es war sechs Uhr abends, als ich bei der schönen Gefangenen ankam, denn seit ihrer Rückkehr war ihre Tür aller Welt verschlossen geblieben. Sie versuchte aufzustehen, als ich gemeldet ward, aber ihre zitternden Knie erlaubten ihr nicht, auf den Füßen zu bleiben; sie setzte sich sogleich wieder hin. Wie der Diener, der mich eingelassen hatte, im Zimmer irgend etwas zu tun hatte, schien sie ungeduldig zu werden. Wir sagten uns inzwischen die üblichen Komplimente. Um aber nichts zu verlieren von einer Zeit, von der jeder Augenblick kostbar war, untersuchte ich sorgfältig die Örtlichkeit; und gleich damals bezeichnete ich mit dem Auge den Schauplatz meines Sieges. Ich hätte keinen bequemeren wählen können, denn im selben Zimmer befand sich eine Ottomane. Aber ich bemerkte, daß ihr gegenüber ein Bildnis des Gatten hing, und ich besorgte, das gestehe ich, daß bei einer so eigentümlichen Frau ein einziger Blick, den der Zufall nach dieser Seite lenkte, in einem Moment das Werk so vieler Bemühungen zerstören möchte. Endlich blieben wir allein, und ich ging auf den eigentlichen Gegenstand über.

Nachdem ich in wenigen Worten auseinandergesetzt hatte, der Pater Anselm müsse sie von den Beweggründen meines Besuchs unterrichtet haben, beklagte ich mich über die strenge Behandlung, die ich erfahren hätte; und besonderen Nachdruck legte ich auf die ›Geringschätzung‹, die man mir bezeigt habe. Dagegen verteidigte man sich, wie ich es erwartete; und wie Sie wohl auch erwarteten, gründete ich den Beweis auf das Mißtrauen und den Schrecken, den ich eingeflößt hätte, auf die höchst anstößige Flucht, die daraus gefolgt sei, die Weigerung, auf meine Briefe zu antworten,

sie auch nur anzunehmen usw. usw. Da man eine Rechtfertigung begann, die sehr leicht gewesen wäre, glaubte ich sie unterbrechen zu müssen; und um für diese grobe Art und Weise Verzeihung zu erhalten, deckte ich sie sogleich mit einer Schmeichelei zu. – »Wenn so viele Reize«, begann ich nochmals, »auf mein Herz einen so tiefen Eindruck gemacht haben, haben so viele Tugenden nicht weniger Eindruck auf meine Seele gemacht. Der Wunsch, diesen Tugenden mich zu nähern, hat mich wohl verführt, so daß ich es wagte, mich dessen für unwürdig zu halten. Ich werfe Ihnen nicht vor, es anders aufgefaßt zu haben, sondern strafe mich für meinen Irrtum.« Da man ein verlegenes Schweigen bewahrte, fuhr ich fort: »Ich hatte den Wunsch, gnädige Frau, mich entweder in Ihren Augen zu rechtfertigen oder Verzeihung von Ihnen zu erlangen für das Unrecht, das Sie bei mir voraussetzen: damit ich sie wenigstens mit einiger Ruhe enden kann, die Tage, die mir nichts mehr wert sind, seit Sie es abgelehnt haben, sie zu verschönen.«
Hier versuchte man nun doch zu antworten. »Meine Pflicht gestattete mir nicht« – aber es war zu schwer, die von der Pflicht erheischte Lüge zu beenden, darum ward der Satz nicht fertig gesprochen. Ich begann also wieder, im zärtlichsten Ton: »Also ist es wahr, mich haben Sie geflohen?« – »Die Abreise war notwendig.« – »Und daß Sie mich aus Ihrer Nähe verbannen?« – »Es muß sein.« – »Und auf immer?« – »Ich habe die Pflicht.« – Ich brauche Ihnen nicht zu sagen, daß während dieses kurzen Dialogs die Stimme der zärtlichen Spröden beklommen war und ihre Augen sich nicht bis zu mir erhoben.
Ich hielt dafür, die stockende Szene müsse etwas belebt werden; so erhob ich mich mit Zeichen des Ärgers. »Ihre Festigkeit«, sagte ich, »gibt mir die meinige wieder. Nun denn, ja, gnädige Frau, wir werden getrennt werden – getrennt mehr sogar, als Sie denken; und Sie können sich dann in Muße zu Ihrem Werke Glück wünschen.« Ein wenig überrascht durch diesen vorwurfsvollen Ton, wollte sie entgegnen. »Der Ent-

schluß, den Sie gefaßt haben ...« sagte sie, » ... ist nur durch meine Verzweiflung bewirkt«, rief ich mit Leidenschaft. »Sie wollten, ich sollte unglücklich sein; ich werde Ihnen beweisen, daß Ihnen das sogar über Ihre Wünsche hinaus gelungen ist.« – »Ich wünsche Ihr Glück«, erwiderte sie. Und der Klang ihrer Stimme begann eine genügend starke Erregung anzuzeigen. Darum stürzte ich mich ihr auch zu Füßen und rief in dem dramatischen Ton, den Sie an mir kennen: »Ach, Grausame! Kann es für mich ein Glück geben, das Sie nicht teilen? Wo soll ich's denn finden, fern von Ihnen? Ach, nie! Nie!« – Ich gestehe, als ich mich bis zu dem Grade hingab, hatte ich stark auf die Unterstützung der Tränen gerechnet. Mag ich nun aber schlecht dafür gestimmt gewesen sein, oder war es vielleicht bloß die Wirkung der peinlichen, fortgesetzten Aufmerksamkeit, die ich an alles wendete, es war mir unmöglich zu weinen.
Zum Glück erinnerte ich mich, daß zur Unterwerfung einer Frau jedes Mittel gut sei und daß es genüge, sie durch eine starke Gemütsbewegung zu erschüttern, damit ein tiefer und günstiger Eindruck davon zurückbleibe. Ich ersetzte also die Empfindsamkeit, an der es gerade gebrach, durch Schrecken, und zu dem Zweck änderte ich nur meinen Tonfall, behielt aber meine Stellung bei. »Ja,« fuhr ich fort, »ich schwöre es zu Ihren Füßen, Sie besitzen oder sterben ...« Wie ich diese letzten Worte aussprach, trafen sich unsere Blicke. Ich weiß nicht, was das schüchterne Geschöpf in den meinigen sah oder zu sehen glaubte; aber sie sprang entsetzt auf und entriß sich meinen Armen, die ich um sie gelegt hatte. Allerdings tat ich auch nichts, um sie zurückzuhalten; denn ich hatte mehrmals bemerkt, daß zu rasch herbeigeführte Verzweiflungsszenen in Lächerlichkeit verfielen, sobald sie sich in die Länge zogen oder nur einen wirklich tragischen Ausgang ließen, den benutzen zu wollen mir sehr fernlag. Indessen, während sie sich mir entzog, fügte ich leise und unheilvoll, doch so, daß sie es verstehen konnte, hinzu: »Nun denn, Tod!«

Darauf erhob ich mich wieder; und in einem kurzen Schweigen warf ich wie zufällig auf sie meine wilden Blicke, die, wenn sie auch verstört aussahen, doch sehr klarsichtig und beobachtend waren. Ihre unsichere Haltung, ihr hörbares Atmen, die Zusammenziehung aller ihrer Muskeln, ihre zitternden, halb erhobenen Arme, alles bewies mir zur Genüge, daß die Wirkung die war, die ich hatte hervorbringen wollen. Da aber in der Liebe ein Abschluß nur aus größter Nähe möglich ist und wir in dem Augenblick ziemlich weit voneinander entfernt waren, mußte ich vor allem wieder herankommen. Um dies zu erreichen, ging ich sobald als möglich zu einer scheinbaren Ruhe über, geeignet, die Wirkungen des wild erregten Gemütszustandes zu beschwichtigen, ohne ihn selbst abzuschwächen.

Mein Übergang war: »Ich bin recht unglücklich. Ich wollte für Ihr Glück leben – und habe es gestört. Ich weihe mich ganz Ihrer Ruhe, und störe sie auch wieder.« – Darauf, gesetzt, aber mit Zwang: »Um Vergebung, gnädige Frau, ich bin an die Stürme der Leidenschaften wenig gewöhnt und verstehe ihr Toben schlecht zu unterdrücken. Habe ich unrecht getan, daß ich mich ihnen überließ, bedenken Sie doch, daß es das letzte Mal ist. Ach, beruhigen Sie sich, beruhigen Sie sich, ich beschwöre Sie!« Und während dieser langen Rede kam ich unmerklich näher. – »Wenn Sie wollen, daß ich mich beruhige,« antwortete die scheue Schöne, »seien Sie doch selbst ruhiger.« – »Nun denn, ja, ich verspreche es«, sagte ich; und leiser setzte ich hinzu: »Wenn es auch eine große Anstrengung ist, wenigstens wird sie nicht lange dauern. Aber«, begann ich sofort wieder, ganz wirr, »ich bin gekommen, nicht wahr, um Ihnen Ihre Briefe zurückzugeben? Ich bitte, haben Sie die Gnade, sie wieder an sich zu nehmen. Dies schmerzliche Opfer habe ich noch zu bringen; lassen Sie mir nichts, das meinen Mut schwächen könnte.« Und indes ich das wertvolle Paket aus der Tasche zog: »Da ist es, das trügerische Behältnis Ihrer Freundschaftsversicherungen! Es knüpfte mich ans Leben, nehmen Sie's zurück.

Mlle Gerard del. | Bertaux et Dupréel sculp.

Geben Sie somit selbst das Zeichen, das mich auf immer von Ihnen scheidet!«

Hier gab die furchtsame Liebende ihrer zärtlichen Besorgnis ganz und gar nach. »Aber Herr von Valmont, was haben Sie und was wollen Sie sagen? Ist Ihr heutiger Schritt nicht freiwillig? Ist er nicht die Frucht Ihrer eigenen Überlegungen? Und haben Sie nicht infolge dieser Überlegungen selbst mein pflichtgemäßes Verhalten gebilligt?« – »Nun denn«, setzte ich wieder ein, »dies Verhalten hat das meinige bestimmt.« – »Welches denn?« – »Das einzige, das, trenne ich mich von Ihnen, meinen Leiden ein Ziel setzen kann.« – »Aber welches, antworten Sie!« An dieser Stelle umschlang ich sie heftig, ohne daß sie sich irgendwie wehrte. Aus diesem Vergessen der Wohlanständigkeit schloß ich, wie stark und mächtig ihre Erregung sein müsse, und wagte Begeisterung: »Anbetungswürdige Frau, Sie haben keine Ahnung, was Sie für eine Liebe einflößen. Sie werden nie erfahren, bis zu welchem Grade Sie angebetet wurden und wieviel teurer dies Gefühl mir war als mein Dasein! Möchten alle Ihre Tage beglückt und friedlich sein, möchte all das Glück sie verschönen, das Sie mir geraubt haben! Belohnen Sie diesen aufrichtigen Wunsch wenigstens mit einer Regung des Bedauerns, mit einer Träne; und glauben Sie mir, das letzte meiner Opfer wird meinem Herzen nicht das schmerzlichste sein. Leben Sie wohl!«

Während ich so sprach, fühlte ich ihr Herz heftig pochen; ich beobachtete ihre erregte Miene; vor allem sah ich die Tränen sie ersticken und doch nur selten und mühsam fließen. Da erst stellte ich mich, als ginge ich; sie hielt mich denn auch mit aller Kraft fest. »Nein, hören Sie mich an«, sagte sie lebhaft. – »Lassen Sie mich«, erwiderte ich. – »Sie sollen mich anhören, ich will es.« – »Ich muß Sie fliehen, ich muß.« – »Nein!« rief sie. Bei diesem letzten Worte stürzte sie sich oder vielmehr sank sie ohnmächtig in meine Arme. Da ich noch Zweifel hegte an einem so glücklichen Erfolg, heuchelte ich großen Schrecken; aber mitten drin führte oder trug ich sie zu dem von vornherein zum Felde meines Ruhms bestimmten Ort; und tatsächlich kam sie erst wieder zu sich, als sie schon unterworfen und ihrem glücklichen Sieger ausgeliefert war.

Bis dahin, schöne Freundin, werden Sie, glaube ich, eine Reinheit der Methode bei mir feststellen, die Ihnen Vergnügen machen wird; und Sie werden sehen, daß ich in nichts von den wahren Grundsätzen dieses Krieges abgewichen bin, von dem wir oft bemerkt haben, wie ähnlich er dem andern ist. Beurteilen Sie mich also wie Turenne oder Friedrich. Ich habe den Feind, der's nur hinzögern wollte, zum Kampf gestellt; habe mir, durch weise Manöver, die Wahl des Terrains und die der Aufstellung gesichert; habe den Feind in Sicherheit zu wiegen verstanden, um ihn in seinem Zufluchtsort leichter zu erreichen; habe ihm sodann Schrecken einzujagen verstanden, bevor es zum Kampf kam; habe nichts zufällig angeordnet, sondern alles in der Erwägung eines großen Vorteils im Falle des Erfolges und mit der Gewißheit von Auswegen im Falle einer Niederlage; und schließlich habe ich es erst zum Vorgehen kommen lassen, als mir ein Rückzug sicher war, durch den ich alles vorher Eroberte decken und halten konnte. Das ist, glaube ich, alles, was sich tun läßt; aber jetzt fürchte ich erschlafft zu sein, wie Hannibal in den Wonnen Capuas. Folgendes hat sich seither zugetragen.

Ich war wohl darauf gefaßt, daß ein so großes Ereignis nicht ohne die üblichen Tränen und die übliche Verzweiflung vorübergehen werde, und wenn ich anfangs ein wenig Verwirrung und eine Art Sammlung bemerkte, schrieb ich eine wie die andere dem Zustand der Spröden zu. Darum bekümmerte ich mich nicht um diese leichten Verschiedenheiten, die ich für rein lokal hielt, und folgte einfach dem allgemeinen Wege der Tröstungen, fest überzeugt, daß, wie es gewöhnlich geht, der Kitzel dem Gefühl zu Hilfe kommen werde und daß eine einzige Handlung mehr nützen werde als alle Reden, die ich jedoch nicht unterließ. Aber ich

stieß auf einen wahrhaft erschreckenden Widerstand, erschreckend nicht so sehr durch seine Übertriebenheit als durch die Form, in der er sich kundgab.
Stellen Sie sich eine Frau vor, die in unbeweglicher Starre dasitzt und mit unveränderlicher Miene; die aussieht, als dächte sie nicht, hörte nicht zu, verstände nicht; deren starre Augen ziemlich anhaltend Tränen fließen lassen, aber Tränen, die ohne jede Anstrengung fließen. So war Frau von Tourvel während meiner Reden. Versuchte ich aber, durch eine Liebkosung oder auch nur durch die unschuldigste Gebärde ihre Aufmerksamkeit auf mich zurückzulenken, dann folgten auf diese scheinbare Gefühllosigkeit sogleich Schrekken, Ersticken, Zuckungen, Schluchzen und in Zwischenräumen ein paar Aufrufe, doch ohne ein deutliches Wort.
Diese Krisen kehrten mehrmals wieder, und zwar immer stärker; die letzte war sogar so heftig, daß sie mich gänzlich entmutigte und ich einen Augenblick fürchtete, ich hätte einen unnützen Sieg davongetragen. Ich wandte mich zu den üblichen Gemeinplätzen, und darunter befand sich folgender: »Und Sie sind in Verzweiflung, weil Sie mich glücklich gemacht haben?« – Bei diesem Wort wandte die anbetungswürdige Frau sich mir zu, und ihr Gesicht hatte, obwohl noch etwas verwirrt, doch schon seinen himmlischen Ausdruck wieder angenommen. »Ihr Glück!« sagte sie. – Sie erraten meine Antwort. – »Sie sind also glücklich?« Ich verdoppelte meine Beteuerungen. »Und glücklich durch mich!« Ich fügte Lobpreisungen und zärtliche Wendungen hinzu. Während ich sprach, wurden alle ihre Glieder biegsam; sie sank weich in ihren Sessel zurück, überließ mir die Hand, die ich zu nehmen gewagt hatte, und sagte: »Ich fühle, daß dieser Gedanke mich tröstet und erleichtert.«
Sie können sich denken, als ich dergestalt wieder auf den rechten Weg gebracht war, verließ ich ihn nicht wieder. Es war wirklich der rechte, und vielleicht der einzige. So fand ich denn auch bei einem zweiten Versuch anfangs einigen Widerstand, und was vorhergegangen war, machte mich

umsichtig; nachdem ich aber diese selbe Vorstellung meines Glücks zu Hilfe gerufen hatte, spürte ich bald die günstigsten Wirkungen. »Sie haben recht«, sagte das zärtliche Wesen, »ich kann mein Dasein nur noch insofern ertragen, als es dazu dienen wird, Sie zu beglücken. Dem widme ich mich ganz und gar; von diesem Augenblick an gebe ich mich Ihnen hin, und Sie sollen von meiner Seite weder Weigerungen erfahren noch Reue merken.« Mit dieser – naiven oder erhabenen – Unschuld überlieferte sie mir ihre Person und ihre Reize und vermehrte sie mein Glück, indem sie es teilte. Der Rausch war vollständig auf beiden Seiten, und zum ersten Mal überlebte der meinige das Vergnügen. Ich glitt aus ihren Armen nur, um ihr zu Füßen zu sinken, um ihr ewige Liebe zu schwören; und, es muß alles gestanden werden, ich dachte, was ich sagte. Ja, noch nachdem wir uns getrennt hatten, verließ der Gedanke an sie mich nicht, und es brauchte einige Mühe, bis ich mich davon abbrachte.

Oh, warum sind Sie nicht hier, um doch den Reiz des Handelns auszugleichen durch den der Belohnung! Aber durch Warten verliere ich nicht, wie? Und hoffentlich kann ich die glückliche Anordnung der Dinge, die ich Ihnen in meinem letzten Brief vorschlug, als unter uns abgemacht betrachten. Sie sehen, ich halte Wort, und meine Sachen werden, wie ich Ihnen versprach, hinlänglich vorgerückt sein, so daß ich Ihnen einen Teil meiner Zeit schenken kann. Schicken Sie also Ihren schwerfälligen Belleroche eilends weg, lassen Sie Ihren süßlichen Danceny links liegen und geben Sie sich nur mit mir ab. Was tun Sie denn überhaupt so lange dort auf dem Lande, daß Sie mir nicht einmal antworten? Wissen Sie, daß ich Sie gern ausschelten möchte? Aber das Glück macht zur Milde geneigt. Und dann vergesse ich nicht: jetzt, da ich mich wieder unter die Zahl Ihrer Bewerber einreihe, muß ich mich von neuem Ihren kleinen Launen unterwerfen. Denken Sie indessen daran, daß der neue Liebhaber nichts von den alten Rechten des Freundes verlieren will.

Adieu wie ehedem ... *Ja, adieu, mein Engel! Ich sende Dir alle Küsse der Liebe.*

Nachschrift: Wissen Sie, daß Prévan, nach Ablauf seiner einmonatigen Haft, sein Korps hat verlassen müssen? Heute spricht ganz Paris von der Neuigkeit. Der ist nun wirklich grausam bestraft für ein Unrecht, das er nicht begangen hat, und Ihr Erfolg ist vollständig.

Paris, den 29. Oktober 17**

Hundertsechsundzwanzigster Brief

Frau von Rosemonde an die Präsidentin von Tourvel

Ich hätte Ihnen eher geantwortet, mein liebenswürdiges Kind, wenn die Ermüdung durch meinen vorigen Brief mir nicht wieder Schmerzen zugezogen hätte, was mich diese Tage von neuem des Gebrauchs meines rechten Armes beraubt hat. Ich hätte Ihnen gern recht rasch gedankt für die guten Nachrichten von meinem Neffen, und nicht weniger gern hätte ich Sie persönlich aufrichtig beglückwünscht. Man ist da wirklich genötigt, ein Eingreifen der Vorsehung zu erkennen, die dadurch, daß sie den einen berührte, die andere gerettet hat. Ja, liebe Schöne, Gott, der Sie nur prüfen wollte, ist Ihnen zu Hilfe gekommen im Augenblick, wo Ihre Kräfte erschöpft waren; und trotz Ihres leisen Murrens haben Sie ihm, glaube ich, einigen Dank zu sagen. Ich fühle zwar sehr wohl, es wäre Ihnen angenehmer gewesen, wenn dieser Entschluß zuerst Ihnen gekommen und der Valmonts davon nur die Folge gewesen wäre; es scheint mir sogar, menschlich gesprochen, daß so die Rechte unseres Geschlechts besser gewahrt worden wären, und wir wollen keins davon verlieren! Was aber bedeuten diese leichtfertigen Erwägungen gegenüber den wichtigen Dingen, die sich hier vollendeten? Man stelle sich vor, daß ein aus Schiffbruch Erretteter sich beklagt, weil er nicht die Wahl der Mittel gehabt hat!

Sie werden bald spüren, liebe Tochter, daß die Schmerzen,

die Sie fürchten, von selbst nachlassen werden; und sollten sie auch immer und mit ganzer Kraft fortbestehen, würden Sie darum doch fühlen, daß sie immer noch leichter zu ertragen sind als die Gewissensbisse nach dem Verbrechen und die Selbstverachtung. Vergebens hätte ich früher mit dieser anscheinenden Strenge zu Ihnen gesprochen: Die Liebe ist ein unabhängiges Gefühl, das Vorsicht vermeiden, doch nicht besiegen kann und das, ward es einmal geboren, nur eines natürlichen Todes oder an unbedingter Hoffnungslosigkeit stirbt. Dieser letzte Fall, in dem Sie sich befinden, gibt mir den Mut und das Recht, Ihnen frei meine Meinung zu sagen. Es ist grausam, einen aufgegebenen Kranken zu erschrecken, der nur noch für Tröstungen und Linderungsmittel empfänglich ist; weise aber ist es, einen Gesundenden über die Gefahren aufzuklären, die er durchgemacht hat, um ihm so die Vorsicht einzuflößen, deren er bedarf, und den Gehorsam gegen Ratschläge, die er etwa noch nötig hat.

Da Sie mich zu Ihrer Ärztin wählen, spreche ich als solche zu Ihnen und sage Ihnen, daß die kleinen Unpäßlichkeiten, die Sie gegenwärtig spüren und die vielleicht ein paar Heilmittel erfordern, gleichwohl gar nichts sind im Vergleich mit der schrecklichen Krankheit, deren Heilung nun gesichert ist. Sodann möchte ich als Ihre Freundin, als Freundin einer verständigen, tugendhaften Frau, hinzufügen, daß diese Leidenschaft, die Sie unterjocht hatte und die schon an sich so unheilvoll war, es noch viel mehr ward durch ihren Gegenstand. Wenn ich glaube, was mir gesagt wird, ist mein Neffe, den ich, das gestehe ich, vielleicht mit Schwäche liebe und der in der Tat viele löbliche Eigenschaften mit viel Anmut verbindet, weder ohne Gefahr für Frauen noch schuldlos ihnen gegenüber und legt fast ebensoviel Wert darauf, sie ins Unglück zu bringen, als sie zu verführen. Ich glaube wohl, daß Sie ihn bekehrt hätten. Gewiß war nie eine dessen würdiger; aber so viele andere haben sich gleichfalls damit geschmeichelt und sind in ihrer Hoffnung getäuscht, daß ich es viel lieber sehe, wenn Sie nicht auf dies Auskunftsmittel angewiesen sind.

Jetzt erwägen Sie, liebe Schöne, daß, anstatt so vielen Gefahren ausgesetzt zu sein, Sie nun außer einem ruhigen Gewissen und Ihrer eigenen Ruhe die Genugtuung haben werden, daß Sie die Ursache für die glückliche Umkehr Valmonts gewesen sind. Ich meinesteils hege keinen Zweifel, daß dies zum großen Teil das Werk Ihres tapferen Widerstandes ist und daß ein Augenblick der Schwäche auf Ihrer Seite meinen Neffen vielleicht in ewiger Verirrung gelassen hätte. So fasse ich es gern auf und möchte, daß Sie es auch so auffaßten; Sie würden Ihren ersten Trost darin finden, und ich wieder neue Gründe, Sie noch lieber zu haben.

Ich erwarte Sie in wenigen Tagen hier, meine liebenswürdige Tochter, wie Sie es mir ankündigen. Holen Sie sich Ruhe und Glück an denselben Orten wieder, wo Sie sie verloren haben; besonders aber freuen Sie sich hier mit Ihrer zärtlichen Mutter darüber, daß Sie so glücklich das ihr gegebene Wort hielten, nichts zu tun, das nicht ihrer und Ihrer selbst würdig wäre.

Aus Schloß . . ., den 30. Oktober 17**

Hundertsiebenundzwanzigster Brief
Die Marquise von Merteuil an den Vicomte von Valmont

Wenn ich auf Ihren Brief vom 19. nicht geantwortet habe, Vicomte, unterließ ich es nicht aus Zeitmangel, sondern einfach, weil er mich verstimmt hat und ich ihn sinnlos fand. Ich glaubte also, das beste sei, ihn in Vergessenheit geraten zu lassen; da Sie aber auf ihn zurückkommen, da Ihnen an den Gedanken, die er enthält, zu liegen scheint und Sie mein Schweigen als Zustimmung auffassen, muß ich Ihnen deutlich meine Meinung sagen.

Vielleicht habe ich manchmal den Anspruch erhoben, mit meiner Person einen ganzen Serail darzustellen; nie aber hat es mir zugesagt, bei einem dabeizusein. Ich glaubte, das

wüßten Sie. Jetzt wenigstens, wo Sie darüber nicht mehr hinwegsehen können, werden Sie sich leicht denken können, wie lächerlich Ihr Vorschlag mir hat vorkommen müssen. Wer, ich – sollte eine Neigung, noch dazu eine neue, opfern, um mich mit Ihnen abzugeben? Und wie mich abzugeben? Indem ich als gehorsame Sklavin diene, bis an mir die Reihe ist für die erhabene Gunst ›Eurer Hoheit‹. Wenn Sie zum Beispiel eine augenblickliche Ablenkung brauchen von dem ›unbekannten Zauber‹, den ›die anbetungswürdige, und himmlische‹ Frau von Tourvel allein Sie hat kosten lassen, oder wenn Sie bange sind, bei der ›fesselnden Cécile‹ den hohen Begriff zu gefährden, von dem Sie möchten, daß sie ihn von Ihnen behält: dann steigen Sie herab bis zu mir und holen sich zwar weniger lebhafte, aber ungefährliche Freuden; und Ihre wertvollen Freundlichkeiten genügen, obwohl etwas selten, zu meinem Glück.
Gewiß, Sie haben eine reichlich gute Meinung von sich selbst; offenbar aber ist meine Bescheidenheit nicht so reichlich; denn wie ich mich auch prüfen mag, so weit kann ich mich nicht gesunken finden. Vielleicht ist es ein Fehler von mir, aber ich warne Sie, ich habe noch viele andere.
Vor allem habe ich den, daß ich glaube, der ›Schüler‹, der ›süßliche‹ Danceny, der sich einzig mit mir beschäftigt, mir, ohne sich's als Verdienst anzurechnen, eine erste Leidenschaft opfert, noch bevor sie befriedigt ist, kurz, mich liebt, wie man in seinem Alter liebt – der könne, trotz seinen zwanzig Jahren, wirksamer als Sie für mein Glück und für mein Vergnügen tätig sein. Ich möchte mir sogar erlauben hinzuzusetzen, daß, sollte es mir einfallen, ihm einen Gehilfen zu geben, wären nicht Sie es, wenigstens im Augenblick nicht.
Und aus was für Gründen, werden Sie fragen. Nun, erstens könnte sehr wohl gar keiner da sein; denn wenn ich Sie aus Laune vorziehen würde, kann ich Sie aus Laune auch ausschließen. Ich bin aber doch, aus Höflichkeit, geneigt, Ihnen meinen Willen zu begründen. Mir scheint, Sie hätten

mir zu viel zu opfern; und anstatt Ihnen dafür die Erkenntlichkeit zu erweisen, die Sie unfehlbar erwarten würden, wäre ich fähig zu glauben, daß Sie mir noch welche schulden! Sie sehen wohl, so weit, wie wir durch unsere Denkungsart voneinander getrennt sind, können wir uns auf keine Weise nahekommen; und ich werde, fürchte ich, viel Zeit, sehr viel, nötig haben, um anderer Meinung zu werden. Wenn ich mich gebessert habe, verspreche ich Ihnen, Sie zu benachrichtigen. Bis dahin, glauben Sie mir, richten Sie sich anders ein und behalten Sie Ihre Küsse, Sie können sie so viel besser anbringen! ...

›Adieu wie ehemals‹ sagen Sie? Ehemals machten Sie doch, scheint mir, etwas mehr Aufhebens von mir. Sie bestimmten mich nicht durchaus für dritte Rollen. Und besonders hatten Sie die Güte, zu warten, bis ich ja gesagt hatte, bevor Sie meiner Zustimmung sicher waren. Genehmigen Sie also, daß ich, anstatt Ihnen auch adieu wie ehemals zu sagen, Ihnen adieu wie jetzt sage.

Ihre Dienerin, Herr Vicomte.

Aus Schloß ..., den 31. Oktober 17**

Hundertachtundzwanzigster Brief

Die Präsidentin von Tourvel an Frau von Rosemonde

Erst gestern, gnädige Frau, empfinge ich Ihre verspätete Antwort. Ich hätte mir auf der Stelle das Leben genommen, wenn es noch mir gehörte. Aber ein anderer ist sein Eigentümer, und dieser andere ist Herr von Valmont. Sie sehen, ich verhehle Ihnen nichts. Soll es sein, daß Sie mich Ihrer Freundschaft nicht mehr würdig finden, fürchte ich immer noch weniger, sie zu verlieren, als sie zu erschleichen. Alles, was ich Ihnen sagen kann, ist, daß ich, von Herrn von Valmont vor die Wahl zwischen seinem Tod und seinem Glück gestellt, mich für dieses letztere entschieden habe. Ich rühme mich deswegen nicht, noch klage ich mich an; ich sage einfach, was ist.

Danach werden Sie mir leicht den Eindruck nachfühlen, den Ihr Brief und die strengen Weisheiten, die er enthält, mir gemacht haben müssen. Glauben Sie indessen nicht, daß er etwa Reue in mir gezeitigt hat, noch daß er je in meinem Gefühl und meinem Verhalten einen Wechsel herbeiführen kann. Ich habe wohl grausame Momente; aber wenn mein Herz ganz zerrissen ist, wenn ich fürchte, ich kann meine Qualen nicht mehr ertragen, sage ich mir: Valmont ist glücklich; und alles verschwindet vor diesem Gedanken, oder vielmehr, er verwandelt alles in Freude.

Ihrem Neffen also habe ich mich geweiht; für ihn bin ich ins Verderben gegangen. Er ist der einzige Mittelpunkt meines Denkens geworden, meiner Gefühle, meiner Handlungen. Solange mein Leben zu seinem Glück nötig ist, wird es mir viel wert sein und werde ich es beglückt finden. Urteilt er eines Tages anders – – wird er von mir weder Klage noch Vorwurf hören. Ich habe den Blick schon auf diesen verhängnisvollen Augenblick zu richten gewagt, und mein Entschluß ist gefaßt.

Jetzt sehen Sie, wie wenig das, was Sie anscheinend befürchten, mir anhaben kann, nämlich, daß Herr von Valmont mich eines Tages zugrunde richtet. Denn bevor er zu dieser Absicht gelangt, wird er ja aufgehört haben, mich zu lieben; und was machen mir dann leere Vorwürfe, die ich nicht vernehmen werde? Er allein wird mein Richter sein. Da ich nur für ihn gelebt habe, wird in ihm mein Gedächtnis ruhen; und ist er zu der Anerkennung genötigt, daß ich ihn liebte, werde ich genügend gerechtfertigt sein.

Nun lasen Sie, gnädige Frau, in meinem Herzen. Ich habe das Unglück, durch meinen Freimut Ihre Achtung zu verlieren, dem vorgezogen, durch erniedrigende Lüge dieser Ihrer Achtung unwert zu werden. Ich habe Ihnen diese volle Beichte für Ihre ehemaligen Freundlichkeiten zu schulden gemeint. Jedes weitere Wort könnte bei Ihnen den Verdacht erregen, als sei ich stolz genug, noch auf Ihre Freundlich-

keiten zu zählen, während ich mir im Gegenteil gerecht werde und keinen Anspruch mehr darauf mache.
Ich bin achtungsvoll, gnädige Frau, Ihre ganz ergebene, ganz gehorsame Dienerin.

Paris, den 1. November 17**

Hundertneunundzwanzigster Brief
Der Vicomte von Valmont an die Marquise von Merteuil

Sagen Sie mir doch, schöne Freundin, woher kommt nur der bittere, höhnische Ton in Ihrem letzten Brief? Was ist denn das für ein Verbrechen, das ich offenbar ahnungslos begangen habe und das Sie so verstimmt? Es hat ausgesehen, werfen Sie mir vor, als rechnete ich auf Ihre Zustimmung, bevor ich sie erhalten habe. Ich glaubte doch, was aller Welt als Dünkel erscheinen könnte, das könne zwischen Ihnen und mir immer nur als Vertrauen aufgefaßt werden. Und seit wann ist dies Gefühl der Freundschaft oder der Liebe schädlich? Wenn ich mit der Begierde die Hoffnung vereinte, habe ich nur dem natürlichen Antrieb nachgegeben, der dahin geht, daß wir uns immer in möglichste Nähe des gesuchten Glückes versetzen; und Sie haben für eine Wirkung des Stolzes genommen, was nur vom Eifer kam. Ich weiß sehr wohl, daß der Brauch in solchem Fall einen achtungsvollen Zweifel eingeführt hat; aber Sie wissen auch, daß dies nur äußerlich und eine bloße Formel ist; und ich war, scheint mir, zu dem Glauben berechtigt, daß solche kleinlichen Vorsichtsmaßregeln unter uns nicht nötig sind.
Mir scheint sogar, daß dies offene, freie Vorgehen, wenn es sich auf ein früheres Verhältnis gründet, der albernen Schmeichelei, die der Liebe so oft jeden Geschmack nimmt, bei weitem vorzuziehen ist. Vielleicht lege ich übrigens dieser Art und Weise nur darum soviel Wert bei, weil mir das Glück, an das sie mich erinnert, soviel wert ist. Aus demselben Grund aber wäre es mir noch schmerzlicher, wenn Sie es anders auffaßten.

Das ist nun aber das einzige Unrecht, dessen ich mir bewußt bin. Denn ich kann mir nicht vorstellen, daß Sie ernstlich geglaubt haben sollten, es gäbe auf der Welt eine Frau, die mir den Vorzug vor Ihnen zu verdienen schiene, und erst recht nicht, daß ich Ihren Wert so falsch veranschlagen könnte, wie Sie zu glauben vorgeben. Sie haben sich, sagen Sie, darauf angesehen und haben sich nicht bis zu dem Grade gesunken gefunden. Ich glaube es gern, und das beweist nur, daß Ihr Spiegel ehrlich ist. Hätten Sie aber nicht den näherliegenden und gerechteren Schluß daraus ziehen können, daß ich Sie gewiß nicht in solcher Weise beurteilt habe?
Ich suche umsonst nach einer Ursache für diesen seltsamen Einfall. Doch scheint mir's, daß er näher oder entfernter mit dem Lob zusammenhängt, das ich den andern Frauen zu erteilen mir gestattet habe. Ich schließe es wenigstens aus Ihrem auffälligen Hervorheben der Beiwörter ›anbetungswürdig‹, ›himmlisch‹, ›fesselnd‹, deren ich mich bei Gelegenheit von Frau von Tourvel und der kleinen Volanges bedient habe. Wissen Sie aber nicht, daß diese Worte, die man öfter zufällig als mit Überlegung wählt, weniger das ausdrücken, was einem an einer Person wirklich liegt, als die Lage, in der sich der Sprechende befindet? Und wenn ich im selben Augenblick, da ich von der einen oder der andern so lebhaft angeregt ward, Sie darum doch nicht weniger begehrte; wenn ich Sie vor allen beiden deutlich bevorzugte, da ich doch unsere früheren Beziehungen nur zum Schaden der beiden andern wieder anknüpfen konnte, sehe ich nicht ein, daß darin soviel Anlaß zu Vorwürfen liegen soll.
Nicht weniger leicht kann ich mich wegen des ›unbekannten Zaubers‹ rechtfertigen, der bei Ihnen, scheint mir, ebenfalls etwas Anstoß erregt hat. Denn erstens folgt daraus, daß er unbekannt ist, nicht daß er stärker ist. Wie denn! Wer könnte die köstlichen Freuden überbieten, die Sie allein immer neu, wie auch jedesmal lebhafter zu bieten

wissen. Ich wollte also nur sagen, daß jenes Vergnügen von einer Art sei, die ich noch nicht durchgekostet hätte, ohne ihm damit einen Rang anweisen zu wollen; und ich fügte hinzu, was ich heute wiederhole, daß ich, sei es welcher Art immer, dagegen anzukämpfen und es zu besiegen wissen werde. Ich werde dies noch viel eifriger betreiben, wenn ich diese leichte Mühe als eine Ihnen darzubringende Huldigung ansehen darf.

Was die kleine Cécile angeht, halte ich es für recht unnütz, davon zu reden. Sie wissen wohl noch, daß ich infolge Ihrer Bitte das Kind übernommen habe, und warte nur, daß Sie mich beurlauben, dann schaffe ich es mir vom Halse. Möglichenfalls ist mir ihre Naivität und Frische aufgefallen; möglichenfalls habe ich sie einen Augenblick sogar für ›fesselnd‹ gehalten, weil man sich in seinem Werk wohl immer mehr oder weniger selbst gefällt; – aber das ist gewiß: sie bietet in keiner Gattung genug Handfestes, daß sie einen irgendwie fesseln könnte.

Jetzt, schöne Freundin, rufe ich Ihre Gerechtigkeit an, Ihre früheren Freundlichkeiten gegen mich, die lange, vollkommene Freundschaft, das gänzliche Vertrauen, das seither die Bande zwischen uns immer enger geknüpft hat; habe ich den strengen Ton verdient, den Sie gegen mich anschlagen? Wie leicht Sie mich aber dafür entschädigen können, wenn Sie wollen! Sprechen Sie nur ein Wort, und Sie werden sehen, ob alle Reize und Fesseln mich hier, nicht einen Tag, nein, eine Minute festhalten werden. Ich werde vor Ihre Füße und in Ihre Arme fliegen und es Ihnen tausendmal und auf tausend Arten beweisen. Sie sind und werden immer sein die wahre Herrin über mein Herz.

Adieu, schöne Freundin; ich erwarte voll Eifer Ihre Antwort.

Paris, den 3. November 17**

Hundertdreißigster Brief

Frau von Rosemonde an die Präsidentin von Tourvel

Und warum, liebe Schöne, wollen Sie nicht mehr meine Tochter sein? Warum scheint es, als kündigten Sie mir an, daß unser Briefwechsel ganz abgebrochen werden soll? Etwa um mich dafür zu strafen, daß ich nicht erraten habe, was gegen alle Wahrscheinlichkeit ging? Oder haben Sie mich im Verdacht, ich hätte Sie mit Willen gekränkt? Nein, ich kenne Ihr Herz zu gut, um zu glauben, es dachte so von meinem. So geht denn auch das Leid, das Ihr Brief mir bereitet hat, weit weniger mich an als Sie selbst.

O meine junge Freundin! Ich sage es Ihnen mit Schmerz, aber Sie sind es viel zu sehr wert, geliebt zu werden, als daß je Liebe Sie glücklich machen könnte. Denn welche wahrhaft zartsinnige, fein empfindende Frau hat nicht Unsegen gefunden in eben dem Gefühl, das ihr soviel Glück verhieß! Wissen denn die Männer die Frau, die sie besitzen, zu schätzen?

Wohl verfahren manche ehrbar, und ihre Neigung ist beständig; doch wie wenige, selbst unter denen, wissen sich mit unserm Herzen in Einklang zu bringen! Glauben Sie nicht, liebes Kind, daß ihre Liebe der unsrigen gleicht. Sie erfahren wohl dieselbe Trunkenheit, zuweilen sogar mit mehr Ungestüm; aber sie kennen nicht den Eifer, die Unruhe, die zarte Sorge, die uns all die zärtlichen, fortgesetzten Aufmerksamkeiten zeitigt und deren einziges Ziel immer der geliebte Mann ist. Der Mann genießt das Glück, das er kostet, und die Frau das, das sie verschafft. Dieser so wesentliche und so wenig bemerkte Unterschied beeinflußt gleichwohl in deutlich fühlbarer Weise ihr gesamtes Verhalten zueinander. Des einen Vergnügen ist, seine Begierden zu befriedigen, das der andern ist vor allem, sie hervorzurufen. Zu gefallen ist ihm nur ein Mittel zum Erfolg, während es für sie der Erfolg selbst ist. Und die Gefallsucht, die den Frauen so oft vorgeworfen wird, ist nichts weiter als der

Mißbrauch dieser Empfindungsweise und beweist sie eben. Endlich ist der ausschließliche Geschmack an einem bestimmten Wesen, der für die Liebe besonders charakteristisch ist, beim Manne nur eine Vorliebe, höchstens dazu geeignet, sein Vergnügen zu erhöhen, das ein anderer Gegenstand vielleicht schwächen, aber nicht zerstören würde. Bei den Frauen aber ist er ein tiefgehendes Gefühl, das nicht nur jede fremde Begierde vernichtet, sondern das, stärker als die Natur und deren Herrschaft entzogen, sie nur Widerwillen und Ekel sogar dort empfinden läßt, wo Wollust enstehen müßte.

Und glauben Sie nicht etwa, daß mehr oder weniger zahlreiche Ausnahmen, die sich anführen lassen, diesen allgemeinen Wahrheiten mit Erfolg entgegengehalten werden können! Für diese Wahrheiten bürgt die öffentliche Stimme, die nur für die Männer Untreue von Unbeständigkeit unterscheidet; eine Unterscheidung, die sie sich zunutze machen, während sie sie demütigen sollte. Bei unserm Geschlecht ist sie nie in Aufnahme gekommen außer bei den verderbten Frauen, die die Schande des Geschlechts sind und denen jedes Mittel gut scheint, das ihnen Hoffnung gibt, sie könnten dem peinlichen Gefühl ihrer Niedrigkeit entgehen.

Ich dachte, liebe Schöne, es könnte für Sie von Nutzen sein, wenn Sie diese Überlegungen den eingebildeten Begriffen von vollkommenem Glück entgegenzuhalten hätten, womit die Liebe nie verfehlt, unsere Phantasie zu täuschen. Trügerische Hoffnung, an die man sich selbst dann noch klammert, wenn man sich genötigt sieht, sie fahrenzulassen, und deren Verlust die ohnedies zu gut begründeten, von einer starken Leidenschaft untrennbaren Kümmernisse reizt und vervielfacht! Dies Amt, Ihre Schmerzen zu lindern oder einige zu verhüten, ist das einzige, das ich in diesem Augenblick ausüben will und kann. Bei Krankheiten, für die es keine Heilmittel gibt, können Ratschläge sich nur noch auf die Lebensweise beziehen. Ich bitte Sie nur darum, erinnern Sie sich, daß einen Kranken bedauern nicht ihn tadeln

heißt. Ei wer sind wir denn, daß wir einander tadeln dürften. Wir wollen das Recht, zu richten, dem allein überlassen, der in den Herzen liest; und ich wage sogar zu glauben, daß in seinen Vateraugen eine Menge Tugenden eine Schwäche gutmachen kann.
Aber ich beschwöre Sie, liebe Freundin, erwehren Sie sich vor allem der gewaltsamen Entschließungen, die weniger Kraft als völlige Entmutigung anzeigen. Vergessen Sie nicht: als Sie einen andern zum Eigentümer Ihres Daseins machten, um Ihren Ausdruck zu gebrauchen, haben Sie doch Ihre Freunde nicht um das bringen können, was sie schon vorher davon besaßen und was sie unablässig zurückfordern werden.
Gott befohlen, meine liebe Tochter; gedenken Sie zuweilen Ihrer zärtlichen Mutter, und glauben Sie mir, Sie werden immer und über alles der Gegenstand ihrer liebsten Gedanken sein.

Schloß . . ., den 4. November 17**

Hunderteinunddreißigster Brief

Die Marquise von Merteuil an den Vicomte von Valmont

So ist's recht, Vicomte, diesmal bin ich zufriedener mit Ihnen als voriges Mal; jetzt aber wollen wir in aller Freundschaft plaudern, und ich hoffe, Sie zu überzeugen, daß von Ihrer wie von meiner Seite das Abkommen, das Sie zu wünschen scheinen, eine wahre Narrheit wäre.
Haben Sie noch nicht bemerkt, daß das Vergnügen, das zwar tatsächlich die einzige bewegende Kraft zum Zusammenkommen der beiden Geschlechter ist, dennoch nicht genügt, um eine Verbindung zwischen ihnen zu bilden? und daß ihm wohl die Begierde vorangeht, die zusammentreibt, daß ihm aber ebenso gewiß Ekel folgt, der abstößt? Das ist ein Naturgesetz, das nur Liebe abändern kann; und Liebe, hat man die, wann man möchte? Gleichwohl braucht man immer welche; und das würde einen arg in Verlegenheit

bringen, hätte man nicht bemerkt, daß es zum Glück genügt, wenn sie auf einer Seite vorhanden ist. Dadurch ist die Schwierigkeit um die Hälfte geringer geworden und sogar, ohne daß ein großer Verlust damit verbunden gewesen wäre. Denn einer genießt ja das Glück, zu lieben, und der andere das, zu gefallen, das zwar etwas weniger lebhaft ist, zu dem sich aber das Vergnügen, jemand zu täuschen, gesellt, was das Gleichgewicht herstellt, – und alles kommt in Ordnung.

Sagen Sie aber, Vicomte, wer von uns beiden wird es übernehmen, den andern zu täuschen? Sie kennen die Geschichte von den zwei Spitzbuben, die sich beim Spiel erkannten. »Wir können uns nichts anhaben«, sagten sie zueinander, »zahlen wir jeder das halbe Kartengeld«; und sie gaben die Partie auf. Wir sollten, glauben Sie mir, diesem vorsichtigen Beispiel folgen und nicht zusammen die Zeit verlieren, die wir anderswo so gut anwenden können.

Um Ihnen zu beweisen, daß hierin Ihr Interesse mich ebensosehr leitet wie meines und ich weder in einer Verstimmung noch aus einer Laune handele, schlage ich Ihnen den unter uns vereinbarten Lohn nicht ab. Ich bin mir äußerst klar darüber, daß wir uns für einen einzigen Abend reichlich genügen werden, und zweifle sogar nicht, daß wir ihn genügend verschönen werden, um ihn nur mit Bedauern enden zu sehen. Wir dürfen nur nicht vergessen, daß dies Bedauern nötig ist zum Glück; und so süß unsere Selbsttäuschung sein mag, wollen wir nur nicht glauben, sie könnte von Dauer sein.

Ich sehe, ich halte meinerseits, was ich versprach, und das, ohne daß Sie mir gegenüber Ihren Verpflichtungen schon nachgekommen wären. Denn schließlich sollte ich den ersten Brief der himmlischen Spröden haben; aber ob Sie noch an ihr hängen oder ob Sie die Bedingungen eines Handels vergessen haben, der Sie vielleicht weniger interessiert, als Sie mich glauben machen möchten – ich habe nichts bekommen, schlechthin nichts. Indessen täusche ich mich, oder die zärtliche Betschwester muß viel schreiben; denn was sollte sie tun, wenn sie allein ist? Den guten Einfall, sich zu zerstreuen, hat sie sicher nicht. Ich hätte Ihnen also, wenn ich wollte, ein paar kleine Vorwürfe zu machen, aber ich übergehe sie mit Schweigen, um das bißchen Verstimmung wieder auszugleichen, das ich in meinem vorigen Brief vielleicht gezeigt habe.

Jetzt, Vicomte, habe ich Sie nur noch um etwas zu bitten, und ich bitte auch wieder ebensogut für Sie wie für mich: daß Sie nämlich den Augenblick hinausschieben, den ich vielleicht so sehr ersehne wie Sie, aber dessen Eintreten, scheint mir, bis zu meiner Rückkehr in die Stadt verzögert werden muß. Einerseits würden wir hier nicht die nötige Freiheit haben, und anderseits wäre es für mich ziemlich gefährlich; denn es wäre nur ein wenig Eifersucht nötig, um diesen traurigen Belleroche mir wieder fester anzubinden, und er hängt doch nur noch an einem Faden. Er stellt sich schon auf den Kopf, um mich noch zu lieben; dermaßen, daß ich jetzt ebensoviel Bosheit als Vorsicht in die Liebkosungen lege, mit denen ich ihn überlade. Aber zugleich sehen Sie wohl, daß ich Ihnen da weiter kein Opfer zu bringen hätte! Gegenseitige Untreue wird einen sehr viel mächtigeren Zauber ausmachen.

Wissen Sie, manchmal tut es mir leid, daß wir jetzt auf so etwas angewiesen sind! In der Zeit, als wir uns liebten, denn ich glaube, es war Liebe, da war ich glücklich; und Sie, Vicomte? . . . Doch warum noch über ein Glück nachdenken, das nicht wiederkehren kann? Nein, was Sie auch sagen mögen, seine Wiederkehr ist unmöglich. Erstens würde ich Opfer fordern, die Sie mir sicherlich nicht bringen könnten oder möchten und die ich möglichenfalls nicht verdiene; und dann, wie soll ich Sie festhalten? Oh nein, ich will nicht einmal daran denken; und trotz dem Vergnügen, das mir augenblicklich dieser Brief an Sie macht, will ich Sie doch lieber rasch verlassen.

Adieu, Vicomte.

Aus Schloß . . ., den 6. November 17**

Hundertzweiunddreißigster Brief
Die Präsidentin von Tourvel an Frau von Rosemonde

Ganz durchdrungen, gnädige Frau, von Ihrer Güte, würde ich mich ihr ganz und gar hingeben, wäre ich nicht in gewisser Weise durch die Furcht zurückgehalten, sie zu entweihhen, wenn ich sie annähme. Warum muß ich, die den Wert Ihrer Güte ganz erkennt, gleichzeitig fühlen, daß ich ihrer nicht mehr würdig bin. Ach! Wenigstens will ich es wagen, Ihnen meine Dankbarkeit dafür zu bezeigen; will vor allem die Nachsicht der Tugend bewundern, die von unsern Schwächen nur weiß, um sie zu bemitleiden, und deren mächtiger Zauber, selbst neben dem der Liebe, eine so sanfte und starke Macht über die Herzen behält.

Aber verdiene ich denn eine Freundschaft noch, die zu meinem Glück nicht mehr genug ist? Dasselbe gilt für Ihre Ratschläge; ich fühle ihren Wert und kann sie nicht befolgen. Und wie sollte ich nicht an ein vollkommenes Glück glauben, da ich es in diesem Augenblick durchkoste? Ja, wenn die Männer so sind, wie Sie sagen, muß man sie fliehen, dann sind sie hassenswert; wie ist dann Valmont weit entfernt, ihnen zu gleichen! Wenn er, wie sie, die Gewalt der Leidenschaft hat, die Sie Ungestüm nennen, um wieviel wird sie bei ihm nicht durch seinen fast übermäßigen Zartsinn übertroffen! O Freundin, Sie sprechen davon, daß Sie meine Schmerzen mit mir teilen wollen; freuen Sie sich doch über mein Glück! Ich danke es der Liebe, und wieviel mehr wert wird es noch durch den Gegenstand dieser Liebe! Sie lieben, sagen Sie, Ihren Neffen vielleicht mit Schwäche? Ach, wenn Sie ihn kennten wie ich! Ich liebe ihn als mein Idol, und immer noch weniger, als er's verdient. Er mag sich wohl zu einigen Irrtümern haben fortreißen lassen, er gibt es selbst zu; wer aber kannte je wie er die wahrhafte Liebe? Was kann ich Ihnen weiter sagen? Er fühlt sie so, wie er sie eingibt.

Sie werden glauben, das sei einer der ›eingebildeten Be-

griffe, womit die Liebe nie verfehlt, unsere Phantasie zu täuschen‹. Aber wenn dies der Fall wäre, warum wäre er dann zärtlicher, beflissener geworden, seitdem er nichts mehr zu erreichen hat? Ich will es gestehen, früher fand ich an ihm zuweilen etwas Nachdenkliches, Zurückhaltendes, das ihn selten verließ und das mich oft gegen meinen Willen wieder auf die falschen und harten Vorstellungen brachte, die man mir von ihm gegeben hatte. Seit er sich aber zwanglos den Trieben seines Herzens überlassen kann, scheint es, als erriete er alle Wünsche des meinigen. Wer weiß, ob wir nicht füreinander geboren waren! Ob nicht dies Glück mir vorbehalten war: zu seinem nötig zu sein! Ach, ist's eine Täuschung, möchte ich dann sterben, ehe sie endet! Doch nein, ich will leben, um ihn zärtlich zu lieben, um ihn anzubeten. Warum sollte er aufhören, mich zu lieben? Welche andere Frau würde er glücklicher machen als mich? Und, ich fühle es an mir selbst, das Glück, das man hervorruft, ist das stärkste Band, das einzige wirklich haltbare. Ja, dies köstliche Gefühl veredelt die Liebe, reinigt sie gewissermaßen und macht sie wahrhaft würdig einer zärtlichen, großmütigen Seele, wie der Valmonts.
Leben Sie wohl, liebe, verehrungswürdige, milde Freundin. Vergeblich möchte ich Ihnen noch mehr schreiben: die Stunde ist da, zu der er zu kommen versprochen hat, und alle Gedanken verlassen mich. Verzeihung! Aber Sie wollen, ich soll glücklich sein, und mein Glück ist in diesem Augenblick so groß, daß ich ihm kaum genüge.

Paris, den 7. November 17**

Hundertdreiunddreißigster Brief

Der Vicomte von Valmont an die Marquise von Merteuil

Was sind denn das, schöne Freundin, für Opfer, von denen Sie meinen, ich würde sie nicht bringen, und für die doch der Lohn wäre, Ihnen zu gefallen? Lassen Sie sie mich bloß wissen, und wenn ich sie Ihnen darzubringen schwanke, will ich's geschehen lassen, daß Sie sie nicht mehr annehmen. Und was haben Sie seit einiger Zeit für eine Meinung von mir, wenn Sie selbst in nachsichtiger Stimmung an meinen Gefühlen oder meiner Tatkraft zweifeln? Opfer, die ich nicht bringen könnte oder möchte! So halten Sie mich denn für verliebt, unterjocht? Ich habe doch nur auf den Erfolg Wert gelegt, Sie aber haben mich in Verdacht, ich legte ihn auf die Person? Oh, dem Himmel Dank, so tief bin ich noch nicht gesunken, und ich erbiete mich, es Ihnen zu beweisen. Ja, ich werde es Ihnen beweisen, müßte es auch gegenüber Frau von Tourvel sein. Danach kann Ihnen sicher kein Zweifel bleiben.

Ich konnte, glaube ich, ohne mir eine Blöße zu geben, einige Zeit an eine Frau wenden, die wenigstens das Verdienst hat, daß sie von einer Art ist, die man selten trifft. Vielleicht auch hat die tote Jahreszeit, in die dies Abenteuer fällt, mich zu mehr Hingabe veranlaßt; und auch jetzt noch, wo der große Strom kaum erst zurückkehrt, ist es nicht verwunderlich, daß sie mich ganz in Anspruch nimmt. Aber bedenken Sie doch, es sind kaum acht Tage, daß ich die Frucht meiner dreimonatigen Bemühungen genieße. Ich habe mich so oft länger aufgehalten bei solchen, die weniger wert waren und mich nicht soviel gekostet hatten! Und nie haben Sie daraus etwas für mich Nachteiliges geschlossen.

Und dann, wollen Sie die wahre Ursache meines Eifers erfahren? Es ist folgendes: Diese Frau ist schüchtern von Natur; in der ersten Zeit zweifelte sie immerfort an ihrem Glück, und dieser Zweifel reichte hin, sie zu verwirren: dergestalt, daß ich kaum erst anfangen kann, mich zu vergewissern, wie weit in der Beziehung meine Macht geht. Das war aber doch etwas, worauf ich neugierig war; und die Gelegenheit, es in Erfahrung zu bringen, findet sich nicht so leicht, wie man glaubt.

Erstens besteht für viele Frauen das Vergnügen immer in Vergnügen und nur darin; und bei denen sind wir, mit was für einem Titel man uns auch schmückt, immer bloß Geschäftsbesorger, einfache Dienstmänner, deren ganzes Verdienst auf Tätigkeit beruht und unter denen der, der am meisten tut, es immer am besten macht.

In einer andern Klasse, der heute vielleicht zahlreichsten, nehmen die Berühmtheit des Liebhabers, das Vergnügen darüber, ihn einer Rivalin weggenommen zu haben, die Furcht, ihn sich auch wieder wegnehmen zu sehen, die Frauen fast ganz in Anspruch. Wir sind wohl mehr oder weniger beteiligt bei der Art von Glück, dessen sie sich erfreuen; aber es beruht mehr auf den Umständen als auf der Person. Es kommt ihnen durch uns und nicht von uns.

Es war also für meine Beobachtung eine zartsinnige, fein empfindende Frau zu finden, die aus der Liebe ihr alles machte und in der Liebe wieder nur den Geliebten sah; deren Wallungen nicht im entferntesten den gewöhnlichen Weg gingen, sondern immer vom Herzen aus zu den Sinnen gelangten; die ich zum Beispiel (und ich spreche nicht vom ersten Tage) aus der Lust ganz in Tränen habe auftauchen und im Augenblick drauf habe Wonne wiederfinden sehen in einem Wort, das zu ihrer Seele paßte. Endlich war noch nötig, daß sie die volle natürliche Unschuld in sich trüge, die durch die Gewohnheit, sich ihr hinzugeben, unüberwindlich geworden, ihr nicht gestattete, irgendeines der Gefühle ihres Herzens zu verhehlen. Nun werden Sie zugeben, solche Frauen sind selten; und ich darf glauben, daß ich, ohne diese hier, vielleicht nie einer begegnet wäre.

Es wäre also nicht verwunderlich, wenn sie mich länger festhielte als eine andere. Und wenn der Versuch, den ich mit ihr vorhabe, erfordert, daß ich sie glücklich, vollkommen glücklich mache, warum sollte ich mich dem entziehen, zumal wenn mir das erwünscht kommt, anstatt unerwünscht? Daraus aber, daß der Geist beschäftigt ist, folgt doch wohl nicht, daß das Herz in Sklaverei ist? Zweifellos nicht. Darum wird mich der Wert, den ich – dagegen verteidige ich mich nicht – diesem Abenteuer beimesse, nicht hindern, auf andere auszugehen oder sogar es angenehmeren zu opfern.

Ich bin dermaßen frei, daß ich nicht einmal die kleine Volanges vernachlässigt habe, an der mir doch so wenig liegt. Ihre Mutter führt sie in drei Tagen wieder in die Stadt; und ich meinerseits habe mir seit gestern meine Verbindungen zu sichern gewußt. Etwas Geld für den Türhüter und ein paar Blumen für seine Frau haben die Sache erledigt. Fassen Sie es, daß Danceny auf ein so einfaches Mittel nicht verfallen ist? Nun soll man noch sagen, Liebe mache erfinderisch! Dumm macht sie im Gegenteil, wen sie in der Gewalt hält. Und ich sollte mich ihrer nicht zu erwehren wissen! Oh, seien Sie ruhig. Schon werde ich, in wenig Tagen, den vielleicht zu lebhaften Eindruck, den ich erlitten habe, schwächen dadurch, daß ich ihn verteile; und genügt eine einfache Teilung nicht, vervielfältige ich ihn.

Darum werde ich noch ebenso bereit dazu sein, die junge Pensionärin ihrem verschwiegenen Liebhaber wieder zuzustellen, sobald Sie den Zeitpunkt für gekommen erachten. Mir scheint, Sie haben keinen Grund mehr, ihn daran zu hindern; und ich meinerseits will dem armen Danceny diesen hervorragenden Dienst wohl leisten. Es ist wirklich das wenigste, was ich ihm für alle die mir geleisteten schulde. Gegenwärtig ist er in großer Unruhe darüber, ob er bei Frau von Volanges empfangen werden wird. Ich beschwichtige ihn so gut ich kann mit der Versicherung, auf eine oder die andere Art werde ich am ersten passenden Tag sein Glück machen. Und inzwischen nehme ich auch ferner den Breifwechsel auf mich, den er bei der Ankunft ›seiner Cécile‹ wieder anfangen will. Ich habe schon sechs Briefe von ihm und werde wohl sicher noch einen oder zwei bekommen, bis der frohe Tag da ist. Der Bursche muß wirklich wenig zu tun haben!

Aber wir wollen dies kindliche Paar lassen und uns zu uns selbst zurückkehren. Ich möchte mich einzig der so süßen Hoffnung hingeben, die Ihr Brief mir geschenkt hat. Ja, zweifellos werden Sie festhalten, und einen Zweifel daran würde ich Ihnen nicht verzeihen. Habe ich denn in der Beständigkeit bei Ihnen je nachgelassen? Das Band zwischen uns ist gelockert, nicht zerrissen. Unser vorgeblicher Bruch war nur ein Irrtum unserer Einbildung; unsere Gefühle, unsere Interessen sind darum dennoch eins geblieben. Gleich dem Reisenden, der enttäuscht heimkehrt, erkenne ich, daß ich das Glück verlassen habe, um der Hoffnung nachzujagen, und sage wie d'Harcourt:

Die Heimat ward mir lieber, je mehr Fremde ich sah.[1]

Kämpfen Sie also nicht mehr gegen den Einfall oder vielmehr das Gefühl an, das Sie zu mir zurückführt; und nachdem wir auf unsern verschiedenen Fahrten alle Freuden gekostet haben, wollen wir das Glück genießen, zu fühlen, daß keine von ihnen mit der zu vergleichen ist, die wir köstlicher noch wiederfinden werden!

Adieu, bezaubernde Freundin. Ich willige ein, Ihre Rückkehr abzuwarten; aber beschleunigen Sie sie doch, und vergessen Sie nicht, wie ich sie ersehne.

Paris, den 8. November 17**

Hundertvierunddreißigster Brief

Die Marquise von Merteuil an den Vicomte von Valmont

Wahrhaftig, Vicomte, Sie sind doch wie die Kinder, vor denen man nichts sagen darf, denen man nichts zeigen kann, ohne daß sie's sofort haben wollen! Mir kommt bloß ein Gedanke, und ich sage Ihnen auch noch dabei, daß ich mich nicht bei ihm aufhalten will, wenn ich ihn auch erwähne: – Sie aber mißbrauchen ihn, um meinen Willen wieder hinzulenken; mich darauf festzulegen, während ich davon loszukommen trachte; und machen, daß ich gewissermaßen wider Willen Ihre leichtfertigen Begierden teile! Ist es denn hochherzig von Ihnen, daß Sie mich die ganze Last der Vorsicht allein tragen lassen! Ich sage es Ihnen nochmals und wiederhole es mir selbst noch öfter, die Einrichtung, die Sie mir vorschlagen, läßt sich wirklich nicht treffen. Wenn Sie auch

1. de Belloy: Le siège de Calais.

all den Edelmut dabei betätigten, den Sie mir in diesem Augenblick zu erkennen geben, glauben Sie denn, ich habe nicht auch mein Zartgefühl und wollte Opfer entgegennehmen, die Ihrem Glücke schaden?

Ist es nun wahr, Vicomte, daß Sie sich einer Selbsttäuschung hingeben über das Gefühl, das Sie an Frau von Tourvel knüpft? Es ist Liebe, oder es gab nie welche. Sie leugnen sie zwar auf hundert Arten, beweisen sie aber auf tausend. Was ist das zum Beispiel für eine Ausflucht, die Sie sich selbst gegenüber gebrauchen (denn mit mir sind Sie, glaube ich, aufrichtig). Der Lust am Beobachten schreiben Sie den Wunsch zu, den Sie nicht verhehlen und nicht unterdrücken können, diese Frau zu behalten? Sollte man nicht glauben, daß Sie nie eine andere glücklich, vollkommen glücklich gemacht haben? Ach, wenn Sie daran zweifeln, haben Sie recht wenig Gedächtnis! Doch nein, das ist es nicht. Ihr Herz hintergeht einfach Ihren Geist und macht, daß er sich mit faulen Gründen zufriedengibt. Ich aber, die ich sehr daran interessiert bin, hier in keinen Irrtum zu verfallen, bin nicht so leicht zu befriedigen.

So habe ich wohl Ihre Höflichkeit bemerkt und daß Sie sorgsam alle Worte unterdrückt haben, von denen Sie sich gedacht haben, sie hätten mir mißfallen. Zugleich habe ich indessen gesehen, daß Sie, vielleicht ohne es gewahr zu werden, darum doch noch dieselben Gedanken hegten. Tatsächlich ist es nicht mehr die anbetungswürdige, die himmlische Frau von Tourvel; aber es ist eine ›erstaunliche Frau‹, eine ›zartsinnige und fein empfindende Frau‹ und eine Frau, ›daß man von der Art keiner zweiten begegnen würde‹. Ebenso mit dem unbekannten Zauber, der nicht der ›stärkste‹ ist. Nun, mag sein; da Sie ihn aber bis dahin nie gefunden hatten, ist wohl anzunehmen, daß Sie ihn in Zukunft ebensowenig finden würden, und der Verlust, den Sie erleiden würden, wäre darum nicht weniger unersetzlich. Entweder sind dies, Vicomte, sichere Symptome von Liebe, oder man muß es aufgeben, eines finden zu wollen.

Seien Sie versichert, diesmal spreche ich ohne Verstimmung zu Ihnen. Ich habe mir zugeschworen, daß ich mich keiner mehr hingeben will; ich habe zu gut eingesehen, daß sie zum gefährlichen Netz werden kann. Glauben Sie mir, seien wir einfach Freunde und lassen es dabei bewenden. Sie sollten mir höchstens Dank wissen für den Mut, mit dem ich mich verteidige. Ja, Mut; denn es ist manchmal welcher nötig, sei es nur, um keinen Weg einzuschlagen, von dem man fühlt, daß er schlecht ist.

Also nur noch, um Sie durch Überredung zu meiner Meinung zu bekehren, will ich Ihre Frage beantworten in betreff der Opfer, die ich beanspruchen würde und die Sie mir nicht würden bringen können. Ich bediene mich absichtlich des Wortes ›beanspruchen‹, weil ich ganz sicher bin, gleich werden Sie es wirklich zu anspruchsvoll finden. Aber um so besser! Ich werde Ihnen Ihre Weigerung nicht im entferntesten verübeln, sondern sie Ihnen danken. Schauen Sie, Ihnen gegenüber werde ich doch nicht heucheln; das habe ich gerade nötig.

Ich würde also beanspruchen – sehen Sie, wie grausam! –, daß diese seltene, diese erstaunliche Frau von Tourvel nur eine gewöhnliche Frau sein sollte, nur so eine Frau, wie sie ist; denn man darf sich darüber nicht täuschen: der Zauber, den man in andern zu finden glaubt, liegt in uns selbst, und nur die Liebe verschönt so die geliebte Person. So unmöglich das ist, was ich fordere, würden Sie vielleicht doch eine Anstrengung machen und es mir versprechen, sogar schwören; aber das gestehe ich, leeren Reden würde ich nicht glauben. Nur Ihr gesamtes Verhalten könnte mich überzeugen.

Das ist noch nicht alles; ich wäre launenhaft. Wenn Sie sich so freundlich erbieten, mir die kleine Cécile zu opfern, wäre mir doch daran gar nichts gelegen. Ich würde im Gegenteil verlangen, daß Sie, bis zu weiterer Weisung von mir, diesen mühsamen Dienst weiter versehen; sei es, daß es mir gefiele, so meine Macht zu mißbrauchen; sei es, daß ich, nachsichtiger oder gerechter, mich damit begnügte, über Ihre Gefühle zu verfügen, ohne Ihre Vergnügungen durchkreuzen zu wollen. Wie dem auch sei, ich würde wollen, daß mir gehorcht wird, und meine Befehle würden sehr streng sein!

Zwar würde ich mich dann für verpflichtet halten, Ihnen zu danken – kann man's wissen, vielleicht gar, Sie zu belohnen. Das ist sicher, daß ich diese Abwesenheit abkürzen würde, die mir unerträglich werden würde. Ich würde Sie endlich wiedersehen, Vicomte, und würde Sie .... wie ... wiedersehen? – Aber Sie denken doch daran, daß dies nur noch ein Gespräch ist, die bloße Erzählung eines unausführbaren Plans, und ich will nicht die einzige sein, die es vergißt. –

Wissen Sie, daß mein Prozeß mich ein wenig beunruhigt? Ich wollte endlich genau wissen, welche Mittel ich in der Hand habe. Meine Advokaten führen wohl ein paar Gesetze an und vor allem viele ›Autoritäten‹, wie sie sie nennen: aber Vernunft und Gerechtigkeit kann ich nicht ebensoviel darin erkennen. Ich fasse schon bald Besorgnisse, weil ich den Ausgleich abgelehnt habe. Indessen beruhige ich mich mit dem Gedanken, daß der Sachverwalter geschickt, der Advokat beredt und die Prozeßführerin hübsch ist. Wenn diese drei Mittel keine Geltung mehr haben sollten, müßte man den ganzen Gang der Geschäfte umändern, und was würde dann aus der Achtung vor den alten Gebräuchen!

Dieser Prozeß ist gegenwärtig das einzige, was mich hier festhält. Der des Belleroche ist beendet: vom Gericht erledigt, Unkosten vergütet. Er ist schon so weit, daß er sich nach dem Ball heute abend sehnt; es ist die richtige Sehnsucht eines Unbeschäftigten! Bei meiner Rückkehr in die Stadt gebe ich ihm seine volle Freiheit wieder. Dies schmerzliche Opfer bringe ich ihm und tröste mich mit der Hochherzigkeit, die er darin findet.

Adieu, Vicomte, schreiben Sie mir oft; das einzelne über Ihre Freuden wird mich wenigstens zum Teil für den Ärger entschädigen, den ich durchmache.

Aus Schloß ..., den 11. November 17**

Hundertfünfunddreißigster Brief
Die Präsidentin von Tourvel an Frau von Rosemonde

Ich versuche Ihnen zu schreiben, ohne zu wissen, ob ich es können werde. Ach Gott, wenn ich daran denke, daß es bei meinem vorigen Brief das Übermaß war, das mich am Weiterschreiben hinderte! Jetzt drückt mich ein Übermaß von Verzweiflung nieder, das mir nur noch Kraft läßt, um meine Schmerzen zu fühlen, und mir die, sie auszudrücken, nimmt.

Valmont – Valmont liebt mich nicht mehr, hat mich nie geliebt. Liebe schwindet nicht so. Er betrügt mich, verrät, beschimpft mich. Alles, was man an Ungemach und Demütigungen auf einmal erleben kann, das mache ich durch, und von ihm, von ihm kommt es!

Und glauben Sie nicht, das sei bloß ein Verdacht; ich war so weit von Verdacht! Ich bin nicht so glücklich, daß ich zweifeln darf. Ich habe es gesehen; was kann er mir also zu seiner Rechtfertigung sagen? ... Unglückliche, was werden deine Vorwürfe und Tränen ihm sein! Er denkt gerade an dich! ...

So ist es denn wahr, er hat mich geopfert, ausgeliefert sogar ... und wem? Einem gemeinen Geschöpf ... Aber was sage ich? Ach! Sogar das Recht, sie zu verachten, habe ich verloren.

Sie hat weniger Pflichten verraten, sie ist weniger schuldig als ich. Oh, wie das Herzeleid schmerzt, wenn es auf Reue beruht! Ich fühle meine Qualen sich verdoppeln. Adieu, liebe Freundin; so unwürdig ich mich Ihres Mitleids gemacht habe, Sie werden dennoch welches mit mir haben, wenn Sie sich einen Begriff machen können von dem, was ich leide.

– Ich habe meinen Brief wieder durchgelesen und bemerke, daß er Sie von nichts in Kenntnis setzt. Ich will versuchen, ob ich den Mut habe, Ihnen den grausamen Vorfall zu erzählen. Es war gestern; ich sollte zum ersten Mal seit meiner Rückkehr in fremdem Hause soupieren. Valmont besuchte mich um fünf Uhr; nie war er mir so zärtlich erschienen. Er ließ mich erkennen, daß meine Absicht, auszugehen, ihm unangenehm sei, und Sie können sich denken, daß ich bald nichts mehr wollte als zu Hause bleiben. Indessen zwei Stunden später und ganz plötzlich veränderten seine Miene und sein Ton sich merklich. Ich weiß nicht, ob mir etwas entschlüpft ist, was ihm vielleicht mißfallen hat! Wie dem auch sei, kurz darauf behauptete er, sich eines Geschäfts zu erinnern, das ihn nötige, mich zu verlassen, und ging fort – nicht jedoch ohne das lebhafteste Bedauern bekundet zu haben, das mir voll Zärtlichkeit vorkam und das ich damals für aufrichtig hielt.

Als ich mir selbst zurückgegeben war, hielt ich es für passender, mich meiner früheren Verabredung nicht zu entschlagen, da ich nun frei war und ihr nachkommen konnte. Ich beendete meinen Anzug und stieg in den Wagen. Unglücklicherweise fuhr mein Kutscher mit mir an der Oper vorüber, und ich ward in das Gedränge der Abfahrenden verwickelt. Vier Schritte vor mir, in der Reihe neben der meinigen, bemerkte ich Valmonts Wagen. Gleich klopfte mir das Herz; aber nicht vor Furcht; und nur der Wunsch erfüllte mich, daß mein Wagen vorrücken möchte. Statt dessen ward seiner zurückgedrängt und gelangte neben meinen. Ich beugte mich sogleich vor; wie erstaunte ich, als ich an seiner Seite eine Dirne fand, eine als solche wohlbekannte! Ich zog mich zurück, können Sie denken, und das war schon reichlich genug, um mir das Herz zu zerreißen. Aber was Sie kaum glauben werden: diese Dirne, die durch eine abscheuliche Vertraulichkeit offenbar eingeweiht war, wich nicht vom Wagenfenster und sah mich immerfort an, mit einem Gelächter, so laut, daß ein Skandal entstehen konnte.

So vernichtet wie ich war, ließ ich mich dennoch nach dem Hause fahren, wo ich soupieren sollte. Aber es war mir unmöglich, dort zu bleiben. Jeden Augenblick fühlte ich mich

einer Ohnmacht nahe, und vor allem konnte ich die Tränen nicht anhalten.
Gleich bei der Heimkehr schrieb ich an Herrn von Valmont und schickte ihm den Brief sofort. Er war nicht zu Hause. Ich wollte um jeden Preis aus diesem Zustand des Todes heraus oder ihn befestigen für immer, darum schickte ich nochmals, mit dem Befehl, auf ihn zu warten. Aber vor Mitternacht kam mein Diener wieder und sagte, der Kutscher, der zurück sei, habe ihm gesagt, sein Herr werde die Nacht über nicht nach Hause kommen. Heute morgen habe ich geglaubt, nichts anderes mehr zu tun zu haben, als meine Briefe von ihm zurückzuverlangen und ihn zu bitten, er möge nicht mehr zu mir kommen. Wirklich habe ich die betreffenden Befehle gegeben; aber gewiß waren sie unnötig. Es ist fast Mittag; er hat sich noch nicht gezeigt, und nicht einmal ein Wort habe ich von ihm bekommen.
Jetzt, liebe Freundin, habe ich nichts weiter hinzuzufügen. Nun sind Sie unterrichtet, und Sie kennen mein Herz. Meine einzige Hoffnung ist, daß ich nicht mehr lange Ihre mitfühlende Freundschaft betrüben muß.

Paris, den 15. November 17**

Hundertsechsunddreißigster Brief
Die Präsidentin von Tourvel an den Vicomte von Valmont

Nach dem, was gestern geschehen ist, mein Herr, erwarten Sie gewiß, bei mir nicht mehr empfangen zu werden, und gewiß auch tragen Sie nicht viel Verlangen danach! Dies Billett hat also weniger den Zweck Sie zu bitten, daß Sie nicht mehr kommen mögen, als die Briefe zurückzuerbitten, die nie hätten existieren sollen und die, wenn sie Sie vielleicht einen Augenblick interessiert haben als Beweise für die Verblendung, die Sie gezeitigt haben, Ihnen jetzt, da diese beseitigt ist und sie selbst nur noch ein von Ihnen schon zerstörtes Gefühl ausdrücken, notwendig gleichgültig sein müssen.

Ich erkenne an und gestehe, daß es verkehrt von mir war, zu Ihnen dasselbe Vertrauen zu fassen, dessen Opfer vor mir so viele andere gewesen waren. In der Beziehung klage ich nur mich an; aber wenigstens glaube ich nicht verdient zu haben, daß Sie mich der Verachtung und Beleidigung ausliefern. Ich glaubte, wenn ich Ihnen alles aufopferte und nur Ihnen zuliebe meine Rechte auf die Achtung der andern und meine eigene verlor, könne ich doch erwarten, daß Sie mich nicht strenger beurteilen als die öffentliche Meinung, die immer noch durch einen weiten Abstand die schwache Frau von der verderbten trennt. Nur von diesem Unrecht, das für die Welt eines wäre, spreche ich zu Ihnen. Von dem, was für die Liebe Unrecht ist, schweige ich; Ihr Herz würde meines nicht verstehen. Leben Sie wohl, mein Herr.

Paris, den 15. November 17**

Hundertsiebenunddreißister Brief

Der Vicomte von Valmont an die Präsidentin von Tourvel

Soeben, gnädige Frau, wird mir Ihr Brief überbracht. Ich habe beim Lesen gezittert, und kaum läßt er mir so viel Kraft, daß ich antworten kann. Welchen grauenhaften Begriff machen Sie sich denn von mir! Ach, zweifellos habe ich Unrecht begangen, und zwar derartiges, daß ich es mir im Leben nicht verzeihen werde, sollten Sie es auch mit Ihrer Nachsicht verdecken. Wie fern aber hat das, was Sie mir vorwerfen, meiner Seele stets gelegen! Ich? Sie demütigen? Sie erniedrigen? Während ich Sie doch ebensosehr achte wie zärtlich liebe; während ich doch erst Stolz kenne seit dem Augenblick, da Sie mich Ihrer würdig erachtet haben. Der Schein hat Sie betrogen; ich gebe zu, daß er wohl gegen mich war; aber hatten Sie denn in Ihrem Herzen nicht, was nötig, um dagegen anzukämpfen? Und hat es sich nicht empört bei dem bloßen Gedanken, es könne sich über meines zu beklagen haben? Sie indessen haben ihm geglaubt? So haben Sie denn nicht allein mich dieses abscheulichen Wahnsinns für fähig gehalten, sondern haben sogar gefürchtet, sich ihm durch Ihre Freundlichkeit gegen mich ausgesetzt zu haben. Ach! wenn Sie sich durch Ihre Liebe dermaßen herabgewürdigt vorkommen, dann bin also auch ich in Ihren Augen recht schlecht?

Bedrückt von dem Schmerz, den dieser Gedanke mir verursacht, verliere ich damit die Zeit, daß ich ihn abwehre, anstatt ihn zu vernichten. Ich will alles gestehen; noch eine andere Erwägung hält mich zurück. Muß ich die Tatsachen nochmals schildern, die ich ungeschehen machen möchte, und Ihre und meine Aufmerksamkeit auf einen Augenblick der Verirrung lenken, den ich für den Rest meines Lebens zurückkaufen möchte, dessen Ursache ich noch immer vergeblich zu fassen suche und dessen Andenken auf immer meine Demütigung und Verzweiflung ausmachen wird? Ach! wenn meine Selbstanklage Ihren Zorn reizt, brauchen Sie nach Ihrer Rache wenigstens nicht weit zu suchen; es wird genügen, wenn Sie mich meinen Gewissenbissen ausliefern.

Indessen, wer würde es glauben, dieser Vorfall hat zur ersten Ursache den allmächtigen Zauber, dem ich bei Ihnen verfalle. Er war's, der mich allzulange von einem wichtigen Geschäft abhielt, das sich nicht aufschieben ließ. Ich verließ Sie zu spät und traf die Person nicht mehr, die ich abholen wollte. Ich hoffte in der Oper zu ihr zu stoßen, und der Weg dorthin blieb ebenfalls fruchtlos. Emilie, der ich dort begegnete, die ich zu einer Zeit gekannt hatte, da ich Sie und die Liebe noch lange, lange nicht kannte, Emilie hatte ihren Wagen nicht da und bat mich, ich möge sie vor ihrem Hause, nur ein paar Schritte entfernt, absetzen. Ich hielt das für ganz unbeträchtlich und willigte ein. Da aber traf ich Sie, und auf der Stelle fühlte ich, Sie würden geneigt sein, mich für schuldig zu halten.

Die Furcht, Ihnen zu mißfallen oder Sie zu betrüben, ist in mir so mächtig, daß sie bald bemerkt werden mußte und wirklich bemerkt ward. Ich gestehe, daß ich aus dieser Furcht sogar versuchte, das Mädchen zu veranlassen, daß

sie sich nicht zeigte. Die von Zartgefühl eingegebene Vorsicht ist zum Schaden der Liebe ausgeschlagen. Gleich allen ihres Standes fühlt sie sich einer nur angemaßten Macht gewohnheitsmäßig erst dann sicher, wenn sie sie zu mißbrauchen wagen kann, und darum hütete Emilie sich wohl, eine so glänzende Gelegenheit dazu entschlüpfen zu lassen. Je mehr sie meine Verlegenheit wachsen sah, desto auffälliger zeigte sie sich; und ihre wilde Fröhlichkeit, für deren Gegenstand – es macht mich rot – Sie sich einen Augenblick haben halten können, hatte nur meine grausame Pein zur Ursache. Und diese kam wieder von meiner Achtung und meiner Liebe.
Bis dahin bin ich wohl eher unglücklich als schuldig; und da dies Unrecht, ›das für alle Welt eines wäre, und von dem allein Sie zu mir sprechen‹, nicht vorhanden ist, kann es mir nicht vorgeworfen werden. Aber umsonst schweigen Sie über das, das die Liebe beging. Ich werde darüber nicht das gleiche Stillschweigen bewahren; ein zu großes Interesse verpflichtet mich, es zu brechen.
Wohl kann ich, in meiner Beschämung über diese unfaßliche Verirrung, es nicht ohne äußersten Schmerz über mich gewinnen, die Erinnerung daran heraufzubeschwören. Durchdrungen von dem Unrecht, das ich beging, würde ich mich darein finden, die Strafe dafür zu tragen; oder ich würde Verzeihung von der Zeit erwarten, von meiner ewigwährenden Zärtlichkeit und von meiner Reue. Wie aber soll ich schweigen, wenn, was mir zu sagen erübrigt, für Ihr Zartgefühl von Wichtigkeit ist?
Glauben Sie nicht, ich suchte eine List, um mein Vergehen zu entschuldigen oder zu mildern. Ich gestehe meine Schuld. Nicht aber gestehe ich, nie werde ich gestehen, daß diese demütigende Verirrung als ein von der Liebe begangenes Unrecht anzusehen sei. Wie denn! Was hat denn eine Überrumpelung durch die Sinne, ein Augenblick des Selbstvergessens, dem bald Scham und Reue folgen – was haben sie gemeinsam mit einem reinen Gefühl, das nur in einer zart-

fühlenden Seele geboren werden kann, sich nur durch Achtung in ihr erhalten kann und dessen Frucht das Glück ist! Oh, entweihen Sie nicht so die Liebe! Nehmen Sie sich vor allem in acht, daß Sie sich nicht selbst entweihen, wenn Sie unter einem und demselben Gesichtspunkt vereinigen, was nie verwechselt werden darf. Lassen Sie die minderwertigen, verderbten Frauen sich vor einer Rivalität fürchten, deren Möglichkeit sie unwillkürlich fühlen, und die Qualen einer ebenso grausamen wie demütigenden Eifersucht durchmachen. Aber Sie! Wenden Sie die Augen von diesen Dingen, sie würden Ihre Blicke besudeln. Und rein wie die Gottheit sollen Sie, ebenfalls wie sie, die Beleidigung bestrafen, ohne sie zu fühlen.

Welche Strafe aber wollen Sie mir auferlegen, schmerzlicher als die, die ich schon erdulde? Vergleichbar mit der Reue, Ihnen mißfallen zu haben, mit der Verzweiflung, Sie schwer gekränkt zu haben, mit dem niederdrückenden Gedanken, Ihrer nun weniger würdig zu sein? Sie denken ans Strafen! Und ich bitte Sie um Trost. Ich verdiene ihn wohl nicht; aber ich brauche ihn notwendig, und nur von Ihnen kann er mir kommen.

Wenn Sie plötzlich meine Liebe und Ihre vergessen, keinen Wert mehr auf mein Glück legen, sondern mich im Gegenteil ewigem Schmerz ausliefern wollen, haben Sie das Recht. Schlagen Sie zu! Haben Sie dagegen mehr Nachsicht oder Mitgefühl und erinnern sich noch der so zärtlichen Gefühle, die unsere Herzen vereinigten, dieser Wonne der Seele, immer im Werden und immer lebhafter, dieser so süßen, so beglückten Tage, die jeder von uns dem andern verdankte, all dieser Güter der Liebe, die sie allein uns verschafft – vielleicht werden Sie dann die Macht, sie wieder erstehen zu lassen, lieber ausüben als die, sie zu zerstören. Was sage ich Ihnen noch? Ich habe alles verloren und alles durch meine Schuld. Aber durch Ihre Wohltaten kann ich alles wiedererlangen. Die Entscheidung liegt jetzt bei Ihnen. Ich füge nur noch ein Wort hinzu. Gestern noch schwuren Sie mir, mein Glück sei ganz sicher, solange es von Ihnen abhinge! Ach, gnädige Frau, werden Sie mich heute ewiger Verzweiflung ausliefern?

Paris, den 16. November 17**

Hundertachtunddreißigster Brief

Der Vicomte von Valmont an die Marquise von Merteuil

Ich bleibe dabei, schöne Freundin, nein, ich bin nicht verliebt; und es ist nicht meine Schuld, wenn die Umstände mich zwingen, die Rolle des Verliebten zu spielen. Lassen Sie das nur gelten und kehren Sie zurück; Sie werden bald selbst sehen, wie ehrlich ich bin. Gestern habe ich den Beweis erbracht, und durch das, was heute vorgeht, kann er nicht ungültig gemacht werden.

Ich war also bei der zärtlichen Spröden, und zwar ganz frei von sonstigen Geschäften; denn die kleine Volanges sollte, trotz ihrem Zustand, die ganze Nacht auf dem verfrühten Ball der Frau V . . . verbringen. Aus Langerweile hatte ich zuerst gewünscht, den Abend länger auszudehen, und ich hatte zu dem Zweck sogar ein kleines Opfer gefordert. Kaum war es bewilligt, ward das Vergnügen, das ich mir versprochen hatte, gestört durch den Gedanken an diese Liebe, die Sie so hartnäckig bei mir annehmen oder mir wenigstens vorwerfen – dergestalt, daß ich keinen andern Wunsch mehr hatte als den, gleichzeitig mich selbst zu vergewissern und Sie zu überzeugen, daß es bloße Verleumdung von Ihnen sei.

Ich griff also zu einem gewaltsamen Mittel, und unter einem ziemlich nichtigen Vorwand ließ ich meine Schöne sitzen, ganz überrascht und gewiß noch mehr betrübt. Ich aber suchte ruhig Emilie in der Oper auf, und sie könnte Ihnen darüber berichten, daß bis zum Morgen, als wir uns getrennt haben, keine Reue unser Vergnügen gestört hat.

Dabei hatte ich einen ganz schönen Grund zur Besorgnis, wenn meine vollkommene Gleichgültigkeit mich nicht vor ihr bewahrt hätte. Denn Sie müssen wissen, ich war kaum vier Häuser weit von der Oper und hatte Emilie bei mir im Wagen, da fuhr der der strengen Betschwester genau neben meinen, und eine eingetretene Verkehrsstockung ließ uns nahezu eine Viertelstunde nebeneinander. Man sah sich wie am Mittag, und es gab kein Mittel, zu entkommen.

Das ist aber noch nicht alles. Ich ließ es mir einfallen, Emilie anzuvertrauen, das sei die Frau mit dem Brief. (Sie werden sich dieses dummen Streiches vielleicht erinnern und daß Emilie das Schreibpult war.)[1] Sie, die es nicht vergessen hatte und die lachlustig ist, gab keine Ruhe, bis sie sich ›diese Tugend‹, so sagte sie, ganz genau angesehen hatte, und zwar mit so anstößigem Gelächter, daß es einen verstimmen konnte.

Auch das ist noch nicht alles. Schickte nicht die eifersüchtige Frau noch am selben Abend zu mir? Ich war nicht da; aber in ihrer Hartnäckigkeit schickte sie ein zweites Mal, mit dem Befehl, mich zu erwarten. Ich meinerseits hatte, sobald ich entschlossen war, bei Emilie zu bleiben, meinen Wagen weggeschickt, ohne weiteren Befehl für den Kutscher, als mich heute morgen wieder abzuholen; und da er bei der Ankunft zu Hause den Liebesboten vorfand, sagte er ihm, ohne sich was dabei zu denken, ich würde die Nacht nicht heimkommen. Sie erraten wohl die Wirkung dieser Nachricht, und daß ich bei meiner Rückkehr meinen Abschied vorgefunden habe; er war mir mit all der Würde kundgegeben, die die Umstände zuließen!

Somit hätte dieses nach Ihrer Meinung endlose Abenteuer, wie Sie sehen, heute morgen zu Ende sein können. Ja, wenn es noch nicht aus ist, kommt es nicht, wie Sie glauben werden, daher, daß ich Wert darauf lege, sondern weil ich es einerseits nicht passend fand, zuzugeben, daß man mich verlasse, und weil ich andrerseits die Ehre dieses Opfers Ihnen habe vorbehalten wollen.

Also habe ich auf das strenge Billett mit einer Epistel voll

1. 47. Brief

von Gefühlen geantwortet. Ich habe lang und breit Gründe dargelegt und die Sorge, ihnen Aufnahme zu verschaffen, der Liebe überlassen. Schon ist es geglückt. Eben erhalte ich ein zweites Billett, immer noch sehr streng; auch bestätigt es den Abbruch der Beziehungen auf immer, wie es unvermeidlich war; aber der Ton ist doch nicht mehr derselbe. Vor allem will man mich nicht mehr sehen: dieser Beschluß ist viermal auf das unwiderruflichste verkündet. Ich habe daraus geschlossen, daß ich mich, ohne einen Augenblick zu verlieren, einfinden müsse. Ich habe schon meinen Jäger hingeschickt, um sich des Schweizers zu bemächtigen; und in einem Augenblick werde ich selbst gehen, um mir meine Verzeihung in aller Form abzuholen. Denn wenn man ein Unrecht dieser Art begangen hat, gibt es bloß eine einzige Formel, die allgemeine Absolution mit sich bringt, und die läßt sich nur persönlich mitteilen.

Adieu, bezaubernde Freundin, ich eile, mich um dies große Ereignis zu bemühen.

Paris, den 16. November 17**

Hundertneununddreißigster Brief

Die Präsidentin von Tourvel an Frau von Rosemonde

Wie sehr werfe ich mir vor, liebe, mitfühlende Freundin, daß ich Ihnen zu lange und zu früh von meinem vorübergehenden Leid gesprochen habe! Ich bin schuld, daß Sie sich jetzt betrüben; der Kummer, der Ihnen von mir kommt, hält noch vor, und ich selbst bin glücklich. Ja, alles ist vergessen, verziehen; besser gesagt, es ist gutgemacht. Diesem Zustand von Schmerz und Angst ist Friede und Wonne gefolgt. O Freude meines Herzens, wie soll ich dich ausdrükken! Valmont ist unschuldig. Bei so viel Liebe gibt es keine Schuld. Das schwere, beleidigende Unrecht, das ich ihm so bitter vorwarf, er hatte es nicht begangen; und wenn ich in einem einzigen Punkt Nachsicht walten lassen muß – hatte nicht auch ich Ungerechtigkeit gutzumachen?

Ich will Ihnen nicht in den Einzelheiten die Gründe wiedergeben, die ihn rechtfertigen; vielleicht würde der Geist sie nicht einmal zu würdigen wissen; das Herz allein vermag sie zu fühlen. Sollten Sie mich aber im Verdacht der Schwäche haben, würde ich Ihre Urteilskraft anrufen, damit sie meine unterstützt. Für Männer, sagen Sie selbst, ist Untreue nicht Unbeständigkeit.

Wohl fühle ich, daß diese Unterscheidung, die die öffentliche Meinung umsonst gutheißt, darum das Zartgefühl doch verletzt. Worüber aber dürfte meines klagen, während das Valmonts noch leidet? Dies selbe Unrecht, das ich vergesse, glauben Sie nicht, daß er es sich verzeiht oder sich darüber tröstet. Und doch, wie hat er diesen leichten Fehler gutgemacht durch das Übermaß seiner Liebe und meines Glücks!

Ist meine Seligkeit größer, oder fühle ich besser, was sie wert ist, seit ich fürchtete, ich hätte sie verloren; aber das kann ich Ihnen sagen, wenn ich mich stark genug fühlte, nochmals so schwere Kümmernis zu ertragen, wie ich jetzt durchgemacht habe, wurde ich das Mehr von Glück, das ich seither gekostet habe, damit, meine ich, nicht zu teuer erkaufen. O zärtliche Mutter, schelten Sie Ihre unbedachte Tochter, weil sie Sie voreilig betrübt hat; schelten Sie sie, weil sie den vermessen beurteilt und verleumdet hat, den anzubeten sie nicht ablassen durfte. Erkennen Sie sie als unklug, zugleich aber sehen Sie sie glücklich und vermehren ihre Freude dadurch, daß Sie sie teilen.

Paris, den 16. November 17**, abends.

Hundertvierzigster Brief

Der Vicomte von Valmont an die Marquise von Merteuil

Wie geht es denn zu, schöne Freundin, daß ich keine Antwort von Ihnen bekomme? Mein voriger Brief schien mir doch eine zu verdienen; und seit drei Tagen, die ich sie schon haben müßte, warte ich noch darauf! Ich bin mindestens

ärgerlich; so werde ich Ihnen denn von meiner großen Angelegenheit gar nichts sagen.
Daß die Versöhnung ihre volle Wirkung geübt hat; daß, statt Vorwürfe und Mißtrauen, sie nur neue Zärtlichkeiten gezeigt hat; daß jetzt ich die Entschuldigungen und Genugtuungen entgegennehme, die meiner beargwöhnten Unschuld gebühren – davon sage ich Ihnen kein Wort, und wäre nicht der unvorhergesehene Vorfall der vergangenen Nacht, würde ich Ihnen überhaupt nicht schreiben. Aber da dieses Ihr Mündel angeht und sie selbst wahrscheinlich nicht in der Lage sein wird, Sie davon zu unterrichten, wenigstens auf einige Zeit hinaus nicht, übernehme ich dies.
Aus Gründen, die Sie erraten oder nicht erraten werden, beschäftigte Frau von Tourvel mich seit ein paar Tagen nicht mehr; und da diese Gründe bei der kleinen Volanges nicht in Betracht kamen, war ich bei ihr um so fleißiger. Dank dem gefälligen Türhüter hatte ich kein Hindernis zu überwinden; und Ihr Mündel und ich führten ein bequemes, geregeltes Leben. Doch Gewohnheit bringt Nachlässigkeit mit sich. Die ersten Tage konnten wir nie genug Vorsichtsmaßregeln ergreifen zu unserer Sicherheit; noch hinter Riegeln zitterten wir. Gestern hat eine unglaubliche Zerstreutheit den Unglücksfall veranlaßt, von dem ich Sie zu unterrichten habe; und wenn ich meinesteils mit der Furcht davongekommen bin, kommt er dem kleinen Mädchen teurer zu stehen.
Wir schliefen nicht, lagen aber in der Ruhe und Hingebung, die auf die Lust folgen, als wir plötzlich die Zimmertür sich öffnen hörten. Sogleich stürzte ich mich auf meinen Degen, ebensowohl zu meiner eigenen Verteidigung als zu der unseres gemeinsamen Mündels. Ich trete vor und sehe niemand; aber die Tür stand wirklich offen. Da wir Licht hatten, ging ich auf die Suche, fand aber keine lebende Seele. Da fiel mir ein, daß wir die gewohnten Vorsichtsmaßregeln vergessen hatten. Die nur angelehnte oder schlecht geschlossene Tür war wohl von selbst wieder aufgegangen.
Wie ich wieder zu meiner furchtsamen Gefährtin ging, um

sie zu beruhigen, fand ich sie nicht im Bett. Sie war in den Raum zwischen Bett und Wand gefallen oder hatte sich dahin gerettet; kurz, sie lag dort bewußtlos hingestreckt und ohne weitere Regung als ziemlich starke Zuckungen. Stellen Sie sich meine Verlegenheit vor! Es gelang mir gleichwohl, sie wieder ins Bett zu legen und sie sogar zu sich zu bringen. Aber beim Sturz hatte sie sich verwundet und fühlte bald die Wirkung.

Nierenschmerzen, heftige Koliken, noch weniger zweideutige Anzeichen klärten mich bald über ihren Zustand auf. Um aber sie darüber zu belehren, mußte ich zuerst den erklären, in dem sie vorher war; denn sie ahnte ihn gar nicht. Vielleicht hat nie eine, bis zu ihr, sich so viel Unschuld bewahrt und dabei alles so brav getan, was nötig ist, um sie loszuwerden! Oh, die verliert die Zeit nicht mit Nachdenken!

Viel Zeit dagegen verlor sie mit Jammern, und ich fühlte, daß ein Entschluß gefaßt werden mußte. Also kam ich mit ihr überein, ich wolle auf der Stelle zum Arzt und zum Chirurgen des Hauses gehen, sie benachrichtigen, daß sie geholt werden würden, und ihnen dabei unter dem Siegel des Geheimnisses alles anvertrauen. Sie ihrerseits sollte ihrer Kammerfrau klingeln, ihr die Sache gestehen oder nicht gestehen, was sie wollte, jedoch nach Hilfe schicken und vor allem verbieten, daß Frau von Volanges geweckt werde: die natürliche zarte Aufmerksamkeit einer Tochter, die ihre Mutter zu beunruhigen fürchtet.

Ich habe meine zwei Wege und meine zwei Beichten so rasch ich konnte erledigt, und von dort bin ich nach Hause zurückgekehrt und noch nicht wieder ausgegangen. Aber der Chirurg, den ich anderweitig schon kannte, ist mittags gekommen und hat mir über den Zustand der Kranken berichtet. Ich hatte mich nicht geirrt; aber er hofft, wenn kein Unglücksfall eintritt, wird man im Hause nichts merken. Die Kammerfrau ist eingeweiht; der Arzt hat der Krankheit einen Namen gegeben; und die Geschichte wird

beigelegt werden wie tausend andere, falls es uns nicht künftig nützen kann, daß davon geredet wird.
Besteht denn aber noch ein gemeinsames Interesse zwischen Ihnen und mir? Ihr Schweigen könnte mich daran zweifeln lassen; ich würde es überhaupt nicht mehr glauben, wenn ich's nicht wünschte und mir darum mit allen erfindlichen Mitteln die Hoffnung bewahrte.
Adieu, schöne Freundin; ich umarme Sie, aber ohne den Groll fahren zu lassen.

Paris, den 21. November 17**

Hunderteinundvierzigster Brief

Die Marquise von Merteuil an den Vicomte von Valmont

Mein Gott, Vicomte, sind Sie lästig mit Ihrer Hartnäckigkeit! Was kümmert Sie mein Schweigen? Glauben Sie, ich schweige aus Mangel an Gründen zu meiner Verteidigung? Ach, wollte Gott! Doch nein, es ist nur, weil es mich Überwindung kostet, sie Ihnen zu sagen.
Sprechen Sie die Wahrheit: täuschen Sie sich selbst etwas vor, oder suchen Sie mich zu hintergehen? Der Unterschied zwischen Ihren Reden und Ihren Handlungen läßt mir nur diese Wahl. Wie ist's nun in Wahrheit? Was soll ich Ihnen sagen, während ich selbst nicht weiß, was denken.
Sie scheinen sich Ihren letzten Auftritt mit der Präsidentin als hohes Verdienst anzurechnen; aber was beweist er denn für Ihr System oder gegen meines? Sicherlich habe ich Ihnen nie gesagt, Sie liebten diese Frau so sehr, daß Sie sie nie betrügen, nicht alle Gelegenheiten dazu ergreifen würden, die Ihnen angenehm oder leicht vorkämen. Ich zweifelte nicht einmal daran, es würde Ihnen ziemlich gleich sein, bei einer andern, bei der ersten besten sogar, die Begierden zu befriedigen, die diese hier allein geweckt hätte; und ich bin nicht überrascht, daß Sie in einer geistigen Ausschweifung, die man Ihnen mit Unrecht abstreiten würde, einmal absichtlich getan haben, was Sie tausendmal infolge einer Gelegen-

heit taten. Wer wüßte, daß das der gewöhnliche Lauf der Welt ist und bei euch allen üblich, so viele eurer sind, vom Bösewicht bis zu den Unbedeutendsten? Der, der sich heute so etwas versagt, gilt für romantisch; und das, denke ich, ist nicht der Fehler, den ich Ihnen vorwerfe.

Was ich aber gesagt habe, was ich gedacht habe und noch denke, ist, daß Sie darum Ihre Präsidentin dennoch lieben; zwar nicht sehr rein und nicht sehr zärtlich, aber so, wie Sie lieben können; mit einer Art Liebe, daß Sie zum Beispiel an einer Frau Reize oder gute Eigenschaften finden, die sie nicht hat; daß Sie ihr einen eigenen Rang anweisen und alle andern in die zweite Klasse versetzen; daß Sie sogar dann noch an ihr hängen, wenn Sie sie beschimpfen; kurz, mit einer Art Liebe, wie ich mir denken kann, daß ein Sultan sie für seine Favorit-Sultanin fühlt, ohne daß sie ihn abhält, ihr oft eine einfache Odaliske vorzuziehen. Mein Vergleich scheint mir um so treffender, als Sie, wie er, nie weder der Geliebte noch der Freund einer Frau sind, sondern immer ihr Tyrann oder ihr Sklave. Darum bin ich auch ganz sicher, daß Sie sich recht demütig, recht niedrig gemacht haben, um bei dem schönen Wesen wieder in Gnaden aufgenommen zu werden! Weil Sie das erreicht haben, sind Sie überglücklich, und sobald Sie den Augenblick für gekommen halten, um Verzeihung zu erlangen, verlassen Sie mich wegen ›dieses großen Ereignisses‹.

Und auch wieder in Ihrem letzten Brief sprechen Sie nur darum nicht einzig und allein von dieser Frau, weil Sie nur darin nichts von ›Ihren großen Angelegenheiten‹ sagen wollen. Sie kommen Ihnen so wichtig vor, daß das Schweigen, das Sie darüber bewahren, Ihnen als Strafe für mich erscheint. Und nach diesen tausend Beweisen Ihrer entschiedenen Vorliebe für eine andere fragen Sie mich in aller Ruhe, ob noch ›ein gemeinsames Interesse zwischen Ihnen und mir‹ besteht! Nehmen Sie sich in acht, Vicomte! Antworte ich einmal, wird meine Antwort unwiderruflich sein. Und wenn ich mich in diesem Augenblick davor fürchtete, eine Antwort zu geben, hätte ich vielleicht schon zu viel gesagt. Darum will ich auch durchaus gar nicht mehr davon reden.

Alles, was ich tun kann, ist, daß ich Ihnen eine Geschichte erzähle. Vielleicht werden Sie keine Zeit haben, sie zu lesen oder genügend aufzumerken, daß Sie sie recht verstehen? Das steht bei Ihnen. Schlimmstenfalls ist nur eine Geschichte verlorengegangen.

Ein mir bekannter Herr hatte sich, wie Sie, mit einer Frau eingelassen, die ihm wenig Ehre machte. Zwischendurch war er wohl so gescheit, zu fühlen, daß früher oder später dies Abenteuer ihm schaden werde. Aber obwohl er darüber errötete, hatte er nicht den Mut, abzubrechen. Seine Verlegenheit war um so größer, als er seinen Freunden gegenüber geprahlt hatte, er sei gänzlich frei, und als ihm nicht unbekannt war, daß man immer lächerlicher wird, je mehr man sich verteidigt. So verbrachte er sein Leben, machte immerfort Dummheiten und sagte nachher immerfort: ›Es ist nicht meine Schuld.‹ Dieser Mann hatte eine Freundin, die einen Augenblick versucht war, ihn in diesem Zustand von Trunkenheit dem Publikum auszuliefern und so seine Lächerlichkeit unauslöschlich zu machen. Da sie aber doch mehr hochherzig als boshaft war, oder vielleicht noch aus einem andern Grund, wollte sie ein letztes Mittel ausprobieren, um für alle Fälle sagen zu können wie ihr Freund: ›Es ist nicht meine Schuld.‹ So ließ sie ihm denn ohne weitere Bemerkung folgenden Brief zukommen, als Heilmittel, dessen Gebrauch ihm gegen seine Krankheit helfen könne:

›Alles wird langweilig, mein Engel, das ist ein Naturgesetz; es ist nicht meine Schuld.

Wenn mich also ein Abenteuer heute langweilt, das mich seit vier tödlich langen Monaten ganz und gar in Anspruch genommen hat, ist es nicht meine Schuld.

Wenn ich zum Beispiel gerade ebensoviel Liebe gehabt habe als Du Tugend, und damit ist viel gesagt, dann ist nicht zu

verwundern, daß eins zur selben Zeit zu Ende ist wie das andere. Es ist nicht meine Schuld.
Daraus folgt, daß ich Dich seit einiger Zeit betrogen habe; aber Deine mitleidlose Zärtlichkeit zwang mich gewissermaßen dazu! Es ist nicht meine Schuld.
Heute verlangt eine Frau, die ich bis zur Bewußtlosigkeit liebe, ich soll Dich opfern. Es ist nicht meine Schuld.
Ich sehe ein, daß dies eine gute Gelegenheit ist, über Eidbruch zu schreien; aber wenn die Natur den Männern nur Beständigkeit verliehen hat, während sie den Frauen Hartnäckigkeit gab, ist es nicht meine Schuld.
Glaube mir, suche Dir einen andern Liebhaber aus, wie ich mir eine andere Geliebte ausgesucht habe. Dieser Rat ist gut, sehr gut; wenn Du ihn schlecht findest, ist es nicht meine Schuld.
Lebe wohl, mein Engel, ich habe Dich mit Vergnügen genommen, ich verlasse Dich ohne Bedauern; vielleicht komme ich noch wieder zu Dir. Das ist der Lauf der Welt. Es ist nicht meine Schuld.‹
Ihnen zu sagen, Vicomte, was dieser letzte Versuch für eine Wirkung gehabt hat und was daraus gefolgt ist, dafür ist nicht der Augenblick; aber ich verspreche, daß ich es Ihnen in meinem nächsten Brief sagen will. Darin werden Sie auch mein Ultimatum finden in betreff der Vertragserneuerung, die Sie mir vorschlagen. Bis dahin sage ich Ihnen einfach adieu.
Mir fällt ein: besten Dank für die Einzelheiten über die kleine Volanges. Es ist ein Artikel für die Klatschzeitung, bis nach der Hochzeit aufzuheben. Inzwischen spreche ich Ihnen mein Beileid aus zu dem Verlust Ihrer Nachkommenschaft. Guten Abend, Vicomte.

Aus Schloß . . , den 24. November 17**

Hundertzweiundvierzigster Brief
Der Vicomte von Valmont an die Marquise von Merteuil

Bei Gott, schöne Freundin, ich weiß nicht, habe ich Ihren Brief und die Geschichte darin und das miteinbegriffene kleine Briefmuster falsch gelesen oder falsch verstanden. Das eine kann ich Ihnen sagen, daß ich das letztere originell und geeignet gefunden habe, Effekt zu machen. Drum habe ich es einfach abgeschrieben und es, ebenfalls, ganz einfach, der himmlischen Präsidentin übersandt. Ich habe keinen Augenblick verloren, denn das zärtliche Schreiben ist gleich gestern abend abgegangen. Dies habe ich vorgezogen, weil ich ihr erstens versprochen habe, daß ich ihr gestern schreiben wollte; und dann dachte ich auch, sie würde an der ganzen Nacht nur gerade genug haben, um sich zu sammeln und nachzudenken über ›das große Ereignis‹ – sollten Sie mir auch zum zweiten Mal den Ausdruck vorwerfen.

Ich hoffte heute morgen die Antwort meiner Vielgeliebten an Sie weitersenden zu können; aber es ist nahe an Mittag, und noch habe ich nichts bekommen. Ich werde bis fünf Uhr warten; und wenn ich dann noch keine Nachrichten habe, werde ich sie mir selbst holen; denn besonders wenn es sich um Lebensart handelt, ist nur der erste Schritt schwer.

Jetzt bin ich, wie Sie sich denken können, sehr begierig auf das Ende der Geschichte von dem Ihnen bekannten Herrn, der unter so heftigem Verdacht stand, er könne eine Frau nötigenfalls nicht aufgeben. Ist er nun nicht gebessert? Und hat seine hochherzige Freundin ihn nicht in Gnaden aufgenommen?

Ebensosehr verlangt mich nach Ihrem ›Ultimatum‹, wie Sie so politisch sagen! Ich bin besonders neugierig, ob Sie auch in diesem letzten Schritt noch Liebe finden. Ach wohl, es ist welche drin, viel sogar! Aber zu wem? Indessen will ich mich auf nichts berufen und erwarte alles von Ihrer Güte.

Adieu, bezaubernde Freundin; ich werde diesen Brief erst um zwei Uhr schließen, in der Hoffnung, daß ich dann die ersehnte Antwort beifügen kann.

(Zwei Uhr nachmittags.) Noch immer nichts, die Zeit drängt sehr, ich kann kein Wort mehr hinzusetzen. Aber werden Sie auch diesmal noch die zärtlichsten Küsse der Liebe zurückweisen?

Paris, den 27. November 17**

Hundertdreiundvierzigster Brief
Die Präsidentin von Tourvel an Frau Rosemonde

Der Schleier ist zerrissen, gnädige Frau, auf den der Trug meines Glückes gemalt war. Unheilvolle Wahrheit leuchtet mir und zeigt mir nur einen sichern, nahen Tod, zu dem der Weg mir vorgezeichnet ist zwischen Scham und Reue. Ich werde ihn gehen ... Ich werde meine Qualen liebhaben, wenn sie mein Dasein abkürzen. Ich schicke Ihnen den Brief, den ich gestern bekommen habe, und will keine Bemerkung hinzufügen, er bringt sie von selbst mit. Zum Klagen ist jetzt nicht mehr Zeit, es heißt nur noch zu leiden. Nicht Mitleid brauche ich, sondern Kraft.

Empfangen Sie, gnädige Frau, die einzigen Abschiedsworte, die ich äußern werde, und erhören Sie meine letzte Bitte: daß Sie mich meinem Schicksal überlassen, mich ganz vergessen, mich auf Erden nicht mehr mitzählen mögen. Es gibt im Unglück eine Grenze, hinter der selbst Freundschaft unsere Leiden mehrt und sie nicht heilen kann. Wenn Wunden tödlich sind, wird jede Hilfe unmenschlich. Jedes andere Gefühl ist mir fremd, außer dem der Verzweiflung. Nichts kann mir noch zusagen als die tiefe Nacht, in der ich meine Schande begraben will. Dort werde ich meine Vergehen beweinen, wenn ich noch weinen kann! Denn seit gestern habe ich keine Träne vergossen. Mein welkes Herz gibt keine mehr her.

Leben Sie wohl, gnädige Frau, Antworten Sie mir nicht. Bei diesem grausamen Brief habe ich den Schwur getan, keinen mehr anzunehmen.

Paris, den 27. November 17**

Hundertvierundvierzigster Brief
Der Vicomte von Valmont an die Marquise von Merteuil

Gestern um drei Uhr abends, schöne Freundin, ergriff mich Ungeduld über das Ausbleiben der Nachrichten, und ich habe mich zu der schönen Verlassenen begeben. Es ward mir gesagt, sie sei ausgegangen. Ich sah in dieser Redensart nur eine Weigerung, mich zu empfangen, war darüber weder erzürnt noch erstaunt und ging mit der Hoffnung weg, dieser Schritt werde eine so höfliche Frau doch wenigstens bewegen, mich mit einer kurzen Antwort zu beehren. Nur weil ich sie so gern bekommen hätte, sprach ich gegen neun Uhr bei mir zu Hause vor, fand aber nichts. Verwundert ob dieses Schweigens, gab ich meinem Jäger den Auftrag, auf Erkundigungen auszugehen und in Erfahrung zu bringen, ob die Betreffende tot sei oder im Sterben liege. Endlich, bei meiner Heimkehr, teilte er mir mit, Frau von Tourvel sei tatsächlich um elf Uhr morgens mit ihrer Kammerfrau ausgegangen, habe sich zum Kloster der ... fahren lassen und um sieben Uhr abends ihren Wagen und ihre Leute fortgeschickt, wobei sie habe sagen lassen, man solle zu Hause nicht auf sie warten. Die verfährt wirklich ordnungsgemäß. Das Kloster ist der richtige Zufluchtsort einer Witwe: und wenn sie bei dieser löblichen Entschließung beharrt, werde ich zu allem, was ich ihr schon schulde, ihr bald auch die Berühmtheit zu danken haben, die dies Abenteuer erlangen wird. Ich sagte Ihnen doch vor einiger Zeit, trotz Ihren Besorgnissen würde ich nur von neuem Glanze strahlend wieder auf der Bühne der Welt erscheinen. Sie sollen sich doch zeigen, die strengen Kritiker, die mich einer romantischen, unglücklichen Liebe beschuldigten. Sollen sie rascher und glänzender ein Verhältnis abbrechen. Doch nein, sie sollen sich lieber als Tröster einfinden, der Weg ist ihnen vorgezeichnet. Also bitte! Wenn sie es auch nur wagen, diese Laufbahn anzutreten, die ich von Anfang bis zu Ende durchlaufen habe, und wenn einer von ihnen den ge-

ringsten Erfolg davonträgt, räume ich ihm den ersten Platz ein. Aber sie werden alle erfahren, daß, wenn ich mir Mühe gebe, der Eindruck, den ich hinterlasse, unverlöschlich ist. Oh, kein Zweifel, dieser hier wird unverlöschlich sein; und ich würde alle meine andern Triumphe für nichts erachten, sollte mir je von dieser Frau ein Rival vorgezogen werden.
Ihr Entschluß schmeichelt, das gebe ich zu, meiner Eigenliebe; aber ich bin ärgerlich darüber, daß sie hinreichend Kraft in sich gefunden hat, um sich so sehr von mir loszumachen. Es würden also zwischen uns beiden noch andere Hindernisse liegen als die, die ich selbst errichtet habe! Wie! Wenn ich mich ihr wieder nähern wollte, könnte sie es nicht mehr wollen – was sage ich, es nicht mehr ersehnen, nicht mehr ihr höchstes Glück daraus machen! Ist denn das eine Art und Weise, zu lieben? Und glauben Sie, schöne Freundin, daß ich das dulden darf? Könnte ich zum Beispiel nicht, und wäre das nicht besser, versuchen, diese Frau wieder an den Punkt zurückzuführen, daß sie die Möglichkeit einer Aussöhnung durchschimmern sieht, die man immer noch wünscht, solange Hoffnung da ist? Ich könnte den Schritt unternehmen, ohne ihm Wichtigkeit beizulegen, und folglich, ohne daß er bei Ihnen Mißtrauen zu erregen braucht. Im Gegenteil, es wäre ein einfacher Versuch, und wir würden ihn im Einverständnis machen; und sollte ich auch Glück haben, wäre es nur wieder eine Gelegenheit, nach Ihrem Belieben ein Opfer zu wiederholen, das Ihnen angenehm schien. Jetzt, schöne Freundin, habe ich noch den Lohn dafür zu bekommen, und alle meine Wünsche gelten Ihrer Rückkehr, kommen Sie doch schnell wieder zu dem, der Sie liebt, zu Ihren Vergnügungen, Ihren Freundinnen, dem Strom der Abenteuer.
Das der kleinen Volanges hat eine vortreffliche Wendung genommen. Gestern, da meine Unruhe mich nirgends litt, gelangte ich auf verschiedenen Gängen bis zu Frau von Volanges. Ich fand Ihr Mündel schon im Salon, noch in Krankentracht, aber voller Besserung und von nur um so

frischerem, interessanterem Aussehen. Ihr Frauen wäret in solchem Fall einen Monat auf eurem Liegestuhl liegengeblieben; alles was wahr ist, die Fräulein sollen leben! Diese hat mir wahrhaftig Lust gemacht, zu erfahren, ob die Heilung vollständig ist!

Ich habe Ihnen noch zu sagen, daß dieser Unglücksfall des kleinen Mädchens Ihren ›Gefühlsmenschen‹ Danceny fast um den Verstand gebracht hätte. Erst aus Gram, heute aus Freude. ›Seine Célice‹ war krank! Sie können sich vorstellen, bei so einem Unglück dreht sich einem alles im Kopf. Dreimal tags ließ er sich erkundigen und ließ keinen vergehen, ohne sich selbst einzustellen. Endlich hat er mit einer schönen Epistel an die Mama die Erlaubnis erbeten, sie beglückwünschen zu dürfen, zur Genesung eines so teuren Wesens; und Frau von Volanges hat eingewilligt – so daß ich den jungen Mann dort ganz behaglich sitzen fand wie früher, abgesehen von der Vertraulichkeit, die er sich noch nicht zu erlauben wagte.

Diese Einzelheiten habe ich von ihm selbst; denn ich ging mit ihm zusammen weg und habe ihn zum Reden gebracht. Sie machen sich keinen Begriff von der Wirkung, die dieser Besuch auf ihn gemacht hat. Das ist eine Freude, das sind Begierden, und das ist ein Ungestüm, es läßt sich unmöglich wiedergeben. Ich, der ich eine Vorliebe für den großen Schwung hege, habe ihm versichert, in sehr wenigen Tagen würde ich ihn instand setzen, seine Schöne aus noch größerer Nähe zu sehen – und dadurch hat er vollends den Kopf verloren.

Wirklich bin ich entschlossen, sie ihm gleich nach Beendigung meines Versuchs wieder zuzustellen. Ich will mich ganz Ihnen widmen; und dann, wäre es der Mühe wert, daß Ihr Mündel obendrein meine Schülerin ist, wenn sie nur ihren Mann betrügen sollte? Die Kunst ist, den Liebhaber zu betrügen! Und besonders den ersten Liebhaber! Denn ich meinerseits brauche mir nicht vorzuwerfen, daß ich das Wort Liebe ausgesprochen hätte.

Adieu, schöne Freundin; treten Sie doch ehestens Ihre Herrschaft über mich an, lassen Sie sich meine Unterwerfung darbringen und bezahlen Sie mir den Lohn.

Paris, den 28. November 17**

Hundertfünfundvierzigster Brief

Die Marquise von Merteuil an den Vicomte von Valmont

Im Ernst, Vicomte, Sie haben die Präsidentin verlassen? Sie haben ihr den Brief zugeschickt, den ich Ihnen für sie aufgesetzt hatte? Sie sind wirklich reizend und haben meine Erwartung übertroffen! Ich will gern gestehen, daß dieser Triumph mir mehr schmeichelt als alle, die ich bisher etwa davongetragen habe. Sie werden vielleicht finden, daß ich die Frau recht hoch anschlage, die ich noch kürzlich so wenig hochschätzte. Aber keineswegs. Die Sache ist aber die, daß ich nicht über die Frau einen Vorteil errungen habe, sondern über Sie. Das ist das Komische, und es ist wirklich köstlich.

Ja, Vicomte, Sie liebten Frau von Tourvel sehr und lieben sie sogar noch. Sie lieben sie wahnsinnig; weil ich Sie aber zum Spaß damit beschämte, haben Sie sie tapfer zum Opfer gebracht. Lieber hätten Sie tausend geopfert, als einen Scherz ertragen. Wohin doch unsere Eitelkeit uns bringt! Der Weise hat sehr recht, wenn er sagt, daß sie die Feindin des Glücks ist.

Wo wären Sie jetzt, wenn ich Ihnen nur hätte einen Streich spielen wollen? Aber ich bin unfähig, zu betrügen; Sie wissen es wohl; und sollten Sie mich auch meinerseits zur Verzweiflung und ins Kloster treiben, ich übernehme die Gefahr und übergebe mich meinem Besieger.

Indessen, wenn ich kapituliere, ist es eigentlich bloße Schwäche; denn wenn ich wollte, wie viele Kniffe ständen mir noch zur Verfügung gegen Sie! Und vielleicht würden Sie's verdienen? So bewundere ich zum Beispiel, mit welcher Schlauheit oder Ungeschicklichkeit Sie mir in aller Sanftmut vorschlagen, ich solle Sie mit Ihrer Präsidentin wieder anknüpfen lassen. Es würde Ihnen gut passen, nicht wahr, das Verdienst, daß Sie die Beziehungen abgebrochen haben, und trotzdem noch die Freuden des Genusses zu haben? Und da alsdann dieses scheinbare Opfer für Sie keines mehr wäre, bieten Sie mir an, es nach meinem Belieben nochmals zu bringen! Vermittelst dieses Abkommens würde die himmlische Betschwester sich noch immer für die einzige Auserwählte Ihres Herzens halten, während ich stolz darauf wäre, die bevorzugte Rivalin zu sein. Wir wären alle beide betrogen, Sie aber wären befriedigt, und was liegt am übrigen.

Es ist schade, daß Sie, bei so viel Talent zum Plänemachen, so wenig Talent zur Ausführung haben und daß Sie durch einen einzigen unbedachten Schritt sich selbst ein unübersteigliches Hindernis hingewälzt haben vor das, was Sie am meisten wünschen.

Wie! Sie hatten die Absicht, wieder anzuknüpfen, und waren imstande, meinen Brief zu schreiben! Sie haben mich wohl meinerseits für sehr ungeschickt gehalten! Oh, glauben Sie mir, Vicomte, wenn eine Frau nach dem Herzen einer andern stößt, verfehlt sie es selten, und die Wunde ist unheilbar. Indes ich nach dieser stieß, oder vielmehr Ihren Stoß lenkte, vergaß ich nicht, daß diese Frau meine Rivalin war, daß Sie sie einen Augenblick nur vorgezogen hatten und mich schließlich doch niedriger gestellt hatten als sie. Wenn ich mich in meiner Rache geirrt habe, bin ich bereit, den Fehler auf mich zu nehmen. Somit heiße ich's gut, daß Sie alle Mittel versuchen, ich fordere Sie sogar dazu auf und verspreche Ihnen, über Ihren Erfolg nicht böse zu sein, wenn Sie welchen haben. Ich bin in der Hinsicht so ruhig, daß ich mich nicht mehr damit befassen will. Sprechen wir von etwas anderm.

Zum Beispiel von dem Befinden der kleinen Volanges. Sie werden mir, wenn ich zurückkomme, bestimmte Nachrichten darüber geben, nicht wahr? Es wird mich sehr freuen.

Danach bleibt es dann Ihrem Urteil überlassen, ob Sie das kleine Mädchen lieber ihrem Liebhaber wieder zustellen oder ob Sie versuchen wollen, zum zweiten Mal der Gründer einer neuen Linie der Valmont unter dem Namen Gercourt zu werden. Dieser Gedanke schien mir ganz spaßig, und wenn ich Ihnen die Wahl lasse, bitte ich Sie doch, sich nicht endgültig zu entscheiden, ohne daß wir's zusammen besprochen haben. Damit vertröste ich keineswegs lange, denn ich werde unverzüglich in Paris sein. Bestimmt kann ich Ihnen den Tag nicht sagen; aber Sie zweifeln doch nicht, daß, sobald ich anlange, Sie der erste sind, der es erfährt.

Adieu, Vicomte; trotz unseren Streitigkeiten, meinen Bosheiten und meinen Vorwürfen, liebe ich Sie immer noch sehr und schicke mich an, es Ihnen zu beweisen. Auf Wiedersehen, Freund.

Aus Schloß . . ., den 29. November 17**

Hundertsechsundvierzigster Brief

Die Marquise von Merteuil an den Ritter Danceny

Endlich reise ich, mein junger Freund, und morgen abend bin ich wieder in Paris. Inmitten all des Wirrwarrs, den ein Ortswechsel mit sich bringt, werde ich niemand empfangen. Indessen, wenn Sie etwas sehr Dringliches anzuvertrauen haben, will ich Sie wohl von der allgemeinen Regel ausnehmen. Aber ich nehme nur Sie aus, und so bitte ich Sie, meine Ankunft geheimzuhalten. Sogar Valmont erfährt sie nicht.

Wer mir vor einiger Zeit gesagt hätte, Sie würden bald mein ausschließliches Vertrauen besitzen, dem hätte ich nicht geglaubt. Aber Ihres hat meines nach sich gezogen. Ich bin fast zu dem Glauben versucht, daß Sie Geschicklichkeit darauf verwendet haben, vielleicht gar Verführung. Das wäre zum wenigsten recht schlimm von Ihnen! Übrigens wäre Ihre Verführung jetzt nicht gefährlich; Sie haben wahrhaftig ganz anderes zu tun! Wenn die Heldin auf der Bühne ist, achtet man kaum auf die Vertraute.

So haben Sie denn auch nicht einmal Zeit gefunden, mich von Ihren neuen Erfolgen zu unterrichten. Als Ihre Cécile abwesend war, da waren die Tage nicht lang genug zum Anhören Ihrer zärtlichen Klagen. Sie hätten den Echos vorgeklagt, wäre nicht ich dagewesen und hätte zugehört. Als sie inzwischen krank wurde, haben Sie mich noch mit der Erzählung Ihrer Besorgnisse beehrt; Sie brauchten ja jemand, dem Sie sie sagen konnten. Jetzt aber, da die, die Sie lieben, in Paris ist, da es ihr gut geht und besonders, da Sie sie manchmal sehen, genügt sie für alles, und Ihre Freunde sind Ihnen nichts mehr.

Ich tadle Sie darum nicht; es kommt davon, daß Sie zwanzig Jahre alt sind. Von Alcibiades bis auf Sie ist es doch bekannt, daß junge Leute von Frendschaft nur wußten, wenn sie Kummer hatten. Das Glück macht sie manchmal plauderhaft, nie aber zutraulich. Ich kann wohl sagen wie Sokrates: ›Ich sehe gern, daß meine Freunde zu mir kommen, wenn sie unglücklich sind.‹[1] Aber in seiner Eigenschaft als Philosoph konnte er sie ganz gut entbehren, wenn sie nicht kamen. Darin bin ich nicht ganz so weise wie er, und ich habe Ihr Schweigen mit aller weiblichen Schwäche empfunden.

Halten Sie mich darum nicht für anspruchsvoll; daran fehlt viel. Dasselbe Gefühl, kraft dessen ich diese Entbehrungen wahrnehme, gibt mir auch den Mut, sie zu ertragen, wenn sie der Beweis oder die Ursache des Glückes meiner Freunde sind. Ich zähle also auf Sie morgen abend nur insoweit, als die Liebe Sie frei und unbeschäftigt läßt, und ich verbiete Ihnen, mir das geringste Opfer zu bringen.

Adieu, Ritter; ich freue mich auf unser Wiedersehen wie auf ein Fest. Werden Sie kommen?

Aus Schloß . . ., den 29. November 17**

1. Marmontel: Moralische Erzählung von Alcibiades

Hundertsiebenundvierzigster Brief
Frau von Volanges an Frau von Rosemonde

Sie werden gewiß ebenso betrübt sein wie ich, meine würdige Freundin, wenn Sie von dem Zustand hören, in dem sich Frau von Tourvel befindet. Seit gestern ist sie krank. Ihre Krankheit ist so heftig ausgebrochen und zeigt so ernste Symptome, daß sie mich wirklich erschreckt.

Ein hitziges Fieber, heftige und fast ununterbrochene Delirien, ein unstillbarer Durst, das ist alles, was man wahrnimmt. Die Ärzte sagen, daß sie noch nichts voraussagen können; und die Behandlung wird um so schwieriger sein, als die Kranke hartnäckig jede Art von Heilmitteln zurückweist: dergestalt, daß man sie mit Gewalt hat festhalten müssen, um sie zur Ader zu lassen. Und seitdem ist noch zweimal die Anwendung von Gewalt nötig gewesen, um ihr die Binde wieder anzulegen, die sie in ihrem Fieberwahn immer abreißen will.

Sie, die sie, wie ich, so wenig kräftig, so schüchtern und sanft gekannt haben, fassen Sie es wohl, daß vier Personen sie kaum halten können und daß sie, will man ihr nur irgendeine Vorstellung machen, in unaussprechliche Wutausbrüche verfällt? Ich für meinen Teil fürchte, daß dies mehr als Delirium ist und daß wirkliche Geisteskrankheit vorliegt.

Meine Besorgnis in dieser Hinsicht wird erhöht durch das, was sich vorgestern zugetragen hat.

An diesem Tage erschien sie gegen elf Uhr vormittags mit ihrer Kammerfrau im Kloster der ... Da sie in diesem Hause erzogen ist und die Gewohnheit beibehalten hat, manchmal dort einzutreten, ward sie empfangen wie gewöhnlich, und sie schien allen ruhig und wohlauf. Etwa zwei Stunden später erbat sie Auskunft, ob das Zimmer, das sie als Pensionärin bewohnt hatte, frei sei, und auf die bejahende Antwort hin verlangte sie, es wiederzusehen. Die Priorin mit mehreren anderen Nonnen begleitete sie hin. Da erklärte sie dann, sie wolle nun wieder in dieses Zimmer

einziehen, das sie, sagte sie, nie hätte verlassen sollen. Und sie setzte hinzu, sie werde erst wieder ausziehen, ›wenn sie tot sei‹. Dies waren ihre Worte.
Zuerst wußte man nicht, was man sagen sollte; als aber das erste Erstaunen vorüber war, stellte man ihr vor, daß man sie in ihrer Eigenschaft als verheiratete Frau nicht ohne besondere Erlaubnis aufnehmen könne. Weder dieser Grund noch tausend andere fruchteten etwas; und vom selben Augenblick an versteifte sie sich darauf, nicht nur das Kloster nicht mehr zu verlassen, sondern sogar ihr Zimmer nicht. Des Streites müde, ließ man es um sieben Uhr abends endlich zu, daß sie die Nacht darin verbringe. Man schickte ihren Wagen und ihre Leute fort und verschob die Fassung eines Entschlusses auf den nächsten Tag.
Man versichert, daß während des ganzen Abends ihre Miene und ihre Haltung nicht das geringste Irre gehabt hätten, sondern eine wie die andere seien gesetzt und besonnen gewesen. Nur sei sie vier- oder fünfmal in eine so tiefe Träumerei verfallen, daß es nicht gelang, sie durch Anreden daraus zu wecken; und jedesmal, bevor sie daraus erwacht sei, habe sie beide Hände an die Stirn geführt und diese scheinbar mit Kraft gepreßt. Wie darauf eine der anwesenden Nonnen sie fragte, ob sie Kopfschmerzen habe, starrte sie sie, bevor sie antwortete, lange an, und schließlich sagte sie: »Nicht dort sitzt das Übel!« Einen Augenblick später verlangte sie, man möge sie allein lassen, und bat, in Zukunft keine Frage mehr an sie zu richten.
Alle zogen sich zurück außer ihrer Kammerfrau, die zum Glück im selben Zimmer wie sie schlafen sollte, weil sonst kein Platz war.
Zufolge dem Bericht dieses Mädchens ist ihre Herrin bis elf Uhr abends ziemlich ruhig gewesen. Da hat sie gesagt, sie wolle sich niederlegen; bevor sie aber ganz entkleidet war, begann sie heftig im Zimmer umherzugehen und beschrieb häufig Gesten dabei. Julie, die bei dem, was tagsüber vorgegangen war, dabeigewesen war, wagte nichts zu sagen

und wartete schweigend fast eine Stunde lang. Endlich rief Frau von Tourvel sie zweimal gleich nacheinander. Sie hatte kaum Zeit herbeizulaufen, ihre Herrin sank ihr in die Arme und sagte: »Ich kann nicht mehr.« Sie ließ sich zu ihrem Bett führen und wollte weder etwas einnehmen, noch zulassen, daß Hilfe geholt werde. Nur Wasser ließ sie neben sich hinstellen und befahl Julie, sich niederzulegen.

Diese versichert, sie habe bis zwei Uhr morgens wach gelegen und in dieser Zeit ihre Herrin sich nicht regen und nicht klagen gehört. Aber um fünf Uhr, sagte sie, sei sie vom Reden ihrer Herrin aufgewacht, die mit starker, lauter Stimme sprach. Sie habe sie darauf gefragt, ob sie nichts brauche, habe keine Antwort erhalten und sei mit ihrem Licht an Frau von Tourvels Bett getreten, die sie nicht erkannte, die aber ihre unzusammenhängenden Reden plötzlich abbrach und lebhaft ausrief: »Man soll mich allein lassen, im Finstern soll man mich lassen; ich gehöre in Finsternis.« Gestern habe ich selbst bemerkt, daß diese Wendung bei ihr häufig wiederkehrt.

Schließlich benutzte Julie den ihr gewissermaßen erteilten Befehl, um hinauszugehen und Leute und Beistand zu holen. Doch Frau von Tourvel hat alles zurückgewiesen mit den Wutausbrüchen und Delirien, die seitdem so häufig wiedergekehrt sind.

Die Verlegenheit, in die dies das ganze Kloster versetzte, hat die Priorin bewogen, gestern um sieben Uhr morgens nach mir zu schicken. – Es war noch nicht Tag. Ich bin auf der Stelle herbeigeeilt. Als ich Frau von Tourvel gemeldet ward, schien sie wieder zum Bewußtsein zu kommen, und antwortete: »O ja, sie soll eintreten.« Als ich aber an ihrem Bett stand, sah sie mich starr an, ergriff lebhaft meine Hand, die sie drückte, und sagte mit starker, trauriger Stimme: »Ich sterbe, weil ich Ihnen nicht geglaubt habe.« Gleich darauf bedeckte sie sich die Augen, kam auf ihre am häufigsten wiederkehrenden Worte zurück: »Man soll mich allein lassen« und so weiter, und das Bewußtsein schwand völlig.

Diese an mich gerichteten Worte und einige andere, die ihr im Delirium entschlüpften, lassen mich fürchten, daß diese schlimme Krankheit eine noch schlimmere Ursache hat. Doch wir wollen die Geheimnisse unserer Freundin achten und uns damit begnügen, ihr Unglück zu beklagen.
Der ganze gestrige Tag war ebenso stürmisch, und es wechselten schreckliche Delirien mit Augenblicken lethargischer Niedergeschlagenheit, den einzigen, in denen sie sich und den andern etwas Ruhe gönnt. Ich habe meinen Platz am Kopfende ihres Bettes erst um neun Uhr abends verlassen und gehe heute morgen wieder für den ganzen Tag hin. Sicherlich werde ich meine unglückliche Freundin nicht im Stich lassen; aber tief betrübend ist die Hartnäckigkeit, mit der sie alle Aufmerksamkeiten und jeden Beistand ablehnt.
Ich schicke Ihnen das Bulletin von heute nacht, das ich soeben bekommen und das, wie Sie sehen werden, nichts weniger als tröstlich ist. Ich werde daran denken, sie Ihnen alle pünktlich zukommen zu lassen.
Gott befohlen, meine würdige Freundin, jetzt gehe ich wieder zu der Kranken. Meine Tochter, die zum Glück fast wiederhergestellt ist, entbietet Ihnen ihre Achtung.

Paris, den 29. November 17**

Hundertachtundvierzigster Brief

Der Ritter Danceny an die Marquise von Merteuil

Oh! Sie, die ich liebe! O Du, die ich anbete! O Sie, mit der mein Glück anhebt! o Du, die es voll gemacht hat! Mitfühlende Freundin, zärtliche Liebende, warum muß die Erinnerung an Deinen Schmerz den Zauber stören, unter dem ich stehe? Ach, gnädige Frau, beruhigen Sie sich, Freundschaft ist's, die dies fordert. Oh, Freundin, sei glücklich, das ist die Bitte der Liebe!
Ei was! Welche Vorwürfe haben Sie sich denn zu machen! Glauben Sie mir, Ihr Zartgefühl trügt sie. Die Reue, die es Ihnen eingibt, und das Unrecht, das es mir zuschreibt,

sind gleich eingebildet. Ich fühle in meinem Herzen, daß zwischen uns beiden kein anderer Verführer gestanden hat als die Liebe. Schrecke also nicht mehr davor zurück, Dich den Gefühlen hinzugeben, die Du einflößest, Dich von allen Gluten durchdringen zu lassen, die Du entfachst. Wie! Weil unsere Herzen später aufgeklärt sind, sollten sie nicht mehr so rein sein? Nein, gewiß nicht. Im Gegenteil, gerade die Verführung, die nie ohne Plan handelt, kann ihr Vorrücken und ihre Mittel einander anpassen und die Ereignisse von weitem voraussehen. Wahrhafte Liebe aber läßt kein solches Betrachten und Überlegen zu. Sie lenkt uns von unsern Gedanken ab durch unsere Gefühle; ihre Macht ist nie stärker, als wenn sie unbekannt ist; und eben in Schatten und Schweigen legt sie Bande um uns, die es ebenso unmöglich ist zu bemerken als zu zerreißen.

So glaubte ich noch gestern, trotz der lebhaften Erregung, die mir der Gedanke an Ihre Rückkehr verursachte, trotz dem äußerst lebhaften Vergnügen, das ich bei Ihrem Anblick empfand – trotz alledem glaubte ich immer noch, daß nur friedliche Freundschaft mich rufe und leite. Oder vielmehr gab ich mich ganz meinen süßen Herzensgefühlen hin und dachte recht wenig daran, ihren Ursprung oder Anlaß zu unterscheiden. Gleich wie ich, empfandest auch Du, meine zärtliche Freundin, ohne es zu wissen, diesen gebieterischen Zauber, der unsere Seelen dem sanften Wirken der Zärtlichkeit überlieferte; und alle beide haben wir die Liebe erst erkannt, als wir der Trunkenheit entstiegen, in die ihr Gott uns getaucht hatte.

Eben dies aber rechtfertigt uns, anstatt daß es uns verdammte. Nein, Du hast nicht die Freundschaft verraten, und ebensowenig habe ich Dein Vertrauen mißbraucht. Alle beide waren wir zwar über unsere Gefühle im Dunkeln; doch diese Selbsttäuschung hielt uns befangen, ohne daß wir sie künstlich hervorriefen. Oh! Wir wollen uns ganz und gar nicht über sie beklagen, sondern nur des Glückes gedenken, das sie uns verschafft hat. Und ohne es durch ungerechte Vorwürfe zu trüben, wollen wir nur darauf bedacht sein, es noch zu erhöhen durch den Zauber des Vertrauens und der Sicherheit. Oh, Freundin! Wie diese Hoffnung meinem Herzen teuer ist! Ja, von nun an sollst du, aller Furcht ledig, ganz der Liebe gehören und meine Begier mit mir teilen, meine Leidenschaft, meinen Sinnentaumel, die Trunkenheit meiner Seele; und jeder Augenblick unserer beglückten Tage soll bezeichnet werden durch eine neue Wonne.

Adieu, Du, die ich anbete! Heute abend soll ich Dich sehen, aber werde ich Dich allein finden? Ich wage es nicht zu hoffen. Ach, Du sehnst Dich nicht so sehr danach wie ich!

Paris, den 1. Dezember 17**

Hundertneunundvierzigster Brief

Frau von Volanges an Frau von Rosemonde

Ich hoffte gestern den ganzen Tag, meine würdige Freundin, ich würde Ihnen heute morgen günstigere Nachrichten geben können über das Befinden unserer lieben Kranken; aber seit gestern abend ist diese Hoffnung vernichtet, und nur das Bedauern bleibt mir, daß ich sie verlor. Ein Vorfall, der scheinbar ganz gleichgültig, aber in seinen Folgen recht schlimm war, hat den Zustand der Kranken dergestalt beeinflußt, daß er zum wenigsten wieder ebenso unerfreulich ist, wie er zuvor war, wenn nicht gar schlimmer.

Ich wäre aus dieser plötzlichen Umwälzung nicht klug geworden, wenn nicht gestern unsere unglückliche Freundin sich mir ganz anvertraut hätte. Da sie mich nicht darüber in Unkenntnis gelassen hat, daß auch Sie von all ihrem Mißgeschick unterrichtet sind, kann ich zu Ihnen rückhaltlos über ihre traurige Lage reden.

Gestern morgen, wie ich im Kloster ankam, ward mir gesagt, die Kranke schlafe seit mehr als drei Stunden; und ihr Schlaf war so tief und ruhig, daß ich einen Augenblick bange war, er möchte lethargisch sein. Einige Zeit darauf erwachte sie und öffnete selbst ihre Bettvorhänge. Sie sah uns alle überrascht an; und wie ich aufstand, um zu ihr zu gehen, erkannte sie mich, nannte meinen Namen und bat mich, näher zu treten. Sie ließ mir keine Zeit, sie irgend etwas zu fragen, sondern erkundigte sich, wo sie sei, was wir da täten, ob sie krank sei und warum sie nicht zu Hause sei. Zuerst glaubte ich, es sei ein neuer Fieberanfall, nur ruhiger als der vorhergehende; doch bemerkte ich, daß sie meine Antworten sehr wohl verstand. Wirklich hatte sie ihren Kopf wieder, nicht aber ihr Gedächtnis.

Sie fragte mich in allen Einzelheiten aus über alles, was ihr, seit sie im Kloster sei, zugestoßen sei. Sie konnte sich nicht erinnern, wie sie hergekommen sei. Ich gab ihr genaue Antworten und ließ nur weg, was sie hätte zu sehr erschrecken können. Und als ich sie meinerseits fragte, wie sie sich befände, erwiderte sie, im Augenblick leide sie nicht, doch sei sie im Schlaf sehr geplagt worden und fühle sich ermattet. Ich forderte sie auf, sich zu beruhigen und wenig zu sprechen. Danach schloß ich teilweise den Vorhang, ließ aber einen Spalt offen und setzte mich zu ihr ans Bett. Gleichzeitig bot man ihr eine Fleischbrühe an, die sie nahm und gut fand.

So blieb sie ungefähr eine halbe Stunde, während welcher sie nur sprach, um mir für die Pflege zu danken, die ich ihr gewidmet hätte; und in ihre Danksagungen legte sie die feine Anmut, die Sie an ihr kennen. Darauf bewahrte sie eine Weile völliges Schweigen und brach es nur, um zu sagen: »Ach ja, es fällt mir wieder ein, wie ich hergekommen bin.«

Einen Augenblick später rief sie schmerzlich: »Liebe Freundin, o liebe Freundin, bedauern Sie mich; all mein Unglück fällt mir wieder ein.« Da ich mich nun zu ihr hinbeugte, ergriff sie meine Hand und stützte ihren Kopf darauf: »Großer Gott«, so fuhr sie fort, »kann ich nicht sterben?« Ihre Sprechweise, mehr noch als das, was sie sagte, rührte mich zu Tränen. Sie bemerkte es an meiner Stimme und sagte:

»Ich bedauere Sie! Ach, wenn Sie wüßten ...« Dann unterbrach sie sich: »Sehen Sie zu, daß sie uns allein lassen, ich will Ihnen alles sagen.«
Wie ich Ihnen bemerkt zu haben glaube, argwöhnte ich schon etwas von dem, was diese vertrauliche Aussprache bringen werde; und da ich befürchtete, das Gespräch möchte lang und traurig werden und dem Zustand unserer unglücklichen Freundin vielleicht schaden, entzog ich mich ihm anfangs, unter dem Vorwand, sie brauche Ruhe. Aber sie bestand darauf, und ich gab ihrem Drängen nach. Sobald wir allein waren, unterrichtete sie mich von alledem, was Sie schon von ihr wissen und was ich darum nicht wiederhole.
Zum Schluß, wie sie von der grausamen Art sprach, in der sie geopfert worden war, fügte sie hinzu: »Ich glaubte, ich würde ganz sicher daran sterben, und hatte auch den Mut; aber mein Unglück und meine Schande zu überleben, das ist mir unmöglich.« Ich versuchte, diese Mutlosigkeit oder vielmehr diese Verzweiflung zu bekämpfen mit den Waffen der Religion, die bis dahin soviel Macht über sie gehabt hatten. Aber ich fühlte bald, daß ich für dies erhabene Amt nicht Kraft genug besitze, und beschränkte mich auf den Vorschlag, den Pater Anselm zu rufen, der, wie ich weiß, ihr volles Vertrauen hat. Sie willigte ein und schien es sogar lebhaft zu wünschen. Es ward wirklich nach ihm geschickt, und er kam auf der Stelle. Er blieb sehr lange bei der Kranken und sagte, als er herauskam, wenn die Ärzte derselben Meinung wären, könne man, so glaube er, die Zeremonie der letzten Ölung noch aufschieben; er werde morgen wiederkommen.
Es war ungefähr drei Uhr nachmittags, und bis fünf Uhr war unsere Freundin ziemlich ruhig, so daß wir alle wieder Hoffnung schöpften. Da ward unglücklicherweise ein Brief für sie gebracht. Wie man ihn ihr übergeben wollte, antwortete sie zuerst, sie wolle überhaupt keinen annehmen, und niemand bestand weiter darauf. Aber von diesem Augenblick an schien sie erregter. Bald darauf fragte sie,

woher der Brief käme. Er war nicht abgestempelt. Wer ihn gebracht habe? Man wußte es nicht. In wessen Auftrag er abgegeben sei? Das war der Schwester Pförtnerin nicht gesagt worden. Sodann bewahrte sie eine Weile Schweigen. Darauf begann sie wieder zu sprechen; aber ihre unzusammenhängenden Reden belehrten uns darüber, daß das Delirium wieder da war.

Indessen kam noch eine Zeitlang der Ruhe dazwischen, bis sie endlich verlangte, man solle ihr den Brief geben, der für sie gebracht sei. Kaum hatte sie einen Blick darauf geworfen, rief sie: »Von ihm! Großer Gott!« Und dann mit starker, aber beklommener Stimme: »Nehmt ihn wieder, nehmt ihn wieder!« Sie ließ auf der Stelle die Bettvorhänge schließen und verbot, daß irgend jemand ihr nahe komme. Aber fast im selben Augenblick mußten wir wohl wieder zu ihr zurückkehren. Ihre Aufregung hatte heftiger als je wieder eingesetzt, und wahrhaft entsetzliche Zuckungen waren hinzugekommen. Diese Erscheinungen hörten den ganzen Abend nicht auf; und das Bulletin von heute morgen meldet mir, daß die Nacht nicht weniger stürmisch gewesen ist. Kurz, ihr Zustand ist derartig, daß ich mich wundere, wie sie ihm nicht schon erlegen ist; und ich verhehle Ihnen nicht, daß mir nur sehr wenig Hoffnung bleibt.

Ich vermute, dieser unglückliche Brief ist von Herrn von Valmont; aber was kann er ihr noch zu sagen wagen? Verzeihung, liebe Freundin; ich verbiete mir jede Bemerkung; aber es ist recht hart, eine Frau so elend zugrunde gehen zu sehen, die bis dahin so glücklich war und so wert, es zu sein.

Paris, den 2. Dezember 17**

Hundertfünfzigster Brief

Der Ritter Danceny an die Marquise von Merteuil

In Erwartung des Glücks, Dich zu sehen, überlasse ich mich, meine zärtliche Freundin, dem Vergnügen, Dir zu schreiben; und durch den Gedanken an Dich lindere ich den

Schmerz, von Dir entfernt zu sein. Dir meine Gefühle aufzuzeichnen, mich der Deinigen zu erinnern ist für mein Herz ein wahrer Genuß; und dank diesem Genuß bieten sogar noch die Zeit der Entbehrungen mir tausend Schätze, die meine Liebe wertschätzt. Indessen, wenn ich Dir glauben muß, werde ich keine Antwort von Dir bekommen; ja, auch von mir soll dieser Brief der letzte sein; und wir werden uns einen Verkehr versagen, der, Dir zufolge, gefährlich ist, und ›dessen wir nicht bedürfen‹. Sicher werde ich Dir das glauben, wenn Du darauf bestehst; denn was könntest Du wollen, was nicht ich, aus eben diesem Grunde, ebenfalls will? Willst Du aber nicht, bevor Du Dich fest entscheidest, erlauben, daß wir miteinander darüber plaudern?

Die Gefahren beurteilst Du am besten allein. Ich kann nichts berechnen und beschränke mich auf die Bitte: wache über Deiner Sicherheit, denn ich kann nicht ruhig sein, wenn Du in Sorgen bist. In dieser Hinsicht bilden nicht wir beide eines, sondern Du bist so gut wie wir beide.

Nicht ebenso liegt es mit dem ›Bedürfnis‹: hierin können wir nur einen und denselben Gedanken haben; und wenn unsere Meinungen auseinandergehn, kann es nur daher kommen, daß wir uns nicht genug aussprechen oder uns nicht verstehen. Folgendes also glaube ich zu fühlen.

Kein Zweifel, daß nach einem Brief sehr wenig Bedürfnis zu bestehen scheint, wenn man sich ungehindert sehen kann. Was könnte er sagen, was ein Wort, ein Blick oder selbst Stillschweigen nicht noch hundertmal besser ausdrückten? Das scheint mir so wahr, daß in dem Augenblick, da Du sagtest, wir wollten uns nicht schreiben, dieser Gedanke ohne Mühe über meine Seele hinglitt. Er belästigte sie wohl etwas, betrübte sie aber nicht. So etwas wie wenn ich einen Kuß auf Dein Herz drücken will und ein Band oder ein Stück Gaze treffe; ich schiebe es nur beiseite, habe indessen nicht das Gefühl, als hindere mich etwas.

Seitdem aber sind wir auseinandergegangen; und sobald Du

nicht mehr da warst, hat der Gedanke ans Schreiben mich wieder zu quälen angefangen. Wozu, sagte ich mir, auch noch diese Entbehrung? Wie! Weil man fern ist, hat man sich deswegen nichts mehr zu sagen? Ich nehme an, die Umstände sind einem günstig, und man verbringt einen ganzen Tag zusammen; soll man dann die Zeit zum Plaudern von der des Genusses abziehen? Oh, des Genusses, zärtliche Freundin; denn bei Dir gewähren selbst noch die Augenblicke der Ruhe einen köstlichen Genuß. Endlich, ob gute oder schlechte Zeit, muß man sich trennen. Und dann ist man so allein! Da ist dann ein Brief kostbar! Liest man ihn nicht, betrachtet man ihn wenigstens ... Ach! Gewiß kann man einen Brief betrachten, ohne ihn zu lesen, wie ich nachts, glaube ich, noch einiges Vergnügen daran hätte, wenn ich Dein Bildnis berührte ...

Dein Bildnis, sagte ich? Ein Brief ist doch das Bildnis der Seele. Er hat nicht die der Liebe so ferne Starre, wie ein kaltes Bild. Abwechselnd belebt er sich, genießt, ruht ... Deine Gefühle sind so kostbar für mich! Willst Du mir ein Mittel rauben, durch das ich sie sammeln könnte?

Bist Du denn gewiß, daß Dich das Bedürfnis, mir zu schreiben, niemals quälen wird? Wenn in der Einsamkeit Dein Herz sich weitet oder beklommen wird, wenn eine freudige Regung Dir bis in die Seele dringt, wenn eine unwillkürliche Traurigkeit sie für einen Augenblick trübt, willst Du dann nicht in den Busen Deines Freundes Dein Glück oder Dein Leid ausschütten? Du willst also ein Gefühl haben, das er nicht teilen soll? Du willst ihn an einsamen Träumereien sich fern von Dir verirren lassen? Meine Freundin ... meine zärtliche Freundin! Doch gebührt es Dir, Dich zu äußern. Ich wollte nur erörtern, nicht Dich verführen. Ich habe nur Gründe vorgebracht, ich wage zu glauben, daß ich durch Bitten stärker gewesen wäre. Ich werde also, wenn Du dabei bleibst, trachten, mich nicht zu betrüben. Ich werde mich anstrengen, um mir selbst zu sagen, was Du mir geschrieben hättest. Doch sieh, Du würdest es besser sagen als ich, und vor allem würde ich es mit mehr Vergnügen hören.

Leb wohl, reizende Freundin; die Stunde naht endlich, da ich Dich sehen kann. Ich verlasse Dich rasch, um Dich um so eher wiederzufinden.

Paris, den 3. Dezember 17**

Hunderteinundfünfzigster Brief

Der Vicomte von Valmont an die Marquise von Merteuil

Gewiß, Marquise, halten Sie mich nicht für so wenig weltkundig, daß Sie dächten, ich hätte mich irreleiten lassen in betreff des Gesprächs unter vier Augen, in dem ich Sie heute abend vorgefunden habe, und des ›erstaunlichen Zufalls‹, der Danceny zu Ihnen geführt hatte! Ihre geübte Physiognomie hat es zwar wunderbar verstanden, den Ausdruck der Ruhe und Heiterkeit anzunehmen, und Sie haben sich auch durch keine der Wendungen verraten, die eine Frau sich vor Verwirrung oder Reue manchmal entfahren läßt. Ich gebe sogar zu, daß Ihre gelehrigen Blicke Sie vorzüglich bedient haben, und hätten Sie nur ebensoviel Glauben wie Verständnis bei mir erlangen können, dann hätte ich allerdings nicht den entferntesten Argwohn behalten und keinen Augenblick an dem außerordentlichen Ärger gezweifelt, den Ihnen der ›lästige Dritte‹ verursachte. Um aber solche großen Talente nicht umsonst zu entfalten, um damit den Erfolg zu haben, den Sie sich davon versprachen, kurz, um die Täuschung, auf die Sie aus waren, wirklich hervorzubringen, mußten Sie zuvor doch Ihren Neuling von Liebhaber sorgfältiger ausbilden.

Da Sie einmal damit anfangen, junge Leute zu erziehen, lehren Sie Ihre Schüler, nicht zu erröten und beim kleinsten Scherz die Fassung zu verlieren; nicht mit Bezug auf eine einzige Frau dieselben Dinge so lebhaft zu leugnen, die er hinsichtlich aller andern nur so schlaff von sich weist. Lehren Sie sie ferner die Kunst, das Lob ihrer Geliebten anzu-

hören, ohne daß sie sich verpflichtet fühlen, dafür zu danken. Und wenn Sie ihnen erlauben, Sie in Gesellschaft anzusehen, dann mögen sie wenigstens erst lernen, den so leicht erkennbaren Eigentümerblick zu maskieren, den sie so ungeschickt mit dem Blick der Liebe verwechseln. Dann können Sie sie bei Ihren öffentlichen Übungen vorführen, ohne daß ihre Leistungen ihrer klugen Lehrerin Schande machen; und ich selbst werde mich glücklich fühlen, wenn ich an Ihrem Ruhm mitwirken kann, und verspreche Ihnen, die Programme dieses neuen Gymnasiums auszuarbeiten und zu veröffentlichen.
Bis dahin aber muß ich gestehen, ich wundere mich, daß Sie sich darauf verlegt haben, gerade mich wie einen Schüler zu behandeln.
Oh, wie bald hätte ich mich an jeder andern Frau gerächt! Was für ein Vergnügen ich mir daraus machen wollte! Und wie bequem es jedes andere übertreffen würde, das sie mir entziehen wollte! Ja, wirklich nur bei Ihnen nehme ich vielleicht lieber eine Genugtuung, als daß ich mich räche. Und glauben Sie nicht, ich werde zurückgehalten vom geringsten Zweifel, von der mindesten Ungewißheit. Ich weiß alles.
Sie sind seit vier Tagen in Paris; und jeden Tag haben Sie Danceny gesehen, und haben nur ihn allein gesehen. Sogar noch heute war Ihre Tür geschlossen; und damit Ihr Schweizer mich hinderte, bis zu Ihnen zu dringen, hat ihm nur eine der Ihrigen ebenbürtige Dreistigkeit gefehlt. Indessen sollte ich nicht zweifeln, so ließen Sie mich wissen, daß ich als erster Ihre Ankunft erfahren würde, diese Ankunft, deren Tag Sie mir noch nicht sagen konnten, während Sie mir am Vorabend Ihrer Abreise schrieben. Wollen Sie diese Tatsachen leugnen oder es versuchen, sich zu entschuldigen? Eines ist so unmöglich wie das andere; und doch halte ich noch an mich! Da können Sie Ihre Macht erkennen. Aber glauben Sie mir, begnügen Sie sich damit, sie erprobt zu haben, und mißbrauchen Sie sie nicht länger. Wir kennen uns alle beide, Marquise; dies Wort sollte Ihnen genügen.

Sie sind morgen den ganzen Tag aus, haben Sie mir gesagt? Wunderschön, wenn Sie wirklich aus sind; und Sie können sich denken, daß ich es erfahren werde. Aber schließlich, am Abend kommen Sie nach Haus; und zu unserer schwierigen Versöhnung werden wir bis zum nächsten Morgen nur eben genug Zeit haben. Lassen Sie mich doch wissen, ob Ihre Wohnung oder ›das andere Haus‹ der Schauplatz unserer zahlreichen beiderseitigen Sühneopfer sein soll. Vor allem keinen Danceny mehr. Ihr eigensinniger Kopf hatte sich mit dem Gedanken an ihn angefüllt, und ich darf bei diesem Delirium Ihrer Phantasie von Eifersucht absehen. Bedenken Sie aber, daß von diesem Augenblick an, was nur eine Grille war, zur ausgesprochenen Bevorzugung werden würde.

Ich hoffe sogar, daß dies Opfer Ihnen gar keins scheinen wird. Wenn es Sie aber auch etwas kostet, so dünkt mich, daß ich Ihnen ein recht schönes Beispiel gegeben habe! Eine gefühlvolle, schöne Frau, die nur für mich lebte, die in diesem selben Augenblick vielleicht stirbt vor Liebe und Schmerz, ist vielleicht soviel wert wie ein junger Schüler, dem, wenn Sie wollen, ein hübsches Gesicht und auch Geist nicht abgeht, der aber noch keine Weltkenntnis und keine Festigkeit hat.

Adieu, Marquise, ich sage Ihnen nicht von den Gefühlen, die ich für Sie hege. Alles, was ich in diesem Augenblick tun kann, ist, mein Herz nicht zu erforschen. Ich erwarte Ihre Antwort. Bedenken Sie dabei, bedenken Sie wohl, daß, je leichter Sie's haben, die mir zugefügte Beleidigung bei mir in Vergessenheit zu bringen, mit desto unverwischbareren Zügen würde eine Weigerung Ihrerseits, ein bloßer Aufschub, sie in mein Herz graben.

Paris, den 3. Dezember 17**, abends.

Hundertzweiundfünfzigster Brief

Die Marquise von Merteuil an den Vicomte von Valmont

Nehmen Sie sich doch in acht, Vicomte, und schonen Sie etwas mehr meine äußerst entwickelte Schüchternheit! Wie soll ich den niederdrückenden Gedanken ertragen, mir Ihre Empörung zuzuziehen, und vor allem, wie soll ich der Furcht vor Ihrer Rache nicht erliegen? Um so mehr, als, wie Sie wissen, wenn Sie mir einen schlimmen Streich spielen, es mir unmöglich wäre, Ihnen auch einen zu spielen. Ich könnte reden, wie ich wollte, Ihr Dasein wäre darum noch ebenso glänzend und noch ebenso friedlich. Was hätten Sie eigentlich zu fürchten? Daß Sie abreisen müßten, wenn man Ihnen Zeit dazu ließe. Aber lebt es sich nicht im Ausland wie hier? Und vorausgesetzt, daß der französische Hof Sie an dem, wo Sie sich niederlassen würden, in Ruhe ließe, wäre es alles in allem für Sie nur ein Wechsel im Schauplatz Ihrer Triumphe. Nun ich versucht habe, Ihnen mit diesen moralischen Betrachtungen wieder kaltes Blut zu machen, wenden wir uns wieder zu unseren Angelegenheiten.

Wissen Sie, Vicomte, warum ich mich nicht wieder verheiratet habe? Sicher nicht aus Mangel an vorteilhaften Partien, sondern einzig, damit mir über mein Tun und Lassen niemand etwas zu sagen hat. Ich wäre zwar überhaupt nicht bange gewesen, daß ich nicht mehr tun könnte, was ich wollte, denn schließlich hätte ich es doch immer getan; aber es wäre mir lästig gewesen, daß jemand auch nur das Recht gehabt hätte, sich darüber zu beschweren. Endlich darum nicht, weil ich nur zum Vergnügen täuschen wollte und nicht aus Not. Und nun schreiben Sie mir den gattenhaftesten Brief, den je eine zu sehen bekommen hat! Sie sprechen darin nur von Unrecht auf meiner Seite und von Gnade auf Ihrer! Wie kann man denn einem etwas schuldig bleiben, dem man gar nichts schuldet? Ich kann es nicht fassen!

Sehen wir zu, worum handelt es sich so dringend? Sie haben Danceny bei mir vorgefunden, und das hat Ihnen mißfallen? Sehr schön; aber was konnten Sie daraus schließen? Entweder, daß es Zufall war, wie ich Ihnen sagte, oder mein Wille, wie ich nicht sagte. Im ersten Fall ist Ihr Brief ungerecht, im zweiten ist er zum Lachen: dann war's mal der Mühe wert, zu schreiben! Aber Sie sind eifersüchtig, und Eifersucht kennt keine Vernunft. Nun denn, ich will Vernunft für Sie mit haben.

Entweder haben Sie einen Rivalen, oder Sie haben keinen. Wenn Sie einen haben, müssen Sie gefallen, damit Sie ihm vorgezogen werden; wenn Sie keinen haben, müssen Sie auch wieder gefallen, damit Sie keinen bekommen. Auf alle Fälle haben Sie sich ganz gleich zu verhalten: wozu wollen Sie sich also quälen? wozu vor allem mich selbst quälen! Haben Sie denn nicht mehr das Bewußtsein, daß Sie der Liebenswürdigste sind? Und sind Sie Ihrer Erfolge nicht mehr sicher? Ei was, Vicomte, Sie tun sich unrecht. Aber das ist nicht die Sache; die Sache ist die, daß Sie sich nicht einbilden sollen, es läge Ihnen soviel daran. Es verlangt Sie nicht so sehr nach meinen Freundlichkeiten; Sie wollen nur Ihre Macht mißbrauchen. Pfui, Sie sind undankbar. Das ist wohl gar Gefühl, glaube ich! Und wenn ich noch etwas fortführe, könnte dieser Brief sehr zärtlich werden; aber Sie verdienen es nicht.

Ebensowenig verdienen Sie, daß ich mich rechtfertige. Zur Strafe für Ihr Mißtrauen sollen Sie es behalten; über den Zeitpunkt meiner Rückkehr wie über Dancenys Besuche sage ich Ihnen somit nichts. Sie haben sich sehr viel Mühe gegeben, um es herauszubringen, nicht? Nun, und hat Sie das sehr viel weiter gebracht? Ich wünsche Ihnen, daß Sie großes Vergnügen davon gehabt haben; meinem hat es nicht geschadet.

Auf Ihren Drohbrief kann ich also nichts weiter antworten, als daß er weder die Gabe, mir zu gefallen, gehabt hat, noch die Macht, mich einzuschüchtern, und daß ich für den Augenblick so wenig als irgend denkbar dazu geneigt bin, Ihnen Ihr Verlangen zu gewähren.

Die Wahrheit ist: wenn ich Sie so, wie Sie sich heute zeigen, annehmen wollte, dann würde ich eine wirkliche Untreue gegen Sie begehen. Denn das hieße nicht mit meinem früheren Liebhaber wieder anknüpfen; das hieße einen neuen nehmen, und zwar einen, der nicht entfernt soviel wert ist wie der andere. Ich habe den ersten nicht genügend vergessen, daß ich solchen Irrtum begehen könnte. Der Valmont, den ich liebte, war bezaubernd. Ich will sogar gern zugeben, daß ich nie einen liebenswürdigeren Mann getroffen habe. Ach bitte, Vicomte, wenn Sie ihn wiederfinden, bringen Sie ihn mir; der wird immer wohl aufgenommen werden.
Kündigen Sie ihm indessen an, daß es keinesfalls für heute oder morgen wäre. Sein Doppelgänger hat ihm ein bißchen unrecht getan; und wenn ich mich zu sehr beeilte, würde ich fürchten, mich zu irren. Oder habe ich vielleicht gar für diese zwei Tage Danceny mein Wort gegeben? Und Ihr Brief hat mich gelehrt, daß Sie keinen Spaß verstehen, wenn man sein Wort nicht hält. Sie sehen also, Sie müssen warten.
Aber was liegt Ihnen daran? Sie werden sich immer noch reichlich rächen an Ihrem Rivalen. Er wird Ihrer Geliebten nichts Ärgeres antun als Sie seiner. Und ist nicht schließlich eine Frau soviel wert wie die andere? Das ist Ihr Grundsatz. Die sogar, ›die zärtlich und gefühlvoll wäre, die nur für Sie lebte und endlich an Liebe und Gram stürbe‹, würde dennoch der ersten Laune geopfert werden, der Furcht, daß man Sie einen Augenblick necken könnte; – und Sie wollen, daß andere sich Zwang antun? Oh, das ist nicht gerecht!
Adieu, Vicomte, kommen Sie doch liebenswürdig wieder. Mir wäre wahrhaftig nichts lieber, als wenn ich Sie bezaubernd finden könnte; und sobald ich dessen gewiß bin, verpflichte ich mich, es Ihnen zu beweisen. Ich bin wirklich zu gut.

Paris, den 4. Dezember 17**

Hundertdreiundfünfzigster Brief
Der Vicomte von Valmont an die Marquise von Merteuil

Ich antworte unverzüglich auf Ihren Brief und will trachten, mich klar auszudrücken, was bei Ihnen nicht leicht ist, wenn Sie einmal entschlossen sind, nicht zu verstehen.

Langer Reden brauchte es nicht, um festzustellen, daß, da jeder von uns genug in Händen hat, um den andern zugrunde zu richten, wir gleich stark daran interessiert sind, uns gegenseitig zu schonen. So handelt sich's denn nicht darum. Aber zwischen dem gewalttätigen Entschluß, sich zugrunde zu richten, und dem gewiß besseren, vereint zu bleiben, wie wir's waren, und noch einiger zu werden dadurch, daß wir unser früheres Verhältnis wieder aufnehmen – zwischen diesen beiden Stellungnahmen, sage ich, gibt es tausend andere. Es war also nicht lächerlich, Ihnen zu sagen, und es ist also nicht lächerlich, Ihnen zu wiederholen, daß ich von diesem selben Tage an entweder Ihr Liebhaber bin oder Ihr Feind.

Ich bin mir sehr wohl bewußt, daß diese Wahl Ihnen lästig ist, daß Sie lieber Ausflüchte machen möchten; und es ist mir nicht unbekannt, daß es Ihnen niemals angenehm war, so zwischen ein Ja und ein Nein gestellt zu sein. Sie müssen aber auch fühlen, daß ich Sie aus diesem engen Kreis nicht herauslassen kann, ohne Gefahr, daß Sie mich anführen; und Sie haben sich vorher sagen müssen, daß ich das nicht dulden würde. Jetzt ist es an Ihnen, zu entscheiden. Ich kann Ihnen die Wahl lassen, nicht aber im Ungewissen bleiben.

Ich sage Ihnen nur gleich jetzt, daß Sie mich mit Ihren guten oder schlechten Vernunftgründen nicht irreführen werden; daß Sie mich ebensowenig mit den paar Schmeicheleien verführen werden, womit Sie Ihre Weigerungen aufzuputzen gesucht haben, und daß nun endlich der Augenblick da ist, wo es offen sein heißt. Ich tue nichts lieber als Ihnen mit gutem Beispiel vorangehn, und ich erkläre mit Vergnügen, daß ich Frieden und Einigkeit vorziehe. Muß aber eins

wie das andere gebrochen werden, dann glaube ich dazu das Recht und die Mittel zu haben.
Ich füge also hinzu, daß das geringste Hindernis, das von Ihnen ausgeht, meinerseits als regelrechte Kriegserklärung aufgefaßt werden wird. Sie sehen, die Antwort, die ich verlange, erfordert keine langen noch schönen Sätze. Zwei Worte genügen.

Paris, den 4. Dezember 17**

Antwort der Marquise von Merteuil,
am unteren Rand dieses Briefes:

Also gut: Krieg!

Hundertvierundfünfzigster Brief
Frau von Volanges an Frau von Rosemonde

Die Bulletins unterrichten Sie besser, als ich es könnte, liebe Freundin, von dem betrübenden Zustand unserer Kranken. Ganz ihrer Pflege gewidmet, entziehe ich ihr die Zeit, um Ihnen zu schreiben, nur insofern andere Vorgänge als die Krankheit in Betracht kommen. Hier folgt eines, auf das ich sicherlich nicht gefaßt war. Es ist ein Brief an mich von Herrn von Valmont, dem es beliebt hat, mich zu seiner Vertrauten und sogar zu seiner Vermittlerin bei Frau von Tourvel zu wählen. Er hat auch einen Brief an sie dem meinigen beigelegt. Ich habe den einen zurückgeschickt zugleich mit meiner Antwort auf den andern. Den letzteren lasse ich Ihnen zugehn und glaube, Sie werden mit mir der Meinung sein, daß ich nicht tun konnte noch durfte, was er verlangt. Wenn ich's auch gewollt hätte, wäre unsere unglückliche Freundin doch nicht imstande gewesen, mich zu verstehen. Sie deliriert unaufhörlich. Was aber sagen Sie zu der Verzweiflung des Herrn von Valmont? Darf man es ihm überhaupt glauben, oder will er nur alle bis ans Ende hinters Licht führen?[1]

1. Weil sich in der Folge bei diesem Briefwechsel nichts gefunden hat, was den Zweifel hätte beseitigen können, haben wir Herrn von Valmonts Brief lieber weggelassen.

Wenn er diesmal aufrichtig ist, darf er ruhig sagen, daß er sein Unglück selbst verschuldet hat. Er wird mit meiner Antwort, glaube ich, nicht sehr zufrieden sein; aber ich gestehe, daß alles, was mir von dieser unglücklichen Geschichte eine festere Meinung gibt, mich mehr und mehr gegen ihren Urheber aufbringt.

Gott befohlen, liebe Freundin; ich kehre zu meiner traurigen Krankenpflege zurück, die noch sehr viel trauriger wird durch die geringe Hoffnung auf Erfolg. Sie kennen meine Gefühle für Sie.

Paris, den 5. Dezember 17**

Hundertfünfundfünfzigster Brief
Der Vicomte von Valmont an den Ritter Danceny

Ich war zweimal bei Ihnen, lieber Ritter; aber seit Sie die Rolle des Liebenden mit der des Weiberhelden vertauscht haben, sind Sie, versteht sich, unauffindbar geworden. Ihr Kammerdiener hat mir indessen versichert, daß Sie heute abend nach Hause kommen würden, daß er Befehl habe, Sie zu erwarten. Ich aber, der ich von Ihrem Vorhaben unterrichtet bin, habe sehr wohl begriffen, daß Sie nur auf einen Augenblick heimkehren würden, um sich für die Gelegenheit umzuziehen, und daß Sie also bald Ihren Siegeslauf wieder aufnehmen würden. Vortrefflich, ich kann nur Beifall klatschen; aber vielleicht werden Sie für heute abend versucht sein, die Richtung dieses Siegeslaufs zu ändern. Sie kennen erst die Hälfte Ihrer Geschäfte; ich muß Sie über die andere aufklären, dann können Sie entscheiden. Nehmen Sie sich also die Zeit zum Lesen meines Briefes. Damit sollen Sie von Ihren Vergnügungen nicht abgelenkt werden, da er ja im Gegenteil nur den Zweck hat, Ihnen zwischen mehreren die Wahl zu stellen.

Wenn ich Ihr volles Vertrauen besessen hätte, wenn ich den Teil Ihrer Geheimnisse von Ihnen erfahren hätte, den Sie mir zu erraten überlassen haben, wäre ich rechtzeitig unterrichtet worden, und mein Eifer würde dann nicht so ungeschickt wie jetzt Sie in Ihrem Vorgehen hindern. Gehen wir aber von dem Punkt aus, an dem wir uns befinden. Wofür Sie sich auch entscheiden, Ihr schlimmster Fall würde andere immer noch glücklich machen.

Sie haben für heute nacht ein Stelldichein, nicht wahr? mit einer bezaubernden Frau, die Sie anbeten? Denn welche Frau betet man in Ihrem Alter nicht an, wenigstens die ersten acht Tage! Der Ort der Handlung soll Ihr Vergnügen noch steigern. Ein kleines wonniges Haus, das ›nur für Sie angeschafft wurde‹, soll die Lust verschönen mit dem Zauber der Freiheit und dem des Geheimnisses. Alles ist abgemacht, man erwartet Sie, und Sie brennen darauf, hinzugehen! So, das wissen wir alle zwei, obwohl Sie mir nichts gesagt haben. Jetzt kommt das, was Sie nicht wissen und was ich Ihnen sagen muß.

Seit ich wieder in Paris bin, sann ich auf Mittel, Sie dem Fräulein von Volanges näher zu bringen. Ich hatte es Ihnen versprochen; und noch das letzte Mal, daß ich Ihnen davon sprach, durfte ich aus Ihren Antworten, ich könnte sagen aus Ihrer Leidenschaft, schließen, daß ich damit auf Ihr Glück sann. Ich konnte das recht schwere Unternehmen allein nicht zu gutem Ende führen; aber nachdem ich die Wege geebnet hatte, überließ ich das übrige dem Eifer Ihrer jungen Geliebten. Sie hat in ihrer Liebe Hilfsquellen gefunden, die meiner Erfahrung abgingen; kurz, Ihr Unglück will, daß sie Erfolg gehabt hat. Seit zwei Tagen, hat sie mir heute abend gesagt, sind alle Hindernisse überwunden, und Ihr Glück hängt nur noch von Ihnen ab.

Seit zwei Tagen schmeichelt sie sich auch, Ihnen dies selbst zu melden, und obwohl Ihre Mama nicht da war, wären Sie empfangen worden. Aber Sie haben sich überhaupt nicht eingestellt! Und um Ihnen alles zu sagen: ob es nun Laune ist oder Vernunft, aber die kleine Person schien mir diesen Mangel an Eifer bei Ihnen etwas übelzunehmen. Endlich hat sie es dann möglich gemacht, daß auch ich bis zu ihr gelangen konnte, und hat mir das Versprechen abgenommen, Ihnen so bald als tunlich den hier beigefügten Brief zu übergeben. Nach ihrem Eifer dabei möchte ich wetten, daß es sich darin um ein Stelldichein für heute abend handelt. Jedenfalls habe ich auf Ehre und Freundschaft versprochen, daß Sie das zärtliche Schreiben im Laufe des Tages haben sollten, und kann und will mein Wort nicht brechen.

Wie also, junger Mann, wollen Sie nun Ihr Verhalten einrichten? Sie sind zwischen Gefallsucht und Liebe gestellt, zwischen Vergnügen und Glück: was werden Sie wählen? Spräche ich zu dem Danceny von vor drei Monaten oder nur zu dem von vor acht Tagen, dann wäre ich seines Herzens und damit auch dessen, was er tun würde, ganz sicher. Wird aber der Danceny von heute, um den die Frauen sich reißen, der Abenteuer verfolgt und, wie üblich, ein bißchen ruchlos geworden ist – wird der ein sehr schüchternes junges Mädchen, das nur seine Schönheit, seine Unschuld und seine Liebe für sich hat, den Reizen einer vollkommen ›bewanderten‹ Frau vorziehen? Mir, lieber Freund, scheint es, daß selbst bei Ihren neuen Grundsätzen, die doch immerhin auch die meinigen sind, die Umstände mich zu der jungen Liebenden bewegen würden. Erstens ist es eine mehr, und dann das Neue, und auch weil Sie fürchten müssen, die Frucht Ihrer Mühen zu verlieren, wenn Sie es versäumen, sie zu pflücken. Denn schließlich, hier hätten Sie wirklich eine Gelegenheit verpaßt, und nicht immer kehrt sie wieder, besonders wenn es sich um eine erste Schwäche handelt. Oft ist in solchem Fall nur ein Augenblick der Verstimmung nötig, ein eifersüchtiger Verdacht, weniger noch, um den schönsten Sieg zu verhindern. Die ertrinkende Tugend klammert sich manchmal an einen Strohhalm; ist sie aber erst heil davongekommen, dann sieht sie sich vor und läßt sich nicht leicht wieder beikommen.

Was setzen Sie dagegen drüben aufs Spiel? Nicht einmal Abbruch der Beziehungen; höchstens einen kleinen Zwist, bei dem man mit ein paar Aufmerksamkeiten das Vergnügen einer Wiederversöhnung erkauft. Was bleibt einer Frau, die sich schon ergeben hat, weiter übrig als Nachsicht? Was hätte sie von der Strenge? Den Verlust ihrer Freuden, ohne Gewinn für ihren Ruhm.

Wenn Sie, wie ich vermute, sich für die Liebe entscheiden, die mir auch die Vernunft für sich zu haben scheint, so gebietet, glaube ich, die Vorsicht, daß Sie sich bei dem versäumten Stelldichein nicht entschuldigen lassen. Lassen Sie einfach auf sich warten; wenn Sie sich mit einem Grund herauswagen, kommt man vielleicht in Versuchung, ihn auf seine Echtheit zu prüfen. Die Frauen sind neugierig und hartnäckig; alles kann herauskommen. Ich bin, wie Sie wissen, gerade jetzt selbst ein Beispiel dafür. Lassen Sie aber die Hoffnung bestehen, die ja von Eitelkeit unterstützt werden wird, so wird man sie erst lange nach der zu Erkundigungen geeigneten Stunde aufgeben. Dann können Sie sich morgen das unübersteigliche Hindernis aussuchen, das Sie abgehalten hat. Sie sind krank gewesen, tot, wenn es sein muß, oder sonst irgend etwas, worüber Sie gleich verzweifelt sind, und alles renkt sich wieder ein.

Wofür Sie sich im übrigen entscheiden, ich bitte Sie nur, mich es wissen zu lassen; und da ich nicht dabei interessiert bin, werde ich alles, was Sie tun, recht finden. Adieu, lieber Freund.

Hinzufügen will ich noch, daß es mir um Frau von Tourvel leid tut. Die Trennung von ihr bringt mich zur Verzweiflung. Denn ich würde die Hälfte meines Lebens geben für das Glück, ihr die andere weihen zu dürfen. Ach, glauben Sie mir, glücklich ist man nur durch Liebe!

Paris, den 5. Dezember 17**

Hundertsechsundfünfzigster Brief
Cécile Volanges an den Ritter Danceny
(Mit dem vorigen)

Wie kommt es, lieber Freund, daß ich Sie nicht mehr zu sehen bekomme, während ich Sie doch immer noch herbeiwünsche? Möchten Sie's nicht mehr so gern wie ich? Ach, jetzt bin ich wirklich traurig! Trauriger, als wie wir ganz und gar getrennt waren. Der Kummer, den mir sonst die anderen zufügten, jetzt kommt er mir von Ihnen, und das schmerzt sehr viel mehr.

Seit ein paar Tagen ist Mama nie zu Haus, Sie wissen es wohl; und ich hoffte, Sie würden versuchen, diese freie Zeit zu benutzen. Aber Sie denken überhaupt nicht an mich; ich bin recht unglücklich! Sie haben mir so oft gesagt, ich liebte Sie weniger! Ich wußte wohl, es sei umgekehrt, und jetzt ist es bewiesen. Hätten Sie mich besuchen wollen, hätten Sie's auch gekonnt; denn ich bin nicht wie Sie, ich sinne nur darauf, wie wir zusammenkommen können.

Sie hätten es verdient, daß ich Ihnen gar nicht sage, was ich deswegen alles getan habe, und mit wieviel Mühe. Aber ich habe Sie zu lieb und möchte so gern, daß Sie mich besuchen, daß ich nicht anders kann, ich muß es Ihnen sagen. Und dann werde ich ja nun auch sehen, ob Sie mich wirklich lieben!

Ich habe es so gut angestellt, daß der Türhüter mit uns im Bunde ist und daß er mir versprochen hat, alle Male, wenn Sie kämen, will er Sie immer einlassen, als sähe er Sie nicht. Und wir können uns ruhig auf ihn verlassen, er ist ein sehr anständiger Mensch. Nun handelt es sich also bloß noch darum, daß Sie im Hause niemand sieht; und das geht ganz leicht, wenn Sie erst abends kommen, wo überhaupt nichts zu fürchten ist. Seit Mama alle Tage aus ist, geht sie ja alle Tage um elf Uhr schlafen. Somit hätten wir viel Zeit.

Der Türhüter hat mir gesagt, wenn Sie so kommen möchten, sollten Sie nicht an die Tür klopfen, sondern brauchen nur an sein Fenster zu klopfen, er würde Ihnen gleich aufmachen. Und dann werden Sie die Nebentreppe schon finden; und da Sie kein Licht haben können, werde ich meine Zimmertür angelehnt lassen, das leuchtet Ihnen immerhin ein wenig. Sie müssen sich recht in acht nehmen, daß Sie kein Geräusch machen, besonders wenn Sie an Mamas kleiner Tür vorbeikommen. Bei der Tür meiner Kammerfrau ist es gleich, weil sie mir versprochen hat, sie will nicht aufwachen. Sie ist auch ein sehr gutes Mädchen! Und wenn Sie wieder weggehen, machen Sie es geradeso. Jetzt wollen wir sehen, ob Sie kommen.

Mein Gott, warum klopft mir das Herz so, während ich Ihnen schreibe? Steht mir irgendein Unglück bevor, oder ist es die Hoffnung, Sie wiederzusehen, die mich so erregt? Was ich genau fühle, ist, daß ich nie so geliebt habe und mir nie so gewünscht habe, es Ihnen zu sagen. Kommen Sie doch, mein Freund, mein lieber Freund, daß ich Ihnen hundertmal wiederholen kann, ich liebe Sie, ich bete Sie an und werde nie jemand lieben als Sie.

Ich habe es zuwege gebracht, Herrn von Valmont wissen zu lassen, daß ich ihm etwas sagen möchte; und da er so ein guter Freund ist, wird er sicher morgen kommen, und ich werde ihn bitten, Ihnen den Brief sogleich zuzustellen. Somit erwarte ich Sie morgen abend, und Sie müssen ganz gewiß kommen, wenn Sie nicht wollen, daß Ihre Cécile sehr unglücklich sein soll.

Adieu, mein lieber Freund; Ich küsse Sie von ganzem Herzen.

Paris, den 4. Dezember 17**, abends.

Hundertsiebenundfünfzigster Brief

Der Ritter Danceny an den Vicomte von Valmont

Zweifeln Sie, mein lieber Vicomte, weder an meinem Herzen noch an dem, was ich vorhabe. Wie könnte in einem Wunsch meiner Cécile widerstehen! Ach, sie, sie allein liebe ich und werde ich immer lieben! Ihre Naivität, ihre Zärtlichkeit haben für mich einen Zauber, von dem ich mich wohl habe ablenken lassen, den aber nichts je verwischen wird. Seit ich, sozusagen ohne es zu bemerken, in ein anderes Abenteuer verstrickt bin, hat die Erinnerung an Cécile mich oftmals noch bei den süßesten Freuden gestört. Und vielleicht hat mein Herz ihr nie eine wahrere Huldigung dargebracht als in eben dem Augenblick, da ich ihr untreu war. Indessen, Freund, schonen wir ihr Zartgefühl und verheimlichen ihr, was ich Unrechtes tat – nicht um sie zu hintergehen, sondern um sie nicht zu betrüben. Das Glück Céciles ist mein glühendster Wunsch; nie würde ich mir ein Vergehen verzeihen, das sie eine Träne gekostet hätte.

Ich bin mir bewußt, daß ich Ihren Spott über das, was Sie meine neuen Grundsätze nennen, verdient habe. Aber Sie können mir glauben, nicht nach ihnen richtet sich in diesem Augenblick mein Verhalten; und ich bin entschlossen, es gleich morgen zu beweisen. Ich werde gehen und mich eben vor der anklagen, die meine Verwirrung verschuldet und sie geteilt hat. Ich werde ihr sagen: ›Lesen Sie in meinem Herzen; es hegt für Sie die zärtlichste Freundschaft; und die Freundschaft, zu der Begierde hinzukommt, sieht der Liebe so ähnlich! ... Beide haben wir uns geirrt; bin ich aber auch Irrtümern unterworfen, bin ich doch einer Unehrlichkeit nicht fähig.‹ Ich kenne meine Freundin; sie ist ebenso redlich wie nachsichtig; sie wird mir nicht nur verzeihen, sie wird mir beipflichten. Sie warf sich oftmals selbst vor, daß sie die Freundschaft verraten habe. Oftmals setzte ihr Zartgefühl ihre Liebe in Schrecken. Sie ist verständiger als ich und wird in meiner Seele diese ersprießlichen Besorgnisse bestärken, die ich in ihr vorwitzig zu ersticken suchte. Ich werde es ihr verdanken, wenn ich besser werde, und Ihnen, wenn ich glücklicher werde. Oh, meine Freunde, teilt euch meinen Dank. Der Gedanke, daß ich euch mein Glück schulde, erhöht seinen Wert.

Adieu, mein lieber Vicomte. Das Übermaß meiner Freude hindert mich nicht, Ihres Leids zu gedenken und daran teilzunehmen. Daß ich Ihnen auch nicht helfen kann! So bleibt Frau von Tourvel denn unerbittlich? Es heißt auch, daß sie sehr krank ist. Mein Gott, wie ich Sie bedauere! Möchte sie doch Gesundheit und zugleich Nachsicht wiedererlangen und Sie auf immer glücklich machen! Das ist der Wunsch der Freundschaft; ich wage zu hoffen, daß Liebe ihn erhört.
Ich möchte noch länger mit Ihnen plaudern; doch die Stunde drängt, und vielleicht erwartet Cécile mich schon.

Paris, den 5. Dezember 17**

Hundertachtundfünfzigster Brief

Der Vicomte von Valmont an die Marquise von Merteuil
(Bei ihrem Erwachen)

Nun, Marquise, wie sind Ihnen die Freuden der vergangenen Nacht bekommen? Sind Sie nicht ein bißchen müde? Geben Sie nur zu, daß Danceny ein reizender Mensch ist! Er verrichtet Wunder, der kleine Kerl! Das haben Sie nicht von ihm erwartet, wie? Alles, was recht ist, solch ein Rivale verdient wirklich, daß Sie mich ihm opferten. Im Ernst, er ist voller guter Eigenschaften! Aber vor allem: wieviel Liebe, Beständigkeit, Zartsinn! Ach, wenn Sie je so von ihm geliebt werden wie seine Cécile, dann brauchen Sie keine Mitbewerberinnen zu fürchten: diese Nacht hat er's Ihnen bewiesen. Vielleicht kann vermittelst heftiger Koketterie eine andere Frau ihn Ihnen einen Augenblick wegnehmen. Ein junger Mensch versteht sich solchem herausfordernden Locken nicht recht zu entziehen. Aber ein einziges Wort der Geliebten genügt, wie Sie sehen, um die Täuschung zu zerstreuen. Somit fehlt Ihnen bloß, daß Sie die Geliebte sind, dann sind Sie vollkommen glücklich.
Sicher werden Sie sich darüber nicht täuschen. Sie haben ein zu richtiges Gefühl, als daß dies zu fürchten wäre. Indessen hat meine aufrichtige, von Ihnen anerkannte Freundschaft

mir den Wunsch eingegeben, einmal die Probe von heute nacht anzustellen. Sie ist das Werk meines Eifers. Es ist gut gegangen: aber keinen Dank; es ist nicht der Mühe wert, nichts war leichter als das.
Was hat es mich eigentlich gekostet? Ein leichtes Opfer und einige wenige Geschicklichkeit. Ich habe darein gewilligt, mit dem jungen Mann die Gunst seiner Geliebten zu teilen; aber schließlich hatte er wirklich ebensoviel Recht auf sie wie ich, und mir lag so wenig an ihr! Der Brief, den das junge Wesen ihm geschrieben hat – ich und kein anderer hat ihn ihr diktiert; aber bloß um Zeit bei ihr zu gewinnen, weil wir sie besser zusammen anwenden konnten. Der, den ich beigelegt habe, oh, das war nichts, fast nichts: ein paar freundschaftliche Bemerkungen, um die Wahl des neuen Liebhabers zu lenken. Aber zur Ehre der Wahrheit muß ich sagen, sie waren unnötig; der hat keinen Augenblick geschwankt.
Und dann will er auch, in seiner Unschuld, heute zu Ihnen und Ihnen alles erzählen; und die Erzählung wird Ihnen gewiß viel Vergnügen machen! Er wird zu Ihnen sagen: ›Lesen Sie in meinem Herzen‹; er läßt mich das wissen; und Sie sehen wohl, das bringt alles wieder in Ordnung. Ich hoffe, wenn Sie dann darin lesen, was er möchte, lesen Sie vielleicht auch, daß so junge Liebhaber ihre Gefahren haben; und ferner, daß es besser ist, mich zum Freund zu haben als zum Feind.
Adieu, Marquise, bis zum nächsten Mal.

Paris, den 6. Dezember 17**

Hundertneunundfünfzigster Brief
Die Marquise von Merteuil an den Vicomte von Valmont
(Billett)

Ich mag nicht, wenn man sich erst schlecht aufführt und dann noch schlechte Scherze macht; das ist nicht meine Art und nicht mein Geschmack. Wenn ich mich über einen zu beschweren habe, ziehe ich ihn nicht auf; ich tue was Besseres, ich räche mich. So zufrieden Sie in diesem Augenblick sein mögen, vergessen Sie nicht, es wäre nicht das erste Mal, daß Sie sich zu früh und ganz allein gefreut hätten, in der Hoffnung auf einen Triumph, der Ihnen gerade in dem Augenblick entwischt ist, da Sie sich zu ihm Glück wünschten. Adieu.

Paris, den 6. Dezember 17**

Hundertsechzigster Brief
Frau von Volanges an Frau von Rosemonde

Ich schreibe Ihnen vom Zimmer Ihrer unglücklichen Freundin aus, deren Zustand immer ungefähr gleich ist. Heute nachmittag soll eine Konsultation von vier Ärzten stattfinden. Leider ist dies, wie Sie wissen, öfter ein Beweis, daß die Gefahr groß ist, als ein Mittel zur Rettung.

Es scheint indessen, daß die Besinnung gestern nacht ein wenig zurückgekehrt ist. Die Kammerfrau hat mir heute morgen mitgeteilt, daß etwa gegen Mitternacht ihre Herrin sie hat rufen lassen, daß sie hat mit ihr allein sein wollen und ihr einen ziemlich langen Brief diktiert hat. Julie fügte hinzu: während sie mit dem Umschlag beschäftigt war, sei Frau von Tourvel wieder von Delirien ergriffen worden, so daß das Mädchen nicht wußte, an wen sie adressieren sollte. Zuerst wunderte ich mich, daß der Brief selbst nicht hingereicht habe, sie darüber aufzuklären; aber auf ihre Antwort, sie fürchte sich zu irren und ihre Herrin habe ihr dennoch sehr anempfohlen, den Brief auf der Stelle abzuschicken, habe ich ihn auf meine eigene Verantwortung geöffnet.

Ich habe das Schriftstück vorgefunden, das ich Ihnen übersende, das sich tatsächlich an niemand, dafür aber an alle Welt richtet. Ich möchte indessen glauben, daß unsere unglückliche Freundin zuerst an Herrn von Valmont hat schreiben wollen, daß sie aber unmerklich ihren wirren Gedanken nachgegeben hat. Wie sich das auch verhält, ich war

der Meinung, daß dieser Brief niemand zuzustellen sei. Ich schicke ihn Ihnen, weil Sie aus ihm besser, als ich es Ihnen sagen könnte, ersehen werden, welche Gedanken den Kopf unserer Kranken beschäftigen. Solange ihr dies so tief geht, werde ich mir nur wenig Hoffnung machen. Der Leib erholt sich nur schwer, wenn der Geist so wenig ruhig ist.
Gott befohlen, liebe, würdige Freundin. Ich beglückwünsche Sie, daß Sie fern von dem traurigen Schauspiel sind, das ich fortwährend vor Augen habe.

Paris, den 6. Dezember 17**

Hunderteinundsechzigster Brief

Die Präsidentin von Tourvel an . . .
(Von ihr diktiert und von ihrer Kammerfrau abgeschrieben)

Grausames, bösartiges Wesen, wirst Du gar nicht müde werden, mich zu verfolgen? Ist es nicht genug, daß Du mich gemartert, herabgewürdigt, erniedrigt hast? Willst Du mir auch noch den Frieden des Grabes rauben? Wie! Sind an diesem Ort der Finsternis, wo mich zu begraben die Schande zwang, sind hier die Schmerzen ohne Nachlassen, und wird die Hoffnung hier verleugnet? Ich erflehe keine Gnade, die ich nicht verdiene; damit ich leide, ohne zu klagen, ist's genug, wenn meine Leiden nicht über meine Kräfte gehen. Aber mache meine Qualen nicht unerträglich. Laß mir meine Schmerzen, aber nimm mir die grausame Erinnerung, an das Gute, das ich verlor. Wenn Du es mir schon geraubt hast, spiegele nicht meinen Augen sein in Trauer stürzendes Bild vor. Ich war unschuldig und voll Frieden; weil ich Dich sah, verlor ich meine Ruhe; weil ich auf Dich hörte, ward ich zur Verbrecherin. Du hast meine Vergehen veranlaßt, mit welchem Recht bestrafst Du sie nun?
Wo sind die Freunde, die mich liebhatten, wo sind sie? Mein Unglück entsetzt sie. Keiner wagt sich mir zu nähern. Ich bin bedrängt, sie lassen mich ohne Hilfe! Ich sterbe, und niemand weint um mich. Jeder Trost ist mir versagt. Das

Mitleid bleibt stehen am Rand des Abgrundes, in den der Verbrecher sich stürzt. Gewissensbisse zerreißen ihn, und niemand hört sein Schreien!

Und Du, den ich beleidigt habe; Du, dessen Achtung meine Pein noch erhöht; Du, der Du doch allein das Recht hättest, Dich zu rächen, was tust Du fern von mir? Komm und strafe die treulose Frau! Laß mich endlich verdiente Martern erdulden! Ich hätte mich Deiner Rache schon unterworfen – aber es gebrach mir an Mut, Dir meine Schande zu melden. Es war nicht Verstellung, es war, weil ich achtete. Möge nun doch dieser Brief von meiner Reue unterrichten. Der Himmel hat für Dich Partei ergriffen; er rächt Dich für eine Beleidigung, von der Du nichts wußtest. Er selbst hat mir die Zunge gebunden und meine Worte zurückgehalten; er fürchtete, Du möchtest mir das Vergehen nachsehen, das er bestrafen wollte. Er hat mich Deiner Milde entzogen, die seine Gerechtigkeit verletzt haben würde.

Mitleidslos in seiner Rache, hat er mich eben dem ausgeliefert, der mich ins Verderben gebracht hat. Ich leide um ihn und zugleich auch durch ihn. Umsonst will ich ihn fliehen, er verfolgt mich; da ist er; er bestürmt mich unablässig. Aber wie er nun anders ist! Seine Augen drücken nur noch Haß und Verachtung aus. Sein Mund bringt nichts hervor als Beleidigungen und Vorwürfe. Seine Arme umschlingen mich nur, um mich zu zerreißen. Wer rettet mich vor seiner barbarischen Wut?

Doch wie! 's ist er! ... Ich irre mich nicht, er ist's, ihn sehe ich wieder. Oh, mein liebenswürdiger Freund! Nimm mich in Deine Arme; verbirg mich an Deinem Busen; ja, Du bist's, wirklich, Du bist's! Welche unheilvolle Täuschung war es, daß ich Dich verkannt habe? Wie ich gelitten habe, solange Du fern warst! Wir wollen uns nicht wieder trennen, wir wollen uns nie trennen! Laß mich Atem schöpfen. Fühle mein Herz an, wie es klopft! Ach, es klopft nicht mehr vor Furcht, das ist die süße, herzbewegende Liebe!

Warum entziehst Du Dich meinen zärtlichen Liebkosungen? Wende mir Deine süßen Blicke zu! Was sind das für Ketten, die Du zu zerreißen trachtest? Warum richtest Du diesen Totenpomp her? Was verändert so schrecklich Deine Züge? Was tust Du? Laß mich, mir schaudert! Gott, es ist wieder das Ungeheuer!
Ihr Freundinnen, laßt mich nicht im Stich, Du, die Du mich aufgefordert hast, ihn zu fliehen, hilf mir, mit ihm zu ringen! Und Du, die Du, nachsichtiger, meine Schmerzen zu lindern versprachst, komm doch her zu mir. Wo seid Ihr beide? Wenn es mir nicht erlaubt ist, Euch noch zu sehen, antwortet mir wenigstens auf meinen Brief, damit ich weiß, Ihr habt mich noch lieb.
Laß mich doch, Grausamer! Was für eine Wut beseelt Dich nun wieder? Fürchtest Du, ein sanftes Gefühl dringe nicht bis zu meiner Seele? Du verdoppelst meine Qualen, Du zwingst mich, Dich zu hassen! Oh, wie der Haß schmerzt! Wie er das Herz zerfrißt, aus dem er tropft! Warum verfolgen Sie mich? Was können Sie mir noch zu sagen haben? Haben Sie mich nicht in die Unmöglichkeit versetzt, Sie anzuhören wie auch Ihnen zu antworten? Erwarten Sie nichts mehr von mir. Adieu, mein Herr.

Paris, den 5. Dezember 17**

Hundertzweiundsechzigster Brief
Der Ritter Danceny an den Vicomte von Valmont

Ich bin von Ihrer Handlungsweise gegen mich unterrichtet, mein Herr. – Ich weiß auch, daß Sie noch nicht zufrieden sind, mich in unwürdiger Weise zum besten zu halten, und sich nicht scheuen, damit zu prahlen, sich etwas darauf einzubilden. – Ich habe den von Ihrer Hand niedergeschriebenen Beweis Ihres Verrats gesehen. Ich gestehe, daß es mir das Herz zerrissen hat und daß ich einige Scham empfinde, weil ich selbst so sehr mitgeholfen habe zu dem abscheulichen Mißbrauch, den Sie mit meinem blinden Vertrauen getrieben haben. Doch beneide ich Sie nicht um diesen schimpflichen Vorteil; ich bin nur neugierig, ob der Vorteil in jedem Fall auf Ihrer Seite sein wird. Ich werde dies erfahren, wenn Sie, wie ich hoffe, sich gefälligst morgen zwischen acht und neun Uhr früh am Tor des Gehölzes von Vicennes, im Dorf Saint-Mandé einfinden wollen. Ich werde Sorge tragen, daß für die Aufklärungen, die ich von Ihnen noch erhalten muß, alles Nötige zur Stelle ist.

Ritter Danceny

Paris, den 6. Dezember 17**, abends.

Hundertdreiundsechzigster Brief

Herr Bertrand an Frau von Rosemonde

Gnädige Frau!

Nur mit großem Leidwesen erfülle ich die traurige Pflicht, Ihnen die Neuigkeit zu melden, die Ihnen so schweren Kummer machen wird. Erlauben Sie mir, Sie zuvor zu der frommen Ergebung aufzufordern, die jeder so oft an Ihnen bewundert hat und die allein uns die Leiden, mit denen unser armseliges Leben besät ist, erträglich machen kann.

Ihr Herr Neffe – Mein Gott, muß ich denn eine so achtbare Dame so sehr betrüben! Ihr Herr Neffe hat das Unglück gehabt, in einem Zweikampf zu unterliegen, den er heute morgen mit dem Herrn Ritter Danceny gehabt hat. Der Gegenstand des Streites ist mir vollständig unbekannt; aber es scheint, nach dem Billett, das ich noch in Herrn von Valmonts Tasche gefunden habe und das ich die Ehre habe, Ihnen zu übersenden – es scheint, sage ich, daß nicht er der Angreifer war. Und der Himmel mußte erlauben, daß er unterlag!

Ich war beim Herrn Vicomte, um ihn zu erwarten, gerade zu der Zeit, wo er nach Hause gebracht ward. Stellen Sie sich meinen Schrecken vor, als ich Ihren Herrn Neffen von zwei seiner Leute getragen und ganz in seinem Blut gebadet sah. Er hatte zwei Degenstiche im Leibe und war schon sehr

Mlle Gérard del. Simonet sculp.

schwach. Herr Danceny war auch da und weinte. Ach, freilich wohl, er darf weinen; aber es ist gerade an der Zeit, Tränen zu vergießen, wenn man ein Unheil angerichtet hat, das nicht wieder gutzumachen ist!
Ich meinerseits hatte mich nicht mehr in der Gewalt; und so wenig ich auch bin, sagte ich ihm doch meine Meinung. Da aber hat der Herr Vicomte sich wahrhaft groß gezeigt. Er hat mir befohlen zu schweigen; und denselben Menschen, der sein Mörder ist, den hat er bei der Hand genommen, hat ihn Freund genannt, hat ihn vor uns allen geküßt und zu uns gesagt: »Ich befehle euch, dem Herrn alle die Achtung zu erweisen, die man einem tapferen, ehrenwerten Mann schuldet.« Überdies hat er ihm, in meinem Beisein, sehr umfangreiche Papiere übergeben lassen, die ich nicht kenne, aber auf die er, wie ich wohl weiß, sehr viel Wert legte. Sodann hat er gewollt, daß wir sie einen Augenblick zusammen allein ließen. Indessen hatte ich sofort allen Beistand, sowohl geistlichen als weltlichen, holen lassen; doch ach, für das Übel gab es keine Heilung! Nicht ganz eine halbe Stunde später war der Herr Vicomte bewußtlos. Er konnte nur noch die Sterbesakramente empfangen; und die Zeremonie war kaum beendet, da hauchte er den letzten Seufzer aus.
Guter Gott! Wie ich diese kostbare Stütze eines so berühmten Hauses bei seiner Geburt auf meine Arme genommen habe, hätte ich da voraussehen können, in meinen Armen würde er ausatmen und ich würde diesen Tod zu beweinen haben? Ein so vorzeitiger und so elender Tod! Meine Tränen fließen, ich kann nichts dagegen. Ich bitte Sie um Vergebung, gnädige Frau, daß ich es wage, in dieser Weise meinen Schmerz in Ihren zu mischen; aber in allen Ständen hat man ein fühlendes Herz; und ich wäre sehr undankbar, beweinte ich nicht mein ganzes Leben einen Herrn, der mir soviel Güte erwies und mich mit soviel Vertrauen beehrte.
Morgen, nachdem die Leiche fortgetragen ist, werde ich überall Siegel anlegen lassen, und Sie können sich deswegen

ganz auf mich verlassen. Es ist Ihnen wohl bekannt, gnädige Frau, daß mit diesem unglücklichen Ereignis die Substitution zu Ende ist und Sie wieder vollständig freie Verfügung haben. Wenn ich Ihnen dabei nützlich sein kann, bitte ich Sie, mir gütigst Ihre Befehle zukommen zu lassen. Ich werde allen Eifer daransetzen, sie pünktlich auszuführen.
Ich bin in tiefster Ehrfurcht, gnädige Frau, Ihr ganz ergebener usw.

Bertrand

Paris, den 7. Dezember 17**

Hundertvierundsechzigster Brief
Frau von Rosemonde an Herrn Bertrand

Ich bekomme eben im Augenblick Ihren Brief, mein lieber Bertrand, und erfahre aus ihm das grauenhafte Ereignis, dessen unglückliches Opfer mein Neffe ist. Ja, freilich werde ich Ihnen Befehle zu geben haben, und nur ihretwegen kann ich an anderes denken als an meine tödliche Betrübnis.
Das Billett des Herrn Danceny, das Sie mir übersandt haben, ist ein völlig überzeugender Beweis dafür, daß er der Herausforderer war; und mein Wille ist, daß Sie auf der Stelle in meinem Namen eine Klage eingeben. Wenn er seinem Feinde, seinem Mörder verzieh, ist mein Neffe wohl seiner natürlichen Großmut gefolgt; ich aber muß seinen Tod und gleichzeitig die Menschlichkeit und die Religion rächen. Man kann die Strenge der Gesetze nicht genug anspornen gegen diesen Rest von Barbarei, der unsere Sitten noch verpestet; und ich glaube nicht, daß in solchem Fall Vergebung der Beleidigungen vorgeschrieben ist. Ich erwarte also, daß Sie diese Angelegenheit mit all dem Eifer und all der Rührigkeit betreiben, deren ich Sie fähig weiß und die Sie dem Andenken meines Neffens schulden.
Vor allem werden Sie sich in meinem Auftrag zum Herrn Präsidenten von ... verfügen und mit ihm über die Sache sprechen. Ich schreibe ihm nicht, da es mich drängt, mich

ganz und gar meinem Schmerze hinzugeben. Sie werden mich bei ihm entschuldigen und ihm diesen Brief mitteilen. Adieu, mein lieber Bertrand, ich belobe Sie für Ihre gute Gesinnung und danke sie Ihnen, und bin fürs Leben ganz Ihre usw.

Aus Schloß . . ., den 8. Dezember 17**

Hundertfünfundsechzigster Brief
Frau von Volanges an Frau von Rosemonde

Ich weiß, Sie sind schon in Kenntnis gesetzt, liebe, würdige Freundin, von dem Verlust, den Sie erlitten haben. Ich kannte Ihre zärtliche Liebe zu Herrn von Valmont und nehme mit aller Aufrichtigkeit Anteil an der Betrübnis, in die Sie gewiß versetzt sind. Es ist mir wahrhaft schmerzlich, daß ich neues Leidwesen hinzufügen muß zu dem, das Sie schon haben; doch ach, unserer unglücklichen Freundin können wir nur noch Tränen spenden. Wir haben sie gestern um elf Uhr abends verloren. Infolge eines mit ihrem Geschick verknüpften Verhängnisses, das aller menschlichen Klugheit zu spotten schien, hat die kurze Weile, um die sie Herrn von Valmont überlebt hat, ihr genügt, um seinen Tod zu erfahren und, wie sie selbst gesagt hat, um der Last ihres Unglücks erst zu erliegen, nachdem sein Maß voll war.
Tatsächlich wußten Sie ja, daß sie seit länger als zwei Tagen durchaus bewußtlos war; und noch gestern früh, als ihr Arzt kam und wir zu ihr ans Bett traten, erkannte sie weder ihn noch mich, und wir konnten weder ein Wort noch das mindeste Zeichen von ihr erlangen. Nun, kaum waren wir wieder zum Kamin gegangen, und während der Arzt mir das traurige Ereignis von Herrn von Valmonts Tod mitteilte, da hat die unglückselige Frau ihren Kopf vollständig wiedergefunden – sei es, daß die Natur allein diese Umwälzung bewirkt hat, sei es, daß sie durch die öfter wiederholten Worte ›Herr von Valmont‹ und ›Tod‹ veranlaßt ward, die in der Kranken möglichenfalls die einzigen

Gedanken wiedererweckt haben, mit denen sie sich seit langem beschäftigte.

Wie dem auch sei, plötzlich riß sie den Bettvorhang auf und rief: »Wie! Was sagen Sie? Herr von Valmont ist tot!« Ich versuchte, sie glauben zu machen, sie irre sich, und versicherte ihr zunächst, sie habe falsch verstanden. Sie aber ließ sich nicht im entferntesten überreden, sondern verlangte vom Arzt, er solle seinen grausamen Bericht noch einmal beginnen; und wie ich immer noch versuchen wollte, sie davon abzubringen, rief sie mich und sagte leise: »Wozu wollen Sie mich täuschen? War er für mich nicht schon lange tot?« Man mußte also nachgeben.

Unsere unglückliche Freundin hörte anfangs ziemlich ruhig zu. Bald aber unterbrach sie dann den Bericht und sagte: »Genug, ich habe genug.« Sie verlangte sogleich, daß der Vorhang zugezogen werde; und als sodann der Arzt seine Berufspflicht an ihr erfüllen wollte, litt sie nicht, daß er ihr nahe komme.

Sobald er hinaus war, schickte sie die Wärterin und die Kammerfrau ebenfalls weg; und wie wir allein waren, bat sie mich, ich möge ihr helfen, im Bett sich hinzuknien, und möge sie stützen. So blieb sie denn einige Zeit schweigend und ohne sich zu äußern als durch die Tränen, die reichlich flossen. Endlich legte sie die Hände aneinander, erhob sie gen Himmel und sagte mit schwacher, aber inbrünstiger Stimme: »Allmächtiger Gott, ich unterwerfe mich deiner Gerechtigkeit; aber verzeihe Valmont. Laß mein Unglück, das ich mir bewußt bin verdient zu haben, nicht zur Anklage werden gegen ihn, und ich will deine Barmherzigkeit segnen!« Ich habe mir erlaubt, liebe, würdige Freundin, auf diese Einzelheiten eines Gegenstandes einzugehen, der, wie ich wohl fühle, Ihre Schmerzen wiederbeleben und verschlimmern muß; – ich habe es mir erlaubt, weil ich nicht zweifle, daß Frau von Tourvels Gebet Ihrer Seele dennoch großen Trost bringen wird.

Nachdem unsere Freundin diese wenigen Worte vorge-

Mlle Gerard del. Triere sculp.

bracht hatte, ließ sie sich zurück in meine Arme fallen; und kaum hatte ich sie wieder ins Bett gelegt, ward sie von einer Ohnmacht ergriffen, die lange anhielt, die aber doch den gewöhnlichen Hilfsmitteln wich. Sobald sie das Bewußtsein wiedererlangt hatte, bat sie mich, den Pater Anselm holen zu lassen, und setzte hinzu: »Es ist der einzige Arzt, den ich brauche; ich fühle, mein Leiden wird bald enden.« Sie klagte sehr über Beklemmung und atmete beschwerlich.

Kurze Zeit darauf ließ sie mir durch ihre Kammerfrau ein Kästchen überreichen, das ich Ihnen sende. Sie sagte, es enthalte ihr gehörige Schriften, und beauftrage mich, sie gleich nach ihrem Tode an Sie weiterzugeben.[1] Sodann sprach sie von Ihnen und von Ihrer Freundschaft zu ihr, so gut, als ihr Zustand es erlaubte, und sehr zärtlich.

Pater Anselm kam gegen vier Uhr und blieb nahezu eine Stunde mit ihr allein. Als wir wieder hineingingen, war das Gesicht der Kranken ruhig und heiter; doch war es leicht zu sehen, daß Pater Anselm viel geweint hatte. Er blieb da, um den letzten Zeremonien der Kirche beizuwohnen. Dies stets so Ehrfurcht gebietende, schmerzliche Schauspiel ward noch eindrucksvoller durch den Gegensatz der stillen Resignation der Kranken zu dem tiefen Schmerz ihres ehrwürdigen Beichtigers, der neben ihr in Tränen ausbrach. Die Rührung ward allgemein; und die, um die alle weinten, war die einzige, die nicht weinte.

Der Rest des Tages verging mit den üblichen Gebeten, die nur durch die häufigen Ohnmachten der Kranken unterbrochen wurden. Endlich, gegen elf Uhr abends, schien sie mir beklommener und leidender. Ich streckte die Hand nach ihrem Arm aus. Sie hatte noch die Kraft, sie zu nehmen, und legte sie sich aufs Herz. Ich fühlte es nicht mehr schlagen; und wirklich atmete unsere unglückliche Freundin im selben Augenblick aus.

Erinnern Sie sich, liebe Freundin, daß wir bei Ihrer letzten

1. Dies Kästchen enthielt alle auf ihr Abenteuer mit Herrn von Valmont bezüglichen Briefe.

Reise hierher, vor noch nicht einem Jahr, wir zusammen von einigen Personen sprachen, deren Glück uns mehr oder weniger gesichert schien, und daß wir mit Wohlgefallen bei dem Geschick dieser Frau verweilten, deren Ungemach wir heute zugleich mit ihrem Tode beweinen! So viele Tugenden, rühmliche Eigenschaften und Gaben der Anmut; ein so sanfter und so gefälliger Charakter; ein Gatte, den sie liebte und von dem sie angebetet wurde; ein Gesellschaftskreis, in dem sie sich gefiel und dessen Wonne sie war; ein hübsches Gesicht, Jugend, Vermögen; so viele miteinander vereinigte Vorteile sind also durch eine einzige Unvorsichtigkeit verlorengegangen! O Vorsehung, wohl müssen wir deine Beschlüsse anbeten; aber wie sie unverständlich sind! Ich halte inne; ich fürchte, Ihre Traurigkeit zu vermehren, wenn ich mich meiner überlasse.

Ich scheide von Ihnen und gehe hinüber zu meiner Tochter, die ein wenig unpäßlich ist. Wie sie heute morgen diesen so raschen Tod zweier Bekannten von mir erfuhr, ward ihr schlecht, und ich habe sie zu Bett bringen lassen. Ich hoffe indessen, dieses leichte Unwohlsein wird keine Folgen haben. In ihrem Alter ist man den Kummer noch nicht gewohnt, und er macht einen lebhafteren, stärkeren Eindruck. Solche rege Empfindsamkeit ist wohl eine löbliche Eigenschaft; aber wie sehr, was man täglich sieht, uns lehrt, sie zu fürchten! Gott befohlen, liebe, würdige Freundin.

Paris, den 9. Dezember 17**

Hundertsechsundsechzigster Brief

Herr Bertrand an Frau von Rosemonde

Gnädige Frau!

Infolge der Befehle, mit deren Erteilung Sie mir eine Ehre erwiesen, hatte ich auch die Ehre, den Herrn Präsidenten von ... aufzusuchen; ich habe ihm Ihren Brief mitgeteilt, mit der Bemerkung, daß ich, Ihren Wünschen entsprechend, nichts gegen seinen Rat unternehmen würde. Dieser ver-

ehrungswürdige Richter hat mich beauftragt, Sie darauf aufmerksam zu machen, daß die Klage, die Sie gegen den Herrn Ritter Danceny einzureichen beabsichtigen, ebensosehr dem Andenken Ihres Herrn Neffen schaden würde und daß seine Ehre durch den Gerichtsspruch notwendig befleckt werden würde, was gewiß ein großes Unglück wäre. Seine Meinung ist also, daß man sich wohl hüten muß, irgendeinen Schritt zu unternehmen, und wenn einer zu tun sei, handele es sich im Gegenteil darum, womöglich zu verhüten, daß der öffentliche Ankläger von der unglückseligen Geschichte, die schon zu viel Aufsehen erregt hat, Kenntnis nehme.
Diese Bemerkungen sind mir sehr weise erschienen, und ich habe beschlossen, weitere Befehle Ihrerseits zu erwarten.
Gestatten Sie mir die Bitte, gnädige Frau, daß Sie, wenn Sie sie mir zukommen lassen, gütigst ein Wort über den Zustand Ihrer Gesundheit hinzufügen möchten, für die ich die traurige Wirkung so vielen Kummers außerordentlich fürchte. Ich hoffe, Sie werden meiner Anhänglichkeit und meinem Eifer diese Freiheit verzeihen.
Ich bin mit Ehrerbietung, gnädige Frau, Ihr usw.

Paris, den 10. Dezember 17**

Hundertsiebenundsechzigster Brief
Anonym an den Herrn Ritter Danceny

Mein Herr!
Ich habe die Ehre, Sie zu benachrichtigen, daß heute morgen im Parkett des Gerichtshofes unter den Beamten des Königs von der Sache die Rede war, die Sie in den letzten Tagen mit dem Herrn Vicomte von Valmont gehabt haben, und daß zu fürchten ist, daß die Anklagebehörde deswegen Klage erhebt. Ich war der Meinung, diese Warnung könne Ihnen nützen, um diese ärgerlichen Folgen zum Stillstand zu bringen, sei es, im Fall Sie dies nicht erreichen können, damit Sie dann Maßregeln zu Ihrer persönlichen Sicherheit ergreifen.

Überhaupt glaube ich, wenn Sie mir einen Rat gestatten, daß Sie wohl daran täten, sich eine Zeitlang weniger zu zeigen als in diesen zwei Tagen. Obwohl in dieser Art Affären gewöhnlich Nachsicht geübt wird, schuldet man nichtsdestoweniger dem Gesetz immerhin diesen Achtungsbeweis.
Diese Vorsicht wird um so nötiger, weil mir zu Ohren gekommen ist, eine Frau von Rosemonde, eine Tante, wie mir gesagt wird, von Herrn von Valmont, wolle eine Klage gegen Sie einbringen, und weil dann die Anklagebehörde ihr Ersuchen nicht abschlägig bescheiden könnte. Es wäre vielleicht angezeigt, daß Sie mit dieser Dame sprechen ließen.
Besondere Gründe halten mich ab, diesen Brief zu unterzeichnen. Aber ich rechne darauf, wenn Sie auch nicht wissen, von wem er kommt, werden Sie doch dem Gefühl, das ihn diktiert hat, Gerechtigkeit widerfahren lassen.
Ich habe die Ehre usw.

Hundertachtundsechzigster Brief
Frau von Volanges an Frau von Rosemonde

Hier verbreiten sich, meine liebe, würdige Freundin, über Frau von Merteuil sehr verwunderliche, sehr ärgerliche Gerüchte. Sicherlich bin ich weit entfernt, daran zu glauben, und ich möchte wohl wetten, daß es nur abscheuliche Verleumdung ist; aber ich weiß zu gut, wie leicht Boshaftigkeiten, selbst die unwahrscheinlichsten, Festigkeit erlangen und wie schwer der Eindruck, den sie hinterlassen, sich verwischt, darum bin ich von diesen hier doch sehr beunruhigt, so leicht sie auch, glaube ich, zu zerstören sind. Ich wünschte vor allem, daß man ihnen rechtzeitig Einhalt tun könnte, bevor sie zu weit verbreitet sind. Aber ich habe erst gestern, sehr spät, von diesen Abscheulichkeiten gehört, man fängt erst an, sie auszusprengen; und als ich heute morgen zu Frau von Merteuil schickte, war sie gerade aufs Land gereist, wo sie zwei Tage bleiben soll. Man hat mir bei ihr im Hause nicht sagen können, zu wem sie gegangen sei. Ihr zweites Mädchen, das ich mir zu einer Unterredung habe kommen lassen, hat mir gesagt, ihre Herrin habe ihr nur Befehl gegeben, sie nächsten Donnerstag zu erwarten, und von den Leuten, die sie hier gelassen hat, weiß keiner mehr. Ich selbst habe keinerlei Vermutung darüber, wo sie sein kann. Ich erinnere mich an niemand aus ihrer Bekanntschaft, der so spät noch auf dem Lande wäre.

Wie dem auch sei, werden Sie mir vermutlich bis zu ihrer Rückkehr Aufklärungen verschaffen können, die ihr nützen können. Denn man gründet diese abscheulichen Geschichten auf Umstände, die mit dem Tode des Herrn von Valmont zusammenhängen sollen, von denen Sie vermutlich unterrichtet sind, wenn sie wahr sind, oder nach denen Sie sich wenigstens leicht erkundigen können – was ich als Gefälligkeit von Ihnen erbitte. Folgendes spricht man herum, oder besser gesagt, man murmelt es erst, aber es wird wohl bald geräuschvoller ausbrechen.

Also man sagt, daß der zwischen Herrn von Valmont und dem Ritter Danceny ausgebrochene Streit das Werk der Frau von Merteuil ist, die sie beide gleichmäßig betrog; daß, wie es fast immer geht, die beiden Rivalen sich zuerst geschlagen haben und erst dann zu Aufklärungen geschritten sind; daß diese eine aufrichtige Versöhnung bewirkt haben; und um den Ritter Danceny vollends Frau von Merteuil erkennen zu lehren, wie auch um sich ganz und gar zu rechtfertigen, habe Herr von Valmont seinen Worten eine Masse Briefe beigefügt, einen regelmäßigen Briefwechsel, den er mit ihr unterhalten habe und worin sie über sich selbst im freiesten Stil die anstößigsten Anekdoten erzähle.

Es wird weiter erzählt, daß Danceny in seiner ersten Empörung diese Briefe jedem, der sie sehen wollte, ausgeliefert habe und daß sie jetzt in Paris umlaufen. Besonders werden zwei angeführt[1]: einer, worin sie die ganze Geschichte ihres Lebens und ihrer Grundsätze erzählt und der, wie es heißt, der Gipfel des Abscheulichen ist; und ein anderer, der

1. Der 81. und 85. dieser Sammlung

Herrn von Prévan – Sie erinnern sich seiner Geschichte – vollkommen rechtfertigt durch den darin enthaltenen Beweis, daß er im Gegenteil nur dem deutlichsten Entgegenkommen Frau von Merteuils nachgegeben hat und daß das Stelldichein mit ihr verabredet war.
Zum Glück habe ich die stärksten Gründe zu der Annahme, daß diese Beschuldigungen ebenso falsch wie gehässig sind. Erstens wissen wir beide, daß Herr von Valmont sich sicher nicht mit Frau von Merteuil abgab, und ich habe allen Grund, zu glauben, daß Danceny sich ebensowenig mit ihr abgab; somit scheint es mir erwiesen, daß sie weder Gegenstand noch Anstifter des Streites hat sein können. Ebensowenig verstehe ich, welches Interesse Frau von Merteuil, die man im Einverständnis mit Herrn von Prévan vermutet, daran gehabt haben soll, solchen Auftritt herbeizuführen. Denn der konnte doch immer nur unangenehmen Lärm machen und ihr sehr gefährlich werden, da sie sich dadurch einen unversöhnlichen Feind schuf in einem Manne, der nun einmal im teilweisen Besitz ihres Geheimnisses war und der viele Anhänger hatte. Indessen ist zu bemerken, daß seit diesem Abenteuer keine einzige Stimme sich zugunsten Prévans erhoben hat und daß selbst von seiner Seite kein Einspruch stattgefunden hat.
Diese Erwägungen könnten mich auf den Verdacht bringen, daß er der Urheber der heute umlaufenden Gerüchte ist und dieser schwarze Streich vom Haß und von der Rache eines Mannes ausgeht, der sich verloren sieht und durch dieses Mittel wenigstens Zweifel auszustreuen und vielleicht eine ihm nützliche Ablenkung zu bewirken hofft. Von welcher Seite diese Böswilligkeiten aber auch kommen, das Dringlichste ist, sie zu zerstören. Sie würden von selbst hinfällig werden, wenn sich, wie es wahrscheinlich ist, herausstellen würde, daß die Herren von Valmont und Danceny sich nach ihrer unglücklichen Affäre nicht mehr gesprochen haben und daß gar keine Schriftstücke übergeben worden sind.
In meiner Ungeduld, diese Tatsachen auf ihren Gehalt zu

prüfen, habe ich heute morgen zu Herrn Danceny geschickt; er ist aber auch nicht in Paris. Seine Leute haben meinem Kammerdiener gesagt, er sei auf eine gestern erhaltene Mitteilung hin diese Nacht abgereist, und sein Aufenthaltsort sei Geheimnis. Offenbar fürchtet er die Folgen seiner Affäre. Nur von Ihnen also, meine liebe und würdige Freundin, kann ich die mich interessierenden Einzelheiten bekommen, die Frau von Merteuil so nötig haben kann. Ich wiederhole meine Bitte, daß Sie sie mir so bald als möglich zukommen lassen.

Nachschrift: Die Unpäßlichkeit meiner Tochter hat keinerlei Folgen gehabt; sie entbietet Ihnen ihren ehrfurchtsvollen Gruß.

Paris, den 11. Dezember 17**

Hundertneunundsechzigster Brief
Der Ritter Danceny an Frau von Rosemonde

Gnädige Frau!

Vielleicht werden Sie den Schritt, den ich heute unternehme, sehr seltsam finden; aber ich bitte Sie dringend, hören Sie mich an, bevor Sie mich verurteilen, und erblicken Sie weder Kühnheit noch Vermessenheit dort, wo nur Ehrfurcht und Vertrauen ist. Ich verhehle mir das Unrecht nicht, in dem ich mich Ihnen gegenüber befinde, und ich würde es mir mein Leben lang nicht verzeihen, könnte ich einen Augenblick glauben, es wäre mir möglich gewesen, es zu vermeiden. Sie dürfen sogar überzeugt sein, gnädige Frau, wenn ich frei von Vorwurf bin, von Leidwesen bin ich's nicht; und auch das kann ich aufrichtig sagen, daß das Leid, das ich Ihnen antue, viel von dem ausmacht, das ich selbst empfinde. Damit Sie diesen Gefühlen, deren ich Sie zu versichern wage, Glauben schenken, brauchen Sie sich nur selbst gerecht zu werden und zu wissen, daß ich, habe ich auch nicht die Ehre, Ihnen bekannt zu sein, doch die habe, Sie zu kennen.

Indessen, während ich das Verhängnis beseufze, das in einem Ihren Kummer und mein Unglück bewirkt hat, will man mir die Furcht beibringen, daß Sie, ganz bei Ihrer Rache, die Mittel, sie zu kühlen, sogar auch in der Strenge des Gesetzes suchen.

Gestatten Sie mir vorerst, Ihnen zu bemerken, daß hierbei Ihr Schmerz Sie irreführt, da in diesem Punkt mein Interesse wesentlich verknüpft ist mit dem des Herrn von Valmont, und daß von der Verurteilung, die Sie gegen mich herbeigeführt hätten, auch er betroffen werden würde. Ich sollte also glauben, gnädige Frau, daß ich von Ihrer Seite im Gegenteil eher auf Beistand als auf Hindernisse rechnen darf bei den Bemühungen, die ich vielleicht nötig haben werde, damit das unglückselige Ereignis in Schweigen begraben bleibt.

Aber dies Hilfsmittel der Mitschuld, das gleichmäßig Schuldigen und Unschuldigen zustatten kommt, genügt meinem Empfinden nicht; wenn ich Sie als Gegenpartei aus dem Wege zu schaffen wünsche, so rufe ich Sie an als meinen Richter. Die Achtung derjenigen Personen, die man selbst achtet, ist zu wertvoll, als daß ich mir die Ihrige rauben ließe, ohne sie zu verteidigen, und ich glaube, dafür gerüstet zu sein.

Denn wirklich, wenn Sie zugeben, daß Rache erlaubt ist, besser gesagt, daß man sie sich schuldet, wenn man in seiner Liebe, in seiner Freundschaft und vor allem in seinem Vertrauen verraten ist – wenn Sie dies zugeben, wird mein Unrecht vor Ihren Augen verschwinden. Glauben Sie nicht meinen Reden; aber lesen Sie, wenn Sie den Mut dazu haben, den Briefwechsel, den ich in Ihre Hände niederlege.[1] Die Menge Originalbriefe, die darunter sind, bestätigen wohl die Echtheit derer, von denen nur Kopien vorhanden

1. Aus diesem Briefwechsel, aus dem beim Tode von Frau Tourvels in gleicher Weise ausgefolgten und auch aus den von Frau von Volanges der Frau von Rosemonde anvertrauten Briefen ist die vorliegende Sammlung gebildet worden, deren Originale sich noch in Händen von Frau von Rosemondes Erben befinden.

sind. Übrigens habe ich diese Papiere, so wie ich sie an Sie zu richten die Ehre habe, von Herrn von Valmont selbst empfangen. Ich habe nichts hinzugefügt und nur zwei Briefe herausgenommen, die zu veröffentlichen ich mir erlaubt habe.

Der eine war nötig für meine und Herrn von Valmonts gemeinsame Rache, auf die wir beide ein Anrecht hatten und mit der er mich ausdrücklich betraut hatte. Überdies habe ich geglaubt, es heiße der Gesellschaft einen Dienst erweisen, wenn man einer so in Wahrheit gefährlichen Frau wie Frau von Merteuil die Maske abnähme; denn sie ist, wie Sie sehen können, die einzige, die wahrhafte Ursache von allem, was zwischen Herrn von Valmont und mir geschehen ist.

Gerechtigkeitsgefühl hat mich veranlaßt, auch den zweiten zu veröffentlichen, zur Rechtfertigung Herrn von Prévans, den ich kaum kenne, aber der keineswegs die harte Behandlung verdient hatte, die er kürzlich erlitten hat, noch das strenge Urteil der Öffentlichkeit, das noch furchtbarer ist und unter dem er seit der Zeit seufzt, ohne irgend etwas zu seiner Verteidigung zu haben.

Sie werden also nur die Abschrift dieser beiden Briefe finden, deren Originale ich für mich behalten muß. Mit Bezug auf alles übrige glaube ich, daß ich keinen sichereren Händen diese Papiere anvertrauen könnte, an deren Erhaltung mir allerdings wohl liegt, aber mit denen ich nicht ohne Erröten Mißbrauch treiben würde. Ich glaube, gnädige Frau, wenn ich diese Papiere Ihnen anvertraue, diene ich den beteiligten Personen ebensogut, als wenn ich sie ihnen selbst in Verwahrung gäbe; und ich erspare ihnen die Verlegenheit, sie von mir in Empfang zu nehmen und zu wissen, daß ich von Geschichten unterrichtet bin, von denen sie zweifellos wünschen, daß niemand sie ahnt.

Ich muß Ihnen, glaube ich, dabei sagen, daß der anliegende Briefwechsel nur ein Teil einer viel umfangreicheren Sammlung ist, der Herr von Valmont ihn in meinem Beisein entnommen hat und die Sie bei Abnahme der Siegel wiederfinden müssen, unter dem Titel, den ich gesehen habe: ›Konto der Marquise von Merteuil beim Vicomte von Valmont.‹ Sie werden in dieser Beziehung beschließen, was Ihre Klugheit Ihnen eingibt.

Ich bin mit Ehrerbietung, gnädige Frau, usw.

Nachschrift: Ein paar Warnungen, die ich bekommen habe, und die Ratschläge meiner Freunde haben mich bewogen, Paris auf einige Zeit zu verlassen. Aber mein Zufluchtsort, den ich vor allen geheimhalte, soll es für Sie nicht sein. Wenn Sie mich mit einer Antwort beehren wollen, bitte ich Sie, sie an die Komturei in ... bei ... zu richten und unter der Adresse des Herrn Komturs von ***. Von seinem Hause aus habe ich die Ehre, Ihnen zu schreiben.

Paris, den 12. Dezember 17**

Hundertsiebzigster Brief

Frau von Volanges an Frau von Rosemonde

Ich falle, liebe Freundin, von einer Überraschung in die andere und von einem Kummer in den andern. Man muß Mutter sein, um eine Vorstellung zu haben von dem, was ich gestern den ganzen Morgen gelitten habe; und wenn ich wegen meiner schlimmsten Besorgnisse seitdem beruhigt bin, verharre ich doch noch in lebhafter Betrübnis, deren Ende ich nicht absehe.

Gestern gegen zehn Uhr früh schickte ich, verwundert, meine Tochter noch nicht zu sehen, meine Kammerfrau, damit sie nach der Ursache dieser Verspätung frage. Den Augenblick darauf kam sie ganz entsetzt wieder und entsetzte mich selbst noch sehr viel mehr durch die Meldung, meine Tochter sei nicht in ihrem Zimmer, und ihre Kammerfrau habe sie schon am Morgen nicht darin gefunden. Denken Sie sich meine Lage! Ich ließ alle meine Leute kommen und vor allem den Türhüter: alle schwuren mir, sie wüßten nichts und könnten mir über den Vorfall keine Auskunft geben. Ich ging sogleich hinüber ins Zimmer meiner Tochter. Die darin herrschende Unordnung zeigte mir wohl, daß sie es offenbar erst am Morgen verlassen hatte; sonst aber fand ich nichts, was mich aufgeklärt hätte. Ich untersuchte ihre Schränke, ihren Sekretär; ich fand alles an seinem Platz und alle ihre Sachen, außer dem Kleid, mit dem sie ausgegangen war. Sie hatte nicht einmal das wenige Geld mitgenommen, das sie in ihrem Zimmer hatte.

Da sie erst gestern erfahren hatte, was alles über Frau von Merteuil gesagt wird, da sie ihr sehr befreundet ist, so sehr sogar, daß sie den ganzen Abend nur geweint hat; da mir auch einfiel, daß sie nicht wisse, Frau von Merteuil sei auf dem Lande, war mein erster Gedanke, sie habe ihre Freundin aufsuchen wollen und sei unbesonnenerweise allein hingegangen. Wie aber die Zeit verran, ohne daß sie wiederkam, kehrten alle meine Besorgnisse zurück. Jeden Augenblick wuchs meine Pein, und so sehr ich darauf brannte, etwas zu erfahren, wagte ich doch keinerlei Erkundigung einzuziehen, in der Befrüchtung, ich könnte Aufsehen erregen durch einen Schritt, den ich später vielleicht vor aller Welt hätte geheimhalten wollen. Nein, im ganzen Leben habe ich nicht so viel gelitten.

Endlich, erst nach zehn Uhr, bekam ich einen Brief von meiner Tochter und zugleich einen von der Oberin des Klosters der ... Im Brief meiner Tochter stand bloß, sie sei bange gewesen, ich würde mich ihrer Neigung, Nonne zu werden, widersetzen, und habe mir nichts davon zu sagen gewagt. Das übrige waren Entschuldigungen, daß sie, ohne meine Erlaubnis, diesen Weg beschritten habe, den ich, fügte sie hinzu, sicher nicht mißbilligen würde, wenn ich ihre Beweggründe kennte, nach denen sie mich jedoch nicht zu fragen bitte.

Die Oberin meldete mir, wie sie ein junges Mädchen allein habe kommen sehen, habe sie sie erst nicht aufnehmen wollen; nachdem sie sie aber ausgefragt und von ihr erfahren habe, wer sie sei, habe sie mir einen Dienst zu leisten ge-

glaubt, wenn sie meiner Tochter zunächst einmal Zuflucht gewähre, um sie nicht weiterem Umherlaufen auszusetzen, wozu sie entschlossen schien. Die Oberin bietet mir, wie billig, an, mir meine Tochter zurückzugeben, wenn ich sie verlange, lädt mich aber, ihrem Stande entsprechend, ein, mich einer Neigung nicht zu widersetzen, die sie ›so entschieden‹ nennt. Ferner sagte sie mir noch, sie habe mich von dem Vorfall nicht eher in Kenntnis setzen können, weil es ihr große Mühe gemacht habe, meine Tochter zu bewegen, daß sie mir schriebe; denn die Absicht meiner Tochter sei gewesen, kein Mensch sollte wissen, wohin sie sich zurückgezogen habe. Der Unverstand der Kinder ist recht hart!
Ich bin sofort in das Kloster geeilt; und nachdem ich die Oberin gesprochen hatte, habe ich gebeten, ich möchte meine Tochter sehen. Diese ist nur mit genauer Not gekommen, unter heftigem Zittern. Ich habe in Gegenwart der Nonnen mit ihr gesprochen und habe mit ihr allein gesprochen: aber alles, was ich inmitten vieler Tränen aus ihr habe herausbringen können, ist, daß sie nur im Kloster glücklich sein könne. Ich habe mich schließlich darein gefunden, ihr das Dableiben zu gestatten, aber ohne daß sie schon, wie sie wollte, in den Reihen der Postulantinnen stehen sollte. Ich fürchte, daß der Tod der Frau von Tourvel und des Herrn von Valmont diesen jungen Kopf zu sehr angegriffen hat. Soviel Achtung ich für den Beruf zum klösterlichen Leben hege, würde ich doch nicht ohne Schmerz, ja nicht ohne Furcht meine Tochter diesen Stand erwählen sehen. Mir scheint, wir haben schon genug Pflichten zu erfüllen, auch ohne daß wir uns neue dazu schaffen; und dann: in diesem Alter wissen wir schwerlich, was für uns taugt.
Was meine Lage doppelt schwierig macht, ist die nächstens bevorstehende Rückkehr des Herrn von Gercourt. Wird diese vorteilhafte Heirat nicht zustande kommen? Wie soll man seine Kinder denn glücklich machen, wenn es nicht genug ist, daß man es sich wünscht und sich alle Mühe gibt? Sie würden mich sehr zu Dank verpflichten, wenn Sie mir

sagten, was Sie an meiner Stelle tun würden. Ich kann bei keinem Entschluß stehenbleiben. Ich finde nichts so schrecklich, als wenn man über das Schicksal anderer entscheiden soll, und ich fürchte mich gleich sehr davor, bei dieser Gelegenheit mit der Strenge eines Richters zu verfahren oder mit der Schwäche einer Mutter.

Ich werfe mir immerfort vor, daß ich Ihnen noch mehr Kummer mache, wenn ich Ihnen von meinem rede. Aber ich kenne Ihr Herz: der Trost, den Sie andern etwa geben können, würde Sie Ihrerseits so sehr trösten, als Sie irgend getröstet werden können.

Gott befohlen, liebe, würdige Freundin; ich erwarte mit großer Ungeduld Ihre beiden Antworten.

Paris, den 13. Dezember 17**

Hunderteinundsiebzigster Brief
Frau von Rosemonde an den Ritter Danceny

Nach dem, was Sie mich haben wissen lassen, mein Herr, erübrigt nur, zu weinen und zu schweigen. Man bedauert es, daß man noch lebt, wenn man derartige Greuel erfährt; man errötet über sein Geschlecht, wenn man eine Frau solcher Ausschreitungen fähig sieht.

Ich will gern dazu die Hand bieten, mein Herr, soweit es an mir liegt, daß alles, was zu diesen traurigen Ereignissen in Beziehung steht und aus ihnen folgen könnte, in Schweigen und Vergessenheit sinkt. Ich wünsche sogar, daß sie uns niemals anderen Kummer bereiten mögen als den von dem unglückseligen Sieg nicht zu trennenden, den Sie über meinen Neffen davongetragen haben. Trotz seinen Vergehen, die ich wohl erkennen muß, fühle ich, daß ich mich über seinen Verlust niemals trösten werde; aber meine ewige Trauer wird die einzige Rache an Ihnen sein, die ich mir gestatte. An Ihrem Herzen ist es, ihre Größe zu würdigen.

Wenn Sie meinem Alter eine Bemerkung erlauben, die man dem Ihrigen sonst kaum macht: wenn man über sein wahres

Glück im klaren wäre, würde man es niemals außerhalb der Grenzen suchen, die Gesetz und Religion einem setzen.
Sie können sicher sein, daß ich treu und gern das von Ihnen mir anvertraute Gut bewahren werde; aber ich bitte Sie um die Ermächtigung, es niemand zurückzuerstatten, selbst Ihnen nicht, mein Herr, oder doch nur, wenn es zu Ihrer Rechtfertigung nötig wird. Ich darf glauben, Sie werden diese Bitte nicht abschlagen, und Sie brauchen nicht mehr zu lernen, daß man es oftmals beseufzt, wenn man sich, sei es auch der gerechtesten Rache hingegeben hat.
Ich halte mit Bitten noch nicht inne, überzeugt, wie ich bin, von Ihrer Großmut und Ihrem Zartsinn. Beider Tugenden wäre es gar sehr würdig, in meine Hände auch Fräulein von Volanges' Briefe zu legen, die Sie offenbar behalten haben und die Sie wohl nicht mehr interessieren. Ich weiß, daß das junge Mädchen an Ihnen großes Unrecht begangen hat; doch meine ich, daß Sie wohl nicht daran denken, sie zu strafen. Und wäre es nur aus Selbstachtung, würden Sie nicht die in den Schmutz ziehen, die Sie so sehr geliebt haben. Ich brauche also nicht hinzuzufügen, daß Sie die Rücksicht, die die Tochter nicht verdient, wenigstens der Mutter voll schulden – dieser hochachtbaren Frau, der gegenüber Sie immerhin vieles wieder gutzumachen haben. Denn schließlich, was man sich auch mit vorgeblichen zarten Gefühlen vortäuscht, der, der als erster ein noch redliches, einfaches Herz zu verführen sucht, macht sich eben dadurch zum ersten Begünstiger seiner Verderbnis und muß auf immer verantwortlich bleiben für die Ausschreitungen und Verirrungen, die ihr folgen.
Wundern Sie sich nicht, mein Herr, über so viel Strenge meinerseits; sie ist der größte Beweis, den ich Ihnen von meiner vollkommenen Achtung geben kann. Sie werden noch weitere Rechte darauf erwerben, wenn Sie, wie ich es wünsche, zur Sicherung eines Geheimnisses beitragen, dessen Veröffentlichung Ihnen selbst schaden und ein Mutterherz, das Sie schon verwundet haben, tödlich treffen würde.

Kurz, mein Herr, ich wünsche meiner Freundin zu Diensten zu sein; und wenn ich fürchten müßte, daß Sie mir diesen Trost weigerten, würde ich Sie bitten, zuvor zu bedenken, daß es der einzige ist, den Sie mir gelassen haben.
Ich habe die Ehre zu sein, usw.

Aus Schloß ..., den 15. Dezember 17**

Hundertzweiundsiebzigster Brief
Frau von Rosemonde an Frau von Volanges

Wenn ich genötigt gewesen wäre, liebe Freundin, die Aufklärungen, die Sie in betreff der Frau von Merteuil von mir erbitten, aus Paris kommen zu lassen und zu erwarten, wäre es mir noch nicht möglich, sie Ihnen zu geben. Ich hätte dann wohl auch nur unsichere bekommen. Es sind mir aber welche zugegangen, die ich nicht erwartete, die zu erwarten ich keine Veranlassung hatte; und die sind nur zu gewiß. Oh, liebe Freundin, wie sehr diese Frau Sie getäuscht hat!
Es widerstrebt mir, auf irgendwelche Einzelheiten einzugehen bezüglich dieser Anhäufung von Greueln. Was man aber darüber umherreden mag, seien Sie versichert, daß man noch nicht an die Wahrheit heranreicht. Ich hoffe, liebe Freundin, Sie kennen mich gut genug, daß Sie mir aufs Wort glauben, und Sie fordern keinerlei Beweis von mir. Es mag Ihnen genügen, zu wissen, daß eine Masse vorhanden sind und daß ich sie eben in diesem Augenblick in Händen halte.
Nur mit äußerstem Widerstreben bitte ich Sie ebenfalls, daß Sie mich nicht verpflichten wollen, den Rat, den Sie in bezug auf Fräulein von Volanges von mir erbitten, zu begründen. Ich fordere Sie auf, sich der Neigung, die sie zeigt, nicht zu widersetzen. Gewiß gibt es nichts, was einen dazu berechtigen könnte, jemand zum Eintritt in diesen Stand zu zwingen, wenn der Betreffende nicht dazu berufen ist; manchmal ist es ein großes Unglück, daß er's ist; und Sie sehen, Ihre Tochter selbst sagt Ihnen, Sie würden sie nicht

mißbilligen, wenn Sie ihre Beweggründe kennten. Der, der uns unsere Gefühle eingibt, weiß besser als unsere nichtige Klugheit, was jedem frommt; und oft ist, was ein Akt der Strenge scheint, im Gegenteil ein Akt der Milde.
Kurz, mein Rat, der, ich fühle es wohl, Sie tief betrüben wird und den ich eben darum Ihnen, wie Sie mir glauben müssen, nicht gebe, ohne viel darüber nachgedacht zu haben – mein Rat ist, daß Sie Fräulein von Volanges im Kloster lassen, da sie dies selbst erwählt hat; daß Sie die von ihr gefaßte Absicht eher ermutigen als ihr hinderlich sein mögen und daß Sie, bis sie zur Ausführung gelangt, nicht zögern, den Heiratsplan rückgängig zu machen.
Nachdem ich diese peinlichen Freundschaftspflichten erfüllt habe, und in meiner Ohnmacht, irgendeinen Trost hinzuzufügen, bitte ich Sie, liebe Freundin, nur noch um die Gunst, mich über nichts, was diese traurigen Ereignisse angeht, mehr zu befragen. Geben wir sie dem Vergessen anheim, das ihnen gebührt; und ohne unnützes und betrübendes Wissen zu suchen, unterwerfen wir uns den Beschlüssen der Vorsehung und glauben wir an die Weisheit ihrer Absichten, selbst wenn sie uns nicht erlaubt, sie zu begreifen. Gott befohlen, meine liebe Freundin.

Aus Schloß ..., den 15. Dezember 17**

Hundertdreiundsiebzigster Brief
Frau von Volanges an Frau von Rosemonde

Oh, Freundin! Mit welchem schrecklichen Schleier umhüllen Sie das Geschick meiner Tochter? Und Sie scheinen zu befürchten, ich könnte versuchen, ihn aufzuheben! Was verbirgt er mir denn, was das Herz einer Mutter mehr betrüben könnte als der grauenhafte Verdacht, dem Sie mich ausliefern! Je besser ich Ihre Freundschaft, Ihre Nachsicht kenne, desto stärker werden meine Qualen. Zwanzigmal habe ich seit gestern aus dieser grausamen Ungewißheit heraus und Sie bitten wollen, daß Sie mich ohne Schonung und

Umschweife unterrichten; und jedesmal habe ich vor Furcht gebebt, wenn ich Ihrer Bitte gedachte, ich solle Sie nicht befragen. Schließlich verweile ich bei einem Auskunftsmittel, das mir noch etwas Hoffnung läßt, und ich erwarte von Ihrer Freundschaft, daß Sie mir nicht abschlagen werden, was ich wünsche: nämlich daß Sie mir antworten, wenn ich ungefähr verstanden habe, was Sie mir etwa zu sagen haben; daß Sie sich nicht scheuen mögen, mir alles mitzuteilen, was mütterliche Nachsicht zudecken kann und was wieder gutzumachen nicht unmöglich ist. Wenn mein Unglück über dies Maß hinausgeht, dann willige ich darein, daß Sie sich tatsächlich nur durch Schweigen erklären. Hier folgt also, was ich schon wußte und wie weit meine Befürchtungen sich erstrecken können.

Meine Tochter hat einige Neigung für den Ritter Danceny merken lassen, und ich bin unterrichtet worden, daß sie so weit gegangen ist, Briefe von ihm entgegenzunehmen und ihm sogar zu antworten; aber ich glaubte es glücklich verhindert zu haben, daß diese Verfehlung eines Kindes irgendwelche gefährliche Folgen habe. Heute, da ich alles fürchte, kann ich mir die Möglichkeit wohl denken, daß meine Wachsamkeit getäuscht wäre, und ich habe große Furcht, daß meine Tochter sich hat verführen lassen und dadurch ihren Verirrungen die Krone aufgesetzt hat.

Mir fallen noch mehrere Umstände ein, die diese Befürchtung vielleicht rechtfertigen. Ich berichtete Ihnen, daß meiner Tochter bei der Nachricht vom Unglück des Herrn von Valmont unwohl geworden sei. Vielleicht bezog sich diese Empfindlichkeit nur auf den Gedanken an die Gefahren, die Herr Danceny in diesem Kampf bestanden hatte. Als sie dann hörte, was man alles von Frau von Merteuil sagte, wenn sie da so sehr geweint hat, war das, was ich für freundschaftlichen Schmerz hielt, vielleicht nur die Wirkung der Eifersucht oder des Ärgers darüber, daß ihr Liebhaber sich als treulos herausstellte. Der zuletzt von ihr unternommene Schritt läßt sich, scheint mir, auch aus demselben Beweggrund erklären. Oft glaubt man sich zu Gott berufen nur darum, weil man gegen die Menschen das Gefühl der Empörung hat. Endlich: angenommen, daß dies wahre Tatsachen sind und daß Sie davon unterrichtet sind, dann haben Sie sie möglichenfalls wohl genügend gefunden zur Rechtfertigung des strengen Ratschlages, den Sie mir erteilen.

Indessen, wenn es so wäre, würde ich meine Tochter zwar tadeln, doch aber glauben, daß ich es ihr noch schulde, alles zu versuchen, um ihr die Martern und die Gefahren einer trügerischen und vorübergehenden Neigung zu ersparen. Wenn Herr Danceny nicht jedes Gefühl für Anstand verloren hat, wird er sich nicht weigern, ein Unrecht gutzumachen, dessen alleiniger Urheber er ist; und ich darf doch wohl annehmen, daß die Verbindung mit meiner Tochter vorteilhaft genug ist, daß er, sowie seine Familie, sich geschmeichelt fühlen können.

Dies, meine liebe, würdige Freundin, ist noch meine einzige Hoffnung; bestätigen Sie sie rasch, wenn es Ihnen möglich ist. Sie können sich denken, wie ich mich danach sehne, daß Sie mir antworten, und welch entsetzlicher Schlag es für mich wäre, wenn Sie schwiegen.[1]

Ich wollte meinen Brief zumachen, als ein Bekannter zu Besuch kam und mir den grausamen Auftritt erzählte, dem Frau von Merteuil gestern ausgesetzt gewesen ist. Da ich in all diesen letzten Tagen niemand gesehen habe, hatte ich von der Geschichte nichts gehört. Hier folgt der Bericht, wie ich ihn von einem Augenzeuge habe.

Wie Frau von Merteuil vorgestern, Donnerstag, vom Lande zurückgekehrt ist, ist sie vor der italienischen Komödie ausgestiegen, wo sie eine Loge hatte. Sie war darin allein; und, was ihr sehr ungewöhnlich vorkommen mußte, kein Herr stellte sich ein während der ganzen Vorstellung. Vor dem Weggehen trat sie, ihrer Gewohnheit gemäß, in den kleinen

1. Dieser Brief ist ohne Antwort geblieben.

Saal, der schon voller Leute war. Auf der Stelle erhob sich Unruhe, für deren Gegenstand sie sich aber augenscheinlich nicht hielt. Sie bemerkte auf einer der Bänke einen leeren Platz, ging hin und setzte sich. Alsbald aber standen alle Frauen, die dort schon saßen, wie auf Verabredung auf und ließen sie vollständig allein. Diese deutliche Kundgebung der Entrüstung ward von allen Männern gelobt und bewirkte doppelt so lautes Murren, das, sagt man, bis zur Katzenmusik ging.

Damit zu ihrer Demütigung nichts fehlte, wollte ihr Unglück, daß Herr von Prévan, der sich seit seinem Abenteuer nirgends gezeigt hatte, im selben Augenblick den kleinen Salon betrat. Sobald man ihn erblickte, ward er von aller Welt, Männern und Frauen, umringt und mit Beifall begrüßt und sah sich durch die ihn umdrängten Leute vor Frau von Merteuil sozusagen hingeschoben. Es wird versichert, daß diese nach wie vor so ausgesehen hat, als sehe und höre sie nichts, und daß ihre Miene sich nicht verändert hat! Das halte ich aber für übertrieben. Wie dem auch sei, diese für sie wahrhaft schimpfliche Lage hat bis zu dem Augenblick gewährt, wo ihr Wagen gemeldet ward; und bei ihrem Weggange wurde das entsetzlich anstößige Geschrei noch einmal so laut. Es ist ganz schrecklich, mit der Frau verwandt zu sein. Herr von Prévan ist am selben Abend sehr lebhaft begrüßt worden von allen Offizieren seines Korps, die da waren, und es besteht kein Zweifel, daß er Stellung und Rang bald zurückbekommt.

Derselbe, der mir diese Einzelheiten gegeben hat, sagte mir, Frau von Merteuil habe die Nacht darauf sehr starkes Fieber bekommen, das man zuerst für die Wirkung der gewaltsamen Lage gehalten habe, in der sie sich befunden hatte; seit gestern abend aber wisse man, daß die zusammenfließenden Blattern sehr bösartig ausgebrochen sind. Wahrhaftig, ich glaube, es wäre ein Glück für sie, wenn sie daran stürbe. Ferner sagt man, dies ganze Abenteuer werde ihr sehr schaden bei ihrem Prozeß, der dicht vor dem Urteil steht und bei dem sie, wird behauptet, viel Gunst nötig hat.

Gott befohlen, liebe, würdige Freundin. Ich sehe in alledem wohl die Bösen bestraft; aber ich finde keinen Trost darin für ihre unglücklichen Opfer.

Paris, den 18. Dezember 17**

Hundertvierundsiebzigster Brief
Der Ritter Danceny an Frau von Rosemonde

Sie haben recht, gnädige Frau, und ganz gewiß werde ich Ihnen, soviel von mir abhängt, nichts abschlagen, worauf Sie einigen Wert legen. Das Paket, das ich an Sie zu richten die Ehre habe, enthält sämtliche Briefe von Fräulein von Volanges. Wenn Sie sie lesen, werden Sie vielleicht nicht ohne Staunen all die Naivität sehen, die sich mit soviel Treulosigkeit vereinigen läßt. Wenigstens mich hat das am seltsamsten berührt, als ich sie soeben zum letzten Mal las.

Kann man sich vor allem aber der lebhaftesten Empörung über Frau von Merteuil erwehren, wenn man daran denkt, mit welchem abscheulichen Vergnügen sie sich alle Mühe gegeben hat, solch eine reine Unschuld auf Abwege zu führen?

Nein, ich habe keine Liebe mehr. Nichts ist in mir übrig von einem so unwürdig verratenen Gefühl; und nicht aus diesem Gefühl heraus suche ich Fräulein von Volanges zu rechtfertigen. Und doch, hätte dies einfache Herz, dieses so sanfte, leicht zu behandelnde Wesen sich nicht leichter noch auf das Gute geworfen, als sie sich jetzt zum Bösen hat fortreißen lassen? Welches junge Mädchen, das ebenso aus dem Kloster hervortritt, ohne Erfahrung, fast ohne Gedanken, und in die Gesellschaft, wie es dann fast immer geht, nur eine gleich große Unkenntnis des Guten und des Bösen mitbringt – welches junge Mädchen, sage ich, hätte so verwerflichen Künsten besser widerstanden? Ach, um Nachsicht zu lernen, genügt es, darüber nachzudenken, an wie vielen, von uns selbst unabhängigen Umständen das schreckliche

Entweder-Oder hängt: keine Empfindung – Gefühlsverderbtheit. Sie wurden mir also gerecht, gnädige Frau, wenn Sie meinten, das von Fräulein von Volanges mir zugefügte Unrecht, das ich sehr lebhaft empfunden habe, werde mir dennoch keinerlei Rachegedanken eingeben. Es ist reichlich genug, daß ich sie nun nicht mehr lieben kann! Sie zu hassen fiele mir allzu schwer.

Ich habe keiner Überlegung bedruft, um zu wünschen, daß alles, was sie betrifft und ihr schaden könnte, auf immer aller Welt unbekannt bleibe. Wenn es so ausgesehen hat, als wollte ich die Erfüllung Ihrer darauf bezüglichen Wünsche etwas hinausschieben, so brauche ich Ihnen den Beweggrund, glaube ich, nicht zu verhehlen: ich wollte zuvor sicher sein, daß ich infolge dieser unglückseligen Angelegenheit nicht beunruhigt werden würde. Während ich um Ihre Nachsicht bat, während ich sogar einiges Recht darauf zu haben glaubte, hätte ich den Schein gefürchtet, als erkaufte ich sie gewissermaßen durch diese Nachgiebigkeit meinerseits; und der Reinheit meiner Beweggründe sicher, war es, wie ich gestehe, mein Stolz, daß Sie daran nicht sollten zweifeln können. Ich hoffe, diese vielleicht übergroße Empfindlichkeit verzeihen Sie der Verehrung, die Sie mir einflößen, dem Wert, den ich Ihrer Achtung beilege.

Aus demselben Grunde erbitte ich von Ihnen als letzte Gunst, daß Sie mich gütigst wissen lassen, ob ich Ihrer Meinung nach alle Pflichten erfüllt habe, die mir die unglückseligen Umstände auferlegt haben. Bin ich über diesen Punkt erst beruhigt, weiß ich, was ich tue. Ich reise nach Malta. Dort will ich Gelübde ablegen und gewissenhaft halten, die mich trennen werden von einer Welt, über die ich, noch so jung, schon so sehr zu klagen gehabt habe. Ich werde trachten, unter fremdem Himmel den Gedanken an all die gehäuften Greuel loszuwerden, deren Andenken meine Seele nur betrüben und schänden könnte.

Ich bin in Ehrfurcht, gnädige Frau, Ihr ganz ergebener usw.

Paris, den 26. Dezember 17**

Hundertfünfundsiebzigster Brief
Frau von Volanges an Frau von Rosemonde

Das Geschick Frau von Merteuils scheint nun erfüllt, meine liebe, würdige Freundin, und es ist derartig, daß ihre größten Feinde geteilt sind zwischen der Entrüstung, die sie verdient, und dem Mitleid, daß sie einflößt. Ich hatte wohl recht, als ich meinte, es wäre vielleicht ein Glück für sie, wenn sie an den Blattern stürbe. Sie ist zwar davon genesen, aber grauenhaft entstellt; und besonders hat sie dabei ein Auge verloren. Sie können sich wohl denken, daß ich sie nicht mehr gesehen habe; aber mir ist gesagt worden, sie sei wahrhaft scheußlich.

Der Marquis von***, der keine Gelegenheit, eine Bosheit zu sagen, versäumt, sagte gestern, als von ihr die Rede war, die Krankheit habe sie umgewendet, und jetzt trage sie die Seele im Gesicht. Unglücklicherweise stimmte es, nach aller Ansicht.

Ein weiteres Ereignis hat soeben ihr Ungemach und ihre Schuld noch vermehrt. In ihrem Prozeß ist vorgestern das Urteil gesprochen, und er ist einstimmig zu ihren Ungunsten entschieden. Auslagen, Schadenersatz, Zurückerstattung der Zinsen, alles ist den Minderjährigen zugesprochen; dergestalt, daß das wenige von ihrem Vermögen, das in dem Prozeß nicht mit aufs Spiel gesetzt war, und noch mehr als das, von den Kosten verschlungen wird.

Gleich nach Eintreffen dieser Nachricht hat sie, obwohl sie noch krank war, ihre Vorkehrungen getroffen und ist allein, bei Nacht, mit der Post abgereist. Ihre Leute sagen heute, keiner von ihnen habe mit ihr gehen wollen. Man glaubt, sie habe sich nach Holland gewendet.

Diese Abreise erregt noch mehr Geschrei als alles übrige, weil sie nämlich ihre Diamanten mitgenommen hat, einen sehr beträchtlichen Gegenstand, der zum Nachlaß ihres Gatten geschlagen werden sollte; ihr Silberzeug, ihren Schmuck, kurz, alles, was sie konnte; und weil sie für nahezu 50 000 Franken Schulden zurückläßt. Es ist ein wahrer Bankerott.

Die Familie soll sich morgen versammeln, um wegen einer Abfindung mit den Gläubigern zu verhandeln. Obwohl ich nur ganz entfernt verwandt bin, habe ich mich erboten, beizutragen. Bei der Versammlung werde ich nicht dabeisein, da ich einer noch traurigeren Zeremonie beiwohnen muß. Meine Tochter legt morgen das Kleid einer Postulantin an. Ich hoffe, Sie vergessen nicht, liebe Freundin, daß ich, mich zu diesem großen Opfer verpflichtet zu halten, keinen anderen Grund habe als das Schweigen, das Sie mir gegenüber bewahrt haben.

Herr Danceny hat vor fast vierzehn Tagen Paris verlassen. Es heißt, er gehe nach Malta und hat die Absicht, sich dort niederzulassen. Es wäre vielleicht noch Zeit, ihn zurückzuhalten? ... Liebe Freundin! ... Meine Tochter ist also sehr schuldig? ... Sie werden einer Mutter wohl verzeihen, daß sie sich nur schwer in diese entsetzliche Gewißheit fügt.

Welch Verhängnis hat sich denn seit einiger Zeit um mich her verbreitet und mich in den liebsten Wesen getroffen! Meine Tochter und meine Freundin!

Wer könnte ohne Zittern an all das Unglück denken, das ein einziges gefährliches Verhältnis zeitigen kann! Und welche Leiden vermiede man, wenn man dies mehr bedächte! Welche Frau flöhe dann nicht bei den ersten Worten eines Verführers? Welche Mutter könnte ohne Zittern jemand anders zu ihrer Tochter sprechen sehen? Aber dieses späte Nachdenken kommt immer erst, wenn die Ereignisse vorüber sind; und eine der wichtigsten und wohl auch am allgemeinsten anerkannten Wahrheiten wird erstickt und bleibt ohne Verwendung im Strudel unserer widersinnigen Sitten.

Gott befohlen, liebe, würdige Freundin; ich erfahre es jetzt, daß unsere Vernunft, die schon zur Verhütung von Unglück so wenig hinreicht, noch weniger genügt, uns darüber zu trösten.

Paris, den 14. Dezember 17**

Notiz des Herausgebers

Besondere Gründe und Erwägungen, die zu ehren wir uns stets zur Pflicht machen werden, zwingen uns, hier innezuhalten.

In diesem Augenblick können wir dem Leser weder die Fortsetzung von Fräulein von Volanges' Abenteuern geben noch ihn mit den unheilvollen Ereignissen bekannt machen, die Frau von Merteuils Unglück die Krone aufgesetzt oder ihre Bestrafung vollendet haben.

Vielleicht wird es uns eines Tages gestattet sein, dies Werk zu vervollständigen; doch können wir in dieser Beziehung keine Verpflichtungen übernehmen. Und könnten wir's auch, würden wir doch noch glauben, daß wir zuvor den Geschmack des Publikums befragen müssen, das nicht dieselben Gründe wie wir hat, sich für diese Lektüre zu interessieren.

Französische, spanische, italienische Literatur
im insel taschenbuch

Pietro Aretino: Kurtisanengespräche. Aus dem Italienischen von Ernst Otto Kayser. Mit Anmerkungen des Übersetzers und einem Nachwort von Helmuth Faust. it 948

Honoré de Balzac: Eugénie Grandet. Aus dem Französischen von Gisela Etzel. Herausgegeben von Eberhard Wesemann. it 1127

– Die Frau von dreißig Jahren. Aus dem Französischen übertragen von Werner Blochwitz. it 460

– Das Mädchen mit den Goldaugen. Aus dem Französischen von Ernst Hardt. Mit einem Vorwort von Hugo von Hofmannsthal. Zehn Illustrationen von Marcus Behmer. it 60

– Tolldreiste Geschichten. Aus dem Französichen von Benno Rüttenauer. Mit Illustrationen von Gustave Doré. it 911

– Über die Liebe. Sein Weltbild aus seinen Werken. Zusammengestellt und mit einem Essay herausgegeben von Stefan Zweig. it 715

Giambattista Basile: Das Märchen aller Märchen. ›Der Pentamerone‹. 5 Bde. Deutsch von Felix Liebrecht. Herausgegeben und mit einem Nachwort versehen von Walter Boehlich. it 354

Charles Baudelaire: Die Blumen des Bösen. Übertragen von Carlo Schmid. it 120

Pierre Augustin Caron de Beaumarchais: Die Figaro-Trilogie. Deutsch von Gerda Scheffel. Nachwort von Norbert Miller. Mit zeitgenössischen Illustrationen. it 228

Cesare Beccaria: Über Verbrechen und Strafen. Nach der Ausgabe von 1766. Übersetzt und herausgegeben von Wilhelm Alff. it 1068

Die Wahrheiten des G. G. Belli. Römer, Huren und Prälaten. Eine Auswahl seiner frechen und frommen Verse. Vorgestellt und aus dem Italienischen übertragen von Otto Ernst Rock. it 754

Hector Berlioz: Groteske Musikantengeschichten. Aus dem Französischen von Elly Ellès. it 859

Die Blümlein des heiligen Franziskus von Assisi. Aus dem Italienischen nach der Ausgabe der Tipografia Metastasio, Assisi 1901, von Rudolf G. Binding. Mit Initialen von Carl Weidemeyer. it 48

Boccaccio: Erotische Geschichten. Aus dem Italienischen von Albert Wesselski. Mit einem Aufsatz von Friedrich Schlegel und Zeichnungen von Jakob Schwarzkopf. it 1078

Leben des Benvenuto Cellini florentinischen Goldschmieds und Bildhauers. Von ihm selbst geschrieben, übersetzt und mit einem Anhange herausgegeben von Johann Wolfgang Goethe. Mit einem Nachwort von Harald Keller. it 525

Miguel de Cervantes Saavedra: Die Novellen. Übersetzt von Konrad Thorer. it 1007

152/1/7.88

Französische, spanische, italienische Literatur im insel taschenbuch

Miguel de Cervantes Saavedra: Der scharfsinnige Ritter Don Quixote von der Mancha. Mit einem Essay von Iwan Turgenjew und einem Nachwort von André Jolles. Mit Illustrationen von Gustave Doré. 3 Bde. it 109

George Clémenceau: Claude Monet. Betrachtungen und Erinnerungen eines Freundes. Mit einem Nachwort von Gottfried Boehm. it 1152

Collodi: Pinocchios Abenteuer. Aus dem Italienischen von Nino Erné. Mit farbigen Bildern von Sabine Friedrichson. it 1047

Hernán Cortés: Die Eroberung Mexikos. Drei Berichte von Hernán Cortés an Kaiser Karl V. Mit 112 Federlithographien von Max Slevogt. Übersetzungen von Mario Spiro und C. W. Koppe. Herausgegeben von Claus Litterscheid. it 393

Dante: Die Göttliche Komödie. Mit fünfzig Holzschnitten von Botticelli. Deutsch v. Friedrich Freiherrn von Falkenhausen. 2 Bde. it 94

Alphonse Daudet: Briefe aus meiner Mühle. Aus dem Französichen übertragen von Alice Seiffert. it 446

– Tartarin von Tarascon. Die wunderbaren Abenteuer des Tartarin von Tarascon. Mit 45 Zeichnungen von Emil Preetorius. it 84

Denis Diderot: Erzählungen und Gespräche. Übersetzt von Katharina Scheinfuß. it 554

– Jakob und sein Herr. In der Übersetzung von Mylius. Herausgegeben von Horst Günther. it 772

– Die Nonne. Mit einem Nachwort von Robert Mauzi, die Übersetzung des Nachworts besorgte Margaret Carroux. it 31

– Rameaus Neffe. Le Neveu de Rameau. Ein Dialog. Übersetzt von Goethe. Zweisprachige Ausgabe. Mit Zeichnungen von Antoine Watteau. Herausgegeben und mit einem Nachwort versehen von Horst Günther. it 775

Alexandre Dumas: Die drei Musketiere. Aus dem Französischen von Herbert Bräuning. it 1131

– Der Graf von Monte Christo. 2 Bde. Bearbeitung einer alten Übersetzung von Meinhard Hasenbein. Mit Illustrationen von Pavel Brom und Dagmar Bromova. it 266

– Die Kameliendame. Aus dem Französischen von Walter Hoyer. Mit Illustrationen von Paul Gavarni. it 546

Dominique Fernandez: Süditalienische Reise. Aus dem Französischen von Julia Kirchner. Mit Fotografien von Martin Thomas. it 1076

Gustave Flaubert: Bouvard und Pécuchet. Aus dem Französischen übersetzt von Georg Goyert. Mit Illustrationen von András Karakas. Mit einem Vorwort von Victor Brombert und einem Nachwort von Uwe Japp. it 373

152/2/7.88

Französische, spanische, italienische Literatur
im insel taschenbuch

Gustave Flaubert: Drei Erzählungen. Trois contes. Übersetzt und herausgegeben von Cora van Kleffens und André Stoll. it 571

– Lehrjahre des Gefühls. Geschichte eines jungen Mannes. Übertragen von Paul Wiegler. Mit einem Essay und einer Bibliographie von Erich Köhler. it 276

– Madame Bovary. Revidierte Übersetzung aus dem Französischen von Arthur Schurig. it 167

– November. Aus dem Französischen übersetzt von Ernst Sander. Mit einem Nachwort von Monika Bosse. it 411

– Reise in den Orient. Ägypten. Nubien. Palästina. Syrien. Libanon. Aus dem Französischen von Reinhold Werner und André Stoll. Mit Photographien von Maxime Du Camp, einem Register und einem Nachwort. Herausgegeben von André Stoll. it 619

– Salammbô. Herausgegeben und mit einem Nachwort versehen von Monika Bosse und André Stoll. Aus dem Französischen übersetzt von Georg Brustgi. it 342

Anatole France: Blaubarts sieben Frauen und andere Erzählungen. Mit Illustrationen von Lutz Siebert. Aus dem Französischen von Irmgard Nickel. »Die Affäre Crainquebille« wurde von Günther Steinig übersetzt. it 510

Federico García Lorca: Die dramatischen Dichtungen. Deutsch von Enrique Beck. it 3

Edmond und Jules de Goncourt: Germinie Lacerteux. Aus dem Französischen von Curt Noch. it 1054

– Tagebücher. Aufzeichnungen aus den Jahren 1851-1870. Nach der ersten Gesamtausgabe der Académie Goncourt ausgewählt, übertragen und herausgegeben von Justus Franz Wittkop. it 692

Victor Hugo: Notre-Dame von Paris. Aus dem Französischen von Else von Schorn. Mit zeitgenössischen Illustrationen. it 298

Choderlos de Laclos: Schlimme Liebschaften. Mit 14 Kupferstichen. Übertragen und eingeleitet von Heinrich Mann. it 12

Madame de Lafayette: Die Prinzessin von Clèves. Roman. Aus dem Französischen von Julia Kirchner. Mit einem Nachwort von Emile Magne. it 768

Bartolomé de Las Casas: Kurzgefaßter Bericht von der Verwüstung der Westindischen Länder. Herausgegeben von Hans Magnus Enzensberger. Deutsch von D. W. Andreä. it 553

Giacomo Leopardi: Gedichte und Prosa. Ausgewählte Werke. Ausgewählt und übersetzt von Ludwig Wolde. Mit einem Nachwort von Ralph-Rainer Wuthenow. it 104

152/3/7.88

Französische, spanische, italienische Literatur
im insel taschenbuch

Alain René Le Sage: Die Geschichte des Gil Blas von Santillana. Aus dem Französichen von Konrad Thorer. Mit Illustrationen von Daniel Chodowiecki. it 949

Pierre Carlet de Marivaux: Die Abenteuer des jungen Brideron. Eine Parodie. Übersetzt und herausgegeben von Gerda Scheffel. it 1035

– Betrachtende Prosa. Aus dem Französischen übertragen und mit einem Nachwort herausgegeben von Gerda Scheffel. it 1049

– Das Spiel von Liebe und Zufall. Und andere Komödien. Aus dem Französischen und mit einem Nachwort von Gerda Scheffel. it 805

Guy de Maupassant: Bel-Ami. Aus dem Französischen von Josef Halperin. Mit zeitgenössischen Illustrationen. it 280

– Die Brüder. Novelle. Deutsch von Ernst Weiß. Mit Illustrationen von Géo Dupuis. it 712

– Das Haus Tellier. Und andere Erzählungen. Ausgewählt und mit einem Nachwort versehen von Werner Berthel. Mit zeitgenössischen Illustrationen. Aus dem Französischen übersetzt von Helmut Bartuschek und Karl Friese. it 248

– Pariser Abenteuer. Und andere Erzählungen. Ausgewählt von Werner Berthel. Mit zeitgenössischen Illustrationen. Aus dem Französischen von Helmut Bartuschek und Karl Friese. it 106

– Unser einsames Herz. Herausgegeben und mit einem Nachwort versehen von Dolf Oehler. Mit zeitgenössischen Illustrationen. Aus dem Französischen von Josef Halperin. it 357

Louis Sébastien Mercier: Mein Bild von Paris. Mit dreiundvierzig Wiedergaben nach Kupferstichen. Übertragen und herausgegeben von Jean Villain. it 374

Prosper Mérimée: Carmen. Mit Zeichnungen von Pablo Picasso. Aus dem Französischen übersetzt von Franz Schnabel. it 361

Jules Michelet: Die Frauen der Revolution. Herausgegeben und übersetzt von Gisela Etzel. Mit zahlreichen Abbildungen. it 726

Honoré-Gabriel Mirabeau: Der gelüftete Vorhang oder Lauras Erziehung. Aus dem Französischen von Eva Moldenhauer. Nachbemerkung von Norbert Miller. it 32

– Preußische Monarchie und Französische Revolution. Herausgegeben von Horst Günther. it 1118

Jean Baptiste Poquelin Molière: Der eingebildete Kranke. Aus dem Französischen von Johanna Walser und Martin Walser. it 1014

– Der Menschenfeind. Nach dem Französischen des Molière von Hans Magnus Enzensberger. it 401

152/4/7.88

Französische, spanische, italienische Literatur im insel taschenbuch

Michel de Montaigne: Essais. Herausgegeben und mit einem Nachwort versehen von Ralph-Rainer Wuthenow. Revidierte Fassung der Übertragung von Johann Joachim Bode. it 220

– Tagebuch einer Reise durch Italien. Aus dem Französischen von Otto Flake. it 1074

Michel de Montesquieu: Perserbriefe. Aus dem Französischen von Jürgen von Stackelberg. Mit Anmerkungen zum Text und einem Nachwort. it 458

Ippolito Nievo: Pisana oder die Bekenntnisse eines Achtzigjährigen. Roman. Aus dem Italienischen von Charlotte Birnbaum. it 880

Blaise Pascal: Größe und Elend des Menschen. Aus den »Pensées«. Auswahl, Übersetzung und Nachwort von Wilhelm Weischedel. it 441

– Über die Religion. Und über einige andere Gegenstände. Aus dem Französischen übertragen und mit einem Nachwort herausgegeben von Ewald Wasmuth. it 1008

Jan Potocki: Die Handschrift von Saragossa. 2 Bde. Herausgegeben von Roger Caillois. Aus dem Französischen von Louise Eisler-Fischer, aus dem Polnischen von Maryla Reifenberg. Mit Bildern von Goya. it 139

Abbé Prévost: Manon Lescaut. Geschichte des Ritters Des Grieux und der Manon Lescaut. Mit einem Nachwort von Josef Heinzelmann. Illustrationen von Franz von Bayros. Aus dem Französischen von Elisabeth von Hase und Walter Hoyer. it 518

Marcel Proust/Eugène Atget: Ein Bild von Paris. Texte und Photographien. Herausgegeben von Arthur D. Trottenberg. it 669

François Rabelais: Gargantua und Pantagruel. Mit Illustrationen von Gustave Doré. Herausgegeben von Horst und Edith Heintze. 2 Bände. it 77

Jean-Jacques Rousseau: Bekenntnisse. Aus dem Französischen von Ernst Hardt. Mit einer Einführung von Werner Krauss. it 823

– Zehn botanische Lehrbriefe für eine Freundin. Mit siebzehn Illustrationen von P. J. Redouté. Herausgegeben und aus dem Französischen übersetzt von Ruth Schneebeli-Graf. it 366

Marquis de Sade: Schriften aus der Revolutionszeit. 1788-1795 Herausgegeben von Georg Rudolf Lind. it 1117

George Sand: Geschichte meines Lebens. Aus ihrem autobiographischen Werk ausgewählt und mit einer Einleitung versehen von Renate Wiggershaus. it 313

– Indiana. Aus dem Französischen von A. Seubert. Mit einem Essay von Annegret Stopczyk. it 711

152/5/7.88

Französische, spanische, italienische Literatur im insel taschenbuch

George Sand: Lélia. Aus dem Französischen von Anna Wheill. Mit einem Essay von Nike Wagner. it 737
– Lucrezia Floriani. Roman. Aus dem Französischen von Anna Wheill. it 858
– Das Teufelsmoor. Aus dem Französischen von Helene und Herbert Kühn. Mit Illustrationen von Tony Johannot. it 943
Madame de Sévigné: Briefe. Herausgegeben und übersetzt von Theodora von der Mühl. Mit zeitgenössischen Kupferstichen. it 395
Anne Germaine Madame de Staël: Über Deutschland. Vollständige und neu durchgesehene Fassung der deutschen Erstausgabe von 1814 in der Gemeinschaftsübersetzung von Friedrich Buchholz, Samuel Heinrich Catel und Julius Eduard Hitzig. Herausgegeben und mit einem Nachwort versehen von Monika Bosse. it 623
Stendhal: Die Kartause von Parma. Vollständige Ausgabe. Aus dem Französischen übersetzt von Walter Widmer. Mit einem Nachwort von Uwe Japp. it 307
– Rom, Neapel und Florenz im Jahre 1817. Aus dem Französischen von Katharina Scheinfuß und Bernhard Frank. it 1073
– Rot und Schwarz. Vollständige Ausgabe. Aus dem Französischen übersetzt von Walter Widmer. Mit einem Nachwort von Uwe Japp. it 213
– Über die Liebe. Vollständige Ausgabe. Aus dem Französischen und mit einer Einführung von Walter Hoyer. it 124
Eugène Sue: Die Geheimnisse von Paris. 3 Bde. in Kassette. Aus dem Französischen von Helmut Kossodo. Mit zeitgenössischen Illustrationen. it 1080
Paul Verlaine: Galante Feste. Fêtes Galantes. Zweisprachige Ausgabe. Aus dem Französischen von Hans-J. Weitz. Mit Zeichnungen von Robert Pudlich. it 938
François Villon: Sämtliche Dichtungen. Zweisprachige Ausgabe. Aus dem Französischen von Walther Küchler. it 1039
Voltaire: Candide oder der Optimismus. Mit Zeichnungen von Paul Klee. it 11
– Philosophisches Wörterbuch. Nach der Textauswahl von Rudolf Noack. Herausgegeben und eingeleitet von Karlheinz Stierle. Aus dem Französischen von Erich Salewski und Karlheinz Stierle. it 855
– Sämtliche Romane und Erzählungen. Mit einer Einleitung von Victor Klemperer und Stichen von Moreau le jeune. Aus dem Französischen übersetzt von Ilse Lehmann. it 209

152/6/7.88

Französische, spanische, italienische Literatur im insel taschenbuch

Voltaire: Zadig oder das Schicksal. Eine orientalische Erzählung. Aus dem Französischen von Ilse Lehmann. Mit vierzig Radierungen von Marcus Behmer. it 121

Emile Zola: Germinal. Aus dem Französischen von Armin Schwarz. Mit Illustrationen von Renate Sendler-Peters. it 720

– Nana. Aus dem Französischen und mit einem Nachwort versehen von Erich Marx. Illustrationen von Renate Sendler-Peters. it 398

– Thérèse Raquin. Aus dem Französischen von Ernst Hardt. it 1146

152/7/7.88

Literatur und Reisen
im insel taschenbuch

Johann Friedrich Abegg: Reisetagebuch von 1798. Mit zahlreichen Abbildungen. Herausgegeben von Walter und Jolanda Abegg in Zusammenarbeit mit Zwi Batscha. it 1013

Alt-Prager Geschichten. Gesammelt von Peter Demetz. Mit Illustrationen von Hugo Steiner-Prag. it 613

Alt-Wiener Geschichten. Gesammelt von Joseph Peter Strelka. Mit sechs farbigen Abbildungen. it 784

Ernst Batta: Obelisken. Ägyptische Obelisken und ihre Geschichte in Rom. it 765

Berlin im Gedicht. Herausgegeben von Barbara und Walter Laufenberg. it 851

Capri. Ein Lesebuch. Hans Bender und Hans Georg Schwark. it 1077

Hans Carossa: Erinnerungen an Padua und Ravenna. Zwei Kapitel aus ›Italienische Aufzeichnungen‹ von 1947. it 581

Chicago. Die Stadt der Superlative. Herausgegeben von Esther Gallwitz. Mit zahlreichen Abbildungen. it 769

Dublin. Herausgegeben von Elsemarie Maletzke. it 807

Gustav Faber: Denk ich an Deutschland. Neun Reisen durch Geschichte und Gegenwart. Mit Abbildungen. it 628

Das Ferienbuch. Literarische Souvenirs, aufgelesen von Vera Pagin und Hans-Joachim Simm. it 1082

Dominique Fernandez: Süditalienische Reise. Aus dem Französischen von Julia Kirchner. Mit Fotografien von Martin Thomas. it 1076

Florenz. Lesarten einer Stadt. Herausgegeben von Andreas Beyer. Mit zahlreichen Illustrationen. it 633

Theodor Fontane: Jenseit des Tweed. Bilder und Briefe aus Schottland. Herausgegeben von Otto Drude. Mit zahlreichen Abbildungen. it 1066

Georg Forster: Ansichten vom Niederrhein von Brabant, Flandern, Holland, England und Frankreich im April, Mai und Junius 1790. Herausgegeben von Gerhard Steiner. it 1136

– Reise um die Welt. Herausgegeben und mit einem Nachwort von Gerhard Steiner. it 757

Manuel Gasser: Spaziergang durch Italiens Küchen. Mit Bildern von Manfred Seelow. it 391

Johann Wolfgang von Goethe: Italienische Reise. 2 Bde. Mit vierzig Zeichnungen des Autors. Herausgegeben und mit einem Nachwort versehen von Christoph Michel. it 175

– Tagebuch der Italienischen Reise 1786. Notizen und Briefe aus Italien. Mit Skizzen und Zeichnungen des Autors. Herausgegeben und erläutert von Christoph Michel. it 176

158/1/7.88

Literatur und Reisen
im insel taschenbuch

Johann Wolfgang von Goethe: Tagebuch der ersten Schweizer Reise 1775. Mit den Zeichnungen des Autors und einem vollständigen Faksimile der Handschrift, herausgegeben und erläutert von Hans-Georg Dewitz. it 300

Heidelberg-Lesebuch. Stadt-Bilder von 1800 bis heute. Herausgegeben von Michael Buselmeier. it 913

Heinrich Heine: Italien. Mit farbigen Illustrationen von Paul Scheurich. it 1072

Hermann Hesse: Mit Hermann Hesse durch Italien. Ein Reisebegleiter durch Oberitalien. Mit farbigen Fotografien. Herausgegeben von Volker Michels. it 1120

Alexander von Humboldt: Vom Orinoko zum Amazonas. 2 Bde. in Kassette. Reise in die Äquinoctial-Gegenden des neuen Kontinents. Herausgegeben von Ottmar Ette. Mit zahlreichen Abbildungen. it 990

Im fernen Osten. Forscher und Entdecker in Tibet, China, Japan und Korea 1689-1911. Herausgegeben von Georg Adolf Narciß. it 853

Istanbul. Herausgegeben von Esther Gallwitz. Mit Illustrationen von Thomas Allom. it 530

Samuel Johnson: Reisen nach den westlichen Inseln bei Schottland. Nach einer anonymen Übertragung aus dem Jahr 1775. Herausgegeben von Volker Wolf und Bernd Zabel. Mit zahlreichen Abbildungen. it 663

Erhart Kästner: Griechische Inseln. Aufzeichnungen aus dem Jahre 1944. Mit einem Nachwort von Heinrich Gremmels. it 118

– Kreta. Aufzeichnungen aus dem Jahre 1943. Mit einem Nachwort von Heinrich Gremmels. it 117

– Die Lerchenschule. Aufzeichnungen von der Insel Delos. it 57

– Ölberge, Weinberge. Ein Griechenland-Buch. Mit Zeichnungen von Helmut Kaulbach. it 55

– Die Stundentrommel vom heiligen Berg Athos. it 56

Kairo. Die Mutter aller Städte. Herausgegeben von Ursula Beyer. Mit zahlreichen Abbildungen. it 696

Kennst du das Land, wo die Zitronen blühn. Italien im deutschen Gedicht. Herausgegeben von Peter Hamm. it 927

Leipzig. Ein Städtelesebuch. Herausgegeben von Esther Gallwitz. it 1083

Carl von Linné: Lappländische Reise. Mit Zeichnungen des Autors. Aus dem Schwedischen übersetzt von H. C. Artmann unter Mitwirkung von Helli Clervall. it 102

158/2/7.88

Literatur und Reisen im insel taschenbuch

London. Eine europäische Metropole in Texten und Bildern. Herausgegeben von Norbert Kohl. it 322

Loreley. Gedichte, Prosa, Bilder. Ein Lesebuch von Wolfgang Minaty. Mit zahlreichen Abbildungen. it 1065

Doris Maurer/Arnold E. Maurer: Literarischer Führer durch Italien. Ein Insel-Reiselexikon. Mit zahlreichen Abbildungen, Karten und Registern. it 1071

Günter Metken: Reisen als schöne Kunst betrachtet. Mit Photographien von Sigrid Metken. it 639

Michel de Montaigne: Tagebuch einer Reise durch Italien. Aus dem Französischen von Otto Flake. it 1074

München. Ein Lesebuch. Herausgegeben von Reinhard Bauer und Ernst Piper. Mit zahlreichen Abbildungen. it 827

Fred Oberhauser/Gabriele Oberhauser: Literarischer Führer durch Deutschland. Ein Insel-Reiselexikon für die Bundesrepublik Deutschland und Berlin. Mit Abbildungen, Karten und Registern. it 527

Paris. Deutsche Republikaner reisen. Herausgegeben von Karsten Witte. it 389

Prag. Ein Lesebuch. Herausgegeben von Jana Halamíčková. Mit zahlreichen Abbildungen. it 994

Heddy Pross-Weerth: Moskau. Von der Siedlung im Wald zur Kapitale einer Weltmacht. it 467

Marcel Proust/Eugène Atget: Ein Bild von Paris. Texte und Photographien. Herausgegeben von Arthur D. Trottenberg. it 669

Der Rhein. Seine poetische Geschichte in Texten und Bildern. Herausgegeben von Helmut J. Schneider. it 624

Rom. Ein Städtelesebuch. Herausgegeben von Michael Worbs. it 921

Barbara Schnyder-Seidel: Goethes letzte Schweizer Reise. Mit zeitgenössischen Illustrationen. it 375

Stendhal: Rom, Neapel und Florenz im Jahre 1817. Aus dem Französischen von Katharina Scheinfuß und Bernhard Frank. it 1073

Toskana. Ein literarisches Landschaftsbild. Herausgegeben von Andreas Beyer. Mit Fotografien von Loretto Buti. it 926

Venedig. Herausgegeben von Doris Maurer und Arnold E. Maurer. Mit zahlreichen Abbildungen. it 626

Venedig im Gedicht. Herausgegeben von Pascal Morché. it 920

158/3/7.88

Kulturgeschichte
im insel taschenbuch

Alt-Kräuterbüchlein. Von der Kraft und Wirkung der Kräuter. Nach dem »New-Kreüterbüchlein« des Leonhart Fuchs (1543). Herausgegeben von Alexander von Bernus. Mit einem biographischen Text zu Leonhart Fuchs von Hans Franke und einem Nachwort von Elmar Mittler und Holzschnitten. it 456

Jost Amman: Frauentrachtenbuch. Mit kolorierten Holzschnitten der Erstausgabe von 1586 und einem Nachwort von Manfred Lemmer. it 717

Egon Caesar Conte Corti: Geschichte des Rauchens. »Die trockene Trunkenheit«. Ursprung, Kampf und Triumph des Rauchens. Mit zahlreichen Abbildungen. it 904

Feiern und Feste. Ein Lesebuch. Herausgegeben von Hans-Joachim Simm. it 738

Christian Garve: Über die Moden. Herausgegeben von Thomas Pitroff. Mit farbigen Illustrationen. it 989

Detlef Hoffmann: Gemalte Spielkarten. Ihre Geschichte an handgemalten Beispielen von Detlef Hoffmann. it 912

Christoph Wilhelm Hufeland: Makrobiotik oder die Kunst, das menschliche Leben zu verlängern. Mit einem Brief Immanuel Kants an den Autor sowie einem Nachwort von Rolf Brück. it 770

Adolph von Knigge: Über den Umgang mit Menschen. Herausgegeben von Gert Ueding mit Illustrationen von Chodowiecki und anderen. it 273

Dagmar Müller-Staats: Klagen über Dienstboten. Eine Untersuchung über Dienstboten und ihre Herrschaften. Mit zahlreichen Abbildungen. it 683

George Ordish: Geschichte eines Gartens. Vom 16. Jahrhundert bis zur Gegenwart. Aus dem Englischen von Matthias Müller. Mit Zeichnungen von Alison Claire Darke. it 1143

Ewald Gerhard Seeliger: Handbuch des Schwindels. Mit einem Vorwort von Jürgen Lodemann und einem Nachwort von Max Heigl. it 919

Urgroßmutters Hausmittel. Aus dem Hausbuch der Frau Rath Schlosser. Herausgegeben von Alexander von Bernus. Mit einem Nachwort von Elmar Mittler und alten Illustrationen. it 561

Wie ein Mann ein fromm Weib soll machen. Mittelalterliche Lehren über Ehe und Haushalt. Herausgegeben, ins Neuhochdeutsche übertragen und mit einem Nachwort versehen von Michael Dallapiazza. it 745

Gabrielle Wittkop-Ménardeau: Unsere Kleidung. Aus der Geschichte der Moden bis zum Jahr 1939. Mit zahlreichen Abbildungen. it 774

166/1/7.88